Ship of Spells

H. Leighton Dickson

Ship of Spells

Un capitán. Un deseo. Una elección

Traducción de Patricia Cueto García
y Elena Macian Masip

Montena

Ship of spells
Un capitán. Un deseo. Una elección

Título original: *Ship of Spells*

Primera edición en España: enero, 2026
Primera edición en México: febrero, 2026

*Para Jean E., amiga, loba y primera oficial
de la Guardia del Amanecer.
Siento haber hundido tu barco.*

Índice

Ship of spells es una emocionante aventura fantástica ambientada en las peligrosas y máxicas aguas de Supramar. En sus páginas encontrarás motivos relacionados con la guerra, las batallas, con situaciones peligrosas, sangre, violencia intensa, heridas lacerantes, muertes, naufragios, torturas físicas y actos sexuales. Los lectores que sean sensibles a estos temas que, por favor, tomen buena nota, y se preparen para subir a bordo de la Piedra Angular...

Palo mayor
Tope
Cofa
Palo de
mesana
Vela mayor
Castillo
de popa
Timón de
dos soles
Camarote
del capitán
Espejo de popa
Alcázar
Falúa
Cubiert
del comb
Portas
Timón

Piedra Angular

La Canción del Terror

Surcaba el mar hacia Alto Templo el Corsario Atardecer
Con su botín de guerra de Inframar, y sin promesas de volver.
—¡Barco a la vista! —gritaron desde la cofa—.
¡Nos persigue un navío *Rhi'ahr* que trae la guerra
a nuestra popa!

—No teman, mis muchachos —el capitán les juró—.
¡Porque este barco nuestro derribará
la Gran Barrera del Terror!
—Jamás se hizo una gesta tal —le dije, pero él no claudicó.
—Nosotros lo lograremos, ¡el Amanecer, tú y yo!

Terror que engulle los cielos, los navíos y la Gran Barrera:
Los hombres buenos derriban lo que la maxia eleva.

El acorazado es rápido, mas nosotros aún más lo seremos
Pues nuestras velas retumban, venga
de donde venga el viento
Y nuestra goleta se adentra en las Trombas
y sus mares agitados
Y el acorazado la sigue, bajo truenos y cielos desgarrados.

Dos semanas y dos más, bajo dos ardientes astros
El Amanecer no se rinde, mas sí sufre, exhausto
Y a los dos soles rezamos, a Ascua el Pálido y Forja el Vivo
Y también a las tres Lunas, Lár, Lírika y Lúna, pedimos.

Atrapados en la Calma, sedientos y agotados
Con nuestro botín maldito y nuestro espíritu quebrado.
Mas aún cantamos, como en días de albor
La Canción del Terror, mi capitán y yo.

1

La Guardia del Amanecer

Recuerdo muy bien la primera vez que vi el Barco de los Hechizos porque, en realidad, no lo vi.

El causante era un manto de tormenta, conjurado para que el afamado navío permaneciera oculto mientras estuviera atracado en el abarrotado astillero de Labranza. Era un día soleado, con fuertes vientos del este y suaves vientos cargados de sal. Yo acababa de cumplir los veintidós años y lo estaba celebrando sola en una taberna junto al muelle. De repente, me descubrí mirando a todas partes salvo al amarre vacío del embarcadero. «Es muy sutil —me había dicho mi madre en los tiempos en los que la escuchaba—. Ves otras cosas: la gente, las nubes, las coloridas banderas que ondean al viento… Hasta la danza de las aves marinas. Lo ves absolutamente todo salvo aquello que no debes ver…». Era obra de un magus con mucha experiencia. Una vez me propuse encontrarlo, el barco se materializó poco a poco como una ilusión, una visión fantasmal de madera de roble teñida de ébano y velas con hebras doradas.

Así que alcé mi vaso para brindar por las habilidades de su tripulación.

Y luego alcé otro, porque era joven y estaba en una taberna. Hay cosas que se entienden sin necesidad de que haya maxia de por medio.

Tras el tercer vaso, empezó mi servicio como la subteniente azumagus Honor Renn, aprendiz del nigromagus de la fragata real Guardia del Amanecer. No tardamos en dejar atrás el puerto, y a aquel misterioso barco, rumbo al Confín Inferior, con la esperanza de recuperar las aguas que nos había arrebatado la flota *rhi'ahr*.

Aquello había ocurrido hacía meses, pero yo jamás había podido olvidar la imagen del afamado Barco de los Hechizos o, más concretamente, la ausencia de ella.

Y fue curioso que aquel preciso recuerdo aflorara en mi mente justo cuando el mundo explotaba bajo mis pies.

Los cañonazos destruyeron primero el palo mayor de la Guardia del Amanecer, con un aluvión de balas partidas que rompieron el aparejo en mil pedazos. Después, arrojaron tres descargas más contra la parte baja del casco, letales y directas, que destrozaron la cubierta de cañones de babor. La fragata escoró violentamente hacia un lado y los gritos de mis compañeros de tripulación resonaron en el aire.

El buque *rhi'ahr* era un crucero pesado, con mucha más potencia de fuego que la Guardia del Amanecer, que era mucho más pequeña en todos los sentidos. Además, como llevaba ya meses ocurriendo con el arsenal de los *rhi'ahr*, las balas estaban impregnadas de quimérico. Los patrones mortales, tejidos como telas de eraña, grababan a fuego sus runas en toda superficie que alcanzaran, ya fuera madera, hierro o carne.

Nuestros dos barcos habían pasado horas jugando al gato y al ratón bajo la neblina de la mañana temprana, pero la situación había cambiado: ahora, el cielo crepitaba y el fuego de los cañones cegaba incluso a los soles nacientes.

Oí un estruendo tras de mí: la tripulación estaba empujando otro cañón por la cubierta, y de nuevo maldije nuestra falta de preparación. Habíamos trabajado con ahínco desde que habíamos avistado el barco enemigo, pero la Guardia del Amanecer no era más que una fragata de patrulla con una tripulación de ochenta marineros y un conjurio de tres en el que yo era la más joven, la menos experimentada y la de menor rango. Miré hacia el alcázar, donde estaba el nigromagus, cuyo nombre era Taran Vir. Estaba de pie junto al capitán, hilando hechizos en forma de escudo y lanzándolos hacia mí. Yo los atrapaba y sentía su calor abrasador mientras danzaban sobre las palmas de mis manos y grababan a fuego su energía cinética en mis antebrazos. Mi cometido era amplificarlos y lanzarlos hacia la trayectoria de los cañonazos en cuanto los disparaban. Llevábamos horas inmersos en aquella tarea, y los patrones y el calor me habían dejado las manos entumecidas. Era un trabajo violento, frenético y muy por encima de mis habilidades, pero habían apostado a la rojomagus en la cofa y se la habían llevado por delante con el primer cañonazo. Un disparo estratégico. Solo quedábamos dos magus de pie, y yo no era más que una subteniente azul, novata e inexperta. En cualquier caso, tenía más talento del que había tenido nunca aquella rojomagus. Que la eliminaran había sido solo cuestión de tiempo.

Se me hizo un nudo en el estómago al ver la proa del barco *rhi'ahr*, que avanzaba hacia nosotros inexorablemente a través de las aguas.

El navío enemigo estaba ya demasiado cerca, y rugía a su paso, dejando tras de sí una estela furiosa de espuma de mar y fuego rúnico. Aun así, logré leer el nombre grabado en el casco: Endorathil. Un nombre hermoso. Un idioma hermoso. Se deslizaba por la lengua como miel, empapado en una cualidad antigua y afilada. Los *rhi'ahr* hacían la guerra como otras gentes el amor:

lanzaban cada flecha con un propósito, arrojaban cada lanza con una gracia letal. Sus cubiertas de artillería hacían música; exhalaban fulgor y estruendo, más fulgor y más estruendo.

Otro disparo atravesó el aparejo por encima de mi cabeza y tuve que agacharme para esquivar las astillas de madera que llovían del cielo. Mientras tanto, del mástil a la mesana se propagó una humareda naranja repleta de patrones arcanos que crepitaban, y el corazón comenzó a latirme desbocado en el interior del pecho. Quimérico. Era el arma más letal del arsenal *rhi'ahr*, tan antigua como mortal. Era imposible resistir y luchar contra la fuerza con la que amplificaba los destrozos del fuego de cañón.

Abrí unos ojos como platos al ver que aquellas runas desconocidas continuaban chispeando sobre las velas, convirtiendo aquellos lienzos blancos en carbón aun mucho después de que el humo se hubiera disipado. Por el rabillo del ojo, atisbé un destello metálico que asomaba por una de las portas del enemigo. Miré al nigromagus, Taran Vir, y maldije para mis adentros al darme cuenta de que él no lo había visto. Estaba de espaldas a mí, con el pelo rubio ondeando al viento. Se había girado para cubrir estribor, y no se había percatado de que tenía ante él una amenaza de muerte.

Como azumagus, no tenía permiso para conjurar mis propios hechizos, pero que me tragara el inferno antes de permitir que los *rhi'ahr* nos atacaran otra vez. No esperé: lancé un escudo crepitante hacia el otro lado del agua, por encima de la boca del cañón. Vi los destellos de la pólvora por la tronera, pero, como la bala estaba bloqueada, la amurada del Endorathil retumbó hacia dentro. Fue la primera vez que causábamos daños graves a la nave enemiga, y yo, con el pecho henchido, no fui capaz de disimular mi orgullo. Yo lo había causado, yo. Ni la rojomagus y ni tan siquiera Taran Vir, el nigromagus.

Si perdíamos aquella batalla, ya no quedaría nadie para castigarme, así que empecé a conjurar un segundo hechizo. Pero, de repente, se hizo el silencio.

Pensé que debía de tratarse de un hechizo *Tempus*, pues todo se ralentizó, como si estuviéramos bajo el agua. Vi que una bala negra pasaba chisporroteando por mi lado, directa a proa, donde se estrelló, rompiendo la madera en miles de astillas que se elevaron en el viento matutino. Vi las manos de Vir, llenas de runas que brotaban de las puntas de sus dedos. Demasiado lento. Demasiado tarde. Vi la boca abierta de par en par del capitán, cuyas órdenes quedaron silenciadas por el estallido, y una horrenda nube blanca y amarilla en la que el quimérico se articulaba. Tanto magus como capitán salieron disparados hacia atrás, convertidos en meras siluetas dibujadas sobre el fogonazo cegador que acabó por engullirlos.

Fulgor, fulgor y estruendo. La cubierta dio una sacudida bajo mis pies, golpeada por la música del casco lleno de maxia.

El sonido regresó de golpe junto a un vendaval abrasador, y sentí que mis botas se despegaban de la cubierta. Me llevé la mitad de la barandilla conmigo. Salí despedida hacia atrás y hacia abajo, con mi cinto azul, cuyos extremos flotaban en el aire, envueltos en llamas, y caí al agua violentamente entre los cascos de ambos navíos. El frío me mordió la espalda y los hombros, pero me esforcé por mantener las manos por encima de las olas. No serviría de nada sin mis manos; no podría tejer los patrones necesarios para arrojar los hechizos. Era una magus de la Armada. Mis manos eran mi vida.

Pero las olas tenían otros planes. Se alzaron para recibirme y me arrastraron completamente en su furioso abrazo. Me ardía el pecho: las profundidades me jalaban y el agua me arrancaba el aire de los pulmones. Por un instante, me sentí tentada de dejar que me llevara. Era desgraciada, pobre y joven, pero estábamos en guerra, y aquella era la mejor vida que podía esperar una magus con orgullo y talento que había nacido en una isla del tamaño de un guijarro.

Ya bajo el agua, luché contra el escozor de la sal y abrí los ojos. El abrigo del uniforme me pesaba sobre los hombros, henchido de agua, y me hundía como un ancla de plomo. Me lo quité, empujando con fuerza contra la lana empapada, y sentí que se desprendía de mi piel poco a poco, doblándose en pliegues lentos e inútiles. Era mejor quitárselo. Me sentí tentada de deshacerme también de las botas, pero me estremecí al pensar en dejar los dedos de los pies expuestos ante las fauces hambrientas que habitaban las profundidades. No, de momento, mejor sería dejármelas puestas.

Mis calzas negras, también parte del uniforme de la Armada, no eran tan gruesas, y su peso no me hundía tanto como el del abrigo. Aún llevaba el cinto azul enrollado en la cintura, con sus extremos ondeando como balizas, como si mi rango tuviera alguna importancia en las profundidades. La camisa de lino se había convertido en una segunda piel, y se adhería a mis curvas mientras yo pataleaba con furia y con tesón, tratando de llegar a la superficie.

Pasé nadando junto a los restos de roble de la Guardia del Amanecer, desperdigados por las profundidades. Sus baos y sus tablones se hundían poco a poco en la oscuridad. Vi la silueta oscura de una bala de cañón cuando pasó zumbando junto a mí, dejando un reguero de gruesas burbujas. Alguien apareció tras ella, moviendo con desesperación los brazos y las piernas, y me di cuenta, horrorizada, de que se trataba de Corwen, el mozo de la pólvora, al que una cuerda atada a un pie estaba arrastrando hacia las profundidades. Alargué las manos hacia él y las puntas de nuestros dedos se rozaron durante un fugaz momento, pero la furia del agua era demasiado poderosa y no logré aferrarme a su mano. Sus ojos aterrorizados fueron lo último que vi antes de que el abismo lo engullera para siempre.

Por los soles, solo tenía doce años. Era demasiado joven para reunirse con nuestra Madre, la Mar. Era la madre de todos nosotros y su pecho de agua, el hogar en el que los grumetes exhaustos nos acurrucábamos al final de nuestros días. Sabía que era una bendición, pero, por acogedora que fuera, yo todavía no estaba preparada para terminar entre sus brazos.

Solté el aire, formando un remolino de burbujas, y pateé, retorciéndome con todas mis fuerzas. Cuando por fin emergí a la superficie, tomé aire en frías y avariciosas bocanadas. Y, mientras yo subía y bajaba con el oleaje, el mundo seguía rugiendo a mi alrededor. Me rodeaban los estruendos de los disparos y los gritos de mi tripulación, y oí también el crujido de la madera cuando el aparejo se partió y cayó desde las alturas. Los mástiles destruidos abofetearon las olas y las velas se llenaron de agua, convirtiéndose en anclas de tela pesadas que se hundían sin remedio. Contemplé horrorizada cómo la Guardia del Amanecer empezaba, lenta y salvajemente, a volcar.

Podía detenerla. Tenía que detenerla.

Alcé las manos lo más alto que pude y obligué a mis dedos a hilar un hechizo de contención. Tracé círculos con la mano derecha y cerré la izquierda en un puño. Los dientes me castañeteaban mientras pronunciaba el ensalmo, y se oyó un siseo en el aire cuando la runa cobró vida. Sin embargo, las olas me jalaron de nuevo, engulléndome y llenándome la boca de agua salada, y me atraganté. Pateé con las piernas, me obligué a resurgir del agua y maldije en voz alta. El patrón se estaba desintegrando, así que saqué las manos del agua justo cuando, una vez más, los cañones del Endorathil abrían fuego tras de mí.

Sentí el calor de una bala que atravesaba mi hechizo justo mientras desaparecía, y, al ver que el quimérico crepitaba y lanzaba chispas, lancé un segundo hacia el mismo lugar. No fui lo bastante rápida. La bala se estrelló contra el casco de la Guardia del Amanecer y cientos de astillas salieron disparadas como una lluvia de flechas. Mis dedos estaban danzando en el aire para lanzar un tercer conjuro, un *Praesidium* de protección y, por puro instinto, me tapé la cara con las manos. Fue un acto instintivo, y también una estupidez. Mis manos eran mi vida, mi oficio, mi futuro. Mi rostro no era más que un mero añadido.

La fuerza del estallido me propulsó hacia atrás, y de nuevo me hundí entre las olas. Pero, en cuanto mis manos tocaron el agua, el océano mismo estalló. La luz irradió hacia fuera, y sentí que hasta la última fibra de mi ser se prendía fuego. En ese momento, salí despedida de mi propio cuerpo, igual que antes había salido despedida de la cubierta de la Guardia del Amanecer. Vi el Endorathil y mi fragata hecha pedazos. Vi el horizonte y el cielo y el humo que oscurecía los rostros de los soles.

Y entonces vi cosas que jamás había visto. Centellas que atravesaban el hielo y la nieve a toda velocidad, un halcón blanco con un báculo dorado en las garras y las ramas de un árbol, que se extendían para alcanzar las estrellas. Vi anillos y círculos hechos de runas, una isla llena de palmeras moribundas y un volcán que expulsaba quimérico hacia el cielo.

Y entonces volví al océano, a retorcerme entre las olas y a esperar a que volviera el aire.

Subía y bajaba, ondeaba y me sumergía. Sacudí la cabeza y escupí sal por la boca. Luché contra el peso del agua y el quimérico que danzaba por su superficie. Necesitaba las manos, pero no sentía nada al final de mis brazos de plomo. Con un grito, las saqué de entre las olas y me quedé paralizada ante aquel horror.

Tenía decenas de astillas del casco de la Guardia del Amanecer clavadas en las manos. Algunas me habían atravesado las palmas; otras sobresalían de mis muñecas, como espinas. Los restos de quimérico crepitaban entre mis dedos, grabando a fuego patrones empapados de agua sobre mi piel. La carne estaba despedazada como si fuera una tela hecha jirones, y habían quedado al descubierto los delgados huesos blancos y los tendones largos y amarillos. Se me cayó el alma a los pies, hundiéndose igual que se había hundido el mozo de la pólvora, al contemplar los muñones ensangrentados que antaño habían sido mis manos.

Un estruendo cortó el aire cuando la Guardia del Amanecer se partió en dos, pero juro que no oí nada.

Ni vi nada, mientras los cañones del enemigo descargaban sus últimas balas contra el casco destrozado de la fragata que se hundía. No oí a mis compañeros gritando, ahogándose, tratando de salvarse moviendo los brazos y las piernas con desesperación. No vi las velas que ondeaban, se hundían y se desgarraban mientras la Guardia del Amanecer desaparecía bajo las aguas negras. Los restos del naufragio flotaban a mi alrededor, crepitando por culpa de las llamas y el quimérico, y yo solo era un pedazo más. Rota, despedazada, destinada a seguir al mozo de la pólvora hasta el abismo.

Y así, sin más, el Endorathil se alejó, navegando rumbo al horizonte como una regia ave marina. Lo observé hasta que se desvaneció completamente en la distancia, hasta que no quedó nada más que el cielo, las nubes, el humo y la desgracia. Y me quedé sola en el mar, subiendo y bajando con el movimiento de las olas. Las aguas estaban frías, pero no congeladas, no lo bastante para entumecer mi cuerpo mientras me ahogaba. Todavía no estaba versada en hechizos de muerte, pero, aunque lo hubiera estado, dudaba que mis manos hubieran sido capaces de tejer patrón alguno.

Pensé en los grumetes que suplicaban por cerveza en las puertas de las tabernas del muelle. Solía despreciarlos porque era joven, orgullosa, hábil y capaz. Ahora, sin mis manos, sería una de ellos. Una magus inútil cuyas manos no podían ni sostener una moneda, y aún menos un vaso.

No importaba. Jamás lograría llegar al muelle.

Al cabo de un rato, empezaron a dolerme los hombros, y me di cuenta de que todavía estaba aguantando las manos sobre la superficie del agua. Las bajé, pero en cuanto tocaron el agua, el quimérico empezó a crepitar, ondulando el agua a mi alrededor y lanzando un eco de dolor que atravesó mi cuerpo como un rayo. Volví a intentarlo, pero ocurrió lo mismo. Entorné los ojos y observé qué había pasado con mis brazos.

No quedaba ya nada de las mangas de la camisa; el lino seguía ardiendo, carbonizándose, transformándose en jirones de encaje. Las astillas se habían convertido en agujas de incienso prendido, pues las runas quiméricas consumían la madera. Mis manos tenían aspecto de haber sido marcadas en una forja; las runas y la carne se fundían en patrones entretejidos. Los dibujos de mis hechizos de contención y protección aún chisporroteaban, escribiendo historias sobre mi piel.

Cerré los ojos y deseé ser una grismagus. De haberlo sido, habría llamado a un tiburón para que me arrancara los brazos de un mordisco. Por los infernos, habría llamado a una ballena para que me tragara de golpe.

Una vez, mi madre me había contado una historia sobre una muchacha descarriada que había huido de casa nadando. Una ballena se la había tragado y, un año después, la había escupido en la orilla. Para entonces, se había transformado en una siverna (mitad muchacha, mitad pez), y había muerto en las rocas. Mi madre me había jurado que la historia era cierta, pero yo nunca le había creído. Ahora, mientras mi cabeza subía y bajaba entre las olas, casi deseé que lo fuera.

Un tablón ennegrecido de la cubierta pasó flotando junto a mí, atrapado en la red de quimérico que undulaba a mi alrededor. Tenía las runas grabadas, pero ya no crepitaba y, no sé cómo, pero supe que había pertenecido al Endorathil, y que se había desprendido de su estructura gracias a alguno de los disparos con los que le habíamos acertado. Sin embargo, prefería morir a salvarme gracias al enemigo, así que nadé y pateé en dirección a otro tablón, esta vez, un resto de nuestro barco. Lo agarré con los codos y me lo puse bajo el pecho para apoyar la mejilla en su superficie.

El pelo oscuro me cayó sobre la cara, convirtiéndose en una sola cosa junto a la madera mojada. Aquel era, tal vez, el último pedazo que quedaba de la fragata, de mi fragata. Mi primer destino de verdad, mi última esperanza de verdad. Parpadeé para detener las lágrimas y hundí el dolor en lo más profundo de mi ser, bajo la fuerza de voluntad que me mantenía a flote. Me dije que la Guardia del Amanecer había sido una fragata insignificante con una tripulación insignificante. El capitán no se había dignado a dirigirme la palabra ni una sola vez, y Taran Vir no me habría dirigido más de veinte, aunque se le hubiera asignado la tarea de formarme. El maestre de cubierta había sido duro conmigo, y la rojomagus aún lo había sido más. Pero, a pesar de todo, la Guardia del Amanecer había sido mi hogar durante ocho meses. Más que eso, había sido mi futuro. Sin un barco, yo no era nada.

Me mordí el labio. Peor que nada. Mi madre tenía razón.

El tablón *rhi'ahr* flotó de nuevo hacia mí, como si se viera atraído por mi luz mortecina. Los patrones de runas chisporroteaban sobre el agua, pero no me importaba. «Que me lleven —pensé con amargura—. Por los soles, que me ahogue de una vez».

Subía y bajaba, ondeaba y me sumergía.

Los soles brillaban en lo alto del cielo. Forja el Vivo y Ascua el Pálido. Forja era grande y blanco, mientras que Ascua era tenue y lejano. Eran los soles gemelos de las Mareas del Norte, los emblemas de nuestro imperio bajo asedio. Me observaban flotar, así que recé una oración para Forja. Yo nunca rezaba. Había elegido el camino de Forja para que se me permitiera servir en la Armada, pero no tenía fe. Mi madre le rezaba a las Lunas Hermanas, hacía sacrificios ante las Lunas Hermanas y me había dedicado a las Lunas Hermanas cuando había nacido. Declarar mi fe por Forja había sido mi última y más grande rebelión. Era una lástima que no me fuera a servir de nada. Una lástima que ella jamás fuese a enterarse.

No sé cuánto tiempo floté hasta que oí un chapoteo entre el ruido de las olas. El cielo se había teñido de dorado, pues los soles ya empezaban a ponerse, pero no abrí los ojos. Podría haber sido un barco. Podría haber sido un tiburón. Poco me importaba. Fuera lo que fuera, mi vida había llegado a su fin. Solo era cuestión de tiempo y maxia que mi cuerpo se diera cuenta.

Pero entonces oí otro chapoteo, y esta vez sí decidí mirar. Un enorme halcón de invierno flotaba en el agua frente a mí, con las alas recogidas a su espalda. Tenía las plumas tan blancas como la sal y, probablemente, una envergadura que me doblaba en tamaño. Los ojos eran también de un blanco espeluznante, y el pico era negro y ganchudo, perfecto para despedazar a sus presas. Vi sus garras a través del agua, remando con suavidad pero con decisión. Como los *rhi'ahr*, los halcones de invierno nacían en el hielo, la nieve y el horror de Inframar. Por supuesto, la última criatura que me iba a ver con vida tenía que ser nacida en el Inframar.

Una vez más, me empezaron a escocer los ojos, y las lágrimas brotaron, acumulándose tras mis pestañas. Lágrimas para llorar mi corta, miserable y descarriada vida. Lágrimas por mi triste, patética y valerosa tripulación y por la muerte horrible y fútil a la que había sido condenada.

Con la compañía de nadie, más que de un ave marina, dejé que por fin se derramaran esas lágrimas silenciosas y testarudas, y que se mezclaran con la sal del océano. No sollocé. No me quedaban fuerzas para hacerlo. Me limité a seguir allí, a la deriva, demasiado exhausta para que me importara, demasiado entumecida para luchar, aunque, de algún modo, mis pies seguían pataleando bajo las olas, de forma lenta y fútil, como si no se hubieran enterado de que su dueña estaba acabada.

El halcón de invierno se limitaba a mirarme, satisfecho, meciéndose con las olas igual que yo. Por fin, exhalé una vez, y luego otra. Levanté la vista para mirarlo. Era libre y magnífico; sin más dueño que el cielo. Contaba solo consigo mismo y con la fuerza de sus alas.

—Llévame contigo —le rogué.

Ladeó la cabeza y me pregunté si habría sido aquella la primera vez que oía una voz.

—Déjame ser pájaro —le pedí—. Déjame irme volando, huir de todo y de todos; no me dejes morir sola y rota en medio del mar.

Hablar me hacía sentir bien, aunque no sabía muy bien por qué.

—Hay magus que saben llamar a los animales —le conté al halcón—. Pero hay otros, los speculumagus, que pueden convertirse en animales. Si yo fuera uno de ellos, me convertiría en un pájaro como tú, y nunca más tendría que volver a trabajar en un barco ni a vivir con gente.

No parpadeó. Aquel magnífico halcón de invierno se limitó a mirarme con sus extraños ojos blancos. Y entonces, abrió sus gigantescas alas y se lanzó a los cielos sin chapotear ni una sola gota. Ni siquiera volteó. Se marchó volando, sin más.

Y volví a quedarme sola.

Subía y bajaba, ondeaba y me sumergía.

Y, así, seguí flotando, aferrada a aquel resto de una fragata que antaño había sido una promesa de algo mejor. Sin embargo, al cabo de un rato, el sol llamado Forja trazó una curva a través del cielo y trajo estrellas a su paso, solo para volver a salir horas más tarde, seguido por su hermano, Ascua el Pálido. Y yo seguí aferrada a aquel tablón, exhausta. No me había congelado en las frías aguas del océano. Ningún tiburón había venido a devorarme. Ninguna ballena me había tragado de golpe.

No oí el ondear de las velas, ni el crujido del roble, ni el rugido de las olas al partirse. No vi ninguna mujer tallada en la proa de ningún barco. No sentí nada cuando bajaron las cuerdas para sacar mi cuerpo inerte del agua, y aún sentí menos cuando me arrastraron hacia un lado y me depositaron en cubierta. Creo que me llevaron abajo y me tendieron sobre un baúl de cirujano, y recuerdo el rostro de un joven con el pelo negro y los ojos cafés. Tras él había otro hombre, alto y delgado, pero con los cuernos retorcidos de un fauno. Tras ellos, de pie, un hombre *rhi'ahr* con un abrigo de capitán y los brazos cruzados ante el pecho.

Era una pesadilla, era evidente. Lo único que yo necesitaba era una ballena.

—Bienvenida —dijo el enemigo—. Estás en el Barco de los Hechizos.

Y así, como una ballena, la pesadilla me tragó de golpe.

2

El Barco de los Hechizos

Resultó que el Barco de los Hechizos tenía un nombre: la Piedra Angular.

Era una vieja fragata de tres mástiles, aún más pequeña que la Guardia del Amanecer, y no ondeaba bajo bandera alguna. Supuse que tenía sentido, pues era, técnicamente, un barco corsario contratado por el rey. Yo no sabía gran cosa sobre los corsarios, salvo que, en realidad, no eran piratas. Eran el azote de la Armada, pues no hacían más que sembrar la anarquía a través de aguas legítimas, y desafiaban las leyes de la guerra cada vez que les convenía. Aun así, aquella era una nave de estructura sólida y elegante, y olía a aceite de linaza, jabón de pino, a roble viejo y al mar.

—Bueno, ¿qué te pasó en las manos? —preguntó el fauno. Era el cirujano del barco y había dicho llamarse Eco.

No le respondí. No había hablado nunca con un fauno. Por todos los infernos, ni siquiera había conocido a ninguno. Berryburn Yard era una academia naval alejada de todo, y en la plantilla había menos faunos que minotauros y enanus. De todos modos, si no me hubieran acabado de sacar del océano tras haber perdido mi barco, mis manos y mi futuro, seguramente le habría invitado un trago. O a la inversa, teniendo en cuenta que él tenía un empleo y yo no.

—Bueno, sea lo que sea… —continuó—. Está afectando a tu recuperación de un modo bastante curioso. Cuando te subimos a bordo, de tus manos no quedaban más que huesos, pero ahora… —Jaló la gasa que me envolvía el pulgar—. La carne se curó. Muy curioso.

Tenía razón, y tendría que haber estado contenta. Debería haberme sentido agradecida.

—Es un efecto secundario del quimérico, es evidente —prosiguió el fauno. Parecía gustarle hablar, así que no necesitaba una respuesta de mi parte—. Pero no un efecto que yo haya visto antes. ¿Te duele?

Me mordí la lengua. Dolía como los garfios en la carne, pero no pensaba admitirlo. Le dio la vuelta a mi mano mientras la vendaba y frunció el ceño. O, al menos, me dio la sensación de que lo fruncía. El nacimiento de los cuernos le arrugaba la frente entera, así que no era fácil de discernir. Parecía estar perpetuamente pensativo. No me importaba. Yo no había mediado palabra desde que me habían sacado del mar, pero Eco hablaba suficiente por los dos.

—Bueno, intentaré ir con cuidado —dijo.

Tenía los dedos muy largos. Qué gracioso que, de todos los rasgos suyos que me habían llamado la atención, el que más interesante me resultara fueran sus dedos. Sus dedos, y no los cuernos, ni su pelaje corto, liso y de color tostado, ni su hocico ancho, sus fosas nasales semejantes a las de una cabra o las pupilas rectangulares de sus dulces ojos castaños. Tenía las orejas largas y puntiagudas, y en una de ellas lucía un aro dorado. También llevaba un delgado anillo de oro en uno de los largos dedos, y me pregunté si igual el arete significaría que se trataba de un corsario o si simbolizaría otra cosa. Pero no, eran sus dedos lo que más me cautivaba. Los observé mientras, de un modo cuidadoso y metódico, me envolvían las manos y las muñecas en gasas.

Levantó la vista para mirarme.

—Eres una Azul, ¿no? —preguntó—. El cinto está casi intacto. Se le quemaron un poco los extremos, pero, con todo ese quimérico, era de esperar. Supongo.

Hilos azules mezclados con otros blancos, sin teñir; lo que marcaba el rango de un oficial subalterno y guardiamagus. Aunque ya no importaba.

—¿Estabas conteniendo hechizos o lanzándolos? —preguntó.

—Las dos cosas —gruñí. Eran las primeras palabras que había pronunciado en horas. O días, no lo sabía con seguridad. Tenía el recuerdo vago de un halcón en el mar.

—Hum… —respondió el fauno, y se volvió a concentrar en su trabajo.

Exhalé un suspiro y me permití recorrer el camarote con la mirada. Estábamos en una enfermería, en las tripas del barco. No había ventanas; la única luz provenía de una vela y un espejo. Los techos eran bajos y el suelo desigual, cubierto de sacos de arena para que absorbieran la sangre. En una esquina había un joven homani sentado tomando apuntes; su ayudante, deduje.

Yo también podría haber sido la ayudante del médico de abordo cuando me había alistado, pero ese puesto me habría recordado demasiado a mi madre, una verdemagus curandera con mucho talento, pero selvaje. Yo había sido su aprendiz desde los tres años. Sabía coser y vendar, sangrar y aplicar remedios, y era capaz de identificar casi todo lo que Eco tenía en sus estanterías. Torniquetes y férulas, aceite de linaza y cal, yeso, jabón y ungüentos. Sin embargo, no creía que aquel fauno fuera un magus. Hasta el momento, el tratamiento que había aplicado a mis manos había sido enteramente tradicional, pues no había empleado más que hielo, vendas y un poco de grasa amarilla.

En uno de los estantes había un pequeño espejo de bronce. Hice una mueca al ver mi reflejo. Casi nunca veía mi propio rostro, salvo las veces que lo atisbaba fugazmente en el agua al inclinarme sobre la barandilla, pero ahí estaba en toda su gloria. Un rostro curtido por el mar. Homani, como el ayudante del médico, y con la piel bronceada por haber pasado tantos meses a bordo de una embarcación. Pelo oscuro, cortado toscamente a la altura de la barbilla, ojos grises, cejas gruesas, pómulos marcados y un rostro anguloso. Tenía una cicatriz bajo el ojo, un recuerdo de mi primer día en la Guardia del Amanecer. Y un puñado de oscuros moretones, un recuerdo del último.

Eco me observaba. Aparté la vista del espejo y clavé la mirada en la cortina de lona que hacía las veces de puerta.

—Arik —dijo—. Ve a buscar al señor Fahr, por favor.

—Sí, señor —respondió el muchacho, y salió agachándose para pasar por debajo de la lona, no sin antes echarme un último vistazo.

—Bueno —dijo Eco—. No sé si se te quedarán así o si el quimérico seguirá quemándotelas y acabarás sin manos en una semana. Pero parece que se están curando, así que apuesto por las cicatrices. Muévelas, por favor.

Lo único que no estaba vendado eran los dedos. Solté un siseo de dolor al flexionarlos por debajo de las gasas.

—Hum… —murmuró el fauno.

Cuando dio un paso atrás para admirar su trabajo, bajé la vista hacia sus piernas. Patas, mejor dicho. Unas patas de cabra que se doblaban hacia atrás a la altura de los corvejones, cubiertas por unas calzas remetidas dentro de unas botas que le llegaban al corvejón. Vestía una camisa atada a la cintura con un cinturón y un chaleco de lana, pero no llevaba ni espada ni daga. Pero, claro, era un cirujano. En general, los cirujanos no sabían qué hacer con algo más grande que un bisturí. De todos modos, sí me planteé si los cuernos le servirían como arma, pues, aunque se curvaban hacia atrás, tenían pinta de ser capaces de causar daños si lo provocaban.

Se oyeron unos golpecitos en la pared y una persona cruzó la cortina de lona. Era el hombre de ojos castaños que me había sacado del mar. No debía de tener muchos años más que yo, y tenía el pelo negro y unos ojos que danzaban como la luz de las estrellas. Llevaba las ropas informales de un oficial, y la camisa blanca y el chaleco de lino contrastaban regiamente con su piel de color ámbar oscuro. Sus cejas eran tan gruesas que podrían haber competido con las mías, así como las cicatrices que le recorrían la mejilla y la línea de la mandíbula. Sin embargo, había algo en lo que sí nos diferenciábamos: a él no parecía costarle nada sonreír.

Igual que el fauno, llevaba un arete, pero ningún cinto que hablara de su maxia.

—Vaya, así que no es una siverna —dijo—. Es una pena. Buck lleva las apuestas.

—No es ninguna siverna, Dev —respondió Eco—. Déjate de apuestas. —Le dio un último jaloncito a la gasa—. No sé si conservará las manos, pero, de momento, no parece haber sufrido efectos adversos por la exposición prolongada tanto al mar como al quimérico.

—¿Era quimérico, entonces?

—De eso no tengo ninguna duda.

El oficial se volteó hacia mí y se puso recto.

—Soy Devanhan Fahr, primer oficial de la fragata corsaria Piedra Angular, bajo las órdenes del capitán Gavriel Thanavar.

—Su mirada se detuvo primero en mis manos vendadas y luego en mi rostro—. ¿Qué le pasó a tu barco?

Lo miré a los ojos y no contesté.

—Servía en la fragata Guardia del Amanecer —le informó Eco—. El Endorathil la atacó en aguas abiertas.

—¿Qué? ¿Cómo? —Lo miré boquiabierta—. ¡Pero si no abrí la boca!

Sonrió y se dio unos golpecitos en la cabeza con un largo dedo.

—Tenías razón. No soy un magus.

Gruñí para mí misma. Un clarividente. Mi madre me había hablado de ellos. Oían los pensamientos de la gente con la misma facilidad que los demás oíamos las palabras que pronunciaban. Siempre había insistido en que eran tipos peligrosos, pues nunca sabías cuándo estaban hilando.

Devanhan Fahr enarcó una ceja y sonrió.

—Bueno, ¿quieres decirme tú misma cómo te llamas o se lo pregunto al cirujano?

—Honor Renn —contesté—. Subteniente Azumagus de la fragata real Guardia del Amanecer.

—¿Capitán?

—Lagerheim.

—¿Segundo de a bordo?

—Taran Vir, nigromagus.

—¿Cuánto tiempo llevabas destinada ahí?

—Ocho meses. Fui reclutada como azumagus en la academia naval Berryburn Yard.

—No me creo que terminaras el plan de estudios —dijo Echo.

—Era la mejor de todos ellos —contesté, encogiéndome de hombros.

—¿Dejaste los estudios? —preguntó Fahr.

Alcé la barbilla.

—El magistrado dijo que estaba preparada. Lo único que me faltaba era el barco.

—No olvides cuál es tu rango, subteniente —dijo el fauno—. Dev es el primer oficial. Has de llamarlo «señor».

—Pasé de blanco a azul en menos de un año. Me tenían envidia.

—Me tenían envidia, señor —insistió Eco.

Resoplé.

—Formo parte de la Armada. Ustedes son corsarios. Mi rango es superior al de todos ustedes.

—Corsarios contratados por el rey Bonavanczek en persona —repuso Fahr—. ¿Quieres echarle un vistazo a nuestra patente de corso?

«Maldita sea», pensé, y bajé la vista. Stephanus Bonavanczek IV era el rey de Supramar, legítimo soberano de las Mareas del Norte y todas sus colonias. Eso legitimaba también el rango de los corsarios, aunque no formaran parte de la cadena de mando de la Armada, y yo valoraba esa estructura, esa jerarquía. Esa ley.

—No, señor —contesté, utilizando por fin el término de cortesía.

—Buena decisión, subteniente —contestó Fahr—. Ahora, dinos, ¿dónde te dejamos?

—¿Dejarme?

—No puedes quedarte con nosotros. Al fin y al cabo, formas parte de la Armada. Nosotros no somos más que humildes corsarios.

—¿Dónde aceptaste tu misión? ¿En Labranza? —preguntó Eco—. Suele ser un buen lugar para empezar de cero.

—Que los Soles se apiaden de ella. No dejaría en un nido de ratas como Labranza ni a mi peor enemigo. Pero, claro, forma parte de la Armada…

Y se echó a reír. Una reacción muy inusual en un corsario, aunque yo ya empezaba a pensar que la fragata Piedra Angular era un barco de lo más inusual…

—No puedo volver —admití, mirando primero a uno y luego al otro—. Las manos… Necesito… No puedo.

—Bueno, aquí no puede quedarse —sentenció otra voz, y otro hombre más entró cruzando la lona. Era un enanu, varios centímetros más bajo que yo, pero con un cuerpo hecho de hierro y músculos firmes, con el pecho ancho como un armario, los brazos fuertes y las manos callosas. El grueso pelo y la espesa barba eran del color de la nuez moscada, y tenía unos ojos grandes y expresivos, con unas cejas tan pobladas como el pelaje de un oso en invierno—. Da mala suerte llevar un náufrago a bordo —añadió con el acento refinado de quien se ha criado lejos de los muelles—. Sobre todo si es una muñequita de la Armada. La tripulación ya está bastante nerviosa.

Me fijé en que solo llevaba una bota.

—Es una magus —dijo Fahr.

—Una magus que no sabe hilar un maldito hechizo. ¿Qué infernos va a hacer en mi barco? —masculló. A pesar de su acento refinado, tenía la boca tan sucia como cualquier marinero.

—Humo… —empezó a decir Fahr.

—No sabe izar velas. No sabe atar cabos. No sabe jalar las cuerdas. Por todos los infernos, no creo ni que sepa limpiar. —Empezó a trastear por la enfermería, levantando paquetes y moviendo cobijas—. Y yo no soy mamá pato. Si no trabaja, tengo por ahí un bote justo de su tamaño.

—Subteniente, este es Humo Oakum —dijo Fahr—. Nuestro contramaestre, timonel y Magistrado de la Maxia.

—Lo hago todo —gruñó el contramaestre.

—Todo, menos ganarme al Manotazo —replicó Eco.

—Es imposible ganarle a un maldito clarividente al Manotazo. Vaya estafador presumido que eres. —El contramaestre apartó dos barriles a un lado—. Ah, ahí está. —Sacó una bota de debajo de una estantería y la sacudió para sacarle la arena. Me di
cuenta entonces de que también llevaba un arete, y un sencillo
anillo de oro en el mismo dedo que el médico—. Que ardan en
Forja los faunos. Son más bien feéricos ladrones, si me preguntas
a mí.

—No dejes las botas en mi enfermería —replicó Eco, moviendo una oreja—. Tampoco te pido tanto.

El enano gruñó de nuevo, aunque yo habría jurado que se
sonrojó. De repente, comprendí que aquellas alianzas idénticas
representaban que eran más que compañeros, que simboliza-
ban lo más parecido a un matrimonio que alguien podía tener en
alta mar.

—La pregunta, muchachos —interrumpió Fahr—, es ¿dónde
la dejamos? El capitán no tenía previsto pasar por Labranza.

El corazón empezó a martillearme contra el pecho. Yo no era
nada sin un barco.

—Como te venía diciendo, Dev, tengo un bote que…

Me incliné hacia adelante, haciendo caso omiso del dolor que
me causaba el quimérico.

—Puedo quedarme.

—Campanas, ¡ni hablar! —replicó Fahr.

—Puede que no sea más que una azumagus, pero soy muy
buena —insistí, mirando a los tres hombres—. ¡Y este es el Barco
de los Hechizos! ¡La de cosas que podría aprender aquí! ¡La de
hechizos que podría conjurar!

—No sin tus manos —repuso Fahr.

Dio en la llaga. Dolida, luché contra el nudo que me atenazaba la garganta.

Se hizo un silencio, hasta que Eco levantó la vista.

—Quizá la Piedra Angular la haya elegido.

—Pamplinas —replicó Oakum mientras deslizaba la bota sobre un pie lleno de callos y durezas—. No es más que una náufraga de la Armada a la que escupió el mar. Eso trae mala suerte, lo mires por donde lo mires.

Sin embargo, el primer oficial se cruzó de brazos y me observó con atención.

—El capitán dijo que la Piedra Angular se sintió atraída por los patrones quiméricos que había en el agua.

—Y ella fue la causante —añadió Eco, señalándome con un gesto—. Y esos mismos patrones que se le están replicando por los dedos y las palmas de las manos.

—Lo más probable es que solo sean ecos del Endorathil —dijo Fahr—. Después de la Piedra Angular, es la criatura más arcana del mar.

—Mucho me temo que no estoy de acuerdo —repuso Eco—. Las cicatrices aún siguen hilándose.

Sentí una ráfaga de gratitud hacia él. Ahora sí que le invitaría a ese fauno un trago, sin importar cuál fuera mi situación laboral.

—Arrojarlos al mar —masculló Oakum mirando atrás—. Eso es lo que se hace con los despojos y los lastres.

Y se marchó por la lona, tal y como había venido.

Fahr me observó con atención un largo instante.

—En fin, quizá la Piedra Angular sepa algo que nosotros no sabemos —concluyó—. La llevaré ante el capitán. Que decida él.

Asentí a toda prisa. No pensaba suplicarles. Ni entonces, ni nunca. Pero tampoco quería ir a Labranza después de haber quedado despedazada por obra del mar.

—El capitán es un hombre duro, pero es justo —añadió Fahr mirándome a los ojos—. Su decisión será indiscutible. ¿Lo entendiste, azumagus?

—Sí, señor.

Hice ademán de bajarme del baúl de cirujano, pero el camarote empezó a dar vueltas en cuanto puse las botas en el suelo. Me vi obligada a aferrarme al borde de la mesa para no caerme.

Nadie intentó agarrarme, por lo que me sentí agradecida.

Mientras nos íbamos, me volteé para mirar a Echo. El fauno me sonrió, y comprendí que había hallado más amabilidad en las pocas horas que llevaba en la Piedra Angular que en los meses que había vivido en la Guardia del Amanecer. Y, entonces, salí de la enfermería, y me hallé en la oscuridad de un estrecho pasaje.

Me detuve al ver la escalerilla y me miré las manos vendadas. No sabía si lograría agarrarme bien. El primer oficial, que ya estaba subiendo, bajó la vista desde los peldaños de arriba. Habría jurado que se le había dibujado una sonrisita.

—¿En los barcos de la Armada no hay escaleras, Azul?

Maldije y alargué una mano para agarrarme de un peldaño.

Fuego. Fuego y madera. «Fuego y madera y barcos y árboles y nieve y plumas y ramas y anillos y estruendos y estallidos y la negrura…».

—¿Y la escalerilla?

—Carbonizada. —Reconocí la voz, pero la oía como si estuviera debajo del agua—. Buck y Ben ya empezaron con las reparaciones.

Abrí los ojos y parpadeé, tratando de aclarar las marismas de mi mente.

—¿Estás seguro de que no es una simple hiladora de fuego? —preguntó una voz a mi izquierda, suave pero profunda, de esa clase de voces que no necesitan alzarse para que les respondan con obediencia.

—No lleva hebras rojas en el cinto. Además, las runas todavía están prendidas —contestó la primera voz.

Fahr. Eso era. Se llamaba Fahr.

Esta vez, estaba en otro camarote, más grande y mejor iluminado, y supe enseguida que se trataba de los aposentos del capitán. El gran camarote, lo llamaban, con sus elegantes muebles, candiles ornamentados y el olor dulce de la cera flotando en el aire. Había montones de mapas desplegados sobre un viejo escritorio de madera y libros y diarios amontonados en unas estanterías construidas entre los palos de la estructura del barco. Me fijé en un ciro que había apoyado en una esquina, la legendaria pica dorada de un guerrero *rhi'ahr*. Qué extraño. En el fondo de la estancia, había una ancha hilera de ojos de buey con cristales de parteluz y un hombre que nos daba la espalda, silueteado contra la luz de los soles.

—Está despierta. —Fahr bajó la vista para mirarme—. Subteniente Renn, ¿le prendiste fuego a la escotilla a propósito?

Estaba sentada en una silla de madera, con los brazos rodeándome el tronco, sujetos en cabestrillos. No tenía ni idea de cómo ni cuándo había llegado hasta allí.

—¿Subteniente Renn? —insistió.

Levanté la vista hacia él.

—No, señor. Yo… No entiendo qué ocurrió.

Fahr se giró hacia la silueta.

—¿Me quedo? —preguntó.

—Te mandaré llamar cuando hayamos terminado —respondió el hombre con la misma voz baja y profunda—. Y, por favor, dile a

Worley que traiga una botella. Esta noche tengo intención de dormir.

—Sí, capitán.

—Puedes irte, Fahr.

Antes de girarse para marcharse, el primer oficial me sostuvo la mirada. Sus ojos decían muchas cosas, pero yo no conocía su idioma. Luego, en silencio, abandonó la estancia.

Yo me quedé allí sentada y me limité a inhalar y exhalar, a ordenar mis pensamientos, a atenuar el miedo. Llamaron entonces a la puerta, y entró un hombre delgado. Dejó una botella sobre la mesa, sirvió un vaso y se lo tendió al hombre que había junto a la ventana.

—Solo uno, señor, si gusta —dijo el mayordomo—. Es un licor fortísimo.

—Gracias, Worley.

El hombre llamado Worley me sonrió al salir, y aquel gesto me reconfortó, aunque solo fuera un poco.

Debido a la luz de los soles y las profundas y alargadas sombras que arrojaban, me resultaba difícil distinguir al capitán en la distancia, pero logré vislumbrar que era alto y esbelto y que llevaba un abrigo del más intenso azul. Y entonces se movió, atrapando la luz de los astros, y me dio un vuelco el corazón cuando su forma borrosa se tornó clara y definida, como cuando el mar esculpe la línea de la costa.

—Honor Renn —dijo sin voltearse—. Una azumagus, ¿no es así?

Postura perfecta. Porte regio. Espalda ancha y cintura estrecha. Tenía una mano a la espalda y con la otra sujetaba el vino. Ambas eran elegantes, con un ligero tinte dorado en la piel, extrañas en una persona que vivía para el mar.

—Sí, capitán. De la Guardia del Amanecer —respondí.

—De blanca a azul en ocho meses, según me contaron.

Su voz era profunda y lírica; hacía que la sangre me palpitara como un antiguo tambor. Sin embargo, su acento era extraño, desconocido. Traté de ubicarlo.

—Sí, capitán.

—Muy rápido. ¿Hiciste trampas?

—Soy buena, capitán. —Tragué saliva, tratando de calmar los nervios—. Muy buena.

Parecía demasiado joven para ser el capitán de un barco como aquel. No tendría más de cinco o seis años más que yo, aunque tampoco podía saberlo con certeza. De su figura se desprendía un poder arcano; las runas antiguas me susurraban en los oídos. Además, las cicatrices rúnicas de mis manos rotas se estremecían en su presencia, como si él fuera o bien un bálsamo necesario para curarlas o bien una hoja para clavarse en ellas.

Pero, fuera cual fuera su edad, sentía, hasta en lo más profundo de mi ser, que estaba en presencia de un magus muy poderoso. Debía andarme con mucho cuidado.

—Mejor que todos los demás —dijo él.

—Sí, capitán. Es la verdad.

—Te creo.

Pero había algo que no me decía.

Alzó el vaso de licor para llevárselo a los labios y luché contra el impulso de inclinarme hacia adelante. Quería ver su rostro, para orientarme, para comprender, pero el ángulo no me lo permitía.

—Y ahora estás enredada en quimérico. —Había un matiz extraño en su voz, algo que me erizaba la piel. ¿Sarcasmo? ¿Desdén? ¿Le parecía divertido, acaso?—. ¿Qué sabes sobre el quimérico, subteniente?

Tragué saliva, valiéndome de ese instante para prepararme. Me estaba metiendo en aguas profundas, oscuras y peligrosas, como las de las corrientes más traicioneras.

—Solo lo que aprendí en la academia, señor.

—¿Y eso es...?

—Es, es... —Me costaba recordar lo que me habían enseñado en la Armada. Las enseñanzas sobre quimérico eran vagas, pues nadie sabía gran cosa sobre él—. Es un polvo arcano y alquímico que la flota *rhi'ahr* utiliza con desmesura y sin freno alguno. Proporciona a sus disparos unas llamas inestables e imbatibles.

—Con desmesura y sin freno alguno —murmuró—. ¿Se puede frenar la libertad, subteniente? ¿Se puede domar el poder?

Cambió de postura, apoyando su peso en sus talones, y la luz de los soles alumbró entonces la parte de atrás de su cabeza por completo. Y me quedé sin aliento.

El pelo, cortado toscamente, como con una daga, le llegaba a los hombros, pero no fue su corte de pelo el motivo de mi alarma. No, fue su color.

—¿Y no te enseñaron de dónde viene esta «alquimia arcana»?

Era negro, con algunos reflejos cambiantes en tonos azules, púrpura y verde oscuro, como un charco de brea sobre el agua que espera a que le lancen un cerillo.

—No, capitán —respondí, con el estómago en un puño.

Su pelo era negro como la noche. Negro como el abismo. Negro como los colores que el mar no comparte con nadie.

—En efecto, la terre tembló cuando lo hilaron...

Vi las puntas de sus orejas de elfo, que asomaban entre los mechones despeinados. En una de ellas lucía un arete.

—Pero las lunas... —Se giró y, por fin, se puso de frente a mí. Los soles iluminaron su rostro afilado y anguloso. Las cejas se enarcaban sobre unos ojos tan verdes como azules, llenos de motas doradas. Parecía un arrecife de las profundidades marinas que ondulaba y se sumergía, y el pánico empezó a adueñarse de mí. Me aguantó la mirada y añadió—: Las lunas cantaron.

Estaba segura de que, en ese momento, tenía la misma expresión que el mozo de la pólvora cuando se había quedado atrapado en el aparejo que lo había arrastrado hasta las profundidades. Lo del bote ya no me sonaba tan mal. Me parecía, de hecho, una opción estupenda. Me marcharía de allí y no volvería a mirar atrás. No sería más que una muchacha descarriada esperando a su ballena.

—Soy Gavriel Thanavar, el capitán de la Piedra Angular. Tengo entendido que quieres unirte a mi conjurio.

El corazón me martilleaba en los oídos, pero no lograba apartar la mirada de aquellos ojos. Claros como la luz, oscuros como el abismo y dorados como los tesoros que había desperdigados por la arena.

«Es muy sutil —me había dicho mi madre hacía una vida entera—. Ves otras cosas: la gente, las nubes, las coloridas banderas que ondean al viento... Hasta la danza de las aves marinas. Lo ves absolutamente todo salvo aquello que no debes ver...».

El capitán esbozó una sonrisa taimada y peligrosa, como la de un gato a punto de comerse a un ratón, y mi audacia se derritió de golpe, como una gota de miel en la lengua. Porque yo era el ratón, pequeño e insignificante, que esperaba la colmillada del elegante gato negro. Era un pez en las garras de un halcón de invierno.

—Pero la respuesta a tu pregunta es no —añadió—. No se te permitirá unirte, ni ahora ni nunca.

Quería huir. Quería esconderme. Y, sin embargo, era incapaz de apartar la mirada de aquel rostro aterrador y etéreo. De aquel rostro enemigo.

—Eres demasiado orgullosa para el Barco de los Hechizos —concluyó.

El miedo me atenazó la garganta. Pues el hombre que tenía delante, con aquellas ropas de capitán de Supramar, era un *rhi'ahr*.

3

El Cantus Lumiere

Unos vendidos. Unos traidores. El barco de los espías.

Odiaba a todos y cada uno de ellos y lo único que quería era irme a casa.

Y el sentimiento parecía mutuo, pues pusieron rumbo hacia Labranza de inmediato. Sin embargo, nadie brindaría conmigo cuando volviera al muelle. Dudaba incluso de si tendría monedas suficientes para comprar un pasaje en barcaza rumbo a los Chubascos, y el miedo de verme obligada a mendigar en las puertas de las tabernas me rondaba sin descanso en las horas de vigilia.

Eco y Humo Oakum estaban tratando de arreglar para mí un par de guantes de cuero que habían impregnado con un hechizo de contención. Decían que era para protegerme las manos mientras se estuvieran curando, pero yo sabía que, en realidad, eran para proteger al barco de aquella maxia descontrolada.

Una maxia para la que nadie parecía tener una explicación.

Yo sabía que el quimérico de la bala de cañón había reaccionado de algún modo a aquellos tres hechizos casi simultáneos que le había lanzado, y que ahora estaban fundidos en uno. Ninguno de aquellos hechizos habría podido, por sí solo, causar algo así. En efecto, el quimérico era una «alquimia arcana», un elemento antiguo que extraía el enemigo, con el que comerciaban entre las sombras a través de los mares.

Así pues, me quedé sentada bajo el propao hasta el atardecer, con las manos enguantadas sobre las rodillas, y me dediqué a estudiar el extraño mascarón de proa. Era el rostro de una mujer, tallado en un bloque de madera densa y oscura. Era inquietante, con un velo hecho de hendiduras curvas y unos ojos vacíos que oteaban el vasto mar que se extendía ante ella. Unas runas resplandecían sobre la superficie de madera, las mismas que yo llevaba grabadas a fuego en la piel, y me pregunté si la habrían forjado también en quimérico. Si era así, no quería tener nada que ver con ella, igual que no había querido tenerlo con aquella tabla ennegrecida que me había perseguido por las aguas tras el naufragio.

Aparté la vista para observar a la tripulación, que, a mi pesar, había despertado mi interés.

No era un conjurio muy grande y, como ocurría en la Guardia del Amanecer, todas las naciones de Supramar estaban representadas en él. A pesar de que los faunos, los minotauros y los enanus eran numerosos, la mayoría eran homani, como yo, un pueblo de piel desnuda de complexiones diversas, pero sin cuernos, cascos ni pezuñas, sin pelaje, colmillos ni alas que nos protegieran. Yo estaba convencida de que si habíamos sobrevivido era solo gracias a nuestra testarudez.

Por lo general, la Piedra Angular funcionaba como cualquier otra embarcación, con sus vigías, sus navegantes, sus oficiales y sus grumetes. Se fregaban las cubiertas, se remataban los cabos y se izaban las velas para aprovechar los vientos dominantes. Aun así, vi que a un maremagus se le enredaba un pie con las jarcias, y que uno de sus camaradas lo ayudaba quemando la cuerda con un hechizo *Ignateaus*. Vi a otro lanzando un *Praesidium* mientras limpiaba el ánima de un cañón. Ninguno de ellos llevaba los cintos de colores que indicaban sus distintos oficios de la maxia y sus niveles, pero sospechaba que todos ellos eran capaces de conjurar hechizos cuando estos eran necesarios o cuando les daban orden de hacerlo. En la Armada no era así, y me resultaba muy atractivo. Aunque pensaban dejarme en Labranza, así que lo que me resultara a mí «atractivo» o no era irrelevante.

Además, aquello de servir a un capitán enemigo no me gustaba, por mucho que navegara con una patente de corso del rey.

Vi que un hombre se acercaba a la borda. Era Worley, el mayordomo del capitán, que susurraba con dulzura a una cesta que llevaba en las manos. Para mi sorpresa, abrió el pasador que la cerraba y sacó de dentro un pájaro de plumaje negro, salvo por una franja blanca en el cuello. Lo reconocí: era un vencejo, el ave que se empleaba para llevar mensajes de barco a tierra. Y, como suponía, tenía un pergamino diminuto atado a una pata.

—Para el rey y el país —dijo—. Buenos cielos, mi amor.

Le dio un beso en la cabeza y lo soltó.

Luego dio media vuelta y abandonó el castillo de proa, abandonándome también a mí, dejándome sola con las sombras y mis desdichados pensamientos.

La noche era fresca; el cielo estaba lleno de estrellas y las Lunas Hermanas, Lúna, Lírika y Lár, sonreían desde ese manto oscuro y profundo, observando la noche como tres lechuzas. Las contemplé desde mi rinconcito, envuelta en un abrigo tres tallas más grande de la que me correspondía. Eco me había traído mi ración del rancho, pero yo lo había vuelto a rechazar. Ahora bien, si me hubiera traído lima y ron, o incluso un vaso de cerveza caliente y salobre, lo habría aceptado. Era capaz de beber más que el más recio de los maremagus, un rasgo que, al parecer, había heredado de mi padre, y el único por el que le estaba agradecida.

Levanté la vista al oír unos suaves pasos. Era Eco, que me miraba con una sonrisa, con su pelo de cabra ondeando al viento nocturno.

—No era mi intención escuchar —se excusó mientras me tendía un vaso—. Pero tus pensamientos son muy altos.

El vaso estaba lleno de lima y ron.

—No te lo bebas muy rápido —me recomendó—. No has comido nada, y el ron te irá directo a la sangre. Antes de que te des cuenta, estarás bailando en la cofa, y por la mañana me odiarás. Y todo porque fui amable.

Alargué una mano para agarrarlo, preguntándome si me explotaría de repente entre los dedos, envuelto en llamas avivadas por el alcohol.

—Siento que no puedas quedarte —añadió.

—Pues yo no.

—Mientes, pero supongo que era de esperar —repuso—. La vida es muy curiosa; dulce como el ron y amarga como la lima. Por eso nos gusta.

—Amargura he tenido de sobra —contesté—. Tendré que creerte en lo de la dulzura.

—Escuchar a los faunos es el comienzo de la sabiduría.

Me sonrió. Y no pude evitarlo: aunque cansada, le devolví la sonrisa.

—¡Ey, doctor! —gritó una voz desde la cubierta principal—. ¡Manotazo después de la segunda ronda! ¡En el camarote de oficiales!

—¡Ahora voy! —Dio vueltas al anillo que llevaba en la mano izquierda—. Humo no aprende nunca, pero me toca su ron, así que no me importa.

Y lo vi marcharse con esos andares bamboleantes de cabra.

Me quedé allí sentada, con el ron en las manos enguantadas. Lo bebía a sorbitos, respirando el aire salobre, disfrutando del suave balanceo del océano. Era en noches como aquella cuando pensaba en mi hogar, en aquel pobre pedacito de tierra en las arenas pantanosas de los Chubascos. Pensaba en mi madre, una verdemagus selvaje a la que nadie había formado, pero que tenía unas habilidades asombrosas. Había luchado contra el desprecio de las gentes para convertirse en una afamada curandera. A ojos de los demás, había sido hermosa y cautivadora, pero conmigo siempre había sido dura, implacable y cruel. Y todo para hacerme más fuerte, según me había dicho. Todo para regalarme la esperanza de tener una vida fuera de los Chubascos. En fin, tenía razón, porque me había marchado, y no quería volver a verla en lo que me restaba de vida.

Cuánta amargura. Aún estaba esperando a que empezara la parte dulce de la vida.

Abrí los ojos al oír pasos de nuevo, con la esperanza de ver al fauno con otro vaso de ron, pero era Devanhan Fahr. No me había visto, acurrucada como estaba bajo el propao, envuelta en abrigos y sombras. Se quedó allí de pie, oteando el horizonte. Era un hombre enigmático, con aquellos ojos risueños y aquella sonrisa torcida, con el pelo peinado con raya al lado, al estilo militar, y un arete que gritaba rebelión. Y, con todo, allí, en la proa del barco, me parecía muy apuesto. De habérmelo encontrado en una taberna o un astillero, me lo habría cogido sin pensarlo dos veces y luego me habría largado antes de que salieran los soles. Sin embargo, navegaba junto al enemigo, así que también habría podido, con la misma facilidad, clavarle una daga en las costillas y quedarme tan tranquila.

Poco a poco, se sacó las manos de los bolsillos y empezó a trazar los patrones de la hilatura de luz, moviendo los labios al mismo tiempo. Mientras dibujaba las runas en el cielo oscuro, saltaban chispas de las puntas de sus dedos. Poco después, una erupción de luz cobró vida entre sus manos, iluminando su rostro con luz parpadeante. La recogió entre las palmas de sus manos y la sopló con suavidad, arrojando chispas sobre las olas. Como si no hubiera nada en el mundo que lo preocupara. Como si no estuviera navegando con un *rhi'ahr* como capitán.

—Traidor… —le espeté con desdén.

—¡Por los garfios del inferno! —exclamó, dando un paso atrás—. ¿Qué haces aquí?

—¿Y adónde debería ir? No tengo dónde dormir, y a pesar de la amable oferta del contramaestre, no creo que el bote sea tan cómodo como lo pinta. —Me enfrenté a él con la mirada. Eso se me daba bien—. Además, ahí abajo apesta a *rhi'ahr*. Prefiero lidiar con el mar.

Negó con la cabeza.

—No es lo que piensas —dijo.

—No necesito pensar nada —repliqué—. Está muy claro.

Habían pasado diez años desde que Inframar hubiera prendido la llama de la guerra, y no pasaba un día sin que los *rhi'ahr* echaran más leña al fuego. Habíamos sufrido demasiada muerte, demasiada desolación, y, como resultado, mi pueblo, mis huesos, ansiaban cobrarse toda aquella sangre.

—¿Ah, sí, azumagus? —Se lanzó la luz a la otra mano sin apartar la mirada—. Dime, ¿qué puedes ver sin pensar?

—Que el afamado Barco de los Hechizos está capitaneado por el enemigo. ¿A quién sirves tú, eh?

—Al rey, a Supramar y a las Mareas del Norte mismas.

—Mentiroso.

Sonrió.

—Apuesto a que uno de los mejores que conocerás nunca.

—¿Cómo infernos se las arreglaron para conseguir grada en Labranza?

—Eso es asunto del rey, Azul, y no tuyo.

—Qué conveniente.

—Así es la corona.

Se volteó para dejar que la luz volviera a danzar junto al viento. Yo apoyé la espalda en el propao y repliqué:

—No importa. Cuando lleguemos a Labranza, le contaré a todo el mundo que son espías, y seguiré haciéndolo hasta que manden una flota entera para hundirlos.

—Vaya, ocho meses en el mar y ya sabes más que el rey. —Se echó a reír, y sentí el impulso repentino de darle una patada en la espinilla—. Quizá, en lugar de Labranza, deberíamos dejarte en Alto Templo. He oído que infiltrarse en su corte es bastante fácil. ¿No le robaron a un príncipe una vez?

Me mordí la lengua, aferrándome al vaso de ron con tanta fuerza que temí que acabara convirtiéndose en azúcar entre las palmas de mis manos. La historia del Príncipe Robado de Supramar era muy vieja, una fábula fantasiosa para acompañar las noches frías y la cerveza caliente. Había sido uno de los cuentos favoritos de mi madre, lo que probablemente explicaba por qué yo no tenía paciencia para escucharla.

—Créeme, Azul —añadió—. Nos quedaríamos contigo si pudiéramos, aunque fuera solo para enseñarte un par de cosas sobre lo que se ve y lo que no.

Me miré los pies con atención. Las chispas de su maxia parpadeaban sobre mis botas. Era un magus, eso era evidente, pero no llevaba ningún cinto. En aquel barco, nadie lo llevaba.

—¿Cómo haces para hilar así la luz? —le pregunté, y él se volvió a mirar las manos. Parecía aliviado por cambiar de tema.

—Es una línea luminaria básica con un ensalmo *Cantus*. Va un poco más allá de las habilidades de un azumagus.

—Enséñame —le pedí.

—No puedo.

Lo miré con los ojos entornados.

—Lo que significa eso es que no quieres porque pertenezco a la Armada.

Se encogió de hombros.

—Lo que significa eso, Azul, es que no serviría de nada.

—¿Por qué? —protesté—. ¿Porque el capitán cree que soy demasiado orgullosa para una nave corsaria? ¿O porque sabe que lo mataré en cuanto me dé la espalda, o cuando esté acurrucado en la cama?

—Porque llegaremos a puerto por la mañana… Y aprender medio hechizo es peor que no aprender nada.

Aquello tenía cierto sentido, tenía que reconocerlo. De todos modos, me enfurecía que no estuviera dispuesto a enseñarme al menos ese medio. Cualquier cosa me habría valido con tal de dejar de pensar en el hombre que había abajo, en su camarote.

—Deberías matarlo y ser tú el capitán —le dije, y una comisura de la boca se me curvó hacia arriba antes de que pudiera contenerme—. Quizá entonces te seguiría.

—¿Seguirías a un amotinado que asesinó a su capitán? Eso es caer bajo, incluso para alguien de la Armada.

Y con eso se borró toda mi astucia.

—¡Su gente hundió mi barco! —grité; mi pecho subía y bajaba con violencia con cada palabra que escupía—. ¡No pude salvar a nadie! ¡Vi cómo el mar se tragaba a mi mozo de la pólvora! Corwen tenía doce años. ¡Doce!

Esta vez le tocó a él apartar la vista. Me alegré, ya que se me habían llenado los ojos de lágrimas.

—Lo siento —respondió al cabo de unos instantes.

Me hundí de nuevo entre las sombras y me enjugué las mejillas. Doblegué mis emociones y las enterré en el abismo, donde habían terminado Corwen y la bala de cañón.

—Y casi siento también que tengas que marcharte, pero lo cierto es que tenemos una misión —añadió.

—¿Una misión? —Resoplé—. ¿Qué misión podrían estar desempeñando, teniendo al enemigo como capitán? —No respondió—. ¿Qué misión podría haber encomendado el rey a un barco de traidores?

—¿Recuerdas cuando acababas de llegar a bordo y no querías abrir la boca? —repuso con gesto nostálgico—. Qué bonito era.

—¿Para qué, exactamente, pagaría el rey de Supramar a un capitán enemigo?

—Y, ahora mismo, el bote de Humo también me parece una buena opción. La metemos ahí y ¡al agua! Hasta siempre y buenos mares, Honor Renn, Azumagus de la Armada. ¡Adiós!

Lo miré con los ojos entornados.

—¿Qué escondes?

—¿Esconder, yo? —Bajó la vista y se me quedó mirando un largo instante, aunque me dio la sensación de que no me estaba viendo a mí en absoluto. Era como si se hubiera quedado atrapado en el lado equivocado de algo de mucha más importancia—. Te propongo un trato. Yo te enseño el *Cantus* y tú te muerdes la lengua cuando lleguemos a Labranza.

Aquello no me lo esperaba. Lo fulminé con la mirada.

—¿Y de qué me sirve un hechizo *Cantus* si no puedo usar las manos?

—Bueno, si te da miedo intentarlo…

—A mí no me da miedo nada —mentí.

—Fracasarás estrepitosamente, y la vergüenza te perseguirá hasta el fin de tus días, pero sospecho que eres de las que crece cuando está sumida en la oscuridad y la afrenta.

Estaba sonriendo, no sé si con intención de provocarme o si para burlarse de mí, pero el gesto encendió en mí una mecha que nada tenía que ver con el quimérico.

Me incliné hacia adelante y contraataqué su mirada risueña con las dagas que irradiaban de la mía.

—¿Qué te parece si el trato te lo propongo yo? —respondí—. Enséñame el hechizo, déjenme en Labranza y yo le cuento a todo el mundo que son espías de todos modos. La Armada los manda directo al abismo y yo tendré un nuevo hechizo que lucir a cambio de unas cuantas monedas. Una victoria para mí, y ustedes acaban en el fondo del mar. En definitiva, todos salimos ganando.

Se agachó y apoyó un brazo sobre su rodilla.

—¿Tan insensata eres, que te atreves a amenazar a un barco de espías?

—Insensata y orgullosa —repliqué—. Demasiado orgullosa para el Barco de los Hechizos.

Esbozó una sonrisa torcida, brillante como la hoja de un cuchillo.

—¿Sabes qué pasa? Que dentro de unas horas ya no estarás aquí… Estarás abandonada en esa tierra baldía llamada Labranza, perdida, desamparada, buscando dinero…

Estaba tan cerca de mí que casi podía sentir su maxia, que me hacía cosquillas en la piel. Sin embargo, no era la misma sensación que despertaba en mí la maxia del capitán. La de este último era profunda y oscura, como una corriente que te arrastraba hacia el mar y te ahogaba en la pena. La de Fahr, en cambio, era como una caricia en la superficie: cálida, fácil, como una vieja amiga que supiera cuándo debía quedarse cerca de la orilla.

—Pero, hasta entonces… —prosiguió él, tendiéndome la mano—. Hagamos un poco de luz.

No me di cuenta de que había cambiado de tema hasta mucho después.

Me bebí el ron, deleitándome en el placer que me provocaban el azúcar y la lima al pasar por mi garganta. Le agarré la mano tras prepararme para el impacto que sabía que venía, y que hizo que me castañetearan los dientes. Fahr gruñó entre dientes mientras me jalaba para ayudarme a ponerme de pie, tras lo que apartó la mano de inmediato.

—Campanas, ¡qué daño! —se quejó, y se me quedó mirando mientras la sacudía.

—El dolor es vida —masculló.

—La vida es vida —replicó—. El dolor solo es un espectador entusiasta. En fin. Ponte ahí. Apoya bien los pies. El equilibrio lo es todo. —Obedecí—. Respira hondo y junta las manos.

Me detuve. Acababa de darme cuenta de que los guantes cubrían la piel desnuda que era necesaria para crear maxia.

—Quítatelos —dijo—. Pero intenta no prenderle fuego al castillo de proa, por lo que más quieras.

Me quité los guantes con cuidado y me los remetí por el cinto. Los cortes se habían curado, y las cicatrices rúnicas resplandecían como si ellas mismas fueran hechizos. Me pregunté cuánto duraría aquello.

—Respira hondo y junta las manos —repitió. Juntos, repasamos el patrón rúnico; yo con las dos manos y serias dificultades; él, solo con una y cierta condescendencia—. Otra vez.

Repetimos el patrón una, dos y tres veces, sin obtener ningún resultado. Ni una chispa, salvo por el fulgor de las runas dibujadas sobre mi piel.

—Ya no me funcionan los dedos —me lamenté con un suspiro. Se me encorvaron los hombros—. Me los destrocé en la batalla.

—Quizá necesites pronunciar el ensalmo. ¿Conoces el *Cantus Lumiere* entero?

—Lo leí una vez —respondí, omitiendo la segunda parte de la respuesta: «en las hojas de runas de mi madre, cuando tenía cinco años».

—Pronúncialo mientras trazas el patrón. Concéntrate.

Y eso hice. Ni siquiera me cuestioné cómo lo recordaba. Me limité a repetir las palabras. Una vez, otra y otra. No hubo luz, pero las cicatrices empezaron a danzar como el fuego que recorre la mecha de la pólvora. Repetí el ensalmo con los dientes apretados, escupiéndolo casi, mientras mis pobres dedos tejían torpes patrones en la oscuridad. Sin embargo, no apareció ni una sola gota de luz.

—Te lo dije —declaró él, con una sonrisita que le curvaba los labios.

—No —repliqué. Lo conseguiría—. Solo tengo que…

—Bajar a dormir un rato —me interrumpió, con los ojos cafés llenos de pena—. Labranza no será amable contigo.

—¡Que no!

Con un rugido, junté las manos y, de repente, casi salí despedida por los aires. La luz estalló hacia el bauprés y los patrones brillantes salieron despedidos en todas direcciones a través del mar.

Oí los gritos de la tripulación, que acudió a toda prisa a sus puestos. El corazón me latía desbocado, el pulso me rugía en los oídos y el dolor se me extendía por los brazos. La luz seguía brotando de las palmas de mis manos, bailando a través de las olas como música. Me obligué a mantener el equilibrio, pero lo único que quería era volver arrastrándome al propao, y al abrigo, y a las sombras.

Aro'el, susurró una voz en mi mente.

—Maldito sea Forja —maldijo Fahr—. ¡Mírate los brazos!

Los mismos patrones que habían danzado por las aguas bailaban también hacia mis codos. Sin embargo, las runas eran otras. *Cantus Lumiere*. En los dedos y las palmas de las manos eran donde refulgían con más fuerza, pero trepaban también por mis muñecas, en las que palpitaban, más tenues, las runas quiméricas.

Y entonces, tan repentinamente como habían estallado, los patrones se extinguieron. El mar volvió a convertirse en una masa oscura.

Respiré hondo varias veces, luchando porque no me fallaran las piernas. El dolor iba menguando poco a poco y un entumecimiento silenciaba mis manos.

—Vaya —dijo Fahr—. Eso sí que no lo había visto venir. Cúbrete las manos y te daré el último vaso de ron.

Estaba demasiado abrumada para mediar palabra. Con dedos temblorosos, me deslicé los guantes sobre aquellas incomprensibles manos.

Mientras nos dirigíamos hacia la escotilla que daba a las cubiertas inferiores, traté de ignorar las miradas de los marineros en turno de guardia. Oí que murmuraban «rastrearunas» en voz baja, pero ni eso fue capaz de armarme de furia. Eco y Humo aparecieron desde abajo, probablemente, intrigados por el extraño estallido de luz, y me pregunté quién iría ganado. Sin duda, yo no. Nunca ganaba yo. Ni siquiera en un barco lleno de rebeldes e inadaptados había un lugar para mí.

Tras de mí, se oyó una campana. Todo el mundo se quedó paralizado.

Volvió a sonar. Una alarma que hacía castañetear los dientes, que resonaba sobre las aguas y disparaba los pulsos de los tripulantes. Éramos una nación en guerra. Todos sabíamos lo que significaba.

—¡A sus puestos! —gritó Fahr—. ¡Todo el mundo a sus puestos!

Sobre nosotros, el palo trinquete retumbó cuando se desplegaron las velas. Me volteé para escudriñar las aguas con los ojos entornados.

En la distancia, los cielos ardían.

4

Cadencia, Llamada y Torrente

Las campanas repicaron otra vez.

—¡Tripulación! —gritó Fahr—. ¡A sus puestos!

—¿Qué pasa? —gritó Humo mientras corría hacia la rueda de timón—. ¿Qué vio?

—Que me parta un rayo si lo sé.

La nave escoró a estribor y nos aferramos con fuerza para soportar la embestida de las corrientes. Eché un vistazo a la rueda de timón. Era un timón de dos soles, con dos ruedas que trabajaban a la vez y proporcionaban un refuerzo cuando los mares estaban más embravecidos. Humo tenía una manota en una de las cabillas, pero no parecía hacer fuerza. De hecho, daba la sensación de que la fragata se movía por sí sola, con independencia de su tripulación y de los vientos dominantes.

La harpía salió trastabillándose por la escotilla y cruzó el aparejo dando saltos hasta ocupar su posición en el bauprés. Se agarró del palo con las garras y extendió las alas correosas, como si quisiera atrapar la brisa. Vi cómo sus ojos oteaban el horizonte, y me pregunté qué le parecería la vida en el Barco de los Hechizos. Parecía haber nacido para ella, como todos los demás.

Me agarré de la barandilla, con una presión que me atenazaba el pecho y la garganta seca. Oteé a través de las aguas hasta encontrar una luz roja y parpadeante. Conocía bien aquella imagen. La tenía grabada en la retina, igual que las cicatrices rúnicas de mi piel. El crepitar de la madera ardiente reverberaba en mis oídos, como el estruendo de los cañones, como los gritos de mi tripulación.

Me incliné sobre la barandilla y di gracias por las gotas frescas con las que me salpicaba el océano. Alcé la vista al ver un destello blanco que pasaba a toda velocidad sobre mi cabeza. Era un halcón de invierno, blanco y fantasmal, que se alejaba de la Piedra Angular en dirección al resplandor rojo. Eco se acercó a la barandilla y se colocó a mi lado mientras lo observaba.

—Conozco a ese pájaro —le dije—. Esperó conmigo un rato cuando estaba a la deriva, después del naufragio.

Eco tenía la mirada fija en el horizonte. La brisa arrojaba sus orejas hacia atrás, apartándolas de su largo rostro.

—Por supuesto.

—Debería haberme salvado. Estúpido pájaro… Es lo bastante grande para cargar conmigo.

—Quizá pensó que le prenderías fuego.

Contemplamos al halcón hasta que se convirtió en poco más que un puntito blanco y desapareció en la oscuridad, como un ancla en las profundidades.

De repente, la harpía chilló y señaló con la garra de una de sus alas.

—¡Artilleros, preparados! —gritó Fahr.

—¡Artilleros! —repitió Humo, apoyado en el timón de dos soles.

Fahr dio un paso hacia proa y alzó una mano, y las campanas quedaron en silencio.

—¡Ojo al tiempo, muchachos! —gritó.

—¡Ojo al tiempo! —repitió Humo, para reforzar la orden de mantenerse alerta a los cambios que hubiera en el mar—. Vigilen si hay algún grumete en el agua.

El fuego flotaba hacia nosotros. Troncos y tablas en llamas, barriles, cofres y baos. Tragué saliva con fuerza al ver que los escombros ardientes chocaban con el casco de roble de la Piedra Angular. Parecían los restos de un barco pescador. Estábamos navegando a través de sus huesos, en busca de restos de vida. No quedaba nada más que el fuego, nada más que los chisporroteos del quimérico.

Nos deslizamos por el agua en silencio, pero las llamas no terminaban ahí: otro foco llameaba en el horizonte, guiándonos, como las piedras por el camino de un jardín. Nos dirigimos hacia ellas, conscientes de lo que encontraríamos.

—Eso es nuevo —dijo Eco, señalando mis manos con la cabeza. Ambos observamos los patrones que resplandecían más allá de donde terminaban los guantes.

—Fue el *Cantus Lumiere*, creo.

—Vas a necesitar unos guantes más largos. ¿Te duelen?

—No —mentí de nuevo.

—Te olvidas de que te oigo.

—Te olvidas de que me da igual.

—Hum…

Me quedé mirando el horizonte, tratando de no pensar en lo que ocurriría si las manos no se me curaban nunca.

Lo siguiente que vimos fue el armazón destrozado de una fragata de la Armada. Las aguas estaban plagadas de los restos ardientes del naufragio de otros barcos. Botes y barcos pesqueros, fardos y barriles, cabos y jarcias. Las olas oscuras arrastraban historias de vida y de muerte y los despojos de la guerra. No me hacían falta las manos doloridas para saber, sin sombra de duda, que los *rhi'ahr* habían pasado por allí.

Vi otro destello blanco: el halcón de invierno había regresado. Inclinó un ala al pasar junto a la harpía, que seguía apostada en el bauprés, y luego giró en el aire y desapareció tras el castillo de popa, supuse que para buscar maremagus muertos o moribundos. Probablemente, aquel día, en el mar, tenía la esperanza de que yo estuviera muerta. Habría estado encantado si hubiera podido roer mis huesos para cenar.

Fue entonces cuando oí los cañonazos.

La fragata se desplazó bruscamente hacia adelante y las campanas repicaron de nuevo. Los soles empezaban a alzarse sobre la Bahía de los Labradores. Los muelles de Labranza estaban en llamas, y oleadas de calor rojo, amarillo, naranja y blanco lamían los cielos. Vi las siluetas de tres barcos que abandonaban la bahía a través de la bocana oriental. Una de ellas seguía abriendo fuego contra el puerto mientras se alejaba. Saltaba a la vista que era una nave *rhi'ahr*, pues resplandecía bajo la luz de los amaneceres, con sus ornamentaciones y placas blancas y doradas y sus velas, blancas y doradas también. A su paso flotaban las entrañas de los barcos muertos, algunos ardían, otros chisporroteaban mientras el quimérico iba convirtiendo la madera en carbón. Una vez más, mis manos se resintieron como respuesta.

Pero aguanté, empujando el dolor a lo más hondo. Al fin y al cabo, mi madre me había enseñado que el dolor era una parte más de la vida, igual que respirar.

—¡Capitán a cubierta! —gritó un aprendiz de magus.

Miré atrás y vi a Thanavar, que bajaba de lo alto del castillo de proa. Qué extraño… No lo había visto allí antes. Se movía como un gato, con agilidad, rapidez y elegancia. El pelo negro se le mecía con los golpes del viento nocturno, haciendo de reflejo del cielo oscuro que nos amenazaba. El corazón me dio un brinco. Era el enemigo de nuestro pueblo, el azote de nuestras mareas. Y que un enemigo capitaneara la Piedra Angular significaba que la guerra estaba allí, en nuestra mismísima cubierta.

Se detuvo en el alcázar y oteó el mar. Por muy *rhi'ahr* que fuera él, yo sabía lo que iba a pasar. Cualquiera que hubiera pasado más de un mes en el mar, en una nave de la Armada, lo habría sabido. Y, sin embargo, contuve el aliento, arete de sus palabras.

—¡Zafarrancho de combate!

—¡ Zafarrancho de combate! —resonó el grito—. ¡ Zafarrancho de combate!

El minotauro se dirigió con paso firme a un baúl que había cerca de la mesana y lo abrió. La alarma se propagó enseguida, pues en su interior había unos tambores que empezaron a tocar máxicamente la llamada marítima a las armas. Los maremagus corrieron a los cañones y el resto de la tripulación, a sus puestos.

En la bahía, el barco *rhi'ahr* viraba a toda potencia, tratando de atrapar los vientos con las velas mientras la perseguíamos. Su nombre era Marelethan; lo llevaba pintado en letras doradas en la popa. Observé el trabajo del metal de las campanas, el trenzado de sus cabos. Observé también a su tripulación, que corría a toda velocidad hacia los cañones de popa. Nuestra llegada había sido inesperada y era evidente que no estaban preparados. Su arrogancia sería su perdición. ¡Y al amanecer, nada menos! Apreté los dientes, segura de que, esa mañana, se haría justicia por el hundimiento de la Guardia del Amanecer. Ver cómo el enemigo se hundía sería música para mis oídos. Por Forja, ¡sería toda una sinfonía!

—¡Cañones de caza! —gritó el capitán.

—¡Cañones de proa! —gritó Fahr a la tripulación que se había reunido en cubierta.

—¡Fuego!

Los cañones dispararon sus balas letales, pero la mayoría se quedaron cortas y cayeron al agua con un chapoteo, lejos de la popa del Marelethan. El navío enemigo contraatacó, pero lo hizo con torpeza: las balas de cañón colisionaron contra el agua y el quimérico se disipó entre las olas. Yo siseaba de dolor, pues con cada golpe al agua me ardían las nuevas cicatrices, llenas de runas. Maldije mi falta de control. Thanavar, que aún estaba en el puente de mando, me miró.

—Ven aquí —me ordenó.

El corazón me retumbaba en el pecho. Él no era mi capitán. No tenía por qué obedecerlo. Es más, era el enemigo, y mi obligación era matarlo en cuanto se me presentara la oportunidad, sin pensarlo dos veces. Me felicitarían si lo hacía. Me ascenderían, incluso. Sin embargo, no tenía más arma que mi lengua rebelde, así que cambié la barandilla por el alcázar y alcé la cabeza bien alta para presentarme ante el capitán enemigo.

—Te odio —le espeté.

—Bien.

—Y te mataré en cuanto pueda.

—Aún mejor. —Me miró con los ojos entornados y me agarró la muñeca. La levantó y apartó el guante, hasta dejar la palma de mi mano al descubierto—. ¡Fahr! ¡Fuego!

No me soltaba, y yo tampoco apartaba la mano. Su piel estaba fría como el hielo en un río.

—¡Molly Bum! —gritó Fahr—. ¡Vuélenle la gavia, si pueden!

Se oyó el restallido de un cañonazo, tan potente que hizo temblar el suelo de madera bajo mis pies. Me mordí el interior de la mejilla, rezando por que el dolor fuera más fuerte que el miedo que sentía por aquel hombre aterrador y por aquellos ojos salpicados de oro. Oí, más de lo que vi, el cañonazo que atravesó el aparejo enemigo. Oí, más que vi, la descarga con la que respondieron, y logré no sisear entre dientes cuando el disparo del enemigo se hundió en el agua a estribor.

Sin embargo, en ese momento, se encendieron las cicatrices de mis muñecas. Grité de dolor.

—*Kirianae ik thay'ell* —dijo el capitán en un idioma que nunca había oído.

—*Kirianae sil* —respondió una voz que no conocía.

Pero había sido yo. Aquellas palabras habían salido de mi boca, pero no eran mías. Había sido mi boca, había sido mi voz, pero aquellas palabras no eran mías.

—Por las Lunas Hermanas… —dijo Thanavar, con aquellos ojos profundos clavados en los míos. Cada vez me parecían más oscuros—. Pero ¿qué hiciste?

Me quedé sin aliento, pero apreté los dientes y le sostuve la mirada. No tenía ni idea de qué me estaba preguntando, pero que me partiera un rayo antes de dejar que viera mi miedo. Además, él no se había encogido de dolor con el contacto con mi piel, a diferencia de Fahr y Eco. No obstante, él era *rhi'ahr*, como el quimérico. Quizá ambos ardían con la misma profundidad.

—Ojalá no me arrepienta… —musitó al cabo de unos instantes.

Me soltó y dio un paso atrás.

—Alto al fuego —ordenó—. Fahr, déjalo marchar y llévennos a puerto.

—¿Que lo dejen marchar? —pregunté.

—Sí, mi capitán —respondió Fahr—. ¡Alto al fuego, muchachos! ¡Al puerto!

—¡¿Que lo dejen marchar?!

La Piedra Angular giró hacia el muelle, deslizándose hacia el viento cálido y el puerto en llamas, y el navío *rhi'ahr* se alejó.

—¡No puedes dejar que se vaya! —El Marelethan cabalgaba las olas, cada vez más lejos del alcance de nuestros cañones—. ¡No me lleves ahí! ¡Síguelo! —Pero, por supuesto, la Piedra Angular se dirigía a puerto. Me di la vuelta para encararme con el capitán—. ¡Esta fragata es rápida! ¡Podemos alcanzarlo! ¡Podemos hundirlo!

Dio un paso hacia mí, acercándose tanto que me rozó el brazo con el abrigo.

—Alto, subteniente.

Mi furia no hacía sino crecer, pero había algo más que crecía junto a ella, un sentimiento que no quería, que rechazaba con todas mis fuerzas.

—No hace falta que me dejen en el muelle —le rogué—. Me iré en el bote. Por favor, alcáncenla y húndanla en lo más profundo del mar.

—¡Fahr! ¡Hiladores a cubierta! —ordenó Thanavar, dando un paso atrás.

—Sí, mi capitán. ¡Hiladores a cubierta!

—¡Por la Guardia del Amanecer! —grité—. ¡Hunde ese condenado barco!

Me abalancé sobre él y empecé a golpearle el pecho con las palmas de las manos. El quimérico estalló en una lluvia de chispas y se vio obligado a dar un paso atrás. Soltó un gruñido y, con unas runas refulgentes, me mandó disparada hacia atrás. Tras estamparme contra la madera de la escotilla, traté de ponerme de pie, pero él cerró el puño y me quedé inmóvil, incapaz de mover ni una sola pierna o brazo, incapaz incluso de hablar.

Era un hechizo de atadura. No le había hecho falta el ensalmo. No le había hecho falta pronunciar ni una sola palabra.

—Otro arrebato como ese y te ato a la serviola —gruñó el capitán—. Díselo, Fahr. En la Piedra Angular no se toleran calumnias.

Fahr me miró con gesto severo y negó con la cabeza. En ese momento lo odié también a él. A él, y a su capitán, y a aquel barco maldito por Forja.

Humo se apartó para dejar que Thanavar tomara el control del timón de los soles. Se aferró con fuerza a la rueda.

—Cadencia, llamada y torrente, Fahr —ordenó.

—Sí, mi capitán. —El primer oficial se volteó hacia el maestre de cubierta—. Buck, ¿bailamos?

—¡La danza de la lluvia! —respondió el minotauro con una sonrisa.

Buck. El minotauro se llamaba Buck.

Humo levantó la vista hacia el capitán y me señaló.

—¿De verdad nos la tenemos que quedar? —preguntó—. Llegados a este punto, casi la podría lanzar a la orilla. Acabaría bien frita y crujiente, como una salchicha, y no tendríamos que llevar una maldición de la Armada en la bodega.

—Una idea maravillosa, Oakum —repuso el capitán—. Pero, por favor, ocupa tu puesto junto al palo mayor.

Humo saludó llevándose los nudillos a la frente y cruzó la cubierta para ponerse entre Buck y Fahr.

Estábamos ya muy cerca de puerto. Eché un vistazo a los muelles de Labranza. El aire era caliente, y el cielo matutino estaba tapado por el humo que se elevaba de los incendios del embarcadero. Vi la estructura de la taberna en la que había brindado por primera vez, que ya no era más que un cascarón en llamas. Vi sombras que se escabullían por las calles y corrían por las chozas, en un intento desesperado por salvar lo poco que quedara de pie. Se me rompió el corazón al ver un perro atado a un poste que trataba de liberarse a mordidas antes de que lo engulleran las llamas. Podía ser testigo del hundimiento de los barcos y la muerte de los hombres, pero el sufrimiento de los animales me partía el alma. En cuanto a las personas, ya me había hecho más dura que una roca antes de hacerme a la mar por primera vez.

Si entrecerraba los ojos, aún vislumbraba al Marelethan, navegando por la bocana oriental, libre como un halcón al despuntar el alba.

Se había ido.

El capitán se giró hacia mí, con el rostro adusto como una capa de hielo.

—Mira y aprende, mala mujer de una fragata perdida. Mira lo que significa servir en el Barco de los Hechizos.

Alzó una mano en el aire y de ella brotaron runas como monedas. Fahr, Humo y Buck hicieron lo mismo desde el palo mayor: alzaron los brazos y arrojaron patrones que resplandecían como estrellas. Y, como un latido que respondiera, el barco empezó a virar. Empezó a alzarse y a escorar mientras el agua se movía bajo el casco.

Estaban invocando al océano.

Cadencia, Llamada y Torrente.

Estaban hilando el mar mismo.

Con la cadencia nacían las vibraciones; se originaban en las manos de Fahr y viajaban hasta las olas. En la superficie del agua, veía unas ondulaciones que engañaban, porque las corrientes eran mucho más bravas en las profundidades. Un golpe, otro y otro, una cadencia de golpes. Hasta en los tablones de cubierta reverberaba el ritmo. Los dedos de Humo, ennegrecidos de grasa pero refulgentes de poder, tejían un patrón muy sencillo: era la Llamada. La Piedra Angular se inclinó hacia las olas ante la respuesta de las aguas de la bahía. Pero ¿qué era el Torrente?

La fragata dio una sacudida. Me volteé y vi una enorme ola de agua que venía hacia nosotros. Se había formado desde más allá de la Bahía de los Labradores y se estaba abalanzando sobre nosotros como si de la Gran Barrera del Terror se tratara. El Barco de los Hechizos bajó con la corriente y luego volvió a elevarse junto a la ola que creció bajo su casco. Vi el esfuerzo pintado en el rostro del contramaestre mientras invocaba a las aguas. A su lado, Fahr giró las palmas hacia arriba y la ola salió disparada hacia el cielo, como una montaña. Subió, subió y subió, interponiéndose entre nosotros y el muelle, coronada con la espuma blanca del mar, y, por un instante, me dio la sensación de que estábamos bajo el agua.

Torrente. Traté de recordar las páginas de los libros de la academia. Traté de visualizar las runas. Torrente. ¿Torrente?

El minotauro juntó las manos peludas y luego las abrió de golpe. Y el agua siguió sus movimientos.

«¡Lluvia!».

Y, como un torrente, la gigantesca ola rompió, convirtiéndose en un millar de gotas, y lanzando lluvia salada por todo el puerto. Los fuegos se apagaron, las ascuas sisearon y el humo se elevó, rizado y caliente, en los cielos matutinos, mientras el mar apagaba el incendio. La Piedra Angular subió y bajó de nuevo, cabalgando una segunda ola que lo llevó a tierra y, esta vez, Buck lanzó el agua más hacia el interior. Una tercera ola se abalanzó sobre la ciudad, pero fue la cuarta la que me dejó atónita.

Se erigió sobre el muelle, girando en un remolino, como un muro de vapor y agua salada. Hasta peces se veían nadando en su interior; era como si el agua contuviera el aliento. Miré al capitán. Tenía una mano en las ruedas del timón y con la otra trazaba patrones al viento. Estaba empapado hasta los huesos; la lluvia le caía por la frente y los pómulos, y tenía el pelo oscuro pegado a los hombros. De las puntas de sus dedos brotaban patrones desconocidos para mí, casi como los de un hechizo de protección, pero distintos. Debía de ser maxia *rhi'ahr*. Era un magus muy poderoso, y aquello lo hacía peligroso. Sin embargo, eso no me impidió observar maravillada cómo guiaba la tormenta a través de los barcos despedazados, mandando aguaceros que apagaban todo fuego que siguiera vivo. El agua de mar caía también, como lluvia, sobre la cubierta de la Piedra Angular.

Cerré los ojos para recibirla con los brazos abiertos, fresca y salada, suave y limpia.

Hiladores de luz. Hiladores de agua. Unas habilidades con los cañones dignas de la Armada.

En aquel barco, la maxia se respiraba como si fuera aire.

—¡Barco a la vista! —gritaron desde el tope.

—¡La Armada! —gritó un joven guardiamagus. Era alto y delgado, con la piel oscura y el pelo negro y rizado, con las puntas rubias por la exposición a los soles—. ¡Está la Armada, capitán!

El corazón empezó a latirme desbocado al atisbar que, por la bocana occidental, se nos acercaba un enorme buque de guerra de cuatro palos con el gallardete azul y dorado de Supramar.

—¡A sus puestos! —gritó el capitán mientras se quitaba el pelo mojado de la cara—. Hiladores, alto.

—Maldita sea. —Oí gruñir a Fahr—. Es el Templomar.

—¡Que Forja se coja a un fauno! Ese te la tiene jurada, Dev —dijo Humo. El pecho ancho como un armario le subía y bajaba de las carcajadas—. Quiere llevarte a tu casa envuelto en lazos. ¡El viejo Boni y Bracey serán amiguitos otra vez!

—Que te jodan —replicó Fahr.

—¡Dentro de un rato!

Se oyó el estallido lejano de un cañón, pero estaba demasiado lejos para ser más que una amenaza. Aun así, nosotros éramos corsarios y ellos, la Armada. Yo misma formaba parte de la Armada, y no acababa de parecerme bien.

Thanavar se giró hacia el joven guardiamagus y soltó el timón.

—Toma el timón, Neale. Sácanos por bocana oriental a toda vela. A ver si logramos eludir la Corona, al menos por hoy.

—Tú puedes, muchacho —lo animó Humo—. Si lo haces rápido y sin ir entre tropiezos, esta noche tendrás ración extra.

El hombre llamado Neale les respondió con una sonrisa de oreja a oreja, por debajo de su maraña de pelo negro.

—¡Sí, señor! —dijo. Hizo el saludo correspondiente y se giró hacia la tripulación—. ¡Se acabó lo bueno, bribones! ¡Izen las velas antes de que Bracebridge los joda a todos!

La Piedra Angular giró a estribor al tiempo que los maremagus corrían a sus puestos. El viento ululaba, el casco crujía, y el humo de Labranza no tardó en disiparse en la distancia. El eco de los cañonazos de la Armada tardó mucho más tiempo en desaparecer.

Thanavar se volteó y, de repente, me caí al suelo sobre mis manos y mis rodillas. Me había soltado.

—*Kirianae* —me dijo. Las palabras se deslizaban por sus labios—. *N'gariyad ilfoy?*

No sabía qué decir. No había ningún hechizo que me impidiera hablar, pero no sabía qué decir. No sabía nada sobre su mundo.

—No entiendo...

En retrospectiva, fue una sorpresa que me funcionara la lengua. Él suspiró.

—Te voy a dar una segunda oportunidad, subteniente. Pero que sepas que, en mi barco, nadie recibe una tercera.

Una oportunidad en el Barco de los Hechizos. Todo en mi interior parecía rebelarse ante esa idea. Y, sin embargo...

Él levantó la vista.

—Fahr, Oakum, vayan a buscar al médico y vengan a mi camarote. Lleven a la mala mujer con ustedes.

Dio media vuelta y desapareció por la escotilla, llevándose con él todo el oxígeno.

Me sentí agradecida cuando Fahr y Humo me agarraron de los brazos y me pusieron de pie.

5

La rastreadora

Fahr, Eco, Humo y yo estábamos en el camarote del capitán, sentados alrededor de un enorme escritorio sobre el que habían desplegado un mapa del mundo. Había una parte que ya conocía, por supuesto. Había tratado de prestar atención a las cartas náuticas en Berryburn Yard, las que mostraban en detalle los cuatro continentes de Supramar y los archipiélagos que conformaban nuestras Mareas del Norte. Y, como siempre, el elemento más grande y visible de cualquier mapa era la Gran Barrera del Terror, una cortina de agua que rodeaba la terre a la altura del ecuatorus y dividía las Mareas en dos.

«El mar se encuentra con el cielo en la Antigua Gran Barrera del Terror, conjurada por los Nobles Sacerdotes, que de pie permanezca para siempre», decía una saloma. Ya no quedaban Nobles Sacerdotes, pero la Gran Barrera del Terror seguía de pie, poderosa, terrible y más destructiva que los mismísimos infernos. Se erigía alta y orgullosa sobre el horizonte desde que el mundo era mundo, imponiéndose ante toda fuerza de la naturaleza en su media legua de altura, y los océanos se precipitaban hacia ella con sus implacables corrientes. Quedar atrapado en sus aguas te condenaba a una destrucción segura, pues las mareas chocaban con ella con tanta fuerza que se sabía de pocos barcos que hubieran sobrevivido. Se decía que los pedazos de los barcos destrozados caían del cielo durante días, como lluvia.

Yo nunca la había visto con mis propios ojos, pero había oído historias suficientes para saber que eran ciertas. Incluso mi madre me había hablado de ella. Sin embargo, a diferencia de lo que decía la saloma, ella aseguraba que quien la había conjurado había sido un poderoso Terromagus, un Hechicero del Terror, para mantener las Mareas separadas y la guerra a raya, y que todavía seguía de pie, majestuosa y letal, dispuesta a reducir a cualquier barco a un puñado de astillas.

Yo no era capaz de imaginar el poder que se necesitaba para conjurar una cosa así. Las habilidades que debía de haber requerido eran algo inconcebible para mí.

Desvié la mirada hacia el capitán, que estaba inclinado sobre la carta náutica. Las puntas del pelo, que se le empezaba a secar tras el torrente de hacía unos minutos, se le rizaban, y la luz del candil iluminaba los tonos azules y negros de su pelo. Había echado su abrigo empapado sobre una silla, y se había arremangado la camisa de lino hasta los antebrazos.

A pesar de estar concentrado en el mapa, parecía irradiar poder a oleadas.

Por un instante, casi creí en las historias. Casi imaginé, al mirarlo, cómo debía de haber sido el último Terromagus. No me extrañaba que los supralandeses hubieran temido a aquella gente lo bastante como para levantar un muro de agua entre las Mareas. Se decía que sus cuerpos de elfo eran más fuertes que los nuestros, que eran mucho más poderosos canalizando maxia y capaces de controlar el quimérico igual que los hiladores de agua controlaban las olas del mar.

Y si todos tenían el mismo poder que irradiaba del capitán, ese poder que parecía para él tan natural como respirar, les temíamos con razón.

En mi experiencia, en los veintipocos años que llevaba sobre la terre, había una cosa que se había demostrado cierta en todos los hombres, sin excepción: siempre ansiaban más poder del que tenían.

Humo señaló el ecuatorus y masculló algo, y yo aparté la vista del capitán para fijarme de nuevo en el mapa. Tenía asuntos más apremiantes de los que ocuparme que los disparates de los hombres. Por ejemplo, cazar al Marelethan.

Era fácil identificar Supramar en el mapa, en las Mareas del Norte, por los continentes y archipiélagos al norte de la temible Gran Barrera del Terror capaz de destrozar el mundo. Inframar estaba al sur, y no había visto jamás ningún mapa que mostrara continente alguno. No obstante, corrían rumores de que existían ciudades que vagaban por los mares, y de que en la Gran Barrera había grietas, donde los muros de agua se habían resquebrajado y las aguas crecientes se habían partido, que permitían que los barcos *rhi'ahr* entraran en Supramar para saquear y robar a su antojo. Un profesor de Berryburn Yard incluso había contado una teoría suya según la cual los *rhi'ahr* estaban intentando derribar la Gran Barrera del Terror. Si lo conseguían, nos matarían a todos.

Y, sin embargo, en aquel mapa en particular, sí que había un continente, uno solo, dibujado en el polo sur. Un escalofrío me recorrió la espalda cuando comprendí que debía de haberlo añadido Thanavar. Él lo conocía, por supuesto. Era *rhi'ahr*. Probablemente, había navegado hasta Supramar a través de una de esas grietas legendarias. La historia de cómo había terminado allí, siendo el capitán de una fragata con una patente de corso, sí que deseaba leerla o escucharla desesperadamente. Fuera cosa de las grietas o de la maxia, allí estaba él, envuelto en la luz de las lunas y las sombras, y yo apenas lograba mantener la mirada lejos de él.

Lo miré, inclinado sobre la mesa con una copa de vino en la mano, y sentí que me ardía la piel solo por estar con él en un mismo camarote. Antes del Endorathil, nunca había visto a un *rhi'ahr*. Antes del Barco de los Hechizos, jamás me habría imaginado que llegaría a estar tan cerca de uno de ellos. El ciro que descansaba en la esquina era suyo, era evidente. Me pregunté cuánta sangre supralandesa habría derramado.

Mi mente divagaba a toda velocidad, pensando en todas las formas en las que podría matarlo, y no me molesté en esconder mis pensamientos. Eco suspiraba una vez tras otra y negaba con su cornuda cabeza, al tiempo que trataba de advertirme con sus grandes ojos cafés. Yo le hacía caso omiso; prefería concentrarme en el mapa y en el despliegue de cicatrices rúnicas que danzaban bajo el cuero de mis guantes.

—¿Fue suficiente, Fahr? —preguntó Thanavar.

—Lo hicimos lo mejor que pudimos, capitán —respondió Fahr, enjugándose la frente con el dorso de la mano—. A Labranza no le habría venido mal que la rociáramos una última vez, pero el Templomar tenía otros planes.

El capitán hizo una pausa para observar su vino.

—Me preocupa la audacia que denota un ataque como este —dijo—. Aunque Labranza sea uno de los puertos más meridionales de Supramar, nunca había sufrido un ataque de esta envergadura en todos estos años.

—Es casi una invitación a una guerra abierta —apuntó Humo.

—Dudo que el rey pueda negarse esta vez —añadió Fahr.

—Se negará —adivinó Thanavar.

—¿Y cuántas ciudades supralandesas tendrán que arrasar para que muerda el anzuelo? —preguntó Humo.

—Has tenido diez años para encontrar una solución, Oakum —replicó el capitán—. Ahora solo tenemos seis meses. —A modo de respuesta, Humo puso los expresivos ojos en blanco y agarró su vaso—. La situación requiere que redoblemos nuestros esfuerzos. Si las embarcaciones pueden ir y venir así, estamos en peligro.

—Podemos reparar todas las brechas que encontremos en la Gran Barrera —dijo Fahr—. Pero, a medida que sigan extrayendo quimérico, se irán abriendo más. Es solo cuestión de tiempo.

—Seis meses —repitió el capitán.

Se hizo un largo silencio.

—Es evidente que encontraron un modo de seguirle la pista a la Puerta de las Nubes —añadió—. Si queremos acabar con todo esto, debemos cortar sus líneas de suministro.

—Solo tenemos un barco —le recordó Eco.

—Ah, pero ¡qué barco! —repuso Fahr con una sonrisa.

Humo se terminó el vaso de ron.

—Pues presentémosles batalla nosotros mismos, carajo —dijo—. Cruzamos a Inframar por una brecha y hundimos cada barco que encontremos.

—Eso es demasiado peligroso —dijo Eco.

—También lo es dejarlo como está —protestó Humo.

—Si no perdura, no sirve de nada —repuso el capitán.

—Perduraba —se lamentó Humo, y luego suspiró—. Hasta que dejó de perdurar.

—No te voy a volver a avisar, Oakum —le advirtió el capitán.

Se hizo un silencio tenso en el camarote.

No sabía de qué estaban hablando, pero allí reinaba tanta tensión como la que alberga una ola antes de romper.

—El quimérico le dio la vuelta a la situación —dijo Fahr tras unos instantes—. No podemos luchar contra él.

—Eso es cierto. —Thanavar me miró de repente—. Pero me pregunto si ahora seremos capaces de encontrarlo nosotros también.

Se dio la vuelta y se dirigió a una de las ventanas con parteluz. Debajo había un baúl cubierto por una cobija llena de plumas blancas, y me pregunté si el halcón de invierno le habría pertenecido a él. Tenía sentido, ya que ambos habían nacido en Inframar. Thanavar apartó la cobija y alargó una mano hacia el seguro del baúl, para luego abrirlo. Solté una exclamación de dolor al instante. Mis manos habían cobrado vida de forma repentina: los patrones ocultos danzaban sobre mi piel y crepitaban como el fuego.

Se volteó para mirarme. El corazón me martilleaba en el pecho.

—¿Cuál era tu nombre, mala mujer?

Por los soles, cómo lo odiaba.

—Subteniente Honor Renn.

—Quítate los guantes.

—Tú no eres mi capitán.

—Por favor.

Aquello no me lo esperaba.

Despacio, con cuidado y dedo a dedo, me quité los guantes. El quimérico había hecho que mi piel cobrara vida.

Thanavar metió una mano en el baúl y empezó a moverla.

—*Aro'el* es la runa *rhi'ahr* que significa «rastrear» —dijo—. Acabo de dibujarla en el quimérico.

—¿Ahí dentro tienes quimérico? —pregunté.

—Enséñame la palma de la mano.

Y eso hice. Había una runa nueva grabada a fuego en mi piel, una runa que no conocía.

—*Aro'el* —repitió. Era como una canción, como un susurro al viento, como un poema. Lírica y letal, igual que él y su pueblo.

Cerró la tapa del baúl y la runa se desvaneció, tornándose en otra cicatriz plana. Volví a ponerme los guantes y me escondí las manos en los costados, presionándolas contra las costillas.

Fahr se inclinó hacia adelante.

—Pero ¿qué puede hacer una subteniente azumagus que no podamos hacer nosotros?

—No una subteniente azumagus cualquiera, Fahr. Esta en concreto.

—¿Acaso la Piedra Angular la eligió? —preguntó Eco.

—Eso parece, a juzgar por el quimérico —musitó Thanavar—. A pesar de que yo le haya aconsejado fervientemente lo contrario.

—Ella es de ideas propias —murmuró Humo.

—Así es.

Y ni se imaginaban cuánto.

—No es buena idea —dijo Fahr—. Este no es lugar para ella.

—Eres tú quien le enseñó el *Cantus Lumiere* —repuso Thanavar, tensando la mandíbula.

Fahr se encogió de hombros.

—No es lo mismo un hechizo que un puesto.

—De momento, se queda con nosotros hasta que encontremos un puerto en el que dejarla —concluyó Thanavar, cruzando los brazos sobre su ancho pecho—. Además… —El capitán clavó en mí aquellos ojos profundos como el mar. Me estremecí—. El Marelethan y sus compañeros no deben de andar muy lejos.

Lo fulminé con la mirada y enarqué una ceja en una expresión desafiante.

—¿Me estás pidiendo que me quede?

—La Piedra Angular no es un barco de instrucción —replicó—. Y no tenemos lugar para una Azul selvaje y poco calificada. De todos modos, puede que tengas un pequeño rol que desempeñar en este gran juego, si tienes las agallas para ello, claro.

Selvaje. Poco calificada.

—¿Y si me niego?

—Te arrojaremos por la borda en el bote preferido de nuestro contramaestre.

—El que está lleno de agujeros —añadió Humo—. Aún no me ha dado tiempo de calafatearlo. —Y alzó su vaso, como si brindara por mí.

—Escaparon de la Armada —refunfuñé.

—No escapamos de la Armada —replicó Thanavar, apartándose el grueso pelo negro de la frente—. Escapamos del Templomar.

—Del Buque Real Templomar —le corregí.

—El Buque Real Templomar preferiría vernos en el fondo del océano, en una flagrante violación de la patente de corso del rey.

No le faltaba razón.

—No pienso infringir la ley naval. Todavía formo parte de la tripulación de una fragata de la Armada.

—Una fragata que descansa en el fondo del mar.

Por Forja, cómo odiaba a ese hombre.

—Es una mala idea —repitió Fahr—. Si desea volver a un puerto Imperial, estamos obligados a llevarla. La Piedra Angular no captura rehenes.

—Ya no —añadió Humo.

Thanavar gruñó, y fue el sonido más aterrador que había oído nunca.

Pero no aparté la vista. Y tampoco medié palabra. No sería yo quien cediera.

—Muy bien —contestó—. Subteniente, si haces lo que te pido, te llevaremos al puerto Imperial que elijas. —«Mira lo que significa servir en el Barco de los Hechizos», me había dicho. Forja, una parte de mí lo deseaba con todas sus fuerzas—. Tus habilidades como magus son escasas —prosiguió—, pero eso habla más de la Armada de Supramar que de ti en particular. Si decido dejar que te quedes, Fahr será el encargado de formarte en maxia, si yo lo creo conveniente y cuando lo crea conveniente.

Fahr enarcó las cejas con brusquedad.

—Yo no accedí a eso —gritó.

—No te lo pregunté —replicó el capitán, y se giró para mirarme—. ¿Y bien?

Tragué saliva mientras trataba de ralentizar mis acelerados pensamientos. Todo mi cuerpo estaba en estado de alerta; solo estar en el mismo camarote que aquel hombre tan peligroso me tenía con los nervios de punta. Era como una hoja de acero engrasado bajo un abrigo de capitán, misterioso y letal. Estaba segura de que, en algún momento, haría manar la sangre.

Y, sin embargo, aquel era el Barco de los Hechizos, colmado hasta sus mástiles de maxia, de habilidades que podría aprender. Jamás se me volvería a presentar una oportunidad como aquella.

Al final, asentí, si bien no estaba del todo segura de qué estaba aceptando.

—Oakum —dijo el capitán—. Dile a Worley que mande un vencejo a Alto Templo para informarle al rey sobre el ataque sufrido por Labranza. Que le notifique que si no pudimos apagar las llamas por completo fue por culpa de ese perro de presa suyo, Bracebridge, que, por enésima vez, metió el hocico donde no le correspondía. —Se terminó el vaso de vino—. Caballeros, subteniente, acompáñenme al puente de mando.

Se oyeron los chirridos de la silla, la mesa se quedó vacía y me vi arrastrada con ellos. Poco después, volvíamos a estar en cubierta. Era ya mediodía, y Ascua el Pálido brillaba en lo alto del cielo, seguido lentamente por el inmenso Forja. El horizonte estaba salpicado de nubes y, por una vez, el mar estaba en calma.

La tripulación se apartó para dejarnos pasar mientras nos dirigíamos a la barandilla. Todos sus miembros se fueron llevando los nudillos a la frente para saludar a su capitán.

Yo gruñí entre dientes.

—Sinceramente, subteniente Renn... —dijo Eco con un suspiro—. Tienes que aprender a controlar tus pensamientos, aunque lo hagas solo por el bien de mi pobre corazón.

Puse los ojos en blanco. Eco me caía bien y, a pesar de su carácter hosco, resultaba que incluso Humo era de mi agrado. Fahr era un enigma, con sus modales amables pero audaces, pero el capitán... Él era una historia en un libro prohibido que yo era incapaz de soltar.

Thanavar ralentizó sus pasos a medida que se aproximaba a la barandilla.

—Dime —le dijo a nadie en concreto—. ¿Aquí? No. ¿Aquí?

Daba pasos lentos y medidos a lo largo de la borda, deslizando las manos justo por encima de la barandilla de madera. Por fin se detuvo, cerró los ojos y se quedó allí, quieto. Era como si el mismísimo océano estuviera conteniendo el aliento.

—Aquí —afirmó.

Miré a Fahr. Miré a Humo. Miré a Eco, que se retorcía los largos dedos, víctima de los pensamientos más íntimos de todos los presentes. Miré a Buck, que estaba detrás de nosotros, con los brazos cruzados sobre el enorme pecho. Levanté la vista para mirar a la harpía, que nos observaba desde la cofa. Y, finalmente, volví a mirar al capitán, que se giró hacia mí con una sombra de sonrisa en los labios.

—Al agua —dijo.

Buck dio un paso al frente. Humo lo siguió.

—¿Cómo? —pregunté.

—¿Adónde crees que van los azumagus fútiles e insignificantes? Al agua, subteniente Renn. Es hora de nadar.

Lo miré boquiabierta.

—¡Al agua, Azul! —dijo Fahr.

—¿Por qué? —grité.

—Debes tocar el agua —insistió el capitán.

—Pero ¿por qué?

—Recibiste el mapa —respondió—. El quimérico nos mostrará el camino. —Alargó una mano y dio unos golpecitos sobre la barandilla—. Confía en ella —añadió, con voz dulce pero firme—. Y da el primer paso.

—Que dé el primer paso —repetí, tratando de hacer acopio de coraje—. Para ir al agua.

Miré atrás, a Fahr.

—Obedece al capitán —dijo—. Confía en la fragata.

«No es mi capitán. No formo parte de su tripulación. Solo soy una mala mujer de una fragata perdida y, no sé cómo, pero a la vez soy demasiado orgullosa para el Barco de los Hechizos».

Todas las palabras que debería haber dicho, junto con mi resistencia, se derritieron como un copo de nieve sobre mi lengua.

La Piedra Angular se mecía con suavidad. Me agarré de la barandilla y eché un vistazo. No había nada: ni nudos, ni puntos de apoyo; solo una altura de varios metros hasta las aguas frías y negras que me aguardaban. Ya había pasado días a la deriva sin nada más que un tablón mojado que me mantuviera a flote, y pensar en volver a aquello me aterrorizaba.

Aro'el, dijo de nuevo aquella voz.

Aro'el. La palabra *rhi'ahr* que significaba «rastrear».

Alguien me dio una palmada en el brazo. Me volteé y vi a Humo con una cuerda en la mano.

—Sabrás atar un maldito as de guía, espero.

Agarré la cuerda y la sostuve unos instantes en mis maltrechas y enguantadas manos.

—¿Te duelen, subteniente? —preguntó Eco.

Negué con la cabeza. Lo cierto era que no, no me dolían, y eso que, hacía apenas unos días, mis manos habían sido un amasijo de carne ensangrentada con la piel hecha jirones y los huesos al aire. Simplemente, ya no las reconocía. No eran mías.

—Rayos —se impacientó Fahr—. Lo hago yo.

—Puedo sola —murmuré y até la cuerda, doblándola para deslizarla por debajo de mi bota.

—¡En la cintura, muchacha! ¡Átatela a la cintura! —se impacientó Humo—. Y, por el amor de las Lunas Hermanas, ¡quítate las botas! ¿Es que Taran Vir no te enseñó nada?

Al oír el nombre de mi mentor, un nudo de congoja se me atoró en la garganta. Pero antes muerta que dejar que Humo Oakum se diera cuenta.

Me quité las botas, pisé dentro del círculo de cuerda y me lo subí por las calzas negras para luego ajustarla sobre las hebras azules de mi cinto. Humo enrolló la cuerda a la barandilla, como si fuera una polea, y le pasó el extremo al minotauro. Este miró primero a la cuerda y luego al contramaestre.

—Bueno, ¡no esperarás que la aguante yo! —protestó Humo. Buck gruñó entre dientes. Sonó casi como una carcajada—. Anda, al agua. No te duermas en los laureles.

Apoyé la espalda en la barandilla.

—Confía en la Piedra Angular —insistió Fahr—. No te soltará.

Respiré hondo, pasé una pierna al otro lado… Y oí un ruido.

Un ruido áspero, chirriante, estridente y retumbante. Y poco a poco, como por arte de maxia, brotó una tabla del casco rugoso del barco. Justo a la altura de donde debía ir mi pie.

—Confía en ella —repitió el capitán—. No falla nunca.

Tragué saliva, a pesar del nudo que tenía en la garganta, y bajé la pierna hasta tocar el borde de la tabla con los dedos de los pies. Estaba frío y resbaloso, pero aguantaba, así que apoyé mi peso en él y deslicé la otra pierna al otro lado de la barandilla. Una segunda tabla brotó del casco, y apoyé en ella el otro pie. Con cada pisada, me encontraba con otro golpe de maxia: un bloquecito de madera que formaba un escalón y volvía a esconderse en el casco una vez había pasado yo. Y así, con los pies descalzos sobre el casco y bien aferrada a la cuerda con la mano izquierda, fui descendiendo por el resbaladizo casco del Barco de los Hechizos, pegada a ella como un percebe, subiendo y bajando junto a ella al compás de las olas.

—¡Toca el agua! —gritó el capitán.

Lo odiaba, sí, pero, si era sincera, debía reconocer que nunca me había sentido tan viva como en ese momento.

Mis pies ya habían llegado casi a la superficie del agua. Seguía aferrada al suave casco, y la espuma del mar, fría como el rocío, me entraba en los ojos. Me incliné hacia la derecha y alargué y alargué la mano… Y, entonces, como siguiendo mis movimientos, la cuerda de mi cintura se aflojó un poco: era Buck, que había aflojado un poco para ayudarme. Me incliné de lado sobre el mar, poco a poco, y alargué la mano, la alargué y la alargué y…

—¡El guante! —gritó Eco.

Me quité uno de ellos con los dientes y me lo metí por dentro del cinto. No el que me ayudaba a aferrarme a la cuerda, claro. Ese me lo dejé puesto. Sabía bien las quemaduras que una cuerda podía causar en una palma desnuda. Lo había aprendido enseguida, en mis primeros días en alta mar. Además, si el quimérico había carbonizado aquella escalera de mano en un segundo, no quería ni pensar en lo que podía llegar a hacerle a la cuerda.

Los patrones de mis brazos empezaron a refulgir. Levanté la vista: Fahr, Eco y Humo me observaban desde las alturas. No veía al capitán, pero lo imaginaba de pie y de brazos cruzados, solo y distante. No supe por qué, pero, cuando las olas me lamieron los pies, saboreé la más pura emoción.

Navegábamos a vela, y el barco subía y bajaba con el movimiento de las olas. Bajé la vista. El agua era fría, oscura, negra y libre, y me incliné un poco más para mojar un dedo en el abismo.

No sé qué vino primero, si el estruendo o el estallido de luz. En cuanto acaricié el agua, el quimérico brotó con violencia, propagándose por las olas en patrones que de inmediato se replicaron sobre mi piel.

Aparté la mano de golpe. Tenía los dedos entumecidos, así que la sacudí. Sentí un hormigueo en el brazo, pinchazos, punzadas y puro fuego quimérico.

—¡Métalo otra vez! —gritó Fahr desde arriba.

—¡Lo hiciste muy bien, subteniente! —gritó Eco—. ¡Pero necesitamos más!

«Recibiste el mapa —había dicho Thanavar—. El quimérico nos mostrará el camino».

Lo encontraría.

Encontraría al Marelethan, y al Endorathil, y a cualquier otra fuente de quimérico que surcara los mares por este lado de la Gran Barrera del Terror.

Quizá también por el otro.

Por primera vez en una década, tal vez tuviéramos una ventaja en esta maldita guerra.

Respiré hondo, torné mis nervios de acero y metí la mano en el agua otra vez.

Vi colores crepitando tras mis ojos, como rayos atravesando un cielo de tormenta. Me estallaron los oídos. Me castañetearon los dientes. Me quedé con el pecho vacío de aire, y con la cabeza vacía de pensamientos. Las runas viajaron a toda velocidad desde las puntas de mis dedos a las puntas de mis pies, me erizaron el pelo y me aceleraron el corazón a toda vela. Pero, una vez más, el quimérico se abrió camino a través del agua.

—¡Tripulación! ¡Al sursureste! ¡Sigan el camino!

Había recibido el mapa el terrible día del naufragio de la fragata Guardia del Amanecer. El mapa, la llave y la brújula estaban ahora en el interior de una azumagus resentida llamada Honor Renn.

—¡Sigan el camino, malditos granujas! —Las palabras de Humo reverberaron sobre mí.

Silbidos, chiflidos, gritos y campanas. Con un restallido de sus velas, la fragata Piedra Angular enfiló el rumbo hacia su objetivo.

6

Los Navíos del Terror

La euforia inicial se esfumó con bastante rapidez. Llegada la tarde, estaba exhausta. Tenía los músculos agarrotados tras haber pasado horas en aquella posición tan poco natural, agarrada al casco curvo de un barco. Sentía los brazos tensos, pues jalaban hacia direcciones opuestas; mientras tanto, trataba de aferrarme al costado resbaladizo de la fragata con las rodillas. Los rayos de los soles rebotaban en el agua y me abrasaban con su calor, asándome como si fuera una trucha en un espetón. Estaba empapada hasta los huesos y la sal marina me había formado una especie de costra en los labios y las pestañas. No obstante, el quimérico seguía iluminando el mar abierto con líneas rectas, y yo sentía que me estiraba con ellas, más delgada y afilada con cada legua que avanzábamos.

—¡Ey, muchacha! —dijo una voz, y yo levanté la vista agotada. Era Humo, que llevaba en las manos una taza de hojalata.

—¿Es ron? —pregunté con voz ronca.

—¡Campanas, claro que no! ¡Eres de la Armada! Estarías colgando de esa cuerda en menos de una hora. Es agua. Hazlo bien y esta noche podrás beber tanto ron como te permita el cuerpo.

No supe por qué, pero le creí.

Sostuvo la taza por encima de la barandilla y la soltó, manteniendo la mano bien abierta y los dedos firmes, en un perfecto hechizo *Kinestorum*. Vi cómo se hilaban los patrones, cómo resplandecían las runas, y la taza bajó flotando limpiamente hasta mí. Como yo no podía soltar la cuerda, la taza flotó en el aire hasta que logré liberar la otra mano de las gélidas garras del océano. No sentía los dedos, pero pensar en el agua dulce y fresca que bajaría por mi garganta seca era una motivación poderosa, así que al final logré acercarme la taza a los labios cuarteados.

No estaba fresca, y ni mucho menos dulce, pero me sentó bien.

Siguieron pasando las horas. La Piedra Angular continuó su marcha a toda vela, siguiendo el camino de quimérico que atravesaba el agua ante nosotros. En un cierto punto, me resbalé y me golpeé contra el casco. Habría podido asegurar que las tablas sobresalieron un poco más para ayudarme a recuperar la posición. Sin embargo, estaba al límite de mis fuerzas; no había músculo, hueso o articulación que no me doliera.

No recuerdo en qué momento me subieron y me recostaron en una hamaca de lona para que durmiera allí el resto de la noche, sin que recibiera ni una gota del ron que se me había prometido. Tampoco sé cómo se las arreglaron para despertarme a la mañana siguiente, porque el dolor era aún más atroz que el del día anterior.

Es más, creo que lloré mientras Buck me llevaba en brazos hacia la barandilla, creo que me retorcía y temblaba como un perro apaleado. Y, aun así, me ataron la cuerda a la cintura y me bajaron al mar. Fue el rostro desdeñoso de Thanavar, que me observaba desde cubierta, lo único que me hizo introducir los dedos llenos de ampollas de nuevo en el mar.

No me vería fracasar. Me negaba a permitirlo.

Me mantuve en mi puesto el día entero, con los pies desnudos apoyados en el casco, una mano aferrada a una cuerda y la otra dentro del mar. Era ya casi de noche cuando me subieron a cubierta. Y casi de día cuando vinieron a buscarme una vez más.

Esta vez, el capitán me estaba esperando. Los rayos de los soles de la mañana reflejaban los matices verdes y violetas de su pelo.

—Lo estás haciendo mal —me dijo.

Oh, cómo lo odiaba. Podría haberlo matado solo con la mirada.

—Estás luchando contra el océano —prosiguió—. Y el océano siempre ganará.

—Por favor, cuéntame tú cómo rastreas quimérico en alta mar. —Alcé la barbilla—. Mi capitán —añadí con ironía.

Apretó los labios, habría jurado que para reprimir una sonrisa.

—Confía en la fragata. Déjate llevar por ella. Saca la maxia de sus tablas y deja que sostenga tu peso.

¿Que sacara maxia de sus tablas?

—No te dejará caer —me aseguró.

Pero no podía confiar en él. No me atrevía. Y, sin embargo, allí estábamos, cara a cara, con la cubierta subiendo y bajando en el oleaje, bajo nuestros pies, meciéndonos en el mismo ritmo lento, y el pulso que me martilleaba en la garganta. ¿Podía? Él no dejaba de sostenerme la mirada, con firmeza y seguridad, e hice lo impensable. Me dejé llevar por la corriente. Su corriente.

¿En qué estaba pensando?

—Que confíe en la fragata —repetí con recelo. Estaba exhausta. Eso era; mi estado tenía la culpa de que confiara en el enemigo. En cualquier caso, si lo que quería era verme muerta, había formas más sencillas de hacerlo.

—Es el Barco de los Hechizos —me recordó—. No te decepcionará. —Oteé las aguas, profundas y brillantes—. Y seré yo quien te aguante la cuerda.

Ay, que Forja se coja a un fauno…

—¿Todo el día? —balbuceé.

—Y toda la noche si es necesario.

Estaba tan cerca de mí que podía respirar su aroma. Sal, aceite de linaza y pergamino. El mar. Bajo la luz de los soles, de su piel se desprendía un resplandor dorado, como si hubiera hebras de filigrana entretejidas bajo la superficie. Brillaba igual que mis cicatrices rúnicas, y supe que su maxia era profunda.

Rauda, me di la vuelta, me agarré a mi cuerda y pasé las piernas al otro lado. Las tablas brotaron del casco y dejé que ella me ayudara a bajar.

Esa vez, me dejé llevar por ella. Esa vez, permití que mis pies desnudos sacaran maxia de sus tablas.

Y, esa vez, cuando me subieron al final de la jornada, ya no estaba tan cansada. Y, cuando al día siguiente me volvieron a bajar, casi tenía ganas de que lo hicieran, y me pregunté si, de algún modo, estaría sacando maxia también de él.

Hubo veces, mientras estuve en el agua, en las que habría jurado que había oído una voz. Una voz lírica, susurrante; un murmullo. Pero el océano es un ser vivo, y yo estaba destrozada, abrasada por los soles, y aferrada al costado de un barco en movimiento mientras una nueva maxia me escribía líneas por la piel.

Para mi sorpresa, no me dolían las manos, a no ser que el quimérico estuviera cerca. Me costaba recordar que, hacía menos de una semana, aquellas mismas manos habían sido poco más que un puñado de huesos y tendones. Aun envueltas en cuero, los patrones de runas resplandecían.

No eran cicatrices normales. Eran como tatuajes que brillaban y chisporroteaban mientras trepaban por mis antebrazos, refulgentes en su marcha incomprensible.

Me gustaba llamarlas cicatrices rúnicas. Me parecía apropiado. No eran cicatrices, ni tampoco runas, sino una mezcla de ambas cosas que las hacía distintas de todo cuanto hubiera existido nunca. No habían seguido ardiendo hasta calcinarme las manos, como temía Eco, pero tampoco habían dejado de extenderse. El fauno estaba preocupado. Y, a decir verdad, también lo estaba yo, pero antes muerta que admitírselo. Aunque, como era un clarividente, sospechaba que ya lo sabía.

Cuando amaneció el quinto día, era lo bastante fuerte para aguantar yo sola colgada de la cuerda. Era una mañana oscura; los cielos estaban cubiertos, plagados de nubes de tormenta, y las velas se batían contra el viento. Pero, a pesar de lo revuelto que estaba el mar, mis piernas se sostenían contra la curva del barco como si hubieran nacido para ello. Con una mano, me agarraba de las cuerdas, que me había enrollado con fuerza, y con la otra abrazaba la vida y las corrientes del océano. En cuanto mis dedos acariciaban la superficie del agua, la runa «rastrear» de la palma de mi mano se prendía como un faro y el quimérico iluminaba las olas. Aquella mañana brillaba más que nunca, y presentí que estábamos cerca. No me sorprendió que Buck me subiera a cubierta al mediodía.

—Agua —me ofreció Eco, tendiéndome una taza de hojalata. Me la bebí sin hacer preguntas, agradecida.

—Ron —dijo Buck, tendiéndome otra. Me lo bebí con avaricia, haciendo aún menos preguntas.

—Vimos algo —anunció el médico. Agarró la taza de agua vacía y se apoyó en la barandilla.

Me puse los guantes y miré hacia el horizonte oscuro. En la distancia, las nubes de lluvia ya habían estallado, y costaba discernir dónde terminaba el mar y dónde empezaba el cielo. Todo era gris, y azul, y negro, y el viento frío se deslizaba por mi espalda.

Había una luz en el agua.

No. Dos luces.

No. Muchas.

Eché un vistazo sobre la barandilla, con el vaso de ron entre ambas manos, flanqueada por Eco y por Buck.

Eran luces *rhi'ahr*, así que comprendí por qué habíamos detenido el sendero quimérico. Si lo veían, sabrían que nos acercábamos y estarían preparados para nuestra llegada. Y, aunque éramos hábiles y sigilosos, ellos eran más.

—¿Son los barcos que atracaron Labranza? —pregunté.

—Estabas rastreando su quimérico, ¿no? —respondió Eco.

Estaba rastreando los barcos *rhi'ahr*, sí, pero no había pensado qué haríamos una vez los alcanzáramos.

—El capitán cree que podrían haber formado un Navío del Terror —dijo Eco—. ¿No es así, Buck?

—Sí, a veces lo hacen —contestó el maestre de cubierta—. Una cosa monstruosa. Muy difícil de hundir.

Aquello sí que lo recordaba de mis clases en Berryburn Yard. Un Navío del Terror era una estructura formada por dos o más barcos que se unían para formar una embarcación de más envergadura. Era una empresa en la que la Armada Imperial nunca había tenido mucho éxito, pero era evidente que los *rhi'ahr* eran expertos en la materia. Una razón más por la que necesitábamos que la Gran Barrera del Terror los mantuviera alejados de nuestras orillas.

—¡Arría las velas, Buck! —La voz de Fahr viajó a través del viento. Estaba con el capitán en el castillo de popa con un catalejo cerca del ojo—. Tenemos un Navío del Terror de dos barcos. Y hay un tercero por aquí, en alguna parte.

El minotauro gruñó y se apartó de mi lado, negando con la cabeza y gritando órdenes a la tripulación. Poco a poco, empezaron a arriar las velas para disminuir la velocidad con la que surcábamos las rebeldes olas. La harpía, cuyo nombre era Kithriit o Kit, empezó a saltar de un mástil a otro, apagando los faroles que colgaban de los palos y los baos.

Alcé la vista hacia lo alto del castillo de proa, donde estaban el capitán y el primer oficial. Debía admitir que allí, en la cubierta de aquel barco, eran dos figuras imponentes. Eran como el día y la noche, como un sol y una luna. Thanavar iba envuelto en una capa de misterio, mientras que Fahr brillaba tanto como el fuego y el carbón. El primer oficial se acercó de nuevo el catalejo al rostro, mientras el viento marino azotaba su cabello oscuro. Parecía haber nacido para estar frente al timón de una fragata de la Armada, o de un buque de guerra imperial. Por qué había renunciado a esa vida para seguir los pasos de un capitán enemigo era algo que no comprendería jamás.

Observé con atención al capitán. Un guerrero *rhi'ahr* con el abrigo de un oficial de la Armada. Me hervía la sangre. Era alto y esbelto, vestido de furia y de la luz de las lunas. El pelo negro, recogido en una cola de la que se le escapaban algunos mechones, le ondeaba tras las condenadas orejas de elfo, y tenía los pómulos marcados tan afilados como el hielo. Era como una cizalladura de tormenta, pues era a la vez un ancla y una vorágine, un torbellino de sombras y cielos. Y yo me descubrí arrastrada por la fuerza de sus embravecidas aguas, lo quisiera o no.

Se giró hacia mí y nuestras miradas se encontraron un instante. Un rayo cayó sobre mi espina dorsal, atravesándome, y tuve que luchar contra el impulso de apartar la vista. Sin embargo, apreté los dientes. Me negué a rendirme; lo desafié a mirarme. A verme. A mí, a la mala mujer de una fragata perdida. A mí, a la fútil e insignificante subteniente Azul, a la mujer descarriada que había encontrado a la deriva en el mar, llena del quimérico que nos llamaba a los dos…

Rastrea —susurró esa voz otra vez, como un eco de la emoción que crecía en mi pecho—. Aro'el. Niña. Rastrea.

Aparté la vista enseguida y fingí otear el océano, pero tenía los dedos enroscados dentro de las botas por los nervios y tuve que respirar una vez tras otra para calmar mi acelerado corazón. El quimérico, los *rhi'ahr*, el Barco de los Hechizos. La guerra. Estaba viva gracias a algo que no comprendía, así que decidí enterrarlo profundamente bajo mi férrea voluntad y la ira que me ayudaba a sobrevivir. Navegaba por mares de tormenta y, con un capitán así, necesitaría cualquier ancla que encontrara.

Traté de atisbar las luces del Navío del Terror, pero era una tarea difícil, pues las aguas bravas nos zarandeaban con su oleaje. De repente, Kithriit gritó desde lo alto del aparejo y señaló a babor, donde había empezado a resplandecer otra luz. Fahr giró el catalejo en aquella dirección.

—¡Marelethan a babor! —gritó.

Había estado navegando en la oscuridad, sin faroles ni lámparas en mar abierto, pero ya se veía el brillo del quimérico, que crepitaba en las portas de los cañones que recorrían su casco.

—¡Zafarrancho de combate! —gritó el capitán.

—¡Tripulación! ¡Zafarrancho de combate! —gritó Fahr—. ¡Artilleros! ¡Prepárense!

—¡Artilleros! —repitió Humo desde el timón—. ¡A sus puestos!

La sangre me palpitaba al ritmo de los tambores. La tripulación sacó las carronadas a toda prisa, y las hizo rodar por la cubierta para colocarlas, en mitad del estruendo.

—Debería preparar el quirófano —dijo Eco—, aunque uno siempre espera que…

Se calló de golpe, y yo levanté la vista para mirarlo. Tenía los ojos de cabra vidriosos y el ceño fruncido.

—Hay otro barco. Los oigo —anunció—. Está muy cerca. —Se puso recto de repente y se giró hacia el castillo de proa—. ¡Capitán! ¡Un cuarto barco! ¡Manto de tormenta, a estribor!

Y mis brazos se iluminaron como fuegos artificiales.

7

El manto de tormenta

—¡Manto de tormenta a estribor! —bramó Thanavar—. ¡A sus puestos!

¿Un manto de tormenta? ¡No sabía que hubiera ningún otro barco capaz de conjurarlo! Escudriñé las aguas furiosas, pero no vi ningún cuarto barco a estribor. Sin embargo, a babor, el Marelethan ya se nos echaba encima. Navegar a oscuras le había permitido acercarse sin ser vista, y el rugido del viento y las olas le habían ayudado a ocultar su canción mientras surcaba las aguas. Ahora, sin embargo, oía los gritos de su tripulación por encima del estruendo de los cañonazos. Un destello iluminó el cielo de golpe y dos balas de cañón atravesaron nuestro aparejo, cortando un cabo y haciendo que uno se precipitara contra el mástil.

—¡Buck! ¡Fuego!

—¡Fuego!

Los cañones de la Piedra Angular hicieron temblar el barco entero. Hubo un estallido de luz, seguido de la cálida fuerza del retroceso, y el palo de mesana del Marelethan estalló en un millar de hermosos pedazos.

Con un segundo cañonazo, nos cargamos su bauprés y aplastamos el rostro élfico de su mascarón de proa. La madera pintada de dorado estalló hacia dentro, desperdigándose por el casco enemigo, y supe que algunos de esos pedazos se habían estampado contra la pólvora, porque se oyeron varias explosiones en el interior de la nave, que retumbaba por dentro. Los artilleros le habían asestado un golpe certero, y yo vitoreé para mis adentros, aunque no fuera mi tripulación.

Navegamos por su lado descargando con un gran estruendo los cañones de popa, que asolaron su cubierta y partieron una de sus vigas en dos. Empezó a caerse, pero se quedó atrapada en el aparejo, y enseguida vi que trataban de mantenerlo erguido con quimérico, que crepitaba sobre la madera. Las runas que danzaban sobre las velas del enemigo lo hacían también sobre mis brazos, y tuve que morderme la lengua para no gritar de dolor. El sabor de mi propia sangre funcionó de maravilla.

—¡Fahr, todo a babor! —gritó el capitán—. ¡El Navío del Terror viene por proa!

—¡Todo a babor!

Entorné los ojos para ver a través de la oscuridad. Y, sí, aquellas luces lejanas que indicaban la presencia del Navío del Terror se veían cada vez más grandes a medida que se acercaban a nosotros a través de las olas. Fahr bajó de un salto del castillo mientras la Piedra Angular viraba, atrapando el viento con sus velas adornadas de oro y saltando a través del agua. Sin embargo, lo mismo hizo el Marelethan; él, a estribor, y sus velas eran de mayor envergadura. Tras un restallido de sus cañones de popa, las balas salieron despedidas contra nuestra cubierta, agujereando la regala y dejando a su paso un rastro de quimérico.

Observé al maremagus llamado Neale amplificar los hechizos que le lanzaban, y se me encogió el corazón. Yo también había hecho aquello a bordo de la Guardia del Amanecer. Podía volver a hacerlo. Pero mis manos…

—Detenlos —dijo una voz. Me volteé y descubrí al capitán tras de mí, acechándome como una cizalladura de tormenta en un mar atronador—. Detén los disparos.

—¿Cómo? ¡Mis manos no funcionan!

—Tus manos funcionan quieras o no quieras, mala mujer. Tenemos un barco atacándonos, un Navío del Terror cada vez más cerca y otra embarcación a estribor bajo un manto de tormenta. ¡Trágate el orgullo y detén los disparos!

Me agarró de los hombros y me dio la vuelta. Vi las troneras de popa del Marelethan, oscuras como bocas abiertas. En el fondo, veía danzar el quimérico, el mismo quimérico que bailaba sobre mis manos. Me quité los guantes y los dejé caer al suelo, para luego mover y flexionar los dedos, que todavía estaban agarrotados por las esquirlas de la Guardia del Amanecer que se me habían clavado. Pero había logrado conjurar el *Cantus Lumiere*. Había rastreado a tres barcos enemigos a través de un océano, y lo había hecho con esas mismas manos, a pesar de que estuvieran heridas.

¿O lo había hecho, quizá, gracias a ellas?

Uno, dos, tres destellos de luz, seguidos de sus correspondientes estruendos. Las balas vinieron a toda velocidad hacia nosotros, dejando tras de sí el quimérico como si fuera humo. Alcé las manos, trazando un clásico hechizo de protección, que, habiéndome criado en los Chubascos, era al que recurría por defecto. Apenas me dio tiempo de susurrar el ensalmo antes de que la fuerza de las balas colisionara contra nosotros, lanzándome disparada al otro lado de la cubierta. Los patrones de runas crepitaban ante mis ojos, como rayos.

«Calor, fuerza, agua, nieve.

Escarcha, poder, árbol. La Gran Barrera del Terror.

Kirianae».

Y las tres enormes balas de cañón quedaron suspendidas ante mí, atrapadas entre los hilos crepitantes de la red de quimérico que había brotado de las puntas de mis dedos.

Había detenido los disparos.

Y las balas cayeron al mar, pesadas como piedras. Una, dos y tres.

Me giré hacia atrás. Thanavar ya no estaba.

—¡Te ganaste un trago extra esta noche, Azul! —me gritó Fahr—. ¡Agárralo!

Cuando las runas cobraron vida en las palmas de sus manos, lanzó el escudo hacia mí. Los ocho meses que había pasado en la Guardia del Amanecer me habían preparado, así que agarré al vuelo aquel sencillo hechizo sin vacilar. El quimérico, que ya era parte de mi ser, brincaba tras mis ojos, grabándose a fuego en mí, dejándome en carne viva. Soltando un grito, lancé el hechizo, ahora cargado de quimérico, contra el Marelethan, y bloqueé el siguiente disparo haciendo estallar la porta.

—¡Bien! —bramó Fahr—. ¡Otro!

Corrí a la barandilla y conjuré otro hechizo de protección. Bajo el resplandor de la pólvora y el quimérico, que danzaban en el cielo oscuro, lancé el hechizo hacia el casco de la Piedra Angular, rezando por detener al menos varios disparos. Y sí, solo fueron varios: maldije entre dientes mientras la fragata se estremecía, víctima de los impactos que, bala tras bala, resquebrajan su casco de color ébano. Mi escudo quimérico logró atrapar cuatro de ellos, aunque cada uno me hacía retroceder un poco más. Las runas refulgían entre los dos barcos.

Miré a mi alrededor, deseosa de saber si Thanavar me había estado observando, si yo había hecho suficiente, pero no estaba por ninguna parte.

Otro estruendo. Esta vez, había sido la Piedra Angular la causante: sus cañones dispararon uno tras otro, arrojando balas de fuego de Forja por encima de las aguas. Disparos certeros todos ellos: el Marelethan viró a sotavento para huir, pero nuestros cañonazos hicieron estragos en su espejo de popa: tuve la fortuna de ver cómo su nombre se rompía en mil pedazos de oro que caían desperdigados por el mar.

De repente, la voz de Fahr se propagó por la cubierta.

—¡Al suelo! ¡Todo el mundo al suelo!

Me lancé sobre el suelo de cubierta justo cuando las balas pasaron sobre mi cabeza a toda velocidad. Impactaron contra la regala, rompiendo la barandilla en mil pedazos que salieron despedidos por la cubierta, mientras que los cabos y cuerdas que se habían partido ondeaban descontrolados sobre nuestras cabezas. Aquellos disparos habían venido desde otra dirección.

—¡Manto de tormenta a estribor! —gritó Humo, girando el timón de dos soles con todas sus fuerzas—. ¡Fuego a estribor!

—¡Fuego!

—¡Fuego!

La orden reverberó bajo cubierta, y nuestros cañones largos retumbaron de nuevo. Sin embargo, estábamos disparando a ciegas. Al estar el objetivo bajo el manto de tormenta, no se veía nada más que destellos de luz, a pesar de que nuestros disparos impactaban. Sin embargo, sí se oían las campanas, y los gritos, y el espantoso crujido de los maderos. Me asomé desde la cubierta y vi el humo de los cañones flotando por encima del agua, y me pareció ver una figura brillar en la oscuridad.

Aquello no pintaba bien. ¿Dónde infernos se había metido el capitán?

De repente, vi un destello blanco y fugaz. Un halcón de invierno surcó los aires a través de nuestro maltrecho aparejo, para luego bajar en picada justo cuando se oyeron los cañonazos al lado de nuestra mesana, a estribor. Bajo su manto de tormenta, el cuarto barco nos pisaba los talones.

Fahr me agarró del cuello del abrigo y me obligó a ponerme de pie.

—¡Tu hechizo de protección! —bramó—. ¡Haz uno grande y mándamelo! ¡Hay que proteger al halcón!

El enorme pájaro volaba sobre nuestras cabezas, esquivando los escombros que salían disparados. Trazando un arco en el aire, voló hacia el barco enemigo.

Miré a Fahr boquiabierta. La tripulación corría por la cubierta principal, atando cabos, recargando cañones con proyectiles pesados y de corto alcance. Algunos de ellos trepaban por los obenques para repararlos y atarlos, y así evitar que se cayeran las perchas. Otros, en cambio, estaban tirados en un charco de su propia sangre, atravesados por pedazos de madera astillada.

—¡Azul! ¡El halcón!

—¡¿Tus hombres se están desangrando y quieres proteger a un maldito pájaro?!

—¡Carajo, Azul! ¡Hazlo y calla!

Obedecí. Los patrones se formaron primero en las palmas de mis manos, y luego saltaron de las puntas de mis dedos, convertidos en runas que giraban unas sobre las otras. Junté las manos y luego las abrí, y la red se hizo cada vez más grande entre ellas. Le lancé el escudo al primer oficial, que lo atrapó, lo hiló y lo lanzó al otro lado del mar, donde cayó sobre el halcón. De inmediato, el pájaro alzó el vuelo, virando hacia popa, cubierto en runas resplandecientes. A medida que batía sus alas, la estructura de un barco iba emergiendo de la oscuridad.

Se me paró el corazón.

Era el Endorathil, inmenso, letal, encendido de quimérico.

—¡Fuego! —bramó Fahr. Los artilleros repitieron su orden desde la cubierta de cañones y la Piedra Angular retumbó una vez más. Los proyectiles pesados despedazaron el casco resplandeciente del barco *rhi'ahr*, mientras que los de largo alcance convirtieron sus mástiles y algunas de sus velas en polvo.

—¡Fuego!

Otra ronda, y luego otra, y otra. La capacidad de ataque de la Piedra Angular me tenía maravillada. La mayoría de los buques de la Armada habrían podido descargar dos rondas de disparos durante este tiempo, pero aquella fragata había logrado abrir fuego cinco veces. Me pregunté cuánto mérito tendría la maxia y cuánto el buen hacer de aquellos marineros.

Un rayo atravesó el cielo y un trueno anunció la lluvia inminente.

El Endorathil viró con brusquedad, alineó sus cañones de caza… y abrió una andanada de fuego pesado. El rugido de los cañones era ensordecedor; el aullido de las balas, como una sirena resonando en mis oídos. Vi un destello blanco: el halcón de invierno, que pasó a toda velocidad sobre la cabeza pálida de un artillero *rhi'ahr*. El escudo se había disipado hacía ya mucho y el pájaro era vulnerable, pero aun así arañó el rostro del hombre con sus mortales garras, dándole tiempo a la Piedra Angular para recargar. Un cañonazo tan certero como atroz destruyó la cubierta de popa y varios de sus cañones cayeron al mar. El majestuoso halcón giró en el aire, inclinándose sobre una de sus alas, y luego bajó en picada hacia el espacio que había entre ambos barcos.

De repente, se oyó un disparo desde la cubierta despedazada del Endorathil. Era un proyectil de metralla, granulado y certero, y golpeó el ala del halcón. Un montón de plumas blancas cayeron sobre las olas y el pájaro siguió sus pasos después, sumergiéndose en las aguas oscuras con un gran chapoteo.

—¡Kit! —chilló Fahr. La harpía, que estaba enredada en el aparejo, bajó la vista—. ¡El halcón!

Con un graznido, emprendió el vuelo desde su puesto y bajó en picada entre los barcos, cabalgando los vientos con sus fuertes alas con la precisión de una vela puntiaguda. Se zambulló en el mar, pero pronto volvió a salir a tomar aire con las manos vacías. Respiró hondo y volvió a sumergirse, y esa vez tardó tanto en volver a la superficie que pensé que la habíamos perdido. El oleaje subía y bajaba, la lluvia golpeteaba la superficie del agua, y todo era negro salvo por el fulgor de los rayos, pero, de repente, la harpía quedó libre del abrazo del abismo y surcó los vientos con el halcón en las garras. Batió, batió y batió las alas, y trazó un arco sobre la barandilla destrozada para soltarlo en cubierta.

El halcón no podía volar, pero Fahr lo agarró a tiempo y lo acunó en sus brazos antes de dárselo a Neale, que estaba empapado de lluvia y de sangre.

—Llévalo a la enfermería, Neale —le ordenó—. Y dile al médico que venga a cubierta.

El guardiamagus asintió y se metió por la escotilla.

La lluvia era fría, y el barco se zarandeaba con el virulento oleaje. El Endorathil ya había quedado completamente a la vista. Lo que el halcón de invierno había hecho para atravesar el encantamiento de manto de tormenta, fuera lo que fuera, todavía funcionaba, pero la embarcación se estaba alejando y sabía que no duraría mucho. Veía también las luces del Marelethan, que viraba por estribor, y las muchas luces del Navío del Terror, que seguía surcando las aguas hacia nosotros. Nos superaban en número, nos superaban en fuerzas, y pronto se nos agotaría el tiempo.

Fahr bajó a la cubierta principal.

—Humo, el timón es tuyo. Prepárate para una virada brusca —gritó por encima del viento—. Buck, Kit, Nix, Griffen. Síganme, rápido.

El contramaestre agarró las ruedas de timón y Fahr se unió al maestre de cubierta y a los otros dos maremagus. De repente, caí en la cuenta de que ellos mismos habían tejido un patrón con sus posiciones: entre los cuatro, formaban un diamante. Era el *Adamanthus*, el mejor patrón para la amplificación de patrones y runas. Me acerqué al timón para ver mejor.

«Tripulación, prepárense para navegar a oscuras», resonó una voz en mi mente.

Eco apareció por la escotilla y miró a su alrededor, parpadeando. El pelo fino de la crin le tapaba los ojos por culpa de la lluvia. Un cirujano no tenía nada que hacer en cubierta durante una batalla. Y no sería un magus, pero, aun así, se colocó en el centro del diamante como si estuviera en la sala de su casa.

«Navegación a oscuras, por favor».

Aquella voz era distinta, y comprendí que se trataba de Eco. Sí, era un clarividente, pero ¿y si también era algo más?

La harpía subió al puesto del vigía y abrió los brazos, batiendo las gruesas alas contra el viento.

¿Y si Eco era también un hilador de pensamientos?

Fahr movió las manos. Los gigantescos brazos del minotauro bailaban en el aire. Otro maremagus, el fauno llamado Griffen, clavó una rodilla en el suelo y extendió los dedos sobre los tablones de cubierta. Estaban hilando de nuevo, doblegando y mezclando runas para crear algo más fuerte. Las velas de la Piedra Angular empezaron a resplandecer y Kithriit se elevó desde la cofa, por encima de todos nosotros. Con los ojos cerrados, empezó a girar por entre las velas, como hipnotizada.

Las luces de los barcos *rhi'ahr* se veían cada vez más brillantes. Oía los gritos, los repiqueteos metálicos y el retumbar de los cañones. Y, sin embargo, la maltrecha tripulación de la Piedra Angular se movía en silencio, pisando sobre los escombros para extinguir los candiles y soplar los faroles, para irnos sumiendo poco a poco en la más completa oscuridad.

«Apaguen todas las luces y aguanten».

El Endorathil descargó sus cañones de caza, pero los disparos se perdieron en el agua, lejos de popa.

Nos cubría un manto. Igual que el Endorathil, estábamos ocultos bajo un manto de tormenta en mitad de aquel mar enfurecido.

Contuve el aliento. El Endorathil y el Marelethan empezaron a dar bordadas desde direcciones opuestas, tratando de llegar a nuestra posición y barrernos entre los dos. Sin embargo, nos deslizábamos en silencio, dando bordadas igual que el más enorme de los barcos, subiendo y bajando las olas igual que él, para esquivarlo. Nos tenía justo a estribor. Podía incluso ver a su letal tripulación, con su armadura dorada sobre trajes de seda negra. Había un hombre apostado en el castillo de popa, alto, corpulento y con el cabello peinado en trenzas doradas. Oteaba las aguas vacías en busca de alguna señal, y no sé cómo, supe que era su capitán. Pero el arrogante patrón del barco enemigo no nos había visto. Sabía que estábamos allí, pero, simplemente, no podía vernos. Miraba hacia todas partes salvo al lugar en donde estábamos.

«Créeme, Azul —había dicho Fahr—. Nos quedaríamos contigo si pudiéramos, aunque fuera solo para enseñarte un par de cosas sobre lo que se ve y lo que no».

El capitán del Endorathil gritó una orden y sus cañones retumbaron por última vez. Y, mientras tanto, seguimos deslizándonos por el agua, a su lado. Mis cicatrices se encendieron a modo de respuesta y me apresuré a esconder las manos bajo mis brazos, temerosa de que las hubiera visto refulgir. Por un instante, sentí su mirada fija sobre mí, tan penetrante como para atravesarme la carne y verme hasta los huesos, pero enseguida pasó de largo. Un instante después estaba mirando hacia otra parte y nuestra fragata ya descansaba bajo el manto, así que me permití exhalar un suspiro.

Me giré allí, en cubierta, un largo momento, calada hasta los huesos, contemplando cómo el Endorathil desaparecía poco a poco bajo los cielos pesados y oscuros.

Me giré hacia el *Adamanthus*. Eco ya se había ido —debía de haber vuelto a la enfermería— y otros dos maremagus habían ocupado los puestos del maestre y el primer oficial, que, en ese momento, cruzaba la resbaladiza cubierta con cuidado. Se detuvo a mi lado a contemplar cómo aquellas naves enemigas se convertían en una sola al unirse al Navío del Terror. Poco después, sus luces no eran más que puntitos de luz perdidos en la tempestad.

—¿Te vio? —preguntó Fahr.

—No —respondí, con la esperanza de que no fuera mentira.

—Bien luchado, pues —repuso sin mirarme.

—Lideras como un capitán —le dije, también sin mirarlo—. Deberías ser el capitán.

—Y ahora ya puedes dejar de luchar.

Me volteé para mirarlo.

—Estamos en guerra, Fahr. Alguien tiene que luchar, y si él no lo hace, lo haré yo.

Él me miró con severidad.

—Hoy te ganaste el pan, subteniente. No lo estropees sacando la lengua a pasear.

—¿Yo? ¿A pasear? —grité—. ¡Es él quien salió a pasear, huyendo de la Armada!

—Deja de pelear —repitió con voz cortante mientras se giraba hacia un maremagus que estaba recogiendo una vela astillada—. Deja eso, Bondi. Buck necesita ayuda en la mesana.

Esperé a que terminara de dar órdenes.

—El lugar de un capitán está en cubierta. Tú estabas aquí. Él no.

—Azul… —Fahr gimió y se volteó para mirarme, con las gruesas cejas arrugadas en una expresión de frustración.

—¡Cuando estábamos en Labranza, dejó marchar al Marelethan! —proseguí, desafiante—. Podría haberlo hundido, pero dejó que se fuera, igual que hizo ahora, y sus grumetes están pagando por ello con sangre. Es un bastardo *rhi'ahr*, igual que todos los demás, y está engañando al rey para salvar a los suyos.

—Por los soles, Azul… —Se pasó una mano por el pelo—. ¿No te cansas nunca?

—Me puso en la trayectoria de los cañonazos y luego se escondió. Ese maldito pájaro hizo más por la batalla que él.

Negó con la cabeza. Los ojos le brillaban y tenía la boca apretada en una mueca severa. Una vez más, deseé no ser tan dura, no tener tanta rabia dentro de mí, pero así era como me había hecho la vida. Maldita fuera la vida.

—¿Por qué navegas con el enemigo? —insistí, sorteando una cuerda enrollada en el suelo en la que no me había fijado—. ¿A qué clase de cobarde sigues en este barco?

—Alto, subteniente.

—No soy más que una mala mujer de una fragata perdida, ¿recuerdas? En fin, me puso a rastrear y cumplí con mi obligación. Métanme en un bote y yo misma remaré hasta Labranza. —Gruñí y bajé la vista. Más cuerda enrollada a mis pies—. No, mejor aún, remaré hasta el Templomar y le llevaré este maldito quimérico a su amiguito, Bracebridge. Y entonces, bajo sus órdenes, los rastrearé a ustedes y los atraparé, puedes estar seguro. Estará encantado de ver a ese capitán su colgando de ese cuello de cobarde hasta que se mu…

De repente, algo jaló mis pies y me caí de boca, golpeándome la mejilla contra los tablones del suelo. Pero, antes de que me diera tiempo de gritar, acabé por los aires, colgada de los tobillos: una fuerza me estaba izando hacia las jarcias. La cuerda seguía enrollándose por mis piernas, mis rodillas y mis muslos, y entonces me balanceó y me lanzó contra el palo mayor. El calor me estalló en la frente al estamparme contra las crucetas. Traté de agarrarme de las cuerdas. El quimérico crepitó y, con un estallido de luz, la cuerda se cortó y caí, solo para que me agarrara de nuevo, esta vez de los brazos. Me quedé allí colgada, con los pies justo encima de la tripulación.

—¡Suéltala! —gritó Fahr.

ARO'EL.

La cuerda me apretaba con fuerza de los hombros, pero pronto empezó a enrollárseme al cuello. Traté de agarrarla con la mano que tenía libre, con la esperanza de que el quimérico obrara de nuevo su maxia, pero esta vez la cuerda resplandeció con unas runas propias y brillantes y siguió ciñéndose contra mi carne, clavándoseme en el cuello. Empecé a respirar de forma entrecortada.

ARO'EL TESTARUDA.

No había nadie en el aparejo. No había nadie entre las jarcias que jalara aquellas cuerdas con una fuerza letal, ni harpía ni minotauro, ni enanu ni homani. Estaba sola, allí colgada, y se me empezaba a teñir la visión de negro.

ARO'EL NO MERECE.

Oí gritar a Fahr, pero la sangre que me martilleaba en los oídos me impedía distinguir sus palabras. «¡A sus puestos!». Unas luces blancas parpadeaban en mis ojos cada vez que reventaba una vena diminuta. «¡*Ignateus*! ¡Un hechizo de fuego!». Necesitaba conjurar un hechizo de fuego, pero las palabras se habían extraviado entre la neblina de mi cerebro, en el que flotaban retazos de encantamientos, perdidos como las hojas de un árbol en un arroyo.

—¡Capitán al puente de mando! —Era el fauno, sí. Eco, se llamaba. Mi único amigo en aquella fragata. En el mundo. En la vida.

—*Magistrethii marei, di'am abythiia.* —Oí una voz *rhi'ahr* desde la cubierta.

La cuerda se aflojó y, temblorosa, inhalé una bocanada de aire profunda y fría.

—*Intheria cortheama, plathere myth'illion…*

No era un idioma que conociera, pero en el fondo sí me resultaba familiar. Mis huesos lo reconocían.

Las cuerdas me bajaron hasta la maltrecha cubierta, pero las piernas ya no me sostenían. Me desplomé sobre codos y rodillas; el cuerpo entero me temblaba como un craneovivo. Poco a poco, levanté la vista y vi a Eco y a Buck, que asomaban de la escotilla tratando de mantener a Thanavar derecho. Estaba desnudo de cintura para arriba y llevaba un collar negro en el cuello. Tenía el brazo derecho destrozado y el pecho duro salpicado de sangre. Era metralla. Y, en ese momento, comprendí un sinfín de cosas.

—*Silaethe, mira* —dijo—. *Silaethe. Laethe.*

Thanavar era el halcón de invierno. Era un speculumagus.

«No es él quien debe preocuparte».

Clavó la mirada oscura como el mar en la mía. Firme. Fija. Profunda y peligrosa.

¡Cuántas cosas sabía ahora!

«¿Acaso la Piedra Angular la eligió?».

Había sido Eco quien había planteado aquella posibilidad. Y Humo había añadido: «Ella es de ideas propias».

Pero no se refería a mí.

Se refería a ella.

La Piedra Angular estaba viva.

Y eso no era todo.

Amaba al capitán.

8

Marea baja

Estaba tumbada en mi hamaca, meciéndome al compás de la melodía del barco. Una vez te acostumbrabas, era como respirar. De arriba abajo, de un lado a otro. Había quien se mareaba, y también quien se asustaba, pero a mí me encantaba. Era como cuando eras un bebé y te mecían y te acunaban en brazos. No me sorprendía que me gustara tanto, ya que a mí nunca me habían mecido ni acunado.

Tenía una hamaca de lona en un rincón de la cocina, encima de Kithriit, que casi nunca dormía allí. Además de mí, era la única mujer a bordo de la fragata, así que supuse que creían que me habían hecho un favor poniéndome a dormir con ella. Sin embargo, la harpía tenía el sueño inquieto y hacía mucho ruido, así que me alegraba que prefiriera dormir en el tope del mástil. En ese momento, todo estaba tranquilo. El cocinero, un minotauro llamado Nanarobbin, estaba despierto, calentando avena cocida para el desayuno. Me quedé allí acostada, meciéndome y escuchándolo canturrear.

Era muy temprano. Sonó la campana para marcar el cambio de guardia. Era la guardia del amanecer. Una vez más, me descubrí parpadeando, tratando de mantener a raya el escozor de las lágrimas. Qué extraño. Jamás creí que lloraría la pérdida de aquella fragata, ni de su tripulación, pero en ese momento, mientras me mecía en aquel catre que me era ajeno, una parte de mí añoraba sus abarrotados camarotes y su hosca compañía. La Guardia del Amanecer había sido un buque de la Armada hasta la médula. Predecible, seguro, un barco en el que se podía confiar. La Piedra Angular no era nada de todo eso.

Pero estaba viva.

Era algo que nunca había oído, que ni en mis más selvajes pensamientos me habría atrevido a imaginar. Era una maxia que iba más allá de cualquier cosa que se hubiera escrito en ningún grimorio o pergamino, y lo cambiaba todo. Sentía presión en el pecho, tenía el estómago en un puño, y la mente agitada como un mar tempestuoso.

Bajé las piernas por un lado de la hamaca y me quedé allí sentada unos instantes, encorvada e informe.

La Piedra Angular estaba viva.

¿Cómo se suponía que debía reaccionar a algo así?

Bajé al suelo de un salto y me dirigí a la escotilla, haciendo caso omiso de la mirada que me echó el cocinero.

—Entra, subteniente.

Asomé la cabeza por detrás de la lona. Eco estaba enrollando una cobija de lana que luego aseguró con una cinta de cuero. La deslizó en el interior de su baúl y se inclinó para recoger un tubo del suelo. Le dio unos golpecitos y lo dejó en una de sus estanterías, antes de girarse hacia mí y jalarse la cintura para ponerse bien la camisa.

—Pensaba que eras un oficial —dije.

—Lo soy.

—Entonces ¿por qué no duermes en el camarote de oficiales con los demás?

—Porque prefiero dormir solo en el suelo, en lugar de estar colgado en un saco de lona con cuatro supralandeses que no paran de roncar, sea cual sea su rango.

Entré en la enfermería.

—¿Cuántos marineros perdimos ayer? —pregunté.

—¿Perdimos?

—Perdieron —me corregí enseguida—. Perdió la fragata. La Piedra Angular.

—A cinco. Incluido mi ayudante, Arik.

Pensé en Corwen, el mozo de la pólvora.

No supe qué decir. Nunca se me habían dado bien las frases de cortesía de rigor ni las palabras de consuelo.

—Pero solo hubo diez heridos —añadió—, así que estoy satisfecho.

—Incluyendo al capitán. Que es un halcón…

Se cruzó de brazos.

—¿Qué quieres, subteniente Renn?

Me apoyé en una pared y tragué saliva, a pesar del nudo de mi garganta.

—No lo sé, Doc. No sé qué pensar.

—¿Acaso has pensado alguna vez?

Recriminaciones por parte de un fauno.

—Antes sí. —Me encogí de hombros—. No, puede que nunca.

Suspiró.

—El capitán te va a dejar en la bahía del Estraperlo. No tardaremos en llegar.

—¿Por qué? He sido útil, ¿no? Ayudé.

—Dijo que llevas la sublevación en la sangre.

¿Era sublevación odiar al enemigo? Era lo que había aprendido a lo largo de mi vida, desde que me había marchado de casa. Mi madre, que había ansiado con fervor la maxia *rhi'ahr*, se había unido a su veneración de las Lunas Hermanas, a pesar de vivir en una tierra que se había rendido a Forja. Así que, en un acto de rebelión temprana, me había puesto en contra de ambas. Y aquella pequeña semilla de odio había germinado como una mala hierba en cuanto había cambiado la pequeña isla que había sido mi hogar por un mundo en guerra. Le habían crecido ortigas durante el tiempo que había pasado en la granja de lanas, y espinas mientras tragaba raciones en el muelle. Y tras mi llegada a la academia naval de Berryburn Yard, ese odio se había afilado hasta convertirse en una pica, y si me habían ascendido antes de hora había sido gracias a él. El odio generaba buena maxia, parecía. Todos necesitábamos a alguien a quien culpar.

Se oyeron tres pitidos y levanté la vista.

—Hum… —dijo el fauno—. Parece que ya llegamos. —Suspiró de nuevo—. Lo siento, subteniente. Se te advirtió.

—No respondo bien a las advertencias.

Una muchacha descarriada a la que iban a dejar tirada en la orilla. Quién fuera una siverna. Me marcharía nadando para no volver jamás. Y, si fuera un pájaro, emprendería el vuelo.

—Vamos, pues —dijo, y pasó junto a mí, agachándose para pasar bajo la lona que le hacía de puerta.

En la bahía del Estraperlo, el alba era gris. Cielo gris, mar gris, niebla gris. Forja no era más que un puntito de luz, y Ascua estaba escondido. Un viento racheado venía del sur, y una fría llovizna me golpeaba las mejillas. Temblaba de frío, a pesar del abrigo, así que me apretujé el morral contra el pecho. No tenía nada a mi nombre salvo el orgullo, y ya ni siquiera eso.

Había ocho grandes veleros anclados cerca de la costa, y el embarcadero estaba abarrotado de chinchorros y barcazas. Fahr y Humo subieron conmigo a una falúa, pero ninguno de los dos medió palabra. Dirigidos por Buck, la tripulación remó la distancia que separaba la Piedra Angular del muelle. El olor a humo de la leña, lemones y pescado salado impregnaba el aire.

Humo se puso de pie cuando la falúa estaba a punto de llegar al embarcadero y le lanzó la cuerda al grumete que esperaba en tierra. La barca chocó con unos troncos mojados y poco después ya estábamos en tierra firme. Me temblaban las piernas, acostumbradas como estaban al balanceo del mar. Nunca había estado en la bahía del Estraperlo; ni siquiera había oído hablar de ella. Era un puerto muy concurrido; no era grande, pero sí parecía próspero. La tripulación de Buck se quedó atrás para completar el registro con el maestre portuario e ir en busca de aprovisionamiento.

Fahr, Humo y yo nos abrimos paso por entre el mercado que habían montado sobre la arena. Contemplé mis alrededores, maravillada ante la cantidad de faunos, minotauros, harpías, cíclopes y otras razas que se mezclaban entre la muchedumbre. Los Chubascos no eran así. Allí no vivía nadie que no fuera homani, como Fahr y yo.

No, no era cierto. Recordé a un oso que había acudido a nuestra cabaña una vez, cuando yo era muy pequeña. Caminaba como un hombre, y también hablaba. Mi madre le daba un ungüento de betabel para los males digestivos y él le pagaba con resina de pino y miel. Recordé que solía fingir que quería llevarme con él al bosque, donde viviría con él y sería su cachorra.

Qué extrañas eran las cosas que recordaba, y también los momentos en los que aquellos recuerdos salían a la superficie.

Nos detuvimos ante las puertas de una taberna. Fahr levantó la vista.

—El Bidón de Whisky —murmuró.

—Suena prometedor —opinó Humo.

Fahr respiró hondo.

—Te vamos a invitar a un trago —me dijo—, pero tenemos cosas que hacer, así que te quedarás sola.

—La historia de mi vida —repliqué mientras entraba.

La taberna olía a humo de pipa. Era pequeña y oscura y estaba atestada de gente, como casi todas, pero conseguimos encontrar una mesa en un rinconcito, bajo una ventana sucia. Fahr y yo nos sentamos y Humo fue a buscar las bebidas. Ambos guardamos silencio. El primer oficial se miraba fijamente las manos; yo no miraba nada en concreto.

—Lo siento —dije al cabo de unos segundos.

—Yo también —contestó.

—Ojalá… —empecé a decir, inclinándome hacia atrás. Me pesaba el corazón, como una piedra que se hundía. No era ninguna sorpresa. Las piedras no se rompían, y ya me aseguraría yo de no romperme tampoco—. Da igual. Lo que desee no importa. Soy como soy, y la vida es la que es.

—Azul…

—No me digas que es complicado —lo interrumpí—. Eso lo entendí enseguida.

Sin embargo, las piedras podían herir si las lanzabas con la fuerza suficiente. Y eso se me daba bien. Era así como me mantenía a salvo.

—Pero nunca lo sabré, ¿verdad? —le pregunté—. Nunca sabré cómo es posible que la Piedra Angular esté viva, ni por qué está enamorada de un speculumagus, ni en qué infernos consiste esa dichosa misión de la que nadie suelta ni una palabra.

Y yo necesitaba mantenerme a salvo.

Fahr no dijo nada. Miré a través del cristal sucio. Forja hacía todo lo que estaba en su mano para vencer al gris, pero, a pesar de su tamaño, no lo conseguía.

Humo se acercó con los vasos.

Y yo, como una piedra, me lancé.

—Nunca sabré por qué Humo habla como un maldito príncipe, ni por qué llevan todos un arete, ni cómo es posible que un montón de maderos flotantes «elijan» a su tripulación. —El enanu dejó las bebidas sobre la mesa. Yo alargué la mano para agarrar la mía, pero me detuve y alcé las manos—. Nunca sabré qué campanas les pasó a mis brazos, ni por qué responden al quimérico, ni si encontraré algún puesto en el que se me permita trabajar, teniendo en cuenta que le prendo fuego a todo lo que toco. —Fahr tomó su vaso, pero no bebió. Humo, en cambio, sí lo hizo—. Aunque supongo que no tardaré mucho en saber si estas runas me van a matar, ¿no? ¿Creen que me irán carcomiendo la piel y que empezarán a grabárseme a fuego en el corazón, y en los pulmones, y en las tripas? ¿Creen que explotaré como una mecha encendida al entrar en contacto con la pólvora y arrasaré media bahía del Estraperlo conmigo, o que me disolveré en un montón de cenizas y mis restos se irán volando con la suave brisa?

Agarré mi vaso. Me temblaban las manos, pero tenía el corazón frío como el hielo.

—Pero, en fin, muchas gracias, oficiales, por invitarme un trago. Me siento muy valorada.

Y me lo bebí de golpe. Era ron, y no whisky. Una pena. De todos modos, no estaba muy aguado, y yo bebía como un marinero desde los diez años.

Dejé el vaso sobre la mesa con un golpe sordo y me puse de pie.

—Les devolvería el gesto, pero no tengo dinero, ni trabajo ni donde caerme muerta. —Me incliné hacia Fahr, poniéndome muy cerca de él—. Igual voy a preguntar al burdel. Para eso no soy demasiado orgullosa. Aunque tendré que asegurarme de que los tipos paguen por adelantado. Necesitaré que me den el dinero antes de prenderles fuego, ¿no?

Se bebió el vaso de un trago.

Miré a Humo.

—Señor Oakum, es una pena que no llegara a probar ese bote tuyo.

—Pues no lo calafateo entonces, no vaya a ser que vuelvas.

—Cuánta amabilidad. Estoy abrumada. —Los miré por última vez—. Buenos mares, caballeros —me despedí, sintiéndome como si la plancha que había bajo mis pies se hubiera partido en dos.

—Buenos mares —musitaron al unísono.

Y me marché, deseando ser capaz de salir de la taberna con paso firme, segura de mí misma. Es más, lo que quería era salir corriendo de aquel lugar espantoso antes de que las lágrimas que me escocían en los ojos empezaran a caer. Me llené los pulmones de aire, tratando de mantener la sal a raya, pero no había probado bocado desde la avena cocida del día anterior y el ron me había ido directo a la sangre. Me froté la cara con la mano, me colé entre la gente hasta llegar a la barra y me senté en un taburete, con la esperanza de que la tripulación me hubiera perdido de vista entre tantos parroquianos.

Soles. Lunas. ¡Que se coja Forja a un fauno! ¿Por qué hacía siempre lo mismo? ¿Por qué le hacía desplantes a la gente y destruía las oportunidades que se me presentaban, y todo para terminar sola en alguna taberna cochambrosa o en un bar de mala muerte? ¿Qué era lo que me impulsaba a seguir huyendo, y cuándo pararía de una vez?

Miré al mesero y meneé un vaso que acababa de robar.

—Otra, cuando puedas, Jak —le pedí. No sabía cómo se llamaba. En lugares así, a todo el mundo se le llamaba Jak—. Paga el enanu. Tienen patente de corso.

Puso los ojos en blanco, pero me sirvió.

Esta vez la hice durar, saboreando la sensación de tener el vaso entre las manos. Resplandecían, con guantes y todo, y me pregunté si sería posible pagarle a alguien para que me amputara los antebrazos enteros. Podía ser mendiga. O puta; lo que había dicho antes no era ninguna mentira. A los grumetes bien que les gustaban las patas de palo, los ojos de cristal y los garfios, y no tendría que volver a pensar en la maxia durante el resto de mi corta y miserable vida.

—… anclado cerca del muelle… enemigo… barco de los hechizos.

Me llevé el ron a los labios poco a poco, con la oreja puesta, atenta como una mosca posada en la pared.

Eran dos, y estaban sentados en los taburetes, a mi lado. Un homani y una harpía. El homani era delgado y peludo y llevaba tres aretes en una misma oreja. La harpía era un macho con una larga cresta y un pico más largo que el de Kit.

Me hice pequeña e insignificante. En general, no era algo que me costara mucho, a pesar de que mi orgullo me hubiera dejado sin trabajo.

—¿Tienen marineros? —preguntó el homani con un acento brusco y áspero.

La harpía asintió.

—Sí —contestó, con una voz chirriante como piedras rascándose entre ellas—. Somos doce, fuertes y feroces.

—¿Y barco?

—¿Quién necesita barco, señor, cuando tienes el cielo entero a tu disposición? —La harpía se echó a reír—. Además, tenemos una sombra a bordo. Un infiltrado.

Se me encogió el estómago. ¿Había un traidor en la Piedra Angular?

El hombre gruñó y le dio a la harpía un saquito negro.

—La mitad ahora y la otra mitad cuando esté hecho.

—Como de costumbre.

La harpía se metió el saquito en un bolso que llevaba atado a la cadera e hizo ademán de levantarse del taburete. El homani la agarró del brazo.

—Si puede ser, no maten al chico —dijo—. Aún le sacaremos unas monedas al borracho.

—¿Todavía? Han pasado unos diez años.

—Ya te digo. Tiene otra esposa, pero aún no ha tenido otro hijo.

—¿Nos darás la mitad, entonces?

—Tú lo atrapas y yo lo vendo. —Le tendió el brazo—. La mitad.

La harpía se lo agarró, palma contra codo.

—Hecho.

Y ahí terminó todo. Se terminaron los tragos y se marcharon de la taberna.

Me quedé allí parada un largo rato.

Había sido solo una frase, un balbuceo confuso de las palabras «barco de los hechizos». Podría haber dicho perfectamente «parco en hechizos», o «manco mestizo», o «el barco perdido», ¿qué sabía yo? Seguí bebiendo el ron a sorbitos, concentrándome en cómo me iba calentando la garganta.

Además, aunque estuvieran hablando de la Piedra Angular, yo no les debía nada. Aquel bastardo, Thanavar, me había abandonado en aquel lugar miserable, y todo porque yo formaba parte de la Armada y él era un corsario. Todo porque era orgullosa. Todo porque una fragata que me había elegido a mí ya no me consideraba merecedora de seguir a bordo.

Eché un vistazo a la ventana. Humo y Fahr se habían ido. Tendría que salir al mercado, abrirme paso entre la multitud y correr al muelle. Eso si se lo decía. Si me importaba.

Me terminé el ron.

—Paga —dijo el mesero.

—Ah, el enanu…

—Se fue. Tú bebes, tú pagas.

«Por los garfios del inferno». No tenía ni una sola moneda. Como contramaestre, Humo me había preparado un paquete con el abrigo que llevaba puesto, una cobija de lana, un pañuelo, una camisa de cambio y unos calcetines. Fahr me había dado una barrita de tinta, unos gises y un pequeño libro de bocetos con las cubiertas de cuero, porque le había contado que me gustaba dibujar. Llevaba todo lo necesario para una vida sencilla guardado en un simple morral, en resumidas cuentas, pero se les había pasado por alto que también necesitaría algo de dinero.

—Yo… —Tenía pensado escabullirme. Era rápida y anodina. Me perdería entre aquel océano de caras en un abrir y cerrar de ojos—. Yo…

Y salí corriendo.

Pero él se lo esperaba, y me agarró del brazo antes de que lograra huir. Sin embargo, lo hizo por encima del guante, así que el quimérico llameó y él soltó un aullido y apartó la mano. ¡Listo! Mi suerte había cambiado, por una vez.

—¿Qué es esto? —grité—. ¿Veneno?

—¿Qué? —Miró a su alrededor, al resto de sus clientes—. ¡Aquí te quedas! ¡Paga la cuenta!

Agarré el vaso e hice que el quimérico ardiera y resplandeciera.

—¿Alteraste el ron con maxia?

—¡No! —gritó. Se oyó el rechinar de las sillas y los taburetes contra el suelo: todo el mundo se estaba poniendo de pie—. ¡Solo es ron!

Hice burbujear el licor hasta que el quimérico llameó y estalló.

Grité de nuevo y me alejé de la barra de un brinco.

Y se hizo el caos.

Agarré el morral y escapé.

Había sido brillante y, maldita sea, ¡sí! Estaba orgullosa.

Cuando salí a la plaza, estaba lloviendo.

Los alcancé justo cuando estaban subiendo al bote. Me detuve en seco en el muelle resbaladizo.

—¡Un complot! —grité—. ¡Los oí decir que piensan adueñarse del barco!

Fahr y Humo intercambiaron una mirada.

—Lo siento, Azul —dijo el primer oficial, enjugándose la lluvia del rostro—. Pero no puedes volver con nosotros.

—¡Eso me da igual! ¡Escúchenme! —Me agaché y bajé la voz—. Una tripulación de doce harpías le echó el ojo a la Piedra Angular. Los atacarán desde los cielos.

Humo puso los ojos en blanco.

—¿Y por qué iban a hacer eso, Azul? —replicó—. No estamos en guerra con Braithe. Las harpías son nuestras aliadas. Si no me crees, pregúntale a Kit.

—Azul no puede preguntar si no está en el barco… —murmuró Buck.

En ese momento, se me llenó el corazón de alegría, pues supe que tenía al menos dos amigos en el mundo.

—No dudo de que hayas oído algo, Azul —dijo Fahr—. Pero no tiene nada que ver con nosotros ni con nuestra «dichosa misión».

—Ah, ¡me gusta cómo suena eso! —comentó Humo.

—En marcha, Buck —ordenó el primer oficial—. Gracias por avisarnos, Azul, pero estaremos bien. Buenos mares.

El maestre de cubierta se apoyó con fuerza sobre el remo y sus hombres hicieron lo propio. Yo me incorporé y me sequé la lluvia de los ojos mientras la falúa se alejaba del embarcadero.

—¡Y que no maten al chico! —grité mirando hacia las olas.

—¿Qué dijiste? —preguntó Fahr.

—¡Que, aunque hayan pasado diez años, todavía vale el doble! —Di un paso atrás y luego otro—. ¡Eso dijeron! ¡Y a la harpía le pagaron la mitad por adelantado! ¡Ja! ¡Un par de rufianes más generosos que ustedes!

Humo le echó un vistazo al primer oficial y luego se metió la mano en el bolsillo.

—¡Toma! —gritó, y me lo lanzó. Lo atrapé en el aire. Un saquito de monedas no era nada después de atrapar los hechizos de un nigromagus en mitad del océano.

—¡Espero que sobrevivan! —respondí—. ¡Yo estaré aquí, esperando a que vengan a pedirme perdón si lo hacen!

Los saludé entonces, tocándome la frente con los nudillos, y me di la vuelta para marcharme del muelle. Me obligué a no co-

rrer, pero el llanto me atenazaba la garganta, y estaba desesperada por contener las lágrimas antes de que se derramaran por mis
mejillas. Cuando empezaron a caer, me alegré de que estuviera
lloviendo.

Sola otra vez. Como siempre. Tres lunas, dos soles y una yo.

Por todos los infernos… Aquello me dolía más que haber perdido la Guardia del Amanecer.

Aquella misma tarde, acabé alojándome en un almacén destartalado. Era propiedad de una pareja de faunos que estaban
buscando a un magus que les echara una mano con los robos. Los
hechizos de protección se me daban bien, y a ellos les impresiona-
ron mis «tatuajes máxicos». No les dije que era quimérico. El quimérico era el arma del enemigo y estaba segura de que, si se corría la voz, me colgarían.

El local era un pequeño almacén en el que se comerciaba con
productos como el tabaco y el azúcar, y estaba lleno de cajas que
se amontonaban hasta las vigas del techo. Las paredes estaban
hechas con tablones de madera podrida, el techo estaba lleno de
goteras y había pequeños animales que habían anidado por entre
los barriles.

Los tenderos me dieron un colchón relleno de paja, una tela
encerada para que las goteras no me mojaran la ropa y un catre
en el altillo, desde donde podía echar un vistazo a todo lo que
ocurría abajo. A fin de cuentas, no sonaba nada mal, y no tenía
que aguantar los ronquidos de los homani ni a una harpía con el
sueño inquieto en una hamaca de lona.

Lo primero que hice fue ir al mercado a comprar algo de comida. Llevaba meses viviendo a base de pescado salado, galletas
marineras y lemones, pues no había probado otra cosa desde que
me había hecho a la mar, así que una hogaza de pan de miel, un

taco de queso y una bolsa llena de fruta del vino me parecía un sueño.

Lo segundo que hice fue ir a hablar con el maestre portuario y registrar mi nombre, mi oficio, mi rango y mi disponibilidad para trabajar en el siguiente barco que zarpara. Aún tenía mi cinto, en el que había tejidas hebras blancas y azules. Estaba deshilachado, pero era de la Armada y, por lo tanto, me daba credibilidad.

Que me partiera un rayo si pasaba más de una semana en aquella ciudad tan gris, a pesar de sus faunos y sus minotauros.

Aquella primera noche, observé desde mi altillo, con los pies descalzos colgando en un lado. Habían aparecido nuevas cicatrices rúnicas en los dedos de los pies, y me dediqué a examinarlas mientras los balanceaba adelante y atrás. Las manos, los brazos y ahora también los pies. No me dolían mucho. Flexioné los dedos y me maravillé al ver cómo hablaban, trazando patrones que nunca había aprendido, expresándose en idiomas que no conocía.

De todos modos, lo que le había dicho a Fahr y a Humo no era ninguna mentira. No tenía ni idea de qué pasaría cuando las cicatrices se quedaran sin piel por donde seguir avanzando. Simplemente, no creía que obcecarme en eso me sirviera de nada.

El segundo día, bajé al muelle a ver si había algún barco que buscara marineros. No lo había, así que me compré unos caramelos masticables y me senté junto al mar a contemplar los pájaros y los barcos, la neblina baja y los cangrejos que correteaban por la arena. Los cangrejos me gustaban. Los entendía. Tiernos por dentro y duros por fuera; era imposible romperlos, a no ser que tuvieras una roca. Y la gente tenía rocas de toda clase, así que lo mejor era evitarla, por si acaso, que era lo que había hecho yo durante la mayor parte de mi vida. Me pregunté cómo se las había arreglado la tripulación de la Piedra Angular para cambiar eso con tanta rapidez. Me pregunté también qué más me daba.

Porque me habían abandonado allí sin pensarlo dos veces, y solo porque no supe cerrar el pico hasta que me había pasado de la raya. Me habían advertido. Sabía que no debería haberlo hecho. Deseé saber por qué mi corazón seguía estampándose contra la misma roca, una y otra vez.

Quizá era yo quien tenía la roca en la mano.

El dolor de mi pecho se había reducido ya hasta convertirse en un guijarro. Esa era mi auténtica maxia, mi alquimia singular: tomar cosas reales, vivas, y convertirlas en piedra. Corazones, amor, dicha, esperanza; cualquier cosa. Mi madre me había enseñado a una edad temprana lo cruel que podía ser la vida.

Y por eso me había marchado de casa a los doce años. Trabajillos de poca monta, viajes de polizón, granjas laneras, barcazas de río… Hasta que tropecé con Berryburn Yard, nunca había pasado más de seis meses en un mismo lugar. En aquella academia naval estuve dos años, y pensé que tal vez no volvería a huir.

Sentí una punzada en el pecho. Qué disparate.

Eco tenía razón. En Berryburn tampoco había encajado. No me querían allí, y por eso me habían metido en el primer barco con un puesto disponible.

La historia de mi vida.

Oí un ruido a mi izquierda. Me volteé y vi a la pareja de faunos caminando sobre la arena, rumbo a su almacén. Se habían llamado señor y señora, pero, al margen de eso, no sabía nada sobre ellos. No sabía cuánto tiempo llevaban juntos, ni si tenían hijos, ni cómo habían terminado gestionando el almacén. Aun así, se veían contentos. Yo sabía que jamás conocería esa clase de amor. A lo largo de los años, había tenido muchos amantes. Un granjero por aquí, una mesera por allá, un par de cabos recién salidos del mar… Lo único que conocía eran los revolcones en la oscuridad, pura furia y deseo, hasta que las lunas decrecían, y yo… Yo también. Nunca me quedaba hasta la mañana siguiente. Siempre me marchaba antes de que salieran los soles.

Había tenido amantes, pero no amor.

Pensé en Fahr. Antes, me habría revolcado con él sin pensarlo dos veces y sin remordimientos. Era guapo y habilidoso, con aquellos ojos castaños risueños y esa apuesta sonrisa. Me gustaban las sonrisas, por raro que sonara. En mi mundo no había habido nunca suficientes. Eran como los caramelos blandos, dulces y pegajosos, y siempre querías más, hasta que dejabas de querer. Pero empezaba a cansarme de los revolcones, de las frases soeces y de la búsqueda infinita. Los amantes iban y venían, y mi corazón estaba tan gastado como la cuerda de un ballenero.

Mi mente siguió vagando hasta llegar al capitán. No pude evitar que se me acelerara el pulso. Él sí que habría sido algo distinto, de eso estaba segura. Me asaltó un calor que me hizo enroscar los pies, y se me extendió por el cuerpo, apoderándose de mí como una ola.

Y, mientras tanto, imaginé cómo sería cogerse al enemigo. Me mordí el labio. Ah, él sí que habría sido toda una experiencia. Habría doblegado ese acero para luego hundirme hasta rozar el abismo; me habría bebido su vino y lo habría puesto de rodillas ante mí. Y el barco habría retumbado cuando hubiéramos intercambiado los papeles, y yo me hubiera convertido en el capitán, deseosa de ser perseguida.

Una forma curiosa de hacer la guerra, pero sabía que esa batalla la habría ganado yo.

En fin, no estaba equivocado. Era una mala, mala mujer.

Me puse de pie, me sacudí la arena de las calzas y emprendí el camino hacia el almacén, contoneándome un poco más de lo habitual. Los mercaderes me miraban. Imaginaba el porqué: no sabían cómo afectaría a sus ventas que hubiera una nueva magus por el mercado. La maxia era un oficio calificado, como la carpintería o la sastrería, pero iba acompañada de sus propios horrores. Podía aportar valor a su pequeña ciudad, pero, si era egoísta, también podía arruinarlos a todos. Mi madre había sido egoísta como pocas, y yo me parecía a ella más de lo que me hubiera gustado.

Aquella segunda noche también fue tranquila, y el día siguiente se sucedió igual que el primero. Ningún barco buscaba contratar a nadie, ninguna nave de la Armada llegó a puerto. Sin embargo, la tercera noche sí me tocó ganarme el sustento, cuando llegaron al almacén tres palurdos buscando pelea.

Estaba lloviendo y se colaron por entre los tablones. Sin apenas pensarlo, les lancé un *Cantus Lumiere* amplificado con quimérico, bañando el almacén entero de luz. Se fueron corriendo por entre los tablones, tal y como habían venido. Bajé del altillo por las escaleras y me quedé un buen rato allí, en la oscuridad. No habían sido muy discretos, así que me había quedado claro que no era la primera vez que se colaban, pero, para ser sincera, no había nada que les fuera muy bien. No tenían un caparazón de cangrejo que los mantuviera a salvo.

Aquella noche, me paseé alrededor del edificio, grabando hechizos de protección en la madera con los dedos. El quimérico siseaba al encontrarse con la lluvia en las superficies de los tablones. Me tomé el resto de la noche para terminar y, cuando salieron los soles, estaba empapada hasta los huesos.

Esa mañana, Forja salió muy cerca del horizonte, y convirtió la lluvia en llovizna y la llovizna en niebla. Eché un último vistazo a mi trabajo. Pocas veces me quedaba satisfecha, pero aquello estaba bien. Apoyé las palmas de las manos en las puertas de carga y grabé a fuego en ellas la runa «rastrear». Mi firma, supuse. Mi nuevo nombre, el verdadero.

Aro'el.

Aquella mañana, había un barco de la Armada en el puerto.

9

Marea alta

Era un navío magnífico, de gran envergadura y con cuatro mástiles, y desde su pico de proa ondeaba una bandera del Almirantazgo. Había echado el ancla en la bahía, y la niebla matutina apenas permitía verla. Sus botes ya estaban amarrados en el embarcadero. Había un grupo de oficiales alrededor del maestre, estudiando las listas. Vestían impecables uniformes de colores vivos y tenían pistolas de pedernal en las caderas. Supe de inmediato que eran fusileros.

Me alisé el cinto, puse orden en mis pensamientos y empecé a construir la historia que iba a contar. Era Honor Renn, subteniente azumagus de la fragata real la Guardia del Amanecer, que había sido masacrada y condenada a las profundidades por el Endorathil hacía unas semanas. Me había rescatado del mar el Barco de los Hechizos y…

No.

Esa parte era mejor no mencionarla.

Me acerqué a un minotauro que estaba esperando junto al muelle.

—Es enorme —comenté.

—Ya lo creo.

—¿Vino en busca de aprovisionamiento o de miembros para su tripulación?

—Está buscando a alguien. —Me miró de arriba abajo—. Puede que a ti.

Entorné los ojos y traté de vislumbrar el nombre del buque a pesar de la densa niebla. Cuando por fin lo leí, fue como si me rompiera encima una ola de agua helada.

Era el Templomar.

El nombre retronó contra mis huesos, hizo que me castañetearan los dientes, como perdigones dentro de un cañón.

Busqué con la mirada entre los oficiales hasta encontrar el sombrero del capitán. Comodoro, mejor dicho. El comodoro Bracebridge. Era corpulento, con una ancha frente y el pelo canoso recogido en una coleta. Tenía los labios apretados en una mueca, como si estuviera chupando un lemón. Habría pasado desapercibido, a decir verdad, de no ser por las tres largas cicatrices que le recorrían el rostro desde el nacimiento del pelo a la barbilla, y que le habían dejado un ojo de un blanco lechoso.

Tres largas cicatrices, como las garras de un gigantesco halcón.

El minotauro me estaba observando, así que le hice un gesto con la cabeza y me di la vuelta para volver hacia el mercado.

—Ahí está —gritó el maestre—. ¡Ey, chica!

—No, no es ella. —Oí decir al minotauro—. Se equivocan de muchacha.

Aceleré el paso, maldiciendo lo mucho que costaba caminar por la arena mojada y alabando para mis adentros la férrea voluntad de los minotauros.

—¡Subteniente!

Apreté los puños con fuerza, pero no me detuve. Pasé junto a los puestos en los que se vendían oistras, pasé junto a las pescaderías. «Detente —me rogué—. Esta es tu oportunidad. Enlístate en un barco del Almirantazgo, cuéntales lo que quieres saber, empieza a ascender y dentro de nada llegarás a nigromagus». Pero mis pies no me obedecían, y yo no sabía por qué. Me metí por un callejón por detrás del Bidón del Whisky. La sangre me palpitaba con fuerza en los oídos.

Allí un hombre encorvado estaba enjuagando botellas en una cubeta. Se dio la vuelta al oírme.

Forja podía irse al inferno.

—¡Tú! —exclamó el mesero.

—¡Ya tengo monedas, Jak! —mentí, deslizando un pie hacia atrás para ponerme en posición para hechizar—. Vine a pagar mis deudas.

—Me importan un demonio tus monedas —gruñó—. Casi me dejas sin negocio. —Se arremangó—. Y no me llamo Jak.

Repasé mentalmente todos los hechizos que podía usar: *Confolio Dis*, *Praesidium*, incluso el nuevo *Cantus Lumiere*, con el que tanto éxito había tenido la noche anterior. O quizá podía, simplemente, dar rienda suelta al quimérico y ver qué pasaba. Seguía sin tener idea de qué podía hacer con esas manos.

Lancé un hechizo de protección sobre mi cabeza justo cuando él arremetía contra mí. Golpeó el patrón de quimérico crepitante con el puño, y la fuerza de la maxia hizo que retrocediera, tambaleándose. Aproveché la oportunidad para agacharme, pasar corriendo junto a él y colarme en el interior de la taberna. Era temprano, pero ya estaba llena hasta el tope. Me abrí paso rápidamente entre los parroquianos en dirección a la puerta principal, todavía perseguida por sus gritos. Y, justo cuando salí, vi a los oficiales del Templomar, que iban directo a la parte trasera. Doblé a la derecha y llegué al almacén en tiempo récord.

—¡No estoy aquí! —grité a los tenderos mientras corría hacia el altillo, haciendo caso omiso de sus miradas de curiosidad.

Subí la escalera y me tiré sobre el colchón. ¿Por qué? ¿Por qué había salido huyendo? El Templomar no tenía ningún problema conmigo. No había ninguna orden de arresto contra mí, así que no tenía nada que temer, pero tenía miedo. Y no sabía bien por qué. Claramente, tenía algo que ver con la Piedra Angular. O eso, o era el quimérico, que estaba tratando de consumirme.

Me puse de rodillas, agarré el morral y, mientras guardaba mis pocas pertenencias, oí unas voces que venían de abajo. Me asomé por un lado del altillo y ahí estaban: hombres uniformados con sus malditas pistolas de pedernal.

«Subteniente Renn».

Me quedé paralizada.

«Subteniente Renn, ¿estás ahí?».

¿Eco?

Los soldados entraron en el almacén, así que me quité los guantes y agarré la escalera para prenderle fuego con el chisporroteante quimérico. Se desplomó en el suelo, convertida en una lluvia de cenizas.

«*Ignateous* en la pared norte, por favor —dijo Eco—. Tienes espacio para colarte, y luego salta. Te atraparemos».

Los oficiales empezaron a mover y apilar cajas para trepar hasta el altillo, montando todo un escándalo en el interior del almacén. Barriles de plátanos, cajas de ropa… Les daba igual lo que fuera, con tal de que les sirviera de escalón para llegar hasta mí.

El corazón me retumbaba en los oídos. Corrí a toda prisa hacia el hastial del lado norte. Era de tablilla, y atisbaba las formas que había abajo a través del gris. Respiré hondo y dibujé un círculo con los dedos. Igual que había ocurrido la noche anterior, el patrón crepitó en cuanto lo toqué. Apoyé la mano contra él y contemplé cómo crujía y ardía.

Golpe, trancazo, golpe. Estaban llegando al altillo.

—¡Buque Real Templomar! —gritó una voz—. No está metida en ningún lío, subteniente. ¡Alto!

Empujé con las dos manos. La madera crepitó de nuevo y se prendió.

—¡Es una orden del comodoro Bracebridge, de la Oficina del Almirantazgo! ¡Alto, es una orden!

Apreté los dientes, cerré los ojos y me lancé con todo mi peso contra el círculo de runas. Y no hizo falta nada más: la madera desapareció y yo me precipité al vacío.

Caí en una postura incómoda, retorciéndome por el cielo, toda brazos, y piernas, y miedo, y morral, y, de repente, me detuve de golpe, poco antes de llegar a la arena.

—Por las campanas del inferno, ¡cómo pesa! —gruñó Humo.

Abrí los ojos.

El enanu estaba con los brazos extendidos, una rodilla apoyada en el suelo y el hechizo *Kinestorum* reflejado en su cara de esfuerzo. Devanhan Fahr me agarró de la cintura y me dejó en el suelo, de pie. Dejé que me tuviera en brazos unos instantes, hasta que dejara de darme vueltas la cabeza.

Nunca nadie me había tenido en brazos. Nadie me había atrapado cuando me había caído.

—Tenemos que irnos —dijo Eco.

Y eso hicimos. Corrimos por las calles como peces aleta atravesando las olas del mar, con los soldados gritando y pisándonos los talones. Me impresionó que a Humo le costara tan poco seguirnos el ritmo, a pesar de su corta estatura, pero era un enanu, al fin y al cabo, todo músculo, garra y fuerza de voluntad inagotable. Cuando doblamos la esquina del Bidón de Whisky, Fahr se dio la vuelta para lanzar un hechizo. No reconocí el patrón, pero cuando uno de los oficiales cayó de frente sobre la arena, supe que era un hechizo de atadura. Las manos del primer oficial siguieron danzando y, esta vez, un escudo de runas brotó de sus palmas.

—¡Corre! —gritó, pero yo vacilé. Humo me agarró de la mano—. ¡Haz caso por una vez, maldita mocosa!

—¡Tienen pistolas!

—No le van a disparar —insistió Eco, instándome a seguir.

Nos dimos la vuelta y seguimos corriendo en dirección al muelle, esquivando a los lugareños. Me dio un vuelco el corazón al ver a Buck en un bote. Seguimos corriendo, golpeando con las botas en la madera mojada del embarcadero.

Pero al final del muelle, de pie en su falúa y con el pelo gris ondeando al viento, estaba Bracebridge.

—¡Sube! —ordenó Humo mientras subía al bote. Eco subió después, pero, antes de hacerlo yo, oí un disparo y miré atrás.

Fahr venía hacia nosotros a toda velocidad, con un trío de soldados pisándole los talones. Me alegré de que las pistolas de pedernal de la Armada solo permitieran disparar una sola vez, pero justo entonces vi que otro fusilero sacaba la suya.

—¡No! —gritó Bracebridge desde el fondo del muelle, y sacó la suya.

—¡No! —grité yo al mismo tiempo. Me abalancé hacia adelante con las manos extendidas—. *¡Praesidium Lumiere!*

El patrón imbuido de quimérico estalló en las palmas de mis manos y engulló a Fahr en su crecida, al tiempo que en el muelle reverberaba el eco de un segundo disparo. Fahr saltó a través del escudo y subió al bote, no sin antes agarrarme de la mano y llevarme con él. Mientras el escudo se desintegraba, miré atrás. El fusilero se había parado en seco y, perplejo, bajó la vista para ver cómo una mancha oscura se extendía por las solapas de su uniforme. Cayó sobre sus rodillas y luego se desplomó en la arena. Al fondo de todo, Bracebridge bajó su arma, de cuya boca negra y ardiente brotaba un humo rizado.

Por los garfios del inferno. Había disparado a uno de sus hombres.

Se volteó para mirarnos. No, para mirarme a mí, con los labios apretados y el ojo lechoso, que tanto destacaba sobre su piel morena.

—Ya te dije que no le iban a disparar —dijo Humo—. Es demasiado guapo. Todos los océanos aman a nuestro Dev.

—Sácanos de aquí, Buck —dijo Fahr—. Rápido.

—Sí, Dev —contestó el maestre de cubierta.

«Que Forja bendiga a los hiladores de agua», pensé para mis adentros mientras el bote aceleraba por las aguas agitadas de la bahía, a pesar de no tener ni velas ni remos. Solo habilidosos magus que movían las olas con sus runas. En los muelles, los soldados de la Armada corrieron a sus falúas, pero la niebla se interpuso y, poco después, ya no había ni rastro ni de sus uniformes, ni de los muelles, ni del denso gris de la bahía del Estraperlo.

—Bueno, diría yo que el secreto de Azul ya no es ningún secreto —comentó Fahr, sentándose con un brazo apoyado en la regala—. Bracey cruzará océanos enteros para capturarla.

Yo no era capaz de pensar. Debería haber estado contenta. Debería haberme sentido libre.

—En el almacén la atrapaste en el aire, Humo. Bien hecho —añadió Fahr.

—Pesa más que un cañón ella —contestó Humo—. Las raciones de por aquí te sentaron bien, chica. ¿Fue el queso?

—Bienvenida de nuevo, subteniente —me dijo Eco con una sonrisa.

No era capaz de mirarlos. Ni siquiera era capaz de hablar. Me escocían los ojos y tenía un nudo en la garganta.

—¿Por qué volvieron? —susurré.

Fahr se inclinó hacia adelante con las manos juntas entre las rodillas.

—Doce harpías, tal y como dijiste. —Asentí—. Las matamos a todas menos a una. La tenemos en el calabozo para interrogarla. El capitán pregunta…

La voz de Fahr se apagó, y me atreví a mirarlo de reojo. Parecía que él tampoco se atrevía a mirarme a mí.

Se aclaró la garganta y terminó:

—El capitán pregunta si te gustaría subir a bordo.

Asentí de nuevo.

—Solo para parlamentar, de todos modos —añadió—. No te está ofreciendo un puesto en la tripulación.

—Todavía —dijo Buck.

—Garfios y bandidos —masculló Humo con su acento elegante—. No le mientas a la chica. Tiene pensado hacerlo. Lo sabemos todos, así que, por favor, ¿puedes darle hilo a este bote para que volvamos al barco de una vez, y dejarte de bobadas?

Traté de sonreírle, pero me dolía demasiado la cara. Él puso los ojos en blanco.

Fuera como fuera, parecía que las mareas estaban cambiando para mí.

Se oyó una campanada y el ruido de las olas al lamer el casco. La Piedra Angular se mecía suavemente en la superficie de aquella ensenada gris del mar.

Me permitieron quedarme con mi catre en la cocina. Esa noche dormí como un tronco.

Era ya mediodía cuando se requirió mi presencia en el camarote del capitán.

10

La patente de corso

ac, tac, tac. Tac, tac, tac. Tac, tac, tac.

Contemplé sus largos dedos, que tamborileaban sobre la madera pulida de su escritorio.

Tac, tac, tac. Tac, tac, tac. Tac, tac, tac.

Estuvo un buen rato sin decir nada. Se limitaba a mirarme con aquellos ojos salpicados de dorado.

Tac, tac, tac. Tac, tac, tac. Tac, tac, tac.

El tamborileo era obra de la mano izquierda, pues la derecha la llevaba en un cabestrillo. Todavía tenía el rostro amoratado por el impacto del proyectil de metralla, y en una de sus pupilas había un círculo rojo. No había rasgo en aquel rostro que no fuera afilado, definido, y me pregunté si sería un rasgo propio de un *rhi'ahr* o algo simplemente suyo. Si algún día me atrevía a dibujarlo, sabía que tendría que hacerlo con una serie de líneas rectas y una pluma afilada. Nariz, mandíbula, barbilla, pómulo. Líneas y cuencas, sombras y relieves. Las orejas eran igual: se afilaban hasta terminar en punta, asomando bajo aquella melena negra como el mar.

Sí, me habría gustado mucho dibujarlo. No lo podía negar. Pero jamás permitiría que se enterara.

—Repite lo que dijeron palabra por palabra, subteniente —me pidió al fin.

—No sé qué sobre enemigos y el Barco de los Hechizos —respondí—. Y que la harpía tenía una sombra a b...

—No, sobre el muchacho. Dime qué dijeron sobre el muchacho.

—Ah, que sería mejor no matarlo. Que le podían sacar unas buenas monedas a un borracho.

Tac, tac, tac. Tac, tac, tac. Tac, tac, tac.

—Y que todavía las valdría, aunque hubieran pasado diez años —añadí—. Que tenía una nueva esposa, pero que no había tenido más hijos, y que en eso también podían ir a medias.

Le conté mi historia de pie, con las manos a la espalda. El barco se mecía con dulzura bajo mis botas.

—Qué curioso que el Templomar atracara en la bahía del Estraperlo justo cuando estabas tú ahí. —Me miró—. ¿Sabe Bracebridge lo de tu quimérico?

—¿Mi quimérico? —Fruncí el ceño—. En el muelle me vio lanzar un hechizo *Praesidium*...

—¿Un simple *Praesidium*?

—No, capitán. Yo... este... —Él esperó—. Un *Praesidium Lumiere*, capitán.

Respondió enarcando una ceja.

—Yo... Lo inventé —admití.

—¿Amplificado con quimérico?

—Sí, capitán. Pensaba que iba a dispararle a Fahr.

—Buenos reflejos —dijo, y parpadeó despacio, como un gato—. Siéntate.

¿Que me sentara? Hacía apenas unos días había querido matarlo. Y ahora se me estaba ofreciendo una silla en el camarote de un capitán *rhi'ahr*. Soles, ¡cómo me había cambiado la vida!

Pero, como no era ninguna insensata, me senté.

—Esto nos va a acarrear una serie de complicaciones —añadió. Bajó la vista hacia el mapa que tenía desplegado sobre el escritorio y trazó con un dedo el contorno de la Gran Barrera del Terror—. Durante los últimos años, los *rhi'ahr* nos han sacado una ventaja táctica espolvoreando sus balas de cañón con quimérico, pero si una azumagus, formada en la Armada, pudiera hacer lo mismo… Podría cambiar el curso de esta guerra.

Tragué saliva con fuerza. Aquello suponía un gran conflicto para mí.

Él levantó la vista de nuevo.

—¿Y la harpía dijo que tenían una «sombra a bordo»?

—Eso dijo, capitán. Pero no estarás pensando en Kit, ¿no?

—No, Kit no. Jamás.

Una sombra a bordo. ¿Qué aspecto tendría un traidor a bordo de un barco capitaneado por el enemigo?

—¿Quién es ese muchacho? —pregunté—. ¿Y por qué creen que está en la Piedra Angular?

Él suspiró.

—Esa es una historia cuyo origen se remonta a hace un millar de años —empezó a relatar—. Con la Orden de los Nobles Sacerdotes y la creación de la Gran Barrera del Terror. Pero es una historia demasiado larga para que te la cuente ahora, y solo tiene cierta relación con lo del muchacho.

—No tengo ningún compromiso urgente —repuse con una sonrisita, y juraría que él apretó los labios para reprimir otra.

Me maravillaba que, a pesar de su acento *rhi'ahr*, empleara unas palabras tan formales, tan precisas. Hablaba supralandés con fluidez, y me pregunté cuánto tiempo haría que lo había estudiado. Era como si lo hubiera aprendido en una biblioteca, o de académicos y escribas y otras gentes dadas a los libros. Pero, sobre todo, me pregunté cómo diablos había acabado sirviendo a bordo de un barco de Supramar con una patente de corso firmada por nuestro rey.

—Muy bien —cedió—. ¿Qué sabes sobre los Nobles Sacerdotes, subteniente?

Me mordí el labio y traté de recordar. Sin embargo, todo lo que sabía me lo había contado mi madre, así que no había escuchado con mucha atención.

—La Casa Cuervo de Madera —empecé a decir, rebuscando entre mis recuerdos—. Era una antigua orden responsable de custodiar la Gran Barrera del Terror. La fundó Allisar Brontari, y vivían y estudiaban en la Puerta de las Nubes, la isla flotante que se encuentra en el interior de la Gran Barrera.

Todo el mundo conocía las leyendas sobre aquella isla mítica. Había un canal que atravesaba la implacable cortina de agua a ambos lados de la Puerta de las Nubes, y que era el único modo de navegar de Supramar a Inframar.

Si escuchabas las historias, parecía un lugar maravilloso, un lugar dedicado al estudio y a las runas, lejos de las dificultades aciagas y mundanas de la vida.

—Exacto —contestó él—. La Puerta de las Nubes, o *Lindurithain*, como se le llama en *rhi'ahr*. Mientras practicaron, hubo paz. La Gran Barrera del Terror era de mucha utilidad para ambas naciones, ya que reducía al máximo los conflictos y los saqueos. El Árbol de las Runas mantenía a la Gran Barrera del Terror de pie, y los Nobles Sacerdotes servían al árbol.

—El Árbol de las Runas —repetí. El corazón se me había acelerado al oír su nombre.

—El Árbol de las Runas, la diosa de *Lindurithain*, la guardiana del quimérico. Adorada por los *rhi'ahr* durante muchos siglos —explicó.

Yo no tenía fe. No adoraba a ningún sol ni a ninguna luna, a ningún árbol ni a ninguna estrella, pero sabía que una ciudad podía entrar en guerra por mucho menos.

—El quimérico fluía por su mismísima savia —prosiguió—. Los anillos de su tronco estaban hilados con la maxia del más arcaico de todos los hechizos.

Un escalofrío me recorrió la espalda. Me incliné hacia adelante para estudiar el mapa. El Árbol de las Runas era tan mítico como la Puerta de las Nubes, una creencia antigua para explicar la maxia del presente. Un árbol que habían sacado del mar y que habían hilado las lunas, de cuyas ramas habían nacido las estrellas y cuyas raíces abrazaban la terre. Sonaba descabellado, pero no pensaba decírselo a él. Era *rhi'ahr*, al fin y al cabo. No tenía ni idea de qué creía.

—Hoy, la Orden de los Nobles Sacerdotes no es más que una lección de historia —continuó con el semblante oscuro—. Debido a lo que tu pueblo llama la Abolición.

Yo no era más que una niña cuando abolieron la orden. La presencia de los Nobles Sacerdotes en la Puerta de las Nubes aseguraba que nadie, de ninguno de los dos bandos, pudiera atacar al otro o impedirle el paso. Sin embargo, acumularon demasiado poder. Se hicieron demasiado peligrosos. Eligieron bando, y el rey tomó medidas.

—En Supramar, todo el mundo sabe por qué ocurrió —dijo en voz baja, casi dulce—. Pero sospecho que muy pocos saben cómo.

Levanté la vista para mirarlo y, por un instante, me pareció viejo. No por su cuerpo, pues, de hecho, no tenía muchos más años que yo. No: me pareció viejo por su mente, por su corazón y su espíritu. Me pareció cansado. Cansado del mundo, como si el mar le hubiera mandado más tempestades de las que le tocaban.

Algo con lo que yo podía sentirme identificada.

—Porque la abolición de los Nobles Sacerdotes no se hizo a golpe de pluma, subteniente, sino blandiendo un afilado sable y apretando un gatillo. Masacraron a la orden entera. A cada hombre, mujer y niño. A cada homani, fauno, minotauro y *rhi'ahr*. Setenta almas nobles asesinadas en una sola noche, y el monasterio, arrasado hasta sus cimientos.

Y, en ese momento, todo cambió. Porque, para él, aquello era algo más que historia o política. Para él, aquello era personal y doloroso. Y acababa de compartirlo conmigo.

—No lo sabía —admití.

Él respiró hondo y se estremeció. Un mechón de pelo oscuro le cayó sobre la frente, pero no se lo apartó. Nos quedamos sentados en silencio un largo momento, mientras yo, poco a poco, iba dejando que sus palabras se asentaran en mi memoria.

—Cuando… abolieron la Orden de los Nobles Sacerdotes… —dijo—. Ya no quedó nada. Ya no había nada para evitar que la Puerta de las Nubes se empleara como un canal para la guerra.

—Pero no hubo ninguna guerra en ese momento —repuse—. Hubo una década de paz, creo, entre la Abolición y la Segunda… ¿Declaración de Guerra?

Pronuncié aquellas últimas palabras con tono interrogante, pero él asintió sin emoción. Exhalé con fuerza, aliviada por haber recordado por fin algo útil de mis años en Berryburn.

—Si hubo paz, subteniente, fue porque la Puerta de las Nubes empezó a desaparecer.

—¿A desaparecer? ¿Cómo es posible que desapareciera?

Sabía que se movía, pero ¿desaparecer? Eso era alquimia muy potente.

—Con un manto de tormenta —respondió—. Maxia arcaica. Igual que la Piedra Angular. Y, al parecer, también el Endorathil.

—Eran muy pocos los que lograban encontrarla —prosiguió—. Y, si lo hacían, el pasillo que llevaba a ella podía derrumbarse en cualquier momento, y dejarlos atrapados en las Trombas, en la Calma o en la Gran Barrera del Terror misma.

Las Trombas y la Calma eran, junto a la Gran Barrera del Terror, los cimientos de nuestra navegación. Las Latitudes de las Trombas eran un cerco de tormentas huracanadas que flanqueaban la Gran Barrera del Terror, y la Calma, un anillo de un calor abrasador y maxia sofocante que había en medio. Tenían leguas y leguas de profundidad, o eso se decía. Ninguna embarcación podía entrar, por temor a acabar despedazada, hundida o algo peor.

—Pero, hace diez años, cinco barcos *rhi'ahr* lograron dar con ella —continuó en voz baja—. Encontraron el Canal y llegaron a la isla. Ansiaban el poder del quimérico y querían extraerlo, llevárselo para dárselo a su rey. Pensaban que, después de la Abolición, estaría abandonada, pero cuando pusieron pie en la isla, descubrieron el Árbol… —Apretó los dientes. Una tormenta se estaba gestando tras sus ojos del azul del mar—. Pero aquellos *rhi'ahr* no creían que fuera una diosa, pues eran pragmáticos y orgullosos. Y cometieron el crimen más atroz que puede cometerse contra los pueblos de la terre, causando una cicatriz en el Mundo de las Runas y en la maxia misma. —El aire se le quedó atorado en la garganta—. Lo talaron, subteniente. Talaron el Árbol de las Runas.

Sus ojos me tenían cautiva, atrapada en sus corrientes. Me hacían girar y girar, como un torbellino, me arrastraban al abismo. Me movía en ellas a toda velocidad, y, sin embargo, estaba paralizada.

—Lo siento —dije. No sabía qué más decir.

—El orgullo mata. Siempre.

Su expresión era imperturbable, pétrea, pero me di cuenta de que estaba tratando de enmascarar algo más profundo, algo más doloroso que la tala de un árbol muy viejo.

—Si se me permite la pregunta… —me aventuré—. Si cortaron el Árbol de las Runas…

—Lo cortaron —me interrumpió.

—Entonces ¿cómo es posible que todavía alimente la maxia de nuestro mundo? ¿Por qué sigue de pie la Gran Barrera del Terror?

—La Gran Barrera del Terror no salió indemne, subteniente. Se está desmoronando pedazo a pedazo, y le están saliendo grietas que permiten que los barcos *rhi'ahr* crucen a Supramar. Tu desventurada fragata fue una de las muchas que perdieron contra el Endorathil y su flota.

El Endorathil. ¡Cuánto temía ese nombre!

Él se encogió de hombros.

—Lo demás es una lección en alta alquimia para la que no estás preparada.

—Pero quiero saberlo todo. —Esa vez no me arrepentí de que mis palabras fueran precipitadas. Eran ciertas. Estaba ávida de runas.

Él me sostuvo la mirada con firmeza, sin parpadear, y por un instante nos vimos atrapados en las mismas impetuosas aguas. Por un instante fuimos dos almas movidas por un mismo deseo. ¿Era ese deseo el de rastrear runas, o había algo más? El silencio se alargó, y creí que tal vez se negaría. Pero entonces respiró hondo, despacio, y se estremeció ligeramente, como si estuviera regresando de un lugar todavía más profundo.

—Le pediré a Fahr que te enseñe —accedió al fin—. Pero preguntaste por el muchacho…

Campanas, qué listo era. Primero había tejido aquella extravagante red de historia e intrigas políticas, y luego se había acordado de volver a la misma pregunta que había dado pie a todo. Admiraba aquella habilidad, así como a la mente que fuera capaz de llevarla a cabo. Era, en sí misma, una clase de maxia.

—Cuando los traidores *rhi'ahr* talaron el árbol, liberando el quimérico y dando inicio al catastrófico final de nuestro mundo, liberaron también algo más. Algo mucho peor.

—¿Peor?

—Verás… Su Rey Cobarde había cometido un error. Un error de juicio aún mayor que la Abolición, un error que mancillará su nombre hasta el fin de los días.

Tragué saliva. Me hallaba metida en aguas muy profundas, y estaba segura de que acabaría ahogándome en ellas.

—¿Cuál fue el error? —pregunté, intentando que no me temblara la voz.

—Cuando mandó a sus fusileros a masacrar a los Nobles Sacerdotes… —Se apoyó en el respaldo de la silla y dejó que una sonrisa se deslizara poco a poco por el rostro, como un cuchillo—. Dejó a uno vivo.

El corazón se me heló como un témpano del norte.

Oh, Forja.

—Dejó vivo a un Noble Sacerdote que hizo de la venganza su propósito y decidió dedicarse en cuerpo y alma a causar estragos en las dos casas reales —prosiguió—. Y aquel Noble Sacerdote robó uno de esos malditos barcos *rhi'ahr* y huyó por el Canal septentrional de la Puerta de las Nubes.

Oh, Forja. Oh, rayos. El corazón me latía a toda velocidad; me sentía como si me estuviera cayendo por un precipicio.

No me hizo falta preguntárselo. Lo supe. Thanavar era el último Noble Sacerdote.

—Pero aquello fue hace veinte años… —Conté mentalmente mientras él me observaba—. Cuando abolieron a los Nobles Sacerdotes no eras más que un niño.

—De siete soles.

Una imagen del capitán de niño afloró en mi mente. Vi unos risueños ojos turquesa, el pelo negro e ingobernable y una sonrisa traviesa. Lo imaginé revoltoso, impetuoso y libre. Estaba segura de que no le había dado descanso a ningún progenitor ni sacerdote. Pero ser tan pequeño cuando habían asesinado a todos sus amigos, sus mentores y su única familia… Negué con la cabeza. El dolor de la pérdida te arrancaba pedacitos del corazón y se te grababa en la mente. Nunca se curaba del todo.

Nos quedamos allí sentados, escuchando el canturreo y los crujidos del barco. Había una especie de hechizo entre los dos, denso, colmado de todo aquello que no podíamos decir. El silencio se alargó y se alargó, pero no era incómodo. Era como un bálsamo, y quería que durara más. Un espacio entre dos personas en el que las palabras no eran necesarias. En el que bastaba con el sencillo acto de estar vivo.

Al final, apartó la vista. Y, por un momento fugaz, en verdad lo extrañé.

—Tenía diecisiete años cuando llegaron los barcos —relató—. Dieciocho cuando juré lealtad al enemigo de mi enemigo.

—La patente de corso —deduje, sin aliento, y él asintió. Todo había cobrado sentido.

Aquello no era una simple misión para él. Buscaba venganza, y se me aceleraba el corazón solo de pensarlo.

—Entonces, volviendo a la pregunta que me hiciste antes —dijo, desafiándome con la mirada a adivinar.

—El chico —dije—. ¿Por qué pensaba la harpía que estaba en la Piedra Angular?

—Porque lo está. —Thanavar esbozó una sonrisa perezosa y felina, y se apoyó de nuevo en el respaldo de la silla—. Yo lo robé.

Lo miré parpadeando. La mente me daba vueltas. El Príncipe Robado de Supramar. La leyenda era cierta y el muchacho estaba allí. ¡Allí!

—¿Y el rey lo sabe? —pregunté con una voz tan frágil como la ceniza.

—¿Me habría ofrecido una patente de corso de no ser así? —Enarcó una ceja.

Había un príncipe a bordo de aquella fragata: el príncipe heredero de Supramar. Un príncipe y el último Noble Sacerdote de *Lindurithain*.

No me extrañaba que la Piedra Angular fuera famosa. No me extrañaba que fuera tan perseguida.

Deslizó una cajita de madera sobre la mesa, hacia mí. Dentro había un aro dorado. El corazón empezó a latirme desbocado, aunque, a decir verdad, no sabría decir si se había calmado en algún momento desde que había entrado en aquel camarote.

—Te voy a dar una tercera oportunidad, subteniente —dijo—. Algo que no había ocurrido nunca en la historia de la Piedra Angular. Pero me temo que hay dos condiciones.

¿Más? Lo miré. Las infinitas posibilidades daban vueltas por mi mente.

—Una: si eliges unirte a la tripulación de la Piedra Angular, servirás como miembro de la Armada Imperial.

—¿Cómo miembro de la Armada? —Lo miré boquiabierta—. ¿Cómo puedo formar parte de la Armada si soy una corsaria?

—Ese es un rumbo que debes trazar tú.

La Armada no se llevaba bien con los corsarios porque estos se encontraban fuera de la cadena de mando habitual. Los profesores de Berryburn Yard querían que los declararan fuera de la ley como mínimo, que los hundieran en el mar, si se salían con suya, y nos decían que ellos querían desmembrarnos y mandarnos a la Vieja Arena. Aquello me convertía en un objetivo; sería un blanco fácil cada vez que pusiera un pie en un muelle. ¿De verdad creía Thanavar que podía tener éxito en aquella empresa, o me estaba tendiendo una trampa para que el trabajo sucio lo hiciera otro, y él saliera airoso, con las manos limpias y la patente de corso intacta?

—Y dos: rastrearás quimérico para mí, y juntos encontraremos la Puerta de las Nubes.

«Encontrar la Puerta de las Nubes».

—El abismo llama al abismo, subteniente. Igual que la Puerta de las Nubes ahora te llama a ti.

«Encontrar la Puerta de las Nubes».

Con una mano temblorosa, agarré el arete y lo sostuve unos instantes.

—Si me lo pongo, formaré parte de la tripulación —dije—. Y mi lugar estará con esta tripulación. En la Piedra Angular.

—Así es.

—Nunca había encontrado mi lugar —admití, con una voz que apenas era un susurro.

—Yo solo lo encontré una vez —repuso—. Pero ese lugar ya no existe.

«Dejó a uno vivo».

Levanté la vista y tragué saliva, a pesar del doloroso nudo que me atenazaba la garganta. Quizá ya no tenía que seguir huyendo. Quizá por fin había encontrado un lugar donde encajar.

Llamaron a la puerta y asomó Eco.

—Capitán —dijo—. Fahr dice que ya está listo el palo mayor.

—Gracias, doctor —respondió el capitán, y luego me miró—. Tienes hasta que se ponga Ascua para decidir.

Tragué saliva de nuevo y me metí el arete en el bolsillo.

Él se puso de pie y me rodeó para dirigirse a la puerta. Yo me levanté también. Casi le toqué el brazo cuando pasó junto a mí, pero, en lugar de eso, cerré la mano en un puño y me la llevé tras la espalda.

—Capitán —lo llamé; se me estaba anudando de nuevo la garganta—. Yo…

Se volteó y me miró por el rabillo del ojo color mar profundo. Respiré hondo y alcé la barbilla.

—El halcón eras tú —dije—. En la batalla, capitán. Tú eras el halcón y nos salvaste del Endorathil.

Él no dijo nada. Esperó. Por los Soles, dejaba cualquier habitación totalmente vacía de aire, como si lo arrastrara la marea.

—Ahora lo sé, y sé que todavía me quedan muchas cosas que aprender, así que gracias por darle una oportunidad a una mala mujer de una fragata perdida.

—Bueno —contestó, con una ligera curva en los labios—. La fragata sigue estando perdida.

¿Era eso una broma?

—¿De verdad crees que el comodoro Bracebridge me quiere por el quimérico?

—Creo que muy pronto todo el mundo te querrá por tu quimérico.

Eco y yo lo seguimos por el pasillo. Casi me tambaleaba al andar, intentando guardarme mis pensamientos. Pero una no puede acallar un miedo tan grande. No era muy alto, solo pesado, implacable, y se movía como un lastre en una tormenta, cuando lo único que puedes hacer es mantenerte firme y rezar porque el barco no vuelque.

Eco no me miró, pero se le movieron las orejas.

—Puedes reprimirlo si quieres, subteniente Renn. Pero no podemos cambiar lo que viene.

«Todo el mundo te querrá por tu quimérico».

Ya no era una muchacha descarriada a la que había arrastrado el mar, ni una mala mujer de una fragata perdida. Era una rastrearunas, una portadora de quimérico, y me convertiría también en un arma de guerra. Había llegado el momento de dejar de huir y aprender a luchar.

11

El Mundo de las Runas

El hombre estaba colgado del penol, con el cuello doblado y la lengua hinchada. Su cuerpo desnudo se mecía al compás del sube y baja del mar. Era el último de los atacantes, y el capitán había reunido a toda la tripulación para que fuera testigo de la flagelación. A pesar de lo alto que estaba, todavía atisbaba los verdugones que el látigo le había dejado en la espalda. La harpía se había negado a hablar y a darnos el nombre de la «sombra» traidora, y el capitán lo había sentenciado a muerte. Le habían atado las alas y le habían encadenado los tobillos correosos. Luego, lo habían alzado al palo mayor y lo habían colgado del cuello, donde se había retorcido y sacudido hasta soltar su último graznido.

Nunca había visto morir así a un hombre. Había sido impactante y visceral, pero, aunque había sentido pena por él al ver su agonía, no me había parecido un final cruel. Él y sus cómplices habían aceptado dinero a cambio de matar a los nuestros, y ni los mercenarios ni los piratas merecían compasión. Y por eso su cuerpo colgaba y las gaviotas le picoteaban los ojos. Rogué porque Buck no tardara en cortar la cuerda y tirarlo al mar para que se lo comieran los peces, porque, a pesar de mi pétreo corazón, la imagen era repulsiva.

Debajo, en proa, Worley cuidaba con esmero de su bandada de vencejos marinos. En el interior de la cesta había varias crías, pero él sacó un ejemplar adulto y le acarició la cabeza suave antes de soltarlo por los aires para que emprendiera el vuelo. El pájaro desapareció casi de inmediato, y el hombre enjuto bajó la tapa, encerrando en la cesta a todas esas bocas diminutas que no dejaban de trinar.

Eché un vistazo al alcázar, donde Humo estaba tras el timón de dos soles. Su aprendiz, Neale, estaba a su lado, al socaire del viento. Ya habían despejado la cubierta después de la batalla contra el Navío del Terror, pero Buck seguía supervisando las reparaciones en el castillo de proa. Había quedado bastante maltrecho, y sus constructores estaban trabajando duramente en las perchas y las barandillas. Los aparejadores trepaban por las vergas como monkos, con el morral lleno de filástica y agujas en los dientes.

Vida, muerte, deber y guerra. Estar de vuelta en aquella fragata me hacía sentir bien.

Me pregunté si ella se sentiría igual que yo.

Devanhan Fahr se acercó a mí desde el palo mayor con las manos juntas a la espalda.

—Me temo que me toca pedir perdón, Azul —dijo.

No me miraba a la cara. Tenía la mirada fija en el horizonte. Verlo tan incómodo me hizo sonreír.

—Invítame un ron y lo dejaré pasar.

Fahr me devolvió la sonrisa, aliviado. Era muy atractivo cuando sonreía. Le brillaban los ojos; sus mejillas eran redondas como dos manzanas. Era joven, libre y feliz, o, al menos, lo parecía.

No debía de ser mucho más joven que el capitán. Era de esa clase de hombres que quieres cogerte en la oscuridad, sin compromiso, sin aspavientos, sin miradas de anhelo antes del amanecer, de la clase de hombres que antes me gustaban. Pero lo conocido ya no me resultaba emocionante. No cuando el peligro me observaba con los ojos salpicados de dorado y hacía que mis huesos recordaran cosas que no quería saber.

—Entonces, el Príncipe Robado… —dije al cabo de un instante.

—¿Qué? ¿Dónde?

Sonreí, me acerqué más a él y, en voz muy baja, le pregunté:

—¿Quién es?

Enarcó una ceja en una expresión desafiante.

—¿Acaso lo tratarías de forma distinta?

—Solo me gusta saber qué me estoy jugando. —Me encogí de hombros—. El Templomar lo está buscando y es un enemigo terrible.

—A mí me parece que a quien está buscando ahora el Templomar es a ti.

—Rastreando a la rastreadora.

Él se echó a reír. Era un sonido agradable.

—Tener al príncipe a bordo nos sitúa en un equilibrio peligroso —dijo—. Nos acosan constantemente porque está aquí, aunque, al mismo tiempo, nos ganó la inmunidad de la patente de corso por la misma razón. Pero a bordo de este barco viajan otros individuos muy notables.

Ya lo conocía lo bastante para ver venir la distracción. Sin embargo, se lo permití, porque tenía un arete en el bolsillo y muchas ganas de saber.

Señaló al minotauro, que seguía en el alcázar.

—El nombre completo de Buck es Taramandabuck. Era el mayor de una familia de siete que tenía una granja con un pequeño terreno en el condado de Mores. Cuando su padre murió, Buck encontró un trabajo como aprendiz de artillero en una fragata real. Mandaba su sueldo a casa, para echar una mano. Cuando llevaba dos años en el mar, la fragata impactó contra un témpano justo al sur de los Chubascos. Él fue el único superviviente. La Piedra Angular lo rescató del agua.

—Igual que a mí.

—Igual que a ti. Aún manda dinero a casa, para su familia.

Miró hacia arriba, Kit estaba trenzando cuerdas en la cofa.

—Kit es de Braithe. Formaba parte de una caravana que viajaba de una ciudad a otra. Una noche, hubo un incendio y le echaron la culpa a ella debido a su maxia. Huyó a Puerto Alcances y aceptó un trabajo como costurera, en el que se dedicaba a reparar velas rasgadas y aparejos gastados. No tardó en hacerse famosa por sus habilidades y por el empleo de su delicada maxia en la reparación de las velas. Thanavar la contrató hace ocho años, y ha sido nuestra maestre de jarcias desde entonces.

Puso los brazos en jarras y miró al resto de maremagus que había en cubierta.

—Worley es un grismagus. Puede mandar esos pájaros a cualquier parte con solo un pensamiento. Nan era luchador, pero ahora asesta todos sus golpes con el cucharón. ¿Quién más despierta tu curiosidad, Azul? ¿Neale? ¿Broom? ¿Ben?

—¿Y Eco? —pregunté—. ¿Puede oír a todo el mundo? ¿Todo el tiempo?

—No a todo el mundo y no siempre —respondió, dándose unos golpecitos con el dedo en la frente—. Los pensamientos son runas y hay algunos oficios de la maxia que se anulan entre sí. Como los grismagus hablan con los animales, sus runas de pensamiento son distintas, así que sus mentes son fangosas para personas como Eco. Tampoco puede oír a otros faunos ni a los minotauros. Solo a nosotros, que somos criaturas «menores». —Le sonreí—. Pero, en general, Eco se las arregla concentrándose en sus propios pensamientos y haciendo caso omiso de los de los demás. Dice que, la mayoría de las veces, no es más que un murmullo, un ruido de fondo constante.

Hasta que llegué yo.

—¿Y Humo?

Fahr gruñó.

—Se crio en un palacio con cubiertos de plata, eso seguro.

—¿Es Humo Oakum su verdadero nombre?

—Ni de broma, pero el verdadero no sería capaz de pronunciarlo ni aunque lo intentara —respondió. Sus ojos cafés resplandecían como estrellas.

Gis. Para Devanhan Fahr, utilizaría gis. Más claro o más oscuro, según la presión, más suave o más duro, según lo que me pidiera el boceto.

—¿Y tú? —pregunté—. ¿Cómo acabaste tú en el Barco de los Hechizos?

—Me obligaron a alistarme en una taberna de Alto Templo. La típica historia triste.

—Mentiroso —lo provoqué—. ¿Cuánto tiempo llevas en la Piedra Angular? ¿Diez años?

Estaba tanteando el terreno, tratando de sacarle información. Él sonrió, pero no soltó ni una palabra.

—¿Es Fahr tu verdadero apellido?

—¡Claro que no! —Se echó a reír.

—¿Por qué dijo Humo que a ti no te dispararían?

—Los fusileros no le acertarían ni a una barcaza de lado.

—Eso no responde a mi pregunta.

—Todo el mundo tiene una historia, Azul —replicó, metiéndose las manos en los bolsillos de las calzas—. ¿Quieres conocer a la gente? Pregúntales a ellos. No son runas que puedas estudiar o rastrear.

Le enseñé la palma de mi mano, en la que tenía la runa «Aro'el», y se echó de reír de nuevo.

—Me quedó claro.

—Thanavar, entonces —dije. Mis pensamientos tropezaban entre sí, como escombros en una colina. Quería preguntarle a Fahr si confiaba en él, si conocía su historia de venganza y la del Árbol de las Runas, y cómo lo hacía sentir que se lo hubiera llevado de su hogar un hombre al que ahora llamaba capitán.

Pero lo cierto era que yo quería darme el permiso de creer su historia. Una parte de mí quería confiar en aquel enigmático hombre *rhi'ahr*, pero había aprendido desde muy joven que confiar en la gente acababa por destriparte más rápido que una espada.

—¿Qué pasa con él? —preguntó Fahr.

Me giré hacia proa y descansé una mano sobre la barandilla.

—¿Por qué lo persigue Bracebridge si tiene una patente de corso del rey?

Aro'el malvada.

Aparté la mano de golpe y alcé las manos, como si me hubiera lastimado.

—¡No soy malvada! —contesté mirando a las velas, que restallaban al viento.

Aro'el malvada con mi amor.

—¡No soy malvada! —protesté—. ¡Solo estoy haciendo preguntas!

—¿La oyes? —preguntó Fahr.

Puse los ojos en blanco, hasta que comprendí que me lo estaba preguntando en serio.

—¿Por qué? ¿Tú no?

Negó con la cabeza, y su arete resplandeció a la luz de los soles del mediodía.

Yo tenía un arete así. Estaba bien guardado en mi bolsillo, a salvo, arete de mi decisión.

Bajé la vista hacia la regala y contemplé la madera pulida y el latón resplandeciente, y la gruesa línea enrollada alrededor de los herrajes.

—¿Tregua? —le propuse. No contestó, y me pregunté si las fragatas se enfurruñaban—. Intentó matarme… —murmuré.

—Y lo habría hecho, de no haber intervenido él.

—Pero Thanavar me dijo que me había elegido. —Levanté la vista para mirarlo—. ¿Por qué iba a hacer algo así?

—Tal vez tenga algo que ver con el quimérico. La forma como se está comportando en tu cuerpo cambia todo lo que conocemos.

Sentía la cadencia del quimérico contra mi propio corazón. La cadencia, la vibración y el fuego a medida que las cicatrices rúnicas trepaban por mis brazos. Ya habían llegado más allá de mis codos. ¿Seguirían arrastrándose infinitamente hasta consumir mi corazón? ¿Me daría cuenta siendo yo tan pétrea, tan dura por fuera, como un cangrejo?

Pero, maldita fuera Forja, no quería seguir escondida en mi caparazón. Respiré hondo.

—Entonces, si no tuviera el quimérico, ¿no me habría salvado del océano?

—Ni siquiera te habría visto en el océano. Es sensible a las runas y los patrones, y tú perturbaste ambos.

—La historia de mi vida —refunfuñé.

—Hay patrones en todo, Azul —prosiguió—. Y los patrones lo son todo. ¿Controlamos la maxia o la maxia nos controla a nosotros? En realidad, solo vemos lo que el Mundo de las Runas nos permite ver.

El Mundo de las Runas. Sí, yo casi nunca lo llamaba así, pero conocía el término y la alquimia que entrañaba. Mi madre había hilado en él de forma inherente, ya que era selvaje, la maxia para ella era innata y nadie se la había enseñado, y su maxia era selvaje también. Así había aprendido yo también, buscando la maxia de forma intuitiva, lanzando hechizos por instinto. Fue por culpa de eso por lo que no encajé en Berryburn Yard. En la Armada te enseñaban sobre nudos y jarcias, te hacían memorizar hechizos y cadenas de mando, pero yo quería algo más que un emplazamiento cómodo y un trago antes de irme a dormir. Con su riqueza en historia, misterio y maxia, el Barco de los Hechizos era una academia muy atractiva para mí. Había tanto que aprender por todas partes...

—¿Y cómo encaja aquí el Árbol de las Runas? —pregunté.

—Te habló del Árbol de las Runas, ¿no? —Fahr me miró con una ceja enarcada. Yo asentí, aunque no sabía muy bien cuánto podía contarle—. Bueno, si el Mundo de las Runas es toda la maxia, el Árbol de las Runas era su corazón: un denso nudo de patrones hechos de terre, mar y cielo. —Entornó los ojos—. ¿Qué más te dijo?

—Me pidió que me una a la tripulación.

—¡Vaya, eso sí que es alquimia de la buena! —exclamó con una sonrisa—. Pero tendrás que ganarte tu lugar.

—Eso lo puedo hacer —respondí, cambiando el peso de un pie a otro—. Pero, si lo hago, si dejo que me claven este arete en la oreja, ¿me enseñarás lo que sabes? ¿Me lo enseñará él?

—La Piedra Angular no es un barco de instrucción —repuso, pero luego hizo una pausa y añadió—: No puedo hablar por el capitán, pero si te unes a la tripulación, todo nuestro saber es tuyo, y puedes aprenderlo.

Eso.

Eso sí que me parecía interesante.

—El capitán dice que tengo la sublevación en la sangre —protesté, cruzándome de brazos.

—¿Y no es así?

—Somos una nación en guerra, y él sigue siendo el enemigo —dije, señalando en dirección a donde estaba el camarote del capitán.

—No es el enemigo —repuso Fahr—. Es el capitán de la Piedra Angular, y ella no aceptará otro patrón que no sea él.

Me mordí el labio.

—Porque lo ama.

—Precisamente.

No se me paró el corazón. Me di la vuelta. Sentía una presión en el pecho.

—¿Cómo? ¿Cómo es posible que esté viva? ¿Qué clase de maxia arcaica invocó para forjar algo así?

—Es una maxia profunda, es cierto. Pero no fue Thanavar quien la conjuró.

Miré atrás, hacia la barandilla, y luego alcé la vista hacia las velas. Una fragata con vida que amaba a un hombre *rhi'ahr*. Iba más allá de lo imaginable para mí, pero, maldita sea, aún despertaba más mi curiosidad. Y eso me envalentonaba.

—¿Es el quimérico, entonces? ¿Es lo que ahora alimenta toda la maxia del mundo? —Era una suposición, teniendo en cuenta que el Árbol ya no existía.

—Por los soles, es verdad que quieres saberlo todo, ¿no es así? —Me miró con atención. El pelo oscuro le caía sobre las gruesas cejas.

—No hay suficiente conocimiento en el mundo para satisfacerme —dije—. No hay suficiente de nada.

—¿Nada?

Sonreí.

—Ni nadie.

—¿Ni siquiera te satisfaría un príncipe?

Y ahí estaba.

Era demasiado elegante, demasiado talentoso, demasiado listo para ser un grumete cualquiera.

—Por mala que sea —le dije con una sonrisa maliciosa—. No me cojo a quien tenga más rango que yo.

Soltó una fuerte carcajada, y me alegré de haberla provocado yo.

—Pobre diablo. En fin, supongo que tendrá que ir al castillo de popa a lamentarse. ¡Vamos!

Se dio la vuelta en un instante y subió los escalones que llevaban al alcázar. Yo lo seguí. Pasamos junto a Humo, que estaba en el timón.

—¿La vas a tirar por la borda? —preguntó, enarcando una gruesa ceja—. ¿No? En fin… Yo no pierdo la esperanza…

En la Armada, solo los oficiales de más rango podían subir al castillo de popa, pero supuse que allí las normas eran otras, teniendo en cuenta que la Piedra Angular era un barco corsario y Fahr un maldito príncipe. De todos modos, tenía que reconocer que estar ahí arriba, pisando la madera pulida con las botas, era embriagador. Era más pequeño que el alcázar y que la cubierta del combés, pero lo bastante grande para una clase o dos. Además, las vistas no tenían parangón: tenía todo el barco a mis pies.

—Ponte en posición —me indicó Fahr. Flexionó las rodillas y deslizó un pie hacia atrás. Lo imité, y luego levanté las manos y flexioné los dedos, y fue entonces cuando me acordé de quitarme los guantes. Lo hice con los dientes y los escupí en el suelo—. Todo son runas —explicó—. Desde la más diminuta semilla hasta las lunas del cielo.

Saltaron chispas de sus dedos. Y de los míos también.

—Todo está conectado por el Mundo de las Runas y los patrones que forma —prosiguió—. Los barcos, los hombres, las rocas, el aire, hasta la ropa que llevas puesta: todo está formado y unido por las runas.

Apartó las manos, creando una línea de *Cantus* estándar. Crepitaba y centelleaba.

—¿Y la hilatura de pensamientos? —pregunté mientras imitaba sus movimientos.

—Los pensamientos son nuestra forma de comprender los patrones de runas. Algunos magus son tan buenos hilando pensamientos que los hechizos se convierten en ilusiones. Los ferromagus son capaces de hacer que imagines un puente y, aunque pongas un pie fuera del borde de un acantilado, caminarás sin caerte. Estás convencido de que las runas te mantienen arriba, así que lo hacen. Ese es el poder del Mundo de las Runas. —Trazó un círculo con una mano, flexionando los dedos en un diseño peculiar—. Pero esa es la parte práctica. También necesitas una teoría para hilar.

—Los magus selvajes no necesitan la teoría —repuse. El quimérico me crepitaba a través de la piel.

—Ah, ¿ahora eres selvaje? ¿Con el *Praesidium Lumiere* y todo lo demás?

—Pues te salvó la vida.

—A mí no me habrían disparado. Bracebridge no se lo habría permitido.

—Bracebridge disparó a uno de sus hombres.

—Y no era la primera vez.

—Un día de estos se te va a acabar la suerte —gritó Humo desde el timón sin molestarse en mirarnos.

—¡Jamás se pronunciaron palabras más ciertas, amigo mío!
—respondió Dev, mirando atrás—. Pero, hasta que ese día llegue,
pienso vivir como si fuera el hombre más afortunado de los mares. —Se giró hacia mí—. Veamos, ¿qué sabes exactamente sobre
el Mundo de las Runas?

—No sé lo suficiente.

—Bien dicho. Las Runas son el idioma de los soles. Cuando
Ascua y Forja crearon el mundo, lo hilaron como si se tratara de
una gigantesca teleraña entre ellos dos. Y, en cada nudo de la teleraña, grababan a fuego una runa. Todo lo que existe o ha existido,
cada pensamiento, cada latido de un corazón, es una runa en su
teleraña. Eso significa que no solo todas las runas están unidas las
unas a las otras, sino que la hilatura de cada una refleja todas
las otras en la teleraña.

—En Norrestán hay unas erañas tan grandes como vacas.

Soltó otra carcajada.

—Erañas y vacas, terre y mar, nosotros y los otros e incluso los
rhi'ahr. Todo está conectado, Azul, y tú solo tienes que encontrar
tu lugar. Es como la música. Cuando lanzamos hechizos, jalamos
los hilos de la teleraña del Mundo de las Runas y escuchamos la
música que hace. Los magus más habilidosos son capaces de conjurar sinfonías.

Nunca me lo habían explicado así. Ni en la academia naval, ni
en la Guardia del Amanecer. Ni siquiera mi madre había sabido
describir la maxia con tanta sencillez, tanta elegancia.

—*Praesidium*, por favor —dijo.

Praesidium. El nombre correcto de un hechizo de protección.
Dos runas dibujadas una detrás de la otra. Me resultó fácil hacerlo.
Ese lo había aprendido mucho antes de llegar a Berryburn Yard.

Retorció las manos y, de repente, sostenía un patrón chisporroteante en forma de lanza. Lo sostuvo con ambas manos y tras blandirlo contra mí, golpeó mi escudo de runas, enviando una multitud de chispas ardientes al viento. Y, sin embargo, mi escudo aguantó, canturreando como si hiciera música. Las manos me palpitaban, los brazos me refulgían, y sentí que una ráfaga de fuerza me corría por las venas. Gruñí y empujé hacia adelante, forzándolo a él a retroceder por el castillo.

Soltó la lanza y perdí el equilibrio. Fui dando tropiezos hacia adelante, como una boba, y entonces él movió las manos y el aire me golpeó como si fuera un puño, lanzándome hacia el otro lado del castillo. Me estampé contra la barandilla y me tambaleé, moviendo los brazos y a punto de caer.

—Encuentra tu lugar en el Mundo de las Runas, Azul, ¡o te vas a dar un chapuzón!

Empujó con la mano el vendaval y me caí hacia atrás.

Pero me agarré de la barandilla con una mano.

¡Aro'el!

Y, como la primera vez que había tocado el agua con los brazos, la Piedra Angular retumbó y sus velas se llenaron de luz.

Y, mientras trataba de asirme a su lateral liso con los pies, una tabla brotó del casco, bajo mi bota.

Di un paso, y otro. La fragata me ayudó hasta que por fin me puse de pie, balanceándome sobre la regala. Y, cuando las suelas de mis botas apenas habían tocado la barandilla, invoqué el quimérico que fluía a través de su casco. Y ella brilló y resplandeció como oro pulido, y su palo mayor se encendió, crepitando desde abajo con runas de fuego. Todos los miembros de la tripulación dejaron lo que estaban haciendo para maravillarse con aquella imagen, con aquella criatura de madera y maxia, de luz y poder. Era magnífica, pero, en ese momento, también lo era yo.

Los patrones danzaban ante mis ojos. Veía el mundo entero conectado con las runas: palpitaba, lleno de energía. Vibraba, colmado de vida. Vi el halcón, blanco como las lunas, con el pico escondido debajo de un ala, dormido en las ramas de un enorme árbol. Vi una montaña bajo unas nubes de canela y a un muchacho *rhi'ahr* con ojos como el mar, y aquellas mismas ramas que se alargaban, que aguantaban, que sostenían y lloraban...

—¡¿La ves?! —bramó una voz. Era Thanavar, que estaba corriendo hacia el castillo—. ¡¿La ves?!

—Sí —contesté, con la voz apenas más alta que un susurro—. El quimérico lo conecta todo.

—Lo es todo. Para bien o para mal.

—Para bien o para mal —repetí de forma inexpresiva, y el castillo de proa se onduló como una masa de agua—. Sé bueno, y sé rápido...

El capitán se quedó muy quieto, con la cabeza ladeada, como un pájaro.

Era la voz de ella, hablando a través de mí, extraña y distante, y a la vez más cerca de mí que mi corazón palpitante.

—Sé sereno, sé fuerte —dije.

Y, por un instante, por un momento luminoso y fugaz, fui ella.

—Sé cauto, sé sabio.

Él estaba ante mí, con el pelo negro ondeando con el movimiento del mar, arriba y abajo, esbelto, anguloso, y totalmente cautivado por el hechizo. Podría alargar una mano y... «no sería mi mano, soles, lunas y mares, barcos en el puerto y sangre sobre las piedras, gente, mi gente, ven a casa, mi rastreador, *Kirianae ik thay'ell, Gavriel sil, Kier Gavriel laethe mira, shy'riir, kel'yion*, mi amor».

Mi amor.

Shy'riir, dijo la Piedra Angular. Kel'yion.

Él contenía el aliento, como si me estuviera viendo por primera vez. Estaba perdido en mi maxia, iba a la deriva en mis mares.

—Mi amor —dije.

«Kier Gavriel. Honor Aro'el».

Pero la voz y la imagen gemela se esfumaron tan rápido como el verano en los Chubascos. Y volví a ser solo una azumagus, de pie en la regala de un barco que se balanceaba, y empecé a caerme por la borda, hacia atrás. Fahr se abalanzó sobre mí y me agarró de la camisa para devolverme a la cubierta.

No tenía gran cosa en el estómago, pero caí de cuatro patas y lo devolví todo en el suelo de madera de todos modos.

Fahr se arrodilló a mi lado y me frotó la espalda, aunque no dijo nada. Levanté la cabeza y miré a los ojos al capitán, el speculumagus, el Noble Sacerdote, el halcón. Rebusqué en mi bolsillo hasta encontrar el arete y se lo tendí en la palma temblorosa.

—Tomé una decisión —dije, sin aliento—. Elijo quedarme con el Barco de los Hechizos.

Para bien o para mal, la decisión estaba tomada. Recé por no arrepentirme y contuve el aliento, esperando que aquel hombre tan poderoso mediara palabra.

«Sé cauto. Sé sabio».

Me miró unos largos instantes, con las cejas arrugadas, la mirada torturada e interrogante. Perplejo. Sin aliento.

Por los soles, ¿qué estaba pasando?

Mi amor.

Y, sin decir nada, se dio la vuelta y se marchó.

Miré a Fahr. Trató de sonreírme, pero no sabía si lo hacía con alegría o con tristeza.

Yo ya no sabía nada.

—En fin, qué asco —dijo Humo mientras Buck dejaba una cubeta y un cepillo delante de mí—. Empieza de una vez, Azul. Ya sabes lo que dicen. El que vomita en cubierta, si no lo limpia no se acuesta.

Yo ya no sabía nada.

Cuando fui a agarrar el cepillo todavía me temblaban las manos.

12

Los puestos

—Un trago por un pinchazo —dijo Humo, y yo me bebí el ron de golpe—. Vamos, que no duele tanto.

—Duele como los garfios en la carne —masculló Buck, poniéndome las manotas sobre los hombros.

La cocina estaba a oscuras, salvo por tres velas gruesas encantadas que parpadeaban para darnos luz, y diría que al menos la mitad de la tripulación había venido a mirar. Me agarré del taburete y tragué saliva, tratando de mantener a raya el pánico que me trepaba por la garganta. Recé por no estar cometiendo un error, y el estómago se me encogió solo de pensarlo. El miedo volvió a retorcerse en mi interior, pero lo empujé bien hondo. No hacía falta que lo viera nadie. Era mío y solo mío.

El minotauro me agarró para que no me moviera y Eco me puso un pedazo de cuero enrollado entre los dientes.

—Muerde bien fuerte, subteniente —me aconsejó—. Tener la boca ocupada ayuda a distraerse de otras cosas.

Obedecí. Puse la lengua plana e intenté no saborear el cuero grasiento. Mientras tanto, el médico me puso un pedazo de corcho tras la oreja izquierda.

—Ahora respira hondo… —me instruyó mientras levantaba una aguja larga al rojo vivo—. Un pinchacito…

Cerré los ojos, mordí con fuerza y traté por todos los medios de no gimotear cuando la aguja me quemó el tierno lóbulo de la oreja. Fuego, dolor, más dolor, vértigo y alivio.

—El arete. —Miró atrás—. ¿Humo?

El enanu le tendió el anillo dorado, pero lo hizo con cierta vacilación.

—Esto solo se puede quitar de una manera, y no es agradable. ¿Lo entiendes?

Asentí, pero mordí el cuero con más fuerza.

Humo se acercó a mí y yo apreté los dientes mientas deslizaba el arete en la herida abierta. Sentí un estallido de dolor agudo que luego se me propagó por toda la oreja, abrasador y punzante, que me ancló al lugar en el que estaba antes de que mis pensamientos tuvieran la oportunidad de dispersarse. Luego, el contramaestre acarició el arito con los dedos y murmuró un hechizo de atadura para cerrarlo. Se inclinó hacia atrás y gruñó, satisfecho.

—Cuelga, como todos los demás —dijo Humo.

—Bienvenida a la tripulación —dijo Eco mientras me quitaba el trozo de cuero de la boca.

La tripulación estalló en vítores y recibí un par de palmadas en la espalda. Me seguía sintiendo como un cangrejo, pero también como si estuviera saliendo de mi caparazón, con la barriguita desnuda y blanda. Por Forja, esperaba ser capaz de encontrar una nueva casa antes de que me comiera una criatura más grande que yo.

—¿Otro trago? —pregunté con gesto apocado.

—Sí, antes de que te acuestes —contestó—. Porque luego te dolerá más.

—Como los garfios en la carne —repitió Buck entre dientes.

El médico se levantó y se puso las botas.

—Bueno, subteniente. Preséntate en la enfermería mañana a la primera campana.

—No tan deprisa, picarón larguirucho y patidifuso —intervino Humo, que también se estaba poniendo de pie—. Ya hizo un turno de navegación. Eso significa que es mía.

Eco movió las orejas.

—¿Cuándo hizo un turno de navegación?

—Cuando rastreó quimérico en alta mar. —Humo le clavó una mirada penetrante al cirujano, entornando los ojos bajo sus expresivas cejas.

—A cualquier cosa se le llama turno de navegación. —Eco le lanzó otra mirada penetrante, pero lo que ardía en ella no era enojo, sino la promesa de cobrárselo cuando estuvieran a solas.

Me apoyé en el respaldo, contenta al ver que discutían para ver quién se quedaba conmigo. Me aliviaba un poco el dolor sordo que me palpitaba en la oreja. Además, me gustaba que se pelearan por mí, y aún me gustó más cuando vi que Humo fruncía más el ceño.

—¿Tu madre no era una curandera verdemagus? —me preguntó Eco girándose hacia mí.

Eché un vistazo a Humo y me encogí de hombros. Por fin el ron empezaba a calentarme el pecho.

—Pero a su madre no la voy a contratar —repuso el enanu—. A no ser que sea guapa, barata y esté en un puerto cerca de aquí.

—Yo no tengo aprendiz —replicó el fauno—. Tú tienes a Neale.

Este, que estaba sentado en un catre en el fondo, levantó su vaso.

—Sí. Neale está cerca de aquí, pero no es ni guapo ni barato.

Aquello le arrancó una carcajada a toda la tripulación.

—En fin, mañana ya discutiremos el asunto con el capitán —concluyó Eco—. ¿Manotazo?

—Nos podemos jugar la aprendiz —propuso Humo, y la cocina se rio al unísono.

Eco parpadeó, muy seguro de sí mismo.

—Siempre te gano, así que, subteniente, en la enfermería a las seis de la mañana.

—Oye... —empezó a protestar Humo, pero Eco ya había ganado.

El médico se giró hacia mí.

—Además, las cicatrices rúnicas se han extendido, subteniente. Me gustaría echarles otro vistazo, si no te importa.

Sentí que las miradas de la tripulación se detenían sobre mí. El ron se me agrió en la barriga. No se lo podía reprochar: mi situación había cambiado; era una corsaria que también formaba parte de la Armada. Era una carga, un riesgo que se paseaba a sus anchas por su barco. Y, por si fuera poco, también era impredecible, si las cicatrices seguían propagándose.

—Estoy seguro de que no te pasará nada malo —añadió Eco a toda prisa, y luego miró a los grumetes que estaban reunidos a su alrededor—. Y no me parece probable que nos acabe prendiendo fuego a todos.

—No, antes que eso, nos hará explotar —murmuró Humo—. Como un cañón. ¡Pum!

El médico puso los enormes ojos castaños en blanco.

—Mañana a las seis, subteniente. —Y se marchó, para cambiar la cocina por los confines de la enfermería.

Humo esperó a que se hubiera marchado y la tripulación hubiera vuelto a centrarse en sus vasos y sus dados para sacar la pipa y acercarse a mí con aire conspirador.

—Ven arriba conmigo, a ver si te convenzo —dijo—. El timón es mucha mejor compañía que un fauno con un cofre del tesoro.

Asentí, pero aparté la vista antes de que se diera cuenta de que se me estaban llenando los ojos de lágrimas. Lo más probable era que Humo retirara la oferta si veía alguna sombra de emoción, un rasgo de él que yo respetaba.

Lo seguí hasta cubierta y dejé que la noche consumiera mis pensamientos. El cielo estaba oscuro, pero calmo, y las lunas, brillantes y risueñas. Me encantaba el mar a esa hora. Reflejaba la luz de las estrellas y hacía que desapareciera el horizonte. Se bañaba en la música del viento y las olas, en el crujido de la madera y el aleteo de las velas. Y ahora, también del halcón.

Estridente y triste, sus lúgubres graznidos reverberaban sobre la superficie del océano. Recordé las visiones, claras como el agua. Una isla de runas resplandecientes y una jungla densa y profunda donde volaba por entre las ramas, para luego descender en picada por la bahía. *«Kirianae ik thay'ell, Kier Gavriel sil».*

Aquellos tristes lamentos invernales me partían el corazón. Sentía que, de algún modo, los había causado yo.

Humo no se colocó en su puesto frente al timón. No era su turno de guardia, y se conformaba con ponerse detrás de Thom, su segundo, que, mientras fumaba de su pipa, vigilaba la cubierta que se extendía ante él.

Si tuviera que dibujar al robusto enanu, con sus expresivos ojos y sus pobladas cejas, lo haría con carboncillo. Oscuro, complejo, fácil de difuminar.

—¿Alguna vez has puesto la mano encima de un timón de dos soles, Azul?

Hice una mueca. No sabía si quería tocar a la fragata otra vez, tan pronto. Su voz era estruendosa; sus cabos, letales, y sus recuerdos, viscerales y profundos.

—No he puesto la mano encima de ningún timón —contesté.

—Es increíble cómo responde el barco. Aunque sueño con, algún día, navegar con un timón de tres lunas.

—¿Qué es un timón de tres lunas?

—Tres ruedas de timón fusionadas, cada una de las cuales controla su propia caña y su propia pala. Una condenada maravilla del diseño y la ingeniería. Ese es mi sueño.

«Sueños», pensé. La maxia era fácil comparada con los sueños.

El enanu respiró hondo y exhaló una nubecita de humo. Yo inhalé con fuerza. Me encantaba el olor de las pipas. En Chubasco de Cielo tenía una. La había tallado yo misma, pero encontrar buen tabaco era costoso, así que el dueño de la tienda, el señor Teller, me daba hojas de malva pantanosa gratis. Sabían a rayos, pero las aceptaba con gusto. Era uno de los pocos buenos recuerdos que tenía de Cielo. Qué extraño que me hubiera venido a la mente justo en ese momento.

Oteé el océano, vasto y profundo, oscuro y selvaje.

—¿Adónde vamos? —pregunté.

Él parpadeó, soñoliento, pero no me ofreció ninguna respuesta.

Yo insistí.

—Fahr me dijo que, una vez tuviera un aro en la oreja, ya no habría más secretos.

Le dio una chupada a la pipa y yo respiré el olor.

—Te gusta.

Me encogí de hombros. No me gustaba de la forma que él daba a entender, pero no hacía falta que lo supiera nadie salvo yo.

—Me gusta coger y él es guapo.

—Bueno, eso es sincero. A mí también me gusta coger. Si fuera por mí, la metería en cualquier parte, pero, a pesar de sus modales delicados y blandengues, Eco es un amante celoso, y yo soy afortunado de tenerlo. En el mar cuesta encontrar un buen compañero. —Se sacó la pipa de la boca y miró hacia los cielos—. ¿Me oíste, clarividente? Te soy fiel…

Sonreí. No me había equivocado con las alianzas.

—¿Y bien? —insistí.

—Sentina.

Puse unos ojos como platos.

Sentina. Una ciudad casi tan legendaria como el Barco de los Hechizos. Un antiguo lugar construido con los huesos y los restos de los barcos destrozados, con unas gentes tan duras e ingobernables que incluso los piratas se echaban a temblar al ver su bandera.

—No creí que existiera de verdad —confesé en voz baja.

—Pues es tan real como el Barco de los Hechizos, e igual de peligrosa —contestó con un resoplido—. Recibimos un aviso de avistamiento cuando estábamos en la Bahía del Estraperlo.

—Entonces ¿por qué vamos allí?

Miró de reojo a Thom, que seguía con la vista clavada en el frente desde popa, y bajó todavía más la voz.

—Para encontrar una pieza de un rompecabezas.

No pude evitarlo. Me giré hacia él y sonreí:

—¿Un mapa del tesoro? —susurré emocionada.

—No, algo infinitamente más valioso. —Me miró desde debajo de las pobladas cejas—. Debería llevarnos a la fuente del quimérico.

«Rastrearás quimérico para mí, y juntos encontraremos la Puerta de las Nubes».

—La Puerta de las Nubes —dije, y sentí el nombre como un peso sobre la lengua.

—Exacto. Una grieta en esa barrera maldita por los soles por la que los barcos pueden colarse, si están lo bastante locos como para intentarlo. —Bajó la voz y, en susurros, pero con firmeza, añadió—: Se mueve como si estuviera viva. O enojada. O las dos cosas. La mayoría de quienes se atreven a ir en su busca terminan convertidos en madera arrastrada por la corriente, precipitándose desde el cielo como gotas de lluvia.

Todos conocíamos la saloma. *La Canción del Terror* iba siempre con todos nosotros, grabada en nuestras almas.

—A la Armada le gusta fingir que la Gran Barrera del Terror es una fortaleza —prosiguió Humo—. Así tienen la sensación de que la guerra se desarrolla según sus propias condiciones. Pero a la Puerta de las Nubes las condiciones de la Armada le importan un cuerno. Es una herida. El Árbol de las Runas era el corazón del mundo, así que, cuando los *rhi'ahr* lo talaron, la Gran Barrera del Terror empezó a descomponerse. La Puerta de las Nubes es una sombra sangrante y corrompida de lo que una vez fue. —Luego dio una larga chupada a la pipa y exhaló el humo formando unos anillos. Ambos observamos cómo se elevaban poco a poco hacia las velas, hasta que el viento se los llevó—. El caso es que necesitábamos varias cosas antes de hacer un intento. Y una de ellas la tengo aquí delante, con unas botas más feas que Forja.

Sentí que una sensación cálida florecía bajo mi piel, cruda y potente. Me necesitaban. Thanavar ya me lo había dicho, pero yo apenas estaba empezando a comprender lo lejos que podía llevarme este puesto, lo relevante que podía llegar a ser.

—Una azumagus formada en la Armada podría cambiar el curso de esta guerra —murmuré, recordando sus palabras.

—Pues sí, podría —coincidió Humo—. Eres una rastreadora de quimérico, y la Puerta de las Nubes está hecha de la misma maxia que te arde a ti en la piel. Llevábamos años buscando. —Tamborileó sobre la barandilla con los dedos, despacio y de forma rítmica—. Pero los marineros de este barco, marineros como yo, estábamos demasiado asustados como para albergar la esperanza de que fueras la respuesta.

—¿Por qué los *rhi'ahr* la encuentran tan fácilmente? —pregunté.

—Porque el abismo llama al abismo —respondió—. Ellos tienen quimérico en sus escombros.

«El tablón de madera ennegrecida del día del naufragio de la Guardia del Amanecer», recordó.

Mi esperanza empezó a marchitarse a la misma velocidad con la que había llegado. ¿Y si no lograba encontrarla? ¿Y si yo no era la respuesta? ¿Seguirían queriendo que formara parte de la tripulación? Solo de pensarlo sentía un vacío en el pecho.

—Eco cree que podría ser una cura —añadió Humo con más dulzura—. Si la Puerta de las Nubes está hecha de quimérico, quizá también pueda curarte a ti.

Asentí, pero tenía un nudo en la garganta. Tal vez todo aquello no fuera solo por la guerra. Tal vez también se tratara de salvarme a mí. ¿De verdad había encontrado mi lugar con aquella tripulación o no era más que un mapa que tirarían por la borda una vez hubieran completado la ruta?

Humo gruñó. Las nubes de humo gris formaban círculos por encima de su pipa hasta que el viento se las llevaba. Al cabo de un rato, empezaron a salomar en la cocina, y me quedé maravillada al darme cuenta de que, en efecto, era *La Canción del Terror* lo que cantaban. La vieja saloma era profunda y rítmica, con harmonías que subían y bajaban como las olas del mar. Me calentaba más el corazón que el ron o la cerveza.

—¿Cuánto tiempo hace que sirves en la Piedra Angular? —le pregunté, cambiando de tema.

—Diez años, más o menos —respondió—. No era más que un muchacho. Un mocoso, dirían algunos. Un rufián.

—Fahr me dijo que vivías en un palacio.

—No me sorprende. —Me miró por el rabillo del ojo—. No te creas todo lo que te cuente ese jovenzuelo. Es capaz de hilar una historia igual que tú hilas el quimérico.

En ese momento, me di cuenta de que, con ellos, todo era un juego. Pero no me importaba. Yo también jugaba. Inventaba mis propias reglas.

—Pero, sí, mi padre trabajaba para el rey —admitió—. Así que pasé casi toda mi infancia en palacio.

—De ahí te viene esa lengua de plata —dije.

—¿Y cómo crees que se hace de plata una lengua? —replicó moviendo las cejas—. Pues con cubiertos de plata, por supuesto. —Le dio unas cuantas chupadas a la pipa—. En fin, por agradable que haya sido este rato, si te traje aquí es para decirte esto: la Piedra Angular es un puesto peligroso. No bajes la guardia, y que no te engañe la camaradería que ves a bordo. Estamos a un paso de la traición, a una eslora de una guerra abierta. Las mareas cruzadas nos golpean desde todas partes, y eso hace que navegar sea una ardua tarea.

Dejé que sus palabras se asentaran bajo la brisa nocturna. Un escalofrío me recorrió la piel.

—Todavía no he entendido a qué accedí —admití—. Lo que sí sé es que tengo ganas de descubrirlo.

—Me parece bien. Pero recuerda que, con todos sus planes y sus argucias, Thanavar es un hombre al que se le está acabando el tiempo. Eso lo convierte en un hombre desesperado, y los hombres desesperados cometen errores. —Qué rápido se había torcido la noche—. Mantén la cabeza bien fría. Mantén las distancias. Es el único modo de sobrevivir al juego de Thanavar.

—Supongo que por eso formo parte de la Armada.

—Ya no. —Se jaló el arete—. Ahora eres una corsaria del famoso Barco de los Hechizos. —Cruzó el alcázar y dio una palmada sobre la barandilla—. ¿O no, muchacha? Sabes que tengo razón.

Esperé a oír el restallido de alguna vela, el siseo de algún cabo. Nada.

Dio un golpecito con la pipa en el costado del barco.

—En fin, es hora de darle una paliza a un fauno y ganarme su ron. Buenas noches, Thom. Buenas noches, Azul. Que duerman en calma.

—Cuando las lunas se encuentren, señor —respondió enseguida Thom.

—Cuando las lunas se encuentren —respondí yo.

Humo se dio la vuelta y desapareció escaleras abajo.

Yo exhalé un suspiro y me apoyé en la barandilla, pero sobre los codos, por si acaso.

«El único modo de sobrevivir al juego de Thanavar…».

Inhalé el aire salobre, tratando de apaciguar los latidos desbocados de mi corazón. Sentí la bruma marina sobre las mejillas y di gracias por el balanceo de la cubierta bajo mis botas. La mar era la madre de todos nosotros, justa, implacable, exigente y dura. La servíamos o moríamos allí, a la intemperie, donde había solo agua y cielo a partes iguales.

¿Qué significaba servir en el Barco de los Hechizos?

Alcé la vista. Al menos la harpía ya no estaba allí colgada y el cielo estaba despejado. Las Lunas Hermanas resplandecían como piedras preciosas. Lúna era la que se veía más grande; Lírika estaba menguante y de Lár apenas si se veía una delgada franja. Surcaban los cielos por encima del ecuatorus, invocando cada noche a la Gran Barrera del Terror, para luego entregársela a Forja y Ascua durante el día.

Debía admitir que, a veces, yo también sentía su llamada.

Forja no era nada. Solo un sol grande y amarillo. La mayoría de los homani lo adoraban a él, y construían iglesias, templos y sociedades enteras en su nombre. El modesto Ascua tenía la fe de los faunos y los minotauros, de las harpías, los cíclopes y las otras razas menos pretenciosas de Supramar. Las Lunas Hermanas, en cambio, pertenecían a las brujas. Las brujas, los magus y los *rhi'ahr* que vivían al sur de nuestras Mareas. Y yo… Yo me negaba a doblegarme ante ninguno de ellos, pero allí estaba, en una fragata viva bajo las órdenes de un capitán *rhi'ahr* y con un arete en la oreja. La Armada, con sus venerables reglas y su ordenado proceder, parecía haber quedado muy atrás.

Un príncipe robado, un capitán enemigo, una fragata viva y una «sombra» traicionera a bordo. Me pregunté si había tomado la decisión correcta.

¿Qué infernos hacía yo en el Barco de los Hechizos?

En algún momento, el halcón había acallado sus tristes lamentos. La saloma también se había apagado, y supe que estaban cambiando las guardias. Sin ellos, la noche parecía perdida.

Me giré hacia la escotilla, pero antes alargué una mano para acariciar la barandilla con cautela.

—Buenas noches, Piedra Angular. Que duermas en calma.

Nada.

Bajé las empinadas escaleras para ir al rincón de la cocina donde colgaba mi catre. Qué ganas tenía de acurrucarme con la lona y con la oscuridad, aunque fuera solo un ratito. Pero entonces un hombre salió de entre las sombras.

—Azumagus —dijo en voz baja.

—Hola, Neale.

—El ayudante del timonel soy yo.

—Ya lo sé.

—¿Estás segura?

Era más alto que yo. Dio un paso hacia mí, impidiéndome el paso con su cuerpo. Otros dos maremagus se acercaron tras él: Dik y Bergy, que formaban parte de la tripulación de artillería.

—No pienso tolerar amenazas —gruñí.

—No te estamos amenazando —repuso—. Solo queremos recordarte cómo funcionan las cosas en el mar.

—No quiero sus puestos —le aclaré—. Pero si los quisiera podría quedármelos. Mi rango es superior al de todos ustedes.

—En este barco, si te aprovechas de los favoritismos, acabas en el fondo del mar. —Se acercó más a mí—. Rastrearunas.

Concentré todos mis pensamientos en mis manos y en el quimérico brillante y ardiente que había en ellas. Él bajó la vista hacia mis guantes.

—Puedes luchar contra la maxia con maxia —añadió—, pero eso no impedirá que se te clave una daga en las costillas.

—O que se te enrolle una cuerda debajo de la botavara —intervino Dik.

—O que te pongan algo en el ron que te tomas por la noche —sugirió Bergy.

—¡Ey! —gritó Nanarobbin, el cocinero—. A revolcarse a la cubierta de artillería, grumetes. ¡Fuera de mi cocina!

—¡Solo le estamos dando la bienvenida a Azul a la tripulación! —respondió Neale mientras retrocedía.

—Azul, la nueva.

—Azul, como el mar.

—Azul, como las marcas que dejan los golpes.

Cuando se marcharon, me descubrí extrañando a Kithriit y su rostro aterrador.

—¿Quieres tu segundo trago? —me preguntó Nanarobbin, señalando la botella con uno de sus cuernos.

—No, Nan —contesté con voz inexpresiva—. Me voy a la cama ya.

Él contestó con un gruñido y lo dejó pasar.

Colgué la hamaca de los ganchos y me acosté, con el corazón desbocado y una presión en el pecho. Casi nunca dejaba que grumetes como aquellos me pusieran nerviosa, pero una parte de lo que decían me parecía cierto. Tenía más rango que ellos y podía hacer uso de mis derechos para ser la aprendiz para cualquiera de los puestos. Era audaz y arrogante, y sí, orgullosa, porque era buena en lo mío. Quizá era incluso mejor ahora, con mis nuevas manos. ¿Qué quería hacer en el barco de los hechizos?

«Rastrearunas». Un insulto para los magus que estaban sedientos de más, los que necesitaban la maxia para sentirse vivos. Igual que las ratas de taberna con el ron, los rastrearunas se emborrachaban con el poder de sus hechizos, lo que los convertía en un peligro para quienes estuvieran a su alrededor. Yo no era una rastrearunas, y, sin embargo, cuando cerraba los ojos sentía el quimérico palpitar desde las puntas de los dedos a los codos, lo sentía trepar con pasos de fuego por mis brazos. Una parte de mí ansiaba rendirse ante él, entregarse al patrón implacable de las runas y recibir con los brazos abiertos a las cenizas que dejarían a su paso. ¿Moriría o me convertiría en otra cosa? Era como música, un ritmo mítico, arcano, viejo y tan libre como el viento.

«¿Se puede frenar la libertad? —había preguntado Thanavar—. ¿Se puede domar el poder?».

Recordé sus ojos perdidos en mi maxia, a la deriva en mis mares…

¿Qué quería hacer en el Barco de los Hechizos?

Un príncipe robado, un capitán enemigo, una fragata viva, una «sombra» traicionera a bordo y ahora, además, las amenazas de una tripulación resentida. Tal vez lo mejor para mí fuera huir mientras estuviera a tiempo, pues de ningún modo mi corazón pétreo podría estar a salvo entre aquellas mareas cruzadas, a un paso de la traición. Aquel podría haber sido el barco de mis sueños, pero mis sueños no importaban. Nunca habían importado. Era algo que había aprendido hacía mucho tiempo, así que me maldije por haber olvidado tan pronto una lección tan simple.

La maxia era fácil comparada con los sueños.

Cerré los ojos, apacigüé mi mente inquieta y el martilleo de mi corazón. Me mecí lentamente, tratando de recordar el cielo nocturno y el viento salobre, el olor del humo de la pipa y el lamento del halcón. La vida en el mar era pesar y belleza. Vida y muerte, lealtad y conflicto. Tempestades y vientos favorables, la Gran Barrera del Terror y el cielo. De nuevo, vislumbré las ramas de un árbol cubierto de nieve alargándose hacia mí, alargándose y alargándose…

Abrí los ojos. Tenía un escorpión sobre el pecho.

No me moví, no parpadeé ni respiré. La criatura estaba en posición defensiva, con la cola puntiaguda elevada sobre su cabeza, moviéndola arriba y abajo.

No podía simplemente pensar en algún hechizo, todavía no. Con mi nivel de maxia, los hechizos requerían que tejiera con los dedos y gesticulara con los brazos, pero yo tenía las manos a los lados del cuerpo, enguantadas e inútiles. Los hechizos requerían que pronunciara un ensalmo, y yo no me atrevía a mover los labios. Quizá aquella criatura no fuera letal, pero, claro, tras la letanía de muertes con las que había estado maldita hasta entonces, dudaba que fuera inofensivo.

El animal correteó hacia adelante. Trepó por la curva de mi cuello y la línea de mi mandíbula, y me dejó el aguijón a un latido de la mejilla. No podía respirar. No me atrevía…

De repente, vi un movimiento fugaz y el escorpión desapareció. Me incorporé corriendo en la hamaca y vi a Kithriit, masticando, masticando y masticando con la boca bien abierta. Las patitas de la crujiente criatura se retorcían entre sus dientes.

—Peligroso para ti —dijo al tragar. Luego se lamió los labios picudos con la lengua larga y prensil—. Un pinchazo y muerta.

—Pues gracias por salvarme —contesté con la voz rota.

—Igual la próxima vez no estoy. Con harpías nunca se sabe.

Colgó su catre y subió volando, para luego empezar a hablarse entre dientes en su extraño idioma.

Me quedé allí acostada un largo rato, desesperada por convencerme de que la presencia de un escorpión en mi catre había sido una mera coincidencia. No quería creer que Neale fuera capaz de algo así, ni que pudiera acceder tan fácilmente a ese pequeño dardo de veneno, ni que tuviera tanta sangre fría como para usarlo. Quizá hubiera sido una ilusión, un espejismo, un engaño. Había magus capaces de hilar lo imposible y hacer que cayeras en la trampa cada vez.

Y, por supuesto, no podía haber sido obra de la Piedra Angular…

Me puse de lado y me abracé con fuerza al abrigo, pero no volví a pegar ojo en toda la noche.

13

Los fundamentos

Me pasé casi una hora tras la puerta del camarote de Thanavar, esperando a que Eco terminara. Mientras tanto, daba vueltas a lo ocurrido durante la noche.

Llevaba un arete. Ahora era miembro de la tripulación de la Piedra Angular. Durante aquel último día, había aprendido muchas cosas sobre ellos, principalmente, que, como en cualquier otra tripulación, el bien y el mal trabajaban codo con codo. La confianza no era algo que se ganara fácilmente, y no sabía muy bien dónde encajaba Kit, si era amiga o enemiga, o si estaba confabulada con el enemigo.

No lograba encontrarle sentido a todo aquello. ¿Quién era el enemigo? Si no era Thanavar, entonces ¿quién? Y ¿de veras lo habían dejado vivo en la Abolición? Si era así, eso lo convertía en el último Noble Sacerdote en haber servido en la Puerta de las Nubes y en un enemigo jurado del rey. Él mismo lo había dicho. Y, sin embargo, navegaba con una patente de corso…

«Dieciocho cuando juré lealtad al enemigo de mi enemigo».

Humo me había dicho que la Puerta de las Nubes era una herida que se estaba pudriendo, una sombra sangrante y corrompida de lo que había sido antes. ¿Tendría montañas, como las otras islas? ¿Tendría arena, árboles, prados y rocas? ¿O sería un pedazo de tierra *rhi'ahr*, un atolón inhóspito de hielo y nieve donde hacía un frío letal? ¿Brillarían allí los soles, o estaría perpetuamente rodeada de las cascadas de agua de la Gran Barrera del Terror?

Los barcos de la Armada tenían prohibido acercarse a ella, tenían prohibido incluso entrar en las Trombas sin una misión específica que lo requiriera. Las naves que se acercaban demasiado a menudo acababan atrapadas en las Corrientes del Terror o aprisionadas en la Calma, donde los mares contenían su aliento durante semanas seguidas y asfixiaban a las desventuradas tripulaciones con su aire impregnado de diamantes.

Y, a pesar de que yo deseaba fervientemente ver aquella maravilla oceánica de la maxia, recordé lo que Humo me había contado sobre los barcos, que acababan convertidos en madera arrastrada por la corriente y que caían del cielo como lluvia.

Y ¿qué podía esperar de Sentina, uno de los lugares más aterradores de todas las Mareas del Norte? No tenía tierra propia, sino que se movía a través de los océanos sin velas que la propulsaran. Los rumores decían que devoraba a las embarcaciones que fueran lo bastante estúpidas como para atreverse a comerciar con ella, y, aun así, nos dirigíamos a comerciar con ella, a encontrar una pieza de un maldito rompecabezas.

Suspiré con la mirada fija en la puerta del capitán. Tendría que haber aceptado ese segundo trago anoche. Sentía que todo aquello me quedaba grande.

Se oyó un ruido tras la puerta y asomó Eco.

—El capitán te recibirá ahora, subteniente.

Y entré en el gran camarote por segunda vez en el mismo número de días.

El fauno estaba detrás de mí, de pie, con las manos a la espalda. Yo tampoco me senté, a pesar de que hubiera una silla. No me la habían ofrecido y no quería dar las cosas por sentadas. No con aquel hombre. Ya no.

Tenía un diario abierto sobre el escritorio y aún llevaba el brazo derecho en cabestrillo. Observé maravillada cómo la tinta escribía runas por la página, sin que hubiera bolígrafo, o pluma, solo con el más ligero movimiento de sus dedos. Estaba impresionada. Eran necesarias grandes habilidades para manejar las runas de esa forma, para crear algo de la nada, más que con el movimiento de un dedo.

Se detuvo al llegar a la última runa y frunció el ceño.

—¿Estás seguro? —preguntó.

Eco echó un vistazo al escritorio y movió una oreja.

—Define «seguro», mi capitán.

Podía leerlo, aunque estuviera al revés. Veía aquella misma runa en cada momento de cada día.

«Aro'el».

—Debo pensarlo bien, doctor —murmuró—. Será una secuencia complicada y dar cosas por hecho es peligroso. Un solo error de cálculo y todo estará perdido. No sé si tenemos las habilidades necesarias.

—Podría estar yo equivocado, por supuesto —concedió Eco.

—Lo dudo mucho.

Lo observé mientras leía los escritos. Ya me costaba pensar en él como en el enemigo.

Estudié las líneas de su rostro y me di cuenta de que no era tan adusto como pensaba. Es más, había cierta elegancia en su frente, con las gruesas cejas y las delicadas pestañas. Tenía los labios ligeramente entreabiertos en un gesto de concentración, lo que suavizaba la dureza habitual de su boca y su barbilla. Y cómo olvidar la caída de aquella extraordinaria melena, negra como el abismo, con los mechones que se le ondulaban sobre aquellos pómulos, más altos que los del más regio de los faunos, los minotauros o los homani de Supramar.

Siempre había pensado que eran un pueblo hermoso y, al verlo allí sentado, sumido en sus pensamientos e impregnado de maxia, no se podía negar que así era. Élfico y hermoso, como una espada de acero enaceitado.

Pero las espadas cortaban. Las espadas podían hacer manar la sangre.

—Gracias, doctor —dijo Thanavar—. Reflexionaré sobre ello.

Eco asintió y me lanzó una mirada antes de irse. Al cabo de un instante, el capitán apartó el diario y levantó la vista.

—Ya eres miembro oficial de nuestra tripulación.

—Sí, capitán —respondí, tratando de mantener un tono neutral.

—Necesitas un puesto.

—Sí, capitán.

Me dije que no era tan diferente de la Armada. Quizá allí fuera costumbre hablar más.

—El médico me dijo que eres hija de una curandera verdemagus. Como su ayudante, Arik, murió en el ataque del Navío del Terror, necesita un nuevo asistente.

—Sí, capitán.

Echó un vistazo a los papeles que tenía sobre el escritorio y apartó uno a un lado con suavidad.

—Humo también solicitó que le asistas al timón.

—Sí, señor. Eso tengo entendido.

Thanavar alzó los ojos salpicados de oro y se me cortó la respiración.

Por los soles, ¿qué me estaba pasando?

—¿Y cuál es tu preferencia, subteniente?

Lo miré boquiabierta. A ningún comandante de la Armada le importaban las preferencias de sus oficiales. Sin embargo, no quise perder la oportunidad. Negué con la cabeza y respondí:

—Ninguno de los dos, capitán.

Me había pasado la noche pensándolo, ya que, tras lo ocurrido con el escorpión, no había conseguido conciliar el sueño. Si de verdad quería formar parte de aquella tripulación, si este cangrejo no quería acabar devorado, debía ganarme mi propio lugar.

—Quiero intentar impregnar nuestras balas de quimérico —dije—. Igual que el enemigo.

Thanavar se quedó muy quieto y entornó los ojos, que no abandonaban los míos.

—¿Y sabes cómo hacerlo?

—No, capitán —admití—. No lo sé.

Se apoyó en el respaldo y me dio la sensación de que era capaz de ver por debajo de mi piel, de vislumbrar hasta mis mismísimos huesos. Tragué saliva. Me sentía expuesta.

—¿Cómo detuviste el cañonazo del Endorathil? —preguntó.

—No lo sé, capitán. Me limité a formar un hechizo de protección y le pedí al quimérico que lo compusiera.

—¿Maxia selvaje?

—Mi madre era selvaje —musité.

Esperé a oír el resoplido de rigor, el bufido de desprecio que solía venir como respuesta a aquella frase. Los magus selvajes no habían recibido formación ni enseñanzas y eran, por lo tanto, impredecibles. La Armada nos había advertido sobre de los impulsos selvajes, pues ese era el camino que te conducía a convertirte en un rastrearunas, e insistían que no había nada peor que eso para un nuevo cadete.

Sin embargo, para mi alivio, el capitán no bufó, ni tampoco resopló. En lugar de eso, apretó los labios y se quedó pensativo unos instantes.

—¿Alguna vez has conjurado un hechizo de ocultación?

Negué con la cabeza.

—¿Uno de impregnación?

Negué con la cabeza.

—¿*Tecton Permeatus*?

Fruncí el ceño. *Tecton Permeatus* significaba «construir desde dentro». Negué con la cabeza, retorciendo el cinto que descansaba sobre mis caderas. Solo había hebras azules trenzadas en la base blanca. No había rojas ni doradas, ni tampoco verdes o negras.

Suspiró.

—Taran Vir me decepciona.

—Pues enséñame tú —le pedí. Él me miró y parpadeó, sorprendido—. Enséñame —repetí.

—No —respondió con brusquedad.

Agaché la cabeza, desanimada.

—¿Es que ya los has impregnado tú?

Aunque no había visto el chisporroteo del quimérico, ni había sentido ningún siseo en nuestros cañones.

Él exhaló.

—No puedo.

Intenté domar la expresión que acababa de aflorar a mi rostro.

—¿No sabes cómo hacerlo? —Eso dificultaba que me enseñara, evidentemente.

—No es una cuestión de conocimiento, más bien de voluntad o de alquimia, más alta en este caso —replicó, dejándome claro con su tono de voz que la conversación había llegado a su fin—. Sea como sea, yo no te voy a enseñar.

—¿Por qué no? Necesitamos hacerlo, y yo aprendo rápido.

—De ningún modo.

—Pero ¿por qué?

—Porque no eres *rhi'ahr*. Ningún homani ha manejado nunca el quimérico de ese modo. Podría matarte. Puede que ya haya empezado.

Me miró los brazos.

Yo, en cambio, lo miré a los ojos. Desafiándolo.

—Si no me queda mucho tiempo de vida, me gustaría vivir de verdad —le dije—. Además, soy una azumagus formada en la Armada. Quizá pueda cambiar el curso de esta guerra de verdad, pero no lo sabré si no se me da la oportunidad. Capitán.

Estuve a punto de sonreír. Y él, a punto de devolverme la sonrisa.

—El médico me dijo que las cicatrices rúnicas se están propagando.

—Así es. —Me quité los guantes y me arremangué—. Ya sobrepasan los codos.

—Hum… —Se puso de pie y se giró hacia el baúl que tenía tras el escritorio. Cuando abrió la tapa, siseé—. ¿Te duele?

—No mucho. Ya no. Es como un cosquilleo. Escuece. Como unos pinchacitos.

—Acércate —ordenó.

Me dio un vuelco el corazón, y me apresuré a aceptar la invitación y rodear el escritorio. Era como si su proximidad me quemara la piel; respiré hondo su aroma a brandy, aceite de linaza, a libros viejos y el mar.

Él dio un paso a un lado.

—Dime qué ves.

Me asomé dentro del baúl… y lo que vi me dejó sin aliento.

Quimérico. Era la primera vez que lo veía, en realidad. Hasta ese momento, no conocía su verdadero aspecto cuando era virgen y crudo. Era naranja como la canela; era un bosque de luces, un cielo tempestuoso y un océano vivo y furioso. Como si estuviera hecho de oleadas de pólvora o arena derretida, crepitaba, undulaba y se alzaba en el aire, igual que haría la ceniza con el efecto de la brisa. Se movía, se deslizaba, caía y se elevaba. Emitía un resplandor cálido. Me acerqué un poco más e inhalé.

—¿Lo oyes? —preguntó.

—Está llorando.

—Las Lágrimas de las Lunas —me explicó con dulzura—. Llámalas.

Alcé una mano sobre el baúl y el quimérico respondió, elevándose hacia la runa dibujada en mi palma, convertido en un sinfín de serpientes, de zarcillos polvorientos, lentos y gráciles. Cuando me tocó la piel, vi multitud de estrellas.

—La Piedra Angular se siente atraída hacia él —me explicó Thanavar. Oía su voz amortiguada, como si estuviera lejos, muy lejos, y, sin embargo, notaba el calor de su cuerpo detrás del mío—. Recuerda los días en los que fluía por sus venas.

Puso la mano encima de la mía y me estremecí con su caricia, pues el quimérico empezó a colarse por entre nuestros dedos, a rozarse sobre nuestras palmas. Mis cicatrices rúnicas cantaban sobre mi piel, resplandecían y se desvanecían como las ascuas de un incendio, y supe que la maxia de él las avivaba, haciéndolas más brillantes, más profundas. Sentí el deseo de recostarme contra él, de dejar que me aguantara mientras yo me rendía ante el quimérico. Apenas logré mantenerme de pie mientras aquellas oleadas de calor, pólvora y recuerdo me anegaban.

—Llámala —me dijo.

«Piedra Angular», la llamé mentalmente.

No.

Me mordí el labio.

—Dijo que no.

Él suspiró.

—*Kirianae sil laethe. Kirianae ik thay'ell, mira sil.* —Me miró—. Prueba otra vez.

«¿Piedra Angular? Por favor».

Y, casi de inmediato, vi una isla con los cielos de canela, una bahía con brillantes aguas verdes y arroyos que fluían colina arriba. Vi enredaderas púrpura y especias en la brisa. Vi estrellas en los cielos y noches sin amanecer. Vi a Lúna, a Lírika y a Lár. Vi a Forja y a Ascua, y un árbol. No, el Árbol, el Árbol de las Runas que el enemigo había talado. Vi, de nuevo, al halcón, dormido entre sus ramas, y supe sin sombra de duda que se trataba de Thanavar y que, de algún modo, estaba conectado a aquel árbol del mismo modo que lo estaba a aquella fragata.

«*Kirianae ik thay'ell, Gavriel sil.*

Sé cauto. Sé sabio.

Kier Gavriel».

Aparté la mano de golpe y traté de tomar aire con brusquedad. Tenía la garganta llena de quimérico y las manos me brillaban como dos faros en el océano.

—Sí, eres selvaje —dijo, cerrando la tapa del baúl lleno de quimérico.

No estaba en la isla. ¿Dónde estaba?

—No, selvaje era mi madre —contesté con una voz apenas audible—. Yo aprendí Arcana en Berryburn Yard.

—No te lo niegues. Ser selvaje es bueno. Significa que hay menos cosas que debes desaprender.

Aquella era la primera vez que me hablaban de la maxia desde esa perspectiva. Me giré hacia él y lo miré bajo una nueva luz.

Los recuerdos fluían por mi mente y mi cuerpo respondía a ellos, con las cicatrices rúnicas calientes y brillantes. Podría haberme arrancado como a una brizna de hierbasal. Podría haberme matado con una sola palabra.

Y, por los Soles, yo se lo habría permitido.

Me miró los brazos. Las runas se habían propagado hasta más allá de mis codos, y las nuevas emitían un resplandor dorado.

—¿Cómo te sientes?

El calor me manchaba las mejillas.

—Mareada —respondí.

—No. Dime cómo te sientes de verdad.

«Rastrearunas».

—Viva —respondí en voz baja—. Kier Gavriel.

Se puso rígido.

—¿Qué dijiste?

—Kier Gavriel —repetí—. ¿Qué significa?

—¿Dónde oíste eso? —gruñó.

—El quimérico. Me habla. O quizá haya sido ella, no lo sé.

Me observó largos instantes, escudriñando mi rostro con aquellos ojos acerados y salpicados de oro. Me estaba moviendo en aguas profundas, frías y rápidas, pero mi cuerpo estaba vivo gracias al quimérico; mis pensamientos se tornaban selvajes ante la oportunidad. Me ardía la piel, pero no me dolía. El corazón me latía desbocado, pero no tenía miedo. Debería haberlo tenido. Aquello era nuevo, puro, un territorio inexplorado para mí. Debería haberme sentido aterrorizada. Pero estaba viva. Estaba viva, junto a un capitán *rhi'ahr* que me enseñaría a empuñar el quimérico para el rey. ¿Qué decía eso sobre la guerra? ¿Qué decía eso sobre nuestras Mareas?

No importaba. Las corrientes de aquel capitán me llevarían adonde tuviera que ir.

Y me lo llevaría conmigo, para bien y para mal.

«Sé cauto. Sé sabio».

Por fin, Thanavar apartó la vista.

—Te enseñaré —aceptó—. Pero a la mínima señal de problema o enfermedad…

Levanté la vista. Qué alto era, qué corpulento, mientras yo era delgada y menuda. Y, sin embargo, juraría que era él quien contenía el aliento.

—Sí, capitán.

—Ven conmigo.

14

La cubierta de cañones

Avanzamos con rapidez entre las cubiertas. Me costaba seguir el ritmo de sus largas zancadas. Los grumetes se apartaban de su camino para dejarlo pasar mientras él subía y bajaba escalerillas, como un barco que atravesara las agitadas aguas del mar. Era frío y caliente al mismo tiempo, como una ráfaga de viento soplando una llama parpadeante. Concentrado en un propósito y, aun así, capaz de ver los patrones en todas las cosas. Y entonces me di cuenta de que no solo los veía, sino que también los manipulaba, los tejía, los ataba a su voluntad.

La paciencia que requería una habilidad como aquella era incomprensible para mí, aunque la paciencia nunca había sido una de mis virtudes. Entra, agarra lo que necesites, sal y sobrevive. Un paso por delante, un amanecer más. Aquella era mi vida, o lo había sido antes del Barco de los Hechizos.

Bajamos los escalones que llevaban a la cubierta de cañones, donde me esperaban veintidós cañones de nueve libras. El artillero hizo el saludo de rigor al ver al capitán en su cubierta. Thanavar se detuvo junto a un polvorín de latón lleno de balas. Metió la mano izquierda y sacó una. La sostuvo unos instantes y se volteó para mirarme.

—Como bien has dicho, subteniente, es posible que el quimérico te mate antes de lo que esperas. Así que, mientras estés viva, es mejor que vivas de verdad. —Me miró las manos—. Los guantes.

Tragué saliva, me los quité y me los sujeté en el cinturón. Luego me dio la bala. Era de solo nueve libras, pero me parecía tan pesada como el mundo entero.

Sacó la otra mano del cabestrillo, la alzó sobre la bola y flexionó los largos dedos. Hizo una pausa para mirarme a los ojos.

—Ni se te ocurra contárselo al médico.

Sonreí. Incluso el capitán tenía miedo de las recriminaciones de un fauno.

—Un hechizo de ocultación —dijo, y empezó a conjurar, hablándole al aire con la lírica de sus dedos, «jalando los hilos del Mundo de las Runas», como lo había descrito Fahr—. *Benedictum concellis*.

Repetí mentalmente las palabras. Una forma tradicional de conjurar, pero con acento *rhi'ahr*.

—*Translatus sate in chimeris*.

Nada.

—Otra vez —dijo él—. Y en voz alta.

Repetimos juntos el ensalmo, con las voces unidas en una harmonía arcana.

Nada.

—Concéntrate —insistió.

Nada.

—Los de ocultación no, es evidente. —Frunció el ceño—. ¿Impregnación?

Fuimos repitiendo el ejercicio con runas y ensalmos distintos.

Nada.

Hicimos tres intentos con cada uno, y no ocurrió nada.

Los maremagus nos estaban observando, y estaba segura de haber oído varios susurros. Sentía su desprecio. No sé si me lo imaginaba o era real, pero lo sentía de todos modos.

«Rastrearunas».

—*Tecton Permeatus* —dijo—. Si este no es el hechizo adecuado, no tengo más recursos.

Pronunció el ensalmo en voz más alta, más rápido y con más brusquedad que los dos anteriores. Sus manos danzaban, trazaban patrones sobre la bala, y esta vez mis cicatrices rúnicas respondieron danzando también. Nos sumergimos en el hechizo, repitiendo las palabras una y otra vez al unísono, y me vi obligada a admitir que hacer maxia con aquel enigmático capitán *rhi'ahr* era de lo más emocionante. Sin embargo, ni el quimérico respondió ni la bala crepitó. Al final, nos detuvimos y nos quedamos mirando el proyectil, que seguía inerte entre mis manos.

El capitán se quedó pensativo unos instantes y se giró hacia las portas. Presionó las manos sobre los baos y acarició la madera con los dedos, y supe que estaba hablando con ella. Con la Piedra Angular. Por unos instantes, me dolió el corazón. Si era por ella o por él, no lo sabía. Quizá me doliera por todos nosotros, por aquella guerra que ninguno habíamos empezado.

Salvo que, por supuesto, la hubiera empezado él.

«Es el único modo de sobrevivir al juego de Thanavar», había dicho Humo. Pero ¿y si yo quería jugar?

Bajé la vista hacia el proyectil que tenía en la mano. Era áspero y pesado, una bola de plomo toscamente fabricada. Y, aun así, podía ser la causante de graves daños; podía romper una percha o un galón en mil pedazos con gran facilidad. Podía aplastar la cabeza de un maremagus, o destrozarle las costillas, o cercenarle una pierna. Los cañones largos eran armas rápidas y letales, incluso sin el fuego que les aportaba el quimérico.

Thanavar se dio la vuelta. El pelo le caía sobre la frente en largos mechones de seda oscura como el mar. Soles, qué teatrales eran sus movimientos. Le brillaban los ojos; las chispas doradas resplandecían.

—Tu quimérico proviene de un barco *rhi'ahr* —dijo—. Lo más probable es que se creara e impregnara en Inframar. Debo enseñarte el hechizo en *rhi'ahr*. ¿Estás dispuesta?

Me dio un vuelco el corazón.

Un capitán *rhi'ahr* me iba a enseñar un ensalmo *rhi'ahr* para instigar una reacción en el quimérico *rhi'ahr*. Si sobrevivía a aquel barco, sería una magus muy distinta.

Alcé la barbilla.

—Lo estoy —afirmé.

Él esbozó una sonrisa al oírme, una sonrisa luminosa que se me clavó en las entrañas como una espada, que me dejó sin respiración.

Soles y lunas. Que Forja se coja a un fauno.

Se acercó a mí, se me puso detrás y alzó las manos por encima de la bala de nuevo. Yo albergaba la esperanza de que no se hubiera dado cuenta de la fuerza con la que tragué saliva.

—*Thre'Ahr Nethaliim* —entonó—. Repítelo.

—*Thre'Ahr Nethaliim.*

No tenía ni idea de qué estaba diciendo, pero empezaron a brillarme las manos. Repitió el ensalmo en *rhi'ahr* en voz alta y, como respuesta, mis cicatrices rúnicas brillaron como ascuas, como si se hubieran prendido fuego. Poco después, la bala de cañón también empezó a resplandecer.

—Ahora tú —ordenó él.

Traté de calmar mis nervios y repetí las palabras tal y como él me había enseñado. Cuando lo hice por segunda vez, el proyectil empezó a emitir un siseo. Montones de líneas danzaban sobre su superficie, casi como si quisieran resquebrajarla, y la luz empezó a brotar en forma de rayos desde dentro, más brillante, más potente, con cada palabra que pronunciaba.

Cuando terminé, tenía en mis manos una bala de nueve libras impregnada de quimérico. Del quimérico que había salido de mí.

—Bien hecho, subteniente —dijo—. Empezarás tu formación con Fahr mañana, con las primeras luces del día.

—Sí, capitán.

—Y esta noche tendrás una ración extra.

—No, no quiero ron.

—Oh… ¿Qué quieres, pues?

—Vi que tenías papeles, tinta y plumas en tu camarote. Yo… —Me interrumpí. Recordé las piedras, los caparazones de cangrejo y mi miserable y descarriada vida—. Nada. El ron está bien —dije a toda prisa.

Puso las manos detrás de su espalda y se volteó para ponerse frente a mí.

—Habla —ordenó, con el mismo tono de voz de la primera vez que había oído su voz, suave pero profundo. Era una voz que no necesitaba alzarse para ser obedecida, que tocaba una cuerda desconocida pero embriagadora en mi interior.

—Es que… —balbuceé—. Yo…

Él esperó, mirándome con una gruesa ceja arqueada.

«Rayos», pensé.

—Me gusta dibujar —confesé—. Bosquejar. Me encanta. Dibujo animales, pájaros, personas, edificios… Me da igual. Creo que me ayuda a comprender cómo encajan las cosas, tal vez, cómo las runas lo conectan todo.

—Hum…

—Y… —Apreté los dientes—. Y me gustaría mucho dibujar esta fragata. Si está permitido. Si no es un secreto. Y si ella me deja.

Contuve el aliento al ver que él apartaba la vista unos instantes. Contempló la portilla donde la había acariciado y el océano que se extendía tras ella.

—Es una fragata hermosa —dijo al fin. Ladeó la cabeza como si estuviera escuchando, y luego suspiró y se giró hacia mí—. Te dejará.

Fue como si me quitaran un peso de los hombros. Quizá eso significaba que no trataría de matarme otra vez.

—Tengo muchos diarios; algunos están vacíos —añadió él—. ¿Te bastaría con uno de esos?

—Sí, claro.

—¿Lees?

—Devoro libros, cuando tengo la oportunidad.

Sonrió de nuevo y se giró hacia el artillero.

—El latón no podrá contener el quimérico, Broom. Tendrán que construir nuevos polvorines donde guardar las balas. En la bodega encontrarán todo lo que necesitan. Su formulación la dejo en tus manos y en las de tus hombres.

—Sí, capitán —respondió Broom. El artillero se llamaba Broom.

—Y que Buck prepare cinco balsas, de no más de una yarda cuadrada cada una.

—Sí, capitán.

Thanavar se giró hacia mí.

—Llegaremos a Sentina dentro de tres días, a lo mucho —me informó—. Procura que estén todas listas para mañana, si es posible. Broom y sus artilleros necesitan practicar. Tienen que estar listas cuanto antes.

—¿Para mañana?

—Por favor. Pero cuidado con el coste. —Me miró los brazos—. Si tienes éxito, podrás salvar a muchas almas… Pero no pongas en riesgo la tuya.

Me puse recta.

No estaba segura de ser capaz de hacer lo que me pedía, pero sabía que antes muerta que no intentarlo. Por él, por mí, por la Piedra Angular. Y por aquella tripulación tan poco convencional.

Rayos, me estaba ablandando.

—Y entonces tendrás todas las plumas, los diarios y la tinta que desees —añadió Thanavar. Hizo una pausa, como si quisiera decir algo más, pero acabó dándose la vuelta y, mirando atrás, añadió—. Bienvenida al Barco de los Hechizos, Honor Aro'el.

Y se fue, llevándose con él el viento que propulsaba mis velas, dejándome a la deriva.

Miré al artillero.

Mañana.

Veintidós cañones a treinta balas por cañón.

Seiscientas sesenta balas. Y eso sin contar los cañones de caza, las carronadas y los pedreros. En un día.

Vaya grandísima idiota estaba yo hecha.

Broom me dio una palmadita en la espalda y se echó a reír.

Y yo respiré hondo y me puse manos a la obra.

El mar estaba embravecido; los cielos, cubiertos de nubes oscuras que se arremolinaban, amenazando con sus truenos. Navegábamos bordeando las Trombas, donde el agua de la Gran Barrera del Terror volvía a extenderse por los cielos, cubriéndolos de gruesas y negras nubes para volver de nuevo al océano convertida en lluvia. Si seguíamos con aquel rumbo, pronto estaríamos sumidos en perpetuas tempestades. Me pregunté qué posibilidades podíamos tener en Sentina si el tiempo también estaba en nuestra contra.

Había impregnado más de seiscientas balas de quimérico en dieciocho horas y luego había dormido durante unas diez, hasta que un estruendo me había despertado. Había dibujado a la mujer del mascarón de proa y luego había empezado un retrato a tinta de Eco antes de quedarme dormida leyendo el primer libro que había tomado prestado de la biblioteca de Thanavar. Se llamaba *Cómo dominar las runas: Ensayos sobre la estratificación alquímica*, y era un tomo muy denso de más de cien años que firmaba un tal magistrado Euronius Thibault. Había terminado leyendo y releyendo la misma frase hasta que por fin se me habían cerrado los ojos, y había caído presa de un sueño inquieto, agitado, hasta que me había despertado el ruido.

Oí entonces un segundo estruendo. Subí a toda prisa y vi un cañón apuntando a una pequeña balsa con unas jarcias improvisadas que flotaba en el mar a unas doscientas yardas a babor. Broom había estado entretenido, era evidente. Me apoyé en la regala para mirar.

—Hay que usar los guantes gordos —dijo Broom mientras agarraba una bala impregnada de quimérico con unos guantes de cuero—. Quema como si fuera quimérico.

Sonreí. Como si lo fuera.

El cañón se llamaba Sam el Saltarín. Tenía el nombre grabado en el cilindro de hierro. Broom metió la bala por la boca, seguida de un trapo. Puso la fina pólvora en el fogón y entonces corrieron todos hacia la recámara.

—¡Ruédenlo! —gritó, y empujaron el cañón hacia la amurada. Con un rápido movimiento, prendió la mecha.

A pesar de los muchos meses que llevaba en el mar, entre el tiempo que había pasado en la Guardia del Amanecer y en la Piedra Angular, no sabía si algún día me acostumbraría al retumbar de los cañones. Era un estruendo que acababa con todos los demás sonidos, y luego te pitaban los oídos durante días. El cañón dio una sacudida, soltando humo y azufre, y la bala salió despedida sobre las aguas y cayó justo al lado de la balsa, que siguió subiendo y bajando en el agua.

—¡Diez grados a proa, Broom!

—Sí, capitán —gritó el artillero—. ¡Diez grados a proa!

Miré atrás y vi a Thanavar, que observaba las prácticas desde el castillo de proa junto a Fahr y Humo. Estaba de pie con los brazos cruzados y su pelo ondeaba igual que las oscuras nubes del cielo. Sí, era un hombre imponente, eso no se podía negar. Era como una hoja de acero bajo un cielo de tormenta.

Fahr me vio y me saludó con un gesto. Humo, en cambio, me fulminó con la mirada. Sus ojos eran como dagas bajo aquellas pobladas cejas.

«La Piedra Angular es un puesto peligroso», me había dicho. ¿Estaba enojado porque no le había hecho caso o celoso porque me había ganado un puesto a sus espaldas?

Tragué saliva y volví a mirar hacia la cubierta de cañones.

Los hombres de Broom se afanaban con el cañón. Necesitaban todas las manos disponibles para cambiar el ángulo del disparo.

—¡Ruédenlo! —gritó de nuevo el artillero.

Bala, trapo, pólvora, mecha… Y retumbó de nuevo. Contuve el aliento al ver que la bala iba directo hacia la balsa. Le dio en el centro. Una bala normal la habría partido en dos, pero, con el quimérico, crepitó como si le hubiera caído un rayo encima. Los chisporroteos se extendieron por todas partes hasta que, al final, estalló en mil pedazos sobre las olas. La tripulación vitoreó con entusiasmo y yo sonreí para mí misma, orgullosa de haber tenido algo que ver.

«El orgullo mata», me había dicho Thanavar. En fin, no siempre podía estar de acuerdo con él.

—¡Lancen la segunda balsa! —gritó Fahr—. A estribor, por favor. Nuestra puntería debe ser perfecta si queremos sobrevivir a Sentina, muchachos.

Se oyeron más vítores. Los hombres de Buck lanzaron otra balsa improvisada por la borda, a estribor.

Miré hacia el timón. Neale estaba allí, intentando desesperadamente no mirarme.

El orgullo no siempre mataba. A veces, se limitaba a llenar los zapatos de un marinero de quimérico por la noche y se reía mientras le consumía las suelas.

Era un juego peligroso, pero yo llevaba toda la vida jugando. Sin embargo, sabía muy bien que en algún momento se me acabaría la suerte.

Esa noche, encontré un pez destripado en mi hamaca.

15

El Auctorus Circulaia

Estaba en la cofa con Kit, dibujándola. A la harpía no le había entusiasmado la idea, pero me había dado el gusto de todos modos. Estaba inclinada sobre la plataforma, agarrada a los obenques con una mano, y escudriñaba las aguas picadas con sus ojos brillantes. Tenía uno de los vencejos de Worley posado en el hombro, y yo estaba fascinada con las diferencias que había entre las alas de ambos. Con los huesos y los tendones, las plumas y los pliegues de su piel curtida, fuerte y elástica. Se me antojaban espíritus afines. Me pregunté qué se sentiría al volar.

—¿Has estado en Sentina alguna vez? —pregunté.

—Una. Mal lugar. Huele a mierda. —Me miró—. Comercian por madera.

—¿No por oro ni tesoros? —pregunté, mientras repasaba mentalmente todas las cosas que una ciudad flotante construida con barcazas podía necesitar, como agua fresca, grano, fruta o carne.

—Madera. Mucho más valor en el mar. Matan por ella.

—¿Que matan? —Se me hizo un nudo en la garganta—. ¿Como los piratas, quieres decir?

—Peor —contestó, y entonces giró su cabeza hacia el mar.

Me parecía hermosa. Una mujer majestuosa, llena de fuerza y destreza, que se sentía en casa tanto en el cielo como en el mar, y que era perspicaz, dura y perfecta para su cometido. Desde que dormíamos la una junto a la otra, nos habíamos hecho amigas casi por obligación. Llevaba fuera de su hogar tanto tiempo como yo, y también había estado sola hasta unirse a la tripulación de la Piedra Angular. Desde entonces, había pasado casi todo su tiempo entre los aparejos, remendando, cosiendo u oteando el horizonte por si avistaba barco, y se había dedicado en cuerpo y alma a perfeccionar sus habilidades con las fibras y las telas. Se sentía orgullosa de su arte, y satisfecha con su oficio máxico. Y yo me identificaba mucho con ella.

Me sentía muy feliz porque me hubiera dejado dibujarla. No, me sentía honrada.

—¡Abertura! —gritó, y señaló hacia el sur con un brazo alado.

—¡Abertura! —gritó una voz desde abajo—. ¡Abertura a cinco grados!

Y entonces se oyeron los tres pitidos del maestre de cubierta.

—Abertura —repitió Kit, y se giró para mirarme con ojos brillantes—. Emocionante la primera vez. Ve.

Sonreí, me metí el diario por dentro del cinto y bajé por los obenques hasta la cubierta del combés.

Mientras bordeábamos las Trombas, había experimentado el mar más embravecido que había visto jamás. La cubierta estaba mojada y resbaladiza, y di gracias por haber dejado las botas abajo. Con los pies descalzos pisaba con más seguridad que con el cuero y, con aquel clima, resbalarse significaba la muerte si te caías por la borda.

Casi toda la tripulación se había reunido en la cubierta. Me volteé para mirar en la misma dirección que ellos, a cinco grados de la proa. Entorné los ojos, desesperada por ver algo a través de las nubes densas y oscuras.

Destellos de sol mientras avance el pasillo, dijo la Piedra Angular. Tráelo aquí y húndelo.

Por Forja, era magnífica.

Húndelo. Destrúyelo todo.

Cuando no estaba intentando matarte, claro.

Thanavar pasó junto a mí y las cicatrices rúnicas se me encendieron de inmediato. Fahr iba pisándole los talones.

—Maldita sea —gruñó el capitán mientras se sacaba una brújula del abrigo.

—Terriblemente inoportuno, capitán —dijo el primer oficial—. Ahora, el soplo que nos dieron en la Bahía del Estraperlo no nos servirá de nada.

—Y retrasa Sentina semanas enteras.

A pesar de lo oscuro que estaba el cielo, y de que las Trombas nos acechaban, igual de oscuras, desde el horizonte, se veía una abertura en la que la luz de los soles arrojaba un rayo de luz sobre el océano. Una abertura en las Trombas implicaba que había una brecha en la Gran Barrera del Terror, y eran esas brechas las que permitían que los barcos *rhi'ahr* cruzaran de unas Mareas a otras con tanta facilidad.

Fahr me había contado que cerrarlas era uno de los cometidos de su dichosa comisión. Yo seguía sin saber exactamente cómo lo hacían, pero después de haber invocado a las aguas en la bahía de los Labradores y de haber apagado todos los incendios del muelle, no tenía duda de que eran capaces de hacer cualquier cosa que se propusieran. Tenían maxia y destreza en el mar a partes iguales.

—¿Cuáles son tus órdenes, capitán? —preguntó Humo, que estaba al timón de dos soles.

El capitán se quedó pensativo unos instantes. Traté de no fijarme en la sonrisa ladina que parecía asomar a sus labios. Se volvió a guardar la brújula en el abrigo y, por alguna razón, me miró a mí.

—¿Has visto alguna vez la Gran Barrera del Terror, subteniente?

Sentí una oleada de frío que se apoderaba de mí, desde las orejas hasta los pies. En ese momento, noté el peso de la tripulación. Todas las miradas estaban sobre mí, acusadoras y sombrías.

Alcé la barbilla y me puse las manos tras la espalda.

—No, capitán.

Se giró hacia el castillo de proa y examinó el horizonte.

—Tenemos una obligación que cumplir —afirmó sobre el rugido del mar—. Pero también tenemos una rastreadora. Una vez hayamos cerrado esta grieta, podrá rastrear lo que necesitemos.

—¿Aunque estemos en las Trombas? —preguntó Fahr.

—Aunque estemos en las Trombas. ¿No es así, subteniente?

Rastrear en las Trombas sonaba verdaderamente horrible.

—Sobre todo en las Trombas, capitán.

Fahr puso los ojos en blanco.

—Navega a barlovento, y llévanos allí, Fahr.

El primer oficial se giró hacia el timón.

—¡Oakum, a barlovento! —gritó—. ¡Llévanos!

Humo se lanzó sobre las ruedas de timón con todo su peso y las giró sin pausa, con todo su empeño. La Piedra Angular viró con brusquedad mientras las palas de timón encaraban la proa en dirección sursureste. Pronto, las velas se hincharon de viento. Con cada vaivén de la fragata, nos acercábamos más a la estrecha franja de cielo azul. A la abertura.

Fahr se me acercó.

—«Sobre todo» en las Trombas... —murmuró—. Maldita idiota.

—Y tú tienes la suerte de formarme —respondí con aire soberbio y orgulloso.

—Me voy a tirar por la borda en cuanto tenga ocasión.

—Ya te tiraré una balsa. Creo que a Buck le sobraron unas cuantas.

Sonrió, negó con la cabeza y volvió al castillo de popa. Jamás me acostaría con aquel príncipe escapado de su castillo, por guapo o atractivo que fuera. De todos modos, podíamos coquetear y provocarnos como los amantes mejor avenidos del mundo, y la tripulación se moriría de envidia. No pensaba dejar que las intrigas políticas del Barco de los Hechizos me alteraran. No pensaba dejar que me importara.

«Mantén la cabeza bien fría —me había dicho Humo—. Mantén las distancias». Era capaz de hacer eso mejor que nadie, pero, soles, nunca me había sentido tan viva, y era todo gracias a esa fragata y al hombre que la amaba.

Llegamos a la abertura a mediodía. Recuerdo vívidamente la sensación de abandonar las aguas abiertas para entrar en un pasillo de maxia inestable. Era, quizá, de un cuarto de legua de ancho, un pasaje hacia el sur formado por dos partes o «pasos», como los llamaban. El Paso de las Trombas y el Paso de la Calma. El Paso de las Trombas era amenazador e inquietante, con vientos huracanados y tifones a lado y lado del pasillo, mientras que el Paso de la Calma atravesaba la versión oceánica de un desierto, donde el aire era tan denso, tan lleno de maxia, que los marineros se ahogaban con su propio aliento. Por suerte, la abertura nos ofrecía aguas mansas y vientos favorables, pero en ese momento, mientras entrábamos en aquel cañón construido por el clima, miré atrás para contemplar aquella última franja de mar abierto... hasta que solo nos rodeara la tempestad.

Unas gigantescas paredes de nubes negras trepaban hacia arriba, hacia aquel particular corte de color azul cielo que había sobre nuestras cabezas. El rugido de las Trombas, que nos flanqueaban, era ensordecedor. Sin embargo, nosotros navegábamos con suavidad y fluidez, y a toda vela, como si estuviéramos en mar abierto.

De todos modos, no lograba quitarme de encima una cierta inquietud, como si sintiera que las paredes de aquel corredor oceánico podían derrumbarse en cualquier momento sobre nosotros. Y, de hecho, así era, pues la existencia misma de aquellas aberturas era debida a la fragilidad de la Gran Barrera del Terror. Me pregunté cómo alguien en su sano juicio habría aceptado una misión como aquella.

Tardamos medio día en cruzar el Paso de las Trombas. Dediqué ese tiempo a trabajar con Fahr en mi dominio del quimérico. Me resultaba más difícil de lo que esperaba, y sabía que era debido a mi lucha interna entre la instrucción y la intuición. Siempre había reprimido la maxia selvaje en favor de la Arcana —lo que en la Armada llamaban formación o entrenamiento— y me resultaba extraño que me ordenaran que confiara en mis instintos y recurriera a ellos. Me pregunté si acaso sería el modo *rhi'ahr* de gobernar la maxia, pero aquello no hizo sino añadir más capas a mi conflicto, junto con las Trombas que aullaban a nuestro alrededor, aquella franja azul cielo, una tripulación inquieta y la promesa de la Gran Barrera del Terror, que nos esperaba después de todo aquello.

—¿Sientes los patrones, Azul? —gritó Fahr por encima del viento y el restallido de las velas—. ¿Los sientes de verdad? ¡No puedes dirigirlos si no los conoces!

Moví el brazo derecho y lo complementé dejando la palma de la mano izquierda plana y hacia afuera. Las runas crepitaron cuando hilé el escudo, pero no era lo que él me estaba pidiendo.

—Pero así es como se conectan las runas —protesté.

—No.

—¡Es lo que me enseñaron en Berryburn Yard!

—También te enseñaron sobre nudos y cañones. Pensaba que querías más.

Exhalé con fuerza. Me había pedido un *Auctorus Circulaia*, que «tejiera dos extremos», un hechizo de creación propia parecido a uno de atadura. Los hechizos de atadura se basaban en la posición de los puños. Apretar un puño. Abrirlo. Contener, atar y soltar. Sin embargo, en un *Auctorus,* los dedos contaban tanto como las manos y los brazos. Había que torcer los dedos. Extenderlos. Luego, debían tocarse. Los magus dibujábamos los patrones con los dedos en el aire impregnado de runas y, si los dibujábamos correctamente, el mundo reverberaba como las cuerdas de un arpa.

—Haz música, Azul —me dijo Fahr—. Toca un acorde de atadura y hazlo cantar.

Giré la mano derecha, dibujando y dibujando. Los patrones resplandecían; podía verlos en el aire. Todo estaba ahí, justo ahí, en las puntas de mis dedos…

El escudo palpitaba mientras el quimérico ardía en el cielo oscuro.

—¡Déjate llevar!

Gruñí y empujé el patrón con fuerza. Sentí que el quimérico me quemaba los brazos, pero las runas chisporrotearon sin dar ningún resultado. Había rastreado barcos *rhi'ahr* a través del océano. Había detenido balas de cañón en plena trayectoria. ¿Por qué era incapaz de conjurar ese hechizo?

No entendía aquella maxia. Estaba fuera de mi alcance.

Lancé el escudo, que explotó desde mis palmas sobre las aguas agitadas, iluminando las nubes de tormenta como un rayo. Sin embargo, tras un chisporroteo, se apagó sin hacer nada.

Pataleé sobre el suelo de madera mojado.

—¡No puedo! —lamenté—. ¡No me funcionan las manos!

—No son tus manos —replicó él—. Es tu cabeza.

En ese momento lo habría matado, lo juro. Mis ojos eran como dagas.

—Estás en guerra contigo misma, Azul —me dijo—. El quimérico está luchando por anteponerse a la maxia Arcana que te han enseñado y tu instinto está luchando contra ambos.

En guerra conmigo misma… Ni se imaginaba cuánto.

—Es evidente que el quimérico tiene sus propias leyes —prosiguió—, pero no hay nadie en Supramar que lo haya manejado de este modo antes, así que todo es nuevo. Solo necesitas encontrar tu lugar.

«Ese es un rumbo que debes trazar tú», había dicho Thanavar. Yo, corsaria y miembro de la Armada. Como coser un hilo, pero con dos agujas.

Levanté la vista al oír un silbido en el cielo. Un vencejo bajó en picada por entre las velas, volando entre una y otra como una mosca de la miel en un campo de flores. Worley asomó por la escotilla y contemplé cómo el pájaro se le posaba en el dedo, aleteando de forma frenética hasta que él lo acunó con ambas manos. Le dio un beso en la cabecita y se dio la vuelta para volver al gran camarote.

—Me sigue dejando pasmado —dijo Fahr—. Habla con esos pájaros igual que estoy hablando yo ahora contigo. Y puede mandarlos a cualquier parte de las Mareas del Norte, siempre que pueda visualizar el mapa.

—La vida en el Barco de los Hechizos —murmuré—. Hasta los pájaros saben qué hacer.

—No te preocupes, Azul. Ya te saldrá.

—Necesito un trago.

—Bueno, en el camarote de oficiales tenemos una botella abierta. Yo te sirvo y tú bebes.

Me puse los guantes y lo seguí abajo. Ya había estado en el camarote de oficiales un puñado de veces. Buck se balanceaba en su catre, leyendo un libro con las cubiertas de cuero a la luz de las velas y riéndose en voz baja para sí mismo. El carpintero, un enanu llamado Ben Kobe, estaba sentado en el suelo con las piernas cruzadas, rascando con mimo el carbón de las cazoletas de sus muchas pipas. Medía más o menos lo mismo que Humo, pero era más delgado, y tenía una barba pulcramente recortada y una melena oscura que se recogía en un chongo a la altura de la nuca. Eco y Humo estaban sentados a una mesa pequeña, jugando una apasionante partida al Manotazo. Para mi sorpresa, Humo apartó una silla con el pie para invitarme a sentarme. Acepté.

—¿Cómo va la cosa, subteniente?

Me crucé de brazos y lo fulminé con la mirada. Él bajó la vista hacia sus cartas a toda prisa.

—Deja ya de lloriquear —dijo Humo—. Ni que necesitáramos una rastreadora para cerrar una abertura.

—No estoy lloriqueando —masmullé.

—Buaaa, buaaa, buaaa.

Fahr apartó una silla y me dio un vaso. Me le quedé mirando, deseando que fuera whisky en lugar de ron.

—Thanavar tenía razón —dijo—. El quimérico se deja llevar por la maxia selvaje, y eso lo hace complicado.

—¿Complicado? —preguntó Eco.

—Impredecible —le aclaró Fahr.

—En fin, en realidad, es lo natural —repuso Eco—. A ustedes, los homani, les gusta ordenar las runas, organizarlas y categorizarlas como si así pudieran controlarlas mejor.

—La maxia Arcana —murmuré—. El método de la Armada.

—Lo sé —respondió Eco—. Pero nosotros, los faunos, hemos practicado la maxia selvaje durante siglos, sin los libros y las academias del Impíreo.

—Tonterías —dijo Humo—. La maxia es maxia. En algún lugar se tiene que aprender.

—Los magus de Berryburn Yard decían que la maxia selvaje es de brujas —dije.

—Los magus de Berryburn Yard son unos zoquetes —replicó Humo—. Matarían hasta a un pato si la Armada se los ordenara.

Eco chasqueó la lengua y se giró hacia mí.

—«Bruja» no es más que un término desdeñoso para referirse a una selvaje —dijo—. Tu madre lo era y no le fue mal, ¿no?

Me encogí de hombros.

—¿Dónde está ahora? —preguntó Fahr.

—Me fui de casa a los doce años. Podría estar muerta o sirviendo en Alto Templo, por lo que yo sé.

—Podría estar muerta y también sirviendo en Alto Templo, por lo que ellos saben —replicó Humo.

Fahr se echó a reír.

—Bueno, puede que tu nueva maxia se la debas a ella —sugirió.

—No le debo nada. Era cruel y desalmada, y me alegro de haberme largado.

—Buaaa, buaaa, buaaa —se burló Humo.

No dijeron nada más, y me arrepentí de mi arrebato. Una vez más, mi alquimia había mostrado sus verdadera y desagradable cara. Había estropeado una conversación perfectamente normal pataleando y protestando, y esta vez no le podía echar la culpa a mi madre.

Al cabo de un rato, Eco se apoyó en el respaldo.

—En fin, mañana llegaremos al Paso de la Calma —nos recordó—. Ustedes, los hiladores, deberían descansar.

—Destellos de sol mientras avance el corredor —murmuró Humo—. Mis muchachos tienen la guardia del amanecer, así que me voy a ir a roncar ahora. —Se terminó el vaso y se levantó de la mesa, murmurando para sí sobre soles y rones y brujas y vino. Miró a Eco—. ¿Vienes?

—Alguien tendrá que recoger las cartas. —Y movió una oreja.

Fahr me dio un codazo.

—¿Vienes conmigo a cubierta? No para trabajar. Para disfrutar de una última noche de normalidad durante un tiempo.

Me terminé la bebida de un trago. Si el Paso de las Trombas era normal, no quería ni imaginar lo que nos aguardaba en los próximos días.

Salimos del camarote de oficiales y lo seguí hasta la cubierta principal por las tripas del barco, iluminadas por las velas.

16

Las Lágrimas de las Lunas

Por la noche, costaba ver la diferencia entre la abertura y las Trombas. Lloviznaba, y las gotas caían sobre nosotros desde ambos lados del pasillo, pero era una lluvia cálida y refrescante. Atisbaba el resplandor de una de las lunas en la franja de cielo que se abría sobre nosotros. Lár, o eso me parecía. Era la más pequeña de las tres. El vaivén y el balanceo de la fragata apenas me dejaba ver su rostro marmóreo.

Thom estaba al timón y Dik, en el aparejo. Neale, que estaba de guardia, le hizo un saludo a Fahr cuando pasamos junto a él. A mí me hizo caso omiso, por lo que me sentí agradecida. A nuestro alrededor, los del cuartillo estaban enfrascados en sus tareas y, por un instante, los envidié. Igual que Worley con sus pájaros, sabían cuáles eran sus obligaciones y las cumplían sin problema. Aquella noche no habría saloma, pues no había descanso cuando se cruzaba una abertura, pero el viento canturreaba, el casco crujía y el mar cantaba sus propias canciones. Canciones de deber y de dolor, de riquezas y de pérdidas. Y todos conocíamos aquel estribillo sin palabras, pues todos lo habíamos vivido.

Fuimos hacia la proa, hacia el mascarón. Me asomé a un lado. Todavía había una parte astillada en el casco de la Piedra Angular, el último daño sin reparar de la batalla contra el Navío del Terror. Sabía que lo arreglarían al día siguiente, a primera hora de la mañana. Buck y su tripulación eran muy buenos en lo suyo. Los barcos necesitaban reparaciones constantemente, ya que una vela desgastada o una cuerda deshilachada podrían hacer que encallara en las rocas o mandarlo directo al abismo. Flotas enteras se habían perdido por menos.

Fahr sacó las manos de los bolsillos del abrigo y empezó a dibujar runas en el aire que resplandecían sobre la negrura. Luego las lanzó a través de las aguas. Era un *Cantus Lumiere*. Ya estaba familiarizada con el patrón, así que me pregunté por qué había añadido una última runa al final.

Fuera como fuera, las Trombas se encendieron como fuegos artificiales, y se iluminaron las borrascas que se arremolinaban en su interior. Vi los tifones en ebullición, las cizalladuras de tormenta que desgarraban y retorcían las nubes y las olas que se erigían altas como montañas. Los rayos iluminaban una ola tras otra, y supe de inmediato que todas las historias que había oído eran ciertas.

Pero entonces el rugido de los mares empezó a aquietarse, y comprendí que se trataba de aquella runa de más, destinada a mitigar el tormentoso estruendo para que pudiéramos oírnos el uno al otro sin gritar. Un hombre inteligente. Un magus talentoso. Un príncipe robado.

Que Forja nos maldijera a todos.

—Las Trombas son hermosas —dije en voz baja—, pero aterradoras.

—Como la maxia —apuntó—. Una fuerza que nos jala y nos empuja al mismo tiempo.

El halcón de invierno surcó rápidamente los cielos sobre nuestras cabezas y se introdujo por la abertura hacia el sur, en dirección al Paso de la Calma. Sentí una punzada de anhelo al observarlo.

—Me encantaría ser una speculumagus —murmuré, y alcé la vista hacia Fahr—. ¿Tú eres un speculumagus?

—¿Yo? Qué va. —Sonrió. Contemplé las gotitas de lluvia que resbalaban por sus mejillas ocre oscuro—. Para serte sincero, nunca me he sentido inclinado a aprender.

—Mi madre me dijo que cuanto más te conviertes en tu reflejo, más lo deseas. Y que, al cabo de un tiempo, te olvidas de que un día fuiste un magus y la vida de tu reflejo te consume. —Me apoyé en la barandilla y me concentré en la sensación de la lluvia al caerme sobre la frente y la barbilla—. Cuando era pequeña, llevaba a casa a los animales que había encontrado vivos en nuestras trampas. Recuerdo que le decía que teníamos que salvarlos, por si eran speculumagus. Y ella me contestaba que, si lo eran, se habían perdido en su reflejo y merecían morir. Luego empecé a esconder los animales.

—Lo siento, Azul.

—Creo que la vida la hizo dura —proseguí, sobre el murmullo y el rumor de la tormenta que la maxia había amansado—. Me contaba historias sobre los tiempos de los primeros Nobles Sacerdotes, cuando no había reyes y en las ciudades la gente recurría a los magus para que gobernaran. Creo que, en el fondo, eso era lo que ella anhelaba. Deseaba fervientemente ser la mejor en lo que hacía.

—Nada que ver contigo.

Me eché a reír.

—¿Crees que habría sido una buena Noble Sacerdote? —preguntó.

—Infernos, en absoluto. La gente se habría amotinado y habría muerto todo el mundo.

Contemplé las aguas nocturnas y los rayos que resquebrajaban las nubes de tormenta. El pelo mojado me caía sobre los ojos, y lo permití. Había aprendido a esconderme bajo el oscuro tumulto de las olas, así que ya ni me daba cuenta.

—Yo no recuerdo a mi madre —dijo él, apoyándose en la barandilla, a mi lado—. Supongo que era una reina. Una princesa, tal vez. O igual solo era una cortesana, quién sabe. Él ha tenido por lo menos cinco. —Dejé que sus palabras resonaran en mi mente largo rato. El mar se balanceaba. Las nubes centelleaban—. No tengo ni un solo recuerdo de ella. Ni de su cara, ni de su voz… nada. Así que, a pesar de la horrible relación que tenías con la tuya, en eso te envidio. Solo un poco.

Gruñí, pero no dije nada.

—¿Y tu padre? —preguntó—. ¿Era un magus?

—No lo sé. No recuerdo nada de él después de los cinco años. Se llamaba Jak. Bebía mucho y era de los Chubascos. Eso es todo. Jak, el borracho de los Chubascos.

Era una sensación extraña, la de navegar a través de una abertura. La virulencia de las Trombas, que nos flanqueaban, me hacía sentir pequeña, insignificante y muy vulnerable.

—Creo que había un oso que quería adoptarme —continué—. Debería haberme ido con él. Podríamos haber vivido a base de bayas y pescado, pero mi madre no me dejó. Es curioso cómo funcionan los recuerdos.

—Sí, es curioso.

Un cangrejo sin caparazón.

—¿Y qué hay de tu padre? —le pregunté con una media sonrisa—. Devanhus Bonavanczek, el Príncipe Robado de Supramar…

—No me robaron.

Me giré hacia él de golpe. Los ojos estaban a punto de salírseme de las órbitas.

—Él me dijo que te había robado. Por Forja, ¡las Mareas enteras dicen que te robó!

—Me escapé —confesó, también con una sonrisa—. Soles, ¡yo mismo salté!

—¿Te escapaste? ¿De un palacio?

—Y volvería a hacerlo sin pensarlo dos veces.

Negué con la cabeza y me volteé de nuevo hacia la barandilla. Ya no veía al halcón. Había desaparecido en la oscuridad y el tenue resplandor de Lár parecía haber menguado aún más en su ausencia.

—Kier Gavriel —murmuré en voz baja.

—¿Kier? —Fahr me miró con los ojos muy abiertos—. ¿De dónde sacaste eso?

Me encogí de hombros.

—El quimérico me da recuerdos. O quizá sea la Piedra Angular. ¿Por qué? ¿Qué significa?

—Sabes que tenemos dos nombres, ¿no? Por los dos soles. Devanhan Fahr. Honor Renn. —Asentí—. Los *rhi'ahr* tienen tres. Uno por cada una de las lunas, Lúna, Lírika y Lár. Pero no le dicen su nombre Lár a nadie.

—Hum… —respondí. «Kier Gavriel Thanavar». Me gustaba cómo sonaba. Le quedaba bien.

—Ha tenido una vida dura, igual que tu madre —dijo Fahr—. Y se la ha pasado casi toda en soledad, así que esta fragata es su familia. Y ahora también la mía.

Así pues, Fahr también conocía la historia de la infancia de Thanavar. Sabía que se había quedado diez años atrapado con los muertos en la Puerta de las Nubes. No sabía por qué podría querer escaparse de casa el hijo de un rey, pero quizá no fuera asunto mío. Las dificultades forjaban vínculos más fuertes que el acero. Las penas compartidas ataban más que los cabos o las cuerdas.

Me volteé, apoyando un codo en la barandilla para estudiarlo.

—¿Por eso sigues aquí? —le pregunté—. Quiero decir, podrías tener un palacio con sirvientes y con todas las riquezas del reino. ¿Por qué vives en una fragata pequeña y destartalada en la que tienes que dormir con tres grumetes sudados, cuando podrías tener todo lo que siempre has soñado?

—Porque no podría hacer esto. —Alzó una mano y unas chispas danzaron por entre sus dedos—. No podría ver esto. —Deslizó un brazo por encima de las olas—. No podría navegar. No podría correr riesgos. No podría cantar salomas tristes con los muchachos en la bodega. Estaría encerrado en un palacio, atado a un trono por culpa de un papel, obligado a casarme con una mujer de la nobleza y continuar mi linaje. —Contempló el mascarón de proa, aquel rostro de mujer que se mecía sobre las olas—. La Piedra Angular se ha portado bien conmigo. Gav se ha portado bien conmigo. —Sonrió de nuevo, esta vez con nostalgia—. Y Humo, y Eco, y Buck, Kit, Ben y Nan. Me quedan, tal vez, unos seis meses en las cubiertas de la Piedra Angular antes de que la patente de corso expire y me vea obligado a volver. Y el rey mandará a todos sus barcos a hundirla en cuanto yo la abandone, así que tengo seis meses para conjurar un modo de mantenerlos a salvo.

Soles. No era capaz de imaginar el naufragio de la Piedra Angular. No soportaba la idea de que dejara de existir.

—Es una carga muy pesada —le dije—. Creo que prefería ir por mi cuenta antes que llevar ese peso sobre los hombros.

—Esta vida me ha hecho fuerte. Y he aprendido mucho más sobre nuestras Mareas de lo que habría aprendido en el palacio de Alto Templo. Tiene que servir de algo si algún día soy rey.

No estaba equivocado.

—¿Seis meses? —repetí.

—Seis meses —confirmó—. Hasta entonces, navegaré, correré riesgos y cantaré salomas tristes con los muchachos en la bodega.

—Serás un buen rey —le dije con voz dulce.

—Algún día. Algún día, quizá lo sea. Y tendré que agradecérselo a Gav.

Trató de sonreír y estuvo a punto de hacerme llorar.

Nos quedamos allí de pie largo rato, el uno al lado del otro junto a la regala, contemplando cómo el *Cantus Lumiere* se disipaba en la furia de las Trombas. Y lo observé con atención, al hijo de un rey, al protegido de un capitán enemigo. El pelo oscuro se le movía al viento. Tenía una barba incipiente de pocos días, una pequeña cicatriz bajo la mandíbula y otra en la frente. Oteaba el horizonte con las manos juntas, unas manos de dedos fuertes y rudos, entrenados en toda clase de maxia.

Se dio cuenta de que lo miraba.

—¿Qué?

—Será una mujer noble sumamente afortunada, así que más te vale que te la cojas bien.

Sonrió.

—Eso haré, Azul. Solo porque me lo pediste tú.

Oí el graznido del halcón de invierno. Me apoyé en la regala y vi un destello blanco que regresaba desde el horizonte. Rodeó el casco e inclinó un ala hacia nosotros mientras sobrevolaba la popa. Sabía que Worley había dejado abierta una de las ventanas del espejo de popa para que pudiera entrar. Para que regresara a la cobija, al baúl, al vino y a los libros. Era un hombre amado por un barco vivo, que se había hecho amigo de un buen hombre y había formado a un futuro rey, y me ardía la piel en su presencia.

Estaba en un lugar muy extraño.

—Que ni se te ocurra, Azul —dijo Fahr, mirándome con gesto de sospecha—. Que ni se te pase por la cabeza.

—¿Qué? —Me quité una pluma de la camisa y la solté, para luego observar cómo el viento se la llevaba.

—Lo que sé que estás pensando.

—Para nada —insistí—. Igual es que ya no quiero matarlo y ya, eso es todo.

—Mientes tan bien como los demás, por lo que veo.

—Así es como sirvo al Barco de los Hechizos.

—Vete al demonio. —Se rio.

—Hoy no va a ser —respondí, pero, soles, cómo me habría gustado que mi cuerpo se sintiera atraído por el hombre que tenía al lado, en lugar de por otro mucho más peligroso que él. Habría sido fácil cogerme a Dev. Al menos, la fragata no intentaría matarme si lo hiciera.

Di unas palmaditas sobre la barandilla. Dejaría al capitán en paz. Como respuesta, la vela retumbó sobre mi cabeza.

Fahr negó con la cabeza, pero sonrió, y yo también lo hice. Me gustaba charlar y jugar a provocarnos. Era agradable. Me hacía sentir bien. Aunque estuviera navegando a través de una abertura en la cubierta de un barco vivo, por fin sentía que había encontrado mi lugar.

«No bajes la guardia —había dicho Humo—, y que no te engañe la camaradería que ves a bordo».

En fin. Que Humo se fuera al demonio también.

—Fahr, señor. —Se oyó una voz desde la cubierta principal—. Oh, perdóneme, señor… —Era Worley—. El capitán requiere su presencia, señor. Si gusta, uno de mis pájaros trajo una nota de su… eh… del… del rey.

Fahr suspiró y se apartó de la barandilla.

—Buenas noches, Azul. Que duermas en calma.

—Cuando las lunas se encuentren —respondí, y él desapareció en la oscuridad.

Miré a proa, donde el cielo nocturno se estaba pintando de un inquietante amarillo. Sabía que no era el amanecer, sino la Calma. Miré el mascarón de proa y estudié aquel rostro tallado y fantasmal que guiaba a la Piedra Angular allá donde iba.

«El quimérico se deja llevar por la maxia selvaje», había dicho Fahr.

Me quité los guantes, me los remetí en el cinto, y puse una mano sobre la barandilla.

—Piedra Angular —dije—. Ayúdame.

Niña.

Respiré hondo y me rendí a ella.

La red de runas se extendía como las corrientes a través de mi cuerpo, desde las puntas de los dedos de las manos hasta las de los dedos de los pies, desde mis entrañas hasta mi cerebro. Las runas y los patrones que conectaban entre sí; estaban vivos. Lunas y estrellas, soles y terre, y el quimérico que lo unía todo.

«Nosotros, los faunos, hemos practicado la maxia selvaje durante siglos», había dicho Eco.

Aparté la mano y me coloqué en posición.

—*Auctorus Circulaia* —dije en voz alta mientras trazaba los patrones. El escudo de runas cobró vida, palpitante, lleno de quimérico. De vida.

Lágrimas de las Lunas, dijo la Piedra Angular. Tejedor de los soles. Niño del Norte. Vuelve a casa.

Por instinto, doblé el cuarto dedo de la mano izquierda, y mi escudo salió hacia afuera, primero con cierta vacilación, contrayéndose y empujando, resplandeciente como las estrellas. De repente, se liberó con un estallido, convirtiéndose en un orbe crepitante de líneas conectadas entre sí.

Doblé el cuarto dedo de la mano derecha y me encontré con dos orbes que giraban el uno sobre el otro, como los soles.

Forja y Ascua, los Soles Hermanos de Supramar. Dos soles. Dos nombres.

Pero los *rhi'ahr* tenían tres.

Necesitaba lunas.

Me quité las botas y flexioné los dedos de los pies para sacar maxia de sus tablones, como había hecho durante mis primeros días a bordo. Sentí que las planchas de la Piedra Angular se estiraban y estiraban para llegar a mí. Cerré los ojos y su vida fluyó a través de mí, profunda y selvaje y tan vieja como el mundo. Junté las palmas de las manos y las separé de golpe.

Niña. Mira.

Abrí los ojos. Había tres orbes suspendidos ante mí. Orbes de runas que resplandecían y giraban. Lo había conseguido.

Auctorus Circulaia.

Casa.

Pero ¿podría usarlo?

Recordé la parte del casco que aún estaba resquebrajada por el impacto de los cañonazos, así que me incliné y posé las manos sobre la amurada. Era una rastrearunas, selvaje y rebosante de poder.

—*Auctorus praesidium in ligus* —dije.

«Crear para proteger y atar». No tenía ni idea de si funcionaría. Era puro instinto. Estaba jalando los hilos del Mundo de las Runas para hacer música, de forma pura y verdadera. Y, esta vez, lo hacía sola.

Sentí que el quimérico me anegaba la piel y los dedos mientras las runas viajaban, brillantes, hasta el lado del casco. Me incliné y contemplé cómo, plancha por plancha, astilla por astilla, listón por listón, las placas empezaron a unirse de nuevo. Era un milagro y lo había obrado yo.

Me incliné más, para ver mejor.

—Azul —me llamó una voz.

Me daba vueltas la cabeza. Me sequé la frente con una mano temblorosa. No la sentía. Ni mi cabeza, ni mi mano ni mis pies. Solo sentía pinchazos y agujas, una vibración de luz, calor y runa.

—Azul, ¿llamamos al médico? ¿Azul?

Me volteé poco a poco y vi a Neale, que estaba a mi lado, flanqueado por Thom y Bergy. Los tres se retorcían y se doblaban, como si estuvieran hechos de caramelo masticable. Veía los huesos de sus cuerpos. Oía la sangre de sus venas.

Me tambaleé. Neale me agarró del brazo, pero me soltó con un grito cuando el quimérico llameó a modo de respuesta. No me importaba. Yo quería el agua. Necesitaba el mar. Me giré de nuevo hacia él y me incliné sobre la barandilla.

—Llamen al capitán —dijo Neale—. ¡Rápido!

Veía los peces que nadaban bajo nosotros, las anguilas, los tiburones. Veía las runas que había entre todos ellos, las runas que mecían el agua y doblaban las olas. Veía hasta más allá de la bodega, hasta el fondo de la Vieja Arena. Nuestra Madre, la Mar me llamaba, prometiéndome su calor, su maxia, sus runas y su paz.

«Rastrearunas». Lo necesitaba. Lo necesitaba, así que alargué la mano…

Casa.

—Forja, se va a tirar…

Un destello blanco, unas dagas que me atravesaron los hombros y levantaron por los aires. El blanco y las plumas y la luz y la sangre. Caí con fuerza sobre el suelo, golpeándome la cabeza contra la madera. Los patrones ondeaban y la negrura me sumergía, y sabía que había voces, pero yo no oía sonido alguno. Lo último que recordaba fueron los ojos salpicados de dorado de Gavriel Thanavar.

17

Glorioso

—Subteniente Azul —dijo Worley—. El capitán quiere hablar contigo.

Levanté la vista de mi catre, donde estaba acostada desde el *Auctorus* de la noche anterior. Eco me había hecho de enfermera durante casi todo ese tiempo. Revisaba mis vendajes, me traía té salado y galletas y tomaba notas sobre mis cicatrices, que seguían viajando por mi cuerpo. Tuve que agarrarme de las cuerdas para bajar de la hamaca, porque la cabeza me daba vueltas de nuevo.

Nada se balanceaba. Nada se mecía.

La Piedra Angular había entrado en el Paso de la Calma.

—¿En cubierta o en su camarote? —pregunté, sorprendida de tener voz.

—Está aquí, subteniente Azul. —Gesticuló con la mano—. En la cocina.

—¿Aquí? ¿Ahora?

—¿Le digo que es un mal momento?

—No, no. Solo me sorprendió.

—Bienvenida al Barco de los Hechizos —dijo, y se marchó de mi rinconcito de la cocina.

Traté de reunir todas mis cosas en vano. Iba vestida solo con las calzas y la camisa, sin el chaleco ni el cinto. El capitán entró justo cuando estaba poniéndome las botas.

Me quedé paralizada como un conejito, con un pie en el aire.

El techo era demasiado bajo para él. Llevaba las manos juntas detrás de la espalda, y se había encorvado a la altura de la cintura para no golpearse la cabeza contra los tablones del techo. Miró a su alrededor, como si estuviera viendo aquella parte del barco por primera vez. Dio un paso hacia adelante, pero entonces se detuvo y se agachó para recoger una prenda de tela. Me la tendió, y yo la agarré a toda prisa.

—Mi cinto —dije, y empecé a enrollármelo por la cintura. Soles, ese hombre era tan imponente que me sentía como si mi rinconcito no fuera más que un peñasco.

—Tranquila, subteniente. Solo quería ver cómo estabas.

—Estoy bien, capitán —dije—. No esperaba que…

—Lo siento —me interrumpió.

—Es solo que no esperaba que viniera aquí, capitán. A la cocina.

—No. Vine a disculparme.

Parpadeé, confundida.

—¿Por qué?

—Por lo de los hombros —aclaró—. El médico me dijo que te clavé hondo las garras y perdiste sangre.

—Ah, eso.

—Te caíste por la borda. Te atrapé justo antes de que llegaras al agua.

No me acordaba de casi nada de lo ocurrido.

—Los Pasos son peligrosos —continuó—. Las aguas de la Calma son letales, y en ellas habitan criaturas que no se ven en ninguna otra parte. Si te hubiéramos perdido, estoy seguro de que jamás te habríamos encontrado.

Era casi como si pensara que valía la pena salvarme.

—Gracias por haberme atrapado a tiempo, entonces —le dije, sonrojándome.

Era casi como si yo fuera importante.

Me dedicó una sonrisa, pero se le borró en un abrir y cerrar de ojos. Tragué saliva y miré la madera. Necesitaba distraerme del hecho de que estuviera allí, en la cocina, mientras yo estaba vestida a medias, ensangrentada y vendada, y con los pies descalzos sobre el suelo. Él, como si me hubiera leído el pensamiento, miró mi otra bota, la agarró y me la pasó. Me la puse enseguida, me enderecé y alargué una mano hacia la hamaca, que seguía balanceándose tras de mí, para detenerla.

Soles. Qué blanda. Qué torpe. Mujer descarriada que se echó al mar.

Ladeó la cabeza como un pájaro. Como un maldito halcón de invierno.

—¿Qué estabas haciendo para caerte?

—Creo que… —Exhalé con fuerza y fruncí el ceño, tratando de recordar lo ocurrido—. Creo que hice un *Auctorus*. Es lo que Dev y yo estábamos practicando. Un *Auctorus Circulaia*.

—Aquello no fue ningún *Auctorus Circulaia*. Al menos, yo no lo sentí. Y en este barco los siento todos.

Lo creía.

—Estaba intentando dejarme llevar por lo selvaje, como me dijiste tú —murmuré—. Pero no puedo controlarlo. Es demasiado. Me cuesta demasiado.

—Fue glorioso —musitó.

Y algo pasó entre nosotros en ese momento. Algo tan fugaz e impredecible como una borrasca. Por un instante, no fuimos capitán y subteniente. No hubo órdenes ni rangos entre los dos. Fuimos solo un hombre y solo una mujer.

Y, entre ambos, se abrió paso la verdad: los dos éramos rastrearunas. Los dos nos estábamos ahogando en ella.

El Mundo de las Runas una red. Se acumula y ata.

Tenía razón.

Y tanto él como yo siempre queríamos más.

Podría haberle dicho más. Podría haberle preguntado más. Pero ninguno de los dos se movía. El aire que nos rodeaba había cambiado: se había tornado grueso, pesado; pendía entre los dos como una cuerda que ambos éramos demasiado testarudos para estirar.

Así que nos quedamos allí, de pie, con las manos a la espalda. Como si así pudiéramos anclarnos en el vaivén del mar.

—¿Quieres una silla? —le ofrecí al final—. Nan tiene más…

—¡No! No, Fahr dijo que… Hum… —Guardó silencio de nuevo, y entonces se metió la mano en el bolsillo del chaleco y me ofreció algo. En la palma de su mano había una hebra—. Dev me dijo que, en la Armada, esta sería la condecoración apropiada para un mérito así.

Era una hebra para mi cinto, larga y dorada.

—Oh…

Se me hizo un nudo en la garganta.

—Está hilada con la lana de una granja de ovejas de Braithe, donde trenzan fibras de oro en el telar. —Me la acercó más. Se la tomé de la mano y acaricié su delicada superficie—. Es muy resistente. La eligió Kit, y ella conoce bien su oficio.

—Es preciosa —dije, luchando contra el escozor de las lágrimas.

Dio un paso hacia mí y mi piel se despertó con su proximidad. Alzó una mano hacia el cuello de mi camisa y apartó la tela de lino para examinar los vendajes. La caricia me pareció íntima, y que me parta un rayo si no se me aceleró el corazón.

—A veces, cuando soy el halcón, me olvido de mí mismo. ¿Te duele?

—No mucho —mentí—. Eco dice que el quimérico las está curando.

—Me alegro. —Apartó la mano, pero no se apartó de mí—. La próxima vez que quieras conjurar hechizos tan profundos, por favor, pídele a alguien que te asista. No podemos permitir que te caigas por la borda.

Alcé la vista y miré disimuladamente el colgante que colgaba de su cuello. Era un pájaro tallado en ébano, estaba segura. Y por encima del colgante estaba su mandíbula angulosa, sus pómulos marcados y sus ojos profundos como el mar. Esos ojos contenían todos los mundos, el mar y el cielo, las olas y la tierra, los soles y las lunas, Supramar e Inframar y la Isla de Enmedio.

—Eso haré —murmuré—. Le pediré a alguien que me asista.

—Bien —contestó, y asintió una sola vez—. Muy bien.

Dio media vuelta y se dirigió hacia la cocina propiamente dicha, pero se detuvo y miró atrás.

—Deberías estar en el camarote de oficiales, con los demás —dijo.

—Tengo entendido que roncan —respondí curvando los labios en una pequeña sonrisa.

Él apretó los labios, tratando de contener la suya, y se marchó. Pero yo me quedé allí, de pie, con mi hebra dorada en la mano, respirando sus mareas durante un rato más.

236

Habíamos cruzado la abertura a buen ritmo hasta llegar al Paso de la Calma. Allí, tanto el horizonte del este como el del oeste habían intercambiado sus tormentas por una inquietante tonalidad dorada. En ellos resplandecía una pátina malsana, como si reflejara pequeñas esquirlas de cristales rotos. Además, yo tenía la piel erizada constantemente por culpa del quimérico, que consumía todo el aire. Los vientos y las corrientes nos ralentizaban, lo que me daba pistas de lo que debía de ocurrir en la Calma, que nos flanqueaba. «Destellos de sol mientras avance el corredor», había dicho la Piedra Angular, y yo me sentía muy agradecida por el pedacito de cielo azul que había sobre nosotros. Gracias a él, soplaba un poco de viento de norte a sur en dirección a la brecha. En la Calma propiamente dicha, el aire se elevaba directamente hacia arriba, eliminando toda brisa, y para un navío que dependía del viento, eso era un problema.

En la abertura hacía un calor sofocante, y los soles eran implacables. Estaba acostada en mi catre solo con las calzas y la camisa a medio abrochar, con el diario en el regazo y un pedazo de carbón derritiéndose entre mis dedos. Cuando estaba a punto de quedarme dormida, los gritos de la tripulación me sobresaltaron y me hicieron subir a cubierta a toda prisa.

Era la primera vez que subía a cubierta desde el *Auctorus*, así que, cuando asomé por la escotilla, la humedad me golpeó como una cachetada. En el Paso de las Trombas había brisa, pero aquí Forja estaba tan cerca que parecía que quisiera llevar los mares a ebullición. Ascua ni siquiera se veía, por culpa del rostro gigantesco y febril de su hermano.

Los grumetes se habían reunido en proa, desde donde gritaban y señalaban el océano que se desplegaba ante nosotros. Sin embargo, las velas se reían. Levanté la vista, reconociendo la musical voz de la Piedra Angular y deleitándome con ella.

Había todavía más grumetes subidos en el aparejo, pero lo que me sorprendió fue ver a Thanavar allí arriba, junto a ellos. No llevaba puestas ni las botas ni su abrigo de capitán. Tenía, igual que el resto de los marineros, la mirada fija en las aguas.

«Que ni se te pase por la cabeza», me había dicho Dev. Pero era difícil no tenerlo en la cabeza, con lo fascinante que era. El último Noble Sacerdote de *Lindurithain*, que ahora navegaba para el rey. No me atrevía a apartar la vista.

Debía tener mucho, muchísimo cuidado.

Miré a Humo, que estaba tras las ruedas de timón. Llevaba el pañuelo atado a la frente para protegerse los ojos del sudor que le caía por el rostro. Me hizo un gesto con la cabeza, así que fui hacia él y me puse a su lado.

—Son velespias —dijo—. Un banco muy grande.

Se me iluminaron los ojos.

—¡No he visto nunca ninguna!

—Todo un manjar. De hecho, son una delicia típica *rhi'ahr*.

—¿Delicias *rhi'ahr*? —Sonreí—. ¿Nan?

—Thanavar le ha enseñado unas cuantas. Sobre todo algas marinas, perlas de mar y bazofia verde del océano, pero a veces el mar nos manda un buen filete de pescado.

Me acerqué a la amurada y apoyé los codos en la barandilla. El Cielo del Terror estaba pintado de verdes y amarillos, y veía cómo el calor se ondulaba en la distancia, pero lo cierto era que la Calma estaba lo bastante cerca para ser una amenaza si virábamos demasiado a un lado o al otro. Me estremecí solo de pensar en estar atrapada en su encalmado abrazo, sin viento para nuestras velas ni alivio para el calor abrasador.

No quería ni imaginarme lo que la Calma podría llegar a hacer con mis cicatrices rúnicas si algún día me aventuraba a adentrarme en ella…

Se oyó un grito de júbilo desde el aparejo y volví a levantar la vista. Thanavar estaba bajando por los obenques, pero, en lugar de llegar al suelo, saltó desde el último tramo y aterrizó en cubierta con un golpe sordo.

—¡Buck! —gritó—. ¡Ve a buscar los arpones!

—¡Sí, capitán! —respondió este, y se oyó otro grito de júbilo desde el palo mayor.

—¡A toda vela, Oakum! —ordenó el capitán, y entonces se dio la vuelta y me vio—. ¡Oh! Subteniente Renn.

Vino hacia nosotros. Iba arremangado para combatir el calor, con el chaleco abierto y libre. Llevaba la camisa de lino mojada y pegada al cuerpo esbelto como una segunda piel. Se había desabrochado el cuello y su piel con tintes dorados resplandecía de sudor. Me fijé de nuevo en el colgante, que destacaba sobre las duras líneas de su pecho.

Tenía que ser un halcón.

«Yo también podría ser un halcón», pensé. Si algún día me convertía en una speculumagus, sería un halcón.

—Me alegro de volver a verte por cubierta —dijo el capitán—. ¿Has visto alguna vez un banco de velespias?

Tragué saliva y me obligué a mirarlo al rostro.

—No, capitán, nunca.

—Me dijiste que te gustaban los animales, ¿verdad?

—Sí, capitán —contesté, incapaz de seguir reprimiendo la sonrisa—. Me gustan.

Me tendió la mano.

Que me tragaran los infernos y me volvieran a escupir. ¿Qué me acababa yo de decir? ¿Que tuviera cuidado?

Respiré hondo y se la di. Él cerró los dedos sobre los míos, dio media vuelta y me jaló en dirección a proa. Por Forja, era más fuerte que cualquier grumete, y me pregunté si sería un rasgo *rhi'ahr* o simplemente suyo. La tripulación le abría el paso, dejando libre para él un camino que iba directo hasta la gata, donde me jaló de nuevo para ponerme a su lado, junto a la barandilla. Aparté la vista de él para mirar el océano, y lo que vi me dejó sin aliento.

Océano de colores de nuestra Madre, la Mar, entonó la Piedra Angular en mi mente.

Una multitud de criaturas de colores nadaba a toda velocidad junto al casco, brincando y saltando por delante y por debajo de la proa. Eran rojas, púrpuras, azules y verdes; emergían de la superficie del agua y saltaban, acariciando las olas, antes de volver a zambullirse con un chapoteo. Eran más grandes que los tiburones, y sus cabezas alargadas tenían picos tan puntiagudos que habrían podido apuñalar a una ballena con ellos. Sus aletas eran anchas, como las de las mantarrayas, pero finas como chuchillas, y atrapaban el viento como las velas de un barco en cuanto saltaban desde el agua. En lugar de cola, tenían tentáculos y dos largos aguijones con los que azotaban las olas.

Había decenas de ellas. Nadaban ante nuestra proa como si quisieran guiarnos a través de la abertura y hacia la Gran Barrera del Terror.

El océano es madre con dientes en sus olas.

—¡Soles! —exclamé, riéndome por encima del rugido del viento y las velas—. ¡Son increíbles!

—Cazan sivernas —me explicó él—. Y las sivernas las cazan a ellas.

—¡Las sivernas no existen! —exclamé.

—Claro que existen —repuso, con los ojos brillantes y risueños—. En los océanos hay criaturas que harían que te diera vueltas la cabeza. Tardarías un sinfín de vidas en descubrirlas todas.

Corremos y perseguimos y todo lo destruimos.

Junto a él, mi piel estaba completamente despierta. Traté de dejar la mirada fija en la proa.

El viento me azotaba el pelo oscuro y me tapaba los ojos, pero esa vez no quise esconderme. Me lo aparté de la cara para mirarlo a él, para ver cómo se inclinaba sobre la regala para sentir la espuma del agua en las palmas de las manos. Sonreía como los mismísimos soles, y la tripulación reía junto a él. Maldita sea, hacía que mi corazón también corriera y persiguiera, y tragué saliva a toda prisa y volví a mirar a las criaturas que nadaban ante la proa.

«Piedra Angular, ayúdame», le rogué, pero habría jurado que se echó a reír.

Thanavar se giró hacia las ruedas de timón.

—¡A toda vela, Oakum! ¡Ya casi las tenemos! ¿Tienes los garfios preparados, Buck?

Buck se acercó a la barandilla con un gigantesco arpón con púas en las manos. Lo flanqueaban Neale y Bergy, con una cuerda enrollada y unas redes.

—¡Garfios listos, capitán! —gritó Buck.

Reparé entonces en que la tripulación estaba totalmente entregada a aquella empresa, y dudé que fuera solo por el filete de pescado. Empezaba a darme cuenta de que aquellos marineros estarían dispuestos a seguir a su capitán hasta los confines de la terre si él se atrevía a pedírselo. Hasta alguien tan cínico como Humo había encontrado su lugar allí.

La Piedra Angular había alcanzado al banco de criaturas que saltaban y chapoteaban. Me asomé por la barandilla de proa y alargué una mano, igual que había hecho él. Sentí la espuma de mar y el ulular del viento. Las velas restallaron, los mástiles crujieron; la fragata ya se abalanzaba sobre las velespias cuando, de repente, Kit gritó desde lo alto de las jarcias.

Thanavar se giró de golpe.

—¡Todo a estribor, Oakum! —bramó—. ¡Todo a estribor!

Y, mano sobre mano, Humo giró las ruedas de timón. Nos aferramos de la barandilla mientras la Piedra Angular viraba con violencia, escorando violentamente hacia un lado. Yo, que andaba con los pies descalzos, me resbalé cuando el agua se abalanzó sobre nosotros por encima de la regala, y el capitán me rodeó con un brazo para que no resbalara cubierta abajo.

Entorné la vista para ver a través de la espuma salada de mar mientras el agua embravecida se revolvía frente a nosotros. Y así, revolviéndose, burbujeando y arremolinándose, atrapó a las velespias en un remolino de mareas. Y entonces, con un gran estallido de agua blanca, un aro inmenso surgió alrededor de ellas, cada vez más alto y más ancho mientras se abría paso entre las olas. Parecía una oistra gigante, con una concha pétrea por fuera y un interior hecho de pliegues iridiscentes. La Piedra Angular gimió y chilló, pues se rascó el casco contra las duras placas de la criatura. Bajo las aguas, un enorme ojo que no parpadeaba nos siguió con la mirada cuando pasamos junto a él. Y entonces la enorme boca se cerró de golpe, salpicando de agua el mastelero de gavia, y el sonido, un estruendoso repiqueteo, reverberó sobre las corrientes. Por fin, la criatura se hundió bajo las olas, dejando un sinfín de remolinos rojos y blancos a su paso.

De las velespias no había ni rastro.

—¡Ahora a babor, Oakum! —gritó Thanavar por encima de los vientos—. ¡Si no, terminaremos en la Calma!

Nos aferramos de nuevo a la barandilla para que la Piedra Angular virara a babor, y pronto estábamos de nuevo navegando rectos, subiendo y bajando por las olas de aquel mar mortífero. Él aún me rodeaba con el brazo, y yo no me atrevía ni a respirar.

—Pues nada, esta noche no hay filete —masculló Buck, y la tripulación, alicaída, volvió a sus puestos poco a poco, dejándonos al capitán y a mí solos en la proa.

Un océano de dientes, gruñó la Piedra Angular. Lo destruiremos todo.

—¿Qué infernos era esa cosa? —pregunté al cabo de unos instantes.

—No tengo ni idea —respondió, soltándome. Añoré su calor de inmediato—. Ya te dije que te daría vueltas la cabeza.

—La cabeza y el cuerpo entero.

Sonrió, y debo reconocer que se me enroscaron los dedos de los pies al verlo.

Se dio la vuelta para marcharse de la cubierta principal y enseguida desapareció por la escotilla. Sentí el peso de la mirada de Humo, no supe si de desprecio o de envidia.

Exhalé y me giré hacia el océano, con más respeto que antes por los monstruos que nos acechaban bajo la superficie.

Más tarde, esa misma tarde, mientras volvía a la cocina para acostarme, oí a Worley, que estaba contando historias a la luz de las velas. Hacía un calor sofocante, y la mayoría de los grumetes se habían quedado en pantalones, pañoleta y poco más. Había al menos veinte amontonados en aquella estancia, hechizados con sus palabras, con sus raciones en sus tazas de hojalata.

No me detuve. Me fui directo a mi rinconcito y colgué mi hamaca. Sin embargo, desde allí escuché sus historias, que me llevaron al sueño de la mano. Soñé con monstruos y harpías, con velespias y sivernas. Soñé incluso con un Noble Sacerdote, un sueño del que no quise despertar.

Ya era por la mañana cuando vislumbramos la Gran Barrera del Terror.

Hacía sol y los vientos eran fuertes. Subí a cubierta y entorné los ojos para ver a través de aquella luz brillante y amarilla. Cuando miré hacia el mar, mi voluntad se derritió como un témpano de hielo bajo los soles.

La Gran Barrera del Terror.

Ni en mis pesadillas más selvajes habría podido imaginar algo así. Primero me recordó a un dique, o a una cascada de más de media legua de alto. Sin embargo, el agua enfurecida caía hacia arriba, y no hacia abajo; iba de océano a cielo, y el mar se derramaba de ella como el vapor de una tetera. Además, tenía el mismo resplandor como de cristal roto que el aire de la Calma, solo que ese cristal habría sido capaz de despedazar a un barco en un abrir y cerrar de ojos con su fuerza y con sus runas.

Resultaba imposible imaginar que aquella gigantesca construcción de maxia elemental recorriera todo el ecuatorus, que hiciera circular el agua del océano por los cielos que se extendían en las alturas, que la hiciera cruzar la Calma, para luego hacerla llover sin descanso en las Trombas. En lo alto, el Cielo del Terror cruzaba la Calma con sus franjas de nubes gruesas y pesadas, verdes y negras. Era aterrador pensar que la maxia había creado algo así, y aún lo era más imaginar qué pasaría si el hechizo se apagaba algún día.

A pesar de estar muy lejos todavía, el rugido de las aguas era ensordecedor. Fahr necesitaba un cuerno para que se le oyera desde el alcázar.

—¡Hiladores! —gritó—. ¡Las dos tripulaciones a cubierta de inmediato!

—Subteniente Renn al castillo de popa, conmigo —gritó Thanavar—. Su quimérico nos será útil.

Con el corazón a punto de salírseme por la boca, corrí hacia el castillo de popa y ocupé mi lugar junto al capitán. Qué fantástica se había tornado mi vida, que me había llevado a lanzar hechizos con un capitán *rhi'ahr* para reparar una grieta en la Gran Barrera, y, aun así, me sentía bien. Me sentía fuerte. Allí, a su lado, tenía un propósito. Me necesitaban.

—¿Como en Labranza? —pregunté con atrevimiento—. ¿Cadencia, Llamada y Torrente?

—Cadencia, Llamada y Atadura, subteniente. Lo que vamos a hacer es unir una pared, tejer una barrera deshilachada. Un hechizo de lluvia sería contraproducente.

Rayos. Odiaba equivocarme, pero apreté los dientes. No sería demasiado orgullosa para el Barco de los Hechizos. No podía serlo.

—Esto es un *Auctorus Circulaia* —prosiguió—, por eso tenías que aprenderlo. Pero no estoy seguro de querer pedirte que lo pruebes de nuevo.

—Bueno… —respondí—. Supongo que estás aquí para asistirme por si me caigo por la borda.

Él contestó con un gruñido. Me pregunté si habría sido una carcajada.

—Yo ataré en *rhi'ahr*. Anda, repite conmigo: *Thryh'siahr tryo'visseth*.

—*Thryh'siahr tryo'visseth*.

Nuestras manos crepitaron. Me maravilló el poder del *rhi'ahr*, que era capaz de despertar las runas solo con sus palabras.

—Bien. Amplifícalo si puedes. La Gran Barrera del Terror se conjuró con quimérico, así que todo el que puedas mandar hacia allí servirá para atarla.

Asentí y seguí repasando las palabras para mis adentros mientras me guardaba los guantes dentro del cinto.

—¡Neale, todo a babor! —bramó el capitán—. ¡Vira!

A medida que el barco empezaba a girar, fui obteniendo una imagen más nítida de la Gran Barrera del Terror desde el castillo de popa, sin que me la taparan los mástiles, las velas o el aparejo. Estábamos a menos de un cuarto de legua de distancia, y fue un momento que recordaría para siempre. Fue la primera vez que mis ojos atisbaron Inframar, la tierra del enemigo.

No sé qué esperaba ver. Témpanos. Hielo. Montañas de cristal. Sivernas del tamaño de un leviatán o ballenas que nos tragaran de golpe. Flotas enteras de Navíos del Terror o una escuadra de buques de guerra. Pero no vi nada de eso. Más allá de las jambas acuosas de la brecha, solo se veía un estrecho pedazo de mar azul.

—Cadencia y Llamada —dijo Fahr por el cuerno—. ¡Las dos tripulaciones, por favor!

Dos tripulaciones. Era fascinante verlas manos a la obra. Igual que había ocurrido en la bahía de los Labradores, la Piedra Angular empezó a mecerse, al compás de las aguas que se reunían bajo ella. Vi las olas que corrían hacia la brecha, vi al océano, en formación ante ella, revolviendo sus olas espumosas contra los bordes de la Gran Barrera del Terror. El mar hervía, repleto de patrones. Las aguas rugían con fervor.

Derrúmbala y tráela a casa, dijo la Piedra Angular.

—¡*Auctorus* en diez! —gritó Fahr—. ¡Segunda tripulación, preparados!

Thanavar me miró y enarcó una ceja.

—¿Estás lista, Aro'el?

Juraría que mi corazón tocó un zafarrancho de combate.

—¡Lista, capitán!

—Avísame si es demasiado.

—Sí, así lo haré.

Y entonces alzó las manos, sosteniéndolas de cara a la brecha, y sus dedos empezaron a bailar, tejiendo patrones y luz.

—*Thryh'siahr tryo'visseth*.

Hice lo mismo que él, y repetí sus palabras, incluso cuando me lanzó el hechizo a mí. Era más fuerte de lo que esperaba, más intenso que nada que Taran Vir me hubiera lanzado nunca, y las palmas de mis manos crepitaron del impacto. Lo hice girar entre mis manos, lo amplifiqué con quimérico, y grité el ensalmo en ambos idiomas. Crecía con cada sílaba. Por fin, lo lancé contra la grieta, y la runa fue hacia ella chisporroteando, trazando círculos en el aire.

—¡Otra vez! —bramó él, y lo lanzamos de nuevo: él conjuraba y yo amplificaba. Lo repetimos una vez tras otra, hasta que oímos un grito desde el tope. Para mi asombro, las jambas de la brecha habían empezado a moverse.

Una columna de agua salada brotó desde la superficie del agua y subió, subió y subió, como una fuente que no llegaba nunca a su fin, y que seguía subiendo media legua por el cielo. Por encima de nosotros, las nubes se arremolinaban, tapando los soles con su amenazadora negrura.

—¡Barco a la vista! —gritó Kithriit—. ¡Barco *rhi'ahr* a la vista, rumbo al sur!

Me di la vuelta, infringiendo el protocolo, pero vi las formas que se intuían entre las dos paredes del Terror. Tres buques de guerra estaban entrando en la brecha. Se me paró el corazón al ver que el navío que los lideraba era nada más y nada menos que el Endorathil.

18

En el interior de las Trombas

Los tres barcos *rhi'ahr* se cernían sobre nosotros a través de la abertura, liderados por el temible Endorathil. Mi corazón se había quedado congelado. ¿Cómo era posible? ¿Cómo podía estar allí ahora, cuando hacía apenas unas semanas navegaba por Supramar cubierto con un manto de tormenta?

—¡Ciérrala, Fahr! —gritó Thanavar.

—¿Con los barcos ahí?

—¡Sí, con los barcos ahí! —gritó—. ¿O quieres que tres buques de guerra *rhi'ahr* nos persigan por una abertura que se está desvaneciendo?

—¡Claro que no, capitán! ¡Primera tripulación, continúen! ¡Segunda tripulación, prepárense para mi orden!

—¡Prepárate, Aro'el! —me dijo Thanavar—. Vamos a terminar con esto ahora mismo.

Y blandió los brazos, mandando un gigantesco patrón hacia mí a una velocidad vertiginosa, y con tanta fuerza que a punto estuvo de tirarme del castillo.

El quimérico empezó a crepitar en cuanto lo atrapé, atravesando todo mi cuerpo desde las puntas de mis dedos al cabello de mi cabeza. Me castañeteaban los dientes, me temblaban las rodillas, y las cicatrices rúnicas amenazaban con partirme en dos.

Todo lo que era, lo que tenía y lo que sabía se me alojó en el pecho. Cerré los ojos y lo vertí todo en el *Auctorus*. No veía nada más que luz y patrones, que lunas y estrellas. La maxia era como fuego en mi sangre, y me abrasaba los huesos y los nervios. Jadeaba, más que respirar; un dolor atroz y ardiente se propagaba por mi espina dorsal. Me temblaban los brazos, pero no pensaba defraudar a mi tripulación. No pensaba fracasar. Que me tragara el inferno si tenía demasiado orgullo para el Barco de los Hechizos.

Así pues, amplifiqué y expandí, amplifiqué y expandí. Thanavar gritó algo que no entendí, pues lo escuchaba como si estuviera bajo el agua. Y yo no tenía oídos con los que oír, porque estaba totalmente perdida en el patrón del *Auctorus Circulaia*, atrapada en las mareas de la red del Mundo de las Runas. Pero si ese era el día en el que me iba a reunir con nuestra Madre, la Mar, me encargaría de que el Endorathil se reuniera con ella primero.

Cuando mis brazos ya no eran capaces de sostener el hechizo ni un segundo más, dejé que la maxia selvaje tomara las riendas. Sucumbí al poder que fluía por mis venas.

¡Rastrearunas!

Di media vuelta sobre mis talones y grité con todas mis fuerzas al lanzar el hechizo contra los barcos que estaban cruzando la brecha. Y, con un estruendo de los que paran el mundo, el océano rugió y arrasó con ella en un estallido de agua blanca y espumosa. El agua subió hacia el cielo con furia, como una cascada al revés, y, llevándose con ella a los barcos, se arremolinó en el cielo como una nube de tormenta.

Y yo me quedé allí, como una muñeca de trapo, fláccida y exánime. Me atreví a asomarme tras la maraña en la que se había convertido mi pelo. El capitán me miraba como si estuviera conteniendo el aliento. Como si me estuviera viendo por primera vez.

—Glorioso —murmuró.

—¡Bien hecho, Azul! —gritó Fahr por encima del ruido—. ¡Segunda tripulación! ¡Sáquennos de aquí ahora mismo!

La Piedra Angular se lanzó hacia adelante y sus velas restallaron al viento. Los hiladores de agua creaban las corrientes y, mientras tanto, la inquietante niebla que nos había seguido los últimos días empezó a arremolinarse por la popa. Como habíamos cerrado la brecha, la abertura empezaría a derrumbarse, y fue entonces cuando caí en la cuenta de que el estrecho corredor por el que habíamos navegado tan plácidamente, con su cielo azul y su agradable brisa, se cerraría tras nosotros. Si no éramos más rápidos que él, la Calma nos engulliría, atrapándonos en su enfermizo abrazo. Y luego vendrían las Trombas, que nos presentarían una batalla completamente distinta.

Una dichosa misión, no se podía negar. Aquello era una locura.

—¡Barco a la vista! —gritó Kit—. ¡Barco a la vista rumbo al sur!

Thanavar miró por el catalejo.

—Es el Endorathil —gruñó, inclinándose sobre la barandilla—. ¡Sobrevivió al *Auctorus*!

—¡Doblen el ritmo, segundos! —ordenó Fahr, girándose hacia la tripulación—. ¡Nuestro destino está en sus manos!

—¿Nos atacará? —pregunté. Me temblaban las piernas y me costaba mantenerme de pie. Aquel hechizo me había dejado sin energías, y tuve que agarrarme de la barandilla—. Corre el riesgo de quedarse atrapada en la Calma, igual que nosotros.

Para mi sorpresa, el capitán dio un paso hacia mí y me agarró del codo con firmeza, ofreciéndome así la fuerza de su cuerpo.

Proporcionándome la fortaleza necesaria para mantenerme en pie.

—Pocos barcos desean el hundimiento de la Piedra Angular más que el Endorathil —afirmó—. Y no le teme a la Calma. Tiene sus propios hiladores.

Se oyó un cañonazo tras nosotros. El Endorathil había disparado. Estábamos fuera de su alcance, era evidente: apenas me fijé en las balas, que cayeron en el mar, tras la popa.

—¿Preparamos algunos cañones de caza en el castillo de popa, capitán? —preguntó Fahr desde cubierta.

Thanavar se quedó pensativo unos instantes, con el ceño profundamente fruncido.

—Dile a Broom que prepare dos.

—¿Solo dos?

—No confío en Ilvalour. Disparar así es fútil. —Se giró hacia el primer oficial—. Solo nos está provocando. Deja los cañones de caza principales en proa.

—Sí, capitán.

De repente, se oyó un silbido, una especie de rugido y, justo después, un enorme objeto cayó desde el cielo, salpicando de agua nuestra proa a estribor. Primero se lo tragaron las olas, pero al final salió a la superficie y empezó a subir y bajar con el oleaje mientras pasábamos junto a él. Era el espejo de popa de un barco; solo el espejo de popa. Logré leer el nombre antes de que se hundiera.

—*Meradah Thenn* —dijo Thanavar—. Cielo Brillante.

—Pues ya no —contesté, y habría jurado que esa vez sí se rio.

Era evidente que aquella columna de agua enfurecida que había salido del mar la había arrastrado hasta las nubes, despedazándola en el proceso. El resto de sus pedazos debían de estar desperdigados por la Calma y las Trombas. Nunca supe qué había sido del otro barco, pero, después de aquella experiencia, comprendía mucho mejor el poder de la Gran Barrera del Terror.

Pasamos las siguientes horas así, tratando de escapar a la vez de la Calma, que nos perseguía a una velocidad aterradora, y del Endorathil, que iba adornando nuestra estela con cañonazos. Los hiladores de agua trabajaban sin descanso para que siguiéramos avanzando por aquel calor abrasador. Ante nosotros, vimos caer un rayo sobre lo que quedaba de la abertura. No tardaríamos en dejar de huir de la Calma para huir de las Trombas, y a pesar de que los mares tempestuosos no eran nada nuevo para nosotros, Eco me había dicho que en las Trombas había olas más grandes que las montañas, remolinos más profundos que los océanos y cizalladuras de tormenta capaces de partir barcos enteros en dos.

Debido a esto, Humo había decidido aumentar nuestras raciones. Al parecer, necesitábamos agallas y ron en partes iguales. En aquel estado de alarma constante en el que nos hallábamos, dormir era un imposible. Una noche, me senté bajo el propao con mi ron y mi lima en la mano, y me dediqué a contar los cañonazos del Endorathil y a desear estar de nuevo en el mar abierto, libres del yugo del clima y los buques enemigos. Los cielos estaban oscuros y cargados de lluvia, pero, a pesar de todo, atisbé a Thanavar en el castillo de popa, de espaldas, contemplando el fuego de cañón que perturbaba el tormentoso cielo nocturno.

Soles, era toda una incógnita para mí. Sabía ser duro, y sabía ser despiadado, pero no era el brutal enemigo sin rostro ni corazón que me habían enseñado a odiar. No, era un hombre estoico, orgulloso y esquivo que vivía por y para la maxia y defendía con tenacidad a su tripulación, y eso me confundía, pues desafiaba todo lo que creía saber.

Yo nunca me había fijado en un capitán. Nunca había sido tan imprudente: en un barco no había ningún lugar donde escapar. No era posible coger y largarse antes de que salieran los soles. Y nunca, jamás, me habría planteado la posibilidad de acostarme con el enemigo, pero que me tragara el inferno si ahora esa idea no danzaba por los bordes de mi imaginación, susurrándome peligros al oído y provocándome con la adrenalina.

Empezó a llover. Alcé el rostro hacia el cielo y dejé que las gotas cálidas me acariciaran la frente y las mejillas.

Pero ¿y si lo que me atraía era algo más que el peligro, más que la adrenalina? ¿Y si él no era el enemigo?

¿Y si, por una vez, no huía?

Abrí los ojos. Worley había cruzado hasta la serviola con su cesta de pájaros. Una vez más, sacó un vencejo, comprobó que llevara el pergamino atado a la pata y lo lanzó al aire. El animal desapareció rumbo al norte, por la abertura.

—Entonces, ¿esto es normal? —pregunté.

—¡Por los garfios del inferno, subteniente azul! —exclamó con un grito ahogado—. ¿Segura de que no estás tú también bajo un manto de tormenta?

—Lo siento. —De hecho, no lo estaba—. ¿Siempre pasa esto cuando se cierran las brechas?

—¿Te refieres a esta frenética huida de los elementos que colapsan?

—Sí. —Le sonreí—. Eso.

—En fin, pues sí —respondió, y se quedó pensativo unos instantes. Yo esperé a que continuara mientras la lluvia se colaba por las comisuras de mis ojos—. Bueno, el Endorathil no está siempre, claro. Nunca había visto aparecer a un barco así, mientras estábamos cerrando una brecha. Pero lo de los elementos sí que pasa. Primero la Calma y luego las Trombas. Mientras navegamos hacia la Gran Barrera del Terror nos acompañan continuamente cielos soleados y mares en calma, pero escapar siempre son horas y horas de horror.

—Pero siempre lo logran.

—La Piedra Angular está en pie, subteniente azul. Diría yo que, si hubiéramos fracasado, no sería así.

Me pregunté si sería consciente de lo gracioso que era.

—¿Cuándo crees que llegaremos a aguas abiertas?

—En un par de horas, o eso espero. Siempre vamos a buen ritmo una vez llegamos al Paso de las Trombas. De todos modos, la Calma y las Trombas nos están cercando cada vez más, y necesitaremos toda la maxia que logremos aunar para no quedarnos atrapados. —Bajó la vista hacia la cesta. El mimbre trenzado se estaba oscureciendo por el efecto de la lluvia—. Sin embargo, el Endorathil… Es una criatura muy distinta.

—Me dijo el capitán que pocos barcos desean con más fervor que la Piedra Angular se pudra en el fondo del mar.

—Es cierto —confirmó—. El capitán Ilvalour odia a nuestro capitán casi tanto como el comodoro Bracebridge.

La lluvia era suave y sorprendentemente cálida.

—Ese es el capitán del Templomar, ¿no es así?

—Oh, sí. ¡Ya lo creo! Odia al capitán Thanavar con una furia de lo más poderosa.

—Pero ¿por qué? Tenemos una patente de corso del rey.

—Bracebridge no reconoce nuestra patente de corso. —Se abrazó con fuerza a la cesta y se inclinó para acercarse a mí—. El odio que le tiene es bastante personal.

Que Forja bendijera a Worley, la fuente de todos los chismorreos.

Alzó la vista hacia el castillo de popa, donde el capitán seguía en pie, de espaldas a nosotros.

—No debería contártelo…

Me puse de pie.

—No le diré nada a nadie.

Miró a un lado y luego al otro, y diminutos riachuelos le golpearon el enjuto rostro mientras lo hacía. Se los secó y se acercó más a mí.

—Hace muchos años, nuestro capitán Thanavar hizo algo muy malo.

—Secuestró al príncipe.

—Sí, eso hizo. En aquella época, el entonces teniente Bracebridge era el responsable de la seguridad del muchacho en Alto Templo, y perder al príncipe estuvo a punto de costarle el puesto… y también la cabeza. Jamás ha conseguido superar la vergüenza.

Aquello lo podía entender.

—Para empeorar aún más las cosas —prosiguió Worley—, el capitán le desgarró el rostro con esas temibles garras de halcón. Se lo rajó de arriba abajo, casi se lo arrancó. Tuvieron que volvérselo a coser, e hicieron falta miles y miles de puntos. Al menos, eso cuentan por ahí.

Lo recordaba nítidamente tras haberlo visto en la Bahía del Estraperlo. No había olvidado la cicatriz con los tres cortes y el ojo blanco y lechoso.

—A decir verdad, subteniente Azul… —prosiguió Worley—. Con patente de corso o sin ella, el rey siente un odio terrible por nuestro capitán. Cualquier barco de la Armada se beneficiaría si hundiera la Piedra Angular. Estaría bien considerado tanto en Alto Templo como en la Oficina del Almirantazgo, incluso con el joven príncipe a bordo. No sé muy bien cómo es posible que hayamos sobrevivido tanto tiempo de una pieza.

—¿Y qué hay del capitán del Endorathil? ¿Cómo dijiste que se llamaba?

—Kinrath Ilvalour.

Negué con la cabeza. Sonaba a poesía. A maldita y hermosa poesía.

—A veces, el capitán olvida que soy su mayordomo —continuó Worley—. El primer oficial y él se ponen a rememorar los días del pasado, y lo oí decir… —Hizo una pausa para mirar a su alrededor. Yo me incliné hacia él—. Lo oí decir que Kinrath Ilvalour fue antes el emisario del mismísimo Impíreo *Rhi'ahr*. Que estaba en la Puerta de las Nubes cuando talaron el Árbol de las Runas. Nunca sabré si es cierto o no. Todos recordamos las historias de una forma tan distinta…

«Un Noble Sacerdote que hizo de la venganza su propósito y decidió dedicarse en cuerpo y alma a causar estragos en las dos casas reales». En las dos…

¿Era esa nuestra misión, entonces? Con el quimérico en su arsenal y el desmoronamiento de la Gran Barrera del Terror, los *rhi'ahr* habían llevado aquella guerra a Supramar con sus ataques precisos, despiadados y meticulosos. Y la Armada Imperial había fracasado a la hora de presentar batalla. Sin embargo, la Piedra Angular era distinta. Salvo el Endorathil, los *rhi'ahr* escapaban de nosotros, más que atacarnos, mientras que la Armada nos perseguía en lugar de ayudarnos. No tenía sentido, sobre todo si contábamos con una patente de corso.

Pero, claro, tal vez Humo tuviera razón. «Causar estragos en las dos casas reales» era, en efecto, un juego muy peligroso. «A un paso de la traición, a una eslora de una guerra abierta».

—Bueno —dijo Worley mientras se secaba la lluvia de la frente. Asintió a toda prisa y continuó—: Será mejor que vuelva. Solo quería enviar un vencejo para informar a la Oficina del Almirantazgo de nuestra situación, pero ya casi es la hora del vino del capitán. ¡Mira que le gusta! Yo siempre le digo que es malo para el hígado, pero, si te soy completamente sincero, ¡no sé si los *rhi'ahr* tienen hígado! Ya ves, es todo un dilema.

Y se marchó. Él y sus pájaros desaparecieron por la escotilla.

Mi mirada se deslizó más allá de ella. Recorrió el alcázar hasta llegar al castillo de popa.

Todavía estaba allí. Todavía vigilaba.

Suspiré. Estaba cansada —exhausta, más bien—, pero no había nada en la terre que pudiera ayudarme a conciliar el sueño. Me bebí lo que me quedaba de ron, me enganché el vaso al cinto y alargué una mano para acariciar la barandilla.

—Voy a ir a ver qué tal está —le dije a la fragata, y habría jurado que las velas retumbaron con un poco más de fuerza.

Me abrí paso entre la guardia nocturna, entre vigilantes e hiladores, y crucé el alcázar camino al castillo de popa. Normalmente, jamás me habría atrevido a poner un pie en el castillo sin que me invitaran antes a hacerlo, pero se me había invitado incontables veces, así que llegué a la conclusión de que no pasaba nada.

Los vientos ululaban; la cubierta se movía bajo mis botas, a un lado y al otro. El capitán estaba de cara al mar, con los pies separados y los brazos cruzados ante el pecho. Estaba empapado hasta los huesos y tenía el pelo pegado al cráneo, con las orejas de elfo claramente visibles. Aparté la vista para contemplar el mar que se extendía tras nosotros. No necesitaba verlo. Lo sentía. Sentía cada uno de los latidos de su corazón, pues ambos éramos rastrearunas. El quimérico que ardía sobre mi piel lo llamaba, igual que su maxia me llamaba a mí. Pero ¿eran solo las runas y el impulso de rastrearlas lo que había forjado el vínculo que nos unía? ¿Nos llevarían las runas a la ruina, nos provocarían el dolor sordo de un vacío sin llenar, el suplicio de un premio que nadie hubiera reclamado?

Por los soles. ¿Por qué no podía haberme dado un revolcón con Fahr y quedarme satisfecha?

Suspiré y oteé las aguas. Habría sido difícil vislumbrar la Endorathil, que navegaba siguiendo nuestra estela, de no ser por el destello constante de los disparos de sus cañones de caza.

—¿Cómo es posible que haya sobrevivido? —pregunté.

—No tengo ni idea —gruñó—. Ilvalour es la condena que cargo en esta triste vida.

El Endorathil apareció con otro estallido de luz, pero yo hice acopio de valor y desafié los instintos que me advertían sobre los peligros que nos acechaban por popa.

Y también del peligro que tenía al lado.

—Quiere que me ahorquen y que la Piedra Angular acabe hundida en las profundidades de la Vieja Arena. No hay barco que surque los mares que no quiera verla naufragar. —Deslizó aquellos ojos oscuros como el mar hacia donde yo estaba y dejó que una sombra de sonrisa le curvara los labios—. Pero tú le caes bien.

—A pesar de que le aconsejaras fervientemente lo contrario —dije, recordando las palabras que me había dicho hacía tanto tiempo.

Enarcó una ceja.

—Es de ideas propias, como bien sabes —dijo—. De todos modos, siento que te hayas visto arrastrada a esto.

—Pues yo no. Es todo lo que siempre había deseado.

—¿Todo?

—Lo digo en serio.

—Eres una mujer de lo más inusual.

—¿Sigo siendo demasiado orgullosa para el barco de los hechizos?

—Ja.

Pero sonrió otra vez, y me alegré de haber sido yo la causante.

Otro destello. Otro cañonazo. Otra descarga inútil de valiosa pólvora.

—En fin, espero que no mueras en esta empresa —añadió—. Tienes un espíritu indómito.

—Solo soy muy testaruda.

—Eso es bueno. Luchas por lo que quieres.

—Lo hago y lo seguiré haciendo. Aunque a veces huyo —admití.

—Y eso es sabio.

«Sé cauto. Sé sabio».

Los cañones centellearon de nuevo.

La Piedra Angular lo llamaba «mi amor».

El castillo cabeceó, y me choqué con su brazo tratando de no perder el equilibrio. Él no se apartó. Es más, me dio la sensación de que se acercaba más a mí. El mar tenía ese efecto en la gente. El contacto físico era como un ancla; a veces, la caricia de un compañero podía ser el anclote que necesitábamos.

Pero él no era uno de nosotros. Era *rhi'ahr*. ¿Desearían ellos las mismas cosas que deseábamos los supralandeses? ¿Necesitaban que alguien les diera la mano durante una tormenta o un cuerpo dispuesto que les demostrara que no estaban solos?

Sabían bien los soles que yo sí que lo necesitaba. De hecho, me sorprendía no haberme ofrecido ya. Pero, claro, tal vez la Piedra Angular intentara matarme. Le había dicho a Fahr que no lo haría, pero ya no estaba tan segura.

Una tormenta es viento y luz de las estrellas cuando se cambian el lugar con el mar.

Su proximidad hacía que me ardiera la piel, y las cicatrices quiméricas iluminaban los cielos tempestuosos. Al cabo de un instante, me di cuenta de que él me había estado observando por el rabillo del ojo todo ese tiempo, y tragué saliva, tratando de apaciguar mi corazón. Alcé la vista y lo miré.

—¿Qué quieres?

—¿Yo? —Era evidente que le sorprendía mi pregunta.

—Sí. Tú. —Le sonreí. Una media sonrisa, en realidad. Por si acaso—. ¿Qué quiere el capitán del Barco de los Hechizos?

Apartó la vista.

—A mí no se me permite querer nada. No mientras tenga un deber que cumplir.

—Pero, si pudieras…

Volvió a mirarme. Sus ojos me amarraban a aquellas profundidades incognoscibles. Eran, ciertamente, de un color muy particular, el azul del océano y el verde de las profundidades marinas, con motas violeta y ríos de oro. Casi podía ver toda su historia en ellos, las batallas, y las pérdidas, el poder y la lucha. Sí, yo podría perderme muy fácilmente en aquellas profundidades. Retozaría con él durante días y, tal vez, no huiría después.

Se me paró el corazón cuando esos ojos descendieron a mis labios. Cuando se detuvieron sobre ellos, como si quisieran memorizar el contorno de mi boca.

«Sé cauta. Sé sabia».

A veces, luchaba.

«Thanavar es un hombre al que se le está acabando el tiempo».

A veces, huía.

«Eso lo convierte en un hombre desesperado».

Pero esta vez no pensaba huir.

Él suspiró y apartó la vista. Soles, este hombre era incomprensible.

—Descansar —dijo al fin—. Lo que deseo con todas mis fuerzas es descansar. Descansar de mi miserable vida de servicio a dos Mareas profundamente malagradecidas. Deseo cumplir con mi misión como es debido, liberar a esta fragata magnífica de la maldición con la que carga, y enmendar los errores que he cometido a lo largo de los años. Se me está agotando el tiempo, y tengo miedo de no lograr ninguna de esas cosas... —Se encogió de hombros—. Así que bebo.

Lo comprendía. Yo había vivido lo mismo.

—Nunca había visto nada como tu *Auctorus Circulaia* —añadió, cambiando de tema con destreza. Eso se le daba bien.

—Me dejé llevar por lo selvaje, como me dijiste. —Me encogí de hombros—. Y estoy aprendiendo a blandir el quimérico como un *rhi'arh*.

—Así es. Es inextricable.

—Sí, lo es —contesté, alzando la barbilla—. Así que deja que te ayude más. La Piedra Angular quiere que ayude. Serías un estúpido si malgastaras este recurso.

—¿Recurso? —gruñó de nuevo—. Lunas, hablas como un *rhi'ahr*.

—He de encontrar mi lugar en el Mundo de las Runas. Quizá esté aquí, en ver lo que significa servir en el Barco de los Hechizos.

—El rumbo que he trazado no termina con la vida. —Sus palabras flotaron por aquella quietud como un trueno lejano.

—Eres el capitán de una fragata viva. Traza otro rumbo.

Apretó los dientes y se volteó bruscamente hacia el mar.

—Cuando todo esto termine, me odiarás.

—Bueno, también te odiaba al principio.

Apretó los labios, pero me dio la sensación de que no me estaba escuchando. Casi podía ver las runas que se hilaban tras sus ojos. Pensamientos, planes, historia y política, tejiendo las mareas y jalando los hilos.

—Un recurso, ¿eh? —repitió, mirándome con una ceja enarcada.

—No eres ningún estúpido —le dije—. Es más, tal vez seas el hombre más astuto que he conocido jamás.

Parpadeó despacio.

—Gracias, Aro'el. Lo pensaré.

Aro'el. Una oleada de calor se me extendió por la piel. Aro'el. Mi nuevo nombre. Mi nombre verdadero.

—Que duermas en calma —se despidió.

—Cuando las lunas se encuentren —respondí.

Y se volteó para marcharse. Bajó los escalones camino al alcázar. Yo me quedé un rato más en el castillo, abrazándome a mí misma y deseando poder atisbar las estrellas. Ante nosotros solo había nubes negras, rayos y un mar embravecido. Detrás, una niebla temible, un barco vengativo y un enemigo decidido a hundirnos hasta el fondo del mar.

Y, sin embargo, temía que, en mi interior, la guerra no había hecho más que empezar.

19

Gato encerrado

Horas más tarde abandonamos la Calma y nos adentramos en el Paso de las Trombas. Las Trombas colapsaban más rápido que la Calma, y la lluvia arremetía con furia contra nosotros. No obstante, el viento también había arreciado: Worley tenía razón, íbamos a buen ritmo.

Sin embargo, como el Endorathil iba pisándonos los talones, nuestros hiladores no tenían descanso, y las dos tripulaciones estaban agotadas. Yo me dediqué a ayudar a Eco y a Nan con la comida, la bebida y los impermeables cuando me necesitaban, porque, a pesar de que la lluvia era cálida, el frío nos calaba igualmente.

Aquella noche, Thanavar nos convocó en su camarote. Worley había preparado la mesa grande, y me enorgullecí al ver que había un lugar para mí al lado de Fahr, Eco, Humo, Buck, Ben y Broom. Aquella noche no se bebió ni ron ni vino. No cuando era necesario trazar y organizar nuestros planes.

—No me gusta que me persigan —admitió Thanavar—. Y eso va a cambiar esta misma noche.

Humo gruñó, pero no dijo nada.

—Buck, cuando estemos a media legua de mar abierto, lanzaremos una de tus balsas a la abertura. La equiparemos con luces para que sea visible para el Endorathil, y nosotros nos cubriremos con un manto de tormenta y giraremos todo a estribor. Daremos la vuelta durante la noche y la atacaremos con todas nuestras fuerzas por la mañana.

—¿En el paso de las Trombas? —preguntó Fahr.

—En el paso de las Trombas, sí —confirmó el capitán—. Si estuviéramos en la Calma, dudaría, pero ya hemos navegado antes en las Trombas.

—Sí, ya lo hicimos, y casi perdimos la fragata —le recordó Humo—. Que lo hayamos hecho antes no significa que debamos volverlo a hacer.

—Entendido, Oakum —dijo Thanavar—. Y no pienses que le resto importancia al peligro de atacar a un barco de mayor envergadura que el nuestro en un paso que se está derrumbando, pero no tengo ninguna fe en que estemos salvados al llegar a aguas abiertas. No, conozco a Ilvalour. El Endorathil está tramando algo, y no tengo ningún deseo de caer en su trampa por andarme con remilgos.

—La tripulación está cansada, capitán —intervino Eco—. La persecución del Endorathil los tiene al borde del agotamiento.

—Y eso no cambiará, porque el Endorathil seguirá persiguiéndonos cuando lleguemos a mar abierto —insistió Thanavar—. No, debemos presentar batalla. Los tomaremos desprevenidos, y tendremos la ventaja del factor sorpresa y del viento.

—Tienes razón —dijo Fahr—. Necesitamos tener la sartén por el mango.

El capitán miró a su alrededor.

—Estamos de acuerdo, pues —afirmó—. Caballeros, preparen sus…

La fragata se estremeció violentamente con un impacto. Nos pusimos de pie tambaleándonos. Se empezaron a oír los gritos que venían de cubierta, hasta que un aterrorizado Worley apareció en el umbral de la puerta.

—¡Otro barco, señor! —exclamó.

—¿*Rhi'ahr*?

—No, señor. En el pasillo, por delante de nosotros.

Thanavar dio un golpe sobre la mesa.

—¡Sabía que estaba tramando algo! —gruñó—. Zafarrancho de combate. Tripulación a cubierta.

—¡Zafarrancho de combate! ¡Tripulación a cubierta!

Lo seguí a cubierta justo cuando un segundo cañonazo resonaba por encima de los tambores y la lluvia.

—¡Al suelo! —gritó Fahr.

Me arrojé contra cubierta justo cuando la bala impactaba contra nosotros, destrozando la amurada. Los cabos partidos pasaron silbando sobre nuestras cabezas, y el palo de trinquete empezó a crujir y a inclinarse sobre sus obenques.

—¡A sus puestos, muchachos! —gritó Humo—. ¡A sus puestos!

—¡Cañones de caza, fuego!

Y eso hicieron: dispararon las balas, que atravesaron las aguas embravecidas para impactar contra la forma oscura que se aproximaba. Me alegré de que Thanavar no hubiera llevado todos los cañones de caza a popa. De haberlo hecho, nos habríamos visto obligados a correr para devolverlos a proa o rotar los giratorios a tiempo.

—¡Es de la Armada, capitán! —gritó Neale desde el timón—. ¡Creo que es el Templomar!

—¡Qué huevos tiene Bracey! —gritó Humo mientras corría hacia el timón—. ¿Qué infernos hace en una abertura?

Oímos el retumbar de los cañones largos del Endorathil. Seguía demasiado atrás para ser una amenaza, pero estábamos atrapados. El capitán oteó los mares y volvió a gruñir.

—Aquí hay gato encerrado, Devanhan. Tiene que haber alguna artimaña que se nos pasó por alto —dijo Thanavar.

—¿La sombra a bordo?

—Pienso encontrarlo y pasarlo por la quilla —amenazó con los dientes apretados—. Recuerda bien mis palabras.

—Las recordaré, capitán.

—Buck, ¡apunten al Templomar! —bramó el capitán—. ¡Prepárense para disparar!

—¡Espera! —grité—. ¡No!

Se giró de golpe hacia mí. Los ojos le llameaban igual que los rayos en los cielos de tormenta.

Ay, rayos, ¿qué estaba haciendo?

—¡Esas balas de cañón están impregnadas de quimérico! —grité por encima del ulular de los vientos—. ¡No podemos dispararlas contra un barco de la Armada!

—Claro que podemos —gruñó—. Y es lo que vamos a hacer.

—¡No! —El corazón se me iba a salir por la boca, me martilleaba con tanta fuerza que casi me asfixiaba, que casi me resultaba imposible hablar—. ¡Yo misma las impregné! ¡No puedo ser responsable de eso!

Cruzó la cubierta dando grandes zancadas. Me temblaban las piernas solo de verlo acercarse.

—Su objetivo es hundirnos, subteniente —me espetó, lívido—. Sin vacilación. Sin piedad.

Sentía el peso de las miradas de toda la tripulación. «Oh, soles, ayúdenme. Por favor, Forja. Por favor, Ascua».

Alcé las manos, masacradas de cicatrices.

—Yo misma fui víctima de los cañonazos impregnados de quimérico —grité—. ¡No fue una batalla justa! ¡En absoluto! —Me costaba respirar, pero lo miré a los ojos. Forja, era aterrador, una cizalladura de tormenta envuelta en furia, en venganza, en el mar mismo—. Sigo formando parte de la Armada. No puedo hacerles eso. No lo haré.

El retumbar del fuego de cañón reverberaba a través de las aguas. No sabía si quien nos había disparado era el Templomar o el Endorathil. El casco se astilló y las regalas se rompieron en pedazos que salieron disparados por toda la cubierta, pero él y yo seguimos frente a frente, congelados en el tiempo, atrapados en nuestra propia batalla.

—¿Órdenes, capitán? —gritó Fahr desde la mesana.

—Un día no lograremos escapar —dijo en voz baja, sombría y amenazadora—. Y ese día será culpa tuya.

Tenía ganas de vomitar. Todos mis instintos me decían que huyera, que me escondiera, que me retirara a mi caparazón de cangrejo y esperara a que amainara la tormenta. Me temblaban los músculos y tenía las piernas agarrotadas, pero alcé la barbilla y me aparté el pelo de los ojos.

—Entendido.

Hizo una mueca de furia y se dio la vuelta.

—Manto de tormenta y rumbo a las Trombas.

—¿Qué? —Fahr nos miró a uno y luego al otro con una expresión acusadora y perpleja.

—Ya me oíste. ¡Manto de tormenta y rumbo a las Trombas!

Fahr se giró de inmediato hacia el alcázar.

—¡Tripulación! *¡Adamanthus Tempestet!*

—*¡Adamanthus Tempestet!* —El grito se propagó por las cubiertas.

—¡Todo a estribor, Neale! ¡Rumbo a las Trombas!

—Todo a estribor, entendido.

El Templomar descargó de nuevo contra nosotros; esta vez, la bala impactó en la cubierta de cañones. No podía ni imaginarme el caos que debía de haber sembrado allí abajo.

—Doctor, hila el aviso de navegación a oscuras —ordenó Fahr.

«Tripulación, apaguen las luces, por favor».

Los gritos se apagaron. La segunda tripulación corrió hacia el palo mayor y se formó en diamantes, y enseguida brotaron runas de todas sus manos. Se apagaron luces, linternas y velas, y la fragata viró hacia las Trombas antes de sumirse en la oscuridad.

Thanavar dio un paso al frente, cerniéndose sobre mí como una sombra o un espectro.

—Nunca más vuelvas a desautorizarme delante de la tripulación —gruñó—. No toleraré la sedición.

El Templomar abrió fuego otra vez, pero ya no estábamos allí. Habíamos desaparecido en el océano tempestuoso como un fantasma, y la bala impactó en el agua, a nuestra popa.

—Y yo no seré la causa de que un buque de la Armada termine en el fondo del mar —repliqué con serenidad, con la voz firme y los ojos clavados en el colgante del halcón, que brillaba, mojado de la lluvia—. Tú me pediste que siguiera siendo parte de la Armada. Fue tu elección.

—Porque no seré yo quien elija por ti —contestó al cabo de unos instantes—. Pero un día, las lunas te obligarán a tomar esa decisión, a elegir si perteneces a la Armada o al Barco de los Hechizos. Rezo porque tomes la decisión correcta. Por el bien de todos.

Tragué saliva y miré hacia popa. El Templomar había visto el buque *rhi'ahr* que nos perseguía y estaba escorando bruscamente. Albergaba la esperanza de que se hundieran el uno al otro solo para que las Trombas los aplastaran justo después. Traté de ignorar las miradas acusadoras de la tripulación, que, en silencio, conducían la fragata a través de la tormenta.

Thanavar exhaló con fuerza y dio un paso atrás, justo cuando Fahr subió de un salto al castillo. Miró al capitán y se secó la lluvia de la cara.

—Parece que al final sí vas a llegar a Sentina.

Thanavar gruñó.

—No son las cartas que habría elegido —replicó—. Pero son las que tengo. Mantén el manto hasta que los hayamos despistado del todo. Y, cuando lo hayamos hecho, baja a la rastreadora por la borda.

Se dio media vuelta y desapareció escaleras abajo. En lugar de mirarlo mientras se iba, eché un vistazo a los mares bravíos y encrespados. Fahr miró también, por encima de mi hombro.

—Igual necesitas un poco de ron para eso —sugirió.

Asentí débilmente. Hacía solo unos días me había enorgullecido de que Thanavar lo llamara «mi» quimérico, pero ahora estaba segura de que el orgullo, el quimérico o aquella tripulación acabarían conmigo. Era solo cuestión de tiempo.

Dos días después llegamos a Sentina.

20

Sentina

La ferocidad del mar había ido menguando progresivamente, lo que indicaba que estábamos acercándonos al borde de las Trombas, donde se rumoreaba que flotaba Sentina, la ciudad errante. Una colección de millares de barcos amarrados entre sí y construidos los unos sobre los otros, pero demasiado grande para maniobrar limpiamente en aguas abiertas. Por eso, merodeaba por los bordes de las Trombas, para poder deslizarse en las tempestades cuando necesitaban ocultarse. Al menos, eso era lo que les había contado Worley a los grumetes una noche, mientras tomaban grog. Yo había escuchado las historias acostada en mi hamaca. La tripulación quedaba completamente cautivada con sus palabras, pero lo cierto era que yo también, aunque jamás lo admitiría.

Rastrear en las Trombas empezaba a pasarme factura. Estaba exhausta y tenía el cansancio escrito hasta en los huesos. Las runas ya me llegaban a los hombros, y habían empezado a dibujarse también por mis costillas. Estaba en la enfermería, trabajando a la luz de las velas en el sombreado del retrato de Eco. Utilizaba tinta lavada, y necesitaba estudiar la curvatura de sus cuernos para retratarlos bien. Él no había puesto objeciones, así que estábamos allí sentados, yo dibujando y él leyendo una pequeña novela de bolsillo. De repente, levantó la cabeza y me miró con los ojos vidriosos.

—Estamos aquí —dijo.

—¿Aquí?

HERMANA, dijo la Piedra Angular. CEMENTERIO DE BARCOS. PARQUE DE JUEGOS DE CANGREJOS Y HOMBRES Y CARROÑA.

Y los tambores tocaron a zafarrancho de combate. Miré a Eco.

—Tengo que irme. —Y, sin esperar respuesta, agarré mi impermeable y corrí a cubierta.

El aire era caliente, pero la lluvia, fría, y las nubes negras y densas se arremolinaban sobre el mar. A pesar de las lluvias torrenciales, la luz de los soles había teñido el cielo de naranja. Me recordaba a la mañana que habíamos llegado a Labranza, cuando el quimérico y los cañonazos habían sumido el muelle en llamas. Sin embargo, esta vez no había descargas ni disparos, ni gritos ni estruendos en el embarcadero, solo el viento y la lluvia y un retumbar distante que no se parecía a nada que hubiera oído nunca.

Clank, clank, chun, chun, clank, clank, chun.

En el horizonte, una inmensa masa nubosa se avecinaba sobre nosotros como una ola gigantesca, negra, gris y verde como la tinta. Todavía estaba lejos, pero era extraña, inquietante y lúgubre. A medida que se acercaba, empecé a atisbar pequeñas formas que emergían del conjunto, pero era imposible distinguirlas bien entre tanta niebla.

MÁTALA. HÚNDELA. ARRÁNCALE LOS HUESOS.

El capitán se asomó por la escotilla y subió los escalones que llevaban al alcázar, y luego al castillo de popa. Fahr ya estaba allí, con su impermeable ondeando al viento y el catalejo en la mano.

—Doce, capitán —le dijo al capitán al tiempo que le pasaba el catalejo—. Balandras y bergantines la mayoría.

Me giré hacia el mar.

Y sí, los vi. Una flota de doce barcos de vela sobresalía de la nube, desplegándose por el mar, y se nos acercaban. Había algo extraño en ellos, pero no veía lo bastante bien como para discernir de qué se trataba.

—¿Cambiamos de rumbo? —preguntó Humo, que estaba al timón. No llevaba puesto el impermeable y estaba empapado de pies a cabeza.

—Mantén el rumbo, Oakum —ordenó Thanavar.

—Mantengo el rumbo hacia este charco mugriento lleno de fulanas con cara de pajarraco —masculló el contramaestre, pero se aferró con fuerza a las ruedas de timón y seguimos cortando las olas en dirección a la nube.

Mátala. Húndela, dijo ella, y juraría que se inclinaba también hacia el viento para ayudarse a avanzar. Hombres y carroña.

Soles, qué fiera podía llegar a ser. Me encantaba esa faceta de ella.

—¿Lo tienes controlado, Fahr? —preguntó el capitán.

—Sí, señor. Y buena suerte —respondió—. Nos vemos al otro lado.

Thanavar dio media vuelta y abandonó a toda prisa la cubierta en dirección a la bodega.

Fuera donde fuera, estaba segura de que habría maxia muy profunda. Estábamos buscando un mapa que nos conduciría hasta la Puerta de las Nubes, al mismísimo corazón de la Gran Barrera del Terror. ¿Qué había en el mundo más extraordinario que aquello? Me volteé de nuevo hacia el horizonte. Ya los veía: doce pequeños buques de guerra en formación y, tras ellos, aquella gigantesca nube de niebla que se ondulaba como una ola.

Uno de los barcos se iluminó con un destello.

—Aguanta, Oakum —ordenó el primer oficial.

La bala de cañón pasó zumbando más allá de proa y cayó en el agua, a babor.

—Rayos, se veía venir —masculló Humo.

—Y esto es todo lo que va a pasar, a no ser que metamos la pata —dijo Fahr—. Nos quieren como botín.

Miré a mi alrededor. Broom y sus artilleros estaban en cubierta, junto a uno de los cañones. Sebastián el Suertudo, se llamaba. Llevaba el nombre grabado en el metal.

Sin embargo, necesitaríamos tanto cañones como cañones largos, si queríamos enfrentarnos a doce buques de guerra.

—Buck, iza las banderas, por favor —ordenó Fahr.

¿Las banderas?

Jamás había visto a la Piedra Angular ondear bandera alguna, así que, cuando Buck empezó a izar y fui a mirar, me quedé anonadada al ver los dos pedacitos de tela que ascendían poco a poco por la mesana. Reconocí uno de los gallardetes, pues tenía el azul y el dorado de Supramar, pero el otro…

El otro era negro con un árbol blanco bajo tres lunas. Era hermoso; era elegante. Y no era nuestro.

Navegábamos con dos banderas, una de Supramar y la otra *rhi'ahr*. Las velas de la Piedra Angular restallaron con orgullo.

Ya llego. Hermana.

El halcón de invierno apareció sobre nosotros, surcando los aires. Dibujando un arco en el cielo, se dirigió al primer barco de la Armada que venía hacia nosotros. En un abrir y cerrar de ojos se convirtió en un puntito en el cielo.

«El único modo de sobrevivir al juego de Thanavar…».

Pero, por Forja, ¿y si el juego de Thanavar me hacía sentirme más viva que nunca?

Clank, clank, chun, chun, clank, clank, chun.

Los doce barcos se estaban desplegando hacia los lados, con la clara intención de rodearnos. Entonces, de la niebla que había tras ellos emergió una sombra. Distinguí sus contornos y su estructura y, cuando comprendí lo que era, se me heló la sangre. Era Sentina, el azote de las Trombas, el aguijón de alta mar.

Las historias sobre Sentina corrían como la pólvora en las tabernas de Supramar, e incluso había oído un par de ellas en Berryburn Yard. Según contaba la gente, Sentina vagaba por los mares sin velas, e incluso sin hiladores, a pesar de ser tan grande como cualquier otra ciudad de los continentes. Comerciaba con embarcaciones que fueran lo bastante insensatas como para jugársela y saqueaba a quienes, inevitablemente, perdían las negociaciones. Los rumores aseguraban que tenía capturadas ballenas para que hicieran de motor, que su tripulación estaba formada por sivernas y que incluso los *rhi'ahr* temían encontrarse con ella por las Trombas. Mientras contemplaba aquella nube de humo que se avecinaba, me froté los ojos, pues no estaba segura de poder creer lo que veían. No había ballenas. No había sivernas. No, Sentina era mucho, mucho más extraña.

No era ciudad ni era barco; era una ciudad de barcos, una Ciudad del Terror, formada por los cascos y las cubiertas de cientos, si no miles, de navíos. Bergantines y goletas, carabelas y galeras. Había quillas montadas sobre cascos, camarotes apilados sobre espejos de popa, timones pegados a las cubiertas. No vi velas. No vi ballenas. ¿Cómo soles navegaba?

Al cabo de un cuarto de hora, teníamos a los doce navíos encima, y por fin pude ver qué era lo que había hecho que la avanzada de aquella flota fuera tan extraña. Todos los barcos estaban unidos por una larga cadena, y tenían la intención de rodearnos como haciendo un nudo, de forma que escapar fuera imposible aunque tuviéramos el viento a favor. Y nosotros manteníamos el rumbo hacia su trampa, totalmente conscientes de su existencia. Y, mientras tanto, Sentina seguía avanzando hacia nosotros entre resuellos y resoplidos, lejos, pero no lo bastante para mi gusto.

—Kit, Buck —gritó Fahr—. La última balsa, por favor.

El minotauro la lanzó por la proa. Casi desapareció en el oleaje antes de salir a la superficie y flotar, libre. La harpía alzó el vuelo desde la cofa y bajó a la cubierta de la embarcación con una cuerda en las garras. Luego emprendió el vuelo de nuevo y, a pesar del esfuerzo que le costaba avanzar en contra del viento, logró adelantar la balsa a varias esloras de donde estábamos. Luego la soltó y volvió a la Piedra Angular.

Ya se veían los rostros de los hombres que tripulaban los veleros, que seguían apretando el nudo que nos encerraba.

—Entréguennos su barco —ordenó una voz desde Sentina amplificada con un cuerno—. O los hundiremos hasta el fondo del mar.

Me estremecí cuando, uno tras otro, los doce barcos atacantes dispararon sus cañones. Las balas cayeron en el agua, a nuestro alrededor. Eran cañonazos de advertencia.

—¡Fuego, Broom! —gritó Fahr.

—¡Fuego! —bramó Broom e, inmediatamente después, sus hombres obedecieron y el cañón, Sebastián el Suertudo, retumbó desde cubierta.

Cuando la bala impactó en la balsa, el quimérico estalló y las runas danzaron, iluminando el agua como en una feria. Y entonces se rompió en mil pedazos, en mil astillas de madera, y el quimérico pintó el cielo de patrones resplandecientes antes de disiparse en el viento.

Fahr se acercó el cuerno a los labios.

—¡Atención, Tarry Forks, magistrado de Sentina! —Su voz se propagaba por encima de la lluvia y reverberaba por las aguas—. Somos la fragata corsaria Piedra Angular y tenemos quimérico suficiente para hundir su ciudad entera.

Se hizo el silencio en la ciudad.

Fahr me miró y sonrió. Yo negué con la cabeza, pero le devolví la sonrisa. En efecto, era un gran juego. La vida en el filo de la navaja, a merced de los caprichos del viento y los vaivenes del mar. Comprendía por qué había rehuido su corona. No había ni un solo trono en la terre que pudiera compararse con aquello.

Alzó el cuerno una vez más.

—Queremos parlamentar, Sentina —anunció—. Y, a cambio de información, les contaremos el secreto del quimérico de Inframar.

Pasamos varios minutos flotando, meciéndonos en el mar, mientras la Ciudad del Terror se hacía cada vez más grande. Eco se asomó por la escotilla y parpadeó para protegerse de la lluvia.

—¡Fahr! —lo llamó—. El capitán dice que bastará con dos, y que tres sería mejor, pero que cuatro nos acarrearía consecuencias en el alma.

—Tres, pues —respondió—. ¿Lo entendiste, Broom? Puede que tardemos varias horas, pero debes estar atento y actuar con rapidez en cuanto te dé la señal.

—Sí, señor —contestó Broom. Eco asintió y volvió a meterse por la escotilla.

Poco después, la voz de Sentina resonó de nuevo.

—Piedra Angular, ¿sigue siendo Thanavar su capitán?

—Así es, Sentina —respondió Fahr con el cuerno—. ¿Sigue siendo Forks su magistrado?

—Permiso para entrar en la ciudad, Piedra Angular. Solo un bote. Traigan el quimérico, pero no al kélpiro.

«El kélpiro». Vaya. Nunca había pensado en él de ese modo, pero, infernos, tenía sentido. Los *rhi'ahr* eran los señores élficos del mar. Espíritus acuáticos. Hadas del océano. No eran sivernas, sino kélpiros.

—No nombró a Forks —murmuró Fahr.

—¿Habrá habido un motín? —sugirió Humo.

—O le habrá dado un ataque al corazón —repuso Fahr—. Aquel hombre era un glotón.

Se oyó un bocinazo en Sentina, y una puerta que había a nivel del mar empezó a abrirse.

—Estás al mando en cubierta, Humo —dijo Fahr—. Espera a mi señal.

—Como siempre, Dev. Cuida que no te den un tiro.

Fahr se giró hacia mí y me miró con los ojos risueños.

—Agarra tu abrigo.

—¿Yo? —El corazón me dio un brinco en el pecho. «¡Sí! No. ¡Sí!»—. ¿Por qué?

—Porque el secreto del quimérico eres tú, y prometí que se lo contaría.

Por los soles, ¡cómo me gustaba ese juego!

Corrí escaleras abajo en dirección a la cocina, casi saltándolas en lugar de bajando los peldaños. Dejé el impermeable y me puse el abrigo, las botas y el pañuelo, y luego me enrollé el cinto, en el que ahora resplandecía una hebra dorada. Esperaba tener el aspecto de una maremagus como era debido, pero el abrigo estaba hecho jirones. No importaba. Agarré otro en su lugar y, cuando me di la vuelta para irme, me encontré a Kit justo detrás de mí con una prenda azul en las manos.

—Del capitán —dijo, tendiéndomela.

Era un abrigo de marinero, hecho a medida, con sus hilos dorados y sus botones de plata. Contuve la respiración para ponérmelo y alisé la tela de las mangas y los costados.

—Adiviné talla. Pero nunca me equivoco.

—Es precioso, Kit —le dije, sin aliento—. Gracias…

—Eso al capitán —replicó—. Lo encargó cuando subiste a bordo. Dijo que lo necesitarías.

—Pero no me lo he ganado —repuse—. En la Armada, las hebras tienes que ganártelas.

—No se gana. Regalo.

Nunca nadie me había dado un regalo. Jamás. No sabía qué decir. Me había quedado sin palabras.

—Ve —me apremió ella, que no las necesitaba.

Me fui a toda prisa.

Era una subteniente de la Armada Real y una rastreadora de quimérico para un barco que navegaba ondeando dos banderas. Y el capitán de aquel famoso barco me había dado un gran regalo. Me dirigía a Sentina. Era el secreto del quimérico. Y no tenía ni idea de lo que significaba todo eso.

Fahr y Buck me estaban esperando en el bote, donde nos acompañaron dos de los maremagus, Cable y Dion. Entre los dos, sostenían un enorme cofre de roble con cuidado, como si fuera un cargamento precioso. Casi sentía el chisporroteo del quimérico, que trataba de escapar del roble y los cerrojos. Recordé que Thanavar le había ordenado al artillero que fabricara polvorines especiales para las balas de cañón impregnadas de quimérico, ya que los normales no podrían aguantarlo. Y supe, contemplando aquel cofre, que no lograría contener el quimérico durante mucho tiempo.

Forja. Tal vez ese fuera el plan desde el principio.

Empezamos a remar por las embravecidas aguas en dirección a Sentina. Cuanto más nos acercábamos, más enorme se hacía. Era una amalgama de torres oscuras y proas de madera. Estaba encerrada en el mar tras un gigantesco portón antiguo y oxidado y, a ambos lados de este, danzaban a lado y lado dos cuerpos colgados del cuello, como si fueran dos banderas izadas. Cuando nos acercamos, la Puerta de Sentina se abrió, y de inmediato me invadió el hedor a petróleo y a mierda.

Mientras la puerta nos encerraba en aquella oscuridad, me volteé para mirar a la Piedra Angular una última vez.

Hermana. Ya voy.

Y, como si de una pesadilla se tratara, Sentina empezó a tomar forma. Lo que mantenía unido a aquel mastodonte eran cuerdas y jarcias, entre las que se erigía un mosaico de chozas construidas con vergas, palos, clavos y piquetas. Daba la sensación de ser terriblemente inestable, pues había algunas capas inclinadas hacia un lado y otras hacia el otro. De los baupreses colgaban candiles que hacían las veces de farolas, y había puentes en forma de planchas para cruzar por callejones de olas oscuras y madera podrida. Aquellos canales eran las venas de la ciudad, y por ellas fluían, como si fueran sangre, las aguas aceitosas y negras. Fue entonces cuando me di cuenta de que la niebla no era niebla sino humo, un humo que flotaba sobre las calles de agua como un espíritu.

—¿Has matado alguna vez a un hombre? —me preguntó Fahr.

—Es un poco tarde para preguntármelo. Suponiendo que sea eso lo que quieres que haga.

—No es lo que quiero, Azul. ¿Cómo voy a querer eso? Pero no nos dejarán marchar, porque quieren la Piedra Angular y el quimérico. Tendremos que ponernos creativos.

—Menos mal que sabes mentir, pues —dije.

Él se apoyó en la falúa, satisfecho con mi respuesta.

El canal tenía una anchura suficiente, quizá para tres botes, y estaba franqueado por pasarelas hechas de madera podrida. Si alzaba la vista, atisbaba una franja de cielo naranja a través de las plataformas suspendidas en lo alto, y la lluvia caía en algunas partes de los canales de abajo. Había puentes de cuerda entre los cascos apilados; ropa mojada colgada de jarcias y mástiles. Vi rostros en las puertas y en los ojos de buey, como si Sentina misma se hubiera detenido a mirarnos, pero todas desaparecían en cuanto pasábamos junto a él.

Se oyó un chapoteo. Una mujer se había asomado para vaciar un orinal en el agua. Su contenido flotó en círculos junto a las cabezas de varios peces, para luego hundirse en las aguas negras como tinta. Al demonio con la abertura y con el trago extra que nos habían dado allí. En Sentina sí que me habría venido bien una botella entera para calmar mis nervios.

Mientras nos abríamos paso por aquel laberinto de canales y barcos apilados, vi a una niña sentada bajo un bauprés plagado de percebes, mirándonos con sus grandes ojos redondos. Tenía el pelo apelmazado, la ropa hecha jirones, y una muñeca envuelta en trapos en la mano. Solo que la muñeca no era una muñeca, sino un pedazo de madera con unos nudos que se asemejaban a un rostro. Se me encogió el corazón. Aquella niña era yo, pequeña, descarriada, perdida y sin esperanzas. Me dolía verla tan sola en aquella ciudad lóbrega hecha de barcazas rotas, con una especie de palo como único consuelo.

La dejamos atrás. Un fantasma bajo la sombra del bauprés.

Clank, clank, chun, chun, clank, clank, chun.

Aquel extraño sonido metálico se oía cada vez más alto. Me incliné hacia adelante al ver lo que había ante nosotros. Me giré hacia Fahr.

—¿Qué infernos es eso?

—Creo que es un molino de vapor —respondió, pero él también se había inclinado hacia adelante para ver mejor—. Nunca había visto ninguno así.

A un lado del muelle, había una choza con una chimenea de la que salía una nube de grueso humo. A su lado, una rueda de hierro gigantesca recogía el agua del canal con sus paletas. Cuando pasamos junto a él, tuve que parpadear por lo mucho que me escocían los ojos.

—¿Con qué hacen el vapor? —pregunté—. No veo gran cosa que pueda arder.

—Con barcos cautivos —dijo Buck sin dejar de remar—. Agarran lo que necesitan y queman el resto.

«Devoraba a las embarcaciones que fueran lo bastante estúpidas como para atreverse a comerciar con ella». Tragué saliva con dificultad. Kit tenía razón. En el mar, la madera era lo más valioso.

Al ver todo el humo que producía Sentina, comprendí que debía de haber montones y montones de ruedas de molino por toda la ciudad, y que eran esas ruedas las que permitían que se desplazara por el agua. No se propulsaban con velas ni con remos, y, ciertamente, tampoco con ballenas, y debía admitir que era brillante. Me quedé mirando la choza y su rueda, que resoplaba y repiqueteaba, hasta que me dolió el cuello de tanto girarlo. Respiré hondo y miré de nuevo al frente.

En una pasarela, bajo la proa, había un hombre moviendo un farol, así que amarramos el bote al lado. Fahr y yo salimos agarrándonos de las cuerdas y los maremagus cargaron el cofre. Buck, en cambio, se quedó allí.

—Yo me quedo —dijo, acariciando el lado de la falúa—. Que esto no es harina de molino.

Seguimos al hombre del farol por una estrecha portezuela y subimos unos escalones. La luz de las velas que nos dio la bienvenida me lastimó los ojos.

—Vaya, la gente del famoso Barco de los Hechizos. Bienvenidos —dijo un hombre que había sentado a una mesa—. Soy Yoric de Sous, magistrado de Sentina. Y este es Ten Polley, mi comandante y segundo al mando, un hombre de mi confianza.

Yoric de Sous era una amalgama de contrastes. No llevaba camiseta, pero sí un gorro de lana encima de un grueso pañuelo; no tenía dientes, pero llevaba dos aretes de oro, y bebía cerveza aguada en un cáliz de marfil. El hombre llamado Ten Polley era un grumete con aspecto de matón que iba vestido con un chaleco de piel de gato montés y unas calzas de cuero de buey. Llevaba una calavera blanca pintada en el rostro tatuado y una cadena de garras alrededor del cuello.

—Devanhan Fahr, primer oficial de la Piedra Angular —se presentó Fahr—. Estos son los maremagus Norrick Cable y Filop Dion y la subteniente azumagus Honor Renn.

—¿Y dónde anda Thanavar? —preguntó de Sous.

—Nos dijeron que ya no era bienvenido en Sentina.

—No lo es —replicó—. Lo que pasa es que hay un tipo que dice que vio un fantasma marino en la cubierta de la Nil'hellyn y pensé que igual era él.

—¿Ha llegado algún otro esquife de la Piedra Angular, señor de Sous?

—Pues no, señor Fahr. No ha llegado ningún otro esquife.

Polley se inclinó hacia adelante con la mirada fija en el cofre.

—¿Dónde está el quimérico?

—¿Dónde está Tarry Forks? —preguntó Fahr.

De Sous sonrió y se dio unos golpecitos en el pecho con la larguísima uña de un dedo.

—Su corazón no dio más de sí.

—No. La daga que le clavamos no le vino muy bien —añadió Polley.

—Siéntense —dijo de Sous—. Sentina no anda mal de dinero. Nos gusta compartir con la gente con la que hacemos negocios.

Y puso una botella en el centro de la mesa.

Fahr agarró una silla y se sentó, pero no hizo ningún gesto para indicarnos a mí o a los maremagus que hiciéramos lo mismo. Yo puse las manos juntas detrás de mi espalda.

—Vamos, amigo —dijo de Sous—. Deja que la señorita se siente.

Polley sonrió y se dio unos golpecitos en la rodilla.

Alcé la barbilla. Sabía cómo eran los grumetes. Podía manejarlos.

—Parece de la Armada —observó de Sous—. La Armada aquí no es bienvenida.

—Pues aquí sí es bienvenida —dijo Polley mientras se acariciaba el muslo—. Le enseñaremos cómo se hacen las cosas en Sentina.

—Nuestra Azul no les gustaría —replicó Fahr—. Es de los Chubascos.

—Esas zorras son muy frías —dijo de Sous, mirándome de arriba abajo—. En fin, pues toda para ti. ¿Qué quieres? ¿Noticias?

—Queremos la Puerta de las Nubes.

Se hizo un silencio.

—¿Para qué la quieren ahora? —preguntó al cabo de unos instantes—. ¿Piensan irse a Inframar? Eso quizá nos venga bien.

Fahr negó con la cabeza.

—Están cruzando demasiados barcos *rhi'ahr* por las brechas, así que ha llegado la hora de restaurar la Gran Barrera del Terror desde su misma fuente.

Esta vez, fue de Sous quien negó con la cabeza.

—Diez años lleva con eso.

—Sí, más o menos —coincidió Fahr.

De Sous se apoyó en el respaldo de la silla y dio vueltas al contenido de su copa. Polley se volvió a dar unos golpecitos en la rodilla.

—Si quieren que hable, que se siente.

—Nuestra Azul no —dijo Fahr.

—Si no se sienta, no hablaremos.

—Si no hablan, no hay quimérico —replicó Fahr.

—Nosotros tomamos lo que queremos.

Tres hombres emergieron entonces de entre las sombras. El acero de sus armas resplandecía a la luz de las velas. Sin embargo, no era acero: era hierro y pedernal. Nadie, salvo los fusileros del rey, tenía pistolas de pedernal. Era ilegal, pero, claro, aquello era Sentina.

—Y, si lo toman, Sentina acabará en el fondo del mar —replicó Fahr, poniendo una bota sobre el cofre de madera—. ¿Creen que Thanavar permitiría que algo tan valioso saliera del barco sin un hechizo?

De Sous gruñó.

—¿Para eso trajiste a los magus?

—¿Para qué si no?

A Fahr se le daba tremendamente bien mentir. Sería un rey excelente.

Polley se inclinó hacia adelante.

—Vimos el Canal hará unos cuatro meses, en invierno luminoso —dijo—. Pero solo fue un momento. En la Calma no entramos mucho. Aunque podemos, claro, para eso están las ruedas de molino.

—Pero los huecos sí los hemos visto —añadió de Sous—. Y también a esos malditos *rhi'ahr* colándose por ellos.

—¿Buques de carga?

—Sí. Entran y salen cuando les da la gana —respondió de Sous.

Fahr se quedó pensativo unos instantes.

—¿Y la brecha más reciente cuándo fue?

—Hacia el oeste, hará dos semanas más o menos —respondió de Sous.

—Menos —lo corrigió Polley—. Doce noches.

—Eso, doce noches —coincidió de Sous.

—Esa la cerramos. Y de paso eliminamos un par de buques. La barrera los destrozó en un momento.

—El Endorathil —dijo Polley—. Ese es el que me gustaría eliminar a mí.

—La última vez que lo vimos, estaba persiguiendo al Cartyr —dijo de Sous—. Howan nos suplicó que lo ayudáramos, pero yo con Ilvalour no me meto. Una maldita bola de quimérico y manda a esta ciudad a la Vieja Arena.

—Es el azote de las Ciudades del Terror —dijo Polley—. Si acabas con ella, el resto no se atreverá a navegar por las Mareas del Norte.

Se oyeron unos golpes en la portilla y levantamos la vista.

—Deben de ser un par de mis grumetes, peleándose —dijo de Sous. Soltó una carcajada, pero enseguida se le ensombreció el rostro—. Bueno, ¿qué pasa con el quimérico?

—Por desgracia, confío en ti tanto como confiaba en Tarry Forks —dijo Fahr—. Le clavaste a tu magistrado una daga en el corazón. Eso es caer muy bajo, hasta para Sentina. Así que este es el plan: en este cofre tienen suficiente quimérico para alimentar todas sus ruedas de molino y sus cañones. Pero lo vamos a dejar aquí, bien cerradito, y cuando hayamos salido por la Puerta de Sentina, aquí mis magus liberarán el hechizo. Y el quimérico será todo suyo.

Polley se puso de pie y los hombres que había tras él alzaron sus pistolas.

—Pues no es un plan muy bueno, compañero —replicó el corpulento marinero—. Te voy a proponer otro. Los matamos a todos, menos a la Azul, y nos quedamos el cofre. Ella lo abre y la nombramos la nigromagus de Sentina. ¿Qué te parece eso, pequeña Azul?

Me puse el pelo oscuro detrás de una oreja, mostrándole el arete.

—Lo siento, compañeros —contesté—. Le hice un juramento a la Piedra Angular y ella me lo hizo a mí. No creo que puedan ofrecerme nada mejor que eso.

Polley se sacó una pistola de pedernal del cinto y dio un paso al frente, cerniéndose sobre mí de forma amenazadora.

—Vaya, vaya, si resulta que la pequeña Azul de los Chubascos sabe hablar. —Meneó la pistola delante de mi cara. Era un ejemplar particular, con tres cámaras, para disparar tres balas—. Abre el cofre, pequeña Azul.

—No puedo —contesté—. El hechizo lo llevo yo.

Me quité los guantes y alcé las manos. El quimérico danzaba y crepitaba en mis cicatrices rúnicas.

De Sous se puso de pie.

—¡Al inferno! —gruñó—. ¿Esto es cosa de Thanavar?

—Es un hechizo de tiempo —mentí—. Si no abro el cerrojo, me matará. Si lo abro demasiado pronto, me matará. Si lo abro demasiado tarde, me matará. —Cómo me alegraba de que Fahr no fuera el único que sabía mentir—. Así que, ya ven… Tengo la esperanza de que nos dejen marchar para que pueda abrir el cofre… —Me encogí de hombros—. Y no morir.

—Maldito lamecubiertas… —masculló de Sous—. Un día lo mataré con mis propias manos.

—Con una daga en el corazón —dijo Polley.

—De eso no tiene —replicó de Sous con desdén.

Se volvió a oír el mismo ruido que antes, pero, esta vez, el suelo de madera que pisábamos tembló bajo nuestros pies.

—¿Qué infernos pasa? —gruñó de Sous.

—¿Truenos? —preguntó Fahr.

—¿Y cómo sabemos que lo que hay ahí dentro es quimérico? —preguntó Polley señalando el cofre.

—Agárralo —lo invitó Fahr, señalándolo con la cabeza. El comandante fue hacia él y, cuando lo sostuvo con las dos manos y lo levantó, dio una sacudida y el quimérico naranja llameó por el cerrojo.

Lo soltó de inmediato.

Alguien tocó la puerta. Tras abrirla, asomó un rostro barbudo a la estancia.

—¿Señor?

—¡Estoy ocupado, Lean!

—Es la Nil'hellyn, señor…

—¿Qué pasa con ella?

—Se está moviendo, señor.

—¡Rayos! ¡Pero si está bien atrancada!

Esta vez, el ruido se convirtió en un estruendo y el suelo se inclinó peligrosamente hacia nosotros. La botella se volcó, pero Fahr la atrapó a tiempo. Cuando se puso de pie, la silla en la que estaba sentado se deslizó hacia atrás. No se molestó en agarrarla y se estampó contra la pared del fondo.

—Es él, ¿no? —gruñó de Sous—. Vino por la Nil'hellyn.

¿La Nil'hellyn? Por como hablaban, debía de ser un barco, pero ¿qué significaba?

Otro estruendo, y entonces el rechinar del metal.

—Que Forja maldiga a ese bastardo *rhi'ahr*. Me lo tendría que haber imaginado. —El enjuto magistrado desvió la mirada hacia nosotros—. Diles que hundan su querida fragata, Lean. Diles que la manden directo al fondo del mar.

Lean se agachó para irse, pero Fahr movió la mano y lo estampó contra la pared con un hechizo de atadura *rhi'ahr*. El hombre trataba de resistirse con todas sus fuerzas, pero no se podía mover.

De Sous se sacó la pistola del cinto que llevaba atado a la cintura y apuntó a Fahr.

—Me decepciona usted, señor de Sous —dijo Fahr. Colocó la bota sobre el cofre y la movió hacia adelante y hacia atrás—. Dispárame y morimos todos.

—Mientes tan bien como tu capitán, Fahr —replicó este—. Pero no pensarás que vamos a tener a la Piedra Angular tan cerca solo para dejarla ir a cambio de una caja de pólvora, ¿no?

Se oyó otro rugido de la barcaza, seguido de más temblores. Habría jurado que oía gritos en el exterior, pero no lo oía bien, de lo fuerte que me palpitaba la sangre en los oídos.

—Está lleno de pólvora y de quimérico —dijo Fahr—. Lo primero que hundirá la explosión será la ciudad de Sentina, y la Piedra Angular no les ayudará a ninguno.

—Si Sentina explota, la Armada les hunde el barco.

De Sous amartilló el arma.

—Las Lunas Hermanas vinieron por mí hace diez años, de Sous —dijo Fahr con una sonrisa—. Escapé de ellas entonces, y escaparé de ellas ahora. No puedo decir lo mismo de ti.

Y entonces volcó el cofre de una patada. La pólvora se esparció por el suelo y dos balas de cañón salieron de dentro, rodando. Eran las mismas que yo había impregnado de quimérico. Siguieron dando vueltas por el suelo, soltando chispas naranjas.

—¡Nos atacan! —gritó una voz desde fuera.

—¡*Praesidium*, ahora! —gritó Fahr, y rompió la botella contra los tablones llenos de pólvora que tenía a los pies.

De Sous disparó.

Y el camarote explotó como un cañón.

21

La Nil'hellyn

Si hay algo que caracteriza a los magus es que tenemos unos reflejos anormalmente rápidos. Fahr casi no había terminado de pronunciar las palabras y los cuatro habíamos conjurado ya hechizos de protección. Y menos mal, ya que aquel camarote explotó como una bola de fuego. De hecho, fue exactamente igual que el día del naufragio de la Guardia del Amanecer, cuando la cubierta había estallado bajo mis pies y había cambiado mi vida para siempre. Sin embargo, en esta ocasión estaba preparada, y la fuerza de la explosión me estampó contra la pared de madera.

Dion no tuvo tanta suerte: salió disparado por el enorme ventanal de babor, que se rompió con el impacto, y desapareció en la oscuridad que se extendía bajo nosotros.

La habitación ardía en llamas, y de Sous ardía en llamas, y a Polley, Lean y a los demás no los veía, pero estaba segura de que estaban ardiendo en llamas.

Fahr me agarró del brazo y me empujó hacia el agujero de la pared.

—¡Corre!

Me escocían los ojos por culpa del humo, pero me asomé por la ventana rota y respiré aquel aire con olor a brea y pescado. Los barcos que formaban los cimientos de Sentina se estaban desmoronando, y una lluvia de hierro y de planchas caía sobre los canales. Sin embargo, Buck seguía de pie esperándonos en el bote con una mano sobre el remo.

Se oyó otro estruendo y el camarote entero empezó a moverse, inclinándose hacia el canal. Un bauprés empezó a bambolearse debajo de mí; el farol que colgaba de él se mecía y arrojaba sombras sobre la madera.

—¡Corre! —gritó Fahr.

Salté desde el saliente y me aferré al bauprés con las manos desnudas. La fuerza casi me dislocó los brazos. El quimérico se extendió al bauprés y las runas empezaron a crepitar justo cuando salté a la pasarela de abajo. Dion estaba allí, acostado boca abajo, con un enorme pedazo de cristal roto sobresaliendo de su espalda. Miré hacia arriba. Cable estaba asomándose por la portilla destrozada.

—¡No! —grité.

Pero llegué demasiado tarde. Ya había saltado para agarrarse del bauprés, que, debilitado por culpa del quimérico, se partió. El magus cayó en el canal, golpeándose la cabeza contra el muelle, y se deslizó en el agua negra como la tinta dejando un reguero rojo en los tablones.

Mi quimérico. Mi culpa.

Vi el destello de unos patrones y me puse de pie. Vi la silueta de Fahr en el camarote y las runas que hilaba con las manos.

—¡Vete! —gritó—. ¡Nos vemos en la Puerta de Sentina!

—¡Salta!

—¡A mí no me van a disparar! ¡Vete!

El camarote dio una sacudida y él desapareció de mi vista.

—¡Entra, Azul! —gritó el maestre de cubierta.

Di gracias porque Buck fuera un hilador de agua, porque, de lo contrario, estoy convencida de que no habríamos logrado salir de la ciudad. Hilar las aguas era mucho más rápido que remar. Avanzábamos sobre la cresta de una ola que vibraba y se ondulaba mientras Sentina se desmoronaba a nuestro alrededor. Los cascos de los barcos se resbalaban, cayendo los unos encima de los otros y arrastrando jarcias, velas y estayes con ellos. Algunos haces de luz lograban colarse entre las plataformas y los hierros, y la lluvia seguía cayendo sobre el horizonte de la ciudad, que se iba desdibujando poco a poco sobre nosotros. Las ruinas de los naufragios caían, como caía la lluvia, y se estrellaban contra las plataformas o se hundían en el canal. El bote se zarandeaba y se sacudía, pues las aguas del canal estaban cada vez más agitadas y era difícil navegar por entre los escombros que salpicaban el camino. Lo último que necesitábamos era una grieta en el casco.

Avanzamos rápidamente hacia la rueda de vapor, que estaba inclinada en un ángulo agudo sobre el canal, batiendo y agitando el agua con las paletas. Me agaché en el barco todo lo que pude y sentí que las hojas de metal me rozaban la espalda. Buck, que era mucho más corpulento, aulló cuando pasamos por debajo. Los cuernos quedaron intactos, pero tenía unas franjas brillantes en la espalda.

Oí el grito de una niña entre el estruendo. Levanté la vista y vi a la niña de los ojos grandes y tristes, aferrada a su muñeca de madera al lado del marco de una puerta. Me puse de pie al instante, pero entonces alguien la agarró y la jaló hacia adentro. La muñeca se cayó al muelle y rodó hasta el canal, y yo la atrapé cuando pasamos junto a ella. Me la abracé contra el pecho mientras observaba el caos que se desplegaba a nuestro alrededor.

El corazón me latía con violencia y tuve que resistir las ganas de vomitar.

La gente gritaba y corría por los puentes, aferrándose los unos a los otros, tambaleándose sobre las pasarelas. Eran personas comunes y corrientes, tal vez, la tripulación de los barcos que la ciudad había confiscado, tal vez, los hijos y las hijas de los piratas del pasado, que vivían en la única ciudad que habían conocido, subsistiendo a duras penas en un mundo duro y cruel. Aquellas gentes, las gentes de Sentina, no tenían la culpa de nada.

¿La tenía Thanavar? ¿La teníamos nosotros?

El nudo de mi estómago se apretaba más y más fuerte mientras miraba a los hombres, las mujeres y los niños que corrían en busca de un lugar seguro, que trataban por todos los medios de aferrarse a cualquier cosa que los protegiera de la tempestad que se avecinaba sobre ellos.

Y ¿qué infernos era esa Nil'hellyn?

La Piedra Angular había mencionado una palabra.

«Hermana».

Y yo sabía muy bien que no se refería a mí.

Con el ceño fruncido, deslicé la muñeca en el interior de mi chaleco. Tenía que hacer algo. Lo que fuera.

Me había pasado la vida entera huyendo. Antes de que salieran los soles, antes de enfrentarme a los problemas, antes de que algo pudiera costarme más de lo que estaba dispuesta a ofrecer. Pero no pensaba hacerlo más. No allí. Huir no los salvaría. Debía seguir en pie. Debía intentarlo. Aunque me costara la vida.

El quimérico, aquel quimérico letal, selvaje y articulado, era la fuente de toda la maxia.

Me quité los guantes.

«¿Cómo detuviste el cañonazo del Endorathil?».

El bote seguía avanzando entre sacudidas por las aguas del canal mientras Sentina seguía derrumbándose y temblando.

«Me limité a formar un hechizo de protección y le pedí al quimérico que lo compusiera».

Pero hacía unas noches había formado también un *Auctorus*. Lo había lanzado contra la abertura. Había logrado atar, proteger y contener con un solo hechizo selvaje.

Inhalé profundamente y contuve el aliento. Los gritos de las gentes de Sentina se me clavaban en los huesos, así como los chirridos de los remaches de acero, los repiqueteos de las planchas que se partían y caían. Y entonces exhalé y cerré los ojos.

—*Auctorus praesidium in ligus*.

Empecé a conjurar aquel hechizo, aun sabiendo, en el fondo, que la maxia no empezaba en las puntas de mis dedos. Ya nunca era así. Empezaba en mis entrañas, entre mis costillas y debajo de mi corazón, justo en medio, donde cabría un puño. El calor y la luz eran una sola cosa, y los patrones se formaban tras mis ojos, danzaban por mi lengua y abandonaban mi cuerpo convertidos en una ráfaga de aliento y chispas. *Auctorus praesidium in ligus*. No caería; aquella ciudad horrible, mugrienta y desesperada construida sobre pérdidas y sueños robados no caería por nuestra culpa.

El tiempo se ralentizó. Los cascos se ralentizaron, las planchas, los puentes y el vidrio se ralentizaron.

—*Auctorus praesidium in ligus* —entoné con firmeza. Una y otra vez.

Y las runas respondieron. Siseaban y chisporroteaban sobre mi piel, encendidas como marcas de fuego, como miles y miles de agujas que se me clavaban en la carne, grabándose en mí hasta los huesos. Me ardían los pulmones y cada respiración era como el fuelle de una fragua. Era de fuego. Era el fuego.

Tracé en el aire con manos temblorosas. Puño, puño, gancho y flexión. Un barrido con el dedo de la mano izquierda. Repetí las palabras una y otra vez y les pedí que contuvieran. Le pedí al mundo que, aunque fuera solo esa vez, no dejara destrucción a mi paso, que no me dejara un vacío en el pecho.

—Azul.

Y el mundo obedeció. El aire se hizo más denso y el poder canturreaba en él. Las runas se iluminaron contra la tormenta, se dibujaron por encima de la lluvia, y unas líneas brillantes ataron barco con barco y plancha con plancha. El oleaje que se disponía a engullir Sentina se estremeció y rompió contra la red de maxia brillante sin causar daño alguno.

—¡Azul!

Mi cuerpo se derrumbó, pero la ciudad seguía en pie.

—¡Azul! ¡Ahora! —gritó Buck—. ¡La puerta!

Abrí los ojos y me enjugué la lluvia de la cara.

Estábamos cerca de la Puerta de Sentina, que, a pesar de estar entreabierta, nos impedía el paso.

Tenía las manos entumecidas y estaba cansada. Muy cansada. Pero no era el momento de empezar a rendirse. No me habían enseñado nunca cómo conjurar un hechizo de apertura, pero podía convertirla en cenizas con un *Ignateus*.

—¡Buck! —gritó alguien desde el muelle.

Igual que en la Bahía del Estraperlo, me volteé y vi a Fahr, que venía hacia nosotros. Corría a toda velocidad por la pasarela, saltando sobre planchas rotas, agachándose para no golpearse contra vergas inclinadas. Cuando todavía estaba demasiado lejos de nosotros, vi a un segundo hombre que lo perseguía. Era Polley. El chaleco de piel de gato se le había adherido por completo al pecho, y habría jurado que ya no llevaba pintada la calavera blanca.

Moví la mano para quitar la contención justo en ese punto, y el muelle colapsó bajo los pies del hombre, que cayó en el agua fangosa cuando el suelo de un camarote le caía encima, un regalo de la cubierta que había en la parte superior.

Fahr no se detuvo. El corazón me dio un vuelco cuando lo vi saltar del muelle roto. Logró aterrizar en el centro del bote, y Buck lo agarró del brazo para estabilizarlo. Se secó la lluvia de los ojos y se giró hacia la puerta alzando las manos, danzando con los dedos. La puerta se estremeció y empezó a brillar.

—Ya te dije que a mí no me iban a disparar —confirmó con una sonrisa—. ¡Ayúdenme, por favor! Por Forja, abramos esta condenada puerta.

Y me lanzó un hechizo. Lo atrapé por instinto, más que por fuerza. No sabía qué clase de hechizo era, pero no me hacía falta. Mi trabajo consistía en amplificarlo, expandirlo, y fue lo que hice, pero, esta vez, cuando lancé el patrón contra la puerta con un gruñido, mandé quimérico con él.

La puerta empezó a crepitar, encendida con la luz rúnica, para estallar de golpe, convertida en un sinfín de esquirlas de madera y de hierro. Más allá de la puerta, a través de las fuertes lluvias, vi el humo: los doce barcos de Sentina estaban tratando de hundir a la Piedra Angular.

Y ella no contraatacaba.

—Vámonos, Buck —dijo el primer oficial, y la falúa aceleró para salir de Sentina, adentrándose en el mar tempestuoso.

De repente, oímos una descarga. Un solo disparo con tres ecos. Fahr se cayó hacia adelante, desplomándose por la borda. Lo agarré de una esquina del abrigo, pero su peso me arrastró al agua a mí también. Cabeza, hombro, brazos y pecho; lo seguí al oleaje negro, con el quimérico estallando a mi paso. Moví los brazos y las piernas bajo las olas con violencia, arrastrada por la corriente y la fuerza del agua, pero una mano me detuvo agarrándome del tobillo. Sentí que se me dislocaban los hombros, que se me llenaban los pulmones de agua, que el pecho me iba a explotar y se me iba a partir el cráneo, pero no solté ese abrigo. El recuerdo de la Guardia del Amanecer y el mozo de la pólvora me lo impedía. No lo pensaba soltar. No había podido salvar a Corwen, pero antes muerta que no salvar a Fahr.

Me pareció que me pasaba una vida entera atrapada en el mar embravecido, pero el maestre de cubierta logró sacarnos a los dos. El casco estaba manchado de sangre. Cuando le dimos la vuelta, Fahr escupió sangre.

—Me disparó —musitó entre dientes—. ¡Forja, me disparó!

Miré atrás. Polley estaba agarrado al borde de la puerta, y se hacía cada vez más pequeño a medida que nos alejábamos de las aguas de Sentina. La calavera pintada se le derretía por el cráneo, y su pistola de pedernal humeaba a su lado. Tenía solo un disparo, pero tres perdigones de plomo. Y había aprovechado bien los tres.

Fahr se puso de rodillas, pero yo volví a sentarlo y busqué los agujeros bajo su omóplato.

—No te muevas —le dije—. Así pierdes más sangre.

Un aluvión de cañonazos retumbó desde doce direcciones distintas, arrasando el casco de la Piedra Angular.

—Tenemos que… —Tosió—. Humo…

Alzó una mano ensangrentada para tocarse la sien.

—Eco, dile a Humo que ya estamos…

Tenía sangre en la lengua.

—Ya hablamos nosotros con Eco —le dije—. ¿Qué le decimos? ¿Dev?

Lo estábamos perdiendo.

Miré al maestre, que negó con la cabeza.

—Los minotauros no podemos hablar con los faunos —me recordó.

Recordé la voz de Eco en mi mente.

«Tripulación, apaguen las luces, por favor», había dicho. «Tus pensamientos son muy altos», había dicho.

«Eco, disparen —pensé lo más alto que pude—. Eco, dile a Humo que dispare».

Creo que, en ese momento, recé.

De repente, la Piedra Angular disparó, retumbando como nunca antes la había visto retumbar. Había descargado tres de sus cañones al mismo tiempo —desde proa, babor y estribor—, y le había acertado a tres de los doce barcos de Sentina, a uno en medio y a dos en un extremo. El quimérico llameó y crepitó, consumiendo los cascos uno detrás de otro, prendiendo fuego a las velas de los tres.

«Disparen otra vez —los apremié en silencio—. Y otra y otra y otra». Había impregnado más de seiscientas balas de quimérico. Teníamos munición de sobra, pero solo habían disparado tres. Las balas de cañón explotaron entonces, una detrás de otra, lanzando madera, hierro y quimérico contra las nubes negras que cubrían el cielo. Entorné los ojos al ver que el quimérico se propagaba por las cadenas que unían los barcos como en una mecha prendida, y contemplé horrorizada que los tres barcos empezaban a volcar. Y, al hacerlo, empezaron a arrastrar a los demás.

Los hombres a bordo corrieron hacia las cadenas que los ataban, pero el quimérico se lo impedía. Lo que antes había sido una estrategia astuta se había convertido en una trampa, y los grumetes saltaban por la borda, tratando de escapar del balanceo mortal. Sus gritos reverberaban sobre el crujido de la madera al partirse, sobre el gemido de los cascos, mientras, uno por uno, los doce barcos perecían.

Ser testigo de cómo un navío se iba a pique era siempre aterrador. Y ver cómo se iban a pique doce a la vez era inimaginable.

Libre de su prisión, la Piedra Angular llenó sus velas de aire y empezó a atravesar el mar hacia nosotros, como un amante entusiasta. Estaba oscuro, así que moví las manos para guiarla, ya que el quimérico las hacía resplandecer. Buck lanzó las cuerdas para que los marineros izaran el bote a cubierta.

Cuando me echaron una cobija de lana sobre los hombros, apenas lo noté. Mientras seguía a Eco a la enfermería, miré por última vez hacia las aguas oscuras. Los faroles se mecían y las nubes de humo ascendían al cielo, y oía el terrible clank, clank, chun, chun que se desvanecía en el ruido de la tormenta. Mis encantamientos selvajes habían funcionado: la barcaza de barcazas se había estabilizado, y ahora empezaba el trabajo de sus habitantes de reconstruirse sobre los huesos de otros barcos, de otros tripulantes. La sola idea me parecía impensable.

Y, mientras contemplaba a Sentina alejarse con sus resuellos ruidos metálicos, se oyó otra campana y la tripulación entera corrió a babor. A través de la oscuridad, otra embarcación cabalgaba las olas hacia nosotros, tan hermosa como rota. Tenía mástiles, pero no velas, puertas en lugar de portillas, y arrastraba lo que parecía una pasarela de madera tras ella. Al timón iba un hombre con un abrigo oscuro, aunque no necesitaba verlo para saber de quién se trataba. Era la Nil'hellyn, la misteriosa y robada Nil'hellyn, y quien la gobernaba era Gavriel Thanavar.

Hermana.

Más tarde, guardé la muñeca de madera junto a mis cosas, en el suelo, cerca de mi catre. Recé por que aquella niña hubiera sobrevivido al caos y por que la mujer que la había agarrado la acunara hasta que se durmiera, cantándole arrullos y canciones dulces. También recé por que, un día, fuera capaz de trazar un rumbo que le permitiera escapar de aquel lugar tan espantoso. A veces, las cosas funcionaban. A veces, la gente lograba escapar.

Esa noche, soñé con osos, con niñas pequeñas de ojos grandes y tristes y con mi madre.

22

Días así

Navegamos hacia el norte, dejando las Trombas atrás y rumbo a la isla de Haran, donde atracamos en una bahía sin nombre para reparar la Piedra Angular. Era una ensenada montañosa, frondosa y tropical, que casi no se veía desde alta mar. Sin embargo, tenía un banco de arena, donde la mitad de la tripulación de la Piedra Angular, entre los que me encontraba, nos bañábamos por las aguas cálidas de la orilla.

La otra mitad estaba ocupada desmantelando la Piedra Angular y reemplazando muchos de sus tablones y sus maderos por la madera de la Nil'hellyn. Me pregunté qué esperarían conseguir con semejante tarea. Y, sobre todo, me preguntaba si apoderarnos de la Nil'hellyn había sido la verdadera razón de nuestro paso por Sentina y, si era así, si de verdad había valido la pena perder a dos maremagus por un cacharro destartalado. En Fahr no quería ni pensar.

Porque no, no se me ocurría nada por lo que valiera la pena perder al príncipe heredero de Supramar.

Los soles eran implacables en aquella pequeña ensenada, y me ardían las mejillas, que estaban enrojecidas. Volví nadando a la orilla, pataleando en el agua y disfrutando de la sensación entre los dedos de los pies. A diferencia de los maremagus, yo era una oficial, y normalmente tenía que llevar las botas puestas cuando estaba de servicio, mientras que ellos no llevaban nada. Los pies descalzos le permitían a uno aferrarse mejor a la cubierta o a los obenques que con cualquier tipo de calzado, pero las botas traían consigo autoridad, dignidad y orgullo naval.

En cualquier caso, no había nada mejor que caminar por la arena cálida con los pies descalzos.

Después de haber salvado Sentina con el *Auctorus*, las cicatrices rúnicas me dolían, y un miedo profundo se había instalado en mi interior. Ya me llegaban a los hombros y más allá de las rodillas. Habían empezado a salir también sobre la cadera derecha, y me recordaban a la viruela. No había visto nunca a nadie que se recuperara de una viruela, ni siquiera con los cuidados de mi madre, pero intenté acallar la marea de miedo que quería subir. Sin embargo, el miedo se había convertido en un fiel compañero, lleno de sombras, susurros y terror.

Neale y sus compañeros estaban jugando a la pelota con un coko, pero yo pasé de largo y fui hacia los árboles. Dejaron de jugar para mirarme pasar y tuve que luchar contra el impulso de freírles el coko con mi quimérico. No me habría ganado su afecto, precisamente, pero dudaba que hubiera ningún afecto que perder.

Habíamos montado unas tiendas junto a los árboles, y una de ellas estaba abierta, de cara a la playa. La brisa me trajo el olor del humo de pipa; sabía que dentro estaban Humo, Eco y Dev. Tenía que preguntarles sobre la tal Nil'hellyn y sobre los juegos que estaban jugando con las vidas de la tripulación.

Y, mientras me dirigía a la tienda, mis pasos fueron ganando en furia, en rabia, y cuando llegué a la solapa que hacía las veces de puerta ya me saltaban chispas de los puños. Pero entonces me detuve en seco: Thanavar acababa de salir.

Rayos.

Se había agachado un poco para no engancharse el pelo en los garfios. Vaciló al verme; un sinfín de emociones habían aflorado en su hermoso rostro, mezcladas y desordenadas. Sin embargo, enseguida se enderezó y se quedó mirando el quimérico que chisporroteaba en mis puños.

—¿Aro'el?

Rayos, rayos, rayos.

—Buck me contó que salvaste Sentina con tus hechizos.

—Alguien tenía que hacerlo —repliqué, desesperada porque no se me notara la furia en la voz—. Había niños.

La niña pequeña de los ojos grandes y tristes. Su muñeca de madera, flotando en el canal.

—Demostraste una gran rapidez de reflejos —dijo—. Y unas habilidades notables.

Me frustraba lo fácil que le resultaba desviar la conversación. Mi enojo empezó a desvanecerse, como si fuera arena colándose por entre mis dedos.

—¿Cómo está? —pregunté al cabo de un instante.

—Es fuerte y terco, pero no está bien —respondió—. Tenemos un plan.

«Por supuesto que tienen un plan», pensé con amargura.

Se oyeron unas risas desde la playa. Ambos nos giramos a tiempo para ver el coko en lo alto del cielo, y los jugadores corriendo en círculos, tratando de cacharlo cuando cayera. Se veían felices y libres, y me dolía el corazón al verlos. Ahora que ya no estaban Cable y Dion, eran menos.

—Son buenos grumetes —dijo el capitán. Se le suavizó la mirada al observarlos jugar—. Siento mucho que Sentina nos haya costado dos de ellos.

—¿Sentina? ¿O tú?

Me fulminó con la mirada, pero no contestó. Y yo miré esos ojos salpicados de dorado sin vacilar, sin recular.

—Dime que sus muertes no fueron en vano —lo desafié—. Dime que necesitabas la Nil'hellyn.

—Necesitaba la Nil'hellyn.

No había tardado ni un segundo en responder. Di un paso hacia él. Me ardía la piel.

—Eres un buen capitán. Te quieren. Te seguirían a cualquier parte. No lo des por sentado.

—No doy nada por sentado, Aro'el. Ni la vida ni la muerte. Ni el deber, ni el servicio, ni las miserables exigencias de ostentar el mando.

Me mordí la lengua, desesperada por creerle.

—Entonces ¿había una razón?

—Sí, había una razón.

Asentí y bajé la vista. A mis pies descalzos. A sus botas negras.

—Un día te la contaré —añadió con la voz colmada de cansancio—. Pero ese día no es hoy.

Se oyeron otra vez los gritos de los jugadores. El coko estaba de nuevo por los aires, entre ellos.

—Y me respetan, como se debe respetar al oficial al mando —dijo—. No me quieren.

—Bueno, pues a mí me odian.

—Todos ellos han hecho grandes sacrificios para formar parte de la Piedra Angular. Y desconfían de la Armada.

—No formo parte de la Armada. Llevo un arete, igual que ellos.

Sonrió, y supe que lo hacía con tristeza.

—Tú forjas tu propio camino, Aro'el. Pero es una tarea solitaria.

—Mejor solitaria que abandonada.

—Siempre estamos solos. Pero, a veces, estamos solos juntos.

Alcé la vista para mirarlo.

—Solos juntos… —repetí.

Estaba a punto de decirle algo más cuando, de repente, Thanavar movió la mano con brusquedad, con la palma abierta y los dedos extendidos, poniéndola a escasos centímetros de mi rostro. Parpadeé. El coko se había quedado suspendido en el aire, aprisionado por un rápido *Kinestorum*.

—Por los garfios del inferno —murmuré—. Estuvo cerca.

Él giró la mano y el coko se posó en su palma.

—¡Perdón! —dijo una voz, y Neale se acercó corriendo, mirando primero al capitán y luego a mí—. Lo siento, Azul. No estábamos intentando darte, de verdad. —Miró al capitán—. ¿Nos devuelves la pelota, capitán?

Thanavar miró «la pelota» varios instantes antes de levantar la vista hacia Neale. Enarcó una ceja y esbozó una sonrisa torcida.

—Corre, Neale —dijo.

El grumete se echó a reír y corrió hacia el otro lado, mirando hacia atrás. El capitán hizo rodar el coko en la mano y me miró.

—Deberías jugar —me propuso.

—No conozco las reglas del juego.

—Ni yo tampoco. Nos las inventamos.

Y, tras decir eso, lanzó el coko hacia lo alto del cielo, movió un brazo y, de repente, se convirtió en el halcón de invierno y emprendió el vuelo haciendo retumbar las alas. Atrapó el coko con aquellas garras como dagas y subió, subió y subió, hasta que se tornó casi invisible ante la luz cegadora de Forja. La tripulación corría de un lado al otro, preparándose para atraparlo cuando lo dejara caer.

Luego, poniéndome una mano sobre los ojos para protegerme de la luz, lo observé desaparecer por la bahía, en dirección a los barcos.

—Tú sí que sabes jugar —murmuré para mí misma—. Porque conmigo juegas todo el tiempo. Tú aplaudes y yo bailo.

Suspiré y me giré hacia la tienda.

Eco y Humo estaban sentados a una mesa hecha con un barril y jugaban Manotazo con conchas y hojas secas de banano. Entre ellos, en la arena, había varias botellas, algunas envueltas en cestas de caña, otras sueltas. Todas estaban abiertas; estaba segura de que las habían descorchado hacía horas.

Fahr estaba acostado en un catre, apoyado en unos almohadones y unas cobijas para ver la partida. Tenía la camisa desabrochada y los vendajes que Eco le había puesto en el pecho estaban a la vista. Yo misma había asistido al cirujano durante la operación, la noche de los Doce de Sentina, y había visto cómo los tres disparos le habían destrozado los pulmones por la espalda. Habíamos logrado sacar los tres perdigones y la tela que se había introducido en su cuerpo con ellos, pero había sangrado copiosamente, y estaba segura de que seguía sangrando. Respiraba con dificultad y tenía el cuerpo frío. No era normal en un hombre que estaba en una playa, en una isla.

Sonrió al verme, y me las arreglé para devolverle el gesto. Una sonrisa débil, pero una sonrisa.

—Subteniente —dijo Eco—. Pasa, por favor.

—Siéntate —me pidió Humo—. Pero no te pienso prestar mi pipa.

Me senté a los pies del catre de Fahr y lo miré.

—Tuviste suerte —mentí.

—Qué manera más lamentable de morir —murmuró—. Disparado por la espalda por el maldito Ten Polley.

—Y desde la Puerta de Sentina, nada menos —añadió Humo.

—Un buen epitafio para un príncipe —dijo Fahr. Su voz sonaba débil. Miré al médico, pero Eco no me miró a mí.

—Por suerte, los disparos no llegaron al corazón —dijo el fauno mientras estudiaba sus conchas—. Pero sí que causaron daños en los pulmones.

—Tres agujeros limpios —añadió Humo.

—Supongo que a él tampoco le prestarás la pipa —dije, y Humo sonrió.

—Más para mí. —El contramaestre enarcó las cejas mirando las hojas de banano—. Mucho mejor que en la Armada, ¿eh, Azul?

—¿En qué sentido?

—Bueno, no eres más que una subteniente. No estarías aquí sentada con oficiales de más rango si estuvieras en un barco de la Armada.

—Si estuviera en un barco de la Armada tampoco acabaría de haber escapado con vida de un encuentro asesino con una letal Ciudad del Terror.

—Cierto. No habrías escapado con vida, punto.

Fahr se echó a reír y luego gimió y se llevó una mano al pecho.

—¿Por qué la Nil'hellyn? —pregunté sin irme por las ramas—. ¿Qué tiene de especial ese barco para que hayamos puesto en riesgo a la Piedra Angular? ¿Por qué la llama «hermana» y por qué suena a *rhi'ahr*?

Se hizo un silencio. Yo solté un gemido y me jalé el arete.

—¿Se acuerdan de esto? —protesté—. ¡Todavía me duele!

Fahr suspiró; y su pecho hizo un sonido bronco del esfuerzo.

—Te voy a contar una parte, pero no todo —me advirtió—. Es la historia del capitán, y todos lo respetamos demasiado.

—Si me vas a contar esa historia que empieza hace un millar de años…

—Pero es que es así, Azul.

Gemí de nuevo. Jamás me habría imaginado que los corsarios fueran tan dramáticos. Me incliné hacia adelante y agarré la botella que Eco tenía al lado de las pezuñas.

Pezuñas. Tenía pezuñas.

En fin, claro. Era un fauno. Como siempre iba con las botas puestas, no se las había visto nunca.

—Bueno, a ver qué les parece esto —dije antes de tomar un trago de la botella—. Estamos en una playa y tenemos ron. ¿Por qué no contamos una historia que lleva solo diez años escribiéndose?

—Aaaah —dijo Humo, agarrando la botella—. La del Príncipe Robado de Supramar.

—¡Esa! ¡Esa es la historia que quiero escuchar!

—Qué maldita insistencia la suya, ¿eh?

—Pues voy a necesitar un poco de eso, entonces —dijo Fahr alargando un brazo—. Ayuda con la recuperación, ¿verdad, doctor?

—Con lo que ayuda es con el dolor, eso seguro —respondió el fauno.

El ron no sería de mucha ayuda para un paciente que se estaba recuperando, pero Fahr dio un trago de la botella y me la devolvió. Me dolía el corazón.

—No importa —dije—. No tienes que contarme nada. Nos podemos quedar aquí sentados, bebiendo.

—No —respondió—. Las historias están hechas para días así.

Me dije que el ron me ayudaría a deshacer el nudo que me atenazaba la garganta.

—Todo empieza con una cosa, por supuesto —comenzó a relatar Fahr.

—La guerra —adiviné.

—El deseo —me corrigió él—. Sí, las Mareas siempre han estado en guerra, y Gav guarda varios manuscritos antiguos fascinantes si tienes ganas de aprender sobre historia. Pero siempre ha sido la misma cosa lo que ha provocado el conflicto.

—Por el quimérico —brindó Humo—. El origen de todos los males.

Y bebió, cómo no.

—O sea, que el quimérico está en la Puerta de las Nubes, o *Lindurithain*, o la Isla de Enmedio —dije. Soles, mira que tenía nombres. Me costaba recordarlos todos—. Y de ahí es de donde lo extraen los *rhi'ahr*.

—Correcto —dijo Eco.

—Pero nadie sabe dónde está, porque se mueve.

—También correcto —dijo Eco.

—Antes, tanto Supramar como Inframar tenían buques insignia apostados a los lados del Canal —dijo Fahr—. También escoltaban en misiones comerciales o se defendían de las incursiones agresivas, y demás. Tanto en un lado como en el otro del ecuatorus se sabía dónde estaba la Puerta de las Nubes en todo momento.

—Thanavar me dijo que desaparece.

—¿Quién está contando la historia, Azul? —me espetó Humo, y yo lo miré con el ceño fruncido.

—Ya se había hecho más inestable después de la Abolición, pero, desde que perdimos el Árbol de las Runas, colapsa sin avisar. Y los barcos acaban aplastados porque la Gran Barrera del Terror ocupa su lugar de golpe.

—Forja —dije—. Bueno, ¿y qué tiene que ver la Nil'hellyn en todo esto?

—Hace diez años, el último Noble Sacerdote llegó al palacio de mi padre en un barco *rhi'ahr* robado. Tenía una historia que contar… y una propuesta.

Thanavar. Qué agallas. Solo tenía dieciocho años en aquel entonces.

—Nos habló de la Puerta de las Nubes —prosiguió—. Nos contó que cinco navíos *rhi'ahr* habían empezado a extraer quimérico para llevárselo a su rey, pero que consumía todas sus cajas y sus baúles. Sin embargo, se habían dado cuenta de que el Árbol de las Runas era capaz de conducirlo sin problemas, así que, como eran guerreros, y no devotos, lo talaron. —Hizo una pausa para ordenar sus pensamientos. Para tomar aire—. Con aquella madera, construyeron cofres, baúles, mástiles, barandillas y timones para sus barcos. Con aquella madera, que era capaz de canalizar el quimérico en su forma más poderosa, serían imparables.

Le devolví la botella a Fahr. Él bebió y bebió hasta terminársela y la dejó caer en la arena, al lado de su camastro.

—¿Y la propuesta? —pregunté.

—Navegaría por Supramar cerrando las grietas de la Gran Barrera del Terror y cazaría a todo barco *rhi'ahr* que cruzara a nuestras Mareas.

—¡Un momento! —Me incorporé demasiado rápido y el ron se me subió de golpe a la cabeza—. ¡La Piedra Angular era uno de esos barcos! —No era una pregunta.

—Sí —respondió Fahr.

—¿Y la Nil'hellyn?

—Y el Marelethan, el Andomiehr y… —Me miró.

—El Endorathil —lo interrumpí, sin aliento.

Se me cayó el alma a los pies. Algún día sería capaz de pronunciar su nombre sin que me invadiera el horror. Algún día, lo vería hundirse entre las olas del mar.

Me enderecé.

—Bueno, y ¿cómo terminó el Príncipe Robado de Supramar en las cubiertas de la Piedra Angular?

Sonrió y apoyó la cabeza en el almohadón improvisado.

—No me robaron, ¿recuerdas? Salté.

—Te caíste —intervino Humo—. Yo te salvé.

Casi me atraganté con el ron.

—¿Estabas con él en el palacio?

—En efecto —respondió Humo—. Intentó saltar, pero fracasó estrepitosamente. Tuve que atraparlo yo, con un *Kinestorum* perfecto, debo decir.

—Y bajar, y bajar… —añadió Fahr sin dejar de sonreír.

—Fue un salto muy calculado y cuidadosamente medido. Desde un parapeto del palacio, perseguido por el viejo Bracey y seis soldados más y con un príncipe de doce años en brazos que no dejaba de lloriquear.

—¿Lo robaste tú? —exclamé.

—Era joven y me provocaron —se excusó Humo—. Y el príncipe me pagó bien.

—Y he seguido pagando desde entonces —dijo Fahr.

—Ah, eso es verdad. —Agarró una botella nueva—. Hasta al más noble grumete se le puede comprar por el precio adecuado, y yo no tenía nada de noble.

—Un momento… —repetí… Me palpitaba la cabeza por culpa del ron y el calor—. Decidiste irte con el corsario que había contratado tu padre, pero dejaste que todo el mundo pensara que te habían secuestrado.

—Yo no dejé que nadie pensara nada, lo que pasó fue que mi padre no podía reconocer que me había escapado. Los rumores empezaron a circular por la corte como la pólvora, y poco después, las Mareas enteras pensaban que el enemigo me había se-

cuestrado, lo que echó más leña al fuego de una más que justifica-
da guerra.

—¿Y la patente de corso?

—Para que yo estuviera a salvo mientras navegara con un
hombre que la Armada consideraba un enemigo.

Asentí despacio. Las piezas del rompecabezas iban encajan-
do. Miré hacia la bahía, donde los huesos de la Nil'hellyn flotaban
en el mar, reflejando los rayos de los soles.

«Hermana».

—¿Por qué la Nil'hellyn? —pregunté—. ¿Por qué la están
desmantelando para la Piedra Angular?

—Por la madera del Árbol de las Runas —dijo Fahr—. Los
barcos *rhi'ahr* se han pasado años navegando a través de las aberturas con la madera robada del árbol. Thanavar los ha cazado uno
por uno, para arrancarles la madera y añadir sus tablones a la Piedra Angular.

—Ya está casi toda hecha de Árbol —dijo Eco—. Por eso la
oyes.

No me extrañaba que la Piedra Angular fuera una fragata
perseguida. No me extrañaba que la Armada quisiera hundirla.
En sus tablones resplandecía la madera del Árbol de las Runas.
Era sagrada. Poderosa. Máxica.

—No sabemos cómo, pero la Nil'hellyn terminó formando
parte de Sentina —dijo Fahr—. Por lo que sabemos, solo quedan
tres barcos que no hemos podido atrapar. El Marelethan, porque
es muy rápido. El Andomiehr, porque nadie sabe dónde está…

—Y el Endorathil —terminé yo—. Porque es fuerte.

Nadie contestó a eso.

«El abismo llama al abismo —me había dicho Thanavar hacía
una vida entera—. Igual que la Puerta de las Nubes ahora te llama a ti».

Recordé aquel tablón en el agua, después del naufragio de la Guardia del Amanecer. Recordé que acudía a mí una vez tras otra, como si algo lo atrajera. El quimérico llamaba al quimérico, y ahora el quimérico me llamaba a mí. Por eso me había encontrado la Piedra Angular. Por eso podía oír su voz. Ahora tenía sentido. Estaba empezando a tener sentido.

Me estaba llevando a la Puerta de las Nubes. De algún modo, de alguna forma, me estaba llevando a casa.

Nos quedamos sentados allí largo rato. Eco y Humo jugaban a las cartas en silencio, y yo pensaba en alto, como siempre. Contemplé a los muchachos en la playa, corriendo de un lado a otro con su coko. Contemplé a la Nil'hellyn, ya casi desnuda por completo, con el casco convertido en un esqueleto al que le habían arrancado la carne. Contemplé a la Piedra Angular, que se mecía con suavidad en la ensenada, a salvo y viva, y amada por un hombre peligroso.

—Bueno —dije al cabo de un rato—. ¿Y cómo…?

Pero Fahr se había apagado. Tenía los ojos cerrados. Lo miré con atención, buscando el subibaja de su pecho vendado.

—Más tarde, Azul —dijo Humo—. No hay tanto espacio para historias en días así.

—¿Se te antoja jugar una partida? —me preguntó Eco, y señaló el tablero con los largos dedos.

Respiré hondo y agarré una concha.

23

Sufrimiento

Horas más tarde, volví al barco para ir a buscar vendas y una jarra de agua fresca a la enfermería. Eco dijo que las necesitaba, pero creo que solo quería darme algo que hacer. Agarré las provisiones, las metí en una bolsa de yute y salí de la enfermería, sintiéndome inútil y perdida. Sin embargo, me paré en la escalerilla, al ver que la puerta del gran camarote estaba entreabierta.

—Ah, subteniente Azul —dijo Worley—. ¿Buscas al capitán?

—Solo busco provisiones —contesté.

—¿Quieres pasar?

—¿Al camarote del capitán?

—Sí —dijo—. Tiene unos libros para ti.

Ya había leído tres. *Cómo dominar las runas: Ensayos sobre la estratificación alquímica*, *Historia exhaustiva de la maxia naval* y *Hechizos para un guardiamagus por encima de la media*. Emocionantes y apasionantes, todos y cada uno de ellos.

—Vamos, pasa.

No debía, pero lo hice. Con cuidado me adentré en el lugar más sagrado de un barco como este. Había un escritorio cubierto de mapas, el diario con el extraño conjunto de runas y un aparador con un servicio de vino de plata y oro. Había ropa de cama planchada y doblada sobre una silla bordada. Las ventanas divididas con parteluz estaban tan limpias que hasta se podía ver a través de ellas.

—A ver dónde los guarda ahora…

A pesar de su majestuosidad, no era para mí. Jamás podría ser capitana de un barco. Demasiada responsabilidad. Apenas me sentía capaz de hacerme cargo de mi vida, mucho menos me haría cargo de la de otros cien más.

—¿Cómo está Fahr? —preguntó Worley, revolviendo papeles y abriendo cajones.

«Muriendo».

—Recuperándose —dije, e intenté sonreír.

—Bien, bien. ¿Y en Sentina? Por las estrellas, debe haber sido terrorífico.

—No. Solo triste.

Se giró para mirarme con los ojos llenos de curiosidad.

—¿Son ballenas? Corre el rumor de que vagan por los mares atados a las ballenas. Como un carruaje tirado por bueyes, pero con ballenas.

—Debería… volver a la orilla.

—Esconde sus libros más valiosos bajo un velo —dijo—. Qué hombre más desconfiado. Aunque cuando has vivido una vida como la suya… ¡Aquí está!

Sacó un enorme ejemplar cubierto de polvo y me lo puso en las manos.

Bonavanczek: Hermandad de la Benevolencia, por Stephanus Bonavanczek IV, príncipe heredero de Supramar y de todos los países de las Mareas del Norte.

—Tiene ilustraciones —dijo Worley—, sé lo mucho que te gusta dibujar.

Lo agarré con bastante asombro.

—¿Lo escribió el rey? —pregunté.

—Cuando no era más que el príncipe de la corona, hace más o menos cuarenta años. Ahora es mucho mayor, según he oído.

—No sabría decirte.

—Yo tampoco. Nunca lo he conocido ni visto para poder saberlo. Ya ha perdido dos hijos por culpa de los *rhi'ahr*, ¿no? Es impresionante que la guerra no se haya desatado antes. Seguro que es un hombre impresionante, dirigiendo todo Supramar como lo hace. Daría lo que fuera por conocerlo en persona.

—¿Subteniente Renn?

El capitán apareció de repente, olía a sal, a sudor y a madera bien engrasada.

«Mierda».

—Capitán —dije.

Maldita sea. Sabía que era un error entrar en su camarote.

—Me pidió algunos de tus libros —dijo el mayordomo.

—Worley dijo… —Me mordí la lengua. Sonaba patética y pequeña, como si me inventara una excusa—. Buscaba suministros para el médico.

—Suministros médicos. —Dejó su chaleco encima de la silla y agarró la botella en su lugar. Sus ojos dorados se posaron en el libro que tenía entre las manos—. En mi camarote.

—No, capitán, él…

Worley me miró de soslayo.

—Yo…

Me recompuse.

—No debería estar en tu camarote sin permiso —dije—. Es de mala educación. Me voy.

—Quédate.

—De verdad, capitán. Iré…

—Quédate.

Cielos, mi pobre y confundido corazón.

—Pon otro vaso, Worley.

—Mi capitán, es muy pronto.

Thanavar no dijo nada.

—Sí, capitán —respondió el mayordomo—. Ahora mismo.

Lo puso en la mesa antes de que me diera cuenta.

—Y prepara uno de tus pájaros. —Sirvió dos vasos, hasta arriba—. Vamos hacia Puerto Corvallan. Deberíamos llegar dentro de tres días.

—Puerto Corvallan. Tres días, capitán. A la orden, mi capitán.

El mayordomo se apresuró hacia la puerta, pero se dio la vuelta.

—¿Desea solicitar una audiencia ante el Tribunal de la Arena, capitán?

—En efecto, Worley.

—A la orden, mi capitán. Iré a buscar un pájaro, mi capitán.

Entonces, desapareció.

Thanavar me acercó un vaso por encima del escritorio.

—Siéntate, Aro'el.

Lo hice y dejé el libro genealógico sobre mis rodillas.

—Bebe.

No lo hice, pero él se bebió la suya de un trago, agarró la botella de nuevo y empezó a servirse.

—Gracias por tu ayuda con Devanhan —dijo después de un rato.

Sonreí con tristeza.

—Va a ser un gran rey —dije, desesperada por convencerme a mí misma de que algún día heredaría el trono y empezaría a reconstruir nuestro reino—. Ha disfrutado cada momento en estas cubiertas.

Thanavar alzó la mirada hacia mí, parecía haber algo de esperanza nadando en las profundidades de sus ojos.

—¿Te lo dijo él?

—Así es —afirmé—. Muchas veces. No habría elegido otra vida que no fuera navegar contigo, con la Piedra Angular y su maravillosa y máxica tripulación. Ninguna comodidad ni ningún trono podrían hacerle competencia.

Se echó hacia atrás, con el cuerpo desparramado en la silla como una vela sin viento y se quedó mirando su vaso.

—Tenemos una palabra en *rhi'ahr* —dijo con cautela—. *Kel'yion*. Es más bien un concepto. Es más que familia y más querido que un amigo. Alguien que se ha hecho un hueco en tu corazón. Alguien por quien morirías y, lo que es más, alguien por quien vivirías. Soy un hombre afortunado, pues tengo dos. La Piedra Angular y Devanhan Fahr.

Tragué saliva, fingiendo que solo era el vino.

—Durante diez años, Dev ha sido *kel'yion* para mí, y yo para él. Es el mejor, el alma más brillante de este miserable reino. De hecho, es su única esperanza, y se está muriendo.

El corazón se me estaba rompiendo en pedazos, por Dev, por Thanavar y por la extraordinaria fragata que nos llevaba a todos.

—Mi barco se muere, Aro'el —dijo—. Y mi *kel'yion* se muere. Así pues, no me queda más remedio que negociar con ladrones y brujas para salvar a uno de ellos.

—¿Te refieres al Tribunal de la Arena?

Asintió.

—La única forma de unirse a él es matar a uno de ellos y ocupar su lugar. Ladrones y asesinos, todos ellos.

Detuvo su vaso a medio camino, con los ojos pesados y las mejillas demacradas.

—Para salvar a Devanhan Fahr, debo perder la Piedra Angular —dijo—. Pero para salvar la Piedra Angular, perderé a Devanhan Fahr.

Parpadeó lentamente.

—El corazón de un hombre tiene un espacio limitado.

Infernos, me estaba matando.

Me eché hacia atrás, agarré mi vaso y me perdí en su contenido. Este hombre, este enigmático, persuasivo y poderoso hombre, era tan desconcertante como cualquiera que hubiera conocido jamás. Como *rhi'ahr*, había abandonado a su gente para servir al rey de las Mareas del Norte y arriesgaba su vida cada día para restaurar la debilitada Gran Barrera del Terror. Amaba a su tripulación, a su primer oficial y a su barco con igual fervor, y se atrevía a negociar con el escalofriante Tribunal de la Arena. Me desafiaba con cada respiración; su mente implacable y su dominio de las runas me atraían como las corrientes marinas, pero, que me mataran si su corazón no era aún más profundo, más misterioso.

Que me enviaran directo hasta la Gran Barrera del Terror y más allá.

—¿Qué tan lejos está Puerto Corvallan? —pregunté.

—Dos días al este-noreste.

—¿Dos días? Pero a Worley le dijiste…

—Dos días.

Di un trago largo, sin importarme la cantidad de ron que ya había bebido antes.

—No aguantará dos días —dije.

—Lo sé. La guerra estallará en todo el mundo y será mi culpa.

—Fue Ten Polley de Sentina.

—Aun así. Cuando enviemos el cuerpo de Dev a la Vieja Arena, debería volver a Sentina y hundirla sin piedad. Encontraré al dichoso Ten Polley, lo haré pedazos y colgaré los trozos de las vergas de la Piedra Angular. Recorreré los restos de esa patética ciudad flotante y ahogaré a todos los sobrevivientes que encuentre. Cada hombre, cada mujer y cada niño, hasta que Sentina no sea más que una nota al pie en la historia.

La niña pequeña de ojos enormes. Su muñeca escondida bajo mi litera.

—Pero eso no detendrá la guerra ni traerá de vuelta a Devanhan, ¿cierto? —preguntó.

De nuevo, me bebí el ron de un trago. Recé para que no viera cómo me temblaba la mano.

Se echó hacia atrás y miró hacia la ventana de babor, poniendo las botas sobre el escritorio. Tan delgado, tan ágil, tan parecido a un gran felino. Mi piel ardía con cada movimiento de su cuerpo, y luché por mantener la mirada apartada.

—¿Tu madre era una verdemagus?

—Sí.

—¿Y no aprendiste nada de eso?

—No me preocupaba mucho por mi madre, así que no presté atención a su maxia.

—¿Y tu padre?

—No sé nada de él. Se fue antes de que yo cumpliera los cinco.

Forja, ¿cuánto había durado queriendo matar al capitán? Ahora estaba bebiendo con él como un igual, hablando de esperanzas y sueños y de los sufrimientos de la vida. Pero debía tener cuidado. Él seguía siendo un *rhi'ahr* en un mundo en guerra, en las corrientes cruzadas de todo, a un paso de la traición.

—Entonces cuéntame, Aro'el, ¿qué te empujó a dedicarte a la maxia?

Por otro lado, era tan diferente a cualquier cosa o cualquier persona que había conocido, que me encontré a mí misma anhelando desenmarañarlo. Pero sabía que, si lo hacía, podía acabar desenmarañándome a mí, y eso sí que eran aguas turbulentas.

—Quería ser una speculumagus —dije al fin.

Sonrió, pero la sonrisa duró menos de un segundo.

—Ah, es verdad —dijo—. Me lo dijiste en el agua.

—Sí —respondí—. Quiero ser una speculumagus, como tú.

—¿Por qué?

De repente, tenía un nudo en la garganta y era incapaz de hablar. «Maldiciones», la barbilla me temblaba y los ojos me escocían como si me hubieran echado sal.

—Durante toda mi vida, he querido ser un pájaro —dije con la voz entrecortada—. Quería volar lejos y no volver jamás. Quería planear con el viento y reír en las tormentas. Quería vivir en el mar y en el cielo y no en la tierra, nunca en la tierra. Y sigo queriéndolo. No quiero volver a estar con gente nunca, nunca más.

«Por los garfios del inferno». Estaba llorando.

Me limpié las mejillas y, esta vez, su sonrisa fue cálida y triste.

—Pues speculumagus será. Yo te enseñaré cuando se acabe todo esto.

Removió el contenido de su copa y se quedó mirándola durante un largo rato antes de levantarla.

—Por el sufrimiento —dijo.

—Por el sufrimiento —contesté.

Y bebimos.

Había un montón de libros apilados en el suelo junto a la ventana y levantó una mano para posarla sobre ellos. La pila se derrumbó cuando uno se deslizó hacia afuera, elevándose para llegar hasta su mano. Rodeó el escritorio, se apoyó sobre él frente a mí y me lo puso delante.

Lo agarré.

—Pero está en *rhi'ahr* —dije.

—*Cy fwthilu* —dijo, y el texto empezó a centellear—. Dilo.

—*Cy fwthilu* —espeté—. Oh.

Cuenta la leyenda: Crónicas de Inframar, por Ellianthys Moonforth.

—Es posible que tengas que tomar cartas en este asunto —dijo—, ahora que sé que tienes lo que hace falta. Además, dijiste que estás dispuesta.

«La única forma de sobrevivir en el juego de Thanavar…».

—El poder lo tienes tú —afirmó—. Y eres tú quien controla el quimérico. Por tanto, *Lindurithain* también te pertenece.

¿De verdad esto era un juego? Y de ser así, ¿estaba jugando conmigo? ¿Cómo podría saberlo? ¿Y si yo también quería jugar?

—Dijiste que eras un recurso —dijo—. Pero ¿y si tuvieras todos los recursos del mundo, todos los libros, todo el quimérico? ¿Sería suficiente para satisfacer a una rastrearunas como tú?

Se inclinó hacia adelante y mi piel se encendió ante su cercanía. Quería cerrar los ojos y dejar que ardiera.

—Si fueras un pájaro, ¿vigilarías la isla con tu vida, aprendiendo y creciendo con la maxia hasta el final de tus días?

Y de pronto, supe que eso era exactamente lo que él había hecho durante los diez años posteriores a la Abolición, hasta que llegaron los barcos *rhi'ahr*. Solo, sin nada más que libros y maxia como compañía.

Alcé la mirada y me encontré con sus ojos. Me llamaban como el océano profundo y oscuro con corrientes turbulentas. Eran mundos en sí mismos.

—Si el Tribunal de la Arena salva a Dev, sí —espeté—. Lo haría.

Giró la cara como si estuviera estudiando el lomo de sus libros, pero ya lo conocía mejor. Las runas se estaban hilando a medida que los planes se formaban.

—Eres tan valiente como una guerrera —dijo con cautela—. Quizá sí que fueron las Lunas Hermanas las que te trajeron a nuestras cubiertas.

—Pues se los agradezco —contesté—. He vivido más desde que me sacaste del mar que en toda mi vida anterior. Puede que muera pronto y de una forma horrible, pero no cambiaría estos días por nada.

—Bueno —dijo con los labios apretados—. Puede que no mueras… pronto.

Casi un chiste.

—Pensé que se te daba mejor mentir —dije.

Se le suavizó la mirada.

—Me esforzaré más la próxima vez —contestó—. Honor Aro'el *ithna'illyon*.

Sonaba precioso saliendo de su boca.

—Mucho mejor que «mala mujer de una fragata perdida» —dije.

—Bueno…

—Sí, sí, lo sé —lo interrumpí—. La fragata sigue perdida.

Sonrió con facilidad esta vez y agarró la botella, mi corazón se saltó un latido. ¿Qué me pasaba ahora con las sonrisas? Me había pasado toda la vida entera sin ellas y no me había ocurrido nada. Me estaba volviendo una blandengue.

Tocaron la puerta y Worley se asomó.

—Todo el mundo listo para embarcar, capitán —informó.

—¿También Fahr?

—En efecto, capitán. Está en un esquife con el doctor y Oakum. —Levantó su cesta—. Y tengo un vencejo, mi capitán.

—Muy bien. Retírate, Aro'el. Gracias por la conversación.

Me puse de pie y agarré los libros, uno pesaba y el otro no.

—¿Cómo se dice rey? —pregunté—. En *rhi'ahr*.

—*Bryn'nyd*.

—*Bryn'nyd* —repetí.

—Hablaremos de nuevo cuando hayas llegado a la página quinientos treinta y cinco.

Miré hacia abajo. A diferencia de la genealogía de Bonavanczek, *Cuenta la leyenda* parecía tener apenas veinte páginas.

Me escabullí de la habitación hasta mi catre en la cocina y aparté la cobija.

Iba por la página quinientos treinta y cuatro cuando Devanhan Fahr murió.

24

Dos días

La Piedra Angular prácticamente volaba, navegando a toda vela y con maxia. Hundimos los restos de Nil'hellyn en la bahía sin nombre y zarpamos de inmediato hacia Puerto Corvallan. Me parecía increíble que el barco navegara así, pero con las tablas de Nil'hellyn, la Piedra Angular era un barco nuevo. La escuchaba cantar mientras surcábamos las olas.

De hecho, su voz era más fuerte, sus pensamientos más largos, menos entrecortados e infantiles, y yo sabía que era gracias a Nil'hellyn. Soles, entendía el atractivo. Quizá sí que valía la pena perder a Cable y Dion por esto.

El mar estaba agitado mientras navegábamos rumbo a Puerto Corvallan y su mítico Tribunal de la Arena. Mi madre me había hablado de ellos. Eran una colonia de ferromagus que había asesorado a los tribunales de las Mareas del Norte incluso antes de la abolición de los Nobles Sacerdotes. Dictaban sentencia en disputas relacionadas con la maxia y se decía que eran tan despiadados que incluso la propia muerte les temía.

El Barco de los Hechizos. Sentina. La Puerta de las Nubes. El Tribunal de la Arena. Todo lo que hasta ahora había conocido como mitos se había convertido en mi realidad. La vida estaba patas arriba y sin margen de maniobra. Aunque, por otro lado, parecía que la pérdida era una constante compañera de la que no lograba deshacerme por más rápido o lejos que huyera.

Por la tarde, ayudé a Eco con la operación. Se estaban acumulando fluidos en el pecho de Fahr y el médico dijo que había que drenarlo. Thanavar también estaba allí, observando como un maestro de escuela, merodeando como un padre preocupado.

El barco se balanceaba y crujía, así que esparcí arena por el suelo para evitar resbalones. Teníamos varias velas encendidas y hacía un calor desmesurado debido a la estrechez de la enfermería. No sabía si los faunos sudaban, pero yo lo hacía sin duda. Por suerte había unas tiras de lino en la mesa para poder secarme la cara y las manos. Habíamos preparado un carrito de instrumentos, algunos de los cuales reconocí de la curandería de mi madre. Observé con atención a Eco mientras agarraba un bisturí fino y abría un pequeño agujero entre las costillas de Fahr. Supuró un poco de líquido amarillo, pero no lo suficiente como para explicar la dificultad respiratoria. Entre el calor, el pus y el vaivén del mar, lo único que podía hacer era intentar retener la avena cocida en el estómago.

Eco me pasó la cuchilla.

—Trocar, subteniente —dijo. Le pasé un tubo largo hecho de hojalata martillada. Mi madre solía usar uno similar, aunque el suyo estaba hecho con juncos del pantano—. Capitán, puede que esto lo despierte. Que no se mueva.

Thanavar asintió.

El doctor se inclinó un poco más cerca y colocó la punta del trocar en la incisión. Con la mano firme, lo introdujo.

Fahr abrió los ojos y luchó por respirar, pero Thanavar presionó sus hombros hacia la mesa.

—El cuero, subteniente —avisó Eco.

Acerqué el cuero enrollado a los labios de Fahr.

—Muérdelo —le dije—. Ayudará.

Me miró, miró al capitán y volvió a mirarme. Negó con la cabeza.

—¿Estás seguro, Dev? —le preguntó Thanavar—. Nadie pensará que eres débil.

Volvió a negar con la cabeza, pero bufó cuando Eco introdujo aún más el trocar.

—Estate muy quieto —dijo Eco—. No quiero rasparte el corazón.

Fahr apretó los dientes.

—Lo estás haciendo muy bien, Dev —aseguró Thanavar—. Casi ha terminado.

La hojalata se deslizó más profundamente, pero aún no salían fluidos.

—Un poco… —dijo Eco, y cambió el ángulo muy ligeramente—. Más.

Al momento, los fluidos empezaron a drenarse y acerqué una cubeta pequeña justo antes de que estos llegaran a caer al suelo. Fahr exhaló profundamente y pareció hundirse en la mesa.

—Vamos a dejar eso ahí unas horas —dijo Eco—. Así que, por favor, intenta no moverte.

Thanavar dio unas palmaditas a Dev en los hombros.

—Buen trabajo, *kel'yion* —le dijo—. Mañana llegaremos a Puerto Corvallan. Allí te curarán.

—No la cambies —intervino el oficial, con la voz fina y carrasposa—. No por mí.

—Jamás —dijo Thanavar.

—Prométemelo.

—Te lo prometo.

Lo conocía lo suficiente como para saber que mentía tanto como los demás.

—Duerme —dijo—. Aro'el irá a buscarte un poco de vino cuando despiertes.

Fahr cerró los ojos y el rostro del capitán cayó como un sudario.

—Quédate con él, subteniente —dijo—. Avísame si hay algún cambio.

—A la orden, mi capitán —respondí.

Él y Eco se movieron hasta la solapa de lona que hacía de puerta.

—Esto le dará un día más o dos —afirmó el fauno—. Pero puede que esté demasiado malherido hasta para el Tribunal de la Arena.

—Haremos que les valga la pena —aseguró Thanavar—. No se negarán.

—¿Son tan terribles como cuentan?

—Trataron de reclutarme una vez —dijo—. Me negué, así que intentaron matarme. Pero también me negué. No es fácil acabar conmigo.

—Puede que lo intenten de nuevo.

—Es posible, pero quieren la Piedra Angular más de lo que me quieren a mí. Podemos negociar.

—Bueno —dijo Eco, retorciéndose las manos—. A menos que lleguemos pronto, quizá no sea necesario.

El capitán echó un último vistazo antes de salir de la enfermería. Eco asintió en mi dirección.

—Una vez que el drenado disminuya, rellena el trocar con un poco de lino y envuélvelo sin apretar. Volveré pronto. Broom tiene un absceso que está supurando, y puesto que está a cargo de los cañones, será mejor que lo cuide.

Se agachó un poco para pasar por debajo de la solapa, pero se detuvo.

—Y por cierto, buen trabajo, subteniente. Puede que no seas una verdemagus, pero eres una ayudante muy competente. Por la mañana te daré un hilo verde para tu cinto.

Y se fue.

Dejé la cubeta en el suelo para que siguiera recogiendo las gotas de sangre roja y pus amarillo. Miré alrededor, para asegurarme de que estábamos solos y me puse de pie al lado de la tabla. Le toqué la frente. Ya no estaba caliente, respiré hondo y luché contra el maldito temblor de mi barbilla.

—Mentiroso —dije con cautela, y me estremecí, le acaricié la frente con dedos temblorosos—. Eres un maldito mentiroso. Tan jodidamente engreído y orgulloso. Deberían haberte disparado muchas veces.

Se me hizo un nudo en la garganta y me escocían los ojos mientras contenía las lágrimas.

—No te atrevas a irte. Ahora no. No puedo hacerlo, no sin ti. Las Mareas te necesitan, pero ahora te necesito yo, te necesito demasiado, y no es justo.

Sollocé, ahogando las lágrimas. Ya no era solo por Devanhan Fahr.

—Estaba bien siendo un cangrejo, una piedra, pero tú y tu maldito barco…

Respiré hondo.

—Vete a la mierda.

Y luego otro y otro más.

—En fin, te propongo algo —dije—. Thanavar piensa que soy demasiado orgullosa, pero este barco es muy exigente y no consigo dar el ancho. Nunca he pedido nada en mi vida, pero ahora pido esto. Una sola cosa. Por favor…

Le acaricié el rostro ceniciento.

—No te me mueras, Devanhan Fahr. No te mueras. Si puedo hacer cualquier tipo de trato con el Tribunal de la Arena, lo haré. Mentiré, moriré o haré lo que me pidan. Le daré mi vida al Tribunal de la Arena, a las Lunas Hermanas o a los Soles Hermanos. Abismos, incluso al mismísimo Almirantazgo. Pero no te mueras. Por favor, no te mueras.

Agradecí que estuviera dormido y no escuchara nada. Ya no estaba sollozando, sino temblando, incapaz de recuperar el aliento. Qué hombre tan bueno.

—Estoy aquí —dije—. Maldito bastardo.

Siempre que quería, lo que quería, se lo llevaba el viento. Siempre había sido así, pero eso no significaba que tuviera que ser así para siempre. Si había aprendido algo en el Barco de los Hechizos, era que todos los magus tenían una oportunidad ante el timón.

Qué hombre tan bueno y magnífico. Nuestro futuro rey.

—Maldito *Bryn'nyd*.

Por fin se me acompasó la respiración. Me alejé un poco y me desplomé en el suelo contra la pared. Observé el libro que había traído conmigo. *Cuenta la leyenda: Crónicas de Inframar*. El día anterior, había leído sobre el Mundo de las Runas y los Soles Hermanos. Leí sobre la formación de la Isla de Enmedio cuando las Lunas Hermanas se alinearon y Forja hizo que emergiera del océano. Sobre cómo habían llorado de alegría y sus lágrimas se habían acumulado en forma de quimérico en un caldero volcánico en el mismo corazón de la isla. Sobre cómo el Árbol de las Runas había crecido junto a este volcán, lleno de maxia, hasta alcanzar las estrellas. Era una historia parecida a la que contaba Worley y el capitán, pero escrita desde la perspectiva *rhi'ahr*, y me asombró ver cómo la historia se había registrado con sesgo en cada línea.

Kirianae. El árbol se llamaba Kirianae. Había escuchado el nombre antes, al capitán en cubierta, de mis labios al responderle, en mi cabeza cuando paré los cañonazos en la batalla del Navío del Terror. Kirianae. El nombre resonaba como un recuerdo, en lo más profundo de mis huesos.

Ahora, cerca de la página cuatrocientos treinta y cuatro, el escritor Ellianthys Moonforth había introducido la orden de los Nobles Sacerdotes. Según este libro, tres terromagus fundaron la Orden de los Nobles Sacerdotes y construyeron el monasterio que servía al Árbol. Se llamaba *Ilyn'shar*, o la Casa Cuervo de Madera. Todo el mundo en Supramar conocía a los Nobles Sacerdotes porque nos habían enseñado que eran los responsables de conjurar la Gran Barrera del Terror. Teníamos canciones infantiles que hablaban de ello. Formamos nuestro propio ecuatorus y bailamos en círculos, saltando hacia el cielo como si fuéramos la Gran Barrera del Terror. Contábamos las historias alrededor del fuego, mientras bebíamos cerveza en la oscuridad.

Según el libro, los Nobles Sacerdotes protegían el quimérico desde un monasterio construido en el propio volcán. Registraron todos los hechizos antiguos y entrenaron a otros para que los usaran. Traían a la isla a niños de ambas Mareas, normalmente de entre ocho y diez años, y pasaban años como acólitos, aprendiendo maxia, cuidando al Árbol y canalizando runas hasta el final de sus días. Sabía que Thanavar había sido uno de ellos. Que vida la suya. Qué honor servir y aprender con los mejores magos de las Mareas. Era un sueño, pensé para mis adentros, pero la maxia era un paseo comparada con los sueños.

Aun así, ahí estaba yo, en el Barco de los Hechizos. Quizá Thanavar tenía razón. Quizá las lunas sí que habían influido en el transcurso de mi vida. A pesar de ser homani, había aprendido a manejar quimérico como una *rhi'ahr*. Por lo tanto, no había una creación igual surcando los mares.

Volví a centrarme en la página y hundí la nariz más profundamente en el libro.

Según Moonforth, fue hace apenas veinte años cuando el rey de Supramar pidió la abolición de los Nobles Sacerdotes por su inigualable poder y la creciente amenaza que representaban para la casa gobernante. Envió fuerzas imperiales y, durante la noche, saquearon el monasterio, masacraron a sus miembros y abandonaron la isla a merced de la selva y el Árbol.

Las últimas cien páginas eran una lista de los nombres de los miembros a lo largo de mil años; sacerdotes y acólitos por igual. Tenía los ojos muy cansados y el corazón demasiado apesadumbrado, así que cerré el libro, reflexionando sobre la inevitable lucha entre magos y reyes. Al hacerlo, un papel salió volando. Era un pequeño pergamino, como los que enviaban a través de los pájaros de Worley, y llevaba el sello de cera del Almirantazgo, agrietado.

> *Entregue a la rastrearunas al Almirantazgo en Pt Corvallan o será marcado*
> *como enemigo y hundido sin contemplaciones*
> *SBRx*

SB. Stephanus Bonavanczek Reks. El rey y emperador de Supramar. Él nos había ordenado ir a Puerto Corvallan.

«Una azumagus, formada en la Armada, podría cambiar el rumbo de la guerra».

Estábamos yendo a Puerto Corvallan.

Me recosté contra la madera.

Todos me querían por mi quimérico. Lo sabía, muy en el fondo, que incluso Thanavar solo me quería por esa razón, pero ¿sería capaz de entregarme para salvar a su *kel'yion*? Entendería que lo hiciera. Era un buen trato, pero si esto de verdad era un «gran juego», no creía que Thanavar jugara siguiendo las reglas de nadie.

No quería que me usara para negociar, pero sabía que me iría.

Cuando volví a colocar el pergamino en la última página del libro, eché un vistazo a la lista de nombres. Eran los magos presentes en la isla en el momento del ataque, que habían sido masacrados a cuenta de nuestro rey. Mi corazón se detuvo cuando leí el último nombre.

El último de todos.

Kier Gavriel Thanavar.

«Les faltó uno».

¿Se trataba esto de una simple venganza o había algo más? El hombre con el que había bebido era profundo y doliente, perdido, pero completamente vivo. No era ninguna lanza pulida con ansias de sangre. Era un hombre hecho de esperanza y firmeza, de planes y voluntad. Pero más allá de eso, había visto su corazón, amarrado en las profundidades de un mar tempestuoso, inaccesible y encerrado, pero capaz de reflejar las lunas, los soles y las estrellas. No, estaba empezando a entender que, mientras él se desesperaba por salvar a los que amaba, su corazón, tan secreto y oculto, anhelaba ser encontrado.

Me rodeé las rodillas con los brazos. Era hora de cambiar la alquimia. Era hora de ponerme las pilas. Era hora de aprender lo que significaba servir al Barco de los Hechizos, aunque ello conllevara mi muerte.

Porque en algún momento, algún día, algo lo haría.

Puerto Corvallan era la ciudad más grande que yo había visto jamás. Las paredes de arenisca se elevaban sobre la bahía y las palmeras crecían a partir de ellas como el musgo. Había estatuas de minotauros, homani, faunos y harpías a lo largo de las carreteras que llevaban a la ciudad, y en cada atalaya y en cada esquina, soldados armados con lanzas montaban guardia, recordando a todos que las riquezas de esta ciudad estaban bien y estrechamente custodiadas.

Eco y yo íbamos en el segundo bote salvavidas con Fahr en una camilla entre nosotros, mientras dos maremagus se encargaban de remar. El primer bote atracó, y los maremagus subieron al muelle. Después fue la falúa en la que iba el capitán. Se me hacía difícil pensar en él solo como capitán. Era el último Noble Sacerdote de *Lindurithain*, cuyo nombre aparecía en un registro de muertos, por si aún me quedaba alguna duda. No me preguntaba por qué el Tribunal de la Arena intentó reclutarlo. Lo que me preguntaba era por qué lo rechazó.

Nos recibió un hombre enorme con la cabeza rapada, una barba larga y un ojo en el centro de su frente. Un cíclope.

—Soy el magistrado Thraith Kun, abogado del Tribunal de la Arena —dijo el hombre. Tenía la voz profunda y carrasposa, como el rechinar de las montañas—. ¿Tienen su patente de corso?

Thanavar agitó los dedos y apareció un pergamino flotando entre ellos. Se desenrolló sin que nadie lo tocara y el magus de un ojo lo leyó, asintió, y el pergamino se volvió a enrollar por su cuenta. Un segundo movimiento y había desaparecido.

Eso era alquimia de nivel. Hizo que pareciera fácil.

—¿Y el príncipe? —preguntó Kun.

Mientras los maremagus subían la camilla al muelle, escaneé el horizonte en busca de alguna embarcación de la Armada. Tan solo había barcos privados en la bahía (mercaderes, comerciantes y pescadores con redes de arrastre), ningún Templomar a la vista. Aun así, habíamos llegado al puerto en dos días, y juro que Thanavar le dijo a Worley que serían tres. Tampoco veía a la Piedra Angular. Era tan valiosa como un príncipe robado o un rastreador de quimérico, y estaba oculta por un manto de tormenta, igual que el primer día que no la había visto, en lo que me parecía ya otra vida.

Dejamos los botes y seguimos a Thraith Kun a través de las multitudes y las casetas del muelle. No tardamos en llegar a una rampa de arenisca, y estoy segura de que formamos una procesión sombría mientras avanzábamos lentamente por las murallas de la ciudad. Las palmeras proyectaban una sombra muy necesaria, y la brisa era cálida y densa. Conforme subíamos, el océano se expandía hacia el sur, salpicado de barcos hasta donde me alcanzaba la vista. Una vez pasadas las altísimas puertas de la ciudad, avanzamos entre patios llenos de puestos al aire libre, por calles estrechas con tiendas de comerciantes y por callejones que olían a cabra. Finalmente, nos guio hacia un edificio sencillo, plano y pintado de negro que se encontraba en la plaza de la ciudad. Sin esculturas ni estatuas, parecía tan siniestro como fuera de lugar.

Lo seguimos a través de los muros de piedra negra y rayos de sol brillante. Se detuvo en un patio de pinos salinos y se giró.

—Esperen aquí —ordenó Kun—. El Tribunal evaluará su solicitud.

—No hay ninguna solicitud —gruñó Thanavar—. El Tribunal de la Arena me lo debe, vine a cobrar mi deuda.

—Por favor —dijo Eco—. No tenemos tiempo.

—Tiempo es lo único que tenemos —respondió Kun. Y desapareció entre los muros.

—Pónganse firmes —dijo Thanavar, y se giró hacia nosotros—. Este es el Tribunal de la Arena, todos son magus de hierro. Manejan el poder, la ilusión y la muerte. La vida de Fahr no es la única que está en juego, la suya también. Si rompen filas, les ahorraré las molestias y los mataré yo mismo. ¿Queda claro?

Observé a los seis maremagus que nos acompañaban, dos llevando la camilla y cuatro como escolta, y todos nos acercamos siguiendo las órdenes del capitán. No pude evitar recordar las palabras de Fahr la primera vez que entrenamos en cubierta. «Los ferromagus pueden hacer que te imagines un puente», dijo. «Incluso si estás al borde de un acantilado, caminarás sin caerte. Crees que las runas te sostienen y, por eso, lo hacen».

No podía imaginarme esa clase de poder.

No tengo ni idea de cuánto tiempo esperamos. En el patio hacía calor y había humedad en el aire, pero los pinos eran frondosos y aromáticos. Me sorprendió que no hubiera pájaros, abejorros o lagartijas en el recinto. Los maremagus dejaron la camilla en el suelo de piedra y me arrodillé al lado de Fahr. Su cara estaba gris y me acerqué para comprobar si tenía pulso. Alcé la vista hacia Eco cuando se oyó un gruñido procedente de los arcos.

—No se muevan —dijo Thanavar.

Dos gruñidos, y vi un destello dorado entre las sombras.

«Es una ilusión», dijo Eco en nuestras mentes.

—Felinos con colmillos —siseó uno de los maremagus.

—Mantente firme, Hobbs —dijo Thanavar—. Y ponte de pie, subteniente Renn. Despacio y sin inmutarte.

Tenía el corazón en la garganta. Me puse de pie mientras los tres depredadores se adentraban en el patio. Cada uno tenía casi el tamaño de un oso, con los colmillos tan largos como mi antebrazo y las garras como las de un águila enorme. No podía respirar mientras se nos acercaban sigilosamente, como tiburones rodeando un barco que se hunde.

A mi lado, los gemidos de Hobbs se convirtieron en lamentos.

«Hobbs, confía en el capitán», dijo Eco.

—Somos peces en un barril, doctor —se quejó Hobbs.

—No te lo advertiré más veces, Hobbs —gruñó el capitán.

—Lo siento, no puedo…

Y salió corriendo.

Solo que no lo hizo. Thanavar cerró la mano en un puño, y el hombre quedó hechizado. Los gatos se acercaron, con las cabezas agachadas, las bocas abiertas y los hombros ondulando como olas en un banco de arena. La cara de Hobbs se puso más roja con cada latido, y gotas de sudor brotaron en su frente.

Thanavar lo estaba matando.

Sentí los pensamientos de Eco tan claros como Forja, insistiéndome en que me quedara en silencio y no dijera ni una palabra.

Uno de los felinos se agachó como si fuera a saltar. La cara de Hobbs ahora estaba azul, y tenía los ojos rojos por la rotura de vasos sanguíneos. Thanavar giró el puño y escuché un crujido. Con un movimiento de la mano, arrojó al maremagus al alcance de los felinos.

Cerré los ojos, se me revolvió el estómago cuando se lo llevaron a rastras hacia las sombras.

—No son reales, pero pueden matar —advirtió Thanavar, con la mirada fija hacia adelante—. Aun así, yo soy mucho más letal que cualquier ilusión que se pueda crear. ¿Queda claro?

Ni una sola palabra. Eco me dio una palmada en el hombro.

Se levantó un viento que hizo que la arena se arremolinara y se agitara sobre la piedra. Nunca había visto cizallas de arena, pero Firmir, la rojomagus de la Guardia del Amanecer, me había hablado de ellas una vez después de una borrachera. Sin embargo, estas no se disiparon como ella me había contado; más bien, se dividieron en nueve y, lentamente, con seguridad, giraron hacia nosotros. Sinceramente, yo no era más valiente que Hobbs, pero lo único que pude hacer fue calmar mi corazón y mantener mis pies firmes.

Noté que algo me rodeaba las piernas y sentí un escalofrío por la espina dorsal. Había serpientes trepándome por ellas. Serpientes, escorpiones, gusanos marinos y anguilas, ahora bajo mi ropa, abriéndose camino subiéndome por los muslos. ¿Cómo podía tratarse de una ilusión? Cerré los ojos con fuerza e intenté pensar en cosas agradables. Pájaros, el cielo, el mar, ballenas, pero se convirtieron en un pez mandíbula, huracanes, naufragios y tiburones. Los dientes me desgarraban la carne, los pulmones se me llenaban de gusanos y las erañas brotaban de mi pecho. Sangre hirviendo y huesos rotos, con tanta agonía casi me caí de rodillas.

Fletch, el maremagus, gritó a mi lado, y no supe si lo estaban matando las criaturas, o si era el capitán quien lo hacía. Invoqué al quimérico que me recorría las venas, para quemar las criaturas con un hechizo *Ignateus*. Patrón y runa, luz y sombra, y de repente, desaparecieron como el humo, quitándome la columna vertebral y dejándome de alguna manera más débil.

No quería abrir los ojos. Pero lo hice.

Ahora había movimiento en los claustros, unas siete figuras vestidas de rojo se deslizaban hacia nosotros. Dos llevaban antorchas, dos llevaban lanzas, dos, tenazas de hierro al rojo vivo y una, un mangual. Se desplegaron ante nosotros de forma muy parecida a los Doce de Sentina, y respiré hondo para calmar mis nervios.

—Gavriel Thanavar —dijo la que llevaba el mangual—. El joven Noble Sacerdote y Guardián de la Puerta de las Nubes. Bienvenido de nuevo al Tribunal de la Arena.

—No muchos reciben segundas audiencias con el Tribunal —afirmó uno de los que llevaban lanzas.

—Lo mismo puede decirse de un Noble Sacerdote —dijo Thanavar—. Y ya no soy ningún joven.

—¿Sabes qué pensar, Noble Sacerdote? —preguntó uno de los que llevaba una antorcha.

—Sus ilusiones engañan a los inocentes —dijo—. Y yo no lo soy. Sus trucos no funcionan conmigo.

—Entonces da un paso adelante, sepárate de tu tripulación.

Hizo lo que le ordenaron, con las manos sueltas a los lados. Vi el chisporroteo de runas brillando en las puntas de sus dedos. Sentí el latido quimérico en los míos.

—Has matado a uno de tus hombres —dijo otra, la que llevaba el mangual. Empezó a girarlo y el zumbido que provocó era horrible—. Eres un asesino.

—Lo soy —replicó.

—Pero no pudiste matar al niño que robaste.

Noté cómo se le tensó la mandíbula.

—Para mí tiene mucho más valor capturado y vivo —respondió.

—Define valor —pidió el de la antorcha.

—Pregúntale a un filósofo —dijo.

—¿Qué tiene más valor? —preguntó el de la lanza—. ¿El chico o el barco?

«El chico», sabía que esa sería su respuesta. Era lo único que sabía de él.

—El barco —respondió—. Vale más que mil príncipes.

Me quedé atónita. Quizá, después de todo, no tenía lo que había que tener para ese juego.

—Demuestra tu valía —dijo la que llevaba una lanza, y antes de que pudiera gritar, se la arrojó. Él no se inmutó, y la flecha lo atravesó a él y al maremagus que tenía detrás. Sin dejar marca alguna, sin dejar rastro, como si no hubiera estado allí. El maremagus parecía a punto de desmayarse.

—Eres un necio, Noble Sacerdote —opinó una lanza—. Si piensas que nos creeremos cualquier palabra que salga de tu boca.

—Amas al chico que robaste —dijo el de las tenazas—. Y al hacerlo, lo mataste.

—Y es por eso por lo que estás aquí —afirmó la del mangual—. Debes intercambiar su vida por la tuya. ¡Defiéndete!

Y empezó a girarlo con fiereza en el aire, lo balanceó en un arco descendente, rebanándolo desde el hombro hasta la cadera.

Solo que no lo hizo. Nada. Ni un rasguño.

«Sus ilusiones engañan a los inocentes».

Uno de los portadores de antorchas dio un paso adelante, con la punta del bastón envuelta y bailando con la llama.

—Vine a reclamar lo que se me debe —aseguró Thanavar—. Me probaron una vez y fallaron. Esten agradecidos de haber tenido una segunda audiencia con un Noble Sacerdote.

Se acercó con la antorcha a su cara, muy cerca. Juro que podía ver cómo se le crispaba la piel.

Agarró la muñeca del magus y, de pronto, la antorcha se convirtió en una daga, resplandeciente y afilada. El magus se retiró y se me retorcieron las tripas. Era una ilusión, pero seguía siendo letal, a diferencia de la lanza o el mangual. ¿Pero los felinos? ¿Las criaturas? ¿Solo algunos y otros no? ¿Cómo se podría saber?

El capitán dio un paso atrás.

—El Tribunal de la Arena puede elegir —dijo—. El chico, el barco o yo. Así que díganme, ¿qué es lo que valoran más, vil banda que comercia con pérdidas y sueños robados? ¿Qué es lo que quieren ustedes?

Se movieron con fluidez para formar una línea.

La que tenía la segunda tenaza de hierro la levantó y la inclinó en mi dirección. Se me heló la sangre.

—Esta —dijo—. Queremos a esta.

«Su voz. Había algo en su voz».

Thanavar frunció el ceño y me miró por encima del hombro.

—¿Por el quimérico?

—El quimérico es un añadido afortunado —respondió ella—. Pero no.

«La entonación, la música, la amenaza».

La mujer de las tenazas dio un paso adelante.

—Por su sangre.

Y se quitó la capucha.

Esta vez, de veras sentí que las rodillas iban a fallarme.

—Madre —dije.

25

El Tribunal de la Arena

Fue una dicha, una ilusión en parte, todo un velo, porque de repente, el patio desapareció, desvaneciéndose como las criaturas y la lanza. No había pinos salinos ni rayos de luz. No había ningún sol por encima tostándonos la piel. Estábamos dentro de un templo oscuro con columnas que sostenían un techo alto. Muchos incensarios ardían en los soportes, y había pequeños lagartos correteando por las paredes. Los siete ferromagus también se trasladaron a la realidad. Eran dos harpías, dos faunos, un minotauro y dos homanis. Una de ellas era mi madre.

Se erguía como una reina vestida de verde azulado y rojo. Su pelo era tan negro como una noche cerrada y estaba adornado con rubíes y hueso. Por delante lo llevaba recogido y le caía por la espalda hasta los muslos. Sus ojos eran profundos y oscuros, tan distantes como las estrellas, tan letales como un mar tempestuoso. Siempre había tenido más belleza que nadie, y por supuesto mucha más que yo. La portaba como una corona. La esgrimía como un arma.

Esos ojos brillaron al verme.

—Honor —dijo. No era un saludo—. Te cortaste el pelo. Pareces un chico.

Con todas las cosas en las que podría haberse fijado. Con todas las cosas que podría haber dicho.

—Aun así, veo que conseguiste una misión impresionante por tu cuenta —afirmó—. No te imaginaba capaz de dejar la granja de lana en Piedra.

Se giró hacia el capitán.

—Soy la magistrada Valor Renn —dijo—. Esta criatura descarriada es mi hija.

Thanavar dio un paso para interponerse entre ella y yo, y sentí una oleada de orgullo.

«El orgullo mata», había dicho él. Algunas veces, el orgullo salvaba.

—El trato es entre el Tribunal y yo —explicó—. Mi tripulación no está en venta.

—Entonces no hay trato —dijo mi madre.

—Puedo arreglármelas —le respondí—. Se lo prometí a Dev.

La mandíbula de Thanavar se tensó, sus ojos se oscurecieron con algo que no me atrevía a nombrar. Por un instante pensé que me lo prohibiría rotundamente. Entonces relajó los hombros, solo un poco, como si hubiera dejado caer un peso que odiaba llevar. Me dejaría elegir, aunque eso lo destrozara.

—No habrá ningún tipo de trato si el príncipe muere —dijo Thanavar.

Una fauna y el minotauro se acercaron.

—Soy la magistrada Song —dijo la fauna. Era la que había llevado el mangual, pero ahora no era más que un bastón rúnico—. Estos son los magistrados Tekamorian, River, Elisski, Padamar y Liskeel. Bienvenidos al Tribunal de la Arena.

—Háblennos del príncipe de Supramar —pidió el minotauro llamado Tekamorian.

—Le dispararon con una pistola de pedernal de tres cañones —dijo Eco—. Pero hay algo más causándole daño, y no he logrado averiguar qué.

—¿Valor? —preguntó Song. Mi madre levantó su mano brillante por encima de la camilla. Las runas cobraron vida desde sus palmas, descendieron hacia Fahr y se cernieron sobre su pecho. El patrón se onduló y pude verle la piel, las costillas, la carne, el corazón espasmódico sin ritmo ni fuerza.

Mi madre frunció el ceño.

—Qué extraño. —Alzó la vista y dirigió la mirada a las sombras—. Llévenlo a mi curandería.

De las sombras del templo surgieron otras figuras encapuchadas. Avanzaron como una ola para envolverlo con la sombra y, por instinto, hice un escudo aumentado con quimérico. Los ferromagus retrocedieron un poco, pero sin miedo. Casi parecían más enojados, como si el quimérico despertara un apetito arcano.

—Retírate, Aro'el —dijo Thanavar, y me puso una mano sobre el hombro—. Vinimos para esto.

Me atrajo contra su cuerpo, y me sentí más fuerte al sentir su calor. Un hombre, una harpía, miró al fauno. Él negó con la cabeza, pero se inclinó hacia atrás y, juntos, levantaron la camilla sin usar las manos.

—Haré todo lo posible —aseguró mi madre—. Mi hija debería acompañarme.

—Al igual que mi médico —dijo mi capitán—. Lo sabrá si intentas engañarnos.

Miró a Eco de arriba abajo.

—Un hilador de pensamientos. Un don como ese nos sería muy útil en el Tribunal.

Ella sonrió, pero era una daga. Brillante, afilada, resplandeciente y mortal. En ese instante, recordé todas las razones que me hicieron odiarla, todas las razones por las que me fui.

—Por aquí —dijo. Y se desvaneció junto a la camilla entre las sombras seguida de Eco. Miré a Thanavar, haciendo mil preguntas sin decir ni una sola palabra. Asintió rápidamente y dio un paso hacia atrás, pero había una sombra sobre sus ojos salpicados de oro, y eso me infundió temor.

—Ven con nosotros, Noble Sacerdote —dijo Song—. Debatiremos tus términos.

Se dieron la vuelta y desaparecieron dentro del templo. Observé cómo se marchaba, segura de que mi corazón descarriado se iba con él.

Todas las cosas que había en la habitación evocaban a mi madre. Cada estantería, cada vial, cada frasco, cada cuchilla. Incluso olía a ella, una vez más volvía a tener seis años, mientras la observaba diseccionar el conejo que tenía como mascota para enseñarme cómo era un cuerpo en su interior. Y también para que aprendiera a no encariñarme con nada en esta terre.

Esa lección se me quedó grabada.

Esta vez, el paciente no era un conejo, sino Devanhan Fahr, primer oficial de la Piedra Angular y príncipe de la Corona de Supramar. Parecía que estaba muerto.

Aparté la mirada de él mientras ella trabajaba, moviendo las manos por encima del cuerpo como si estuviera hilando una red. Eco la observaba, y yo me preguntaba si estaba escuchándole los pensamientos con su clarividencia. También me preguntaba si había ayudado al capitán a discernir qué ilusiones eran reales y cuáles no.

Vi cómo latía el corazón de Fahr, escrito en los patrones que había sobre su pecho. Me pareció que estaba mal, fuera de lugar, ralentizado de alguna manera, pero no veía el porqué.

—Entonces ¿fueron tres disparos? —preguntó mi madre.

—Sí —respondió Eco—. Aquí, aquí y aquí.

Ella entrecerró los ojos mientras sus dedos seguían hilando runas como una tejedora.

—¿Tienes las balas?

—Sí. —Tomó un saco de lana de su mochila—. Están un poco oxidadas. Había pensado que podría haber alguna sustancia tóxica en el óxido.

Él lo vació en la palma de su mano y ella levantó una para verla bien, después, la tocó con la lengua.

—Óxido no —dijo—. Veneno.

—¿Piedras de fusil con veneno? Nunca oí hablar de algo así.

Cubrió las balas con los dedos y, al momento, se convirtieron en cenizas.

—Está afectándole al corazón y a los pulmones. —Levantó la mirada hacia él—. Puedo intentar una cosa.

Se giró hacia mí.

—Honor, tú me ayudarás.

Me guio hasta una pared de musgo contra la que se apilaban sus estanterías. Exactamente igual que en casa y su curandería de hierbas, raíces y misterio. Tomó un tarro de un ungüento, agarró un tubo cerrado con un tapón que contenía un gas amarillo y raspó un poco de musgo con una uña larga. Lo echó todo en un mortero y me pasó un mazo de piedra.

—Muélelos, siete décimas.

Destellos de mi infancia. Me puse a trabajar en silencio.

Se movió a una destilería de cobre y cristal, en la que un líquido transparente goteaba en un tazón de latón. Metió un dedo en el tazón y al tocarlo surgió una bruma. Una vez más, tocó el dedo con la lengua y vi cómo su preciosa cara se convertía en un cráneo. Nada nuevo. Había visto los huesos de su cara mucho antes de empezar a hablar.

El cráneo se desvaneció y la cara de mi madre reapareció en su lugar. Llevó el tazón hacia el mortero, añadió cinco gotas, y se lo llevó solemnemente de vuelta. Cuando terminé la mezcla, ella metió la mano y se puso la pasta en la palma. Cerró la mano en un puño y los ojos. Vi cómo movía los labios mientras recitaba el encantamiento. Era *Ferous Venomdonai*. Me hizo memorizarlo a los cinco años. Luego me envenenó la sopa para ver si lo recordaba.

Cuando abrió la mano, la pasta crepitaba con el patrón.

«La única forma de unirte a ellos es matando a uno y ocupando su lugar», había dicho Thanavar.

Me preguntaba a quién habría matado ella y cómo.

Fue entonces cuando el suelo retumbó bajo nuestros pies y sus medicinas repiquetearon en los estantes. Me giré para mirar a Eco. Mi corazón se detuvo en ese mismo instante.

Estaba arrodillado junto al primer oficial, con ambas manos sobre la mano de Fahr. Corrí a su lado y me arrodillé junto a ellos. Levantó la mirada hacia mí, con los ojos enrojecidos y llorosos.

El suelo volvió a retumbar, y esta vez cayó un poco de polvo desde el techo.

Me incliné por encima de él para tomar el pulso a Fahr. Comprobé su muñeca y su garganta, esperando sentir esa palpitación que dijera «vida», que dijera «aquí», que dijera «yo».

Pero no encontré nada. La búsqueda fue en vano y las tripas se me empezaron a hundir cual ancla en el mar.

—Le fallé —afirmó Eco—. No vi el veneno. Soy un clarividente y no lo vi…

—Le conseguiste tiempo —dije, con un nudo en la garganta. Posé las manos sobre las suyas—. Le diste casi cuatro días.

Las lágrimas del fauno caían sobre mis muñecas.

—No se me ocurrió que fuera veneno…

No tenía palabras para él, para este hombre amable, bueno y encantador. Así que le apreté las manos y apoyé la cabeza en su hombro, notando las puntas de su cuerno en el pelo. También a mí se me empezaron a llenar las pestañas de lágrimas y luché con todas mis fuerzas para contenerlas.

Apenas escuché a mi madre cuando se arrodilló a nuestro lado, su túnica verde azulada y roja se extendió por el suelo de piedra como en una alberca. Colocó la mano sobre el pecho de Fahr una vez más, y la odié por su actitud. La odié por llegar demasiado tarde. Tamborileó con los dedos en el aire, hilando patrones y dejando caer chispas por su cuerpo. Casi podía leer las runas que salían de ellos. La maxia selvaje había sido nuestro lenguaje tiempo atrás.

El suelo volvió a retumbar, y supe que había sido el capitán. Justo igual que en Sentina, lo haría caer todo sobre nuestras cabezas. Moriríamos a causa de su dolor.

—Quimérico —dijo mi madre, y me miró las manos enguantadas—. Gavriel dijo que tenías quimérico. ¿Cómo?

—No importa —contesté.

Se me acercó y me agarró la mano, pero la retiró de golpe cuando los patrones le quemaron la piel.

—El quimérico es poder —afirmó—. Da vida y se la lleva.

—¿Qué quieres? —espeté.

—¿Quieres salvarlo?

—Está muerto —ladré—. Lo que yo quiera no importa.

—Nunca subestimes el poder del «querer», hija.

De pronto, entendí a Thanavar. Al fin y al cabo, yo también había hecho un pacto. Me quité los guantes y le acerqué las manos.

—Estas runas… —Me giró las manos mientras los patrones bailaban y cantaban—. Hablan.

—¿Vas a curarlo o no?

Me lanzó una mirada fulminante. «Insolente. Arrogante. Descarriada». Todas sus palabras reaparecieron como fantasmas.

—Aquí. —Colocó mi mano en la frente de Fahr—. Y aquí. —En el pecho, al lado de su corazón.

Estaba frío, y yo estaba rota por dentro.

Pero su frente empezó a brillar conforme el quimérico chispeaba, esparciéndose por su cara con luz y patrones. Las runas atravesaron su pecho como un resplandor solar, buscando inmediatamente las de su mandíbula y garganta. Cuando se juntaron, todo su cuerpo empezó a resplandecer.

Y entonces, mi madre hizo algo que no había visto jamás.

Introdujo la mano en el pecho de él.

Dos dedos en punta, los demás y el pulgar cerrados sobre la pasta medicinal, y la introdujo como si él estuviera hecho de agua. La carne no se abrió, las costillas no se separaron, pero lo hizo igualmente, y pude ver cómo las runas bailaban entre ellos. Vi cómo sus dedos colocaban la pasta en su corazón, y vi pequeñas chispas cuando el tónico encontró la toxina. Pero el corazón no latió, y yo apenas podía respirar cuando ella sacó la mano limpia y buscó la mía.

Maxia oscura. Pactos tenebrosos. Susurros en la noche.

Estaba mareada, aturdida, desorientada. Movió mi mano hacia su pecho.

Imposible. Imposible. Imposible.

Entumecidos y llenos de cicatrices, mis dedos rozaron su corazón, y lo sentí. Y por primera vez desde que se hundió la Guardia del Amanecer, quise que estas nuevas manos cantaran.

Mi madre me miró y me atrapó en las estrellas que eran sus ojos.

—El quimérico son las lágrimas de nuestras hermanas, las lunas —dijo—. Libéralas y deja que este hombre viva.

Cerré los ojos, viendo la red correteando entre mis dedos y su corazón, viéndola envolverse, entrelazarse, conectarse e involucrarse.

—¿Cuál es el hechizo, Honor?

—No lo sé —sollocé—. ¡No tengo ni idea!

—Eres Arcaica, como yo. Tu maxia es selvaje. Imagínatelo y exhala el hechizo.

Tenía demasiadas cosas en la cabeza, había aprendido muchas, y otras tantas las había olvidado. No podía hacerlo. No era suficiente.

—¿Qué te ha enseñado él?

Sueños. Esperanza. Amistad. Luz.

«*Cantus Lumiere*».

«*Kel'yion*».

De pronto apareció el capitán, sobre nosotros dos se cernía una sombra tan profunda como el mar.

Alcé la mirada, apenas podía verlo a causa de las lágrimas.

—¿Cómo se dice vida en *rhi'ahr*? —exhalé.

Hincó una rodilla en el suelo y me puso las manos sobre los hombros.

—*Vivithari*.

La calidez. La fuerza. El poder de su runa. Respiré hondo y cerré los ojos.

—*Cantus Vivithari* —susurré al vacío.

Mi cuerpo se llenó de poder cuando el quimérico salió de mis manos hacia el corazón que sostenían. Las runas me recorrieron la piel, quemándome desde el hombro hasta el muslo, dejando ampollas a su paso. No me inmuté. Me dejaría quemar en carne viva si con ello esta mala mujer conserva a su amigo.

El cuerpo de Fahr se sacudió y unas runas brotaron de sus ojos abiertos. Un grito brotó de algún lugar de sus botas, y el mío se unió al suyo, sacudiendo mi cuerpo en una oleada que llegó hasta mi garganta, resonando en las paredes de la curandería y haciendo temblar las piedras del suelo. Había luz por todas partes y no veía nada. El sonido lo era todo, y yo estaba ensordecida. Solo estaba su corazón y mi madre, Thanavar y mis manos manejando el quimérico que impulsaba toda la maxia del mundo.

No sé durante cuánto tiempo estuvimos así, los cuatro en esa posición, atrapados en el poder del Mundo de las Runas, pero en algún momento, pasó como una marea, dejando tras de sí fragmentos de silencio.

Tenía las manos en el regazo, y mi madre estaba a mi lado. Poco a poco, Thanavar se puso de pie frente a todos, tenía los ojos tan negros como una noche cerrada.

Por su parte, Devanhan Fahr se apoyó sobre sus codos y parpadeó varias veces.

—Claramente no fue un sueño —dijo, sin aliento y como nuevo—. Pero ¿qué soles acaba de pasar?

Y todos los muros que había construido se derrumbaron como arena mientras mi cuerpo se estremecía y las lágrimas me brotaban de los ojos como una presa que se rompe. El capitán me recogió entre sus brazos.

El Tribunal de la Arena tenía un comedor.

En realidad era más como un gran salón, con techos más altos que los mástiles principales, pilares tan anchos como un cabestrante y suelos de mosaico que harían llorar de alegría a quien tuviera que trapearlos. Pero los magistrados del Tribunal de la Arena habían preparado un banquete y observé a Fahr devorar su primera comida desde hacía días. Estaba tranquilo y lúcido, y charlaba amistosamente con los magistrados mientras degustaban uvas pasas, queso y pan de cilantro.

¿Yo? Yo estaba más débil que un pollito, y agradecí que Eco se quedara conmigo, reconfortándome con la mano en el hombro. De hecho, mientras que una parte de mí quería celebrar lo que habíamos conseguido juntos, la otra parte quería esconderse en un rincón oscuro en algún lugar y ocultarse entre el ron y las sombras.

Acababa de resucitar a un hombre.

Era imposible y, aun así, lo había hecho.

¿En qué abismos me estaba convirtiendo?

—Vente a tomar una copa de vino —dijo el minotauro, Tekamorian, aunque le llamaban Tek—. Está claro que el quimérico te mina las fuerzas.

—Tiene un don único y poderoso —aseguró el fauno llamado River—. Podríamos entrenarla para manejarlo aquí, en el Tribunal de la Arena.

—Es como su madre —dijo una de las harpías. Se llamaba Liskeel, partió un trozo de pan con las manos, pero agarraba las uvas pasas con la lengua—. Valor Renn es poderosa y temida.

Fahr miró en mi dirección. Era imposible saber lo que pensaba desde que había despertado, o vuelto, o lo que abismos fuera que acabara de hacer, y no sabía qué pensar. Sus ojos oscuros se clavaron en los míos.

—Azul es poderosa —dijo—. Y en la Piedra Angular, es casi tan temida como el propio capitán.

—Eso está bien —dijo Liskeel—. El miedo es la maxia más poderosa de todas.

Y el oficial guiñó el ojo lentamente. Vi nubes detrás de sus ojos antes de que mirara para otro lado. Una vez más, agradecí que Eco estuviera ahí, de no ser así no seguiría entera.

Me miró.

—Lo siento —dije en voz baja—. No sé qué me pasa.

—Sí lo sabes —contestó Eco—. Llevas escondiéndote de ello desde que eras una niña.

En ese mismo momento hubiera estado dispuesta a caminar por la tabla si Humo me lo hubiera pedido.

Por ello, me alegré cuando el capitán volvió, seguido del resto del Tribunal. Mi madre estaba a su lado y se me revolvieron las tripas. Tras ellos, unos magus con túnicas cargaban con baúles de cuero y cofres de madera.

—Llévenlos a los muelles —ordenó mi madre—. Los botes están esperando.

Ella lo miró.

—¿Verdad que sí, Gavriel?

Tenía los ojos oscuros y la boca sombría, y supe que se había cerrado un trato.

—Mi tripulación ayudará —aseguró—. Levamos anclas al amanecer de Forja.

La mirada arrolladora de mi madre se posó en mí y sonrió.

—Honor —dijo, y avanzó con los brazos extendidos—, deberías comer, recuperar fuerzas. El quimérico te drena.

Me abrazó con fuerza, apoyando su mejilla contra la mía. La dejé hacerlo. La única alternativa habría sido esconderme detrás de Eco, y eso era de débiles.

«Débil no», dijo Eco en mi cabeza. «Levanta la mano y dile que no».

Lo miré. Soles, cómo respetaba a ese hombre.

«La próxima vez», dijo.

«La próxima vez», y luché contra el escozor de mis ojos de nuevo.

Fahr se había levantado de la mesa y estaba de pie junto al capitán, y me dolió pensar en lo que había costado este trato.

—¿Qué hay en los baúles? —le susurré a Eco.

—Maxia, túnicas, suministros, libros —contestó.

—¿Por qué?

—Creo que vienen con nosotros.

—¿El Tribunal de la Arena viene con nosotros?

—Tres de ellos, sí. Según tengo entendido.

Me aparté de su lado y me dirigí dando traspiés hacia el capitán, el primer oficial y mi madre.

—Capitán —le dije—. Te aseguré que podía pactar.

Bajó la mirada hacia mí, distante e indescifrable una vez más.

—No necesitaba tus pactos, Aro'el.

—¡No puedes darles la Piedra Angular!

—No voy a darles la Piedra Angular.

—¿Te entregas a ti mismo?

—No, subteniente —suspiró.

Me tragué el nudo que me había salido del pecho.

—¿A mí?

—Aunque parece que los reyes de ambos reinos quieren a una rastreadora de quimérico, el Tribunal de la Arena no. Les entregaré la Puerta de las Nubes.

La Puerta de las Nubes.

Les iba a entregar la Puerta de las Nubes.

El objetivo, la solución, el destino, el premio. El origen del quimérico, la puerta entre los dos reinos. Y la que podría ser la única forma de salvarme. Lo estaba entregando todo, fue como una patada en el estómago.

Ladeó la cabeza.

—¿En serio? ¿Ninguna ocurrencia? ¿Ninguna réplica? ¿Ninguna respuesta de la insolente Azul? Excelente. Me siento respaldado.

Estaba triste, así que arremetió contra mí. Conocía esa forma de actuar, porque yo misma actuaba igual. Pero lo cierto es que tenía razón. Yo no tenía nada que decir. No tenía palabras, ni reprimendas, ni reproches. Y en su defensa, no había alternativa. No se podía hacer ningún buen trato con el Tribunal de la Arena, no había forma de llegar a un acuerdo satisfactorio para las dos partes, y menos si mi madre era uno de ellos ahora. Así fui educada y probablemente por eso nunca estaba satisfecha. Siempre quería más, igual que ella.

—Odio esto —murmuré en voz baja.

—Bien —dijo, y lo miré.

Ambos lo sentimos. Habíamos vencido a la muerte, pero habíamos salido perdiendo ante nuestros temibles pactos. El Tribunal de la Arena era un nido de víboras, y acabábamos de invitarlos a nuestras cubiertas. No estaba segura de que nada volvería a ser lo mismo.

«Lo siento», decían sus ojos.

«Yo también», respondieron los míos.

—Están aquí —anunció Eco de pronto, y todos nos giramos—. Tres barcos. *Rhi'ahr*.

Conocía esa mirada. Estaba leyendo mentes y hablando telepáticamente, las cosas que lo convertían en magus.

—La Piedra Angular espera la orden de atacar, capitán.

—Que ataque —dijo Thanavar.

Y el comedor resonó con el estruendo de los cañones.

26

Aguas profundas

Recordé la imagen de Labranza, destrozada por el fuego de los cañones y ardiendo como una caja de cerillos. Recordé los gritos desde los muelles y el caos de los marineros huyendo. Recordé el olor del aceite del embarcadero y la pólvora. Y recordé lo agradecida que me sentí por no estar en Labranza cuando llegó el ataque, porque una ciudad sitiada es algo horrible.

El fuego de los cañones de los tres barcos *rhi'ahr* golpeó el muro de la ciudad, hizo añicos la arenisca y empezaron a caer bloques sobre los muelles de debajo. Las casetas y los puestos quedaron destrozados cuando las balas los atravesaron, y los fragmentos de madera salieron disparados como flechas. Las palmeras se partieron, las estatuas quedaron derribadas y toda la ciudad se encendió de quimérico mientras crepitaba entre los edificios. Las murallas devolvieron el ataque, docenas de fusiles dispararon balas letales sobre el agua. Esperaba que unas cuantas alcanzaran sus objetivos. No había manera de que la Piedra Angular pudiera con los tres.

Las puestas de soles estaban tiñendo el puerto de dorado mientras corríamos; el temor por nuestro barco me propició la fuerza que no sabía que aún me quedaba. Lanzamos escudos y hechizos de protección mientras esquivábamos los trozos de piedra que caían por todas partes. Ya estábamos fuera de las murallas, y reduje la velocidad para observar el puerto. Los barcos *rhi'ahr* bombardeaban la ciudad con más de cien armas. Reconocí de inmediato al Marelethan cuando, tras ella, la Piedra Angular apareció en escena.

Apuntó con todas sus armas al Marelethan, ejecutó un ataque perfecto y convirtió el mástil de mesana, el travesaño y el timón en astillas mientras se alejaba. Y ya no estaba, oculta de nuevo bajo el hechizo del manto entre el atardecer y el caos. Otros barcos más pequeños habían abandonado sus amarraderos y se adentraban en la bahía para disparar contra los buques, pero ninguno era un buque de guerra. Incluso con la Piedra Angular de su lado, estaban en clara desventaja armamentística.

Thanavar se detuvo de pronto y se giró hacia Fahr y hacia mí.

—Aro'el, ¿puedes dirigir el quimérico? —preguntó—. No como un hechizo de retención o impregnación, ¿lo puedes canalizar como una lanza?

—¿Desde aquí? —bramé sobre el rugir de los cañones.

—¡No! —Y extendió el brazo, señalando la orilla—. Dispara desde allá, en el agua. Envíalo a un barco, solo a uno. Que arda su quilla. ¿Puedes hacerlo?

—¡Puedo!

—¡Vamos!

Fahr me agarró del brazo y corrimos por las murallas hasta la costa rocosa.

Me guardé los guantes en el cinto y corrí hacia adelante, el agua me llegaba por las rodillas y metí los brazos hasta los codos. Y de nuevo, como el primer día, el agua retumbó, y los patrones se extendieron por las olas.

«Concéntrate», me dije. Aniquilar la quilla. Que arda como un arenque asado. Ahumarla como una anguila tostada.

No había ningún hechizo para eso. Y, aun así, en Sentina, lancé un hechizo de atadura/retención/protección para contener el caos flotante. El quimérico se apoyó en la maxia selvaje, y yo fui igual de selvaje conforme venían. Además, había resucitado a Devanhan Fahr de entre los muertos. Pues claro que podría freír una quilla.

Cerré los ojos y visualicé el agua. Me imaginé que yo era un tiburón, nadando por las corrientes, fijando la mirada en la oscuridad del casco y en la pala que era su timón. Podía ver los percebes que lo cubrían como la viruela, caparazones irregulares y placas afiladas. Y ahí estaba, la suave aleta que se extendía por debajo era la quilla.

Me palpitaban las manos, pero no había enviado ninguna lanza, y me di cuenta de lo que me faltaba.

—¡Hílalo! —grité—. ¡Hila el agua! ¡Crea una ruta para el quimérico!

Se adentró en el agua hasta llegar a mi lado y empezó a trazar círculos cerrados, con los dedos chispeando por las runas. El quimérico salió disparado de mis manos, propagándose por las profundidades canalizado.

Golpeé la quilla, y los patrones se abrieron camino ardiendo a través de la madera, todo se llenó de brasas incandescentes, aceite y chispas. Su nombre era Terrebith Fae. Lo supe en cuanto el quimérico lo tocó, abrasando la quilla por ambos lados hasta encontrarse, convirtiendo la madera en ceniza. Entonces, no quedó nada, el quimérico se disipó en el agua al igual que la quilla convertida en cenizas. Pero incluso así, sus velas ondeaban, sus cañones retumbaban, y la embarcación se arrastró por las aguas, desafiante y orgullosa. Me arrodillé en las aguas saladas, suspirando por lo que había sido un plan magnífico.

En ese momento, su mástil se sacudió con fuerza, sus cañones se silenciaron y un crujido ominoso se hizo eco por toda la bahía. El corazón me dio un brinco cuando el Terrebith Fae empezó a balancearse.

La Piedra Angular apareció en ese momento, agujereándole el casco a cañonazos, mientras la devoraba el quimérico que yo había lanzado.

A medida que se inclinaba, la furiosa flota de barcos privados se abalanzó sobre ella, descargando sus cañones e invadiendo sus baluartes. Sabía que, muy pronto, toda la tripulación de la Terrebith Fae sería comida para los peces de la Bahía Corvallan.

La Piedra Angular hizo otro barrido girándose hacia el Marelethan, pasándolo con una descarga de los cañones de estribor. El Marelethan era más grande y estaba mejor armado, y no le costó nada responder con una descarga desde dos cubiertas a la vez. La borda y la segunda cubierta de la Piedra Angular quedaron hechas añicos, y recé por que los chicos estuvieran a salvo. Lo siguiente eran las armas de persecución, pero el Barco de los Hechizos había desaparecido y los disparos *rhi'ahr* impactaron en el agua. El Marelethan cambió de rumbo y viró bruscamente, reduciendo sus pérdidas y adentrándose en el mar.

Fijé la mirada en el último barco. Podía escuchar los gritos de la tripulación desde la otra punta de la bahía mientras la embarcación se desviaba hacia la costa rocosa como sin darse cuenta. Fahr me dio un codazo y miré hacia el embarcadero, donde Thanavar y el Tribunal de la Arena estaban de pie unos al lado de otros, conjurando hechizos.

Me estremecí al pensar en las ilusiones que estarían creando, sin duda lo suficientemente fuertes y dementes como para hacer que el barco *rhi'ahr* se estrellara contra las rocas. Y se estrelló, destrozando el bauprés y la proa, el castillo de proa y luego la cubierta principal al chocar contra los acantilados. Los barcos de la bahía acabaron rápidamente con la embarcación naufragada y se abalanzaron sobre ella como hormigas sobre un cadáver.

Y así, sin más, se había terminado. Solo quedaba apagar los fuegos, reconstruir los muelles y lamentar las muertes. Por suerte, yo no estaría ahí para eso.

Miré a Fahr. Estaba vivo, y me dolió pensar que casi lo perdemos, pero me enorgullecía haberlo traído de vuelta. Se estiró para tomarme la mano y me sacó del agua. Me dejé llevar y me agarré a él como a un salvavidas en las Trombas.

—Estoy muy contenta de que estés de vuelta —le dije—. De verdad, muy contenta.

Pero me apartó.

—No debiste haberme traído de vuelta, Azul —me contestó—. Está todo mal, y nada volverá a estar bien. Jamás.

Me soltó, se giró y se dirigió hacia la arena, dejándome sola en el mar, tan vacía como un casco desmantelado.

Amanecía cuando levamos anclas en Puerto Corvallan. Mientras Forja se elevaba con pereza en el cielo nebuloso, Thanavar dio la orden de ocultarnos. No sabía por qué, hasta que Kit avistó las velas de seis embarcaciones de la Armada acercándose a la bahía. Contuve la respiración mientras el Templomar y su flota pasaban de largo a nuestro lado sin darse cuenta, y supe que Thanavar sabía exactamente lo que estaba haciendo cuando le había dicho a Worley los días equivocados. Le había mentido al rey y no me había entregado, y al hacerlo, nos había posicionado como un enemigo. Ni siquiera estaba segura de que la presencia de un príncipe nos hubiera mantenido a salvo con seis embarcaciones pisándonos los talones.

El camarote de oficiales no estaba ocupado por ninguno de ellos y se adaptó para los tres ferromagus del Tribunal de la Arena. Odiaba este nuevo arreglo, odiaba este nuevo pacto y odiaba al Tribunal de la Arena. El hecho de pensar que Thanavar entregaría *Lindurithain*, algo tan importante para él, era algo que me sacaba de quicio.

Y Fahr no me había dirigido ni una sola palabra desde que habíamos salido del puerto.

Navegábamos hacia el este, rodeando las Trombas una vez más, siguiendo al Marelethan gracias a su rastro de quimérico con la esperanza de que nos guiara hasta el Canal de la Puerta de las Nubes. Sin embargo, cabía la posibilidad de que fuera al encuentro del Endorathil, así que esa noche, nos reunimos en el gran camarote, leímos atentamente los mapas y debatimos sobre las estrategias que debíamos llevar a cabo si, y cuando, diéramos con él. Nos había derrotado estrepitosamente dos veces. No podía haber una tercera.

El segundo día, los mares estaban agitados, pero había retomado mi puesto como rastrearunas. Se me hizo largo el día en la línea de flotación, apoyada contra el casco oscilante de la Piedra Angular, con una mano en el agua y otra en la línea, pero maravillada por escuchar su voz más fuerte y frases más largas, y sabía que era gracias a Nil'hellyn.

EL HIERRO ES MALVADO, EL HIERRO ES ASTUTO. MI AMOR CAERÁ CUANDO EL HIERRO MIENTA.

Lo cierto es que no me sorprendió que tuviéramos la misma imagen de los ferromagus, y eso me provocó un escalofrío pícaro de satisfacción.

Al final de mi turno, Eco me convocó a la enfermería para revisarme las cicatrices rúnicas.

—Mmm —murmuró. Y repitió—: Mmm.

—Están por todas partes —dije mientras volvía a ponerme la túnica.

—Así es —dijo—. Se juntan en tus omóplatos y han sobrepasado las rodillas. Incluso hay algunas surgiendo en la parte baja de tu espalda.

—Ahora las necesito con más frecuencia —dije—. Es como si el quimérico se desvaneciera y mi cuerpo necesitara más.

—Bueno, estás trabajando mucho.

—¿Qué ocurrirá cuando no haya más piel que quemar?

—Me temo que no tengo ni idea —dijo—. Espero que no empiecen a abrirse camino hacia tus órganos. No sé cómo les afectaría.

Me tragué el miedo que se apoderaba de mi pecho.

—Es una forma horrible de morir —murmuré.

—No pienses esas cosas —dijo—. Este barco respira maxia y ahora, con los ferromagus a bordo, hay muchas más opciones.

—No pediré ayuda a los ferromagus.

—¿Ni en caso de vida o muerte? —preguntó.

—Ni por eso.

Puso su mano sobre la mía.

—Entonces te ayudaré.

Suspiré y me miré las manos. Era como si ya no fueran parte de mí, poderosas y extrañas. Les daría su libertad si así me garantizaba la mía, pero ya era demasiado tarde para eso.

Quizá era demasiado tarde para mí.

—¿Ya está visible? —bramó Humo desde el otro lado de la tela—. Una rastrearunas desnuda no es la imagen más agradable para estos pobres ojos ahora mismo.

—Recuerda. —Eco me acarició la rodilla—. Estoy aquí.

—El cuerpo necesita dormir de vez en cuando —murmuró el contramaestre al entrar en el centro médico—. El maldito Tribunal de la Trena ha ocupado el camarote de oficiales.

—Asignaron a Humo a dormir conmigo —dijo Eco con un movimiento rápido de oreja—. Ascua no permite que el médico del barco descanse, con lo que ronca.

Me bajé de la camilla y me puse las botas.

—Así que esa es tu madre —continuó Humo. Empezó a colgar su litera—. La verdemagus sanadora.

—Ferromagus ahora —dije—. Es lo que siempre quiso. Para lo que de verdad había nacido.

—Es una dulzura —dijo Humo—. No hay duda de que saliste a tu padre.

—Debe ser una magus poderosa si es parte del Tribunal de la Arena —dijo Eco.

—Siempre lo ha sido. —Me coloqué el pelo detrás de las orejas—. Y la gente siempre le ha tenido miedo por eso.

—Bueno, quizá por fin encontró el lugar al que pertenece. Humo se acostó en la hamaca y dejó caer sus botas al suelo.

—¿Y por qué te fuiste? —preguntó—. ¿Te pegaba?

—No.

—¿Te encerraba en tu habitación? ¿Intentó venderte en el mercado?

—¿Qué? No...

—¿Te ponía apodos? ¿Prefería que estuvieras muerta? ¿Te obligó a trabajar en un palacio porque el rey pensaba que eras graciosa? Ay, espera, ese fui yo.

—Humo. —Eco chasqueó la lengua.

—Era manipuladora y severa —dije, pero me sorprendí ante la falta de vehemencia en mi voz—. Y nos perseguían de pueblo en pueblo porque no había nada que ella no hiciera por la maxia.

—¿Curaba a la gente?

—Sí —respondí, de nuevo sorprendiéndome—. Se le daba muy bien.

—Pero eso asustaba a la gente —dijo Eco—. ¿A ti te asustaba?

Levanté la vista, pero no lo estaba viendo a él. La veía a ella, a nosotras, preparando la curandería en cada pequeña choza en la que habíamos vivido. Siguiéndola por los bosques en busca de setas y musgo, de arándanos y de hierba agria. Partiendo los cuellos de las liebres y degollando los zorros que caían en nuestras trampas. Huesos clavados en el techo, ollas en el fuego, tarros de lodo en la repisa. Era una mujer sedienta de maxia, capaz de aprender todo lo que hubiera que aprender, sin importar el precio. Era una verdadera Arcaica, su maxia era desestructurada y selvaje. Con razón yo había huido en busca de las reglas y la disciplina de la Armada.

—No eres ella —afirmó Eco.

—Pero soy como ella —respondí—. Y puede que haya llegado el momento de dejar de huir.

—¿Lo ves? —dijo Eco—. La sabiduría empieza a emerger.

Sonrió y alzó dos hilos verdes.

—¿Dos?

—Uno por la asistencia quirúrgica y otro por, bueno, ya sabes, devolverle la vida a nuestro Dev.

Lo maldije en voz baja, pero los agarré de todas formas.

—Quedarán bien entretejidos en tu cinto junto al dorado.

Pues sí, y lo miré, con una sonrisa que me dolía en las mejillas.

—Que duermas en calma —dije.

—Cuando las lunas se encuentren —respondió Eco.

Humo ya estaba roncando.

Me metí los hilos de lana en la bota y salí de la enfermería, subí por la escalera y me detuve en la pasarela para echar un vistazo a la puerta del capitán. Fahr debería estar ahí esa noche, compartiendo catre con el Noble Sacerdote, mientras yo hacía todo lo posible por evitar a un ferromagus.

Sí, puede que fuera el momento de dejar de huir.

Aun así, me alegré de encontrarme con Kit esa noche, inquieta y agitada, dormida en el catre debajo del mío.

27

La sombra

El siguiente día lo pasé de nuevo en la línea de flotación, persiguiendo el quimérico hacia el sureste y escuchando cantar a la Piedra Angular. Era increíble, canciones de runa y creación, soles y lunas, estrellas y lágrimas. Una canción trataba de un niño que trepó por las ramas del Árbol de las Runas y, cuando se cayó, se fue volando con alas de halcón.

Al final del día, Buck y Humo me subieron de nuevo al barco. Por lo visto, me habían invitado al gran camarote a comer. Era lo último que se me antojaba hacer, estaba sedienta y agotada, pero era el deber de un oficial, y honré mi juramento.

La mesa estaba puesta con un surtido de pastel de almejas y cabra y pudín de sebo spanilla, y había más botellas abiertas que copas para servir. De todas formas, no tenía demasiado apetito a pesar de la abundante comida.

Estaba sentada al lado de mi madre e intenté participar en las conversaciones de los demás para evitar hablar con ella. Eco se puso tan filosófico como siempre mientras hablaba de política con Liskeel, y Buck intercambiaba historias patrióticas con Tek. Humo era sarcástico e ingenioso, por lo que entretenía a todos los presentes con facilidad. Thanavar no era ajeno a las insinuaciones de mi madre, y me miró de reojo numerosas veces durante la comida. Él era exactamente el tipo de hombre con el que ella siempre había soñado estar: reservado y distante, pero poderoso y arcano; para cuando me di cuenta, estaba clavándome las uñas en las palmas de las manos cada vez que la escuchaba reírse. Recé porque fuera lo suficientemente inteligente como para mantenerse alejado de sus garras.

Porque, siendo honesta, las únicas garras que quería sobre él eran las mías.

Aunque había estado distante desde el encuentro con el Tribunal. Al igual que Fahr. Una vez más, me sentía perdida, apartada, a la deriva, como si hubieran lanzado al mar mi descarriado corazón sin un tablón al que agarrarse.

Nuestro querido Worley nos vigilaba a todos como una mamá gallina, rellenaba el vino y reponía el pudín según iba haciendo falta. El mío permanecía intacto en mi platito de hueso.

—¿Y ahora qué? —preguntó Fahr, con los ojos brillantes por el alcohol.

—Atracaremos en la Isla de Lord Perry —dijo Thanavar—, llegaremos allí en dos días. Así podremos reabastecernos antes de ir hacia las Trombas.

—¿Esa cabeza tres veces maldita, infestada de cangrejos y llena de arrugas? —preguntó Humo, y me pareció ver que los ferromagus casi sonrieron—. No hay nada que quiera de esa cloaca de dos duros.

Dio un sorbo a su copa.

—Ahí es donde las pulgas van con los piojos a echar una canita al aire. —Movió las cejas sonriendo—. Hacen un montón de bebés pulgojos.

—Necesito reponer las botellas, capitán —avisó Worley, y se rio entre dientes—. Se están acabando unas cuantas esta noche.

—Es la buena compañía —dijo Fahr, y alzó su vaso—. ¡Por un enemigo dispuesto y un buen buque de guerra!

—¡Por un enemigo dispuesto y un buen buque de guerra! —exclamamos todos.

Mi madre se inclinó sobre mí, el aliento le olía a sebo y vino.

—La compañía es muy buena —dijo—. Estoy orgullosa de ti, Honor. Lo has hecho bien.

Levanté mi copa, la dejé suspendida por un momento, enviando una silenciosa disculpa a Eco por las emociones que brotaban en mi interior.

—¿Verdad que sí? —le dije—. Y fue cosa mía. Esta descarriada mujer. Yo.

—Gavriel dice que el quimérico se inclina por la maxia selvaje —dijo—. Tienes ese don gracias a mis enseñanzas.

—Tengo este don porque la Endorathil hizo volar por los aires al Guardia del Amanecer bajo mis botas.

—La maxia no se ve mermada en el conflicto —aseguró—. Es cuando surgen los Arcaicos.

—Y aquí estás tú en el Tribunal de la Arena —dije—. ¿A quién tuviste que matar? ¿Usaste veneno o tus pasadores de hueso?

Sonrió y volvió a sentarse recta, jugueteando con su copa momentáneamente.

—Es cosa del destino que navegues con un speculumagus —respondió—. Quizá te pareces a tu padre más de lo que imaginas.

Lo sentí como un cañonazo en el estómago. La miré fijamente.

—Ay, hija, eso ya lo sabías —dijo, y se acercó el vino a los labios—. Tu padre era un speculumagus, igual que tu capitán.

Mi padre era un speculumagus.

—Quiso llevarte con él, pero le dije que no.

Pues claro que lo sabía. Estaba clarísimo. Mi padre era el oso.

—El bosque no es lugar para una niña descarriada.

El oso con piñas y miel.

Todas las cosas que había intentado olvidar.

Me puse de pie.

—¿Permiso para salir? —pregunté al capitán.

Sus ojos dorados brillaron y ladeó la cabeza como un pájaro.

—Demasiado vino —espeté.

—Pues a la enfermería —dijo—. Fahr y yo te acompañaremos.

—No, por favor —protesté—. Solo necesito un poco de aire.

—No puedo dejar que incendies el barco, Azul —dijo Fahr, y lo maldije por eso y por todo lo que me había pasado en mi miserable vida.

Ambos se levantaron.

Soles. Lunas. Déjenme saltar al mar.

—Volveremos en breve —anunció Thanavar—. Oakum, la mesa es tuya.

—Privilegios del contramaestre —dijo Humo—. Para mí la mesa, el timón, las ruedas y el ron.

Incluso los ferromagus se rieron con eso.

En ese momento los odiaba. Odiaba a Thanavar. Odiaba a Fahr, y a mi madre, y a mi padre el oso y a todos los que habían conspirado para menospreciarme por su propio interés. Con el corazón encogido, seguí al capitán y al oficial fuera del gran camarote y hacia la escalerilla.

Thanavar se dio la vuelta y casi choco con él en la oscuridad.

—¿De verdad estás borracha, Aro'el?

Había un tono cortante en su voz, y supe que algo se avecinaba.

—No. Es que mi m…

—Acompaña a Fahr a la cubierta, por favor. Un testigo de la Armada sería lo más sensato.

Y desapareció, dejándonos a Fahr y a mí en la escalerilla.

—Tú… —Sacudió la cabeza, tenía el ceño fruncido y la boca apretada—. Tú sígueme.

Subió por la escalerilla hasta el alcázar. El mar estaba agitado, y el cielo del atardecer estaba oscuro, Ascua apenas brillaba en el horizonte occidental. La tripulación de cubierta trabajaba en silencio. Neale estaba en la rueda solar, Kit en la jarcia y la Guardia de cuartilla hacía sus tareas; limpiar, remendar, doblar, enrollar. La Piedra Angular tenía capacidad para cien personas, y fácilmente un tercio de ellas estaban de servicio en todo momento.

Era un buen barco con una buena tripulación. Era buena compañía, como había dicho mi madre.

Fahr se movió con cautela por la cubierta, y todos mostraban respeto a su paso. Estábamos cerca del castillo de proa y me sorprendió ver a Worley con su cesta de pájaros en la proa.

—Worley —llamó Fahr, y el hombre se giró bruscamente.

—Santo gancho, señor —dijo—. Casi me da un infarto.

—Pensé que habías ido a buscar vino.

—Sí, señor. En cuanto acabe con mis pájaros, señor.

—El capitán no ha ordenado que se envíe ningún mensaje, Worley.

—Sí lo hizo. —El hombre me miró—. Tú lo escuchaste, subteniente Azul. Dijo que enviara un mensaje a la Isla de Lord Perry…

Volvió a mirar a Fahr.

—Para un amarre, señor. Hay que organizarlo en Lord Perry.

—¿Puedo ver el mensaje?

—Ya solté al pájaro, señor. Se fue.

Hubo un destello blanco cuando el halcón invernal apareció volando. Describió un arco con el ala y se posó en la proa, dejó caer una pequeña forma sobre la cubierta con un golpe sordo. Era un vencejo, Fahr se agachó para recogerlo. Tenía la cabeza ladeada y el pecho perforado por las garras del halcón.

—Oh, no, mi Gritta no —gimió Worley—. Era la mejor, la más lista.

Fahr desenrolló un pergamino diminuto de su pata.

—«Piedra Angular atracará en Lord Perry, en dos días». —Alzó la mirada—. ¿A quién envías esto?

—¡A Lord Perry, señor! —Alternó la mirada entre nosotros—. ¿A qué se deben estas preguntas?

—¡Porque tú eres la «sombra»! —gritó Fahr—. La sombra a bordo comprada por las harpías. Fuiste tú quien envió informes de nuestra vuelta a Labranza, provocando un ataque y casi hundiéndonos a todos.

—¡No!

—Worley no, Dev —dije.

—Enviaste un pájaro avisando de nuestro viaje a la Bahía del Estraperlo —empezó Fahr—. Donde las harpías atacaron y mataron a nueve marineros capaces. ¡Nueve de tus compañeros! ¡No lo niegues!

—¡Claro que lo niego, señor! ¡Por favor, subteniente Azul! ¡Díselo!

—Y luego está el reciente ataque a Puerto Corvallan. El Templomar y compañía aparecieron justo cuando tu mensaje decía que lo harían. Pero ¿cómo te las arreglaste para hacer llegar esa información a los barcos *rhi'ahr*, Worley? ¡Cómo!

—¡No tengo ni la menor idea, señor! ¡Odio a los *rhi'ahr* tanto como cualquier hombre!

—Nos vendiste, Worley. ¿Qué te ha podido pasar en la Piedra Angular para que vendas a tu propio barco? —Fahr se inclinó hacia adelante, emanaba desprecio en cada palabra—. ¿De verdad eres tan cobarde y traidor?

—¡Mató a mi hijo!

De inmediato, Worley se quedó inmóvil, con la cara roja, la boca abierta y estupefacto al darse cuenta de que había hablado de más. Pero ya estaba dicho, se le tensaron los labios y la mirada se le endureció.

—Él mató a mi hijo. Claudian era carpintero en la Armada Imperial. ¡Iba a bordo del Viento Eterno, y murió hace seis años cuando dejaste que se hundiera en el fondo del mar!

—El Viento Eterno intentó hundirnos a nosotros, Worley. ¡Lo único que hicimos fue devolverles el golpe!

—Él es un maldito *rhi'ahr*, Fahr. Mató a mi hijo por el maldito árbol.

Lo único que se oía era el sonido del viento y las olas, los crujidos de la madera y el fragor de las velas.

—Este barco es una abominación. Él es una abominación, y cada uno que está bajo su mando merece compartir su destino, en especial el cobarde hijo de un rey.

Se me cayó el alma a los pies cuando se inclinó hacia adelante.

—Te quería. El rey te quería, Devhanus Bonavanczek, príncipe cobarde de Supramar. Tú traicionas a tu sangre cada día de tu vida. Deberías haberte tirado por la borda cuando eras un niño. Maldito traidor, eso es lo que eres. Un maldito traidor.

Me giré y vi a Humo y a Buck. El maestre de cubierta llevaba unas esposas.

—Te arrepentirás —dijo Humo, y levantó unos trozos de papel pequeños—. Encontramos pergaminos de Bracey entre tus cosas.

—¡El maldito Noble Sacerdote *rhi'ahr* tomando decisiones en la Armada Imperial! —exclamó Worley, y dio un paso hacia atrás—. Pues bien, ¡la hora de los Nobles Sacerdotes ha llegado a su fin! ¡Supramar combatirá esta abominación que surca los mares con dos banderas y una patente de corso falsa!

—Tienes lo que queda de noche para soltar lo que sabes —dijo Humo—, de lo contrario, por la mañana descubrirás lo que les pasa a los traidores.

—No cederé —advirtió Worley—. Soy un pájaro. Soy un vencejo. Volaré lejos, y jamás sabrán cuándo atacaré.

Y se arrojó por la borda.

Pero tenía una cuerda atada al tobillo, y la Piedra Angular lo arrastró de vuelta por encima de la borda.

—Bájalo, Buck —dijo Fahr.

En la popa, con el cabello oscuro como el mar ondeando al viento, Thanavar estaba de pie, sin perder detalle de lo ocurrido.

28

Quilla y queche

Reconozco que no lo había visto jamás, los hombres de la Piedra Angular jalaban cuerdas y pesas alrededor del casco, desde estribor a babor pasando por la quilla. El arrastre por la quilla era un castigo horrible, y solo pensarlo hacía flaquear incluso a los corazones más duros. Nunca había oído hablar de ningún capitán que lo hubiera ordenado, ni de ninguna tripulación que lo hubiera llevado a cabo.

Eso estaba a punto de cambiar.

Trajeron a Worley a la mayor, con las manos atadas y una segunda cuerda amarrada alrededor de los tobillos. Estaba pálido y el pelo fino se le pegaba al cráneo. Estaba desnudo de cintura para arriba y vi en su espalda las marcas rojas causadas por el aparejo de gata.

Se me partió el corazón al pensar que este viejo grismagus, este amante de los pájaros, no viviría para ver otro atardecer. No podía creer que él fuera la sombra, y me había pasado la noche llorando en mi litera, por él, por nosotros, por todos los que ya no estaban aquí por su culpa.

¿Qué significaba servir al Barco de los Hechizos?

La tripulación completa se había reunido para mirar. Los hombres de Buck subieron a Worley jalando la cuerda que tenía atada a las muñecas, y gritó al primer tirón. Pude ver cómo se le torcían los hombros y se le salían de sus cavidades mientras lo levantaban de forma lenta e implacable. En la jarcia, Kit y Neale lo agarraron y lo colocaron en el lado de estribor de la verga de la vela mayor. Incluso a tanta altura, él parecía ya medio muerto, y una parte de mí quería apartar la mirada, suplicar clemencia o volver a la enfermería de Eco hasta que se acabara. Pero no podía, no debía, así que tragué saliva para contener las náuseas que me subían por la garganta.

El capitán y el primer oficial estaban de pie en la mayor, junto con el resto de nosotros. Llevaban uniformes tan finos como cualquiera de la Armada, y el rostro de Thanavar estaba impasible como una piedra.

—No es el primer hombre que mando ejecutar —dijo por encima de los crujidos del barco—. Pero es la vez que más duele. Worley se había ganado nuestra confianza, y no hay algo peor en la vida de un maremagus que la traición. Nuestras vidas dependen unas de otras. No compramos nuestra fe, no vendemos nuestra confianza. Servimos a nuestro rey, servimos a nuestras Mareas, y servimos a la maxia que fluye por nuestras venas.

Miró alrededor a todos los que estaban allí.

—Y por ello, servimos a la Piedra Angular. Es nuestro corazón y nuestro hogar, la luz que nos guía, y nuestro puerto seguro. La traición de Worley nos ha costado muchas vidas, y más allá de eso, casi nos cuesta nuestro barco. Es algo que no podemos permitirnos perder.

Miró hacia arriba.

—Yo te condeno, Worley, pero será nuestra Madre, la Mar, la que te juzgue. Si sobrevives a la quilla una vez, puede que no sobrevivas a ella dos veces. Pero si lo haces…

Inhaló muy hondo.

—Si lo haces, quedarás a juicio del mar. Te dejaremos a la deriva con raciones para una semana, a merced del océano. Una misericordia que no tuviste con mi barco ni con mi tripulación.

Me mordí el labio. No había ninguna bola de cañón atada a sus pies, ni cadenas que lo hundieran en las profundidades para evitar los percebes afilados que cubrían el casco del barco. Sería horrible, y se me rompió el corazón por este miserable viejo. Su pérdida no fue menor que la nuestra. Y aun así…

El capitán asintió con contundencia y, con un movimiento fugaz, Neale empujó al hombre mayor desde la verga. Cayó al agua como una piedra.

—¡Cuerda de arrastre! —gritó Buck, y los hombres de babor jalaron las cuerdas que ataban las muñecas de Worley. Había caído por la borda de estribor, y jalaron con fuerza y rapidez para sacarlo por la borda de babor a través de la quilla. Recordé los percebes del casco del Terrebith Fae, las placas afiladas y los caparazones letales, y recé para que saliera ileso.

Levanten, tiren, levanten, tiren.

Juro que podía escuchar los golpes que iba dando por debajo del barco.

Levanten, tiren, levanten, tiren.

Pero entonces se oyó un grito y redoblaron sus esfuerzos, arrastrando el cuerpo ensangrentado por encima de la borda. Se balanceaba colgado ahora por los tobillos, con media cara destrozada y laceraciones en toda la piel expuesta. Podía verle el hueso amarillento de las costillas y destellos blanquecinos en los muslos y los hombros, y me dieron ganas de vomitar.

Pasar por la quilla. El peor destino para un maremagus.

Thanavar cruzó la cubierta para observar lo que quedaba.

—¿Sigues vivo, Worley?

El hombre se resistió y emitió un sonido gutural.

—¿Tienes el valor necesario para confesar? —preguntó—. Si confiesas ahora, te proporcionaré una muerte rápida.

Abrió y cerró la boca, hubo más sonidos, y Thanavar se acercó más.

Worley respiró hondo y le escupió.

Thanavar se echó hacia atrás.

—Que así sea, Worley. Si los dioses del mar te perdonan, verás salir el sol.

Le hizo un gesto con la cabeza a Buck.

—¡Cuerda de arrastre! —gritó el maestre de cubierta, y volvieron a dejar caer a Worley.

Levanten, tiren, levanten, tiren.

Pasó bajo el barco por segunda vez, de babor a estribor, a través de las aguas embravecidas y entre los percebes. Nadie podría sobrevivir a una segunda vuelta.

De pronto, se sacudieron las velas, y Thanavar levantó la mano. Podía sentir la furia del barco, sus gruñidos casi ahogaban el aullido del viento.

Aguanten la cuerda, dijo la Piedra Angular.

—Aguanten la cuerda —dijo Thanavar.

—Aguanten la cuerda —gritó Buck, y los hombres cesaron el arrastre.

—¿Qué? —susurré—. No.

Thanavar no dijo nada, no se movió mientras la Piedra Angular subía y bajaba en el mar agitado. Miré a mi alrededor. Worley se estaría ahogando ahora mismo. Un hombre no podía aguantar la respiración tanto tiempo.

Miré a Eco, horrorizada. No me devolvió la mirada.

Con sangre lo condeno, mis raíces en la terre.

—Piedra Angular, no…

El océano es mi corazón. Suelten las cuerdas.

Thanavar se giró hacia la tripulación.

—Suelten las cuerdas, Buck.

—¿Capitán?

—Ya lo oíste. La Piedra Angular dice que suelten las cuerdas. Verás, aunque el mar sea el juez, la Piedra Angular es el jurado, y yo solo soy el Jak Ketch.

Jak Ketch. El verdugo en jerga marina.

Buck asintió.

—¡Suelten las cuerdas!

Y eso hicieron, soltaron las cuerdas que ataban a Worley y lo abandonaron en el mar.

Las botas apenas me sostenían. Mis piernas apenas podían mantenerse en pie.

Thanavar se apoyó las manos en la espalda, y el cabello oscuro como el mar le ondeaba al viento.

—Ahora giramos las velas hacia la Puerta de las Nubes —dijo—. Repararemos la Gran Barrera del Terror de una vez por todas y terminaremos con esta guerra. Pero no hay viaje más peligroso en el que se haya embarcado una tripulación. Si salen con vida, obtendrán riquezas y gloria, éxito y renombre. Si mueren, morirán con valor, y serán honrados en la historia, las leyendas y las canciones. Pero si rompen el juramento, si le dan la espalda a un compañero en apuros, descubrirán que hay peores destinos que el de Worley. Les doy mi más sincera palabra al respecto.

Sus ojos dorados nos recorrieron a todos.

—Oakum —dijo—, fija el rumbo hacia el sur.

—¿Hacia el sur? —Humo parpadeó con asombro—. Pensé que estábamos buscando una forma segura de llegar a la Isla de Enmedio.

—¿No fue clara la orden, Oakum?

—Sí, sí —dijo Humo—. Cristalina. Solo quería asegurarme. Asegurarme de que querías ir directamente a través de las Trombas, luego por la Calma, en lugar de encontrar el Canal para ir por un camino mucho más claro y seguro hacia la Puerta de las Nubes, evitando la muerte cercana o casi segura tras precipitarnos contra la Gran Barrera del Terror. Solo para asegurarme, capitán.

No se oía más que el viento y el batir de las velas. El crujir de la madera mientras subíamos y bajábamos con el mar.

—Asegurado quedas —dijo Thanavar.

—¡A sus puestos! —gritó Humo a la tripulación—. ¡A sus puestos, holgazanes manchados de alquitrán y cangrejos!

—¡A los puestos! —gritó Buck—. ¡A sus puestos!

El capitán se giró.

—Subteniente Renn, ¿estás decidida con tu puesto como ayudante del cirujano?

Me ardía la garganta por intentar contener la bilis. Me dolían los puños al mantener a raya el quimérico.

—No estoy decidida —susurré.

—¿Ayudante del cirujano? ¿Ayudante del maestre?

Soles. ¿Es que este hombre no tenía ni una pizca de corazón?

—No. Ninguno de esos.

No importaba. No podía, ni jamás le dejaría ver el mío.

—Bien —dijo—. Reemplazarás a Worley como mi mayordoma. Prepararé una lista con mi horario y tus obligaciones.

«¿Mayordoma?».

Se giró y salió de la cubierta por la escotilla.

«¿Mayordoma?».

Miré hacia la popa y vi a mi madre sonriendo.

Aparté los ojos y bajé a la oscuridad.

Mayordoma del capitán. ¿Pero qué rayos me había dicho? Dos años en Berryburn, ascendida a Azul en ocho meses, rastrearunas de quimérico buscada por todas las naciones, elegida por el mismísimo infame Barco de los Hechizos, y ahora me tocaba ordenar una habitación como mayordoma del capitán.

No tenía ni la menor idea de lo que le pasaba por la cabeza. Había maremagus y guardiamarinos en la fila para el puesto, y estaba segura de que ahora eran mis enemigos, como Neale, Bergy y Dik, y quién sabe cuántos más. Yo era de la Armada, no tenía un lugar claro en el orden del deber a bordo de un corsario. Por qué mi nombre fue el que salió de su boca para este cargo era algo que no llegaba a comprender, pero que me colgaran antes que pensar en preguntárselo.

Quizá ya estaba perdida.

Recogí los vasos y los platos y los dejé con cuidado en la cesta. «Que Forja prohíba que se desportillen», había dicho Nan. «El capitán no toleraría ningún desportillado». Había una marca circular de vino en el escritorio, así que agarré la tela que llevaba enganchada en el cinto. Mi cinto de la Armada, que contaba con dos hilos verdes entretejidos en su perno, junto con el único hilo dorado. Ninguno por todos los disparos que había detenido antes de que impactaran. Ninguno por la quilla de Terrebith Fae que había frito. Ah, pero uno dorado por crear un hechizo que complació al capitán y casi me mata. Los únicos hilos verdaderos que me habían concedido eran los de un fauno agradecido, que probablemente suspiraba ante mis propios pensamientos.

Si aún sirviera a la Armada, ahora mismo tendría un maldito arcoíris alrededor de mi cintura.

Estaba exhausta.

Me había pasado la noche llorando por Worley y sus pájaros, sin rumbo ahora que no tenían dueño. Lloré por su hijo, Claudian, muerto a manos de un hombre furioso, vengativo y en duelo. Pero también lloré por los hombres que habíamos perdido y por la forma tan mezquina en que había ocurrido. Lloré por la guerra que había causado estragos durante años, todo ello debido a la ambición de poder y la tala de un árbol.

Me sentía cansada y triste, así que estaba enojada. No era ninguna sorpresa. La ira era mi defecto, mi lugar seguro, mi hogar. No era tan diferente de Thanavar, lo reconozco, pero mis manos no habían derramado la misma sangre.

Una de las ventanas estaba abierta, puesto que el halcón estaba fuera, explorando un camino hacia el sur a través de las Trombas. Veía las oscuras nubes destellando en el horizonte. Odiaba las Trombas. Odiaba la Calma. Y más que eso, odiaba el hecho de que mi madre estuviera aquí, ahora, manipulando con sus métodos arcanos las vidas de la tripulación. Había pasado tanto tiempo con Thanavar como con Dev, y yo sabía que estaba tratando de seducirlos a ambos. Cualquiera de los dos sería una victoria para ella, como un perro marcando su territorio, agarrando lo que yo me había ganado y trabajando con ellos para adelantarse.

La historia de mi maldita vida. Me limité a rezar para que se mantuvieran alejados.

Yo nunca había necesitado seducir a nadie. Yo ponía la oferta sobre la mesa y o bien la aceptaban o la rechazaban. No me entretenía con ningún juego. Si tenía suerte, tendría un buen revolcón.

Agarré la cobija del arcón. Estaba cubierta de plumas blancas. Me subí encima del arcón y la sujeté por fuera de la ventana, la sacudí unas cuantas veces y vi cómo las plumas salían volando con el viento a favor. Me bajé de un salto y la doblé varias veces hasta dejarla justo como a él le gustaba. Tal y como me habían dicho. Como maldita mayordoma que era. Era de lana, por lo que era gruesa, pero me hacía sentir como en casa al tocarla. Olía a roble, a aceite, a sal y a mar. La sujeté contra mi pecho y me giré para mirar detrás de las estanterías, hacia los pequeños dormitorios que había más allá.

Al menos ella aún no había estado ahí.

Era una cama estrecha sobre cardanes, colgada de las vigas para balancearse mientras el barco se mecía entre las olas. Nunca había visto las sábanas revueltas; ni arrugas en su única almohada. Ya sabía que nunca tendría que hacer esa cama porque él pasaba las noches en su forma de halcón durmiendo sobre la cobija que había encima del arcón. Lo cierto es que no tenía mucho trabajo que hacer como mayordoma salvo lavar los vasos, sacudir la cobija y reponer el vino. Era un puesto sencillo, a pesar de mi enojo.

Me resistí a mirar sus diarios aunque estaba desesperada por hacerlo.

El arcón era otra historia.

Sin dejar de abrazar la cobija, me giré. Me estaba llamando, el pecho se me llenaba de quimérico. Era madera del Árbol de las Runas, podía sentirlo en los huesos. Cantaba canciones de codicia y deseo, de poder y necesidad. Estaba todo ahí, en una caja de madera, con tan solo un gancho de hierro para protegerlo. No tenía cerradura, no había llave. Tan solo honor y miedo en igual medida, pero ya no me quedaba ni honor ni miedo en el cuerpo.

Estiré el brazo para acariciar la tapa, cerré los ojos mientras el quimérico se filtraba por las fibras de madera. Lo inhalé, deseando que llenara mi cuerpo y me marcara por completo. Lo quería como no había querido nada antes. Quería que este poder me quemara la piel y me hirviera la sangre, para poder dejar este barco, volar lejos y estar sola para siempre. Sería la Hechicera del Terror del mundo, y nadie volvería a llamarme rastrearunas nunca más. O estallaría en llamas gloriosas y flotaría por los vientos del océano como acababan de hacer las plumas, nadie volvería a verme jamás.

—Aro'el —dijo una voz, y me trajo de vuelta a la realidad. Thanavar estaba de pie al lado del escritorio, con el ceño fruncido, mirando la cobija a la que me aferraba con fuerza. Bajé la mirada. Chisporroteaba de quimérico.

Yo llevaba los guantes puestos. No debería haberse quemado.

—Esto fue un error —dijo.

Se la tendí y me la arrebató de las manos, cruzó la estancia y la lanzó por la escotilla. Hizo un ruido sordo cuando dio con el mar.

—Te relevo de tus cargos como mayordoma, puedes retirarte.

Me quedé mirando el suelo, intentando desesperadamente controlar los pensamientos acelerados. Se oscurecían como las nubes tormentosas que atravesamos en las Trombas, susurros como quiméricos, poderosos y crudos.

—Dije que puedes retirarte, subteniente.

—No. —Alcé la mirada hacia él, con el corazón duro como una piedra—. ¿Por qué mataste a Worley?

Sus ojos brillaron como un relámpago, y yo levanté la barbilla, desafiante.

—Me pediste que siguiera siendo de la Armada mientras servía en este barco —dije—. Anoche, dijiste que un testigo de la Armada sería prudente. Pues bien, considérame de la Armada ahora. ¿Por qué mataste a Worley?

—Confié en él —afirmó—. Todos nosotros. Con nuestras vidas y nuestros secretos. Él traicionó esa confianza.

—No tenías que hacerlo pasar por la quilla. Eso fue cruel.

—Es la forma *rhi'ahr* —dijo.

—Pudiste haberlo esposado y encerrado en el calabozo. Pudiste haberlo dejado tirado en el puerto más cercano sin un centavo ni una bolsa. Por los garfios del inferno, pudiste haberlo metido en un bote y haberlo abandonado a su suerte en el mar. Era un hombre viejo y triste, y tú mataste a su hijo.

—Nos han perseguido durante años, tanto barcos de la Armada como *rhi'ahr* —dijo—. No sé la cantidad de hombres que he perdido a causa de sus armas, y no hay peor crimen que la traición en un barco de guerra. Es peor que la piratería o la cobardía, porque compra y vende almas como si fueran un botín.

—Tú vendiste a Cable y a Dion por unas maderas —dije—. Por los huesos de Nil'hellyn.

—Estás surcando aguas turbulentas, Aro'el —gruñó.

—No tenías que hacerlo pasar por la quilla…

—¡Mató a mis hombres! —Se me acercó, y ahora podía sentir su aliento en mi piel—. ¡Mató a mi tripulación, y para que lo sepas, a la tuya también!

Mi corazón ya era una piedra. Ahora era el turno del hielo.

—Labranza, la Bahía del Estraperlo, el Paso de las Trombas, Puerto Corvallan —continuó—. El Templomar siempre estaba allí como una sombra, persiguiéndonos de un puerto a otro y salpicando nuestra estela para mantenernos calientes. Pero por si no te has dado cuenta, Aro'el, en este caso, no fue solo el Templomar quien nos iba rastreando, sino también la Endorathil.

Endorathil. No había cosa que desencadenara el miedo en mi corazón como ese nombre.

—¿Cómo es posible que la Piedra Angular estuviera a solo unos días de tu lamentable fragata, cuando tenemos todos los océanos del mundo para navegar?

—Dijiste que se sintió atraída por el quimérico en el agua…

—¿Podría haberlo sentido a medio mundo de distancia? —Se tensó y me miró fijamente, pero no se alejó—. ¿Podríamos haber llegado a tiempo incluso aunque lo hubiera sentido? No. El Endorathil estaba buscándonos, Aro'el. Nos buscaba porque sabía dónde estaríamos. Tu desafortunada fragata simplemente se le cruzó en el camino.

Soles, lunas y estrellas, sabía que tenía razón, y se me revolvieron las tripas solo de pensarlo.

—No sé si los conocías, no sé si te importaban lo más mínimo. Pero la traición de Worley te arrebató tu Guardia del Amanecer y mandó a buenos hombres y mujeres a las profundidades del océano.

Corwen. Vir. Firmir. Lagerheim. Puede que no fueran mis amigos, pero habían sido mi tripulación.

—Esto no es un juego —dijo—. Esto no es un ejercicio para practicar. Esto es la guerra, y tú no eres capitana. Tú no eres responsable de las vidas a tu cargo. Yo sí, y no dejaré que un subordinado me regañe por llevar a cabo las obligaciones que eso conlleva. ¿Queda claro?

Maldita sea, tenía la garganta cerrada.

Asentí una vez. No tenía nada que decir.

Se giró sobre los talones y agarró una botella.

—No disfruto con esto, Aro'el —confesó—. Es una carga que arrastro cada día.

Me quedé de pie durante bastante rato, intentando controlar la respiración, atrapada entre el capitán y los libros, la cesta de vasos y el arcón lleno de quimérico. Sentía las cicatrices rúnicas quemándome la piel, ahora por el esternón, y bajando por la barriga. Pero conforme pasaban, trazaban un nuevo camino, hilando patrones nuevos mientras quemaban los viejos. No era la misma magus que cuando me sacaron del agua cual pez hasta la cubierta de la legendaria Piedra Angular. No había ni punto de comparación.

—En un barco con una tripulación que te adora —dije con cautela—, que están atentos a cada palabra que dices, que morirían por ti si se lo pidieras, tú sigues eligiendo estar solo.

—Suenas como Dev. —Me daba la espalda mientras se servía un vaso.

—Hay una razón por la que los barcos tienen campanas. Deberías escuchar.

—Dije que te retires.

—No.

Gruñó, pero no me moví.

—No, no me retiraré. Me dijiste que trazara mi propio camino, y sé que así es como serviré al Barco de los Hechizos.

No sabía en qué estaba pensando él, pero se giró y se apoyó sobre el escritorio, catando el vino que tenía en las manos. Entonces me observó a mí, y pude ver las runas hilando mientras pensaba. Calibrando el viento y ajustando el rumbo.

—Me diste tres oportunidades —le dije—. Y tomé cada una de ellas, así que si quieres culpar a alguien, cúlpate a ti mismo. Cielos, Kit dijo que le encomendaste el azul de la Armada en el momento en que me sacaste de las aguas. Sabías que necesitabas un timón, y soy lo suficientemente vanidosa como para pensar que era yo. Y tanto si lo admites como si no, estoy aquí para mantenerte firme, como el peso de tu quilla. Por eso querías que me mantuviera de la Armada.

Me habían caído mechones de pelo oscuro en los ojos, pero lo miré fijamente a través de ellos como si fueran los barrotes de una cárcel.

—Es cierto. Estamos en aguas turbulentas, entre los ferromagus y el mar, pero si estás dispuesto, seré tu ancla. No tu brújula, porque sabe Forja que ya hilo demasiado selvajemente por mi cuenta, pero los dos somos rastrearunas. Quiero creer que la Piedra Angular me eligió por algo más que por el quimérico. Quiero creer que hay un lugar para mí en este barco.

Soles, ¿de dónde había salido todo eso?

Pero ya no tenía miedo. No estaba asustada. Entrelacé las manos detrás de la espalda.

—Estoy trazando mi propio camino, eso me lleva directamente frente a ti.

Yo era testaruda y hábil. No iba a irme a ninguna parte, y él lo sabía.

No había apartado la vista. Forja, no sabía si había llegado a parpadear siquiera.

—No cambiaré de rumbo —dijo en voz baja.

—Cuando uno se adentra en arrecifes y vientos contrarios, a veces es aconsejable ajustar las velas.

Movió el vino, con la mirada aún fija. El camarote se llenó de un embriagador aroma a fruta y roble, dulce y oscuro, y sentí que se inclinaba hacia mí, algo muy leve. El barco se balanceó con fuerza, y nos acercó más.

—¿Por qué nos llevas directo a las Trombas? —pregunté.

—No tenía elección —murmuró—. Worley sabía nuestra ruta. No se la oculté porque no sabía, no podía imaginar, que él fuera la sombra.

Se bebió el vino de un trago.

—Nos están siguiendo.

Me dio un vuelco al estómago.

—¿El Templomar?

—Hay más. —Se giró hacia la ventana y puso la mano sobre el travesaño—. El rey exigió que te entregáramos, pero me negué, y ahora estamos señalados. Hay seis barcos intentando cazarnos. No podemos luchar contra los seis, y no tenemos tiempo para perderlos jugando al ratón y al gato entre las Trombas. Nunca dejará de cazarte, porque eres la prueba de que un homani puede manipular el quimérico.

—Y cambiar el rumbo de la guerra —murmuré, repitiendo sus palabras de los primeros días. Apreté la mandíbula—. Debiste haberme entregado.

—No —dijo—. Y no lo haré.

«Su corazón, tan secreto y oculto, anhelaba ser encontrado».

—Ves, te negaste a dejarme que la hunda…

Oh, mierda.

—Y ahora estamos atrapados entre un banco de tiburones hambrientos y una costa muy lejana y peligrosa.

Oh, mierda. Tenía razón.

—Pero como capitán, es mi responsabilidad, no la tuya. —Se dio la vuelta y me miró fijamente a los ojos—. Todo el mundo tratará de mermar tu poder, Aro'el, yo incluido. No nos lo permitas.

Soles, estaba enojada, exhausta y confundida, sin rastro alguno de caparazones de cangrejo. Entonces, ¿por qué quería probar ese vino de segunda mano?

—Pero quedas destituida del cargo de mayordoma.

Dejé caer los hombros, no se podía razonar con este hombre.

—Ahora nos hace falta un grismagus —dijo—. Así que elige, grismagus o speculumagus. Te entrenaré personalmente.

Esos vientos eran huracanados y yo había olvidado cómo respirar.

—Ahora, por favor, vete —me ordenó—. Estoy cansado y tengo mucho en lo que pensar. Me dormiría un rato, pero ya no tengo cobija porque la carbonizaste.

El arcón de quimérico permanecía vacío y limpio.

—Te buscaré una nueva.

Aunque no sabía cómo. Sentía las piernas como algas, y la columna vertebral como una cuerda floja. Me temblaban las manos cuando recogí la cesta y me dirigí hacia la puerta del camarote. Pero lo había hecho. Me había plantado delante de este hombre poderoso y no había dado mi brazo a torcer. Solo eso ya era una victoria.

—¿Aro'el?

El corazón se me subió a la garganta, me giré.

—Gracias —dijo—. Por la campana.

Era un torbellino, implacable y veloz. Apenas había tomado aire y ya me habían golpeado de nuevo.

—Eco dice que soy ruidosa —respondí al final.

Noté una mueca en sus labios. Eso para él era prácticamente una carcajada.

Me giré hacia la puerta.

—Buenas noches, Aro'el —dijo—. Que duermas en calma.

No me lo esperaba de él, con esa ternura.

Apenas un respiro.

—Cuando las lunas se encuentren —murmuré en respuesta.

Salí del camarote y cerré la puerta.

Esa noche, nos adentramos en las Trombas.

29

La tormenta

—Nada bien —se quejó Kithriit—. Pinta mal.

Bajé la mirada hacia ella mientras se balanceaba en su hamaca.

—Vete al tope del mástil —le dije—. Ahí no estás descansando nada.

—Mareo —dijo.

—¿Te mareas? Eres una harpía. ¡Maldita sea, pero si vuelas!

—Al volar, tengo control —explicó—. ¿En un barco? No controlo nada. Se revuelven tripas.

—¿Y por qué trabajas en el mar? Podrías hacer cualquier cosa en tierra.

—Es un honor trabajar para un capitán como Thanavar —dijo—. Tiene alma de harpía.

Me quedé mirándola. Escamosa, con pico, garras y aterradora, pero también era atrevida, fuerte, hábil y feroz.

—Pero nos ha maldecido —dijo—. No debería haber hecho pasar por la quilla a su mayordomo antes de las Trombas. En las Trombas ocurren cosas malas.

Se envolvió con sus alas curtidas y rodó hacia un lado, una forma muy efectiva de finalizar nuestra charla.

Volví a dejarme caer en mi litera. El mar estaba agitado esa noche y llevaba así desde el atardecer de Forja. La Piedra Angular había cambiado el rumbo hacia el sur, y el viento nos había llevado de vuelta a las Trombas. Combatimos contra la Endorathil y el Templomar en el Paso de las Trombas. Habíamos llegado a Sentina, en el borde exterior de las Trombas. A Fahr le habían disparado en las Trombas. Kit tenía razón. En las Trombas ocurren cosas malas.

Durante todo el tiempo que yo había estado en el mar, no recuerdo unas aguas más agitadas. Las olas eran más grandes que el propio barco. Las coronamos hasta llegar a diez, luego caímos en picada como una piedra, solo para alzarnos y caer, alzarnos y caer de nuevo. Llevábamos horas así, y no pocos maremagus se marearon esa noche.

A través del rugido de las olas y del aullido del viento, podía oír a algunos gritando cuando las olas rompían desde el mar, y los cañones retumbaban en las cubiertas de artillería mientras los hombres trabajaban para mantenerlos seguros. No me sorprendió cuando, más tarde, escuché los pitidos y la voz de Humo por el cuerno llamando a todos a sus puestos a la borda de estribor.

—¡Vamos! —le grité a Kit—. ¡Todos a sus puestos!

—Mala noche —se quejó mientras se arrastraba fuera de su litera—. Muy mala.

Descalza tenía mejor agarre, así que dejé las botas, agarré mi aceite y me dirigí hacia arriba.

Tuve que empujar mucho para abrir la escotilla, y cuando lo conseguí, el mar casi nos arrastra de vuelta al fondo. Me puse de pie con dificultad y subí a la cubierta dando traspiés. El agua se derramaba sobre los baluartes desde enormes olas de crestas blancas, y la cubierta, sacudida por el vaivén de estas, hacía que barriles, cuerdas y cajones se deslizaran de un lado a otro sin parar. Por arriba, las cuerdas se rompían y se enrollaban, se retorcían como serpientes, la lona, por su parte, retumbaba y se rasgaba.

Todos estaban en sus puestos, algunos trepaban por las jarcias, otros amarraban los botes y cerraban las escotillas para protegerlas de la marejada ciclónica, y había quienes llevaban las poleas a un lugar seguro en la bodega. Yo no tenía ningún puesto aquí. Ni siquiera era la mayordoma del capitán, y aunque podría haberme quedado abajo asegurándome de que sus cosas estuvieran a salvo, sabía que si podía ayudar a que la Piedra Angular superara la noche, él pasaría por alto la pérdida de ropa de cama, mapas y libros.

El cielo se había enturbiado con sombras grises y el viento rugía como un coro furioso, mezclando gruñidos siniestros con gritos estridentes. Las olas atacaban por todas partes, crestas y valles procedentes de proa y barlovento, tanto que los mástiles se inclinaban peligrosamente a sotavento. Vi a los armadores trepando por las redes con órdenes de romper las velas y girar la proa hacia el viento.

—¡Aseguren los salvavidas! —bramó Humo—. ¡Kit, sostén a los armadores! ¡Azul, proa y popa!

Kithriit asintió rápidamente y yo también. Sabía lo que tenía que hacer, aunque no lo había hecho nunca. Era el trabajo de un sirviente de artillería, un grumete o incluso un guardiamagus joven. Pero en una noche como esa, una magistrada de jarcia voladora y una rastrearunas de quimérico tendrían que valer. Juntas, chapoteamos por la cubierta inundada hasta llegar a la caja de herramientas, y abrí la escotilla de un golpe. Kit agarró un juego de cabos con sus garras y se lanzó al aire, luchando contra las ráfagas con cada batir de sus poderosas alas. Yo agarré un segundo juego y salí corriendo por la cubierta, pero una ola rompió contra la borda y caí sobre las tablas. Sin correr. Para esto no. Me levanté y busqué una línea media.

«¡Ahí!». Los carpinteros ya habían colgado una entre los mástiles, así que avancé por ella, con los pies descalzos resbalando sobre las tablas. Empecé a atar cada cuerda a la línea media. Una vez amarradas, esperé a que soplara el viento de proa para poder deslizarme con él y amarrar a la tripulación a lo largo del lado de babor. Entonces, esperé a una deriva a sotavento para poder deslizarme hacia atrás en medio del barco. Lo cierto es que era como un baile. Una danza letal entre el clima y el azar.

Me detuve en el cabestrante y me limpié la lluvia de los ojos, mirando hacia el mar. Había olas espumosas más altas que los gigantes, vaguadas más profundas que los valles, y trombas marinas que se elevaban hasta el cielo. Las cizalladuras de tormenta podían llegar a partir un barco en dos si lo golpeaban, y yo conté tres a media legua de nuestra proa.

UNA **TORMENTA ES EL MAR PERSIGUIENDO A SU AMANTE, EL CIELO.**

Apoyé una mano en el cabestrante.

—Mantennos a salvo —le pedí—. Nosotros haremos lo mismo por ti.

NO **HABRÁ PAZ HASTA LLEGAR A CASA. MANTENLO A SALVO HASTA QUE LLEGUEMOS.**

Lo quería muchísimo.

MANTENLO **A SALVO, CHICA DEL NORTE.**

—Lo haré, Piedra Angular —le dije. Pero era mentira. No había forma en que yo pudiera mantener a nadie a salvo en esta tormenta, a pesar del quimérico.

El viento silbaba, pero pude escuchar el pitido del contramaestre y la voz de Humo a través del cuerno.

—¡Hiladores de aguas a cubierta! —gritó—. ¿Por qué seguimos teniendo vela?

—¡La gavia de la mesana está atascada! —respondió Buck gritando.

Miré hacia popa. Las velas de la mesana seguían atadas en su mayor parte, pero las velas de gavia ondeaban y se arrastraban. Vi a Kit y sus hombres luchando contra ellas mientras se agitaban entre sus manos.

—¡Córtalas, Kit! —bramó el capitán desde popa.

Los ferromagus estaban en la cubierta con él, las túnicas se agitaban, los zapatos de salón resbalaban y yo maldecía entre dientes. Eran magos muy poderosos, pero podrían ser arrastrados por la borda como cualquiera de nosotros.

—¡El capitán dijo que las cortes! —Ese fue Fahr, con las manos echando chispas mientras se colocaba detrás de Humo en la rueda solar.

Pero la gavia de mesana seguía a la altura, con su vela actuando como timón y arrastrándonos hacia el costado. Era peligroso, ya que la Piedra Angular necesitaba navegar de ceñida. Con este tiempo, un viraje podría hacer que entrara agua y se agrietara el casco o incluso que nos hundiéramos. Tras el horror de la Guardia del Amanecer, sabía que no sobreviviría a un naufragio en esta tormenta.

Buck y sus hombres se movieron con agilidad por los cañones, asegurándolos tres veces con cable y línea, pero veía cómo las armas tensaban las cuerdas. Si una de ellas se desgastaba, si una de ellas se rompía, alguien podía quedar aplastado bajo una tonelada de hierro rodante.

Se me doblaron las rodillas cuando el barco se metió de lleno en una ola, lanzándome contra la cubierta antes de que pudiera agarrarme al cabrestante. Me apresuré a buscar un punto de apoyo, pero una ola inmensa rompió contra la borda y me llevó a sotavento bajo una embestida del mar enfurecido. Mi cuerda salvavidas se tensó y el aire se me salió de los pulmones, pero lo que volvió a entrar en su lugar fue agua. Estaba bajo el agua. Estaba en la cubierta, pero estaba bajo el agua, y luché frenéticamente contra el peso que me aplastaba. De pronto, el agua había desaparecido, barriendo ahora a barlovento mientras el barco se inclinaba hacia babor. Agitándose, mis dedos enguantados encontraron un tablón. Me metí las rodillas bajo el pecho, me obligué a enderezarme, y vomité un océano entero de agua salada sobre la cubierta.

Me apresuré hacia el cabrestante y me aferré a él como un trapo mojado mientras tosía, escupía y luchaba por respirar. Me temblaban las piernas y apenas tenía fuerza en los brazos para agarrarme, pero me agarré con firmeza mientras otra ola inundaba la cubierta principal por segunda vez. En esta ocasión, la ola de sotavento fue tan profunda que juro que la verga se hundió, y fue entonces cuando pensé que había llegado nuestro fin.

Para mi sorpresa, ella se echó hacia atrás, con las personas en la verga aún agarradas a ella, y oí al capitán ordenar a toda la tripulación que se pasara a babor. A babor. Podría llegar a babor antes de la siguiente vaguada, pero fue entonces cuando vi el embudo.

Las **T**rombas **destruirán**. **L**as **cizalladuras de tormenta matarán**.

—¡Cortante de viento a diez grados a babor! —grité lo más fuerte que pude.

—¡Cortante de viento a diez grados a babor! —repitió alguien detrás de mí.

La primera estaba a punto de llegar y sentía las salpicaduras golpeándome las mejillas. Até mi línea al cabrestante dos veces, jalando con fuerza, y observé a mi alrededor.

—¡Hiladores! —gritó Fahr—. ¡Neale, agarra el timón!

—¡A la orden!

Buck se esforzó por llegar hasta la rueda solar, donde él, Humo y Fahr se inclinaron y comenzaron a conjurar. El barco crujió cuando la primera cortante mordió las duelas, pero vi runas bailando en las corrientes mientras se hilaban por todas partes. El sonido de los relámpagos, los truenos y el viento ululante retumbaba mientras el embudo se agitaba en nuestra proa, rompiendo cabos y arrancando madera. De repente, se hizo añicos desde dentro y fragmentos de hielo salpicaron las cubiertas como disparos de metralla.

Los maremagus vitorearon y yo me limpié la aguanieve de los ojos mientras escudriñaba el mar. Una menos, quedaban dos, que se acercaban en espiral hacia nosotros a una velocidad de vértigo. Sin embargo, se me encogió el corazón cuando vi lo que había detrás.

—¡Navega de ceñida, Neale! —gritó el capitán, y el segundo del maestre jaló el timón.

Su amante matará.

Era una ola más alta que el barco, más alta que las murallas de la ciudad de Puerto Corvallan.

—¿Fuimos nosotros? —gritó Fahr.

—¡Campanas, espero que no! —dijo Humo—. ¿Podemos socavarla?

—¡Sácala de aquí! —ordenó Buck.

Pero las dos cizalladuras estaban prácticamente sobre nosotros.

—¡Kit! —la llamó el capitán desde la popa—. ¿Cómo vamos con la gavia de la mesana?

No pude escuchar la respuesta que le dio por los aullidos del viento. Estaba claro que seguían en apuros, y vi a dos maremagus colgando de sus cuerdas salvavidas desde las jarcias. Una caída de esa altura y morirían al instante, si es que no eran arrastrados por la borda antes de caer al suelo.

—¡Corta las cuerdas, Kit! ¡Que vuelen!

Se quitó el abrigo de capitán, se giró, dio tres zancadas enormes y se lanzó por la borda. Apenas se podía ver entre la lluvia torrencial y el barco yéndose a pique, pero sabía que, en un abrir y cerrar de ojos, vería un destello blanco.

El halcón de invierno se elevó volando hasta lo alto y atrapó con sus garras a dos de los hombres que se tambaleaban. Kit se lanzó hacia adelante y cortó sus cuerdas salvavidas, la combinación de sus pesos jaló al gran halcón hacia abajo. Batía las alas salvajemente, y el descenso fue un poco torpe, pero los hombres llegaron a cubierta con mucha menos fuerza que si se hubieran caído. Rodaron hacia el lado y el halcón se elevó de nuevo.

Por su parte, Kit había cortado la cuerda de un armador novato y este se aferró a ella mientras descendía con torpeza hasta la cubierta. También volvió a alzar el vuelo en cuanto lo soltó y se unió al capitán en el mástil.

La segunda cortante estaba sobre nosotros, lanzando fragmentos de hielo y destrozando las tablas a su paso, pero Fahr hiló unas runas hacia la cortante y Buck las envió hacia lo más profundo. El gran embudo se estrechó, replegándose sobre sí mismo como un puño apretado.

—¡Haz que se estrelle, Humo! —gritó Fahr, y el contramaestre enfocó sus manos hacia la tercera cortante. La segunda cedió, y la colisión entre ambas casi nos inunda con el agua del mar y nos hunde.

El barco volvió a balancearse, todos nos deslizamos tensos contra las cuerdas, pero los tres hiladores estaban desatados y los perdí de vista cuando otra ola rompió contra los baluartes.

El barco se agitaba con fuerza; cada ola nos hundía un poco más en el agua antes de elevarnos de nuevo, y escuché un grito como si alguien hubiera caído por la borda. Esperé que estuviera atado, pero aun así no tenía muchas esperanzas.

Por cada uno de nosotros que estábamos en cubierta, había otros tantos abajo trabajando con la bomba de sentina y tapando cualquier agujero, escotilla, amarra y puerto por donde entrara agua. Los hombres a menudo se ahogaban en la sentina. Eran aplastados por barriles, por cajas y estrangulados con cuerdas. En medio de una tormenta, no había ningún lugar seguro en un barco, y lo único que podíamos hacer era sobrevivir.

El barco se desplazó hacia atrás y las aguas lo inundaron, vi a Buck ponerse de pie, con Fahr y Humo en el hueco de cada brazo. Los hombres se levantaron con esfuerzo y Fahr dio con fuerza sobre el poderoso pecho del minotauro. Necesitaban atarse, así que desaté el nudo de mi propia cuerda y me lancé hacia la rueda.

Árbol no es barco y barco no es árbol. ¡Ramas se romperán para que el pájaro sea libre!

El barco corcoveó y caí de rodillas cuando un chillido atravesó el rugido del viento. Arriba en la mesana, Kit se había quedado atrapada en el cordaje y el halcón de invierno la sostenía con las garras. Estaba tratando de liberarla desesperadamente, pero fue en ese preciso instante cuando la gavia se rompió. El estruendo me sacudió hasta los huesos, y su chillido se convirtió en un grito. El mástil pesaba más que ellos dos y se inclinó hacia cubierta. Ella estaba atrapada en medio, y yo sabía que la jalaban en dos direcciones.

Me quité los guantes con un tirón de dientes. *¡Praesidium!*

Me puse de rodillas con dificultad para manipular, pero una ola rompió sobre la borda, y perdí el contacto visual en cuanto el peso del agua me empujó por la cubierta.

Me pareció una eternidad, pasé demasiado frío, y cuando salí de ahí, solo pude ver la gavia barriendo hacia abajo en una pesada maraña de estayes, mástiles, vergas y obenques. Me eché hacia atrás en la cubierta y me cubrí la cabeza con los brazos, pero el mástil estaba anclado por una cuerda de sujeción y se balanceaba de un lado para otro, arañando las bordas y golpeando los cañones antes de que el viento soplara la vela y la lanzara al mar.

El barco se tambaleó entonces, arrastrado por la vela mayor que actuaba como un ancla, y la escuché lamentándose en mi cabeza.

—¡Córtala, Humo! —gritó Thanavar, de nuevo en su forma de hombre cuando aterrizó en la popa.

—¿Y qué pasa con Kit? —grité, y me lancé hacia la borda. La gavia estaba demasiado lejos, el mar estaba demasiado agitado, y era imposible ver si ella seguía en la jarcia o sumergida bajo las olas.

—¡Córtala de una vez!

La Piedra Angular gimió mientras se inclinaba ligeramente, empujada por el viento en la gavia, y comenzaba a balancearse una vez más. Era un pájaro marino resistente, pero sabía que no podría aguantar mucho más. Tanto Buck como Humo aparecieron en la borda a mi lado, el maestre de cubierta jalaba la cuerda con ambas manos para mantenerla baja. El contramaestre sacó un hacha de su cinturón y les hicieron falta una docena de golpes para liberarnos. El barco se sacudió y volvió a lanzar a todos contra la cubierta.

Se agitaba de nuevo con fuerza a sotavento y me agarré a uno de los cañones luchando por mi vida. Se llamaba Molly Boom, estaba raspado en su hierro debajo de donde había golpeado la verga. El balanceo a sotavento se suavizó, y la Piedra Angular escoró a babor. Otro cañón se soltó y empezó a deslizarse hasta que

Buck lo bloqueó con sus poderosas manos. Pero pesaba en exceso y la cubierta estaba demasiado inclinada, gritó cuando una tonelada de hierro le aplastó la pierna contra la amurada.

Me asomé por la borda, intentando localizar a Kit en el agua, pero alcé la mirada hacia arriba al ver la ola. Fácilmente podía medir cuatro barcos de altura, se alzaba sobre nosotros como un furioso gigante de melena blanca. La cubierta estaba inclinada casi treinta grados y, debido a la gavia, seguíamos estando demasiado desviados. Nos daríamos la vuelta por completo o nos inundaría cuando cayera.

—¡*Praesidium*, todos! —Fue la voz de Thanavar, repetida por Fahr y Humo—. ¡Todos a sus puestos, *Praesidium* grande!

No tuve que pensar. Esta vez me limité a obedecer y alcé las manos todo lo que pude. El quimérico crepitó conforme yo lanzaba el hechizo de protección, trazando patrones en el aire.

Cada individuo en la Piedra Angular lanzó su *Praesidium* hacia el cielo, y la inmensa fuerza de ello me empujó de rodillas mientras mi escudo se unía al suyo. Era como un paraguas crepitante, vibrando hacia arriba, expandiéndose con cada adición, y de repente, la cubierta estaba iluminada por un estremecedor resplandor rúnico. No fue ni un segundo antes de tiempo, cuando la Piedra Angular gimió, la tormenta rugió y todo el peso de la ola nos cayó encima.

—¡*Omnisia Iliad!* —gritó un ferromagus desde popa.

Ni siquiera soy capaz de empezar a explicar lo que ocurrió después.

«Mi madre me había contado una historia, tiempo atrás cuando era pequeña…».

Estábamos dentro de la ola.

«Sobre una ballena que se tragó a una niña…».

El océano nos había tragado por completo.

No había duda de que el *Praesidium* nos protegía, pero el *Omnisia Iliad* del Tribunal de la Arena había formado una burbuja a nuestro alrededor, una esfera de luz, runa y patrones, y podía verlo todo dentro de su caparazón. Fue exactamente como Fahr lo había descrito, como una «teleraña» lanzada por los soles, una red de runa que nos limitábamos a rasgar para hacer la música que llamábamos maxia. Pero ahí, el sonido estaba amortiguado y la vista borrosa. Eso era mucho más que la maxia común. Era irreal, arcano y absolutamente impresionante.

Madre, dijo la Piedra Angular, **Madre**.

Poco a poco, dirigí la mirada hacia la popa. Los ferromagus estaban agachados y conjurando, Thanavar estaba de pie en el centro. Estaba amplificando a una escala que nunca había visto, y supe que eran ellos quienes nos habían salvado. Thanavar y el Tribunal de la Arena.

«Incluso la propia muerte les teme». Quizá debió unirse a ellos hace mucho tiempo.

El tiempo pareció ralentizarse mientras la Piedra Angular se abría camino a través de este corazón del mar. En el agua que nos rodeaba, se veían los peces, y me asombró cómo no morían en una tormenta de este calibre. Negro, azul, plateado, verde; el océano tarareaba a nuestro paso. Jamás en mi vida olvidaría este momento.

La ola pasó y la Piedra Angular emergió al otro lado de la tormenta. El mar seguía agitado y áspero, pero ahora había lluvia en vez de rompeolas y viento en lugar de borrascas. No había cizalladuras en el horizonte, solo nubes tormentosas.

Ya no seguían a la Piedra Angular. Pero había tenido un precio, y lo habíamos pagado todos.

Habíamos perdido a Kithriit, tan feroz, que había cambiado una vida en el cielo por una en el mar y lo había dado todo para evitar una muerte segura. Habíamos perdido once maremagus entre las olas y el cordaje, y dos más abajo, un artillero aplastado por un cañón y un grumete bombeando la sentina. Habíamos perdido nuestra vaca, dos cabras y todos los huevos de las aves de corral cacareantes de la bodega.

Y Buck, nuestro querido, fuerte y sarcástico maestre de cubierta, había perdido su pierna a la altura de la rodilla por culpa del cañón suelto. Nos había salvado a todos de ahogarnos, pero lo había pagado muy caro. A Eco le costó días ponerle un palo y una estaca, y cuando se infectaba, hacía falta la alquimia de mi madre para curarlo. Por supuesto, me tocaba ayudarla. Pero se trataba de Buck. Era fuerte y bueno, y yo haría lo que fuera por ayudar. En una semana estuvo de pie y de vuelta al trabajo.

En las Trombas ocurren cosas malas.

Kit tenía razón.

Pero no podía saber los horrores que estaban esperándonos en la Calma.

30

La Calma

Mientras que en las Trombas todo era lluvia, viento, olas y tormenta, la Calma no tenía nada de eso.

En absoluto. Nada. Solo agua tan trasparente como el cristal.

Tan solo aire caliente cargado de quimérico, que hacía que me ardiera la piel como si de un montón de agujas diminutas se tratara.

Atravesamos la Calma en poco más de un día. Más rápido de lo que me esperaba, más lento de lo que necesitábamos. El cielo había pasado de negro a gris y a un azul neblinoso. Forja llenaba el horizonte; Ascua reflejaba un brillo distante; la Gran Barrera del Terror se desvanecía donde alcanzaba la vista.

El capitán tenía un plan.

Iríamos rumbo al sureste, más cerca de la Gran Barrera del Terror a cada legua. Thanavar pretendía tomar la Corriente del Terror que arrastraba el mar hacia el cielo, para luego, con gran precisión, cabalgar sobre el céfiro del viento que rugía contra la pared, hinchar nuestras velas, y competir con el filo de la navaja de la muerte hasta llegar a la isla.

Un plan espantoso, pero no daría su brazo a torcer.

Y no podía culparlo. La Piedra Angular se había quedado muda. La música que resonaba en sus tablones hacía dos días había desaparecido, sus vigas estaban debilitadas como si lloraran todo lo que habíamos perdido. Todo el mundo lo sentía. Esa urgencia. Esa necesidad de encontrar la Puerta de las Nubes. Para hacer que este despropósito de viaje valiera la pena.

Pero después de horas de vientos decrecientes y corrientes flojas, el cielo había empezado a adquirir un dorado nubloso, el agua un verde enfermizo y el horizonte era una niebla de ambos colores. Poco después, perdimos de vista los soles por el día y de las lunas por la noche, y todas las sombras de bronce debido al Cielo del Terror, la extensa masa que llevaba el agua de la Gran Barrera del Terror por encima de la Calma y de vuelta a las Trombas. No había ningún viento en la Calma, y supe que era por el calor, que provocaba que el aire se elevara en línea recta hacia arriba y nos privara de la vela.

Y siempre, siempre había quimérico en el aire, miles de pinchazos de aguja incrustándose en mí.

Una vez más, los uniformes y las camisetas habían sido descartados a causa del calor. Incluso los oficiales habían optado por quedarse en calzas y túnicas, renunciando a los chalecos y abrigos propios de su rango. Me parecía bien, con ese calor sofocante, el lino se me pegaba al pecho y los pantalones me quedaban holgados como un overol. Me até el pañuelo alrededor de la cabeza para detener el sudor que me caía a chorros sobre los ojos. Los ferromagus seguían llevando sus túnicas, pero apenas se les veía en cubierta.

Todo el mundo rezó a Forja en la Calma. Le rezamos para que apartara la mirada, para que mirara hacia otro lado, para olvidar que estábamos surcando este mar hirviente. Le rezamos a Ascua, dulce y amable Ascua, que recordara a nuestros faunos y minotauros y a nuestra querida y difunta harpía, y que enviara una lluvia para calmar nuestra sed. Por último, rezamos a las Lunas Hermanas para que rogaran misericordia a sus hermanos y agitaran su aliento haciendo que corriera la brisa.

Pese a la falta de viento, el barco seguía moviéndose.

No por nada éramos el Barco de los Hechizos.

Nuestros hiladores trabajaban en cuatro tripulaciones, con turnos cortos para soportar el calor y la falta de agua fresca. Humo, Buck y Dev trabajaron sin descanso durante esos días, haciendo que el agua nos empujara por el cristalino mar amarillo. Desde por la mañana hasta por la noche, desde por la noche hasta por la mañana, uno de ellos permanecía en la cubierta, con las manos extendidas sobre la popa, los ojos cerrados, la piel brillante por el sudor y los labios sin dejar de moverse, pronunciando hechizos que solo los experimentados hiladores de aguas conocían.

Ni rápido ni lejos, pero hasta que entráramos en la Corriente del Terror, necesitábamos estar en movimiento, de lo contrario moriríamos por deshidratación, insolación o locura.

La inquietud me iba formando un nudo en las tripas cuanto más navegábamos hacia la Gran Barrera del Terror. Era una presencia inminente, el rugido y la fuerza del mar iban haciéndose más notables a cada legua.

No podíamos permitirnos perdernos si la isla de pronto se movía de nuevo, así que yo retomé mi puesto en el casco de la Piedra Angular y estuve rastreando durante unas horas hasta que Eco me subió a bordo para darme agua, galletas y pescado salado. También me echó cera en los labios, las mejillas, la nariz y las clavículas. Aunque mi piel estaba bronceada, los elementos combinados de la Calma me provocaban ampollas nuevas cada día. Al anochecer, estaba exhausta y necesitaba ayuda para llegar a mi catre, donde dormía como un tronco hasta la mañana siguiente.

Las cicatrices rúnicas me habían cubierto los hombros y se habían unido por la espalda y el pecho, dejando intactas solo algunas zonas de mis muslos, vientre y cara. Ya empezaba a tener marcas en la garganta y la mandíbula, por lo que decidí mantenerme lo más alejada posible de la enfermería de Eco, puesto que estaba repleta de fragmentos de espejo. Ya tenía bastante con sentirlas. No necesitaba verlas.

Mi catre ahora estaba muy silencioso sin Kit.

Ya estábamos más cerca de la Gran Barrera del Terror, y trepé por la escalerilla hasta la cubierta principal. Cuando abrí la escotilla, el calor me golpeó de lleno. Gran parte de la tripulación yacía en la cubierta, sin otra cosa que sus pantalones y pañuelos o gorras para protegerse del sol. Miré hacia el castillo de popa, donde Thanavar estaba de pie. Él también se había despojado de su abrigo y su chaleco, y el dorado de su piel resplandecía ante esta luz tan impregnada de quimérico. Parpadeó lentamente cuando me vio, e intenté sonreírle, pero tenía las mejillas quemadas y no lo logré. Quería creer que a estas alturas ya me conocía. Nuestro silencio hablaba a gritos cuando no teníamos palabras.

Como de costumbre, Buck me ayudó a asegurarme, la Piedra Angular deslizó sus tablones hacia afuera y ocupé mi puesto fuera de la borda.

De nuevo, las aguas bullían y los patrones de quimérico se extendían por las olas, pero no había una ruta directa hacia la brecha o la inminente Gran Barrera del Terror. Era raro que lloviera en la Calma, por lo que la deshidratación era un problema muy real, y yo leía las cálidas aguas. Contaban historias de barcos y maremagus, sivernas y ballenas atrapadas en la grieta cuando la maxia se usaba para remodelar un mundo.

El quimérico me estaba cambiando.

Todos lo sabíamos. Era obvio. Me sentía viva, pero el quimérico me estaba matando, y estaba tan aterrorizada como el resto de la tripulación en cuanto a la forma de mi inminente muerte. El temor que se apoderaba de mí era peor que el que había sentido antes.

Apenas teníamos unos días para jugar a este «increíble juego», pero siendo sincera, no estaba segura de que yo tuviera ese tiempo.

Una voz gritó desde la jarcia y me sacó de golpe de mis oscuros pensamientos. Oí a la tripulación saliendo en desbandada hacia la borda y parpadeé cuando escaneé el horizonte. No había tambores, ni zafarrancho de combate, claramente no había ningún barco enemigo.

Noté un cosquilleo en los dedos.

Miré hacia abajo. Un ojo estaba emergiendo de las aguas. Un ojo diminuto en un tallo largo, delgado y plumoso. Nunca había visto nada igual. Se elevó por encima del mar sosteniéndome la mirada, y no pude apartar la vista.

Aro'el, dijo el barco. **Sé cautelosa. Ten cuidado.**

—No —dije—. Bien. Está bien.

De hecho, era maravilloso. Lo sabía en lo más profundo de mi ser. Era mi amigo. Mi extraño, dócil y acuoso amigo. Me recorrieron oleadas de calma, y sentí la urgencia de estirarme y acariciar a ese gracioso ojito en un tallo.

De repente, la cuerda que me rodeaba la cintura se tensó a la vez que hileras de dientes afilados como dagas salieron disparadas del agua hacia mí. Agarré la cuerda y encogí las piernas, sin poder evitar gritar cuando los dientes rozaron el lino que me cubría la espalda. Un arpón salió disparado hacia abajo y la criatura se arqueó, salpicando al sumergirse de vuelta al mar. Me pasaron al otro lado de la borda y caí a la cubierta hecha un amasijo de brazos, piernas y lino despedazado. Pero me obligué a ponerme de pie y me abalancé sobre la borda con el resto de los tripulantes para ver a Buck apoyarse contra la amurada y atraer a la criatura hacia él.

Observé con asombro sus curvas enormes y onduladas, se balanceaba y se sacudía, tambaleando el barco como si fuéramos una barca de remos. Un segundo arpón salió disparado, y luego un tercero, y la sangre tiñó el agua del color de la tinta ámbar gris. Los hombres pusieron todo su empeño y al poco tiempo habían subido por la borda a la criatura, dejándola caer sobre la cubierta con una salpicadura. Era enorme y punzante, casi tan larga como la Piedra Angular y tan estrecha como una serpiente. Me incliné para acercarme y vi el extraño tallo fibroso que le salía de la cabeza, estratégicamente situado por encima de sus espantosas mandíbulas. Seguía mirándome a mí.

—Leviatauro —dijo Humo—. Una anguila dragón.

—Se dice que hipnotizan a sus presas —explicó Eco.

Tragué saliva, pues no me cabía duda de ello.

—Ya tenemos comida —dijo Buck.

—Nuestra rastrearunas sí que estaba lista para ser comida —afirmó Humo—. Un bocado y se habría convertido en un aperitivo.

La tripulación se rio, y yo traté de unirme a ellos, disfrutar del momento fugaz de buen humor en este rincón desolado del mar. Esa noche, cenamos como reyes filetes de anguila dragón, y la cocina se llenó de marineros satisfechos mientras regaban la carne grasienta con ron y cerveza. Pero después de eso, debo admitir que me sentía inquieta cada vez que tenía que pasarme al otro lado de la borda, ahora veía esas aguas con otros ojos sabiendo que había ojos mirándome a mí.

Cinco horas más tarde, sentí algo extraño en el quimérico y pedí que llamaran al capitán.

Se inclinó por encima de la borda, tan andrajoso como el resto de nosotros, con el pelo oscuro apartado de la cara con una coleta, y se me estremeció el corazón al ver el colgante de ébano contra su pecho cubierto de oro. Nuestra relación se había vuelto tensa desde que los ferromagus habían subido a bordo, y sentía que me habían destripado como a un pez muerto. En realidad, la situación era más tensa en general, y odiaba cómo habían cambiado las cosas.

—Es el quimérico, capitán —le dije—. Está dividido.

—¿Dividido?

—En efecto, capitán. Hay como dos riachuelos, ¿lo ves? —Agité la mano sobre el agua—. Hacia el este, sí, pero también, mira…

Burbujas y ráfagas de quimérico canalizaban hacia el sureste.

Frunció el ceño y Fahr se acercó a la borda para mirar. El corazón me dio un vuelco. De alguna forma, también lo había perdido a él en Puerto Corvallan. Ya iban cuatro, contando a Kit y a Worley. Maldiciones si la vida no sería mucho más fácil en soledad.

—¿Qué abismos hay en el sureste?

Thanavar no dijo nada, y el oficial se quedó mirándolo durante mucho rato.

—Forja, ya sabes…

—Que los hiladores nos lleven hacia el sur, Fahr.

—Forja, Gav. Vas a matarnos a todos.

—Encantado de soltarte en la próxima parada, Dev.

Fahr sacudió la cabeza y se alejó de la borda, lanzando órdenes a la tripulación. El capitán volvió a bajar la vista hacia mí.

—Buen trabajo, Aro'el —dijo—. Concéntrate en perseguir el rastro que va hacia el sureste, si no te importa.

—A la orden, capitán —respondí, y volví a meter los dedos en el agua.

Pasaron varias horas y el progreso que hicimos fue patético. Los hiladores estaban exhaustos. Necesitábamos viento, o de lo contrario moriríamos aquí afuera, con calor, sed y quemados como salchichas. Me subieron de vuelta a media tarde, y me di cuenta de que ya no tenía hambre.

—Come, subteniente —dijo Eco mientras me untaba cera en la nariz y las cejas—. Si no, te perderemos al otro lado de la borda.

Me encogí de hombros.

—Tampoco sería una gran pérdida —respondí—. Podría ser incluso una bendición, teniendo en cuenta mis cicatrices rúnicas.

—Por favor, no empieces —dijo—. No podemos perder la entereza ahora.

—Perdimos todo lo demás —añadí—. Kit, Hobbs, Fletch, Cable, Dion… Worley…

Se me hizo un nudo en la garganta al morder el trozo y me costó masticarlo. Estaba duro, insípido y más seco que un hueso.

—Y al parecer yo también perdí a Dev y al capitán.

Eco se me acercó y agachó la cabeza como un conspirador.

—No te preocupes, querida —dijo—. Hay fuerzas en juego entre ellos que no podemos entender. Entre todos ellos.

—Vaya trato —dije—. Nunca debimos acudir al Tribunal de la Arena.

—Entonces habríamos muerto en esa ola, sin duda.

—A todos nos llega la hora, doctor.

—Como médico, no es algo que vaya a admitir fácilmente, de lo contrario tendría que colgar los guantes y abandonar el servicio por completo.

Me pasó una taza con agua.

—Toma, joven cínica. Bebe y déjate sorprender.

Lo hice, y así fue.

—¿Qué es esto? —jadeé, mirando el agua que salpicaba en la taza—. ¡Esto no ha estado reposando en barrica durante semanas!

—Es cosa de los ferromagus —dijo—. Sabían que nuestro rumbo nos llevaba a través de la Calma, así que han estado perfeccionando el encantamiento para separar el agua de mar de la sal. Actualmente tenemos tres barriles de agua potable y dos sacos de sal utilizable.

Tragué una y otra vez. Estaba muy buena.

Eco me dio una palmadita en el hombro.

—¿Ves? Siempre hay otra forma de ver las cosas. ¿Un Manotazo esta noche en el centro médico? Humo está completamente agotado, así que es fácil ganar.

Sonreí a mi pesar y volví a saltar por la borda.

Era por la tarde cuando la vi sentada en un cajón mirando hacia babor, con un libro en el regazo. Dudé si bajar directamente a la cocina y tomar mi ración antes de la partida de Manotazo, pero verla me hizo detenerme un momento. Estaba leyendo lo que parecía uno de los diarios del capitán, el que tenía los extraños encantamientos y la runa Aro'el. Respiré hondo y atravesé la cubierta en su dirección.

—Hija —dijo, sonriendo al verme.

—Madre —respondí, sin hacerlo.

Dio un golpecito en el hueco que había en el cajón junto a ella. No me senté.

—¿Es el diario del capitán? —pregunté.

—Nos pidió que le ayudemos a construir un hechizo —dijo—. Es una ilusión muy compleja.

—Es un hombre muy complejo —añadí. No sabía ni por dónde empezar a explicarle lo complejo que era.

—¿Ya te metiste en su cama?

—Por Forja, madre…

—Deberías —dijo—. Sería un gran movimiento estratégico. Consolidarías tu poder con un Noble Sacerdote en tu cama.

«Oh, qué gran revolcón sería».

No había duda de que me puse colorada y odié que ella lo viera.

—Duermo en una hamaca en la cocina —le dije—. No creo que quepamos los dos.

—¿Ves? Ya lo habías considerado.

Por las lunas, vaya que si lo había considerado. Pero ya no ocurriría. El Tribunal de la Arena lo había cambiado todo.

—Las Lunas Hermanas se alegran por ti —me aseguró.

—Lo siento por ellas —le dije—. Elegí a Forja.

—Reconozco el sonido de una mentira cuando sale de tu boca. Tenía que haber bajado por el ron.

—Te consagraste a las Hermanas antes de nacer siquiera —continuó, mirando por encima del agua—. Ellas toman lo que les pertenece. Tomé la decisión correcta por ti.

—Tomaste la decisión correcta por ti —la corregí.

—El quimérico está formado con las Lágrimas de las Lunas —dijo—. Estarías muerta si ellas no te hubieran elegido.

—Quizá solo estoy tardando un poco más de la cuenta. —Y estiré el cuello, lo que resaltó las cicatrices quemadas en el esternón.

—Qué preciosidad —dijo, con un brillo en los ojos—. Cuentan tu historia.

Una chica descarriada arrastrada mar adentro. Una mala mujer de una fragata perdida. Rastrearunas de quimérico en el infame Barco de los Hechizos.

—Pero no conozco toda mi historia, ¿cierto? —pregunté—. Hay una parte que falta, la que mantienes oculta como una daga bajo la cama.

—Tu padre —dijo.

—¿Era el oso? —espeté—. ¿El que te pagaba con resina de pino y miel?

Sonrió de nuevo, casi con cariño.

—Ujarak del Sonido —dijo—. Yo lo llamaba Jak.

No me cabía la menor duda.

—¿Por qué nunca me dijiste que era un speculumagus?

—¿Cuál habría sido la diferencia, Honor? Estabas decidida a marcharte antes de cumplir los diez años.

—Quizá me habría quedado —dije—. Quizá lo habría cuidado. Quizá habría aprendido.

—Pocos speculumagus son tan afortunados como tu capitán —contestó—. Supe en cuanto conocí a Jak que se perdería en su reflejo.

Bajé la mirada hacia mis pies descalzos, sorprendida de que no fueran de oso.

—La forma del espejo es tentadora —explicó—. Pero cuanto más te conviertes en tu reflejo, más quieres hacerlo, y más pierdes de tu verdadera esencia. La vida de tu reflejo te absorbe.

—Entonces ¿mi padre prefirió ser un oso antes que ser mi padre?

—Él también era solo un niño —dijo—. Y tú fuiste difícil desde que naciste.

Y así las palabras se convertían en cuchillos.

—Pero supongo que yo también era una mujer difícil, siempre he estado por mi cuenta.

Eso era cierto. Al menos ella era consciente.

—Él era un borracho —dije.

—Bebía, sí —afirmó—. Pero tu capitán también lo hace. El reflejo es un arte doloroso e implacable. La bebida ayuda a anestesiar las sensaciones.

Ella contemplaba el horizonte brumoso.

—Viajaba por los Chubascos y lo conocí cuando paré en Cielo. —Volvió a sonreír—. Era más joven que yo, y tenía su encanto. Valiente, atrevido, lleno de aventura. Quería irse mientras que yo quería quedarme. Cielo es un lugar selvaje precioso.

—Yo lo odiaba —murmuré.

—Todos los niños odian sus ciudades de nacimiento —dijo—. Creen que el mundo tiene mucho más que ofrecer. Dime, hija, ¿es así?

Levanté la vista hacia ella. Quería contárselo todo, soltar mi dolor, mi confusión, mis luchas y mi rabia sobre su orgullosa y perfecta cabeza. Había sido una madre horrible, me había doblegado de tal manera que había sesgado mis pensamientos y atrofiado mi corazón. Pero yo tampoco sabía cómo había sido su vida. Era demasiado joven para preguntar y estaba demasiado herida para preocuparme. Y quizá no se merecía mis pensamientos, mi dolor, mis luchas y mi rabia. Quizá eran míos y de nadie más.

Estaba, igual que ella, por mi cuenta.

—Me las voy arreglando —terminé por decir.

—Me alegro por ti —dijo—. Hasta en Corvallan han oído de tu quimérico.

—No sé lo que significa —admití—. Pero lo averiguaré. Soy testaruda.

—Como tu madre.

Forja, qué razón tenía.

—Que duermas en calma —dije.

—Cuando las lunas se encuentren —respondió.

Con eso, me alejé de ella, intentando controlar mis pies mientras cruzaba la cubierta y bajaba la escalerilla. No fui a la enfermería a jugar al Manotazo, sino que fui hasta la cocina. Esa noche lloré de nuevo, sin hacer el menor ruido y sola, abrazando la muñequita de madera de Sentina porque no tenía a nadie más que me acompañara. Jamás tuve unos brazos que me mecieran para dormir, nunca tuve una canción de cuna, ni siquiera un beso de buenas noches.

Esa noche soñé que era un pájaro. No tenía más que estirar los brazos y observar cómo crecían plumas. Me impulsaba bajando los brazos y sentía cómo el aire me alzaba. Arriba, más arriba, por encima del mar, con la mirada atenta para captarlo todo debajo de mí. Vi ballenas y anguilas dragón, bandadas de aves marinas y grandes bancos de peces. Y vi un halcón de invierno atravesando una tormenta hacia un barco, extendiendo sus garras grises para agarrar a una harpía por la mano.

Me desperté sobresaltada, estuve a punto de caerme de la hamaca por la conmoción. Me balanceé durante un buen rato, con el corazón latiendo con fuerza y los pies colgando por fuera de la lona, antes de dar un salto y aterrizar en la cubierta. El barco estaba a oscuras, solo había unas pocas lámparas encendidas, y me dirigí sin hacer ruido hacia la escalera que había junto al camarote del capitán. Dev estaba de guardia nocturna, pero, aun así, me quedé de pie en la entrada oscura, tratando de escuchar cualquier signo de que estuviera despierto y solo.

«Justo ese», el tintineo de una botella. Con suavidad di unos golpes en el panel de madera que hacía las veces de puerta.

Sentí la cabeza ligera al oír el chirrido de la silla. El corazón se me aceleró con el sonido de sus pasos. La puerta se abrió deslizándose y él se asomó, con el cabello oscuro como el mar despeinado y los ojos pesados.

—¿Subteniente?

Palabras. Sabía qué decir. Como en mi sueño, habían salido volando, y tenía la lengua pegada al paladar.

—¿Aro'el?

Mi madre tenía razón. Encendía cada fibra de mi cuerpo, y yo sabía que no era solo por el quimérico. Podría tocarme como si fuera una cuerda en el Mundo de las Runas y yo cantaría para él una canción sobre el poder, los patrones y el terror apocalíptico. Ambos éramos rastrearunas.

—Quiero ser una speculumagus —dije—. Mi padre era uno, y quiero que me enseñes.

Lo miré a los ojos, podría caer en ellos como en un remolino, rápido y profundo.

—Quiero que me enseñes ahora.

Se quedó mirándome un buen rato, cansado y alejado, pero con cierta calidez, como si no llevara la armadura puesta y sus muros estuvieran bajados. Poco a poco, levantó un brazo y me puso la mano en la mejilla. Contuve la respiración mientras deslizaba los dedos por mi oreja hasta llegar a mi pelo. Era incapaz de pensar. No podía moverme. Era tan impredecible como un escorpión, y pensé en todas las formas en las que podría acabar conmigo, en todas las formas en las que podría convertirme en alguien nuevo.

Jadeé ante un fuerte tirón.

Se alejó, tenía un solo mechón de pelo pellizcado entre su dedo índice y pulgar.

—El proceso es doloroso —dijo—. Más doloroso que arrancarte un mechón de pelo. Tus huesos se ahuecan. Tu columna vertebral cruje. Tus órganos se comprimen. Tu propio cráneo se remodela al realinearse la runa, y tu cerebro hace lo mismo. Tus pensamientos se vuelven fugaces y desarticulados, no son en absoluto lineales como los *rhi'ahr* o los homani. Es una experiencia terrible que no se parece en nada a cualquier cosa que hayas vivido antes.

«La vida tu reflejo te absorbe».

Se llevó el pelo hacia los labios y sopló con suavidad. Ante mis ojos, se convirtió en una pluma negra. La soltó y cayó flotando hasta el suelo.

—Te enseñaré, si de verdad quieres aprender.

Abrió la puerta para dejarme pasar. Respiré hondo y pasé dentro.

31

Bajo la superficie

*-D**ry'ash na hud* —dijo—. *Dry'ash na nar.* Repítelo.

—*Dry'ash na hud. Dry'ash na nar.*

—Pronuncias bastante bien —dijo—. ¿Te está enseñando Devanhan?

—He ido aprendiéndolo de ustedes dos —afirmé—. Ya soy prácticamente una *rhi'ahr*.

Soles, no había forma de mantener la boca cerrada, traté de sonreír, a ver si así se daba cuenta de que no hablaba en serio. Se dibujó una sonrisa en sus labios y yo respiré aliviada.

—Es muy útil saber cómo piensa el enemigo —comentó.

—No todos son enemigos —le respondí—. Ya no.

—Me alegro —dijo—. Pero nunca confíes en los *rhi'ahr*.

—¿Ni siquiera en ti?

—Especialmente en mí —respondió—. Cierra los ojos.

Lo hice, y aguanté la respiración al notar que se me acercaba. Las cicatrices rúnicas reaccionaban a su cercanía, mi piel cobraba vida con la sensación, el corazón me latía acelerado como una velespia en la proa de un barco. Levantó la mano poco a poco y me presionó entre los ojos con la punta de los dedos.

Solté un grito ahogado.

Patrones, líneas, runas, más. Más allá, soles, lunas, círculos, estrellas, cuerdas.

—Míralo —me pidió—. Observa cómo el Mundo de las Runas canta mientras tú conjuras.

—Lo veo —dije con la voz entrecortada.

El Árbol de las Runas, sus ramas alcanzaban el cielo, sus raíces llegaban hasta lo más profundo de la terre, y el quimérico latía por sus venas. El mismo quimérico que latía por las mías. Podría perderme en esos patrones. Podría sumergirme para siempre y quedarme en las profundidades.

—Tu quimérico lo ilumina, Aro'el —dijo—. Lo tensa, hila un acorde más nítido, muy distinguido. Es espléndido.

Incluso con los ojos cerrados, podía ver cómo las runas se entrelazaban con su cuerpo. Golpeaban su corazón y bailaban entre sus músculos. Casi formaba parte del Mundo de las Runas, indistinguible, y descubrí el embriagador ritmo que era Kier Gavriel Thanavar. Lo encontré, y me incliné hacia él.

—*Dry'ash na hud* —dijo con la voz distante y a la vez poderosamente cerca—, *Dry'ash na nar.*

—*Dry'ash na hud. Dry'ash na nar.*

—No dejes de visualizar el hechizo en tu mente —me pidió—. Y ahora, piensa en la criatura en la que querrías reflejarte. Tiburones no, por favor. Las lecciones se volverían un poco problemáticas.

Sí, acababa de hacer un chiste. Estaba empezando a entender su forma de pensar, y me gustaba.

—Tiburones no, te lo prometo —murmuré—. Ni sivernas, ni anguilas dragón que me coman los tobillos, ni ballenas que puedan tragarme entera.

Empecé a caer en picada, girando en espiral, precipitándome hacia el glorioso abismo.

—Dirige tus pensamientos y relájate. —Su voz resonaba en mi corazón—. Piensa en el reflejo.

Él era un halcón de invierno.

Yo podía ser un halcón también. O podría ser su reflejo. Podría ser lo que quisiera, pero lo cierto era que lo quería a él. Él era la noche. Yo sería la mañana. Él era las profundidades, yo sería las estrellas en el cielo de medianoche.

—Ahora, céntrate en tu piel.

Sin importar en lo que me convirtiera, él me sostendría. Me sujetaría.

Entonces me tomó la mano.

Ahogué un grito cuando el quimérico atravesó la palma de la mano y subió por la muñeca hasta llegar a la mandíbula. Colores y patrones, runas y líneas. Podría haberme perdido en la felicidad de esas sensaciones. Podría haberme dejado caer en sus brazos llenos de maxia. Y lo haría con gusto.

Sentí su aliento a un lado de la cara y abrí un ojo ligeramente. Soles, qué cerca estaba. Estaba justo ahí.

—Eres un rastrearunas, ¿verdad? —pregunté.

—Desde hace años. Dije que cierres los ojos.

Obedecí, embriagada por este sutil enfrentamiento, extasiada por su tacto.

Me subió la manga de lino por encima del codo, dejando a la vista las cicatrices rúnicas que me cubrían cada centímetro de piel expuesta. No necesitaba verlo con los ojos para saber que brillaban con la luz del quimérico, tan preciosas como las estrellas en el cielo.

Él era un rastrearunas, y yo estaba cubierta de ellas.

Forja. Estaba cayendo. Él me sostendría.

—Di el hechizo —dijo—. Y piensa en tu reflejo.

Pero no sería un halcón de invierno.

—*Dry'ash na hud. Dry'ash na nar.*

—Otra vez.

—*Dry'ash na hud. Dry'ash na nar.*

—Otra vez.

Respiró hondo y me jaló la muñeca, me recorrió el brazo con los dedos, rozando mi piel con el toque más ligero posible, pero dejando un fuego abrasador a su paso.

Grité cuando la piel se abrió y unas dagas diminutas aparecieron por todo mi brazo.

—¡Otra vez!

—*¡Dry'ash na hud! ¡Dry'ash na nar! ¡Dry'ash na hud! ¡Dry'ash na nar!*

Intenté calmar los latidos de mi corazón conforme el quimérico me quemaba el brazo.

—*¡Dry'ash na hud! ¡Dry'ash na nar! ¡Dry'ash na hud! ¡Dry'ash na nar!*

Tenía la voz ronca cuando por fin se desvaneció el ardor, y yo estaba mareada y sin aliento.

Con cautela, abrí los ojos.

No era un ala de invierno. No, esas plumas eran negras como las de un vencejo, un cuervo o un grajo.

—Funcionó —jadeé.

—Mmm —dijo mientras me estudiaba el brazo—. *Ilyn'shar.*

Recordaba eso de algún lugar. Había escuchado esa palabra antes.

—Buen trabajo —dijo en voz baja, y me apretó la mano—. Refleja las plumas ahora, y vuelve a cambiarlas.

—¿Cómo?

—Invierte el hechizo y haz que se conviertan en piel.

Respiré hondo de nuevo.

—*Dry'ash na nar. Dry'ash na hud.*

Apreté los dientes y siseé cuando las plumas retrocedieron y en su lugar apareció el vello suave y diminuto de un brazo homani.

—Forja, cómo duele —murmuré.

—Pues me temo que esta fue la parte fácil —dijo—. Hazlo de nuevo.

Levanté la mano y me sequé el sudor de la frente. Solté todo el aire en un suspiro y asentí.

—*Dry'ash na hud. Dry'ash na nar.*

De nuevo, la piel ardió y las plumas aparecieron de la nada; poco después, levanté la mano y vi que tenía la palma y los dedos cubiertos de un negro brillante.

—Pero no es un ala. —Alcé la vista hacia él—. ¿Por qué no es un ala?

—Hay que ir poco a poco —dijo—. Hacer un ala implica modificar los huesos, y eso es algo completamente diferente.

—Enséñame.

—Mañana por la noche.

—Ahora.

Seguía sujetándome la mano, su pulgar presionaba el mío, y tenía los dedos bajo la palma de mi mano. Eran largos y elegantes, con hilos de oro entretejidos, y me pregunté cómo sería sentirlos por el resto de la piel.

Se dio cuenta de mi mirada, y una vez más, sus ojos se posaron en mis labios.

También me pregunté cómo sería sentir los suyos en mi piel.

Dio un paso atrás y me soltó.

—Mañana.

Por las brumas del inferno.

Se giró hacia sus libros, levantó una mano, y un diario finito se deslizó por sí solo.

—¿Haces eso con un *Kinestorum*? —pregunté.

—Sí. —Abrió el diario y pasó las páginas.

—¿Se lo has enseñado a Humo?

—No —dijo—. Es uno de los hechizos que él ya podía lanzar antes de unirse a la tripulación. Probablemente le salvó la vida a Dev. Y la suya propia, de hecho.

«Intentó saltar, pero falló estrepitosamente», había dicho Humo aquel día en la playa. «Tuve que atraparlo con un impecable *Kinestorum*».

Me pasó el diario abierto. Las páginas estaban llenas de líneas de runas y patrones complejos escritos a mano, con las posiciones de las manos garabateadas. Bocetos de los dedos, las palmas, las muñecas y los brazos, que resultaban unas ilustraciones tan sencillas como eficaces.

—Esto es un desglose de los hechizos y los procesos necesarios para convertirse en un speculumagus —dijo—. Prueba el *Cy fwthilu*.

—¿Lo escribiste tú?

—Es uno de mis diarios, sí.

Sonreí.

—Me gustan tus dibujos.

Bajó la mirada y sonrió. Soles, ¿se había sonrojado?

—No se me da tan bien como a ti.

—Claramente —confirmé—. Pero cumplen su función.

—Acepto el cumplido —dijo—. He visto tus dibujos.

Cerré el diario y lo abracé contra el pecho, esperé a que se me calmara el corazón antes de levantar la vista hacia él.

—A ti no te he dibujado aún.

Se quedó helado.

—Solo un boceto sencillo a pluma y tinta —insistí—. No tardaré nada, te lo prometo.

Apartó la mirada hacia el suelo, se miró las botas, lo que fuera con tal de no mirar mi ansiosa expresión.

—¿Puedo? ¿Por favor?

—No sería un sujeto agradable.

—Ese es el reto —dije—. Me gustan los retos.

Dio un paso atrás y trago saliva, y se recompuso en un momento.

—Deberías irte —me sugirió—. Devanhan tiene la primera guardia esta noche y volverá pronto.

«Maldito Devanhan Fahr».

—¿Por qué? —pregunté—. ¿No lo aprobaría?

—Se pone protector contigo —dijo—. Piensa que te llevaré por aguas turbulentas.

—¿Y lo harías?

Entonces clavó su mirada en mí como un ancla en las profundidades. Las olas se calmaron, y los vientos enmudecieron.

—Sí —jadeó—. Sin la menor pizca de remordimiento, lo haría.

Desapareció el barco. Desapareció la tripulación. No había más que un hombre y una mujer en un camarote en mitad del mar.

—Sé nadar perfectamente —aseguré con cautela.

Por los garfios del inferno, ¿pero qué estaba haciendo?

—Te necesito en cubierta un poco más de tiempo.

—Para servir al Barco de los Hechizos.

—Exacto.

—¿Y después?

Una sonrisa torció su boca hacia un lado.

—Después de eso, no tengo ningún plan.

Estaba segura de que era casi la verdad.

—Pues considera esto una reserva —dije—. Te tendré en mi c... cuaderno antes de que te des cuenta.

Maldita sea. Casi digo cama.

Me aferré al cuaderno que aún sostenía contra el pecho, me giré y me escabullí del camarote, dejando atrás el estruendo de mi corazón.

Hermana.

A la mañana siguiente, el quimérico había desaparecido.

Me chispeaban las manos y las cicatrices brillaban, no cabía duda, el problema no era yo. Cuando metí la mano en el mar, las runas salieron disparadas hacia abajo, creando burbujas llenas de luz a su paso.

Hermana madera, hermana runa, hermana de enredos, derrotada, consumida.

Forja, otra vez no.

—Te subimos, Azul.

Miré hacia arriba, sorprendida de ver a Fahr jalando la cuerda que me llevó hasta la cubierta. Me tomó de la mano y no se inmutó mientras me ayudaba a pasar al otro lado de la borda.

Los tres ferromagus se habían reunido en la cubierta principal, y verlos conjurar era casi como estar en el teatro. Se movían, oscilaban, enviaban hechizos de un lado a otro de la cubierta como si fuera música arcana.

Miré hacia la popa, donde Thanavar estaba de pie, con los brazos cruzados delante del pecho. Soles, ahora tenía un montón de pensamientos selvajes y apresurados, y no sabía qué significaba eso. Meses antes quería matarlo, pero ahora, quería caer en sus corrientes y beber su vino oscuro. Mi madre urdía planes para hacer que acabara en mi cama, y por una vez, no me oponía. Era lo que yo quería.

Aparté la vista. Faltaba demasiado para la noche, cuando me había prometido otra lección.

Me incliné hacia Fahr.

—¿Qué están haciendo? —susurré.

—Los magistrados dicen que hay algo debajo de nosotros —dijo.

—¿Otra criatura?

—La fuente de este extraño quimérico.

Soles, «hermana».

Me mordí el labio y miré por encima de la borda. El mar seguía estando cristalino, pero una oleada de diminutas burbujas surgió de las profundidades, explotando y trayendo con ella el olor de la descomposición.

Fahr me tocó el brazo.

—Azul, escucha —dijo—. Tengo que preguntar…

—*¡Ascentionus!* —gritaron los magistrados, y como si fueran uno, los tres golpearon con las palmas de las manos en la cubierta del barco. La Piedra Angular se hundió, sumergiéndose profundamente en el agua, y luego volvió a salir a la superficie. Se hundió y volvió a salir, se hundió y volvió a salir, mientras las runas se derramaban a nuestro alrededor y los patrones inundaban el agua.

Las runas iban hacia abajo.

Abajo, abajo, abajo, y la Piedra Angular se balanceaba sobre las olas, al principio suavemente, pero cada vez con más fuerza. Al poco tiempo, la tripulación corrió a asegurar las cajas, los barriles y los cañones. En cuestión de minutos, una enorme burbuja estalló en la superficie, y después otra, y ya no había duda de que algo se estaba moviendo desde las profundidades del mar.

Entonces, una forma oscura y ondulante apareció en nuestra popa. Era del tamaño de una ballena, a medida que la forma rodaba en el agua, una enorme aleta de madera formaba remolinos a su paso. Observé el aleteo de la lona y se me encogió el corazón al verlo.

Hermana.

Pues claro. La fuente del extraño quimérico era un barco.

Ahora se veía claramente, con mástiles y vergas, velas y cubiertas. La aleta era la quilla, y los hechizos hilaron a través de ella hasta que salió a la superficie con un chorro de espuma blanca. Desde los botes, lanzaron anzuelos y sedales para enderezarlo.

Era un barco grande, un buque de guerra de cuatro mástiles, con las velas rotas y la quilla llena de agujeros. Tres de sus mástiles estaban carcomidos y la mayor parte de la cubierta había sido arrasada por el mar. Había tablones que simplemente no estaban y se podía ver a través del casco como si fuera un esqueleto, medio devorado por los cuervos.

—¡Nombre! —ladró Ben desde uno de los botes, y el barco se balanceó ligeramente entre las olas hasta que su popa quedó hacia nosotros.

Era Andomiehr, el barco *rhi'ahr* perdido responsable de cortar el Árbol.

Me giré hacia la popa, desde donde Thanavar observaba la escena.

«Forja, Gav», había dicho Fahr. «Nos vas a matar a todos».

Encontrar en concreto este barco hundido no tenía nada de casualidad, y se me hundió el corazón al darme cuenta de repente.

Thanavar no estaba simplemente llevando al Tribunal de la Arena a la Puerta de las Nubes.

Estaba volviendo al lugar donde empezó todo.

Y nos estaba arrastrando a todos con él.

32

Andomiehr

—**P**or el aspecto que tiene, ha estado hundido durante años —dijo Humo.

Estábamos en el puesto de mando con nuestro ron y nuestra lima, viendo como el Andomiehr se balanceaba en las aguas cristalinas.

Era de noche, pero no había lunas ni estrellas debido al Cielo del Terror. Menos mal que teníamos lámparas de aceite, porque si no, estaríamos en la enfermería.

—¿Por qué estaba aquí afuera en la Calma? —preguntó Eco en voz baja.

El contramaestre gruñó y se inclinó sobre la barandilla, sosteniendo la taza con ambas manos.

—Por lo visto los *rhi'ahr* cruzan las Trombas y la Calma con mucha más facilidad que nosotros —murmuró.

—Quizá tienen su propio rastrearunas —comenté.

—Quizá sí, Azul —contestó—. Puede que lo tengan.

—Mi madre solía decir que son gente de los elementos —aseguré—. Que podían hablar con el viento y con las olas de la misma forma que hablamos entre nosotros.

—Idioteces —dijo Humo—. ¿Para qué necesitarían buques de guerra y cañones si pudieran pedirles a las olas que hundieran un barco enemigo?

—A lo mejor es un poco más complicado que eso —dijo Eco.

—A lo mejor las olas responden «No, lo siento, capitán *rhi'ahr*. Creo que voy a charlar un ratito en Braithe. Inundaré su capital y desbordaré sus canales durante un día o dos, si no te importa. Pero pregúntame la semana que viene y los hundiré sin piedad».

Eco se rio con suavidad, y su risa se extendió por el mar.

Pasamos el rato sobre el pasamanos, los tres, y me sentó muy bien estar ahí con ellos, incluso en medio de la Calma. Esta tripulación había despertado algo en mí, algo que jamás hubiera creído posible que necesitara. Ahora no era más que un cangrejo sin caparazón, vulnerable y blando. Me quedé mirando fijamente mi taza, sin ver nada en su oscuridad melosa.

—¿Qué es eso? —preguntó Eco, y todos levantamos la vista, un brillo oscilaba arriba y abajo por debajo del agua.

—Soles, espero que no sea otra anguila dragón —dije.

—Pues yo espero que sí —respondió Humo—. Podríamos hacernos unos cuantos filetes más.

—¿Es el quimérico? —preguntó Eco.

—El capitán quiere que vaya al barco en cuanto amanezca para ver si puedo encontrar lo que desencadenó la persecución —dije al ver el brillo subir y bajar latiendo justo por debajo de la superficie—. Pero esa cosa no hace que mis cicatrices bailen.

—¡Ey, miren! ¡Ahí hay otro!

Ahora había dos brillos. Luego tres.

—¡Son craneovivos! —exclamó Humo—. Ten cuidado cuando vayas, Azul. Algunos pueden ser letales.

—Una picadura te mata —dijo Eco.

Un escalofrío me recorrió la espalda.

—No puedo creer que hayamos encontrado los restos de un antiguo naufragio en medio de la Calma como si nada —dijo Humo, y frunció el ceño—. Este barco lleva años desaparecido.

—Un barco. —Agarré mi taza con fuerza—. Por favor, díganme que Buck no perdió la pierna y Kit la vida porque Thanavar estaba buscando otro maldito barco.

Humo se giró sobre el pasamanos hasta quedarse frente a mí apoyado sobre el codo.

—Bueno, Azul, antes de que vuelvas a tentar a nuestra querida Piedra Angular para que te mate, te sugiero que preguntes.

Lo miré fijamente antes de beberme lo que me quedaba de grog y presionar la taza contra su pecho.

Me fui hacia la escotilla sin mirar atrás.

Dentro del barco, todo estaba a oscuras, no había estrellas o lunas que pudieran guiarme, pero me las arreglé para moverme con la luz de las velas y la memoria. Por segunda vez en muchas noches, me acerqué al camarote del capitán, y entonces escuché la voz de Fahr al otro lado de la puerta, así que me detuve, no sabía si entrar y tampoco quería tocar la puerta.

—Tendría que haberlo sabido —dijo Fahr—. Nunca puedo confiar en que harás lo que dices.

—¿Y qué quieres que haga, Dev? No sobrevivirá siendo una mitad, y si no hago algo pronto, no sobrevivirá en absoluto.

—¡Entonces, Forja no lo quiera, que no viva!

Había vino. No tenía ninguna duda.

—Perdónalo, Kirianae. No sabe lo que dice.

Kirianae. Era el nombre del Árbol de las Runas del libro de Moonforth.

—Claro que lo sé, y ella lo sabe. Es mejor de lo que tú crees.

Mierda, empezaba a tener sentido.

—Déjalo ser, Gav. Déjala ir, y, por todo lo sagrado, déjate llevar también.

—La Gran Barrera del Terror…

—Caerá contigo o sin ti. Déjalo ser.

Entonces me golpeó de lleno.

La Piedra Angular era Kirianae, el Árbol de las Runas, la diosa *Lindurithain*.

No estaba hecha de su madera, era ella. No me extraña que se estuviera muriendo. No me extraña que Thanavar arriesgara nuestras vidas para recuperar sus tablones. Ella era la clave para reparar la Gran Barrera del Terror, para restablecer el equilibrio de la maxia. No se trataba solo de llevar a los ferromagus a la Puerta de las Nubes, se trataba de llevar a la Piedra Angular a casa.

—No es justo para Azul —dijo Fahr.

—Lo sé —aseguró el capitán—. No preguntaré.

La cabeza me daba vueltas. No me atrevía a respirar.

—Pero vas a tener que hacerlo —dijo Fahr—. No puedes hacer esto por tu cuenta.

—Sabes que sí puedo —afirmó Thanavar—. Además, si el Tribunal demuestra su valía, quizá ayuden más de lo que creemos. Y si no…

—… morirán miles.

—Morirán miles igualmente, si no lo consigo.

—Siempre haces lo mismo. Siempre elaboras los planes de tal manera que no haya más opción que la tuya.

—Yo no empecé esto, Dev.

—Pero tú lo terminarás. Soles, si ya lo sabía. Llevas años diciéndomelo.

—Dev…

—¡No debiste haberme traído de vuelta!

Hubo una larga pausa.

—No me arrepiento, *kel'yion*.

—Fue maxia velada, Gav. Tú de entre toda la gente deberías saber que no se juega con esas cosas. Ahora estoy marcado. ¿Quién sabe cuándo vencerá la deuda?

Otro silencio eterno.

—Debiste haberme dejado ir. ¿Por qué no eres capaz de dejar pasar las cosas?

Tenía que resultar difícil ser el *kel'yion* de alguien. Alguien por quien morirías, y lo que es más, alguien por quien vivirías. ¿Pero y lo contrario? ¿Qué tipo de amor se necesita para dejar marchar a alguien?

—¿Estás convencido de que ella puede atravesar la Gran Barrera? —dijo Fahr.

—Los barcos *rhi'ahr* lo han hecho antes, y la Piedra Angular es muy superior a cualquiera de ellos.

—Por favor, no nos mates a todos. Me trajiste de vuelta. Déjame vivir un día o dos, vamos.

—Devanhan…

Escuché unos pasos y me oculté en la sombra de la escalera, rezando para que no encendiera una vela o una lámpara al salir.

No lo hizo. Lo observé salir por la puerta, cerrarla y alejarse dando zancadas. Me pregunté a dónde iría ahora que los ferromagus ocupaban la sala de oficiales.

Esperé hasta estar segura de que se había ido para irme a mi catre en la cocina. Mis preguntas y mis lecciones podían esperar.

Esa noche no pegué ojo, pero al menos no soñé nada.

Por la mañana había más craneovivos y no me dieron buena espina. Anoche había tres. Ahora había más de treinta, y seguían subiendo y bajando por debajo de la superficie del mar verde y cristalino. Eran extraños, viscosos y abultados, con púas a lo largo de uno de los bordes que parecían dientes o huesos dentados. Me parecieron tan inquietantes como el leviatauro, pero menos susceptibles de servirnos de comida.

ALTERCADO. ALTERACIÓN. ABOMINACIÓN. TERROR, dijo la Piedra Angular.

Soles, qué poética era. Era difícil pensar en ellos como simples craneovivos después de eso.

El capitán vino conmigo en la falúa hasta los restos de Andomiehr. Fue impresionante ver cómo los constructores habían conseguido de alguna forma estabilizar los restos que flotaban sin vida en la superficie de ese mar tan tranquilo.

Hasta los barcos hundidos flotarían un rato una vez levantados, pero sabía que aún pasarían horas antes de que el peso de las vigas llenas de agua lo hundieran de nuevo. Los agujeros en el casco eran muy amplios y numerosos, y estaba claro que no todos habían sido causados por cañonazos. Además, no había percebes pegados a él, y eso me resultó extraño. Todos los barcos estaban cubiertos de percebes. Aun así, la madera estaba hinchada por el agua, viscosa y verde, y tuve que aguantar la respiración mientras remábamos por la bodega abierta.

Atracamos justo debajo de la segunda cubierta, abierta a la neblina amarilla que era el cielo, y un maremagus nos ayudó a subir a la cubierta principal. El barco estaba tan expuesto que parecía una caja torácica, un esqueleto de roble con charcos poco profundos de un tono verde viscoso en lo que quedaba de las cubiertas, con lianas de algas colgando entre ellas. Daba pena verlo. Era lo que quedaba de un magnífico velero de cuatro mástiles cuando era consumido por el océano.

Dos tripulantes y yo seguimos a Thanavar mientras caminaba por la cubierta, paso a paso y con cuidado de no pisar los tablones resbaladizos y podridos. Gesticulaba con las manos, y supe que estaba buscando madera del Árbol de las Runas. Se paró en la rueda, tocó una de las empuñaduras y me miró.

—¿Esto?

Me miré las cicatrices, brillantes por el quimérico bajo los guantes.

—Sí —dije, y asintió a un magus marinero que estaba detrás.

—Lleven la rueda a bordo —ordenó—. Y asegúrense de que la llevan entera. ¿Ves estas cepas de madera más oscuras aquí y aquí? Que no se quede ninguna. ¿Entendido, Tripp?

—A la orden, mi capitán.

Pasamos la mayor parte de la mañana recorriendo lo que quedaba del barco. Las lonas de las velas estaban despedazadas y casi todos los obenques y cuerdas habían sido devorados por completo. Había cubiertas sin suelo y agujeros tan grandes que teníamos que trepar entre ellos para poder llegar hasta la popa. Me sentía un cangrejo carroñero, recogiendo los huesos de un cadáver acuoso, y me resultó difícil recordar que lo estábamos haciendo por la Piedra Angular y la madera cargada de quimérico que prolongaría su extraordinaria vida.

Estábamos en la puerta del gran camarote cuando el carpintero Ben Kobe nos llamó.

—Tenemos un problema con los craneovivos estos —informó—. Se están quedando pegados a los botes.

—Eso no es normal —dijo Thanavar.

—No, capitán, no lo es. Pero hay más, cuando los quitamos, queda un agujero donde estaban pegados.

—¿Se están pegando también a la Piedra Angular, Kobe?

—Eso me temo, Buck no se da abasto con las reparaciones.

—Terminaremos pronto.

Kobe desapareció por el pasillo podrido.

El capitán empujó la puerta del camarote y esta se rompió en sus manos. Gruñó, la dejó a un lado y se adentró con cautela en la habitación. En el momento en que mis botas cruzaron el umbral, mis cicatrices rúnicas empezaron a bailar.

—Capitán —llamé su atención.

Miró por todo el camarote, pero no había mucho que ver. Cualquier documento habría sido consumido por el mar hacía mucho tiempo, cualquier recuerdo habría sido arrastrado o enterrado en el lodo. Sin embargo, todavía había un baúl debajo de las ventanas de la galería, y mi corazón dio un vuelco cuando me di cuenta de lo que contenía.

Al cruzar la habitación, pisó una tabla podrida que lo hizo perder estabilidad, pero se recompuso y siguió avanzando. El baúl se encontraba cerrado, pero el cerrojo estaba oxidado, y bastó un hechizo sencillo para hacer que se deshiciera en cenizas al tocarlo. Abrió la tapa y yo siseé de dolor.

Para mi sorpresa, me sonrió. Fue una sonrisa grande y amplia, y por un momento pareció joven, feliz y libre. Maldito sea Forja si mis rodillas no eran cada vez más débiles, y me maldije a mí misma por la forma en la que estaba cayendo. Ahora era más blanda, demasiado blanda.

—Nuestro quimérico canalla, Aro'el —dijo.

Asentí, tragándome el nudo que tenía en la garganta.

Miró detrás de mí, Tripp estaba en la puerta.

—Llévate esto a la bodega y ponlo con los otros. Y ten cuidado. Puede lastimarte si…

Andomiehr se tambaleó bajo nuestros pies. El capitán frunció el ceño.

—¿Tripp?

—Iré a ver qué pasa, capitán.

Me coloqué a su lado y miré el baúl.

—Tengo muchas preguntas —musité.

Se giró, y me di cuenta entonces de lo cerca que estaba. Me miró y ladeó la cabeza. No tenía ni la menor idea de lo que se le pasaba por la cabeza, tras esos ojos con motas doradas.

—Esta noche —dijo—. Te contaré más sobre la Puerta de las Nubes.

—Cuéntamelo todo —respondí. Su calidez me reconfortaba en esta sala podrida y muerta, y una vez más, sus ojos se clavaron en mis labios.

«Esta noche…».

Soles, no la apartó. No apartó la mirada, y yo me incliné, sintiendo cómo el calor me recorría el cuerpo mientras las cicatrices rúnicas comenzaban a arder.

Levantó la mano hacia mi cara, y me rozó la piel con esos largos dedos.

—¿Duelen? —preguntó. Usó un tono suave, profundo. Como el ronroneo de un gran gato.

—No —mentí—. Anhelan.

Tocó una en mi mejilla. Brilló ante su tacto, y las runas le iluminaban el camino.

—Rastrearunas —dijo.

Tocó otra en mi mandíbula, y deslizó el dedo hasta mi barbilla.

Contuve la respiración, ansiaba su boca.

Pero el barco tembló de nuevo, sacudiendo una madera empapada suelta sobre nuestras cabezas. Cayó y él la desvió con el antebrazo, haciendo que se rompiera contra la cubierta. Me miró antes de alejarse.

—Esto es peligroso.

Sabía que iba con un doble sentido. Ambos éramos rastrearunas. Nunca nada sería suficiente.

—Esta noche —dije.

—Por supuesto —confirmó, mirando a cualquier parte menos a mí—. Esta noche.

Salimos del gran camarote y deshicimos el camino con cuidado de vuelta al bote, bajando por cinco cubiertas podridas como marineros descendiendo por los mástiles. Agarramos uno de los botes y remamos desde el interior del casco de madera del Andomiehr. Había alguien en el agua en el casco de la Piedra Angular y me di cuenta de que era Dev. Nos vio y nadó hacia nosotros, se apoyó con el codo en el borde del bote. Metió la mano debajo del casco poco profundo y arrancó una masa gelatinosa y globular, lanzándola al interior antes de subirse por la borda.

—No son craneovivos normales —dijo Fahr.

Se colocó en la proa y se limpió la cara. El agua goteaba y formaba charcos a nuestros pies.

—Parecen más bien sanguijuelas o lambreas —continuó—. Eco está diseccionando una arriba. Se aferran con esta boca de púas y se fijan con esta lengua áspera. ¿Ven?

Tocó la masa viscosa con el pie descalzo y esta se tambaleó como si fuera un pudín.

—Abominaciones, alteraciones —dije—. Así fue como las llamó la Piedra Angular.

—¿Pero ella por qué? —preguntó Thanavar—. ¿También se están pegando a ella?

—Docenas —confirmó—. Está entrando agua en el pantoque.

—Maldiciones —dijo Thanavar.

—Podemos dar la vuelta e irnos —propuso Dev—. Pero nos las llevaríamos con nosotros, y eso puede ser problemático cuando demos con la Corriente del Terror. En los botes también hay, mira.

Había una pequeña grieta en las duelas a nuestros pies por donde se filtraba el agua.

—Yo iba a sugerir que mandáramos buzos, que los matáramos a todos con las cuchillas de Nan, pero…

Inclinó la cabeza hacia babor, entre los barcos, donde un tallo ocular delgado y fibroso se abría paso entre las aguas. Mi corazón dio un vuelco. Leviatauro.

—Por las lunas —gruñó Thanavar.

Hemos avistado tres desde el nido.

—Puedo intentarlo —dije, y me miraron—. El quimérico reacciona cada vez que toca el agua. A ver si eso funciona.

—Vamos, inténtalo, Aro'el —dijo Thanavar.

Respiré hondo, me quité el guante de una de las manos cicatrizadas y la pasé al otro lado de la borda.

El océano resonó, surgieron olitas en todas las direcciones desde el bote y el quimérico salió disparado por las profundidades como un rayo. La Piedra Angular se balanceó, el Andomiehr se sacudió e incluso los botes salvavidas temblaron cuando los craneovivos reaccionaron al pulso. El agua bullía mientras se desprendían de los cascos, flotando hacia la superficie y tiñendo toda la zona de un color blanco lechoso. Sin embargo, poco después, empezaron a flotar hacia los barcos de nuevo. Metí la mano en el agua una vez más, y el efecto fue el mismo.

Thanavar me sonrió y se me aceleró el pulso.

—Esta gente solo tardará unas horas en desmantelar lo que necesitamos de Andomiehr —dijo—. Esta será tu tarea hasta que acaben.

—¿Horas?

Dev se rio.

—A la orden, capitán —gemí.

—Y Fahr te hará compañía.

Entonces me reí yo.

Llegamos al casco de la Piedra Angular y Thanavar agarró la cuerda que le habían lanzado. Tanto él como el remero tardaron segundos en desaparecer, y nos quedamos Fahr y yo con el amasijo de craneovivos viscosos.

Ya había atardecido cuando me dirigí al camarote del capitán.

Cuando la tripulación terminó de desmantelar el Andomiehr, a Dev y a mí nos subieron al barco. Ben y los carpinteros habían remendado el casco con trozos del barco *rhi'ahr*, y la rueda solar se había triplicado, concediendo por fin a Humo su sueño de navegar con una rueda lunar. Sin un tercer timón, no sería más que una sombra, pero Thanavar había insistido en que el quimérico de la madera reemplazaría la mecánica con maxia.

Con los ferromagus de nuestro lado, no era difícil de creer.

—A sus puestos —dijo Thanavar en cubierta—. Que todo el mundo se prepare para zarpar.

Bajó la vista hacia donde yo estaba.

—Pareces exhausta.

Estaba exhausta. Dos horas lanzando quimérico a los craneovivos me había dejado demacrada. Pero eso no implicaba que tuviera que darse cuenta. O que no se me tensara el pecho cuando lo hizo.

—Estoy bien —aseguré—. Solo estoy cansada.

—Ven conmigo. —Y sin esperar respuesta alguna, se giró sobre los talones y se fue por la escotilla. Sin mucha energía, fui tras él hasta el gran camarote, con bastante dificultad para seguirle el ritmo a sus zancadas. Se fue directo hacia sus libros y llamó a un antiguo diario con las tapas rojas que estaba en una estantería alta.

—Nos perdimos la lección de anoche —dijo pasándome el libro.

La maxia y el reflejo: La vida al otro lado, por Cendry Puck.

Sonreí.

Llévatelo a tu litera, y luego preséntate en cubierta en cinco campanas. Te necesitaremos fuera de la borda una vez más aquí en la Calma.

—Allí estaré —dije, abracé el libro contra el pecho y di un paso hacia la puerta.

—Aro'el.

Me di la vuelta.

—Discúlpame —dijo. Tenía la mirada hacia abajo y la cabeza ligeramente inclinada—. Por mi comportamiento en el Andomiehr hace un rato.

Se me cortó la respiración.

—¿Comportamiento? —pregunté.

No era tan ingenua. Sabía a lo que se refería, pero no iba a dejar pasar la oportunidad de adueñarme, de hacérselo decir, de ver hasta dónde podía llegar.

—Tocar tus cicatrices —dijo—. Me dejé llevar por la devastación y el quimérico puro. No volverá a pasar. Te lo juro.

Al igual que la Piedra Angular, llevaba la entereza por bandera.

Era admirable, pensé. Incluso dulce. Pero yo no buscaba nada dulce. A mí me gustan las cosas saladas.

—¿Y qué pasa si yo quiero?

Me la estaba jugando.

Sacudió la cabeza.

—No puedo. No mientras estés bajo mi mando.

Estaba jugando con tormentas.

—También soy de la Armada, ¿recuerdas? —dije, y arqueé una ceja—. Así que tampoco es que esté exactamente bajo tu mando.

Levantó la mirada rápidamente, y me di cuenta de que no lo había considerado así cuando él mismo lo había sugerido hacía mucho tiempo.

Yo sí, obviamente.

—No —dijo al fin, y torció el labio—. No, quizá no.

—Me dijiste que trazara mi propio camino —le recordé, una sonrisa comenzó a dibujarse en mi mejilla—. Y yo te dije que ese camino me llevó a plantarme delante de ti. ¿Qué esperabas de una mala mujer de una fragata perdida?

Ahora fue él quien sonrió, dándome el coraje suficiente para continuar.

—Quizá sea hora de acallar tu «arduo consejo» —dije—. Y quizá sea hora de preguntarte qué es lo que realmente quieres.

Se le suavizó la mirada cuando consideró mis palabras.

—Además —dije, abrazando el libro—. ¿Sería siquiera yo Aro'el si no deseara una pequeña persecución?

—Ja.

Pero estaba sonriendo, y me dio vértigo solo de presenciarlo. No había duda de que había pasado demasiado tiempo desde que alguien hubiera intentado sacar ese corazón distante y cauteloso de su pecho de acero. No había duda de que yo era la primera en mucho tiempo que se atrevía lo suficiente, o era lo suficientemente imprudente como para intentarlo.

—Buena suerte, entonces —dijo—. No soy fácil de atrapar.

—Soy un poco más perspicaz que Bracebridge o el rey —repliqué—. Soy mejor en mi trabajo.

Levantó una ceja.

—Pero aún no he hecho ninguna oferta —dije—. Así que no te adelantes. Un barco solo puede ir tan rápido como las olas lo lleven.

Me giré para irme, pero me paré en la puerta.

—Que duermas en calma —dije por encima del hombro.

—Cuando las lunas se encuentren. —Lo escuché decir cuando cerré la puerta detrás de mí. Me desplomé contra ella, con los ojos como platos, el corazón acelerado, que me subía hasta la garganta y bajaba hasta las botas, y de nuevo hacia arriba. Soles, lunas, que Forja maldijera a un fauno. Era atrevida, sí, y también imprudente, pero si algo era cierto, es que quería algo con este hombre. ¿La runa me llevaría a la ruina o tendríamos la oportunidad de sobrevolar estos mares tormentosos? Respiré hondo. Necesitaba despejarme.

Si iba a perseguir a un halcón de invierno, tenía que ser capaz de atrapar a uno. Tenía que ser un vencejo, y tenía que estar segura.

SÉ FUERTE Y SÉ VELOZ, había dicho la Piedra Angular, y sonreí.

Tenía que tener alas.

Aceleré el paso hasta llegar a mi rincón de la cocina, encendí una vela y abrí el diario.

«¿Volar o nadar? ¿Dientes o alas?», decía la primera línea. «¿Quién eres en lo más profundo de tu ser?».

Me senté en el suelo y empecé a leer.

33

Hueco

No puedo explicar lo que se siente cuando tus huesos se alargan y se rompen, cuando tus manos se arrugan y se tuercen, cuando el vello de tus brazos se convierte en plumas.

El dolor de la transformación era peor que cualquier quimérico, y esto solo fue por un brazo. No sabía qué esperar cuando empezara a encoger, cuando mis huesos empezaran a ahuecarse o mis órganos empezaran a dividirse, unirse y transformarse. Thanavar dijo que aún faltaban semanas para eso, pero daba igual, no sabría decir cuánto tiempo me quedé acostada en mi litera, observando lo que solía ser mi brazo y el plumaje oscuro e iridiscente que ocupaba su lugar.

Había elegido ser un vencejo, como los pájaros de Worley. No sabía por qué. Había algo en esas criaturas tan pequeñas, oscuras y rápidas que llamaba mi atención. Podían volar sin descanso, incluso dormían en el cielo, solo necesitaban acercarse a tierra para cazar algo. Podría perderme en ese reflejo. Lo haría encantada.

Quizá volaría con un halcón.

Durante esos días, me hice cargo de los pájaros de Worley, dibujé a prácticamente todos los miembros de esa increíble tripulación y aprecié los trozos de piel que aún me quedaban libres de runas y cicatrices.

Thanavar me enseñó cada noche, y me di cuenta de que ansiaba su compañía. Ambos éramos rastrearunas y estábamos desesperados por compartir la maxia que nos daba la vida.

Seguía sin proponerle nada de momento, aunque aparecía en mis sueños, que eran bastante selvajes, sabía que me estaba metiendo en aguas peligrosas. Ahora quería mucho más de él, no solo el quimérico y las lecciones, quería sentir sus manos, su boca y su cuerpo. Pero mi madre se equivocaba. Meterte en la cama de tu capitán era un plan estúpido, y me arriesgaba a perderlo todo si se lo proponía.

Era un hombre de planos y patrones, de misterio y secretos, y no tenía forma de saber con seguridad si aceptaría. Y si lo hacía, ¿se odiaría después? ¿Me odiaría a mí? Seguíamos en la Piedra Angular, el barco al que él amaba y que correspondía esos sentimientos. Eran muy conocidos. Era leyenda. ¿Cómo iba yo a competir con eso?

«No soy fácil de atrapar».

Forja, ¿en qué estaba pensando?

Estaba tan metida en mis pensamientos que apenas escuché los pitidos. El ala volvió a convertirse en piel, huesos y cicatrices rúnicas, y presté atención por si oía campanas o tambores. Habíamos estado todo el día navegando, seguíamos en la Calma, pero con un poco más de ritmo gracias a la Corriente del Terror. En ese punto, a ambos lados del ecuatorus, los océanos se precipitaban hacia la Gran Barrera del Terror, por lo que se creaban viento y nudos a raudales.

Los pitidos volvieron a sonar, así que guardé el diario junto a la muñequita de madera y me impulsé fuera de mi litera.

—Raciones en la cuarta guardia —dijo Nanarobbin cuando pasé.

—No me lo perdería ni por todas las joyas de Braithe, Nan —contesté.

Se giró para seguir cortando, pero estoy segura de que sonrió.

El cielo estaba de un tono verde enfermizo cuando empezó a anochecer, precipitándose como nubes de huracán y con una espesa neblina pasándonos por encima. Fuera del castillo de proa, se veía una línea blanca en el horizonte que me hizo tragar saliva. Ahí estaba.

La Gran Barrera del Terror.

Hacía mucho viento, las olas eran altas y el capitán esperó a que nos reuniéramos todos en la cubierta de lanzamiento. Hasta los ferromagus habían sido convocados y nadie se atrevía a hablar.

No creo que ninguno de nosotros pudiera siquiera mirarse a los ojos, teniendo en cuenta la nueva amenaza inimaginable que teníamos delante. Los barcos no sobreviven a la Gran Barrera del Terror. Quedaban destrozados, hechos trizas, reducidos a pedazos, y llevados a través de la Calma hasta que se dispersaban en las Trombas. Así que ahí estábamos, plantados, esperando a que él ocupara su lugar en el alcázar y nos dijera cuánto tiempo nos quedaba por vivir.

Pero no ocupó su lugar en el castillo de popa. En lugar de eso, cruzó el alcázar y se colocó junto a Humo en el timón. Su cabello oscuro como el mar ondeaba con el viento, y tras él, las velas de la mesana resonaban. Que me parta un rayo si eso no me aceleró el corazón, aterrorizado y emocionado al mismo tiempo. Formaba parte de este barco de la misma forma en que lo eran las velas o los mástiles, tan poderoso como el océano e igual de profundo.

Forja, quería que fuera mío.

Ahora había tres ruedas en el timón. Las dos de la Piedra Angular, y colocada junto a ellas, perfectamente alineada, la de Andomiehr. Las ruedas solares se estaban convirtiendo en la norma en la Armada, pero nunca había visto tres ruedas unidas de esta manera.

Thanavar puso una mano en las ruedas y nos barrió a todos con la mirada.

—Son la mejor tripulación que un capitán podría desear —empezó a decir—. Fuerte, hábil, noble y segura. No podría haber querido más. No hay nada más que pudiera haber necesitado. Han servido a su capitán con lealtad, a su rey con integridad, y a su marea con orgullo. Pero además…

Las olas se agitaban, las velas rugían con el viento.

—Además, han servido a este barco con honor. Y la Piedra Angular es un barco extraordinario.

Al oír sus palabras, todos nos erguimos un poco más.

—El Barco de los Hechizos no tiene una misión cualquiera —dijo—. No salimos para vigilar una flota pesquera, para proteger el Puerto Imperial, ni para vencer al enemigo y mandarlo de vuelta a la Gran Barrera del Terror. No, nuestra misión era prevenir una guerra, y aunque ha habido redadas y batallas, en general hemos tenido éxito. A lo largo de los años, lo hemos sacrificado todo por esa causa.

A mi lado, Buck asintió. Había perdido una pierna, y aun así, asintió.

—Nos dirigimos hacia la Gran Barrera del Terror, la fuerza más devastadora de nuestro mundo. Hace girar el sol y lanza tormentas; respira el viento y hace que llueva quimérico. Y destruye barcos con la facilidad con la que ustedes o yo aplastaríamos a una mosca. La última vez que nos enfrentamos a ella estábamos en una abertura, pero vimos lo que le ocurrió al Meradah Thenn.

Esta vez, no nos protege ninguna abertura, canal o brecha. Nuestro destino es la mismísima Gran Barrera del Terror, nuestro último obstáculo antes de llegar a la Puerta de las Nubes, y debemos superarlo, de lo contrario, pereceremos. ¿Queda claro?

Todo el mundo asintió, aunque sin mucho entusiasmo.

—Por ello, las próximas horas van a ser muy extrañas, les pediré cosas imposibles de lograr. Pero deberán lograrlas, cuando y como se lo pida. Porque lo que estamos a punto de hacer es, en el mejor de los casos, imposible y, en el peor, un suicidio.

Intenté no mirar al horizonte.

—Porque lo que estamos a punto de hacer es aprovechar la Corriente del Terror.

Se hizo el silencio.

—Vamos a necesitar la mayor destreza marinera y la maxia más profunda. Todas sus habilidades serán esenciales, un desliz o un paso en falso por parte de cualquiera podría significar la diferencia entre la vida y la muerte, entre estrellar nuestro pájaro marino contra una pared de hierro y alzarnos, porque lo que pretendo conseguir es justo eso, pretendo hacer que la Piedra Angular vuele.

Me quedé sin aliento. ¿Volar? ¿Podía hacerlo? ¿Lo haría?

—Cuando lo hagamos, cortaremos en ángulo recto con respecto al mar, atravesando la Gran Barrera del Terror y navegando por debajo de su amplitud. Nos crearemos nuestro propio canal hacia la Puerta de las Nubes, y para ello necesitaré todas las manos preparadas tal y como diré ahora. Broom, todas las armas deben estar colocadas de forma segura en el lado de babor para servir de lastre. Oakum, al principio navegaremos a toda vela y con el timón cerrado, pero en cuanto choquemos con la Gran Barrera del Terror, vela desplegada y rumbos amplios, pero ajustada de manera que la corriente ascendente no cause resistencia.

Kobe, gracias por añadir la rueda de la luna. Ningún barco en Supramar tiene un timón de este calibre.

Kobe sonrió con orgullo.

—Sin embargo, también necesitaremos reforzar las quillas y los timones, porque recibirán una buena paliza, necesitaremos que funcionen de una manera para la que no fueron diseñados. Buck, todos tus hombres a los cabrestantes y escobenes, ya que soltaremos el ancla mientras saltamos para mantenernos lo más cerca posible de la línea de flotación.

Entendí todo lo que dijo y a la vez no entendí ni una sola palabra. Era una locura.

—Los ferromagus rodearán todo el barco con maxia de la misma forma que lo hicieron en la tormenta; aunque sobrevivamos, nos elevaremos más alto en los cielos a cada segundo. A bordo, la tripulación caminará en perpendicular al mar, y nos caeríamos. Ellos van a impedir eso, harán que caminemos sobre un terreno uniforme sin dudar, creando no solo la ilusión de nivel, sino también la maxia para que así sea. Doctor, renunciarás a cualquier paciente, lesión o remedio que pueda requerir tu atención y permanecerás a mi lado para hilar mis pensamientos, el rugido de la Gran Barrera del Terror es extremadamente fuerte.

Su mirada recayó en mí. Me entregué a ella de buena gana.

—Y por último, subteniente Renn, le darás todo tu quimérico a la Piedra Angular a través del palo mayor. Tenemos tres baúles en la bodega y uno en mi camarote. Necesitará cada pizca de quimérico bruto y el tuyo propio para sobrevivir a esto. Si es necesario, permitirás que te deje seca.

Que me deje seca.

Que me deje seca.

No había competición. No tenía esperanza alguna. Se trataba de la Piedra Angular, nacida del Árbol de las Runas. La diosa

Lindurithain, adorada por su gente, amante de su alma. Mítica, mística, temida y libre. Conocía los secretos del capitán. Sostenía su corazón. Yo no era más que una descarriada mujer, atrapada en sus corrientes, ansiosa por zambullirme, dispuesta a ahogarme.

Pero él era suyo. Y siempre lo había sido. Yo no era más que el cauce entre ellos.

Sentía el pecho hueco como el de un pájaro. Era mi maldita culpa y de nadie más.

Por Forja, estaba bien. Estaba muy bien.

Yo estaba bien.

Sin embargo, respiré hondo y temblorosamente, sabiendo que no era verdad.

Se giró para mirar el horizonte.

—Quizá tengamos cinco campanas antes de llegar a la entrada. Reúnan a los equipos y preparen todo lo que vayan a necesitar. Recen sus oraciones. Pero cuando la campana suene de nuevo, jugaremos nuestras cartas y confiaremos en nuestros dioses, en nuestro destino y en nuestro barco. Para entonces, sin duda, volaremos.

Se le torció el labio. A estas alturas lo conocía bien. Eso era sin duda una sonrisa.

—Y cuando lleguemos a la Puerta de las Nubes, nos beberemos todo el ron.

La tripulación vitoreó ante eso, pero yo me mordí la lengua. Me pesaba el corazón, mi esperanza se secaba. No había salvación para mí en la Puerta de las Nubes, no había tratamiento ni cura. Yo era el mapa y la energía, pero nada más, y maldita sea, si no dolía más que cualquier corte que me hubiera hecho jamás.

Él asintió, de una vez y muy rápido, y la tripulación se apresuró a cumplir con sus tareas. Dev y Eco se quedaron a su lado, así que yo permanecí atrás, esperando a ver qué debería hacer entonces. Para mi sorpresa, las rodillas de Thanavar cedieron. Lo sujetaron como si hubieran estado esperando que pasara eso, y lo llevaron agarrándolo por los brazos hacia la escotilla.

Miré a Humo. Intentó sonreír, pero las cejas lo delataron.

Maldita sea.

«Déjala ir», había dicho Dev. «Y, por todo lo sagrado, déjate llevar también».

Y mi pecho hueco de pájaro se abrió de par en par.

No era solo el barco el que estaba muriendo… Y teníamos cinco horas para cambiar eso.

Respiré hondo y los seguí hacia abajo.

La puerta se abrió y Eco se asomó.

—Subteniente, no es un buen momento.

—Déjala entrar. —Se oyó la voz de Dev, y el fauno se hizo a un lado.

—Que sea rápido —dijo Eco—. Me dio instrucciones estrictas de que lo despierte en menos de una hora.

Asentí y entré en el camarote.

—Ahora vengo. —Eco me lanzó una mirada antes de cerrar la puerta al salir.

El camarote estaba oscuro excepto por la luz de una vela, que parpadeaba y goteaba cera en el escritorio. Bajo las ventanas del travesaño, el halcón de invierno dormía, con el pico escondido bajo el ala, respirando de forma superficial y rápida. Dev estaba sentado junto a él, con una mano acariciando el cuello del pájaro.

Me senté y dejé caer las manos enguantadas sobre el regazo. No era capaz de hablar. Tenía las palabras atascadas en el cielo de la boca. Las obligué a salir.

—Tengo preguntas.

—No podrías elegir un peor momento…

Me crucé de brazos.

—No soy la misma persona que cuando subí a bordo —dije—. Y no es solo por el quimérico. Veo cosas que nunca he visto. Recuerdo cosas que nunca he vivido.

«Ten cuidado. Sé prudente».

Me contuve y respiré hondo.

—Siento cosas que no he sentido nunca, y necesito saber si esos sentimientos son míos o si le pertenecen a ella y a nadie más.

«Mi amor».

—Te estás metiendo en aguas peligrosas —dijo. Y no hablaba del barco.

—Campanas, Dev, si voy a «permitir que me deje seca», al menos debería saber por quién lo estoy haciendo.

El primer oficial miró al halcón y dejó salir un enorme suspiro.

—Me parece justo. Te lo debe —refunfuñó—. Pero no lo despiertes solo para preguntarle. Está exhausto. Quizá empieza charlando, como hiciste conmigo cuando me dispararon.

—¿Me escuchaste?

—Cada palabra —dijo.

—Lo siento —me disculpé—. Por traerte de vuelta de esa forma, con maxia velada. No sabía que mi madre iba a hacer eso, pero creo que se lo habría permitido igualmente, con maxia velada o sin ella.

—Todos estamos un poco rotos —afirmó—. Y nos recomponemos lo mejor que podemos.

Se encogió de hombros.

—Ahora, algunos de mis puntos son sombríos. Quizá me asusten algún día, pero al menos son míos.

—Tú eres tú mismo —dije tan suave como una brisa.

—Igual que él. —Se puso de pie—. Si no puede darte lo que quieres…

—Estaré bien, Dev. Solo necesito saberlo.

Asintió y señaló con el pulgar en dirección al catre de Thanavar.

—Estaré ahí dentro, balanceándome en la mejor cama de este barco que nunca se usa porque…

—Pájaro.

Sonrió sin energía.

—Porque pájaro.

Cerró la puerta al salir y miré hacia el halcón, el Hechicero del Terror, el último Noble Sacerdote de la Puerta de las Nubes y el *kel'yion* del futuro rey.

El halcón se revolvió.

34

Thanavar

Las plumas blancas se agitaron y luego volvió a dormirse.

Quería decir demasiadas cosas. Pero no sabía cómo hacerlo, así que me quité los guantes y puse mi mano sobre su cuello, tocando las plumas suaves, acariciándolo.

—Al carajo las preguntas —dije en voz baja—. No necesito saber nada. Solo quiero darte las gracias. Gracias por sacarme del agua tantos meses atrás. Gracias por esperar conmigo en el mar. Gracias por dejar que me uniera a la tripulación y gracias por dejarme seguir siendo de la Armada, tanto como necesitara, durante todo el tiempo que necesitara.

Tomé aire, estaba temblando.

—Gracias por enseñarme la maxia más profunda y retarme a ser más de lo que ya era, por hacerme saber que es increíblemente glorioso querer más. Y gracias por compartir conmigo a la mujer más extraordinaria que jamás he conocido.

Levanté la otra mano y toqué el casco del barco por debajo de la ventana. El quimérico cobró vida y brilló a lo largo de sus duelas. Podía escuchar el estruendo de la lona, sabía que las runas corrían por sus mástiles.

Aro'el, dijo. **Chica del norte. Persigue al reflejo. Encuentra al mago.**

Las lágrimas me brotaron de los ojos al escuchar el sonido de su voz.

Y me senté. Yo era un puente entre dos mundos, tenía una mano sobre él y la otra sobre ella, con recuerdos de sentimientos recorriéndome los huesos. Amor. Pérdida. Duelo. Alegría. El corazón se me rompía y se curaba de nuevo con cada latido, y cerré los ojos mientras dejaba que el quimérico cantara la canción de los soles y las lunas, de las islas y los árboles, y del halcón que volaba entre todos ellos.

Pero no eran mis recuerdos. No sabía de quién eran, pero sabía que no eran míos.

No sé cuánto tiempo estuve sentada, pero, en algún momento, se revolvió y las plumas se transformaron bajo mi palma. Fue tan suave, sin esfuerzo, como un torbellino de plumas y tela y cabello negro azabache. Ahora era un hombre, recostado sobre el pecho, con la espalda arqueada contra las ventanas, con una pierna recogida, como un gato, debajo de él, mientras la otra le colgaba por el borde.

Tenía la mano sobre su muslo y la retiré.

—¿Qué haces aquí? —murmuró—. Tendrías que estar descansando antes de llegar a la Gran Barrera del Terror.

Las palabras que tenía preparadas se habían esfumado, se habían disipado como Forja en el invierno oscuro.

—¿Por qué hacemos esto? —pregunté. Forja, qué directa era.

—No es el momento —respondió.

—Sabes muy bien lo que me estás pidiendo —dije—. Puede que no salga de esta, y quiero conocerte antes de que llegue el final.

Giró la cabeza para mirar por las ventanas geminadas y lo pensó durante un buen rato, como valorando si valía la pena.

—A ti y Kirianae —dije, me incliné hacia adelante—. Y a la Casa Cuervo de Madera. Sé que eres el último Noble Sacerdote. Tu nombre aparece en la lista de muertos.

Le pesaban los párpados y se pasó una mano elegante por la cara, agotado.

—Y la Piedra Angular es el Árbol de las Runas. Pero también es una diosa, ¿verdad? —Respiré hondo y seguí adelante con la pregunta cuya respuesta más miedo me daba—. ¿Quién era ella… para ti?

El aire era tan denso como cuando se avecina una tormenta.

—¿Quién era ella? —insistí.

—Aro’el…

—¿Era tu amante?

Gruñó y soltó un largo suspiro.

—No soy un Noble Sacerdote —dijo al fin, aunque sin mirarme.

—¿No eres un Noble Sacerdote? —Parpadeé—. ¿Pero qué demonios?

—No de verdad —continuó—. Hacen falta cuarenta soles, una serie de exámenes y una prueba de quimérico. Puede que tenga el poder, pero no tengo el título.

Soles. Si hasta los ferromagus lo llamaban Noble Sacerdote.

—Me mandaron como acólito hace veintidós años, cuando la orden era fuerte y vibrante, y estaba en el punto de mira de un rey inseguro.

Asentí con lentitud. Aún no había respondido a mi pregunta, se había desviado un poco, pero en algún momento llegaría. Siempre lo hacía. Respetaba eso de él. Podía cambiar de rumbo cuando llegaba el viento adecuado.

—De hecho, yo fui el más joven que habían enviado jamás. Seis soles si no recuerdo mal. La edad mínima permitida era de ocho años. Yo era muy bueno.

Me miró y torció la sonrisa.

—Muy bueno.

Estuve a punto de devolverle la sonrisa.

—¿Hiciste trampas?

Sus ojos brillaban como las estrellas sobre el mar.

—Lo más seguro. Recuerdo cuando llegué con una escolta *rhi'ahr*, salté de la lancha y llegué hasta la orilla. Conocí a los Nobles Sacerdotes y sentí su reproche. Escalé la montaña y sabía que el quimérico era algo real y peligroso. Y recuerdo la primera vez que vi el Árbol de las Runas…

Hizo un esfuerzo por recuperar el aliento, como si los recuerdos le dolieran al contarlos.

—Kirianae, el Árbol de las Runas, tenía mil años, había nacido del quimérico y de la sangre de antiguos terromagus. Era muy alto, tenía las ramas frondosas y llegaban hasta el cielo. Su tronco crecía a lo largo de la ladera de la montaña, tenía la corteza gruesa y estaba cubierta de runas. Era gloriosa, Aro'el. Escuché su voz en el instante en que puse un pie en la arena de la bahía.

KIER GAVRIEL, dijo con la voz débil. **MI AMOR, VEN A CASA.**

—Había setenta magos viviendo en la isla, todos mayores que yo, pero así funcionaba. Los mayores enseñaban a los pequeños, y cuando llegaba un nuevo acólito, un veterano volvía junto a su rey para guiarlo y aconsejarlo. Había muchísimos libros, y yo era un ávido lector. No tenía permitido trepar el Árbol, pero cada noche, agarraba un libro, escalaba por sus ramas hasta la cima y leía a la luz de las lunas.

Sonreí para mis adentros y miré hacia sus estanterías, innumerables lomos de conocimiento ilimitado.

—Nunca me resbalé. Nunca me caí. Y cuando me quedaba dormido, ella me mantenía a salvo hasta por la mañana. No dejaba que me castigaran tampoco, porque se había vuelto protectora conmigo y con mi forma imprudente y temeraria de ser. Elegí Kier como mi nombre Lár en su honor.

Kier. Me encantaba ese nombre. Sonaba como el grito de un halcón de invierno.

MI AMOR. MI KIER GAVRIEL. HONOR ARO'EL.

—Solo llevaba un año allí cuando se produjo una incursión nocturna desde el norte. Estaba dormido, oculto en su copa, me desperté con el sonido de una piedra de fusil. Y luego otra y otra más. Bonavanczek había ordenado a los soldados masacrarlos a todos con sus fusiles. Tengo grabados en la memoria los gritos de mis hombres mientras morían bajo una lluvia de balas.

Me miró y pude ver cómo los recuerdos le marcaban las líneas del rostro.

—Intenté ayudarlos, pero lo cierto es que no podía hacer nada. Era un niño de siete soles, apenas podía lanzar un hechizo. Kirianae se negó a dejarme ir, me retuvo entre sus ramas y observé con horror cómo los fusileros arrastraban los cuerpos desde el Corazón de las Nubes. Los descuartizaron, por si alguna maxia Arcana podía traerlos de vuelta. Esa misma noche huyeron con trofeos para la sala de guerra del rey. Ella me dejó bajar al amanecer.

Sacó la pierna que tenía bajo el cuerpo y se inclinó hacia adelante, poniendo las manos entre las rodillas.

—Jamás había visto tanta sangre, Aro'el. Jamás había visto huesos, cerebros y caras destrozadas, antes llenas de vida. Mis profesores, mis amigos, asesinados como quien recoge flores por el campo, y no sabíamos por qué.

Forja, quería tranquilizarlo, reconfortarlo, pero no sabía cómo. Le puse una mano en la espalda. No creo que la sintiera, pero me pareció lo correcto.

—Y entonces me quedé solo. Solo en una isla con siete soles de edad. No sería capaz de decirte la de veces que casi muero de hambre, de sed, de insolación o por heridas. Aprendí a pescar, a cazar y a hacer fuego con madera húmeda. Me hice experto en averiguar qué bayas me alimentarían y cuáles me provocarían pesadillas que durarían días. Fue una época larga, dolorosa y traicionera, y sé que me habría vuelto loco si no hubiera tenido libros…

Entonces me miró, una débil sonrisa se le dibujó en la esquina de la boca.

—Los libros, Aro'el. Y eran todos para mí. Devoré todos y cada uno de ellos. Libros sobre el arte de la maxia y libros sobre las runas, algunos escritos en *rhi'ahr* y otros en supralandés. Los leí todos, y me hice más poderoso en la maxia y más hábil con las runas.

Por eso siempre usaba un lenguaje formal. Se había criado en una biblioteca, como ya había pensado alguna vez, pero sus maestros no habían sido eruditos ni sabios. Fueron los propios libros.

—Podía escucharla entonces, cuando era gloriosa y sabia. Kirianae me enseñó el único idioma que conocía. La maxia, selvaje y Arcaica. Me enseñó a conjurar y a hilar. Me enseñó cada hechizo que había existido, pues el quimérico era la savia que corría por sus venas. Ella era el corazón del Mundo de las Runas, conocía la ubicación de cada red y de cada nudo, y cuáles arrancar y cuáles rasguear y cómo hacerlos cantar. También tuvo una paciencia infinita porque, las lunas lo saben, yo no fui un alumno fácil.

Se me encogió el corazón al pensar en este ser ancestral, este árbol diosa, que amó a un niño pequeño y le enseñó los misterios del mundo por el simple hecho de que podía.

—Fue ella quien me enseñó a reflejarme. Me dijo que así podríamos ser iguales, y que al igual que ella, podría elevarme.

Levantó la mano y, con un giro de muñeca, su brazo se convirtió en un ala antes de que yo pudiera parpadear.

—¿Qué mejor forma de proteger la isla que siendo un halcón que pudiera sobrevolarlo todo con las alas al viento, completamente a gusto en el aire, en la tierra y en el agua?

Yo ya podía convertir las dos manos en alas, y podía hacer que me crecieran plumas por el cuello y la columna. Podía arrugar los pies y encoger los dedos, y a lo largo de ellos formaba pequeñas puntas de garra. Era algo demencial, angustioso y emocionante.

Otro giro, y el ala había desaparecido.

—Era fácil vivir siendo un halcón —explicó—. Podía cazar, pescar y beber a sorbos de la bahía. Dormía en las ramas por la noche y mejoraba con las runas por el día, y ella fue mi única compañía durante diez años. Mi corazón, mi alma, mi protectora, mi *kel'yion*.

Familia, amiga, más cercana aún.

El corazón me dio un vuelco cuando me di cuenta de que había respondido a mi pregunta. Podía notárselo en las líneas de la cara, en la forma de su sonrisa. La diosa no era su amante. Era su madre.

Volví a levantar la mano para tocarla. Su sabiduría resonaba por los tablones, profunda, alegre, pensativa y verdadera. Empezaron a escocerme los ojos.

—Yo vivía para ella, y ella para mí. Y la protegí tal y como ella me protegió a mí. Y sabía que tenía que mantener al rey de Supramar lejos de sus orillas costara lo que costara. Así que hilamos una maxia tan selvaje… que conseguimos que la Puerta de las Nubes desapareciera.

Dejé escapar un largo suspiro. Ellos fueron la razón por la que la isla se movió. Ellos fueron la razón por la que no podía encontrarse.

Me sostuvo la mirada.

—Y fuimos felices.

Respiró hondo y se estremeció.

—Tenía diecisiete soles cuando los barcos de Inframar llegaron a nuestras orillas.

Podía escuchar a la Piedra Angular murmurando, su furia bullía bajo las tablas.

—Tienes que entenderlo, Aro'el. Había pasado los últimos diez años de mi vida odiando Supramar por la masacre de los Nobles Sacerdotes. De mi familia. Cada runa que había aprendido, cada hechizo que había conjurado, lo había hecho para prepararme para el día en que me encontrara con ellos. Durante diez años, perfeccioné mi maxia y planeé mi venganza.

Había una tempestad en sus ojos, y tenía la mandíbula tensa.

—Y un día, una armada llegó a nuestras orillas. Eran mi gente, mi salvación, mi oportunidad de devolver el golpe.

Forja, no me gustaba por dónde iba la cosa.

—¿Qué hiciste? —susurré, con un hilo de voz.

Jadeó, y le tembló un músculo de la mejilla.

—Les enseñé a usar el quimérico.

Las palabras me golpearon como un cañonazo. Directas al pecho, me hundieron como si fueran de hierro. La guerra. La muerte. El Guardia del Amanecer. El chico de la pólvora. Todo. Cada tumba, cada ruina.

Soles. Todo eso había sido su culpa.

Quería salir corriendo. Gritar. Llorar. Pero los sonidos se me quedaron atascados en la garganta, igual que el corazón.

—Worley tenía razón. Maté a su hijo. Los maté a todos —dijo—. Estaba cegado por el enojo, por la rabia, por la pena. Llevé la guerra a cada hombre, mujer y niño del norte. No solo a su rey. A todos ellos.

La Piedra Angular estaba siseando, vibrando con los recuerdos y la pérdida elemental. Aparté la mano. Esto no podía estar bien. No podía ser cierto. No podía tener más culpa que los que habían derramado la sangre.

—No —dije en voz baja—. Estás cargando con demasiado. Somos responsables de los desastres que dejamos atrás, pero no podemos cargar con el dolor causado por otros.

El silencio reinó entre nosotros, y supe que estaba considerando mis palabras. Eso lo hacía muy bien.

—Dev no lo sabe —dijo en voz baja, se pasó una mano por la frente y se agarró el pelo—. Cree que robaron el conocimiento. No podía perderlo también a él.

—Te equivocas —repliqué—. Dev te quiere. Tú eres *kel'yia*. Son hermanos. Lo entendería.

Noté cómo se le calmaba la respiración, ya no había temblores, sino acero.

—No —dijo—. No lo hará.

Me miró a los ojos, con un dolor crudo y devastador. Como las Trombas, agitaba los océanos azul verdosos que eran sus ojos. Como la Calma, me robaba el aire de los pulmones.

—No solo les enseñé cómo usar el quimérico, Aro'el —confesó—. Les enseñé cómo usar las ramas del Árbol de las Runas para llevar su poder. Yo era un niño orgulloso, arrogante y desesperado. Estaba seguro de que ella compartiría un poco de su madera por mí, su *kel'yion*. Su amor. Estaba seguro de que ella aprobaría mis planes de venganza.

Sacudí la cabeza, pero no emití ningún sonido.

—Pero una rama no fue suficiente —dijo—. Nunca sería suficiente para hombres que ansiaban más.

Tenía el pecho oprimido. Cuando las palabras salieron al fin, lo hicieron de forma cruda y entrecortada.

—No.

—Sí, Aro'el. Por mi culpa y la de mi orgullo. Me obligaron a mirar mientras la cortaban en pedazos. —Le salían las palabras a borbotones, no podía parar—. Hicieron falta cincuenta magos para retenerme, y aun así casi acabo con ellos. Me golpearon hasta dejarme al borde de la muerte. Me golpearon hasta que no pude ni arrastrarme.

Un gemido se elevó entre el crujido de la madera, el furioso golpeteo de las telas sobre mi cabeza… y luego, nada. La Piedra Angular se había esfumado igual que los soles por la noche. El camarote estaba vacío sin su voz, pero yo sabía que con un dolor tan profundo, la única forma de protegerme era encerrarme en el caparazón.

—Cuando desperté a la mañana siguiente, la habían cortado hasta que solo quedó un muñón —gruñó con amargura en la voz, que se le rompía—. La habían convertido en madera, tablones y tablillas para sus barcos. Pudieron navegar antes de que yo pudiera volver a volar. Solo quedó un barco roto en la orilla.

Apartó la mirada, con la mandíbula tensa tratando de mantener la compostura, pero yo no intenté esconder las lágrimas que empezaron a caerme por las mejillas. A eso le siguió un silencio insoportable, tan pesado como una tumba. Apretó los puños hasta que los nudillos se le pusieron blancos, como si pudiera sentir la savia corriendo tibia bajo las palmas.

—La mayor parte de mi vida, fue mi madre —susurró al final, las palabras lo destrozaban—. Y no descansaré hasta llevarla a casa.

Se le curvaron los hombros hacia adentro, ya no había armadura que impidiera salir el dolor. El aire estaba cargado con su presencia, el aroma dulce y resinoso de su corteza, el silencio vasto y protector de sus ramas. Le temblaban los músculos como si fuera un niño perdido en la oscuridad.

Apoyé la frente en su brazo, me dolía el pecho como si fuera a mí a quien le hubieran arrancado las raíces. De pronto el mundo estaba más vacío, era más pequeño, un lugar hueco en el que una vez hubo algo sagrado.

Y así respiramos y respiramos un poco más, ahogados en la tristeza, perdidos en nuestro dolor.

Por fin, levantó la cabeza, noté cómo se había recompuesto, volvía a tener su armadura de acero.

—Agarré ese barco y lo completé con madera del Árbol de las Runas. Fue extraordinario cómo se dio forma a sí misma para convertirse en el casco, las cubiertas, la borda. Lunas, si hasta se hizo su propio mascarón.

Casi sonrió al decir eso.

—Seguía siendo muy fuerte, rebosante de quimérico. Podía hacer lo que quisiera y juré que nunca abandonaría sus cubiertas. —Respiró hondo de nuevo—. Navegamos hasta Alto Templo, e hice un pacto con el rey. Creo que ya conoces el resto de la historia.

—Eras muy joven —dije.

Asintió.

—Dieciocho soles —contesté—. Y ya mayor.

Forja, demasiado joven como para llevar esa carga. Lo entendí perfectamente.

Por fin me miró a los ojos, rebosaban de lágrimas y furia detrás de las pestañas oscuras. Tristeza, dolor, pérdida, rabia. Cómo deseaba poder quitarle todo eso de encima.

—Ella ha olvidado la mayor parte de su vida pasada, lo cual es una bendición. Pero mantiene su carácter, su integridad y su espíritu feroz. Y tengo que honrar eso por encima de todo. Es mi mayor deber.

—Y su amor por ti —dije—. No olvides que también ha mantenido eso.

Otro suspiro, y otro más, y vi cómo empezaba a encerrarse, a ocultar cosas debajo de piedras, acero y runa. Sabía cómo se hacía. Yo misma lo había hecho.

Asintió brevemente y volvió a dejar caer la cabeza, con los codos sobre las rodillas y las manos aún entrelazadas entre sí. Pero también vi cómo giraban juntas, la runa crepitaba entre sus dedos mientras cerraba las manos.

—Así es —dijo.

Le pasé las manos por los hombros cansados y tracé círculos en su espalda. Recordaba que Fahr había frotado la mía cuando vomité en la popa hace meses. Hace una vida. Nunca se lo había hecho a nadie, pero de alguna forma, me pareció lo correcto.

—Entonces has recolectado las partes de otros barcos para mantenerla con vida.

Asintió.

—Y has recolectado quimérico para lo mismo.

Asintió.

—Y me recolectaste a mí para mantenerla con vida.

Agachó la mirada.

—Perdóname por eso.

—Es un honor —dije, y maldito sea Forja si no me dolió en el pecho la ironía—. ¿Esa es la verdadera razón por la que vamos a la Puerta de las Nubes? ¿Para traerla de vuelta?

—No hay vuelta para ella, Aro'el —afirmó—. Se está muriendo, y si muere, la Gran Barrera del Terror caerá. Ninguno de nosotros está preparado para lo que ocurrirá cuando eso pase. Pero si se queda en *Lindurithain*, vivirá para siempre siendo un barco. Le he dicho que es mejor eso que perderla, pero ella no quiere estar sin mí, y yo no quiero quedarme.

Quise oír su voz, pero ella estaba completamente muda.

—No quiero volver a vivir eso —murmuró—. Nadie debería verse obligado a ello. No más horror ni más guerra. El quimérico debe permanecer a salvo de reyes culpables y emperadores crueles.

Miró hacia arriba.

—Pues ya ves —dijo—. Esto va mucho más allá de mí, de ti, de Dev, de Worley y del infame Tribunal de la Arena. Estoy trazando el destino del mundo entero, y no puedo tener ni un descuido, porque si no, todo estará perdido. Si eso pasa, no habrá nada más que hacer y habré fallado en la única tarea que se me había encomendado en mi lamentable vida.

Forja. ¿Cómo íbamos a trazar una ruta para navegar por estas aguas?

Para mi sorpresa, me puso la palma de la mano sobre la mejilla y me acarició las cicatrices rúnicas con sus dedos hábiles. Cerré los ojos, reconfortada con su caricia.

—Pero aún tengo esperanza —aseguró—. Porque nunca habíamos tenido tanto quimérico y nunca te habíamos tenido a ti.

—Haré lo que sea que necesites —dije en voz baja—. Lo que sea que ella necesite.

—Los próximos días serán los más peligrosos de tu vida —advirtió—. Necesito que te mantengas firme y obedezcas mis órdenes al pie de la letra. Ahora no hablo como un hombre sino como tu capitán, el capitán de un barco moribundo y una tripulación letal. El destino del mundo está en nuestras velas. No podemos fallar.

—Ella puede usarme hasta dejarme seca —dije—. Pero tú también, Kier.

Y puse la mano sobre la suya. Una propuesta en toda regla. Forja, ¿en qué estaba pensando?

—Mi rumbo no es la vida. Ya lo sabes.

—Cambia tu rumbo —le pedí—. Eres un Hechicero del Terror. Puedes hacer cualquier cosa.

Malditas lágrimas.

—Aro'el —dijo, pero sus ojos encontraron mi boca una vez más. Oh, soles, quería saborearlo—. Aro'el, no puedo…

Pero quería. Se notaba. Y yo también lo quería a él. Presioné su mano contra mi mejilla y le di un beso en la palma. Me buscó, me encontró y me preguntó con la mirada, ansioso. Me sostuvo la cara con las dos manos y se inclinó hacia mí, respirándome como si fuera vino caliente en invierno, y yo levanté la barbilla, desesperada por su boca.

Tocaron la puerta.

35

Carrera por el borde de terre

—Capitán —dijo Eco—. Capitán, es la hora.

Vi el dolor del corazón de Kier en sus ojos. El dolor y la pérdida, la esperanza desvaneciéndose.

—Mi rumbo no es la vida —susurró—. Pero gracias por creer que podría serlo.

Sin soltarme, se puso de pie y me levantó con él. Eché un vistazo al camarote, los diarios, los mapas, las botellas y los libros. El ciro estaba apoyado en la esquina, brillando a la luz de las velas y creando sombras por toda la habitación.

Aparté la mano, añorando al momento el calor de su piel. Alcé la vista hacia él.

—Lo que necesites —dije—. Recuérdalo.

Sonrió con tristeza.

—Nunca lo olvidaré.

Me empezaron a escocer los ojos en cuanto me giré hacia la puerta, sin escatimar una mirada hacia Eco, mientras me apresuraba por la escotilla. Llegué hasta mi catre en la cocina, mi diminuto rincón oscuro en este extraordinario barco, y me quedé de pie durante bastante rato, tratando de calmarme. La muerte y la pena, la furia y el dolor. Extrañé a Kit, también a Worley. Extrañé las partidas de Manotazo en la sala de oficiales y las conversaciones profundas en la cubierta bajo las estrellas. Todos esos meses sencillos en los que no sabíamos lo que nos esperaba. Se me hizo un nudo en la garganta al pensarlo.

«Mi rumbo no es la vida».

Todos íbamos a morir ese día.

Suspiré con fuerza, abrí mi baúl y rebusqué entre los diarios y las tintas. Un montón de caras me devolvían la mirada. Eco, Humo, Buck e incluso Beale. El cíclope de Corvallan, los faunos de la Bahía del Estraperlo y la niña pequeña de Sentina. Agarré su muñeca de madera. No se trataba de un simple trozo de madera a la deriva, esa niñita lo había querido con toda su alma. La sostuve un momento antes de guardarla en mi chaleco.

«El destino del mundo está en nuestras velas».

Respiré hondo y me armé de valor. Yo no era Kirianae de la Casa Cuervo de Madera, Noble Sacerdote de *Lindurithain* y diosa del Árbol. Yo era la subteniente Honor Renn, azumagus de la Armada y del renegado Barco de los Hechizos, hija de una ferromagus del infame Tribunal de la Arena. Yo era Aro'el, rastrearunas de quimérico e hiladora del mar. Yo sostenía el corazón de un Noble Sacerdote en duelo en la palma de mi mano.

Y eso me bastaba.

Susurré una oración a las Lunas Hermanas y volví a la cubierta principal.

Avanzar a toda velocidad hacia un muro de agua de media legua de altura era algo completamente aterrador. El viento era implacable y fiero, y la corriente era demasiado fuerte como para salir de ella. Nos estrellaríamos y estallaríamos en pedazos, o nos elevaríamos hacia arriba, detenernos no era una posibilidad.

Ya no quedaba mucho más que terror y la Gran Barrera del Terror. El ruido era ensordecedor, el cielo delante y por encima de nosotros se teñía de gris. Desde la base, una nube de niebla blanca y espuma verde atravesaba el mundo entero, haciéndose más grande y amenazadora cuanto más nos acercábamos. Tenía fácilmente media legua de profundidad, y nos íbamos a meter de cabeza en cuestión de minutos. Buck había dejado de cronometrar nuestra velocidad cuando la línea sobrepasó los sesenta nudos, ya que era algo imposible. Una vez más, Thanavar nos había prometido lo imposible. A esta velocidad, la espuma del mar me cortaba las mejillas y hacía que me escocieran los ojos, y el viento nos azotaba como el invierno en los Chubascos. Todo era el muro, y el muro era todo. El rugido y la velocidad, la espuma y el cielo.

Estaba en la cubierta principal, atada al mástil con cuatro baúles de quimérico sujetos a mi lado. Ya estábamos todos atados, y el barco se inclinaba más a babor por el peso de los cañones. Navegábamos hacia el sur, pero sabía que ese plan no duraría mucho.

—¡Todos a sus puestos! —Se escuchó a Fahr a través del cuerno. Permanecía a la derecha del capitán, Eco a la izquierda, mientras que el propio Thanavar estaba ante la nueva rueda lunar, despierto, consciente y con el control absoluto.

La Piedra Angular se sacudió cuando entramos en la nube, y no veía nada más que blanco más allá de la amurada y las velas.

Sus ojos dorados se posaron en mí.

—¡Subteniente Renn, quimérico!

—¡Quimérico, a la orden! —grité. Con un gran suspiro, coloqué las manos en el mástil.

Las runas y los patrones resplandecían en la madera, lanzando destellos por toda la cubierta, bailando entre las velas. Las bordas, las velas, los obenques, las vergas. Brillaba y resplandecía como un mar estrellado. Era precioso. Era magnífico. Era máximo.

Pórtate bien y sé veloz...

Se me encogió el pecho, y agradecí volver a escuchar su voz en mi cabeza.

—Navega de ceñida, Oakum. ¡Al sureste!

—¡Sureste! ¡A la orden, capitán!

La tripulación tensó los cabos y las velas se despegaron, la Piedra Angular se sacudió una vez más y poco a poco empezó a inclinarse.

Aguanta y sé fuerte...

—¡Tribunal de la Arena, los hechizos!

Atados a las bordas de la popa, los ferromagus empezaron a hilar. Vi a mi madre y sentí una oleada de orgullo. Tenía que admitir que su habilidad era increíble. Era una ferromagus y era magnífica.

Ten cuidado...

Las vigas chirriaban y las maderas crujían mientras el barco se inclinaba contra el viento. A nuestro alrededor, el agua empezaba a elevarse. Sabía que nos estábamos inclinando a propósito. El peso de babor hundió la embarcación profundamente y los mástiles se inclinaron hacia ese mismo lado.

Aunque navegábamos a barlovento, nos acercábamos demasiado rápido. No era posible que pudiéramos acercarnos a la gran Gran Barrera del Terror sin estrellarnos contra ella y quedar destrozados como la paja en un campo de trigo secado al sol.

Sé inteligente...

De pronto, la nube se disipó y lo vi todo. El gran muro, más ancho, más alto y más aterrador que cualquier cascada en terre, todo el mar se precipitaba furioso hacia las lunas, y yo grité aterrorizada, y me abracé al mástil mientras el barco comenzaba a balancearse.

Mi amor.

Y Thanavar giró las ruedas, una mano y la otra, y otra vez y otra y otra. Los timones chirriaron y sus cañas crujían, y el barco se inclinó bruscamente hacia babor. Más fuerte, más abajo, más profundo, hasta que la Piedra Angular se deslizó casi en horizontal, las vergas salpicaban el agua del mar y la quilla estaba rozando la Gran Barrera del Terror. Seguíamos en movimiento, casi volcándonos mientras virábamos bruscamente, y cerré los ojos mientras la tensión me empujaba hacia abajo. Menos mal que estaba atada, que el capitán estaba atado, que todos estábamos atados, de lo contrario, estaríamos todos al otro lado de la borda. El mar estaba a mi izquierda y el cielo a mi derecha. Nos deslizábamos a barlovento, navegando a la altura de la Gran Barrera del Terror, con las velas dobladas mientras cortábamos en ángulo recto el mar.

Recordé el día en que aprendí a patinar. El lago que había cerca de casa se congeló por completo y me até unas cuchillas a las botas para adentrarme en el hielo. Me caí más veces de las que podía recordar, pero era muy terca y perseverante y me negaba a tirar la toalla. Al final, después de unas cuantas horas intentándolo, con el cuerpo azul por los moretones y el frío, patiné por la superficie como una bailarina. Tenía cuatro soles.

Atraviesa la Gran Barrera, resonó su voz en mi cabeza.

Mi madera aguantará.

—¡Echa el ancla, Buck! —dijo Thanavar—. ¡Navega a través!

Mi madera aguantará.

Las impetuosas aguas de la Gran Barrera del Terror atraparon nuestra quilla y nos arrastraron hacia arriba. Más y más arriba, colocados en horizontal pero con el ángulo adecuado, y el cable del ancla resonó mientras la tripulación accionaba el cabrestante. El ancla cayó con estrépito desde la gata del barco.

La Piedra Angular chirriaba con el esfuerzo de los tablones y la tensión de los maderos.

Seguíamos avanzando a toda vela, pero cruzando la Gran Barrera del Terror en diagonal. Apenas quedaban unos minutos hasta alcanzar el límite y hacernos añicos en mil pedazos, que serían arrastrados por el cielo antes de volver a caer en forma de lluvia sobre las Trombas.

«Horrible, horrible», pensé para mis adentros, y seguro que lloraba mientras me aferraba al mástil con todas mis fuerzas.

Mi amor…

Kier Gavriel Thanavar, su amor.

Honor.

¿Yo?

Honor. Fuerza. Libertad. Volar.

Se refería a mí.

Ancla y mar. Confía y cree, chica del norte. Mi chica.

Parpadeé para quitarme las lágrimas de los ojos y recuperé el aliento. Ella era tan fuerte y tan valiente… Y, en ese momento, me di cuenta de que prefería morir intentando ser la mitad de lo que había sido ella que vivir sin parecerme lo más mínimo.

Enderecé los hombros, apreté su madera con más fuerza y le di todo el quimérico que quedaba en mi pobre y maltrecho cuerpo. De pronto, la Piedra Angular corcoveó, el casco se tensó cuando el ancla llegó al final de su cadena. Sin nada a lo que agarrarse y sin fondo marino por el que arrastrarse, el ancla se convirtió ahora en un ancla flotante, un anclote, que arrastraba la proa hacia abajo y nos impedía surfear la ola.

Salvo por el hecho de que estábamos surfeando la ola. Las velas nos mantuvieron avanzando a través del viento, el ancla nos mantuvo paralelos al mar, y tanto la corriente como el viento nos empujaban perpendicularmente. Estábamos surfeando la ola. De lado.

Estábamos volando.

No pude evitarlo. Me reí. Me reí, lloré y me abracé al mástil dando gracias al barco, a la mujer, a Kirianae, a la diosa de la Puerta de las Nubes y al Árbol de las Runas, por esto. Íbamos surfeando en una burbuja de runa y quimérico, la quilla estaba en la ola y las velas en la espuma, y me llevó un momento adaptar la vista. En parte era una ilusión, mi madre y sus compañeros seguían de pie sobre la cubierta y creyéndolo. El ancla, las velas, el timón, el viento. «Maxia y marineros», había dicho Thanavar. Lo teníamos controlado.

Pero era él. Estaba segura. Era cosa suya. Su plan, su objetivo, su barco y, por último, su destino. Estábamos atados a él como estayes u obenques, como cabos o jarcias, pero él era el viento de este viaje. Él era las olas.

Y maldición, lo amaba por ello.

Recorrió la cubierta principal con la mirada y encontró un hogar cuando me encontró. Una curva de sus labios solo para mí.

—Todos juntos —dijo—. Mantengan el rumbo.

Y nos adentramos en la Gran Barrera.

36

La transversal de la
Gran Barrera del Terror

La maravilla inicial de navegar de costado dejó paso al agotamiento tras días cruzando transversalmente la Gran Barrera del Terror.

Para mantener nuestro rumbo hacia el este, todos los puestos debían estar ocupados sin descanso. Thanavar, Fahr y Humo se turnaban en la rueda lunar, mientras que una tripulación completa sostenía el cabrestante para mantener el ancla tensa. Las velas se rompieron al atravesar la potente espuma, y las repararon en el momento en que se rompieron. Cosieron las lonas, remendaron las líneas deshilachadas y me alegré de que las jarcias estuvieran bien amarradas.

Mientras mantuvimos el ritmo, navegamos a más de cien nudos, según había dicho Buck, y en perpendicular al mar; fue un trayecto muy duro. Un bache podía hacer que cualquiera cayera fácilmente por la borda. Sin un amarre, estarían perdidos al instante.

Los ferromagus no se habían movido de su lugar en la popa, y empecé a preguntarme si se habían convertido a sí mismos en piedra. O quizá en hierro. Lo cierto es que me sorprendió tanto su determinación como su destreza.

Con nuestra carrera lateral por la Gran Barrera del Terror, nadie se mareó y todo el mundo podía caminar por la cubierta como si nada. Eso era una ilusión claramente, y aprecié mucho más, en ese momento, el poder del Mundo de las Runas y la red que habían hilado los soles. Más que sobre el papel, lo habían trazado en la arena, en las estrellas y en el mar.

Y entonces tuve la certeza de saber lo que significaba servir en el Barco de los Hechizos.

La Piedra Angular necesitaba mi quimérico, así que dejé una mano sobre ella en todo momento, pero después de varias horas viajando de esta manera, estaba agotada. El estruendo que emitía la Gran Barrera del Terror era ensordecedor, y el frío constante que causaba la espuma me estaba dejando entumecida. Humo tuvo que atarme las manos al mástil para que no perdiera la posición. Incluso dormida, me quedé así, con los brazos rodeando el palo mayor, las palmas apoyadas, la mejilla pegada a la viejísima madera y un pie descalzo encima de un baúl de quimérico. Por eso, no pude evitar sentir la atracción del reflejo de la Piedra Angular. Me inundaron recuerdos de una época diferente, de una vida diferente, y supe que eran de Kirianae de la Casa Cuervo de Madera. Podía sentir las cosas que ella había sentido ya que miles de años de recuerdos se convirtieron en míos.

Fui bendecida por los soles y llamada por las lunas desde mi nacimiento en el Corazón de las Nubes. Alcé las manos para tocar las estrellas, hundí los dedos de los pies en lo más profundo del corazón del mundo y dejé que el quimérico corriera por mis venas como un jarabe dulce. Cuidé a mi pueblo durante mil años, le proporcioné cobijo, sombra, sabiduría, runa. Conocí a un joven niño con los ojos como el mar y lo retuve, lo salvé, le enseñé y lo liberé. El halcón de invierno dormía en mis ramas. Cazó, se acicaló, se protegió, se elevó. Yo viví, morí, amé como Kirianae *Lindurithain*, diosa de la Isla de Enmedio. Vaya que si amé.

Renací como la Piedra Angular, mítica, aterradora, rápida y libre. Hundí a los barcos enemigos. Levanté restos hundidos. Navegué por los océanos. Recibí cañonazos. Perdí hombres, y los salvé. Levé anclas y cerré brechas, y seguí a mi halcón a través de los mares. Tormentas, calma, agua, cielo. Yo era un pájaro marino en un buque de guerra. Me rompí, me reconstruyeron y amé siendo la Piedra Angular. Vaya que si amé.

Y rescaté a una mala y descarriada muchacha de las aguas, la dejé caer en mi cubierta, hasta que no supo si era cubierta o chica, etérea o descarriada, y el tiempo se asentó como un río sobre mí. ¿O me asenté como una piedra en él? Ya ni lo sé. La tripulación fueron mis ojos, mis oídos y mi corazón, mientras que Honor Renn, subteniente azumagus de la fragata real Guardia del Amanecer, se volvió tan sutil como un velo o una Isla de Enmedio.

Me estaba perdiendo en su reflejo. Por voluntad propia.

Thanavar apareció en algún momento para hablar con Fahr en la rueda lunar. Iba a dejar el barco, a adelantarse a nosotros para buscar la Puerta de las Nubes y las aguas circundantes en las que desembarcaríamos. Necesitábamos estar preparados para cuando chocáramos, porque si no, nos precipitaríamos al mar al abandonar la locura de la Gran Barrera del Terror. Entonces me vio y cruzó la cubierta, se alzaba sobre mí como un gigante demacrado. Levanté la mirada hacia él, tratando de apartar sus pensamientos de mi mente, pero ella era todo lo que conocía.

Puso una mano sobre el mástil y se inclinó durante un buen rato antes de mirarme.

—Dile que no olvide —dijo—. Dile que ya casi estamos en casa.

—Lo sabe. —Y le sonreí—. *Kel'yion*.

Se quedó inmóvil durante un rato antes de girarse y lanzarse por encima de la amurada. Un destello blanco y había desaparecido.

Durante toda la noche hasta por la mañana, viajamos de esa forma, volando por el lado de la Gran Barrera del Terror. Nan nos trajo comida a todos los tripulantes que estábamos en cubierta, incluida yo, pero la comida me daba igual. Eco estaba preocupado, así que me dio de comer como a un bebé. No es que me importara. La Gran Barrera del Terror y la Piedra Angular me habían extraído hasta la última gota de orgullo. No era nada más que un conducto para la maxia. Podría ser un vencejo. Podría ser un árbol. Podría ser cualquier cosa que quisiera. Era maxia. Toda ella. Toda yo.

Era una speculumagus y yo era el reflejo. Mi padre, Thanavar, Kirianae, Renn. Aro'el, la rastrearunas. Las cicatrices rúnicas de quimérico me habían cubierto casi por completo. Podía sentirlas por todo el pecho y la espalda, por la garganta y hasta por los labios agrietados. Podía leerlas con los ojos de mi mente, podía sentirlas en la sangre. Yo era una criatura diferente a cualquier otra criatura en cualquiera de las dos Mareas, tan perdida como podría estarlo una mujer, pero tan profunda y encontrada como la terre.

Rastrearunas.

La noche anterior, alguien me había tocado el hombro, y necesité todas mis energías para volver al mástil. Era Neale. Tenía una taza en las manos.

—No olvides tu ración, Azul —dijo.

Poco a poco, bajé la mirada hacia la taza.

—No está envenenado —aseguró—. Ahora eres una de los nuestros. Te lo mereces.

Me dio un golpecito con el puño.

Tras eso, bebería con mucho gusto cualquier trago que me ofreciera, envenenado o no.

En algún momento de la mañana siguiente, Thanavar estaba ahí. Quizá me desperté al sentir el rasgueo de sus dedos en el Mundo de las Runas, o quizá fue el latido de su corazón en mis venas. Estaba de pie junto a Fahr, con las cejas negras y la boca tensa.

—Tenemos un problema —afirmó. Noté algo en su voz, pero no pude averiguar nada más. Solo se oía el estruendo de la Gran Barrera del Terror. Y la canción del barco.

—Nos vemos en el camarote —le dijo a Dev—. Lleva a Humo, Buck, Broom, Kobe y Eco.

—¿Y Azul? —preguntó el oficial.

—Déjala aquí conmigo.

Antes de que pudiera darme cuenta, Dev se había ido y solo quedaba Thanavar.

Se arrodilló a mi lado.

—Aro'el —dijo—. ¿Puedes oírme?

—Estoy en la ballena —murmuré—. Mitad pez, mitad pájaro. Todo mar.

—Tus cicatrices rúnicas han dejado de brillar.

Sentí su mano en la frente, acariciándome la mejilla, alisándome el pelo húmedo. Su tacto era música, una canción que anhelaba cantar. Solo que no me sabía el tono.

—¿Qué te hice?

—Perdida —dije. Me costaba hablar con las palabras, sin runas—. Creo que estoy perdida.

—Lunas, ¿pero qué te hice?

Se le tensó la mandíbula mientras pensaba. Alcanzó las cuerdas que me sujetaban las manos. Las quemó para soltarme y me tomó en brazos.

—Es el reflejo. Ella es el reflejo, y me estoy perdiendo en ella. —Presioné la mejilla contra el mástil. No. No era el mástil, era su pecho. Quién lo diría—. Pero lo quiero, quiero a este barco, esta Kirianae, esta diosa a la que nunca he conocido. Gracias a ella he podido vivir infinidad de vidas cuando siempre pensé que ni siquiera había vivido una. Pero estoy casi gastada, y no sé cómo seguir siendo. No sé quién soy. Y creo…

No podía continuar la frase. Me quedé sin aliento. Saqué todo lo que me quedaba dentro para terminar.

—Si voy a morir por este quimérico, quiero morir siendo yo.

Thanavar estaba de pie frente a las ventanas con parteluz, mirando hacia el mar. No se dio la vuelta.

—Los *rhi'ahr* han invadido la Puerta de las Nubes.

Nadie dijo nada durante un largo rato.

—¿Has explorado la isla?

El capitán asintió.

—El Marelethan se está reacondicionando y agarrando quimérico —dijo.

—¿Solo el Marelethan? —preguntó Eco.

—Solo —respondió Thanavar.

—Mmm —dijo Eco, y frunció el ceño.

—Puede que sea algo bueno —intervino Humo—. Considerando la alternativa.

No sabía de qué estaban hablando, pero no me sorprendió tampoco. Era medio barco, medio pájaro. No sabía dónde dejaba eso a la rastrearunas.

—Hay *nialyn* por toda la isla —avisó Thanavar—. La tierra está congelada, los árboles se mueren.

—Los *rhi'ahr* traen el invierno —dijo Dev—. Siempre me lo has dicho.

—Va con nuestra forma de ser —contestó.

Entonces se giró. Estaba agotado, tenía el pelo alborotado y la cara demacrada. Los ojos recorrieron a todos los que estaban reunidos, menos a mí.

—El barco está anclado con una tripulación mínima —dijo—. El resto está en la isla, así que en cuanto aterricemos, podemos hundirlo o tomarlo como botín.

—¿Aterricemos? —preguntó Humo.

—Estamos volando —dijo Dev.

—Estamos navegando —replicó Humo—. De lado, claro, pero aun así. Es raro llamarlo aterrizaje.

—Para ti es maxia —dijo Buck.

—Independientemente de cómo lo llamemos —continuó Thanavar—, tendremos que acabar con él rápidamente antes de que su tripulación regrese. Fahr, necesito que tú, Broom y Oakum averigüen cómo hacer esto posible, teniendo en cuenta que no estaremos en condiciones de luchar contra una embarcación *rhi'ahr* en buen estado.

—¿Prevés daños una vez que... aterricemos? —preguntó Ben.

—Aunque nos acerquemos al máximo al nivel del mar cuando salgamos de la Gran Barrera del Terror, sí, preveo bastantes daños.

—No estoy seguro de cómo acercarme, capitán —dijo Ben—. Ya tenemos el ancla flotante y los cañones para evitar que nos lleve la corriente.

—Actualmente estamos un cuarto de legua por encima del nivel, Kobe. El Tribunal de la Arena está trabajando en un *Kinestorum* conjunto, pero si no podemos bajar más, destruiremos completamente el casco cuando termine la Gran Barrera del Terror.

Ben torció el gesto.

—Eso te lo dejo a ti —dijo Thanavar—. Tienes cuatro campanas para dar con una solución. Broom, necesitaremos las armas preparadas, pero será difícil porque no estarán en posición.

—Ahora no están en posición, capitán —confirmó Broom.

—Y habrá que moverlas una vez más y con precisión a mi señal —dijo—. Me temo que es posible que pierdas otro hombre o dos en esta contienda. Una vez que te informe de lo que se necesita, te dejaré encargarte de las precauciones.

Broom frunció el ceño, pero Thanavar continuó.

—¿Cómo tienes la pierna, Buck?

—Ni tan mal para no tenerla.

—Excelente. Necesitaré tu fuerza y la de tus hombres tanto en el cabestrante como en la línea. Oakum y Kobe, tendrán que diseñar un nuevo tipo de vela. Nuestra supervivencia dependerá de ello.

Humo levantó las cejas.

—Diseñar e implementar un nuevo tipo de vela que asegure nuestra supervivencia sin oportunidad de probarla, en cuestión de horas.

—Exacto —dijo el capitán.

—Bueno, nunca digo que no a un desafío mortal. ¿Tú qué dices, Ben? Averiguar cómo llevar el barco al nivel del mar y luego hacerlo.

Ben se frotó la frente como si intentara volver a nivelar su propio rostro.

—Ahora mismo, el Tribunal de la Arena está haciendo un gran esfuerzo por mantener la ilusión del nivel —dijo Thanavar—. Y lo harán aún más con un *Kinestorum* hasta que entremos al mar. De hecho, puede que también perdamos un ferromagus o dos en este empeño.

Por fin, su mirada recayó en mí, y soltó un suspiro que había estado conteniendo durante mucho tiempo.

—Y tendremos que hacerlo sin el quimérico de la subteniente Renn.

Me subí las mangas.

Algunas cicatrices centellearon, pero la mayoría estaban apagadas. Solo había contornos difuminados de patrones y runas.

—Estoy agotada y me cuesta respirar.

—Pues vaya problema —dijo Humo.

—La Piedra Angular ya de por sí es máxica —dijo Dev—. El quimérico de Azul servía de ayuda, pero el barco tiene sus propias provisiones.

Thanavar me miró.

—En los baúles no queda nada, capitán —dije—. Navegar por la Gran Barrera del Terror lo ha consumido todo.

—Siguen estando las bolas de cañón —sugirió Broom—. ¿Podrían servir?

—Buena idea, Broom —dijo el capitán—. Encárgate tú.

—Lo siento, capitán —me disculpé—. Estaría más que dispuesta a darlo todo por ella. Se lo merece.

Intentó sonreírme. Intenté devolverle la sonrisa. Fue un momento muy breve, fugaz, pero, por ahora, era suficiente.

Se giró hacia Broom y Dev.

—En cuanto al Marelethan. Sin nuestro querido quimérico, tendrán que confiar en métodos más convencionales y maxia tradicional para derrotarlos. Incluso con la tripulación mínima, es un barco excepcional, pero todo dará igual si no sobrevivimos a la Gran Barrera del Terror.

Eso era un hecho preocupante.

—Gracias, caballeros. Pueden retirarse.

—En otras palabras —dijo Humo—, a trabajar, sabandijas piojosas.

Me puse de pie.

—Un momento, subteniente.

La mirada de Dev se alternaba entre nosotros.

—Te veo en cubierta, Fahr —dijo Thanavar.

Con el ceño fruncido, Dev cerró la puerta al salir y nos quedamos solos. Solos juntos. El capitán se movió para mirar a través de las ventanas biseladas y se colocó las manos detrás de la espalda. Era prácticamente una silueta en la furiosa luz de la Gran Barrera del Terror.

—Ha sido extraño volver a ver la Puerta de las Nubes de nuevo —dijo—. No es el mismo lugar que recuerdo. El Corazón de las Nubes es como un pozo minero. Mi gente lo está matando con el hielo y el frío. Las playas de arena están más duras que la piedra, y el aire es seco y cortante. Este lugar no tiene nada que ver con el de antes.

Soles, no podía imaginar cómo sería verlo después de todo este tiempo.

Hizo una pausa y respiró profundamente.

—Pero quizá, después de diez años en el mar, yo ya no soy el mismo hombre.

Aún me dolía el cuerpo por lo del quimérico y el mástil. No podía moverme y no podía sentir.

—He estado perdido todos estos años, buscando una forma de avanzar, desesperado por encontrar una salida, y cuando subiste a bordo, supe que la había encontrado. Tú fuiste un regalo de las Lunas, de nuestra Madre, la Mar, la llave para *Lindurithain*, un arma de guerra. Pensé que me habían dado un arma para impulsar mis patrones y, lo que es más, deliraba ante la idea de que se me había concedido otra oportunidad para salvarla. La traeríamos de vuelta a la Puerta de las Nubes y restauraríamos sus tablones hasta que estuviera en buen estado. Con tu poder, podríamos cubrir la isla con la Gran Barrera del Terror para que nunca volvieran a crear una grieta en ella, y la Puerta de las Nubes estaría resguardada el resto de su existencia.

El estruendo de la Gran Barrera. El clamor de la pared.

—Pero tú no eres mía y no puedo utilizarte, y tampoco eres suya —dijo al fin—. No respondes ante nadie más que tú.

El corazón me dejó de latir. El aliento se me había quedado atrapado en el pecho.

—No sé qué nos espera cuando salgamos de la Gran Barrera del Terror —dijo—. El Marelethan es una amenaza, y el aterrizaje nos dejará bastante maltrechos. Además, habrá una tripulación en la isla que irá en nuestra busca. Tendremos que sortear los libros y los hechizos, los ferromagus y, por último, la Gran Barrera del Terror. Pero si sobrevivimos, si yo sobrevivo…

Se dio la vuelta.

—De alguna forma, de alguna manera…

Lunas. Soles. Maldiga Forja a un fauno.

—Puede que necesite un ancla.

Estaba anestesiada y agotada por el quimérico. Había canalizado un rastrearunas, un árbol, una diosa, un barco. No había comido en días y apenas podía escuchar nada de lo que me estaba diciendo. Y, aun así, la cabeza no me daba vueltas, y tenía la mente completamente despejada. El mundo había quedado reducido a esto, pero no tenía miedo. La maxia corría por mis venas.

—Sirvo al Barco de los Hechizos —afirmé.

Se dio la vuelta poco a poco. Podía ver cómo se le tensaban los músculos de la mandíbula.

—No es lo que te estoy pidiendo —dijo.

—Lo sé —respondí.

Los océanos se calmaron. Las corrientes contuvieron la respiración. No se movió. No respiró. Esta vez, era yo la que controlaba las mareas.

—Cuando reclamemos la Puerta de las Nubes y restauremos la Gran Barrera del Terror —susurré, esforzándome en cada palabra—, cuando hayas elegido un rumbo para ti, y siempre que implique que ese rumbo sea vivir, serás libre de hacerme una propuesta. Hasta entonces, seré tu ancla y tu timón.

Soles, las estaba manejando yo.

—Pero después de eso, si decides que puedes permitirte querer, y que me quieres a mí, entonces tendrás que hacerme una propuesta. Y más te vale que sea buena. —Mi voz sonaba débil pero firme—. Es más, tendrás que cruzar los océanos, porque no soy una mujer fácil de atrapar.

La comisura de los labios se le levantó ligeramente.

—Rezo, entonces, por estar preparado para la persecución.

Le sonreí, con el corazón tan aterrorizado como rebosante de alegría. Y con eso, salí del gran camarote y, por primera vez en días, dormí en mi catre en la cocina. Pero antes de hacerlo, le llevé un trago a Neale, junto con Dik y Bergy, y juntos brindamos por Kit. Ron y lima, amargo y dulce.

Y esta vez, saboreé el dulzor.

Tres horas más tarde, salimos de la Gran Barrera del Terror.

Al final, Ben sí que logró dar con una solución, entre su física, su ingeniería y la cantidad justa de maxia, y el vuelo de la Piedra Angular, que seguía siendo de lado, pero ya casi al nivel del mar. A nuestro alrededor todo era salpicaduras, espuma y olas blancas, y no podíamos ver nada por delante ni por detrás. Estoy segura de que las vergas recorrían los océanos y se habían arrancado todos los percebes. Es posible que pudiera atrapar un pez con tan solo asomarme por la borda.

El sonido fue lo primero que notamos. El bramido de miles de toneladas de agua torrencial empezó a cambiar, a estrecharse y disiparse. Lo siguiente que cambió fue la espuma, alcanzaba más altura y pinchaba más, como si se avecinara un cambio de viento y una guerra de presión estuviera a punto de estallar.

Y después, simplemente ocurrió, sin más. Un momento estábamos transeccionando un muro vertical, y al siguiente, nos precipitamos al aire libre, y el barco navegó por encima del mar. Pero casi no la contamos, y estoy segura de que hubiéramos vitoreado el éxito de la hazaña si el terror no nos hubiera dejado sin habla.

Porque de repente, todo ocurrió a la vez.

—¡Tribunal de la Arena, *Kinestorum*!

Y así lo hicieron, con las túnicas volando en dirección contraria y los pies a punto de abandonar el castillo de popa, mientras nuestro descenso se ralentizaba, pero no se detenía.

—¡Cañones, Broom!

—¡A la orden, capitán! —Y Broom se llevó el cuerno a la boca—. ¡Cañones a estribor!

Y la cubierta de artillería retumbó cuando toda la tripulación luchó contra la gravedad para hacer rodar los pesados cañones hacia estribor. Eso hizo que se elevara la proa del barco, desplazando el peso hacia la popa y sumergiéndola profundamente.

—¡Velas de arrastre, Oakum!

—¡Velas de arrastre, capitán!

Desplegaron un segundo juego de velas, uno que jamás antes se había visto, entre el palo de trinquete y el palo mayor, entre la mesana y la mayor. Ya antes había visto los palos y los estayes, los habían construido Ben y sus hombres en dos horas, pero no tenía ni idea del aspecto que tendrían una vez abiertas. Las velas nuevas se llenaron de inmediato, formando una cúpula entre los mástiles, y fue como si la Piedra Angular diera un suspiro enorme. Las velas recogían el viento para ralentizar el descenso. Aunque el mar se acercaba igualmente a gran velocidad.

El barco se tambaleó cuando el ancla se arrastró por la superficie y, aún de costado, nuestra proa se acercó peligrosamente a las olas.

—¡Suelten el ancla, Buck! —pidió el capitán.

—¡A la orden! ¡Suelten el ancla!

Y con los golpes rápidos de un hacha, el minotauro cortó el cable del ancla por completo, y la cuerda pasó a toda velocidad por las escotillas como un cañonazo. El barco se desvió y empezó a virar a estribor incluso mientras caíamos.

—¡A toda vela, Oakum!

—¡A toda vela, capitán!

Giraron todas las velas, atrapando el viento de costado y jalando el barco aún más hacia estribor.

—¡Fahr, hila el mar!

—¡A la orden, capitán!

El agua estaba cada vez más cerca y la superficie estaría tan dura como una piedra cuando chocáramos contra ella. Pero las olas se intensificaron a raíz del manejo de Fahr, haciendo que la superficie estuviera agitada, suave y flexible.

Con todo y con eso, chocamos fuerte contra el agua. La Piedra Angular se deslizó hacia adelante, con la nariz bien metida en el agua, y el bauprés se partió, haciendo que los palos y el cable salieran disparados hacia atrás. Yo salí disparada hacia adelante, luego hacia atrás. No podía estar más agradecida por la cuerda que me ataba al barco. Estoy segura de que perdimos un hombre o dos bajo cubierta, puesto que los cañones se precipitaron y rompieron el casco de la cubierta de artillería.

—¡Llévennos a buen puerto, muchachos! —gritó el capitán—. ¡A buen puerto!

Nos deslizamos por el agua con una fuerza asombrosa y sentí que el estómago se me subía hasta los pulmones. Si hubiera tenido cualquier cosa en el estómago, la habría echado a la par que la respiración. En la cubierta principal, donde estaba yo, el mar rompió las amuradas e inundó la cubierta cuando la Piedra Angular se balanceó con fuerza hacia abajo y hacia babor. Pero aun así, con las velas y los cañones, los hechizos y los estruendos, la quilla empezó a rodar y, sin prisa, los mástiles se giraron hacia el cielo.

Contuve el aliento, contando el tiempo que el barco permanecía bajo, rezando para que no se hundiera, se volcara o se rompiera.

Pero se balanceó, se quedó suspendido y luego se posó sobre el agua como una gaviota.

Se hizo el silencio en la cubierta durante un largo rato antes de que el barco estallara en vítores.

Fue maxia, pura y simple, jamás había visto o vivido nada parecido. Maxia y marineros.

Eso era el Barco de los Hechizos.

Me asomé por encima de las amuradas.

Había una isla con un pico volcánico que se elevaba hacia arriba, y desaparecía entre nubes espesas y turbulentas de color canela. Vi el resplandor de las aguas iridiscentes cayendo por la montaña y las palmeras moradas resplandecientes por la escarcha. Tres grandes icebergs flotaban en las mareas de las islas, y en la distancia, la Gran Barrera del Terror se alzaba como si llevara allí miles de años, ignorante e inconsciente de lo que acabábamos de lograr.

Anclado en una bahía invernal estaba el Marelethan.

Y junto a él, el Endorathil.

37

Rendición

—¡**M**anto de tormenta! —gritó el capitán—. ¡Todos los puestos, apaguen las luces!

El primer oficial se dirigió al capitán.

—No podemos —dijo—. Tenemos demasiados daños.

—Y ya nos vieron —respondió Humo—. No puedes ignorar una fragata cayendo del cielo como acabamos de hacer. Mira.

Y señaló a lo lejos. Era demasiado cierto. Mientras que el Marelethan contaba con la tripulación mínima, el Endorathil estaba completamente tripulado y ya estaba izando las velas para virar.

—Maldita sea —espetó Thanavar—, habrá llegado ahora mismo. Informe, Fahr.

—Bauprés inutilizado, y daños en el palo de trinquete y en las vergas. La cubierta de artillería y la bodega perforadas. Nos entra agua, capitán.

—¿Los timones?

—¡Funcionan, capitán!

—¡Llévanos, Oakum!

—¡Suelta las velas de arrastre, Buck! —ordenó Humo mientras giraba la rueda lunar, y las enormes cúpulas de lonas revolotearon hasta la cubierta—. ¡A ver si podemos mover a esta vieja chica!

Los largos cañones del Endorathil estallaron, pero no estaban en posición y las bolas cayeron al mar sin provocar daño alguno.

—Broom —llamó el capitán—. Informe de la cubierta de artillería. Necesitamos las armas en posición y disparando de inmediato.

—¡Sí, capitán!

—Aro'el, despierta al Tribunal de la Arena. Necesitamos el *Aluciatus* y el *Mendacium*.

—¿El qué?

—¡Ya!

Me di la vuelta y subí corriendo los escalones hacia el castillo de popa, donde los ferromagus yacían en la cubierta llena de sangre. Me arrodillé junto al que tenía más cerca, magistrado Liskeel, lo giré y vi que le salía sangre a borbotones por los ojos, los oídos y los agujeros de la nariz. Me miró fijamente.

—¿Se acabó?

—Así es —dije.

—Reza a las Hermanas…

Sonrió y vi que había perdido varios dientes. Desplacé la mirada a los otros dos. Estaban vivos, pero a duras penas. La Gran Barrera del Terror casi había sido la perdición del Tribunal de la Arena. Tek se incorporó y yo me apresuré hacia mi madre, que estaba oculta bajo su manto de pelo oscuro.

—Honor —dijo. También sangraba por los oídos y la nariz, y tenía los ojos completamente rojos—. Estás viva.

La ayudé a ponerse de rodillas, deseando que Eco estuviera ahí. Deseándolo muchísimo.

—¿*Lindurithain?* —preguntó.

—Aquí estamos —dije—. Pero también el Endorathil.

—*Aluciatus* —pronunció—. *Mendacium*. Magistrados, arriba.

Hubo otro estruendo del cañón, y esta vez, el disparo salpicó la popa. Escuché los gritos desde la cubierta de artillería cuando Buck y sus hombres colocaron los cañones en posición, amarrándolos con cables y sogas. Las velas se llenaron de aire, pero la Piedra Angular se tambaleaba en el agua, y yo sabía que tenía problemas. Broom irrumpió en cubierta.

—¿Podemos llevarnos a un hilador de aguas, capitán? Tenemos un agujero de veinte pulgadas y nos estamos hundiendo rápido. Hemos perdido tres hombres y dos cañones por una de las brechas.

—¡Fahr!

Dev desapareció con el artillero dentro del barco.

Otra explosión. Esta vez atravesó la vela mayor, dejando un desgarro del tamaño de una nuez de corcho. El Marelethan no se había movido, pero daba igual. El Endorathil se estaba acercando mucho y estaríamos perdidos sin duda si había agujeros en nuestro casco.

—¿Aro'el? —dijo Thanavar—. ¿Y el Tribunal de la Arena?

—Apenas de pie —jadeé mientras bajaba de un salto del castillo de popa—. Pero vivos.

Eco apareció por la escotilla.

—Hemos perdido a cinco por las brechas —dijo el médico—. Ocho más heridos en la cubierta de artillería y uno en la botavara astillada. No tengo más espacio en la enfermería.

—Podemos montar a los ferromagus en la falúa, capitán —sugerí—. Hechizarla para que los lleve a la isla.

—Ilvalour los dejará fuera de combate sin pensarlo dos veces —dijo Thanavar—. No, doctor, tenías razón, y debemos seguir adelante con el *Aluciatus*.

—No todos lo conocen…

—Ahora es irrelevante. Lleva a todo el mundo a la bodega, incluidos los ferromagus. Esto está a punto de volverse sangriento.

—¡A la orden, capitán! —dijo Eco.

—Recuerda, *Aluciatus*, seguido del *Mendacium* en todo el barco cuando hayamos atracado. Necesitaré que estés de vuelta en la cubierta para eso. Ahora todo depende de los ferromagus, así que haz lo que sea para mantenerlos con vida y que nadie se mueva de la bodega.

—Va a ser difícil, capitán —dijo Eco—. Si pudiéramos...

—De nuevo irrelevante. —Entonces me miró—. Subteniente Renn, ayuda al doctor. Es una orden.

Eco me acompañó de vuelta al castillo de popa y encontramos a mi madre de pie, junto con Tekamorian. Entre todos, pudimos levantar a Liskeel, que estaba tan delgado que parecía que sus huesos se habían convertido en arena. A duras penas habíamos conseguido llevarlo al puesto de mando cuando los cañones del Endorathil rugieron de nuevo. Los disparos destrozaron el travesaño y las ventanas con parteluz del camarote del capitán, y el castillo de popa explotó detrás de nosotros, lanzándonos a todos a la cubierta en una lluvia de astillas y tablones destrozados. Debajo de nosotros, la cubierta de artillería retumbaba con el fuego de respuesta, y el Endorathil se estremeció cuando los disparos acribillaron su proa. Con mi madre del brazo, eché una última mirada rápida alrededor de la cubierta principal. Había muy pocos hombres para ayudar a Buck con los cañones, y me pregunté qué sería lo que pensaba hacer el capitán.

—¡Todo el mundo a la bodega! —gritó mientras Eco y yo arrastrábamos nuestra carga por la escotilla.

Las cubiertas eran un caos y el barco se veía empujado a la batalla. No habíamos tenido oportunidad de recuperarnos de la Gran Barrera del Terror, y los artilleros de Broom trasladaban con mucho esfuerzo los cañones de la popa a las amuradas. Incluso mientras ayudábamos a los ferromagus a bajar más, una descarga atronadora destruyó los cañones de popa y el impacto lanzó por los aires a un tripulante.

—¡Fuego! —gritó Broom, y lo vi asomado a una ventana de babor mientras nuestros cañones respondían con plomo y quimérico.

—¡Eco! —grité por encima del ruido—. ¡El quimérico! ¡Puedo usarlo!

Miró por encima del hombro.

—A la bodega, subteniente. Órdenes del capitán.

Babor explotó hacia dentro y Broom salió disparado por la cubierta de artillería, atravesado por los travesaños del casco de la Piedra Angular.

—¡A la bodega! —bramó Eco.

Eché una última mirada, pero ojalá no lo hubiera hecho. Bergy se abrazó al cuerpo del artillero con las lágrimas corriéndole por las mejillas.

Al bajar, el agua nos llegaba por mitad de las pantorrillas. Dev estaba hilando el agua hacia atrás mientras Ben y sus muchachos clavaban tablones contra el casco. El agua entraba a raudales por las grietas y burbujeaba por las fugas que había bajo el pantoque. Una cerda y una cabrita balaban angustiadas, cautivas en sus corrales, y las aves de corral restantes chillaban en sus jaulas de madera. Normalmente las usábamos para el ganado, pero en ese momento las pacas de heno y los fardos de paja absorbían agua cerca de la proa, y los barriles de papas flotaban torpemente en la sentina. Las botas resonaban en la escalera mientras una docena o más de tripulantes se apresuraban hacia la bodega. Fahr se dio la vuelta.

—Eco, ¿qué está pasando?

—Vamos a seguir adelante con el *Aluciatus*, después el *Mendacium* —dijo el fauno mientras ayudaba a dos magos con los fardos de paja.

—Por Forja, es muy arriesgado.

Desde las pacas, mi madre levantó una mano, llamándome.

—Hija —dijo—. Quédate.

La ignoré.

—Dev, tengo que volver a subir —contesté.

—Tenemos un plan…

—Puedo extraer el quimérico de las bolas de los cañones.

—¡Honor! —me llamó mi madre—. ¡Por favor!

—Dev, sea cual sea ese plan —le dije—, sabes que puedo ayudar con el quimérico.

Se oyeron una serie de disparos, esta vez más cerca y más seguidos, y la Piedra Angular se estremeció con el impacto de la carga. Nuestros cañones respondieron, pero no marcó ninguna diferencia. Habíamos estado fuera de posición desde el principio.

—Dev, no —dijo Eco.

Dev se giró hacia el carpintero.

—¿Tienes esto controlado, Ben?

—Sí, Dev, todo controlado.

Me asintió.

—Tenemos que ser rápidos.

Tenía que haber alguna motivación intrínseca cuando le di la espalda a Eco y a mi madre e ignoré las órdenes del capitán y me precipité hacia el exterior. Quizá sí que llevaba la rebeldía en la sangre. Sin embargo, no pensaba en mucho más que sobrevivir, y tan pronto como puse un pie en la cubierta de artillería, Fahr y yo corrimos hacia los polvorines, tapando las bolas para evitar que se esparcieran por el suelo. A través de las portas, pude ver al Endorathil que avanzaba a toda velocidad, feroz como un felino entre los árboles.

Bergy se asomó entre las armas.

—¡Fuego! —gritó, y los cañones descargaron su furia uno detrás de otro, llenando de humo la cubierta de artillería.

Dev agarró una de las bolas y me la pasó, las cicatrices cobraron vida al instante en cuanto el plomo entrelazado me rozó la piel. Tomé aire y sentí el quimérico esparciéndose por los brazos y el pecho, apretándome la garganta y crujiéndome los dientes, empujándome los ojos fuera de sus órbitas y amenazando con partirme el cráneo. Me bajó por el torso hasta la barriga y la columna. Fue una maxia profunda y visceral que me resquebrajó desde los dedos de las manos hasta los de los pies. No me importó si me quemaba hasta atravesarme las tripas. Sentirme así de fuerte era una sensación demasiado buena, tan poderosa, tan vinculada con la runa.

Infernos, sí, era una rastrearunas y estaba orgullosa de ello.

—¡Volvamos a la bodega! —bramó.

Agarramos dos bolas cada uno y nos giramos hacia la escalerilla cuando llegó la última oleada.

Fue como estar bajo el agua. Todo sonaba embotado y los movimientos se ralentizaron. Salí volando por los aires y navegué a través de la cubierta de artillería, hacia Bergy, Flip y su cañón de nueve libras. La cabeza de Flip se echó hacia atrás al golpearse con la amurada. Vi que la sangre de Bergy empezó a esparcirse mientras su pecho se reventaba contra el cañón que me recibió con un beso de hierro. Vi estrellas y sombras, soles y lunas, y todo ocurrió en el lapso de un latido o dos.

«Duerme», me dije. Ya utilizaría el quimérico después. Solo necesitaba una siestecita.

«Niña descarriada».

Rendirse sentó muy bien, solo por una vez.

«Mujer descarriada, escápate».

No sé durante cuánto tiempo me ahogué en la oscuridad, pero en algún momento, una voz resonó en ella.

—Azul —dijo—. Azul, vamos.

—¿Qué?

—Azul, bajamos la bandera.

Me apoyé sobre los codos.

—¿Nos rendimos?

—A la cubierta ya, o nos matarán donde estamos acostados.

¿Rendirse? ¿Thanavar?

Dev me agarró la mano y me jaló para ponerme de pie. Los guerreros *rhi'ahr* se acercaron por detrás con paso firme, llevando tanto espadas como ciros. Estábamos rodeados. Nos habíamos rendido. Agarraron a Dev por los brazos y lo arrastraron hacia la escalerilla. Luego vinieron por mí, y los dejé, mirando por última vez la cubierta de artillería. Estaba destrozada, llena de humo y sin ningún tripulante.

¿Cuánto tiempo había estado inconsciente? ¿Estaba soñando? ¿Estaba muerta?

La Piedra Angular no se rendía nunca.

Los *rhi'ahr* me arrastraron hasta la escotilla, y cuando salí a la cubierta principal, una mano me agarró por el cuello y me lanzó hacia adelante. Me tambaleé sobre las tablas. Parpadeé ante la cegadora luz solar, y se me cayó el alma cuando vi el barco enemigo en el exterior, sus garfios clavados en nuestras amuradas y sus botas pisando nuestras cubiertas. Uniformemente altos, elegantes y élficos, los *rhi'ahr* marcharon a través de la cubierta principal, como una ola dorada y blanca.

Tenían acorralados a un grupito de maremagus en el castillo de proa y a los oficiales en la rueda. El corazón me dio un vuelco cuando vi que tenían a Thanavar sujeto entre cuatro guerreros. Podría haberse ido volando en cualquier momento, supongo, dejándonos a bordo para recuperarnos en tierra. Pero se quedó, sangriento, abatido, desafiante y orgulloso. Fahr y Humo estaban de pie cerca, donde el alcázar se une a la cubierta principal, pero Buck y Broom estaban con los maremagus del castillo de proa. Me sorprendió que Broom hubiera llegado hasta arriba. Es más, me sorprendía que estuviera siquiera vivo, teniendo en cuenta cómo había sido empalado por tantas duelas en la cubierta inferior.

Qué pocos quedaban.

Los *rhi'ahr* me arrastraron hasta ponerme en línea con Fahr y Humo, y habían instalado una pasarela entre los dos barcos. No me pasó desapercibido un hombre que llevaba encima más plata y oro que la mesa de un rey y que llegó hasta nuestra cubierta.

Era casi tan alto como Thanavar, pero más ancho, llevaba el pelo dorado peinado hacia atrás en un elaborado tejido de trenzas y nudos. Portaba una espada colgada de la cadera y una capa que ondeaba tras él como si fuera su estela. Se acercó a Thanavar y se estiró para agarrar un ciro del *rhi'ahr* que estaba al lado. Lo estudió deliberadamente y tanteó el peso en su mano enjoyada antes de clavar la empuñadura en el vientre de Thanavar.

—¡No! —grité cuando el capitán se dobló por la mitad y cayó de rodillas.

—Gavriel Thanavar —dijo el hombre dorado—. *Mae ingaine mylnead ynir, rhi hir.*

Solo se escuchaba el sonido del viento y el suave crujir del casco, hasta que se percibió algo diferente.

Era un sonido que no había escuchado jamás en todo el tiempo que había estado en la Piedra Angular, nunca en toda mi vida había pensado que lo oiría, y se me heló la sangre como los icebergs que flotaban cerca. Resonaba sobre el agua, sobre el batir de las olas y el silbido de la brisa salada.

Era la risa de Gavriel Thanavar.

Pronto, hasta ese sonido se disipó, y miró hacia arriba, y sus labios formaron una sonrisa afilada.

—*Kinrath Ilvalour* —espetó.

El nombre era como miel, como veneno, como un gruñido, como una canción.

—*Cy fwthilu* —susurré para mis adentros, y el velo de las palabras se levantó como el amanecer.

—Eres una desgracia para *Lindurithain* y para todo Inframar —dijo Thanavar—. Para el Mundo de las Runas, y para Kirianae, guardiana del quimérico y diosa del Árbol. Debí rebanarte la garganta en el momento en que pusiste una bota en nuestra orilla.

—Pero no lo hiciste, y aquí estoy —dijo el hombre que respondía a Ilvalour—. Y lamentarás el día en que elegiste la misericordia.

—Nunca elegí la misericordia —afirmó Thanavar—. Soy *rhi'ahr*.

Y golpeó la cubierta con las palmas de las manos. La Piedra Angular se estremeció, y sobre nuestras cabezas, las líneas se agitaban y chasqueaban como serpientes. Uno, dos, luego tres *rhi'ahr* fueron atrapados por el cuello y arrastrados, retorciéndose y gritando, hacia los obenques.

—Eres lo único que queda de una religión muerta, sacerdote —dijo Ilvalour—. Tu diosa de la madera ya no puede salvarte.

Entonces Ilvalour clavó la lanza hacia abajo, atravesando la mano derecha del capitán y clavándola al suelo. Thanavar gritó y Fahr se lanzó hacia adelante, pero el *rhi'ahr* lo agarró y le dio un puñetazo en el lateral del cráneo. Se desplomó al instante.

Las tablas de la cubierta se rompieron, empalando a los *rhi'ahr* con duelas y mástiles mientras la Piedra Angular contraatacaba. Las tablas de la cubierta se ondularon bajo las botas de Ilvalour, pero una runa recorrió su cuerpo, y reprimió la maxia del barco a sus pies. Deslizó la espada desde su cadera y, con un golpe rápido y salvaje, la clavó en la muñeca de Thanavar.

Me quedé sin aliento y el barco se quedó mudo. La Piedra Angular se estremecía mientras la sangre de su ser querido se le filtraba en la piel. Los largos dedos se curvaron cuando Thanavar se echó hacia atrás sin ellos.

Ilvalour se inclinó.

—¿Debería cortarte la otra mano o simplemente acabar contigo?

Thanavar miró hacia arriba, con los ojos brillantes y sonriendo como un gato.

—Inténtalo.

Volvió a blandir la espada por segunda vez, pero surgieron destellos y un escudo rúnico cobró vida antes de que pudiera golpear.

De rodillas, Dev juntó las manos y lanzó un segundo escudo en mi dirección. Lo atrapé mientras lo tumbaban al suelo, lo ataron con quimérico y lo arrojaron hacia el capitán como un obenque estrellado. Pero antes de que pudiera lanzar el hechizo para mantener el escudo, un *rhi'ahr* me estampó el puño en el estómago y me doblé hacia adelante. Un rodillazo en la barbilla y un revés en la sien me mandaron a cubierta, y el escudo se convirtió en cenizas en el viento salado.

—Aro'el —dijo Ilvalour, girándose hacia mí—. La rastrearunas de quimérico. Sí, te vi ese día. Impresionante.

Levantó la cabeza y miró por toda la cubierta.

—Los veo a todos. Son una tripulación noble, una tripulación respetable —afirmó Ilvalour—. Pero sus esfuerzos no salvarán a su capitán. Es el enemigo de toda la gente y morirá aquí, en el lugar en el que cometió su primer gran crimen.

Sentí cómo la sorpresa de la Piedra Angular se convirtió en furia, noté cómo sus huesos empezaron a moverse.

Un guerrero *rhi'ahr* sacó una daga, agarró un buen mechón de pelo negro y jaló la cabeza de Thanavar hacia atrás. Pero el guerrero se congeló y su daga repicó contra la cubierta. De sus labios brotó un grito, seguido de sangre, seguido de madera. Cada vez más grande y más ancha, la boca del hombre se partió por la mitad, luego su garganta, luego su pecho, mientras el bauprés destrozado lo elevaba por encima de todos nosotros, impulsado por una madre furiosa desde la cubierta de artillería. Se debatió durante un momento largo y agonizante antes de que el bauprés terminara de hacerlo pedazos. Sangre, hueso y carne llovieron sobre la cubierta.

Thanavar sonrió con malicia.

—¿Quieres intentarlo de nuevo?

Ilvalour se enderezó.

—Te quieren. Eso ha quedado bien claro. ¿Pero cuánto los quieres tú a ellos?

Alzó la mirada hacia la escotilla, que se abrió de golpe, y Eco salió empujado hacia la cubierta, parpadeando ante la brillante luz del sol.

—Mata a su tripulación. Empieza por ese.

—¡No! —grité.

Uno de los *rhi'ahr* blandió un ciro, pero la cuchilla se detuvo a un palmo del vientre del fauno.

—Dije que lo mates —ordenó Ilvalour—. *Laedith*.

—*Ni allath* —dijo el *rhi'ahr*, y negó con la cabeza.

Un segundo alzó su ciro también y lo blandió hacia adelante, para detenerse, temblando, junto al primero.

Intercambié miradas con Eco, agradecida de que siguiera con vida. Estaba intentando decirme algo, pero no podía escuchar ni media palabra.

—*Hythae* —siseó Ilvalour, y se giró hacia la tripulación de la Piedra Angular.

—¿Quién está haciendo esto? —bramó—. Que confiese ahora o masacraré a todos y cada uno de ustedes.

Una mano se agitó con soltura en el aire.

—No será necesario —dijo Humo—. Soy yo. No es más que un simple hechizo *Kinestorum*. Uno que deberías haber aprendido en la maldita escuela cuando eras un niño.

Ilvalour se giró a la vez que los *rhi'ahr* rodeaban al contramaestre y lo arrastraban hacia adelante.

—Estás siendo un idiota, Kinrath Ilvalour —dijo Humo—. Matar al capitán de la Piedra Angular, uno de los canallas más buscados en las dos Mareas, por algo tan mezquino como la venganza. Demuestras una falta de imaginación apabullante.

—Los *rhi'ahr* somos pragmáticos —aseguró Ilvalour—. Lo quieren vivo o muerto. Y muerto es mucho más fácil.

Se alzó imponente sobre el contramaestre y el pelo dorado le ondeaba al viento.

—Lo comprobarás muy pronto.

Ilvalour blandió su espada. Esta se detuvo con un golpe sordo justo delante de la cabeza de Humo.

—Otra estupidez —dijo Humo—. ¿Para qué ibas a matarme a mí? Conozco todos los secretos de este barco. Puedo ayudarte.

—Mientes como una ramera de Supramar —soltó Ilvalour.

—Yo no soy quien miente. Él sí. —Humo señaló a Fahr, clavado al suelo bajo las botas de un *rhi'ahr*—. El hijo del rey Stephanus Bonavanczek IV de Supramar.

—Humo —siseé—. No...

El contramaestre ladeó la cabeza frente al *rhi'ahr*.

—Pero claro, eso ya lo sabías. Sí, el Príncipe Robado sigue vivo después de todos estos años. Con él podrías sacarle una buena suma a la corte en Alto Templo.

Ilvalour se dio la vuelta.

—¿Este?

Dev gruñó mientras lo ponían de pie.

—El mismo. O mejor aún, llévatelo a tu Impíreo como premio —instó Humo—. Deja que sea él quien haga las negociaciones. Así te colgarías una medalla. Al mismo tiempo, llévalo con Gavriel Thanavar, el último Noble Sacerdote de la Casa Cuervo de Madera. Ha estado hundiendo tus barcos durante años. Ya son dos medallas.

No podía creer lo que estaba oyendo. Era un sueño. Estaba muerta.

—Yo ya tengo un acuerdo para el príncipe —dijo Ilvalour—. Pero tu arrogancia me tiene intrigado. ¿Por qué tendría que hacer caso a un corsario?

—Porque solo soy un corsario de forma ocasional. En el fondo soy un comerciante, un mercader de información. Compro y vendo cosas que la gente quiere saber. Y cuando no puedo comprarla, entonces la robo.

Señaló a Buck.

—Él, por ejemplo. Es un hilador de aguas y puede vibrar como el mejor de ellos, a pesar de su ruidosa pierna de madera. O el fauno al que acabas de intentar matar. Es un clarividente y un hilador de pensamientos. También es cirujano. Un set de habilidades bastante útil, si lo piensas.

Paseó la mirada por la cubierta y se detuvo en mí.

—O esa chica de ahí. La has visto con tus propios ojos. Puede hilar quimérico con las manos.

Lo mataría si no estuviera ya muerta.

—El Impíreo quiere que la lleven a su corte —dijo Ilvalour.

—Bueno, es tuya si la quieres —contestó Humo—. Si perdonas la vida a algunos de sus compañeros. La tercera medalla. Sería una lástima perder semejante ventaja por imprudente o estúpido.

Levantó las cejas y se inclinó hacia adelante.

—¿Qué va a ser, capitán? —preguntó—. ¿Eres imprudente o estúpido?

Ilvalour se le quedó mirando fijamente, dándose toquecitos con la espada en el lateral de la bota.

—¿Qué quieres, enanus?

Humo miró más allá de la cubierta, donde el Marelethan se balanceaba en las tranquilas aguas.

—Siempre he querido tener mi propio barco. Dame ese a cambio de todo lo que sé, y navegaré para ti en Supramar. Como pirata, como Navío del Terror o como espía. Lo que sea que necesites, yo me encargo. Llévate eso de vuelta al Impíreo. Otra medalla más. Vas a completar la colección.

—Traidor —siseé de nuevo. Me sonrió, y lo odié más de lo que jamás había odiado a nadie en mi penosa vida. «Mantente fría. Mantente distante». No podía creer lo ciega que había estado.

Ilvalour lo pensó durante bastante rato. Volvió a envainar su espada y sacó el ciro que seguía clavado en las tablas de la cubierta. La mano cortada de Thanavar cayó con un ruido sordo.

—Eres un corsario —dijo—. Todo está en venta.

—Todo —replicó Humo.

—Hasta tu lealtad.

—Por supuesto.

—Demuéstralo.

Le pasó el ciro a Humo.

Humo lo agarró. Era más alto que él, pero era un hombre fuerte y lo levantó con la mano, comprobando el peso, la longitud, el tacto.

—Elige —dijo Ilvalour.

El contramaestre miró a Eco a los ojos y se me paró el corazón. No podía. No sería capaz. Habían jugado al Manotazo todas las noches. Habían compartido el ron. Eran almas gemelas, amantes y mucho más.

—Que los soles y las lunas nos protejan —dijo Humo—. Lo siento, Buck.

Y se giró, lanzando el ciro hacia el maestre de cubierta. La punta se clavó en el pecho de Buck, y el minotauro se tambaleó hacia atrás y cayó por la borda sin emitir ningún sonido.

Pero yo lo compensé.

No sé de dónde salió el grito que me desgarró la garganta. Empezó en mis botas y me fue subiendo por el estómago antes de estallar por mi boca junto con una oleada de quimérico. Los mástiles, los obenques, los travesaños, los estayes, todos crepitaron ante el quimérico, pero el capitán *rhi'ahr* se giró, me dio con el puño en la cabeza y caí contra las tablas de la cubierta. El quimérico se disipó junto con mi conciencia.

—Lleven a estos pocos al Endorathil —dijo el capitán mientras mi mundo se desvanecía—. Maten al resto.

Tras eso, me rendí a la oscuridad.

38

El Endorathil

Yo solía recordar mis sueños. Desgraciadamente, también solía recordar mis pesadillas. Por eso, los recuerdos de golpes, sangre, empalamientos y rendición seguían conmigo cuando me desperté.

Durante un breve instante, esperé que no hubiera sido más que una pesadilla. Pero la cabeza embotada, el dolor en las costillas y la habitación que olía a sangre, alquitrán y orina, me indicaban lo contrario.

No estaba en la Piedra Angular.

Me apoyé en las manos y en las rodillas para incorporarme. Estaba sola en una celda. No había portillo, el techo era bajo y el suelo estaba alquitranado para repeler la orina y la sangre.

Estaba en el Endorathil.

Esperé a que el dolor disminuyera como una marea baja antes de obligarme a sentarme con la espalda apoyada en la amurada y los brazos rodeándome las rodillas. No tenía guantes y las cicatrices seguían resplandeciendo, así que al menos disponía de algún recurso. Podía quemar un agujero en la pared, pero no tenía ni idea de dónde estaban ubicadas las celdas en un barco *rhi'ahr*.

El Endorathil era un gran velero de cuatro mástiles. Con mis conocimientos sobre barcos, podría intentar escapar de aquí y terminar en el camarote del capitán.

Thanavar no estaba aquí. Dev no estaba aquí. Estaba sola.

¿Eco?

«Maten al resto».

¿Madre?

Ojalá no hubiera visto morir a Buck. Tan rápido, tan brutal, siendo un hombre tan noble. Y a manos de Humo. Seguía horrorizada hasta las entrañas. Ojalá me hubiera quedado en la bodega con mi madre y con Eco. Pero tenían razón: llevaba la rebeldía en la sangre. Pagaría por ello cada minuto de cada día durante el resto de mi vida, que, en este barco, no sería muy larga.

Deseé no haber visto caer la espada que separó la mano de Thanavar de su muñeca. La fuente de maxia profunda, de los hechizos. Las manos de un magus eran su sustento. Para Thanavar, eran su vida. Ya solo le quedaba una, si es que seguía con vida.

Y Humo. La bilis me subió por la garganta solo de pensar en él, el carismático, ingenioso y vulgar contramaestre que nos había vendido a todos por un barco. Lo mataría en cuanto lo volviera a ver, aunque podría pasar mucho tiempo hasta entonces por culpa de esa diminuta celda.

Me quedé pensando en Worley. ¿De verdad había sido él el traidor, la sombra del barco? ¿Y si siempre había sido Humo aprovechándose del odio de Worley hacia los *rhi'ahr* y la maxia con pájaros? No podía creerlo, y aun así Worley estaba muerto y Humo era el capitán de un barco enemigo.

Me froté la cabeza. No podía creer nada de lo que estaba pasando, aunque lo hubiera visto con mis propios ojos.

Sin más, me senté en esa celda oscura, pequeña y manchada de alquitrán durante una eternidad, hasta que se escuchó la puerta y un *rhi'ahr* me puso de pie.

El Endorathil era grande hasta para un hombre de guerra. Tenía cinco cubiertas, sin contar la bodega o el pantoque, y una tripulación de al menos doscientos soldados y marineros. Era precioso. Estaba limpio. Estaba pulido hasta quedar reluciente. Era una obra de arte. Sus mástiles estaban tallados con historias, y sus velas cantaban leyendas en oro. Los arcos, las curvas, los biseles y los rizos hacían que incluso los detalles más comunes resultaran exquisitos, y todo tenía pinta de convertirse en un arma en las manos adecuadas. Arte y guerra. Hacían que parecira lo más natural, y les envidié la habilidad.

Me llevaron a través de un amplio pasillo y una serie de puertas arqueadas que hacían que los de la Piedra Angular parecieran comunes. Me dolió el corazón al pensar que no volvería a verla. Recé para que no la hundieran directamente, pero si lo hacían, que fuera rápido.

Escuché la voz de Humo al otro lado de la puerta y se me revolvieron las tripas.

—Una tripulación pequeña —decía—. Con doce marineros hábiles bastará. Quizá diez. Recogeré una tripulación completa en la Bahía del Estraperlo. Y no podré atracar en Corvallan ni en Labranza en un futuro próximo, ¿verdad? No después de que el Marelethan y compañía los destrozaran solo por diversión.

—¿Y cómo harás los informes?

—Tengo un amigo con un grupo de vencejos, igual que los tuyos. Podemos marcarlos de barco a barco con un hechizo *Domu-*

nus. Tan fácil como una cortesana de Alto Templo. Solo tengo que ir a buscarlos a la Piedra Angular.

—Tu Bracebridge estará aquí por la mañana con una flota de cruceros —dijo Ilvalour—. Espera que negocie por el príncipe, pero puede que haga lo que dijiste y me quede al chico. El Impíreo quedará encantado si me presento con semejante premio.

Hubo una pausa.

—Mantener a Bracebridge como aliado no es mala idea —dijo Humo.

—Bracebridge es un idiota. Ya tengo lo que quería y no lo necesito más.

—No, escucha. Envía al príncipe de vuelta a Alto Templo con él. Luego, el rey de Supramar tendrá contigo una deuda que no podrá pagar jamás.

—No me importa en absoluto el rey de Supramar. Antes de salir de *Lindurithain*, el Endorathil y el Marelethan hundirán la Piedra Angular juntos. Esta noche, dos barcos a mis órdenes terminarán con su reinado de terror y la gloria será mía.

—Bueno, es un plan tan bueno como una perra con el lomo encorvado. —Se hizo un silencio—. Es algo bueno.

Oí cómo movían papeles y sillas, y de repente, la puerta se abrió de par en par. No estaba preparada para el vuelco de mis entrañas, ni para el escozor de mis ojos.

—¿Cómo pudiste? —siseé.

—Hola, Azul —dijo, y se percató del crepitar de mis manos—. No puedes hacer nada con eso. Hay un *Sublimatus* en todo el barco. No como en la Piedra Angular, ya me entiendes.

—¡Mataste a Buck!

—Sí, bueno, si hubieras escuchado al capitán…

Le di una cachetada.

No fue una estupidez porque sabía que me dejaría hacerlo. La gente orgullosa suele hacerlo. Puedes darle una cachetada a alguien y lo permitirán porque sería de débiles asustarse de la palma de una mano. Pero yo era más lista que eso.

Sí, le di una cachetada, y cuando su mejilla se giró ante el impacto, metí un dedo por el aro y le arranqué el arete de la oreja.

«Solo hay una forma de sacarlo», había dicho una noche mucho tiempo atrás. Y estaba en lo cierto. Seguro que no había sido agradable.

Dio un grito y se tambaleó hacia atrás, llevándose las manos a un lado de la cara. La sangre se derramaba entre sus dedos y yo sostuve el arete en la palma de la mano.

—No te mereces esto —gruñí—. No eres digno de la Piedra Angular ni de su tripulación. ¡Worley era mejor hombre que tú!

Alzó la vista hacia mí, con los ojos muy abiertos y llenos de tristeza, pero no me importó.

—Si hubieras obedecido las órdenes de tu capitán —dijo—, si te hubieras quedado en la bodega, te habrías salvado.

—Habría muerto como todos los demás.

Negó con la cabeza, y se echó más y más hacia atrás.

—Buenos mares, Honor Renn. De verdad espero que consigas salir viva.

—*Respiramaealis* —espeté. Un antiguo ensalmo, más una maldición que un hechizo. La escuché con frecuencia cuando era pequeña, antes de que mi madre se hiciera respetable y temida.

Respira el mal y muere.

Volvió a negar con la cabeza y se dio la vuelta alejándose, y yo deseé no volver a verlo en lo que me quedaba de vida.

—Métanla.

—El guardia me arrastró dentro del camarote de Kinrath Il-valour.

—Siéntate —me ordenó.

No me senté.

—Come —dijo señalando un tazón de arándanos rojos y pez luna en escabeche.

No comí.

—Bebe. —Sirvió un vaso.

No bebí.

—Hilas quimérico. ¿Cómo es posible?

No dije nada, fijé la mirada en los artículos de la estancia. Mapas, sextantes, astrolabios, gráficos.

—¿Es con un hechizo? ¿Con un ensalmo? ¿Un ritual que salió mal? ¿Lo hizo Thanavar? ¿Te marcó con runa par que hilaras para él?

No había libros. Ni uno solo. Aunque sí había diarios, y me pregunté si el hechizo de traducción *Cy fwthilu* funcionaría con ellos. No, no si había un *Sublimatus* completo que afectaba a todo el barco.

—Me vendría bien una hiladora de quimérico.

Junto a la amplia galería de ventanas del gran camarote había una jaula de pájaro colgando de un gancho. En su interior había un vencejo.

—Sé que puedes hablar. Todo el barco te ha escuchado gritar.

Un vencejo, como los que enviaba Worley.

—¿Acaso eres una corsaria como Oaken-Lankiskjold? —preguntó.

—¿Quién? —Fue mi primera palabra. Y me arrepentí al instante.

—El enanus. Se llama así, ¿no?

«No sabría pronunciarlo ni aunque quisiera», había dicho Dev.

No dije nada, me quedé mirando el suelo.

—Entonces ¿qué? ¿Eres una corsaria como él? —Se inclinó sobre su escritorio, con los dedos entrelazados como las trenzas de su cabello—. Pareces de la Armada. ¿Se te puede comprar como a Bracebridge?

—Mi capitán es Thanavar —dije—. Hice un juramento.

—Eso cambiará cuando ponga su cabeza en una pica. —Me observó, ajeno y curioso—. ¿Cómo es capaz de inspirar tanta lealtad en la gente?

Se me aceleró el corazón por todas las cosas que se me ocurrieron como respuesta, todo lo que podría decir, pero me las guardé. Ese hombre no se merecía saberlo. Thanavar creaba sus propias reglas y te invitaba al juego. Te retaba a que lo descubrieras y te estaba esperando cuando lo hacías. Era aterrador y estimulante, y ni uno solo de sus tripulantes sería el mismo tras una jornada en sus cubiertas. Todos éramos *kel'yia*, dispuestos a morir por los otros, y lo que es más, dispuestos a vivir.

Su cabeza en una pica jamás cambiaría eso.

—Hundiremos tu fragata en el crepúsculo —dijo—. Tienes cuatro horas para decidir si quieres unirte a ella.

—No necesito cuatro horas.

—Es una lástima. Pasarás tus últimas horas maldiciéndome y nunca lo sabré.

No quería que Thanavar muriera. No me imaginaba un mundo sin él. Estaría vacío, en silencio, estable, aburrido. Sin mareas arrolladoras, ni acero reluciente. Por Forja, no habría destellos blancos.

No, no creo que mi corazón soportara un mundo sin él.

—Te propongo un trato —dijo—. Responderé una de tus preguntas si tú respondes una de las mías.

Suspiré y asentí. Mientras que los ojos de Thanavar eran un océano azul, verde y dorado, los de este hombre eran frívolos, cafés como la terre con motitas color cobre, y su pelo no era dorado sino iridiscente, con hebras que reflejaban la calidez de la madera y el brillo de los soles. Forja, qué gente más bella, letal y peligrosa.

Se inclinó hacia adelante y entrelazó sus elegantes manos sobre el escritorio.

—¿Cómo te hiciste esas cicatrices de quimérico?

—Me las provocaste tú —dije—. Cuando hundiste la Guardia del Amanecer.

—¿La Guardia del Amanecer?

—Una fragata de la embarcación del rey en el Confín del Sur. —Aún tengo pesadillas del día en que se hundió—. No la recuerdas, ¿verdad que no?

—He hundido a muchos de tu desafortunada flota —murmuró—. Entonces soy yo quien te creó. Qué poético que ahora estés aquí para mí.

«Hacen la guerra de la misma forma en que la gente hace el amor». Hermosa, letal y brillante como una lanza. Me hubiera encantado cerrarle la boca con la furia de mi quimérico, primero le hubiera quemado la lengua, le habría agrietado las encías y arrancado sus dientes perfectos y blancos.

—Así que te has fusionado con el quimérico —dijo—. ¿Qué sabes de la fuente?

No contesté nada.

—El Árbol de las Runas ya no es más que un puñado de agujeros. Hoyos perforados y poder burbujeante. Nuestro poder. —Parpadeó lentamente, satisfecho y engreído—. Yo estaba ahí cuando la talaron. Fui yo quien ordenó el hachazo.

Se sentó hacia atrás, y disfrutó de mi angustia.

—No deberíamos devolver al príncipe al rey cobarde de Alto Templo. Yo lo mantendría con vida hasta que el Impíreo decida cómo debe morir.

Soles míos, Dev también no.

—Si te ayudo —empecé, rezando para que no viera cómo me temblaban las manos—. ¿Los dejarás ir?

—¿Los?

—El príncipe, la Piedra Angular… —Tragué saliva para quitarme el nudo de la garganta—. ¿El capitán? ¿Mi tripulación?

Me dio igual si vio las lágrimas que amenazaban con derramarse. Había perdido hasta la última gota de orgullo.

—Si rastreo para ti, ¿les perdonarás la vida?

Me miró a los ojos. Los suyos estaban alegres, brillantes y luminosos. Me estudió como si fuera un rompecabezas o un juguete.

—Por supuesto que no.

Velas despojadas del viento.

—Entonces ¿por qué iba a ayudarte?

Sonrió.

—Para no unirte a ellos en el fondo del mar.

Una oleada fría me recorrió desde las orejas hasta las botas. Pero tras eso, llegó la calma.

Kel'yion.

La decisión estaba tomada.

—Me uniré a ellos.

Miró por encima de mi hombro hacia el *rhi'ahr* que estaba en la puerta.

—Llévala de vuelta a la celda.

—Espera. Hicimos un trato —insistí—. Te toca responder a mi pregunta.

—Cierto —dijo—. Adelante.

—¿Cómo consigues que tus barcos crucen la Gran Barrera del Terror? —pregunté—. No tienes rastrearunas entre tus filas que puedan encontrar las aberturas.

Me sonrió con aire burlón, luego metió la mano en un cajón del escritorio y colocó con cuidado un objeto sobre la superficie pulida.

Suspiré. Era una brújula hecha de madera de Árbol de las Runas.

—Así de sencillo —dijo—. Tu capitán nos dio la idea. Pobre chico. De verdad pensó que lo ayudaríamos.

Me escocieron los ojos al recordar las palabras de Kier, cómo se le partió el corazón, y la culpa con la que cargaba desde entonces. Entendí por qué odiaba a este hombre. Y en ese momento, yo también lo odié.

Volví a mirar a los vencejos de la jaula, y me di cuenta.

—¿Te gustan mis pájaros? —preguntó.

—¿Son de Supramar?

Se le ensanchó la sonrisa, y eso fue todo lo que necesitaba saber.

—Un regalo de su Bracebridge —dijo—. Un soborno, si quieres llamarlo así. Mira a tu alrededor, rastrearunas. ¿Qué necesito que no tenga?

—A mí —dije.

Se rio mientras me llevaban afuera, de vuelta al alquitrán y a la oscuridad.

Forja se ponía primero. Siempre lo hacía. Algunas veces, en Forjainvierno, Ascua ni siquiera se ponía, solo colgaba bajo y tenue a lo largo del horizonte. En Ascuainvierno, todo estaba oscuro, y los soles eran más pequeños que el tamaño de una luna, incluso al atardecer. Todo el mundo odiaba Ascuainvierno. Las cosas morían en Ascuainvierno. La gente también.

Me habían llevado a la cubierta principal, con las manos atadas detrás de la espalda, y me habían puesto de pie frente a la amurada con una visión perfecta de la Piedra Angular. La pasarela ya no estaba y la fragata flotaba en silencio en medio de la bahía. No parecía que le hubiera entrado más agua, pero la mesana estaba destrozada y el castillo de popa prácticamente había desaparecido. Tenía las velas despedazadas por culpa de los disparos y su casco, que en otro tiempo había sido motivo de orgullo, estaba completamente agujereado. Las portas estaban abiertas y oscuras, y salía humo de algún punto de su interior. Tal vez habían dejado los cuerpos apilados debajo, con la intención de que se ahogaran junto con el barco.

«Mátenlos a todos».

No podía oírla. Ni un solo susurro, ni un gemido, ni un ruido sordo, ni un estremecimiento siquiera. Puede que su espíritu hubiera abandonado la fragata. Quizá ya se había ido.

Quizá era mejor así.

«Eco», pensé a través de las olas. «¿Estás ahí?».

A través de la jarcia, vi a Humo al timón de su barco comprado con sangre. Como había pedido, el Marelethan tenía una pequeña tripulación, aunque en la cubierta solo veía a Humo. Seguro que conseguía salir del Canal y llegar a algún puerto del Confín Inferior. Entonces tendría mucho trabajo que hacer. El Marelethan era claramente *rhi'ahr*, con las velas doradas, la proa intrincada y unos elaborados detalles brillantes. Se podían cambiar las velas y vender piezas de metal. Los carpinteros podían lijar y los marineros tallar. Haría falta mucho trabajo para que pareciera un barco de Supramar. Aun así, era un barco enemigo capturado en batalla; el sueño de todo marinero, ya fuera de la Armada, pirata o corsario.

«¿Eco? ¿Madre?».

La tripulación del Marelethan seguía en la Puerta de las Nubes, y cuando Humo se fue, supuse que los llevarían a bordo del Endorathil. Esta tripulación montó guardia y preparó sus cañones mientras Forja se sumergía en el cielo y Ascua se quedaba rezagado perezosamente detrás.

Me giré cuando arrastraron a Dev a mi lado. También llevaba las manos atadas a la espalda, y tenía el ojo izquierdo hinchado. Mostraba muy mal aspecto, y me dolía el corazón por lo que iba a tener que presenciar. Sin duda, debimos haberlo dado por muerto en Puerto Corvallan.

No me miró, y eso fue lo peor de todo.

Todos se pusieron en marcha e Ilvalour se dirigió al puente. Se acercó al timón, daba una imagen de elegancia y furia contenida.

—Esta noche, impartiremos la justicia *rhi'ahr* —dijo en voz alta por encima del viento y las olas—. El hundimiento de un barco muy conocido, bajo el mando de un capitán muy conocido. Gavriel Thanavar, el último Noble Sacerdote de *Lindurithain*, traidor y renegado en el registro de Bonavanczek el Bastardo.

Nadie dijo nada, pero sus caras lo decían todo.

—Podríamos matarlo ahora mismo —dijo Ilvalour—. Y la justicia *rhi'ahr* estaría servida. Lo dejaremos a merced del Impíreo, pero hasta que lleguemos a *Brenyn'dinas*, ¡presumiremos de tener el mejor mascarón de proa que cualquier buque de guerra que haya navegado jamás por Inframar!

No vitorearon. En su lugar, golpearon con fuerza sus ciros contra la reluciente cubierta del Endorathil mientras Ilvalour extendía el brazo hacia el bauprés. Mi corazón dejó de latir. Supe que jamás volvería a hacerlo.

Thanavar estaba encadenado, con los codos fuertemente atados a la espalda para romperle las costillas delanteras. Lo habían amordazado y le habían vendado los ojos, y la soga que le rodeaba el cuello estaba tensa, apretándole los tendones del cuello. La sangre de su muñeca formaba un río que bajaba por sus muslos, y los moretones delataban los arañazos del látigo en el pecho y la espalda.

Por Forja. Iban a atarlo a la punta del mástil. Estaría muerto en tres días si lo amarraban así sobre el mar.

—Quítenle la venda —dijo Ilvalour—. Quiero que sea testigo de la muerte de su fragata.

Podría transformarse en halcón antes de que nadie fuera capaz de detenerlo. ¿Por qué no lo hacía? ¿Otro terrible trato por la vida de su tripulación? ¿Su príncipe? ¿Su barco?

Ilvalour levantó la mano.

—El capitán, se lo dejamos a nuestro Impíreo, pero la Piedra Angular… —Se tomó su tiempo para mirar a su alrededor—. La Piedra Angular es nuestra.

Esta vez sí estallaron en vítores, pero al ritmo de los golpes de los ciros.

—Avisa a nuestros hombres para que abandonen el barco —dijo Ilvalour.

—¡*Mor'rhir*! Abandonen el barco —ordenó el oficial a través de un elaborado cuerno—. Abandonen la Piedra Angular y vuelvan al Endorathil.

Los *rhi'ahr* que estaban en la Piedra Angular se giraron y desaparecieron por la escotilla, escuché el chapoteo de una falúa a estribor en la que la abandonaban y se dirigían a la bahía. Pronto, solo quedaba el viento en las velas y las olas chocando contra el casco del Endorathil.

—Marelethan, preparen los cañones —ordenó el oficial por el cuerno.

Dev dio un suspiro largo y profundo, y lo sentí. La Piedra Angular había sido su hogar durante los últimos diez años. Arrastré la vista hacia el castillo de proa. Thanavar apenas podía mantenerse de pie. Soles míos, tenía que salvarlo. Tenía que ser capaz de manipular.

El Marelethan desplegó las velas y empezó a moverse.

—Las velas no, idiota —dijo Ilvalour—. Los cañones. Repite la orden.

—¡Marelethan, arrien las velas y preparen los cañones!

Por encima de la proa de la Piedra Angular, vi a Humo agitando la mano.

—¡Nos acercamos para tener un disparo mejor! —gritó.

Y de repente, se me paró el corazón.

—¡Marelethan, de nuevo, arrien las velas y preparen los cañones!

Miré hacia Dev. Tenía los ojos cerrados y estaba moviendo los labios.

—¡A ver, yo lo haría! —gritó Humo—. ¡Pero no tengo suficiente tripulación! ¡Tengo que hacerlo todo yo!

Se oyeron gritos desde el castillo de proa del Endorathil y, cuando me giré para mirar, vi a los guerreros sujetando las cadenas vacías. Había plumas blancas flotando con la brisa.

—¡Tengo las velas! —exclamó Humo—. ¡Cañones! ¿Alguien en los cañones?

Y entonces lo escuché. El grito de un halcón de invierno.

Uno, dos, cuatro, más. Doce cañones se colocaron en doce portillos de la Piedra Angular, y después su bandera ondeó en el palo de mesana.

«Corre, subteniente», me llegó la voz de Eco. «No te preocupes. Solo corre».

Dev bajó la mirada hacia mí.

—¿Vamos?

Juntos, bajamos las cabezas y salimos disparados hacia la borda, tomando a todos los *rhi'ahr* por sorpresa mientras nos lanzábamos por la borda, hacia abajo, hacia las gélidas aguas del Canal de la Puerta de las Nubes.

Y los cañones de la Piedra Angular retumbaron por encima.

39

Quimérico

Tan pronto como rocé el agua, el quimérico estalló y envió ondas de poder a través de las olas.

Aún tenía las manos atadas a la espalda y el agua oscura me empujaba hacia abajo. Ya no estábamos en el Endorathil, por lo que ya no nos afectaba el hechizo *Sublimatus* que lo había protegido, así que ralenticé mis forcejeos para concentrarme en quemar las ataduras. Me ahogué al hacerlo y, pronto, fui débilmente consciente del chisporroteo de mis muñecas. A través de la distorsión del agua, pude ver el cielo púrpura, los cascos oscuros de dos barcos y destellos de luz entre ellos mientras los cañones de la Piedra Angular retumbaban en lo alto.

Estaba viva.

Con un tirón, quedé libre y nadé hacia las luces, pataleando furiosamente antes de que mi pecho estallara por el esfuerzo. Alcancé la superficie y escuché el sonido de los cañones junto a las voces gritando, los mástiles crujiendo y los disparos. A mi derecha, la segunda cubierta de artillería del Endorathil explotó mientras los disparos se sucedían rápidamente, lanzando astillas como flechas a través del agua. Tal y como le había pasado a la Guardia del Amanecer.

Pero ese barco no era la Guardia del Amanecer, y yo no era la misma chica. Me agaché bajo el agua hasta que terminaron las explosiones. Volví a subir y me moví por la zona buscando a Dev. Estaba atado como yo, y mantenerse a flote durante una batalla naval era una perspectiva efímera, incluso con las manos libres. Lo vi tratando de mantener la cabeza fuera del agua, y nadé hacia él, luchando contra las olas, la corriente y el frío.

Me vio y escupió un trago de agua de mar. Respiré hondo y me sumergí detrás de él. A pesar de la oscuridad y las fuertes corrientes, encontré las cuerdas que le ataban las muñecas y las quemé en cuestión de segundos. Juntos, salimos a la superficie, jadeando en busca de aire y mirando entre los barcos.

El Endorathil había izado las velas y estaba zarpando de su fondeadero, mientras el Marelethan acribillaba su popa con fuego de cañón al virar. A toda vela, la Piedra Angular se movía hacia adelante, y supe que había sido su objetivo flanquear el barco más grande entre ellos.

—¡A la Piedra Angular! —bramó Dev por encima del rugir de los cañonazos que volaban sobre nuestras cabezas.

—¡Espera! —le respondí también a gritos—. ¡Tengo una idea!

Me lancé hacia las olas, brazada tras brazada, hacia el Endorathil. Era buena nadadora, pero el barco había izado las velas y se estaba alejando. Su estela me empujó hacia atrás, me llenó la boca de agua de mar y me frenó con su resistencia. Tenía su casco de roble al alcance de mi mano cuando, de repente, una corriente antinatural se levantó y me empujó hacia adelante, haciendo que mis dedos rozaran sus duelas.

Buen trabajo, Dev. Ya lo había dicho antes. Los hiladores de aguas eran muy útiles. Me agarré al casco como un percebe y pegué la palma de la mano contra él, traspasando el quimérico por su esqueleto, sus costillas, su interior, a lo largo de sus cubiertas. Lo ordené, lo canté, lo entretejí como música a través de sus tablones y vergas.

Era el hechizo que me había enseñado Thanavar, el *Tecton Permeatus*, o *Thre'ahr Nethaliim* en *rhi'ahr*. Lo repetí una y otra vez, hasta que no pude más. El casco crujió con los patrones mientras los lanzaba, pero desaparecían en la madera como si nunca hubieran existido, salvo por una huella resplandeciente en mi mano y la cicatriz rúnica en su corazón.

«Aro'el».

No era suficiente.

Lo solté y se alejó rápidamente, subiendo y bajando con las olas, con las portillas bordeadas con bocas de cañones y supe que, aunque tuviera dos barcos en su contra, era un enemigo formidable.

Empezó a virar a estribor, inclinándose sobre la lenta y dañada Piedra Angular, y volví nadando hacia Fahr.

—¿Quién queda? —espeté por encima del agua—. Todos a bordo estaban muertos.

—¡No! —bramó—. ¡Era una ilusión!

Abrí los ojos de par en par, entendiéndolo todo con cada fibra de mi ser.

Aluciatus y *Mendacium*. Los hechizos arcanos oscuros del diario y un grupo de ferromagus para lanzarlos.

«Si te hubieras limitado a obedecer las órdenes de tu capitán, si te hubieras quedado en la bodega…».

Miré por encima del hombro. En la cubierta principal de la Piedra Angular, Buck estaba cargando el Molly Boom.

«Nos quedaríamos contigo si pudiéramos, hasta te enseñaríamos una cosa o dos sobre ver…».

Algún día, escucharía, me prometí. Algún día, aprendería a confiar en los demás, sobre todo en esta increíble y memorable tripulación.

Virando fuertemente a estribor, el Marelethan se lanzó a perseguir al barco más grande. Tronaron los cañones, los disparos impactaron en el mástil de mesana y destrozaron la amurada de la cubierta de popa, y las astillas que salieron volando resultaron tan letales como los disparos. La Piedra Angular estaba virando, y tanto Fahr como yo movimos ambos brazos en el aire para llamar su atención. La fragata viró y la tripulación corrió con el fin de arrastrar una cuerda por la borda mientras pasaban a toda velocidad. Fahr me rodeó la cintura con un brazo y se lanzó hacia adelante para agarrar la cuerda con la otra mano. Nos sacaron del agua y nos subieron al costado del barco con un golpe seco. Siguieron jalándonos y pronto caímos al otro lado de la borda y llegamos a la cubierta.

—¡Atrapamos un par de peces! —gritó Buck. Me puse de pie y me lancé hacia él. Lo abracé con fuerza hasta que se me debilitaron los brazos.

—No te mueras —le dije—. No te mueras nunca.

Se dio un golpe en la cabeza con cuernos.

—Los minotauros somos difíciles de matar.

Me giré y vi a Eco ayudando a Fahr a ponerse de pie. Me acerqué a él, pero el fauno apartó la mirada. Se me partió el alma.

Sabía que lo había decepcionado una vez más. Mi orgullo nos había llevado hasta ese momento, un momento roto de filos y sangre. Y todo era mi culpa. Lo sabía demasiado bien.

—Bienvenida a bordo, subteniente Renn. —Me llegó una voz desde la popa.

Por todos los soles. La respiración se me escapó del pecho al girarme, y las extremidades se me entumecieron como si estuvieran sumergidas en miel. Gavriel Thanavar estaba bajando los humeantes escalones, regio y cansado, con el rostro ennegrecido por el hollín. Llevaba el brazo pegado al pecho y la cara llena de hematomas, parecía estar más muerto que vivo, pero estaba vivo y al mando de su fragata. El corazón me dio un vuelco al verlo y las rodillas apenas podían mantenerme de pie.

Atravesó el puesto de mando haciendo una pausa breve a mi lado.

Alcé la mirada hacia él. Tenía la piel salpicada de sangre y quise curar sus heridas con ungüento y aceite, encontrar descanso para él en alguna orilla desierta inmensa. Quería zambullirme en sus ojos tan profundos como el mar, sumergirme en sus mareas, perderme en su runa.

—Hablaremos más tarde sobre tu consejo de guerra —me dijo sin que nadie más se enterara.

—A la orden, mi capitán —respondí, y lo decía en serio. Me lo merecía. Todos y cada uno de los castigos que considerara oportunos. Había desobedecido sus órdenes deliberadamente y él había pagado el precio con sangre.

Sus ojos me atraparon, me pusieron a prueba, me sopesaron y me encontraron más audaz que nunca. Con una mueca, asintió brevemente y se giró hacia la cubierta principal.

—¡A toda vela, Buck! —gritó.

—¡A la orden, mi capitán! ¡A toda vela!

La Piedra Angular aceleró hacia adelante, crujiendo por el esfuerzo de un casco destrozado, y una serie de disparos resonaron desde el Endorathil. Nos acercábamos al Marelethan, con la intención de arrasar el mástil de proa del Endorathil y atacar los cañones con una descarga. Los cañones de persecución del Marelethan dispararon de todos modos, destrozando la contramesana del Endorathil, pero su propio mástil de proa se partió, se inclinó a sotavento y se estrelló contra el castillo de proa rompiendo velas y estayes a su paso.

El Endorathil tenía una inmensa cantidad de armas.

Una de ellas estalló en ese momento, golpeó la cabecera y nuestra última ancla cayó al mar. El cable de esta se descontroló, destrozó las escotillas y azotó el cuerpo del barco con la cuerda. Los hombres se lanzaron a la cubierta para evitar que la fuerza de la cuerda los partiera por la mitad.

Las velas resonaban sobre nosotros y levanté la vista. Las velas de la Piedra Angular estaban despedazadas y la fragata luchaba contra su voluntad. Me deslicé hacia el mástil y coloqué las manos sobre la madera astillada.

Niña.

La voz era débil, apenas podía escucharla, y una vez más, le pasé todo mi quimérico. No quedaba mucho, pero noté la mejoría cuando se lanzó hacia el viento. Los timones eran sólidos y nos inclinamos con fuerza, rodeando al Endorathil por el lado de estribor. Por su parte, el Marelethan se acercaba por babor y se me congeló el corazón cuando me di cuenta de cómo nos estábamos colocando.

Por todos los soles. El Endorathil estaba entre nosotros, flanqueado por babor y estribor. Estaba claro lo que iba a ocurrir a continuación.

—Todas las armas —dijo Thanavar—. Fuego.

—¡Fuego! —gritó Fahr.

—¡Todas las armas, disparen! —exclamó Humo al otro lado del agua.

La poesía y el horror se fusionaron cuando nuestras armas dispararon simultáneamente, acribillando el barco sin piedad. Con cañones en las cubiertas de artillería y los rastrearunas de la principal, los disparos enlazados con quimérico hicieron pedazos las lonas del Endorathil, rompieron las jarcias y las drizas, destrozaron las amuradas, los puntales y los pasamanos. El cabestrante quedó hecho añicos tras el impacto y la rueda del timón se partió en dos; lo que provocó que los agarres se astillaran en mil pedazos al salir volando de esa forma tan violenta.

En cuanto a la tripulación, la sangre tiñó de rojo la madera pulida.

Vaciamos la carga en sus velas y el Marelethan hizo lo mismo por el otro lado. Habían girado las tornas y éramos nosotros quienes teníamos al barco enemigo contra las cuerdas. Los dos barcos dispararon sin cesar hasta que el viento y la marea nos llevaron más allá. Todo terminó en cuestión de segundos. Nuestras armas dejaron de hacer ruido y esperamos.

Iluminado por la puesta de los soles, Ilvalour se puso de pie en el alcázar, junto a su timón, con el pelo quemado y la cara ensangrentada. Nos observaba mientras avanzábamos, con solo el viento y las olas sonando de fondo.

En sus jarcias, los estayes se rompieron y las lonas crujieron, pero siguió navegando, incapaz de virar, incapaz de navegar, pero a su vez, incapaz de hundirse.

—¡Da la vuelta, Neale!

—A la orden, capitán.

—¡Su casco es tremendamente fuerte! —gritó Buck desde la carronada—. Las bolas apenas le hacen grietas.

Thanavar maldijo en *rhi'ahr*.

—No lo hundiremos así, si es que conseguimos hundirlo.

—¿Lo reforzaron con maxia? —preguntó Dev cuando vio deslizarse el casco humeante.

—Sin duda —dijo Thanavar—. Pero esperaba que los disparos enlazados con quimérico lo hubieran atravesado.

Dev miró hacia arriba.

—¡Acércanos, Neale!

Thanavar ladeó la cabeza.

—El quimérico lo atravesará —afirmó Dev—. Aro'el está segura.

Jadeé y me giré hacia él.

—¿Tú lo crees?

—Por ahí van los tiros —dijo.

—Literalmente. —Sonreí.

Miró con ansia al capitán.

—La Piedra Angular es tuya, Dev —dijo Thanavar—. Aro'el, date prisa. Que valga la pena. Ahora todos dependemos de ti.

Se me hinchó el corazón.

—¡A la orden, mi capitán!

Fuimos del puesto de mando hacia los cañones. Buck se giró.

—Un disparo, Buck —dijo Dev—. No necesitamos más.

El maestre de cubierta ladeó su enorme cabeza.

Dev señaló a través del agua oscura y brillante la pequeña huella que aún relucía en el casco de estribor del Endorathil.

—Un disparo, justo ahí. Explotará como un petardo.

Buck asintió y se giró hacia los cañones de la cubierta.

—¡Carguen de nuevo, muchachos! ¡Hora de ganarse el ron!

—A toda vela, Neale —gritó Thanavar—. ¡Tenemos que alcanzarla si queremos hundirla!

—A la orden, capitán.

La Piedra Angular viró inclinándose bruscamente hacia el viento. Frente a nosotros, el Marelethan también estaba acercándose, y vi la cubierta de artillería de Humo lista para el ataque. Los cañones de persecución del castillo de popa del Endorathil estallaron, barriendo el Marelethan y destrozando las amuradas de su puesto de mando. Ya no podrían disparar. Estábamos solos.

—Más cerca, Neale —dijo Dev—. Más cerca.

En ese momento vi a los *rhi'ahr*, recargaban a gran velocidad y apuntaban con los cañones restantes en la cubierta superior.

—Dispararán antes de que cuente diez —advirtió Dev—. ¿Puedes detenerlos, Azul?

Había parado una docena de bolas antes. Completamente cargado, el Endorathil podía disparar hasta treinta por cada lado, y más desde la cubierta superior, si pudieran. Infernos, no tenía ninguna posibilidad.

—Sí, Dev. Puedo hacerlo.

Levanté las manos, invoqué al quimérico que acudió a través de mis venas. Palpitaba y escocía, pero el poder me pasó del pecho a los dedos de las manos.

—Más cerca, Neale…

Pasamos rápidamente junto a su castillo de popa, junto a su puesto de mando. Éramos tan vulnerables como el barco al fuego del cañón, y sin duda el corazón me dejó de latir.

Hechizo de protección. Dev dibujó los símbolos con ambas manos frente a mí, y los patrones cobraron vida, chispeando luz y runa. Se los envié a Dev, que atrapó, amplió, extendió y aumentó la maxia, y juntos, los lanzamos con fuerza, a la vez que los cañones del Endorathil nos disparaban, enviando una furiosa ráfaga de cañonazos en nuestra dirección. Cerré los ojos sin dejar de repetir el encantamiento y rezando para que aguantara. Si no, estaría muerta antes de haber terminado.

Los múltiples impactos me hicieron deslizarme hacia atrás por la cubierta, pero abrí los ojos y vi que la runa seguía aguantando y doce, no, trece bolas estaban atrapadas en el tejido. Otra y otra más, pero aguantó, y yo sobreviví.

—¡Suéltalo, Azul! ¡Prepárate, Buck!

Dejé caer los brazos, y tanto la runa como las bolas cayeron al mar.

—¡Muchachos, prepárense!

—¡Y fuego!

—¡Fuego!

—«¡Fuego!».

La cubierta de la Piedra Angular se sacudió con el estruendo de nuestros cañones, que tenían poco alcance, pero un impacto poderoso cuando daban al objetivo. Y así lo hicieron, acertando de lleno con los disparos.

MÁTALO. AHÓGALO. HAZ QUE SANGRE.

Ningún impacto directo, y nos movíamos rápidamente más allá de él. Los *rhi'ahr* estaban recargando y empecé a perder la esperanza.

DIENTES DEL AGUA, HIERRO DEL ÁRBOL.

Me incliné sobre el pasamanos.

—Piedra Angular —susurré—. Necesito tu ayuda. Llévame al agua.

ARO'EL.

Y trepé por la borda.

—¡Aro'el! —bramó el capitán.

—¿Pero qué soles? —gritó Dev.

Bajé por el casco hasta la línea de flotación. No llevaba ninguna cuerda que me sujetara, ningún cable, pero me creó los pasos con sus destrozados tablones y su maltrecha madera. Me giré sobre la superficie y apoyé la espalda contra el casco.

ARO'EL, ATACA.

Me puse de frente al Endorathil.

—Tú me creaste —gruñí—. Y seré yo quien te destruya.

Me incliné hacia abajo y metí los dedos en el mar. De inmediato, el quimérico recorrió el agua hasta el crucero. Trepó por el casco hasta detenerse en la marca brillante que estaba donde había puesto mi mano antes.

—¡Ahora, Buck! —gritó Dev.

—Un golpe de suerte —susurré—. Solo uno.

El cañón estalló y vi el disparo cruzar el hueco entre los barcos, dirigiéndose hacia la baliza que era el quimérico. La profundidad llama a la profundidad, la runa a la runa, y con la precisión de una flecha, la bola dio en el blanco.

Una oleada de luz se propagó por el casco del Endorathil, y la runa centelleó desde proa hasta la popa. Pude leer ese nuevo patrón, pude leer los defectos de su diseño y las grietas de su integridad. Pero solo duró un instante, puesto que tras el patrón llegó el fuego.

Como si se encendiera la mecha de un cañón, el fuego se propagó a lo largo de las líneas de runa, agrietó el casco desde dentro hacia afuera con una simetría perfecta y regular. Pronto, el casco entero se convirtió en un rompecabezas crepitante y el barco explotó, enviando un muro de calor y llamas hacia la Piedra Angular.

Aparté la cara de la ráfaga y el viento ardiente me abrasó la espalda. Partes del casco del barco se desprendieron, deslizándose desde su esqueleto hacia el mar, que lo inundó de inmediato.

El crujido del Endorathil resonó por encima del caos. El centro del barco estaba un poco hundido, pero la proa y la popa estaban más elevadas. El trinquete y la mesana empezaron a inclinarse uno hacia el otro, y un estruendo ensordecedor retumbó entre las olas. En cuestión de minutos, se había partido completamente en dos por el océano y por mí, y ambas partes empezaron a deslizarse en el mar.

Los marineros se arrojaron al agua, desesperados por salvarse. Cuando un barco se hundía, arrastraba también a su tripulación. Entonces recordé con horror la sensación de vacío, la oscuridad de las profundidades y los ojos de Corwen, el chico de la pólvora. Esto era por él.

Una cuerda cayó rozándome la mejilla. Me agarré a ella y me subieron.

Thanavar estaba en la amurada y me miró.

—Buen trabajo, Aro'el —dijo, y los ojos le rebosaban de orgullo. Quería que me abrazara, pero me conformé con los elogios.

Eco y Tek se unieron a nosotros, junto con mi madre. En silencio, todos vimos cómo el Endorathil se deslizaba lentamente bajo las olas, dejando a unas pocas docenas de marineros chapoteando impotentes en su estela.

—Según la tradición, deberíamos salvarlos —dijo Thanavar después de un largo silencio—. Pero todo lo que hemos sufrido se debe precisamente a que, años atrás, mostré piedad a Kinrath Ilvalour.

—Capitán —advirtió Eco.

—¿Y qué deberíamos hacer con ellos? —Fue mi madre la que habló, con la cara ensangrentada y el largo pelo negro lleno de astillas—. ¿Llevarlos de vuelta a Inframar? ¿En qué navío? No creo que quieras que este barco navegue por aguas *rhi'ahr*.

—No iremos a Inframar —dijo Eco—. Seguiremos el protocolo.

—¿Y llevarlos a Alto Templo? —preguntó Thanavar—. ¿Qué destino les espera allí?

—Eso ya no es cosa nuestra —respondió Eco—. Nuestro deber es transportar a los prisioneros a la Armada en el puerto más cercano.

—Y dime, buen doctor, ¿qué crees que la Armada nos hará a nosotros cuando lleguemos?

—Tenemos la patente de corso.

—Ya sabes lo que le importa a la Armada nuestra patente de corso —dijo Thanavar.

—Dev, por favor —rogó Eco—. Habla con él.

—Gav —dijo Dev—. Los llevamos de vuelta.

El Marelethan pasó casi rozando nuestro costado de estribor.

—¡Bien luchado! —gritó Humo—. ¡Reuniremos a todos esos *rhi'ahr* empapados y con cara de pez, y los llevaremos de vuelta al viejo Boney! ¡No te ofendas, Dev!

—Peleamos bien, pero ellos también —dijo Thanavar en voz baja—. No hay vergüenza alguna en una muerte honorable.

—Los llevamos de vuelta —dije abruptamente, y todo el mundo se giró para mirarme.

Me puse las manos detrás de la espalda y miré al capitán.

—Estoy aquí como parte de la Armada —empecé a decir—, y como tu quilla. A excepción de Ilvalour, ninguno de estos marineros es responsable por lo del Árbol. Los llevaremos ante el rey.

Se le tensó la mandíbula, tenía los labios apretados y luchaba por controlar la furia. Di un paso hacia él, casi podía escucharle el pulso de la sangre corriéndole por las venas.

—No quieres más sangre en tus manos, Kier —dije en voz baja—. No lo necesitas.

Las runas hilaban detrás de sus ojos mientras buscaba los míos.

—No es ningún deshonor. —Estaba que echaba humo—. Un capitán cae con su barco.

—Tampoco la misericordia es ningún deshonor. Y a veces, tienes que escuchar la campana.

La Piedra Angular subía y bajaba en las frías aguas de la bahía. El viento nos arrancaba el pelo, el mío oscuro como la terre, el suyo tan profundo como el mar, escondido y buscado, pero libre para ser encontrado.

Me dio la sensación de que nos quedamos ahí parados durante una eternidad, silenciosa pero tempestuosa, antes de que dejara salir un suspiro y diera un paso hacia atrás.

—Que Oakum meta a los sobrevivientes en su bodega —dijo en voz baja y apenas contenida—. No pisarán este barco.

Clavó sus ojos en los míos, casi incapaz de contener la rabia.

—Pero si Ilvalour es uno de ellos, lo mataré yo mismo. ¿Queda claro?

Tragué saliva y asentí con rigidez.

Y con eso, giró sobre sus talones y desapareció por la escotilla.

Tenía las piernas temblando, pero mantuve el temple, a pesar de la frialdad con la que se había ido.

—Gracias, subteniente —dijo el médico—. Era lo correcto.

Asentí brevemente y empujé el vacío hacia abajo. Me giré hacia la borda para mirar cómo el Marelethan navegaba lentamente a babor, hacia la tumba acuática que era el Endorathil, y empezó a recoger a los marineros *rhi'ahr* sobrevivientes del agua. Dev se colocó a mi lado, no dijo nada, ambos estábamos tratando de silenciar el prolongado horror que acabábamos de presenciar.

En algún momento, escuché un sonido. Un zumbido en la distancia que se escuchaba cada vez más alto y más furioso, y el agua de la bahía empezó a subir. Subía y bajaba, como Cadencia y Llamada, y el viento se intensificó, rompiendo lo que quedaba de la lona y la cuerda. Eché un vistazo al horizonte, a las nubes turbulentas y a la embravecida Gran Barrera del Terror a ambos lados de la isla. La cortina de agua estaba centelleando una vez más, llena de vida por el quimérico, brillando como pequeños fragmentos de cristal.

—¿Pero qué infernos? —murmuró Dev.

De pronto, una línea apareció en las imponentes aguas de la Gran Barrera del Terror. Hacia el norte y hacia el sur, la presa empezó a dividirse y la marea embravecida se retiró hacia ambos lados como una cortina. Siguió y siguió hacia el norte, a través de la Calma y de las Trombas, y entendí que finalmente se había abierto a Supramar, dando la bienvenida a cualquier barco lo suficientemente estúpido como para atravesar la abertura.

—El Canal de la Puerta de las Nubes —exhalé—. No puede ser una coincidencia.

—No —dijo Dev, y posó una mano sobre la borda—. La Piedra Angular está en casa.

40

El camarote del capitán

No bajé a su camarote, decidí darle un poco de tiempo y aprovechar para recomponerme. Habíamos enviado a la mayor parte de la tripulación al Marelethan, dejando solo un grupito de carpinteros navales y armeros en la Piedra Angular para que se encargaran de las reparaciones. Humo había recogido a los pocos sobrevivientes, los había atado con la cuerda más gruesa que había encontrado y los había encerrado en una de las bodegas más pequeñas del Marelethan. De Kinrath Ilvalour, no se sabía nada.

—No puedo creer lo que hicimos —dijo Dev, y levantó su vaso—. Rayos, hundimos al bicho más letal del mar.

—Un combate cuerpo a cuerpo —afirmó Humo—. Puede que Thanavar sea un maestro del esquive, pero de vez en cuando, sus planes son un golpe directo.

Oculté mi sonrisa tras mi copa. A veces no entendía ni una de las palabras que salían por su boca.

—Siento lo de tu oreja —lamenté.

—Fue inteligente —dijo—. Doloroso, pero inteligente. Además, ya no lo necesitaré. Ahora tengo mi propio barco. Ya pensaré en una forma alternativa de desfigurar a mi tripulación.

Lo estudié durante un buen rato. Soles, qué hombre más complicado, pero vaya si no tenía la mente más ingeniosa y el corazón más grande de todo el barco. Había jugado el rol de traidor y lo había vendido como si fuera una caja de ron especiado, pasando por un calvario, arriesgando su vida y salvándonos a todos en el proceso.

—Ahora soy un capitán de verdad —afirmó—. Y creo que necesitaré un parche para el ojo. Todos los capitanes más temibles tienen uno.

—Entonces me esforzaré por hacerte uno —dijo Eco, sin levantar la vista de sus cartas.

«Contramaestre, timonel y magistrado de maxia», sin duda. Humo Oakum era todo eso y mucho más.

—¿Qué hiciste con los vencejos? —pregunté—. Dijo que eran de Bracebridge, pero ¿podrían haber sido de Worley?

—Ni maldita idea. Lo estaba inventando todo sobre la marcha. —Alzó su copa—. Aunque no me sorprendería. Bracey es un lameculos.

—Mano y Tazo.

Eco dejó caer sus cartas, y Humo maldijo entre dientes.

Me senté hacia atrás y observé la escena. El camarote de oficiales volvía a ser precisamente eso, ya que el equipo de Humo había sido trasladado al Marelethan y los ferromagus estaban recuperándose en la enfermería de Eco.

Al Marelethan lo habían arrastrado cerca, puesto que la Piedra Angular no tenía ancla y había quedado a la deriva en las aguas de la bahía iluminadas por la luna. Esta noche fue la última para muchas cosas, y todos lo sentimos, de forma aguda y sorda, amarga y dulce.

—Le dije a Neale que ascendió a timonel —dijo Humo—. Con Dik en el Marelethan y Bergy en Vieja Arena, necesitará alguien a quien intimidar.

—La Piedra Angular no necesitará a nadie después de mañana —dijo Dev. Se terminó el ron y se estiró para agarrar la botella—. No saldrá de la Puerta de las Nubes.

«Vivirá para siempre en la forma de un barco».

—¿Cómo dices? —preguntó Humo.

—Va a encallar el barco, a vararlo en la orilla —dijo—. Al menos así, estará en casa.

Casa.

El corazón me dio un vuelco y volví a tener un nudo en la garganta.

—Bueno, no me parece algo triste —dijo Humo—. Esa vieja chica ya ha sufrido suficiente. Puedo llevarme a todos en el Marelethan si hace falta.

—¿Qué infernos era ese hechizo? —Miré por encima de mi copa—. *Aluciatus* y *Mendacium*. ¿Por qué no me lo dijeron?

—Lo habríamos hecho —dijo Eco, y se dio un golpecito en la oreja—. Si te hubieras quedado en la bodega.

—Pudiste habérmelo dicho —gruñí—, aquí. —Y me toqué la cabeza, como él había dicho el primer día.

—¿Y si ellos tenían un hilador de pensamientos a bordo? —preguntó.

—Tú conocías el plan —dije.

—He vivido con un *rhi'ahr* durante diez años —confesó—. Sé cómo crear un escudo para mis pensamientos.

—Además, no había necesidad de cargar a toda la tripulación con un conjunto de ilusiones tan complicado, por no decir aterrador, cuando simplemente obedecerían una orden —dijo Humo—. No como tú.

E inclinó su copa.

Aunque no lo dijo con esa intención, sus palabras me dolieron.

«Rebelde. Descarriada. Terca. Orgullosa». Todas las ofensas que me habían dicho alguna vez resonaron en mi cabeza.

«Rastrearunas».

—Necesito que me dé el aire —dije, y me puse de pie—. Que duerman en calma.

—Cuando las lunas se encuentren —respondieron al unísono. Forja, ambos eran como el ron y la lima, amargos y dulces.

En cuanto salí del camarote de oficiales, me golpeó el completo silencio del barco. Me tomé mi tiempo deambulando por los pasillos, escuchando cualquier susurro que me indicara que estaba ahí. Subí a la cubierta principal, respiré el aire salado, toqué los tablones, pero no escuché ninguna voz. De hecho, no había voces en absoluto en ese momento. Nadie contaba historias en la cocina ni había guardias haciendo el cambio de turno. No había risas, ni canciones, ni el estruendo de las lonas. Pero ella estaba en casa. ¿Era suficiente?

Deambulé arriba y abajo un poco más, pero tenía claro a dónde quería ir en realidad, y casi sin darme cuenta estaba frente a la puerta del camarote del capitán. No era ni de cerca tan grande como los del Endorathil. Era sencillamente blanca, y rota en ese momento, y me sangró el corazón por las astillas y las grietas. El fuego de los cañones había causado estragos en la habitación, y sentía cómo el viento soplaba con fuerza detrás de los agujeros. Toqué la puerta con suavidad.

—Pasa, si puedes —dijo, y traté de abrir la puerta. La puerta se salió de las bisagras, así que la apoyé contra el baluarte.

Tan solo había una vela parpadeando en el suelo, pero por lo demás, la habitación estaba desolada. El travesaño se encontraba completamente destrozado, y había cristales y paneles de las ventanas de la cocina esparcidos por el suelo. Había un agujero enorme donde antes estaban las ventanas, y el camarote quedó abierto a la bahía y al agua que se extendía debajo. Su escritorio había sido reducido a leña, y los papeles secos ondeaban en el viento nocturno. Me di cuenta de que esos papeles eran los restos de su colección de libros, y que los estaba recogiendo de los escombros con su única mano.

Por los garfios del abismo, mi corazón.

—Lo siento mucho —dije.

—Las lunas tienen un momento para todo —afirmó.

Me escocían los ojos y me arrodillé para recoger y amontonar los papeles.

—Tenemos toda la madera —dije—. Podemos repararla.

—Podemos —asintió.

—Y luego podemos traerla de vuelta —sugerí, con un nudo enorme en la garganta y la barbilla temblando como un craneovivo—. El Tribunal es poderoso, y en la isla tenemos todo el quimérico del mundo. La escuché hoy, así que sé que todavía está aquí. Puedo ayudarla a volver. Puedo usarlo todo y ella puede dejarme seca. Quizá hasta podamos ayudarla a ser un árbol de nuevo.

Miró hacia arriba y parpadeó lentamente, lleno de tristeza.

—Una vez que cayó bajo el hacha del Impíreo, ya no había vuelta atrás para ella.

Sacudí la cabeza, tenía las pestañas llenas de lágrimas.

—Todos los árboles madereros mueren —dijo—. Ella solo está tardando un poco más en hacerlo.

—No digas eso.

—No hay vuelta atrás, para ninguno de nosotros, querida Aro'el. Yo tampoco pertenezco a ninguna de las Mareas. Debo dejarla ir.

Suspiró, dejó los papeles en el suelo y los alisó con la mano que le quedaba.

—Y he estado dejándola ir, pero ha sido mi mundo durante demasiado tiempo. Necesito dejarla ir de la forma correcta, necesito hacerlo bien.

Se puso de pie y giró la cabeza hacia el agujero de la pared del travesaño. A través de él, vi un iceberg flotando en silencio pasando la popa y la luz de las lunas reflejada en el agua. Tres lunas. Tres hermanas. Tres brillos en la superficie del mar.

—El canal está abierto —dijo—. Y el Templomar vendrá.

Recordé los vencejos del camarote de Ilvalour. Habría tenido tiempo de enviar uno antes de que todo acabara.

Thanavar bajó la mirada hacia los papeles que había en el suelo.

—Pero esta vez, traerá una flota.

Se me revolvieron las tripas al comprender lo que eso implicaba. Bracebridge traería una flota por mi culpa. Hasta ahora, solo había buscado vengarse de Thanavar y cazar al Príncipe Robado. Pero ahora, vendría por el quimérico y por la rastrearunas que podía manejarlo.

—La Piedra Angular es la mejor fragata para enfrentarse a Bracebridge y su flota —aseguré—. No puedes dejarlo ganar.

—Los hombres como Bracebridge van y vienen —dijo—. No son nada. Ninguno. *Ni allath*.

Era una silueta a la luz de la luna, una sombra, un espectro, una esbelta cuchilla de mareas oceánicas y azul marino.

—Ilvalour habló de una armada *rhi'ahr* que se iba a unir a él desde el sur —prosiguió—. Pronto entrarán en batalla por la Puerta de las Nubes y lucharán por hacerse dueños del quimérico. Quien controla el quimérico, controla el mundo.

—Yo controlo el quimérico —afirmé, levantando la barbilla lentamente—. Puedo quedarme y protegerlo. Protegerla. Lo haría por ella.

—No pienso dejarte sola en la isla —dijo.

—Podrías quedarte —dije—. Podríamos quedarnos solos juntos.

—Eso no es vida —replicó—. Es terror.

«Terror». Me dolió en el alma.

Me puse de pie y el viento cortante hizo que se me metiera el pelo oscuro en los ojos.

—El Tribunal de la Arena podría protegerlo —dije—. Planean quedarse. Quieren aprender. No estarían solos.

Gruñó.

—Están destrozados, son vanidosos y arrogantes hasta el extremo, pero han salvado a mi tripulación de la tormenta y de la Gran Barrera del Terror, así que les debo la oportunidad de intentarlo. —Se pasó la mano por la mandíbula magullada—. Pero necesitamos mantenernos alerta y seguir centrados en nuestro objetivo inicial. En el Corazón de las Nubes hay un libro que necesitaremos, está escrito por el propio Brontari. En él se encuentran los patrones que son fundamentales para la creación de la Gran Barrera del Terror. Deberíamos ser capaces de restaurarlo y cerrar las aberturas de una vez por todas.

—¿Y si no podemos?

—Pues no podemos —zanjó Thanavar—. Y estaremos perdidos.

Movió los dedos y las páginas desaparecieron en un remolino de cenizas y runas a sus pies. Como para demostrar su argumento.

—La tripulación del Marelethan sigue en la isla —confirmó—. Cincuenta, quizá más.

Maldije para mis adentros.

—Intentaré acercarme y trataré de acabar con ellos —dijo—. Pero no puedo hacer un ala en condiciones, así que volar será un problema. Casi no consigo escapar del Endorathil…

Se le quebró la voz y entendí que, al perder la mano, su vida como halcón también había llegado a su fin. Para un hombre como él, debía ser devastador. Se aclaró la garganta.

—Dile a Dev que me traiga a los ferromagus, pero, por favor, ten cuidado —me pidió—. Puede que estén débiles, pero siguen siendo poderosos y siguen bajo las órdenes del rey. No se puede confiar en ellos. Nunca se puede confiar en ellos.

Se metió la mano sana en el bolsillo de su chaleco y sacó el colgante que normalmente llevaba alrededor del cuello. Miré la pequeña figurita de madera tallada en forma de pájaro.

—Tu halcón —dije en voz baja.

—No es un halcón —aclaró—. Es un cuervo.

Jadeé.

La Casa Cuervo de Madera.

Soles. Y pensar que hubo un tiempo en el que nadie podía partirme el corazón.

—Puede que mañana sirva de ayuda —dijo—. Aunque ya no estoy seguro de nada más.

Me escocieron los ojos cuando, con una mano, me lo pasó por la cabeza.

—Gracias, Aro'el —respondió—. Por creer que yo era mejor hombre. Quizá, en alguna otra vida, podría haberlo sido.

Retiró la mano de mi nuca, pero se la agarré y la presioné contra mi mejilla. Piel con piel, la cicatriz Aro'el chisporroteó intensamente, el calor crepitaba entre nosotros. El corazón me latía con fuerza. Estaba roto y acelerado al mismo tiempo.

—No puedo ser lo que tú quieres —aseguró.

—Sé tú mismo.

—No sé quién soy —dijo en voz baja, grave—. No puedo ni volar como debería. No tengo huesos.

Levantó la muñeca, el vendaje estaba apretado donde antes estaba su mano. Me dolió en el alma. Había sufrido esto, sin huir, porque yo lo había desobedecido. Porque yo me había puesto en el punto de mira de Ilvalour. Por mi culpa.

—Sigues siendo tú —le dije.

Le ardieron los ojos.

—¿Qué es un halcón sin un ala?

—Sigue siendo un halcón —añadí.

Puse la mano sobre el muñón. Jadeó de dolor o sorpresa, quizá ambas cosas. El sonido se me clavó más fuerte que cualquier cuchilla. El quimérico reaccionó bajo mis dedos, un silbido de luz y calor, y busqué su rostro, desesperada por obtener permiso, suplicando esperanza.

—Puedo coser esto —susurré. Mi voz era tan salvaje y temeraria como mi corazón. Le supliqué con la mirada—. Por favor, déjame intentarlo.

—No es posible —contestó—. Ni siquiera yo puedo, sino ya lo habría hecho.

—Me pasé la infancia viendo a mi madre separar tendones de huesos. Sé cómo se unen y cómo se conectan. Por favor, déjame intentarlo.

—No puedes hacerlo —dijo, pero tenía los ojos rebosantes—. Nadie puede.

—¿Y si yo puedo? ¿Y si nosotros podemos? Los dos somos rastrearunas. Trajimos a Dev de vuelta de la Vieja Arena. ¿Quién sabe de lo que somos capaces?

Estaba deshecho. Este hombre, el último Noble Sacerdote de *Lindurithain*, blancomagus convertido en reflejo convertido en

Hechicero del Terror, señor de todas las runas de terre, mar y cielo, estaba roto y desolado, y yo acababa de ofrecerle esperanza.

—¿Puedo? ¿Por favor? Déjame intentarlo.

Después de un buen rato, asintió.

Acuné su muñeca entre las manos y deshice el vendaje con cuidado, el tejido estaba frío y pegajoso. Se recostó en la pared y fui enviándole oleadas de quimérico, que le recorrían el brazo y le traspasaban la carne. Siseó por el dolor, pero no se inmutó. De hecho, se dejó llevar, con los ojos cerrados, la boca apretada, concentrándose en las sensaciones y las runas. El quimérico destrozaba si se enviaba para destrozar, pero también ataba si se enviaba para atar, y me condenaría si no atara a este hombre perdido y roto.

No. No solo atar.

Rehacer.

Tecton Circulaia, Auctorus Permeatus.

Tecton Circulaia, Auctorus Permeatus.

Ferous Vivithari,

Laethe mira, laethe.

Con los ojos también cerrados, fui tejiendo los hechizos, algunos en supralandés, otros en *rhi'ahr*, y sentí el quimérico hilando por sus huesos, creando fragmentos de lo que quedaba de ellos. Veía cómo se formaban dentro de mi mente, los patrones se alineaban y se adaptaban a medida que la carne engendraba tendones y la sangre se convertía en hueso. Él tenía la respiración acelerada y superficial, me agarró por la nuca y me acercó a su pecho, apretándome con los dedos entrelazados en mi pelo oscuro. Lo entendí. La noche del *Auctorus Circulaia*, canalicé a la fragata con las plantas de los pies. Necesitábamos más contacto para canalizar ahora. Me apreté a él como si pudiera enrollarme entera en su brazo sangriento, y sentí cómo el barco se curvaba contra su espalda. Los tres. Conectados. Vi las runas resplandeciendo en la red que era Kier Gavriel Thanavar, la Piedra Angular, la isla, los susurros de un árbol.

En ese momento, lo vi todo. Vi la Puerta de las Nubes y el monasterio abandonado. Vi un pozo quimérico rodeado de piedras, cuyos vapores embriagadores salían del pozo y se elevaban con la fuerte brisa. Lo vi, y me vio.

Y por eso lo llamé. Y acudió a mí.

Vaya si acudió, corrió sobre las aguas y se derramó por los tablones. Entonces me invadió como un cristal cortante, ardiente, furioso y ondulante, y mis cicatrices rúnicas brillaron como linternas en la oscuridad. Lo apreté contra mí, clavando los dedos en su piel mientras tamborileaba los patrones que tejía el antiguo quimérico. Su voz se unió a la mía y juntos lanzamos los encantamientos en profundidad. Arcaico y selvaje, Lunas Hermanas y soles. Sin hechizos, puro instinto, colocando y superponiendo el entramado que tejería, uniría, construiría y crearía.

Se echó hacia atrás contra la pared del camarote y golpeó la cabeza contra las tablas. Sentí, más que oír, el grito que salió de su boca. Sacudió las paredes y los tablones de la Piedra Angular. Tronó entre sus velas y agitó los cañones de las cubiertas. Resonó en la bahía iluminada por la luz de la luna, agitando el cristal y el hielo a su paso. Y entonces, se hizo el silencio.

Silencio y respiraciones. Mis latidos. Su corazón.

Me eché hacia atrás e intenté calmar los temblores que me recorrían el cuerpo. Tenía los músculos tensos, contraídos por el esfuerzo, y lo miré. Tenía los ojos apretados, sabía que le daba miedo abrirlos y descubrir que había fallado, que seguía siendo un halcón con una sola ala.

Lenta, muy lentamente, los abrió. Infernos, podía matarlo con una palabra.

Me aparté, y él levantó las manos a la luz de la luna.

Exhaló un suspiro, y luego otro, flexionando los dedos recién salidos del fuego y retorciendo la muñeca virgen. Resplandeció con quimérico y las cicatrices rúnicas brillaron por su nueva carne igual que lo hacían en la mía.

Y marcada en el corazón de su palma, la runa Aro'el.

Giró la cabeza y me miró fijamente, la profundidad marina de sus ojos brillaba con asombro y vida. No podía creer lo que acababa de hacer. Había hilado una mano de la nada, y sonriéndole, las lágrimas me inundaron las pestañas.

El pasillo resonó con el ruido de las botas, y vi a los marineros apresurándose hacia el camarote, acudiendo al grito de su capitán. Pero con los ojos fijos en mí, hizo un giro de muñeca y se formó una nueva puerta, dejando a los demás fuera y a nosotros dentro.

—Aro'el —dijo.

Él avanzó con paso firme, me agarró y me llevó hacia atrás, cruzando el camarote hasta que di con los hombros en la pared destrozada. Levantó ambas manos y me sostuvo la cara, acercó tanto la suya que podía respirar su runa.

—Aro'el —repitió.

—Kier Gavriel —jadeé. El cuerpo me temblaba de puro agotamiento, pero el corazón me latía con fuerza como un cordero recién nacido.

Me besó. No fue un beso suave ni indulgente, sino áspero, crudo, exigente. El calor se apoderó de mí, tan salvaje como la marejada. La maxia chispeó en mis venas, su necesidad se derramó en la mía, llenando cada hueco, cada fractura. Donde yo había estado vacía, él me completó.

Le rodeé el cuello con los brazos y le devolví el beso. Era una necesidad feroz, hambrienta y desbocada, y llené mi boca con él como si pudiera tragármelo entero. Estaba hambrienta de él, muerta de sed, y él acababa de ofrecerse como festín. Perdí los dedos en su cabello negro azabache, suave como el agua bajo mi tacto. Le clavé las uñas en el cráneo, en el cuello, en las sienes. Temblaba por la anticipación y me sentía mareada de orgullo, mi cuerpo era una tormenta de sensaciones contradictorias, y mi cabeza un remolino de deseo y temor.

Deslizó una mano bajo mi túnica, pero se detuvo, buscando en mis ojos cualquier señal.

—Acepto la propuesta —jadeé, y sonrió.

Volví a jalarlo, lo devoré con los labios, saboreé su piel salada y arqueé la espalda, absorbí el aire que salía de sus pulmones mientras me agarraba el pecho con la palma de la mano. Empujó su cuerpo contra el mío con fuerza, con la mano me presionaba firmemente y mis cicatrices rúnicas bailaban bajo el roce de su lengua. Cerré los ojos, deleitándome con el fuego de su boca que me recorría la garganta, la mandíbula, la clavícula. Mis manos estaban desatadas y se movían salvajemente por debajo de su camisa, por sus costillas, arañándole la piel a lo largo de la columna. Lo quería más cerca, debajo de la piel.

Durante un increíble momento, éramos un entramado de brazos y piernas, manos y respiración, y lo agarré del pelo echándole la cabeza hacia atrás. Jadeó ante las sensaciones de placer y dolor.

Y entonces, como un gato, sonrió de oreja a oreja.

Después se inclinó hacia adelante, con su cara frente a la mía, y me apretó contra la curva de los tablones. Soles míos, qué fuerte era, gemí cuando su mano se deslizó por mi barriga hasta la pequeña hendidura y los rizos que había debajo. Jadeé y eché la cabeza hacia atrás cuando introdujo los dedos, con los ojos bien cerrados mientras me tocaba. Su mano era maxia, me elevaba, me llevaba lejos. Colores, luces, estrellas y lunas.

Se me empezó a acelerar la respiración, y unos soniditos amenazaban con salir por la garganta. Me tapó la boca con la suya, su lengua me inundó como una marea y sus labios se movían como si fueran olas. Su mano era el timón, la caña, la quilla, y yo era el océano, peligroso y profundo. Podría haberme hecho llegar así a la cima, pero se retiró y puso las dos manos sobre mi cadera, las bajó para agarrarme el trasero y levantarme contra la pared.

Por los soles, había esperado. Por las lunas, me había portado bien.

Le sostuve la cara con las manos temblorosas y enrosqué las piernas a su alrededor atrapando su cadera contra la mía y sintiendo cómo crecía debajo.

—Kier Gavriel.

Dijo algo en *rhi'ahr*. No sabía qué era, pero sonó cariñoso, como todas sus palabras, y le di un beso en la ceja, primero una, luego la otra, después las mejillas, demacrado y sonriente, y por fin mío.

Mío.

—Rastrearunas —susurré.

Se me cortó la respiración cuando me apartó de la pared y me llevó hasta el tragaluz destrozado como si fuera un montón de libros. Me puso una mano bajo la cabeza y me acostó entre los restos del navío en la bahía a la luz de la luna. Los vientos helados soplaban desde abajo y el agua golpeaba contra el casco destrozado. Un mal movimiento y nos caeríamos al otro lado, y me di cuenta de que me atraía la adrenalina. El peligro, la excitación.

Se puso de rodillas sobre mí, el pelo le caía por los hombros y le tapaba la cara, y me tendió sobre las tablas rotas del suelo, sobre papeles y mapas. Había media botella de vino a la altura de sus rodillas, la agarró, arrancó el corcho con los dientes y lo lanzó hacia la bahía. Me la ofreció, pero negué con la cabeza, esperando para verlo beber.

Se la llevó a la boca y seguí las ondulaciones de su garganta mientras bajaba. Dejó caer la botella por el agujero de popa y escuché cómo salpicaba al chocar contra el agua. Se inclinó hacia abajo y me besó de nuevo. Saboreé el vino de segunda mano, el azúcar de la cereza y los taninos en su lengua.

Qué deleite. Podría beberlo hasta dejarlo seco.

Se echó hacia atrás de nuevo, me mordí el labio cuando me levantó las caderas y desenrolló el cinto deshilachado con hilos dorados y verdes. Disfruté de su tacto mientras me movía, me desenrollaba y me lo quitaba del cuerpo para dejarlo cuidadosamente sobre los tablones. Me pasó los dedos por todo el cuello y me arqueé hacia atrás, apretándome contra su mano y ofreciéndole más. Poco a poco, dibujó líneas entre mis pechos, bajó por mi túnica y pasó por los cordones de mis pantalones. Como las alas de una mariposa, las sensaciones me revoloteaban por la garganta hasta detrás de las orejas. Susurró un encantamiento y, con la ondulación de un patrón, mi túnica había desaparecido.

—La maravilla de la runa —dijo, y deslizó las manos más abajo para agarrarme los muslos. Me emocioné con el cosquilleo y la adrenalina que sentí cuando el hechizo me recorrió las piernas. En un instante, las calzas y las botas se habían carbonizado también. Me acosté debajo de él, desnuda y liberada.

Estaba cómoda con mi cuerpo. Me sentía poderosa, incluso con las cicatrices rúnicas cubriendo cada milímetro de mi piel. Sonreí con picardía cuando se recostó por un momento, con los ojos llenos de asombro, como si fuera la primera vez que veía a una mujer.

Había sido un sacerdote, así que a lo mejor lo era.

Me puso una mano en el pecho y me tocó con delicadeza, como si fuera a romperme. Las cicatrices resplandecían con maxia bajo sus dedos, le iluminaban la cara como el resplandor de cien pequeñas brasas titilantes. Pero puse mi mano sobre la suya, la apreté sobre mi corazón y me excité con el pequeño murmullo de su garganta. Apreté y amasé con sus dedos hasta que se le aceleró la respiración y, con entusiasmo, puso la segunda mano a la tarea.

—Me toca —dije, aferré su túnica sangrienta y sonreí.

Esta también brilló y chisporroteó, y luego desapareció rápidamente, pero me quedé sin aliento al ver su pecho. Estaba cubierto de rojo, recordé que hacía apenas unas horas lo habían azotado, aunque las heridas ya estaban cerradas y latían débilmente con el resplandor de mi maxia curativa.

—El látigo…

—No, el látigo no —dijo en voz baja—. Un *rhi'ahr athyl*. Mucho peor.

—No tenemos…

Me puso un dedo en los labios y negó con la cabeza.

—*Ni allath*. Dolor y placer. Dos bordes de la misma cuchilla.

Me tomó la mano y la puso en su pecho, siseó en silencio al tacto y presionó mi palma sobre su corazón. Había muchísimas cicatrices, algunas eran recientes, la mayoría no, y exploré la historia de su cuerpo con los dedos.

Ronroneó de placer, gimió de dolor mientras le acariciaba el pecho ancho, las costillas, las ondas de su vientre duro. Seguí con los pulgares las crestas sobre el hueso de la cadera, tracé las líneas a medida que se estrechaban. Llegué al borde de sus pantalones y me detuve, mirándolo a los ojos antes de seguir adelante. Parpadeó como un gato perezoso, así que jalé los cordones y la ropa cayó al suelo.

Me mordí el labio, impresionada.

—¿Bien? —pregunté.

Sonrió.

Lo toqué, cerró los ojos cuando dejé que mis manos encontraran el camino. Pasé los pulgares por las venas que se le marcaban y recorrí con las palmas toda su longitud. Exhaló bruscamente cuando la cicatriz de Aro'el le recorrió la parte superior.

Forja, podría haberlo tomado, todo él, allí mismo, devorarlo con los labios, los dientes y la lengua, pero no sabía cuándo había sido la última vez que alguien lo había tocado así. Estas eran mis aguas, y no podía apresurarlo. Tenía que trazar su propio camino. Así que me recosté y acaricié sus muslos con los dedos al hacerlo.

—¿Bien? —pregunté de nuevo.

—*Sil, mira* —dijo.

Sonreí y arqueé la espalda una vez más, ofreciéndome a él. Se colocó más abajo, el pelo le caía sobre la frente cuando empezó a cubrirme de besos. Pronto, sus besos se volvieron ardientes, empezó por la barbilla y la garganta, bajó a los hombros y a los pechos como si entonces el festín fuera yo, y él un hombre hambriento. Le pasé las manos por el pelo y bajé a la espalda. Era muy hermoso, una cuchilla de acero, un señor del océano, y quería sentirlo todo él sobre mí. Quería que su peso me aplastara contra los tablones. Quería poseerlo en mi vientre, en mi piel, con mi runa, y enganché una pierna en torno a él para atraerlo hacia mi calor.

Me deslizó una mano bajo la cabeza mientras me pasaba la otra por el costado, acariciándome la cadera y levantándome el muslo. Cerré los ojos y disfruté de las sensaciones mientras se tomaba su tiempo para explorar mi cuerpo. Sonreí para mis adentros al sentir cómo empujaba, luego se alejaba, vacilante al principio, pero cada vez con más fuerza. Separando las profundidades como una cortina mientras se introducía en mí. Mis muslos se regocijaban al recibirlo y se estremecían cuando se apartaba. Encontró su ritmo, fluyendo y refluyendo como las mareas del océano, como el cabeceo y el balanceo de una tormenta que se avecina. Se movía lentamente y yo me movía con él, balanceando mis caderas para chocar con las suyas, pero me provocaba con su cuerpo y yo sufría por la contención. Sería paciente. Sería buena. Pero lo quería duro y lo quería ya.

Era una mujer muy muy mala.

—Ahora —jadeé—. Ya.

—¿Estás segura, mi Aro'el?

Por los soles, qué dulce era. Pero a mí no me iba lo dulce.

Me iba la sal. Me iban las tormentas.

Y empujó con fuerza hasta que entró en casa.

Grité y él se rio, empujó profundamente, deslizándose más hondo, más fuerte, metiéndose dentro de mí hasta que grité una y otra vez. Levanté los muslos para atraerlo más.

—Sí —gruñí con los dientes apretados—. Bien.

—¿Bien? —Sonrió mientras empujaba de nuevo.

—¡Demasiado bien!

Empujó con más fuerza aún. Me encontró de inmediato, con las manos salvajes y las embestidas aún más salvajes, golpeando como una ola que rompe o un tambor lejano. No quería cerrar los ojos. Quería verlo, pero las oleadas estaban llegando. Había esperado tanto, y quería rendirme. Quería ahogarme. Encontró su ritmo y, esta vez, yo bailaría. Los choques de nuestras caderas, la fricción de nuestros vientres. La suavidad y la dureza, lo rudo y lo tierno. Me agarró por los hombros y rodamos, de pronto yo estaba al otro lado, la cabeza se me fue hacia atrás a través del agujero del suelo. Lo agarré por los brazos, pero él me sujetaba con fuerza y me embestía rápidamente, mi cabello azotaba el abismo y mis gritos se congelaban con el frío del mar. Volvimos a rodar y él me sonrió, y nos quedamos con los cuerpos húmedos y relucientes a la luz de la luna.

—Mi rastrearunas selvaje —jadeó.

Infernos, cómo lo estaba disfrutando.

—Cógeme, sí.

—Lo haré.

Se inclinó para besarme y enrollé las piernas en torno a su cintura. Ya no había quimérico. No había runa. Solo un hombre y una mujer en medio de un camarote destrozado en el mar. Lento y profundo, eché la cabeza hacia atrás. Cerré los ojos, enrosqué su pelo en mi mano, y le arañé los hombros de acero que se tensaban y se contraían. Encontramos el ritmo y lo hicimos arder. Más brusco, más duro, más profundo, más rápido, cabalgando nuestra propia Gran Barrera del Terror. Más brusco, más duro, más profundo, más rápido, y me dejé llevar por el ritmo frenético sin pensar en nada más. Subí más y más alto, me elevé por encima de mí misma mientras las olas empezaban a golpear, grité, me elevé hacia la luz de la luna, sobre los icebergs, sobre el volcán que escupía canela, hasta que arqueé la columna vertebral y los colores estallaron, se me retorcieron los dedos mientras lo abrazaba, dentro de mí, y sus sacudidas me llevaron hasta el otro lado de la Gran Barrera del Terror.

Volé como un cuervo. Volé con un halcón de invierno.

Soles, fue un vuelo largo y bueno.

Mi cuerpo se sacudió una, dos, tres veces mientras descendía, exprimiendo las últimas ascuas de placer como olas después de una tormenta. Me hundí en las tablas del suelo, con el cuerpo agotado y la respiración agitada, surfeando las olas que se ondulaban y rompían.

Subida y bajada.

Marea y oleaje.

Una brisa helada me acarició la mejilla, giré la cara y miré a la bahía. El paisaje era tan hermoso que lo bebí con los ojos. Al día siguiente, todo cambiaría.

Me recosté ahí, pensando en mi vida anterior, antes de haber visto el Barco de los Hechizos. Coger había sido siempre algo mercenario, rápido, brusco y lo suficientemente satisfactorio. Siempre me había ido antes de los amaneceres, sin enfrentarme a los corazones anhelantes o a los afilados ojos de mis amantes. Pero Forja, esto había sido diferente. Él era diferente, y no quería irme a ninguna parte.

O quizá era yo la que había cambiado.

Estaba acostado a mi lado, apoyado sobre un codo, trazando con un dedo las cicatrices de las garras que me recorrían la clavícula. Eran parte del patrón de runa, y se iluminaron bajo su tacto.

—Estas te las hice yo —dijo.

—Ahora forman parte de mi historia —aseguré.

El pelo le cayó en los ojos, y levanté la mano para echárselo hacia un lado. Forja mío, qué suave era, como mechones de seda braithiana.

—¿Qué significa Kier? —pregunté, y me devolvió una sonrisa.

—Luna —dijo.

—¿Y Gavriel?

Se quedó pensativo.

—Tejido, o tejedor.

—Tejedor lunar —respondí.

—Honor Aro'el —dijo él.

Sonreí, me sentía satisfecha y contenta. No sabía describir lo agradable que era.

—Ha pasado mucho tiempo —continuó, trazando ociosamente más patrones rúnicos por mi brazo—. Tenía miedo de que se me hubiera olvidado la forma homani de hacerlo.

—¿La qué?

—La forma homani. Esta no es la forma *rhi'ahr*, pero creo que recordé los pasos.

—Espera. —Me apoyé sobre los codos, incapaz de evitar que la sonrisa se me ensanchara—. ¿Hay otra forma de coger?

—La forma *rhi'ahr* —contestó—. Mil veces mejor.

—Por las Lunas Hermanas de los cielos —dije—. Ni siquiera puedo imaginar, pero...

—Ah, va más allá de la imaginación.

Estoy segura de que me quedé boquiabierta al intentar imaginarlo. Y lo intenté.

Se dio la vuelta y se puso de pie, se estiró como un gato a la luz de la luna, obligándome a saborear cada línea y cada ángulo de su cuerpo delgado, duro y marcado por las cicatrices. Con un giro de muñeca, brillante como una runa, su brazo se convirtió en un ala. La extendió, maravillándose con cada pluma y cada púa.

—Magnífica —dijo.

Me mordí el labio. Él sí que era magnífico, y se me estremeció el corazón al verlo. Quería más que un revolcón salvaje en la oscuridad. Quería dormirme entre sus brazos y despertarme para coger de nuevo por la mañana. Quería que se quedara, no que saliera corriendo.

Chasqueó los dedos y su uniforme apareció de nuevo, perfectamente colocado, botas, chaleco y la ropa naval.

—¿Vas a la Puerta de las Nubes? —pregunté, aunque conocía y temía la respuesta al mismo tiempo.

—Así es —dijo—. Hay que matar cincuenta *rhi'ahr* o más antes del amanecer.

Se giró hacia mí.

—Te veré en el Corazón de las Nubes —prometió—. El hogar de la Casa Cuervo de Madera.

—No sé cómo llegar —susurré.

—Sabrás, Aro'el —dijo—. El mapa eres tú.

Se arrodilló a mi lado y alargó la mano para acariciarme la mejilla y apartarme el cabello oscuro de la frente.

—Pero ten cuidado —me advirtió—. Sé inteligente.

—Mi amor —dije yo.

Mierda.

¿Cómo se me había ocurrido decir eso? Se me había escapado de la boca por ella. Demasiado profundo. Demasiado pronto.

Y sin ningún caparazón de cangrejo que me protegiera.

«Idiota».

Pero me besó, y lo hizo de forma lenta, cariñosa y fuerte. Cerré los ojos y sofoqué mis gemidos, deseando que no acabara nunca, sabiendo que no duraría lo suficiente.

Se puso de pie, se colgó el arma y, en un momento, era un halcón de nuevo. Fue tan rápido, tan fluido, sin que le crujiera ningún hueso ni le chirriara la piel, que me pregunté si yo sería capaz alguna vez de alcanzar esa habilidad. Era poesía y patrones y, una vez, lo había anhelado más que cualquier cosa en la vida.

Pero en ese momento, anhelaba algo completamente diferente.

Se lanzó sobre el agua y desapareció ágilmente en la noche.

—Forja —gruñí—. ¿Cómo infernos hago para hilar ropa?

Me puse de rodillas y empecé a intentarlo.

41

La Puerta de las Nubes

Estábamos listos antes del amanecer mientras preparábamos la Piedra Angular para el abordaje cuando se oyó un grito procedente de las jarcias. Seis velas en el Canal del Norte, todas ondeando insignias del Almirantazgo, seis buques de guerra de casco grueso liderados por el Templomar. Thanavar tenía razón, y por los nudos a los que avanzaban, solo teníamos unas horas hasta que la Armada llegara a tierra.

Así que, justo después del amanecer de Forja, Dev ordenó a toda la tripulación que había en el Marelethan que se refugiara de la Armada en la costa este de la isla. De esa forma, en la Piedra Angular solo quedaba la tripulación mínima, pero el timón no estaba dañado, y con maxia y marinería a raudales, se deslizó suavemente por la bahía hasta la orilla. Estaba de pie en su proa bajo los primeros rayos de la mañana, con la mano apoyada en la madera para enviar quimérico a la estructura del barco. La brisa cortaba, las aguas de la bahía estaban agitadas, y al final, la Piedra Angular se estremeció, quejándose cuando la quilla se deslizó en la arena.

«La Piedra Angular no necesitará a nadie después de mañana», había dicho Dev. «Al menos estará en casa».

Casa, dijo sin apenas voz. Casa.

La Isla de Enmedio. *Lindurithain*. El hogar de la Casa Cuervo de Madera. En un bote que se inundaba, Dev, Eco, los ferromagus y yo, remamos por los bajos hacia la orilla rocosa, pero cuanto más nos acercábamos, más se me hundía el alma. Esta playa, que había sido hermosa y rebosante de maxia, se había convertido en una orilla devastada, cubierta de hielo y nieve, de escombros y sangre.

No quería salir fuera. No quería ir.

Dev desenvainó su espada y se bajó del bote, lo seguí con el quimérico chispeando en la punta de los dedos mientras salpicábamos agua al ir hacia la orilla. Parecía una zona de guerra, había tiendas destrozadas y equipos esparcidos, barriles, cofres, picos, hachas, lanzas, flechas y cadáveres esparcidos por la arena. Era la tripulación del Marelethan, masacrada por la noche, tenían gargantas rebanadas y los vientres rajados por completo. La quietud era insondable. Incluso el viento contenía la respiración.

«Hay que matar cincuenta *rhi'ahr* o más antes del amanecer».

Se me encogió el estómago, me doblé por la mitad con las manos sobre las rodillas, desesperada por recuperar el aliento.

«Jamás había visto tanta sangre», me había contado. «Huesos, cerebros y caras destrozadas».

Su dolor y su venganza estaban justo aquí, esparcidos en la arena.

«Asesinados como quien recoge flores por el campo».

Estos guerreros *rhi'ahr* no habían tenido la más mínima oportunidad una vez que el último Noble Sacerdote de *Lindurithain* estaba en su hogar.

Los ferromagus pasaron a mí lado flotando como el aceite, silenciosos y letales mientras se extendían por la arena. Levanté la vista y miré a Dev, que en silencio se dirigía a través de la carnicería, por si encontraba vida, peligro o ambos. Eco estaba de pie, con los ojos bien abiertos, las botas en el agua y los brazos cruzados delante del pecho. Me pregunté si podría sentir los ecos de las lunas, los gritos de los soldados siendo atravesados, y se me partió el corazón. Quería abrazarlo, sostenerlo, ofrecerle consuelo por una vez, soportar sus cargas y aliviarle el alma gentil.

Me miró a los ojos, intentó sonreír y me destrozó aún más.

Estábamos trazando el destino del mundo, me dije a mí misma. Estábamos tratando de poner fin a una guerra.

Respiré hondo y me enderecé, invoqué al quimérico que me corría por las venas.

Aunque llegar a la Puerta de las Nubes había sido nuestro objetivo durante estos largos meses, no me había parado realmente a pensar en qué aspecto tendría, y me di cuenta de lo mucho que me impresionó su extrañeza y su esplendor. La mañana resplandecía como el crepúsculo, con cielos de canela y oro. La arena de la playa era del color del jengibre y teñía las aguas de la bahía de un tono verdoso brillante. El aire era denso y olía a hierba dulzona y lemones, a humedad y decadencia. Las hojas eran rojas, moradas o cafés, pero se rizaban con la primera helada. En la distancia, el volcán se elevaba sobre los árboles, y había nubes de color canela oscura flotando lentamente desde su cono.

Fabulosa y abandonada, era una leyenda que estaba muriendo, como la diosa que había muerto.

Escuché un chapoteo y me giré para ver una segunda falúa remando hasta la orilla. Neale y otros dos maremagus encallaron el bote en la arena, y Dev corrió a ayudarles a arrastrar los baúles y las cajas del Tribunal de la Arena. Desvié la mirada por detrás de ellos, atraída por una imagen al otro extremo de la playa.

Medio en el agua, medio en los árboles, una estructura circular sobresalía de la costa. Me pregunté si sería una especie de puerto o algo parecido, o un muelle hecho de piedra. Era enorme, sin duda tan ancha como el largo de la Piedra Angular, una plataforma alta, lisa y plana que crecía de la arena. El quimérico se esparcía a la deriva desde su superficie hasta el agua y las rocas.

Sí. Lo más probable es que fuera un muelle. A menos que…

«Rastrearunas, ven a casa».

—Exquisito —dijo mi madre, y me di la vuelta.

Un ciro de bronce martillado se alzaba como un farol sobre la arena. Sobre él había una cabeza.

Puso los dedos en las mejillas de la cabeza y luego le cubrió los ojos con la palma de la mano. Este era su mundo, ya lo sabía. El espacio entre la vida y la muerte, el frío temor a lo desconocido, y los acuerdos alcanzados a su sombra. Se inclinó hacia adelante como si fuera a besarlo y respiró hondo, dejando que su aroma le llenara la boca antes de exhalar. Le acarició la frente y le apartó el pelo enmarañado de la cara.

—Murió tarde anoche —dijo—. Tenía miedo y no supo qué lo mató.

—El Noble Sacerdote lo mató —aseguró Liskeel—. Mira los cortes…

Tenía tres cortes letales debajo de la barbilla.

—Impresionante —dijo Tek.

Recuerdo a Worley diciendo cómo le había arrancado la cara al comodoro Bracebridge «de un tirón». Yo tenía las cicatrices de cuando me atrapó. Sabía lo letales que esas garras podían ser.

—Tres *rhi'ahr* —anunció Eco de repente—. Vienen hacia aquí.

Dev se adelantó y levantó su espada, y yo me quité los guantes y los guardé en mi cinto.

—Manto —dijo mi madre.

Tekamorian agarró el ciro de un tirón y echó la cabeza en la arena, los ferromagus empezaron un patrón. Habría jurado que el aire se ondulaba a nuestro alrededor, y en el cielo resonó el grito de un halcón de invierno.

De pronto, un *rhi'ahr* apareció de entre los árboles, seguido de un segundo y luego un tercero. El corazón se me iba a salir del pecho conforme se tambalearon hacia nosotros.

—*Nisseth vraie dennayarh* —dijo el primero, respirando con dificultad, y se secó la frente—. *Asak laithe ni'dellen.*

No nos veían.

Miré de reojo a mi madre. Tenía la cara tensa, estaba concentrada.

—*Ni allath* —dijo el tercero—. *Endorathil sil Marelethan fa'ardenn.*

Susurré el *Cy fwthilu* en voz baja y recé para que no vieran el resplandor de mis dedos detrás de la espalda.

—La isla está maldita —sentenció el segundo—. Somos hombres muertos por aceptar hacer esto.

—Nosotros somos los que profanamos a nuestra diosa Árbol —dijo el tercero—. Los malditos somos nosotros.

—No hay tiempo para remordimientos, Tannalyth —gruñó el segundo—. Tomaste una decisión entre un árbol muerto y un rey vivo.

Contuve el aliento mientras que los árboles que nos rodeaban parecieron sacudirse ante sus palabras.

—Es el juicio de la diosa *Lindurithain* —soltó Tannalyth—. El demonio halcón es su sentencia.

Liskeel asintió y mi madre se movió con el sigilo de un gato. Lentamente y en silencio se acercó hacia ellos, quitándose los pasadores de hueso del pelo. Recuerdo esos pasadores de cuando vivíamos en los Chubascos. Pinchó el cuello del primer hombre al pasar junto a él, y él se dio una palmada en la piel como si le hubiera picado un avispón. Para cuando pinchó al segundo, el primero ya se había desplomado sobre la tierra y tenía espuma burbujeando entre los dientes. En cuestión de segundos, ambos estaban muertos.

De esa forma supe qué había hecho mi madre para asegurarse un puesto en el Tribunal de la Arena.

Mientras llegó hasta el que se llamaba Tannalyth, este se giró y le agarró la muñeca con una mano y la garganta con la otra.

—¡Manto del inferno! —siseó—. ¡Demonio!

A mi espalda, Liskeel se lanzó por el aire y, en tres aletazos, clavó sus garras en los hombros del hombre. Tomado completamente por sorpresa, soltó a mi madre y gritó de dolor. Liskeel lo levantó del suelo mientras este se retorcía y se sacudía. Con un rugido, Tek lanzó el ciro a través del claro y estrelló al hombre contra los árboles.

Demasiado rápido. Mataban a una velocidad increíblemente rápida.

Eco se apresuró hacia el hombre muerto, y mi madre se giró hacia nosotros.

—Ya no hay más *rhi'ahr* en la Puerta de las Nubes.

Sonrió y volvió a poner los pasadores de hueso en su lugar.

«Rastrearunas, ven a casa».

Fruncí el ceño. Esa no era la voz de la Piedra Angular, y me giré hacia la plataforma, el enorme semicírculo de piedra plano que había entre la jungla y el mar. Di un paso hacia ella y mis cicatrices rúnicas se encendieron como las chispas de una mecha.

—Diría que encontramos la mina de quimérico —dijo Dev, y se me cayó el alma a las botas.

Conforme me acercaba, observé que el quimérico que flotaba por la plataforma salía de unos agujeros que habían sido perforados. Burbujeaban y siseaban como albercas de ácido, y me llamaban como el latido de un corazón antiguo.

Me dolían las cicatrices rúnicas y empecé a sudar a chorros mientras mi cuerpo intentaba enfriar el calor que me recorría las venas. Había trozos de cuero viejo curtido incrustados a los lados de los agujeros, haciendo presión en los bordes como si fuera cera seca. Me agaché y pasé los dedos por las rugosidades. Estaba ennegrecido y crujiente, retorcido y grisáceo. Me di cuenta de que no era cuero. Tampoco cera.

Era corteza.

Recorrí los dedos por la superficie de al lado. No era piedra, sino madera.

Me tambaleé hacia atrás, con el corazón martilleándome en el pecho.

La plataforma entera eran los restos del Árbol de las Runas.

Aunque tuviera mil años, nunca podría contar los anillos. Sin duda, sus ramas sostenían las estrellas. Sin duda, sus raíces se ceñían a la terre. Pero ya no estaba. No había susurros. No había voz. No quedaba nada de ella excepto la corteza junto a mis botas y la meseta de madera muerta, ennegrecida y agrietada. Nada excepto la cáscara de algo que una vez había sido hermoso. Caí arrodillada, vencida por la pena.

Habían perforado pozos en su corazón de madera, extrayendo el quimérico que una vez había sido su sangre, y eso me rompió el corazón con la misma certeza con la que mi madre mataba a los conejos con su cuchillo. Este viejo árbol estaba muerto, talado a manos de los *rhi'ahr* años atrás para desencadenar una guerra sin fin, y solo quedaba el eco persistente y desvanecido de un espíritu poderoso que había dado vida a la Piedra Angular. Kirianae de la Casa Cuervo de Madera, Guardiana de la Puerta de las Nubes, Diosa de *Lindurithain*. Ella era la Piedra Angular, al igual que el Nil'hellyn y el Andomiehr y solo los soles saben cuántos más. Ella era todos ellos y, en cierto modo, ahora yo.

Toqué el colgante que me rodeaba el cuello. La Casa Cuervo de Madera estaba aquí.

—Bienvenida a la Puerta de las Nubes —dijo una voz. Kier Gavriel Thanavar salió de entre los árboles.

Estaba cubierto de sangre, tenía la mirada fija e intensa, ignorando al resto mientras caminaba por la arena. Llevaba una cabeza en la mano, y la dejó caer al suelo sin cuidado, como si fuera el corazón de una manzana. Tragué saliva cuando se paró ante mí, con el pecho agitado y la mandíbula apretada, y sentí las runas brotando de él en oleadas, más profundas y poderosas que nunca.

—Ya no hay más *rhi'ahr* en la isla —dijo. Se oyó el estruendo de un trueno lejano.

Pero estaba diferente. Le brillaba la piel con la luz del alba, los hilos de oro latían como mis cicatrices rúnicas, y eso significaba que el quimérico lo estaba quemando.

La verdad me golpeó de repente y sin piedad. El dorado de sus ojos nunca había sido un truco de la luz. Era más que un Noble Sacerdote. Siempre lo había sido.

Era un terromagus, un Hechicero del Terror.

Nacido de la antigua maxia, vinculado al quimérico y, que Forja me ayude, guardián de mi corazón.

Hincó una rodilla en el suelo junto a mí y, con los dedos temblando y cargados de quimérico, tocó la corteza del Árbol.

—Kirianae, perdóname —dijo, y agachó la cabeza—. *Mey'mehr*. Madre.

El aire salió de mi pecho en una sacudida estremecedora y puse una mano sobre su hombro, sin luchar contra las lágrimas que ahora caían. Lo había querido durante diez años, lo había salvado, lo había criado y le había enseñado todo lo que sabía. La diosa y el niño al que había acogido como suyo.

—No la oigo —dijo, en apenas un susurro.

Miré a la bahía, donde la Piedra Angular estaba encallada.

«¿Piedra Angular?» pregunté, esperando contra toda esperanza escuchar algo. Calor, un rugido, un murmullo de sus velas. No había nada, no había eco ni sonido, salvo el lejano tamborileo de la Gran Barrera del Terror lejos de la costa. La isla estaba conteniendo el aliento.

Se giró hacia mí. Las lágrimas le caían por las mejillas demacradas. Levanté una mano para limpiárselas y trató de sonreírme.

—Perdóname —repitió—. Pero tengo que terminar esto. Tengo que hacer lo que vine a hacer.

—Lo sé —afirmé—. Estamos aquí para ayudarte. Juntos terminaremos con esta locura.

—Aro'el —dijo—. Mi rastrearunas.

—Kier Gavriel —respondí.

Y me besó, de forma tan triste y tan profunda, llena de anhelos y penas, al mismo tiempo desesperanzado, pero suplicando esperanza. Le sostuve la cara con ambas manos, me puse de rodillas para ir a su encuentro, para atraparlo, para sostenerlo mientras caía. Yo era su ancla, su timón, su quilla. Mis cicatrices rúnicas brillaban y sus hilos dorados ardían, y juntos resplandecíamos con quimérico y vida.

Al final, se apartó, sus ojos tan profundos como el mar bailaban, y me sonrió. Soles. Fueron los soles.

Se puso de pie y me levantó con él. Nos giramos hacia los ferromagus, el primer oficial y el fauno. Dev estaba de pie con las manos en las caderas, con el aspecto de un príncipe real con botas de pirata. Sus ojos oscuros estaban serios, su boca, que solía sonreír, formaba una línea tensa, y se me encogió el corazón al pensar en él como rey. *Bryn'nyd* rey de Supramar, el Príncipe Robado de nuevo en casa.

Kier suspiró y miró hacia el horizonte. Entre la cortina parpadeante de las Aguas del Terror, se podían ver velas en la abertura.

—Seis buques de la Armada estarán aquí en una hora —dijo—. Pero desde el aire, también pude ver siete naves de guerra *rhi'ahr* acercándose a nuestras costas desde el sur.

Bajó la mirada.

—Cuando planeé traer a la Piedra Angular a casa, ni se me ocurrió pensar que su mera presencia abriría el Canal. Ya no es el Árbol y no puede cerrarlo.

«Si es que sigue viva», pensé sombríamente, y me dolió el alma.

—Tenemos que reparar la Gran Barrera del Terror —confirmó—. Pero antes hay que cerrar la más antigua de las aberturas.

—No te preocupes por el Canal —dijo mi madre—. Eso ahora es problema del Tribunal de la Arena.

Mi corazón dejó de latir. Kier levantó la cabeza.

Forja.

—Nuestro acuerdo se cumplió —dijo Tek mientras se colocaba a la derecha de mi madre.

—Nos trajiste a la Puerta de las Nubes —concluyó Liskeel, a la izquierda—. Quedas liberado de tus obligaciones y puedes volver a tus barcos.

Kier gruñó, pero mi madre alzó la barbilla orgullosa, elegante.

—Repararemos la Gran Barrera del Terror, Noble Sacerdote —dijo—. Pero será el Tribunal de la Arena quien gestione el Canal.

Se me revolvieron las tripas al darme cuenta. Este había sido siempre su plan. Controlar la Puerta de las Nubes. Controlar el poder del quimérico para las Mareas del Norte. Debí haberlo sabido. Es lo que mi madre había querido siempre. Maxia, poder y la autoridad para manejarlo.

La miré y me sonrió, tan astuta, sagaz y letal como una serpiente.

—Sirves al rey —exhalé—. Le darás el Canal del norte y podrá acceder a todo el quimérico que quiera.

Kier enderezó los hombros, se le oscureció la mirada y se irguió hasta alcanzar toda su estatura. Sentí cómo la armadura se le ajustaba pieza por pieza. Sentí las runas apilándose como las nubes de tormenta y sus dedos empezaron a chisporrotear.

—No lo permitiré —dijo.

Se oyó un gruñido procedente de la línea de árboles cuando un gato con colmillos apareció sigilosamente.

—¿Cuál crees que es el precio por salvar la vida de un príncipe? —preguntó.

La arena a nuestros pies empezó a convertirse en erañas, escorpiones y serpientes.

—Esto nunca será del Tribunal de la Arena —advirtió—. Y ustedes nunca serán Nobles Sacerdotes.

—No necesitamos serlo —dijo en un susurro—. Somos ferromagus.

Soles y lunas. Este era su juego. «Este gran juego», había dicho Thanavar hace mucho tiempo. Una banda vil que comerciaba con pérdidas y sueños robados. El corazón me latía a toda velocidad y los pensamientos se agolpaban en mi mente como piedras rodando por una colina.

La madera flotante empezó a levantarse y comenzó a girar como cuchillas mortales.

—No —espeté—. ¡Te equivocas!

Todas las cabezas se giraron hacia mí.

—Este no era el trato —dije—. En el patio, cuanto intentaste matarnos a todos, me elegiste a mí como pago.

Levanté la barbilla.

—Dijiste que me querías a mí, no por el quimérico sino por la sangre —continué, con las manos rebosando runa—. Así que no puedes hacer tratos sin mí, el intermediario original, el primer y mejor premio. Nada de acuerdos, nada de intercambios, nada de susurros en la oscuridad.

Me fulminó con la mirada.

—Mira que eres terca —dijo—. Nunca escuchas. Tan obstinada. Tan rebelde. Tan descarriada y orgullosa.

Palabras. Palabras. Siempre se convertían en cuchillos.

«Rastrearunas, ven a casa».

—Tienes razón, madre —admití, me empezó a temblar la barbilla, con los labios trémulos y tensos—. Soy obstinada, rebelde, descarriada y orgullosa. Pero tú me hiciste así, y te estoy agradecida por ello. Tú eras ambiciosa y dura, y sé que la vida te ha hecho así. Luchaste contra el mundo y peleaste por lo que querías. Y acepto que no fuéramos mi padre o yo. No fuimos más que meros pasos en tu camino, nada más.

Le cambió la expresión de furia a asombro, como si esta vez mis palabras fueran flechas que se le clavaban de una en una. Di un paso adelante, estaba tan cerca que notaba su calor rozándome la piel.

—Valor —dije, usando su nombre de pila—. Eres implacable, y a cambio me hiciste implacable a mí. Implacable, atrevida, ambiciosa y orgullosa. Te esforzaste al máximo para moldearme, por abrirte camino en este mundo duro y frío, y yo trazaré mi propio mapa de estrellas tal y como tú hiciste el tuyo. Aprendí a correr, aprendí a pelear y he aprendido que esas no son cosas malas. No son malas en absoluto.

No me hizo falta verlo. Sentía a Kier detrás de mí, dándome fuerzas pero dejándome liderar.

Y si fallaba, me atraparía. Al igual que la Piedra Angular, nunca me dejaría caer.

—Pero he aprendido que mis estrellas no solo están hechas de maxia, orgullo, ambición o incluso deber. También incluyen amistad, familia, sacrificio y...

Se me hizo un nudo en la garganta. Tragué saliva.

—Y amor. Ya no soy una mala mujer de una fragata perdida, ya no soy la niña rebelde que huyó de los Chubascos. Soy una rastrearunas, madre. El recipiente de la diosa de *Lindurithain*, Kirianae del Árbol.

Ella tenía los ojos llenos de lágrimas. Ojalá hubiera sabido si eran reales.

—Y lo que he aprendido en estos últimos meses es que la Piedra Angular me eligió a mí, no a pesar de mis imperfecciones sino por ellas. Soy una magus porque soy testaruda. Persigo el quimérico porque soy orgullosa.

Noté la mirada de Eco sobre mí, rebosante de orgullo y tierna alegría.

Se hizo el silencio en la Puerta de las Nubes cuando la isla contuvo el aliento.

—Son los magus más poderosos de Supramar —dije finalmente, y los miré a los tres—. Magistrados Tekamorian, Liskeel y Valor Renn. Pero se equivocan. El miedo no es para nada la mejor maxia de todas. No se puede ser honrado si no se tiene honor. No se puede ser respetado si no se tiene respeto por nada. Necesitamos reparar la Gran Barrera del Terror para darle a nuestra marea una oportunidad de paz...

Puse una mano sobre Devanhan Fahr, el Príncipe Robado de Supramar.

—Para darle a este hombre la oportunidad de que las Mareas hagan lo correcto cuando suba al trono.

Me sonrió. Maldito *Bryn'nyd*. Amigo y futuro rey.

—Porque él será rey, madre. Y hazme caso cuando te digo que no te conviene tener a estos hombres, o a mí, como enemigos.

Me temblaron las piernas y sentí que me derretía hasta convertirme en un charco entre las rocas. Entonces Kier dio un paso adelante detrás de mí y colocó una mano firme sobre mi hombro. Me sentía completa con él allí. Más fuerte con él a mi espalda.

Levanté la barbilla.

—El Canal no es más que otra abertura de la Gran Barrera del Terror. Y para cuando acabe el día habremos cerrado todas las aberturas. Terminaremos con esta guerra sin fin. Contigo o sin ti, madre.

Se hizo un silencio sepulcral, pero no aparté la vista. La miré fijamente a los ojos, unos ojos que me habían criado, me habían moldeado, me habían roto; y me vi a mí misma devolviéndome la mirada. Mi orgullo. Mi fuego. Mi negativa a ceder. Ella me había hecho testadura para que pudiera sobrevivir, y ahora esa misma tozudez se plantaba en su contra, le hacía frente.

Mi madre no respondió. Solo giró la cabeza para mirar a través del agua, y yo traté de ignorar la punzada del pecho.

—¿Y bien? —preguntó Kier—. ¿Nos ayudarán a reparar la Gran Barrera del Terror y también a cerrar el Canal? Puede que no tengan el poder, pero, ahora que han sido desafiados por esta gloriosa joven, me pregunto si tienen la determinación para hacerlo.

No quería verlos. Quería esconderme lejos en sus sombras, meterme bajo su ala como un cangrejito. Pero no había caparazón para mí, solo corazón. Solo esperanza, orgullo y una obstinada negativa a resquebrajarme.

—Les ayudaremos —dijo Tek por fin.

—Repararemos la Gran Barrera del Terror —confirmó Liskeel.

Mi madre volvió a posar su mirada sobre mí. Sus ojos brillaban como estrellas. Por los soles, era hermosa.

—Y serviremos… a nuestro futuro rey.

Y asintió lentamente a Dev. Este le sonrió, usando sus propios encantos para sellar la alianza.

Forja, sabía que nos sería de utilidad en algún momento.

—Bien —dijo, y juntó las manos—. Es hora de ponerse manos a la obra.

42

Corre

—¿**P**ermiso para subir a bordo, capitán? Humo nos miró desde la barandilla.

—¿Cuál es la contraseña?

—Mano —dijo Eco dándole un tirón de orejas.

—¡Tazo! —gritó Humo—. ¡Ja! Permiso concedido, viejos pícaros amargados y arrugados.

Agarré la escalera de cuerda que nos había dejado caer y subí por el casco engrasado del Marelethan como si fuera un mono. Eco y Dev me siguieron, pero Neale y sus grumetes se quedaron en el bote y empezaron a amarrar el cabo que estaba suelto para subirlo a bordo. Pesaba bastante, porque habíamos sacado las pertenencias del Tribunal de la Arena y yo había llenado cada baúl con quimérico.

Nos pareció una estrategia pragmática, dada nuestra situación actual y la necesidad de cerrar dos aberturas estables sucesivamente. Además, Dev había dicho que sería inteligente llevarle un regalo a su padre, teniendo en cuenta que había echado por tierra el trato con los ferromagus y había superado a un rey con el brillo de su sonrisa.

A la vez que el Marelethan levó anclas y empezó a izar las velas, Dev, Humo y yo atravesamos las cubiertas hasta el castillo de popa. Desde allí, podíamos ver a la Piedra Angular, escorada y silenciosa, en las aguas de la bahía.

«Piedra Angular», la llamé. «Kirianae, ¿estás ahí?».

No hubo respuesta, ni un mísero susurro o un movimiento de las velas. Se me cayó el alma a los pies al pensar que quizá ya se había ido. Todo ese tiempo, ese dolor y sufrimiento, tenían que significar algo, aunque no fuera por ella. Quería creer que nuestros esfuerzos no eran en vano. Pero si no, si ella se había ido de verdad, al menos la habíamos traído a casa a descansar.

Paseé la mirada por la playa, los ferromagus estaban lanzando maxia profunda en las orillas.

El aire estaba cargado de quimérico y se me clavaba en la piel, afilado como las ortigas, punzante como las avispas. Tanto al este como al oeste, las paredes de la Gran Barrera empezaron a agitarse, la luz serpenteaba sobre el agua y las runas entretejían las olas con más fuerza cada vez.

Cada hechizo impactaba, tan arcaico como la propia red del Mundo de las Runas: transección, intersección, disección, vacilación. Palabras más antiguas que la memoria, cortaban el mar en piezas y lo cosían de nuevo entero. Y desde ambos horizontes, la Gran Barrera del Terror resplandeció, centelleando con cien mil puntos de fuego, como estrellas encendidas en un mar de noche.

Glorioso, como dijo él.

—¿Dónde está Thanavar? —preguntó Humo, con dificultad para mantener el equilibrio cuando el mar empezó a agitarse.

Señalé el tope del mástil, donde se posaba el halcón de invierno, con la cabeza agachada, las alas plegadas sobre su lomo y observando la isla con una concentración intensa.

—¿Tenemos un plan? —preguntó, levantando una ceja poblada.

Miré a Dev. Este suspiró profundamente.

—Creo que sí —dijo—. Los ferromagus van a empezar a reparar la Gran Barrera del Terror y nosotros vamos a hacer que la Armada nos persiga...

Arrugó la nariz.

—... mientras cerramos el Canal a nuestro paso.

Humo parpadeó.

—El Canal.

—Así es —dijo Dev.

—¿Este Canal? —preguntó Humo, señalando con un gesto la amplia franja de agua que rodeaba la isla a ambos lados.

Asentí.

—Sellar la Puerta de las Nubes con el muro y atrapar a los *rhi'ahr* en el sur.

Abrió los ojos como platos.

—¿Mientras la Armada está a nuestra popa? —preguntó Humo.

Me mordí el labio. Por supuesto que parecía una locura. Soles, quizá lo era.

—Si tienen mala suerte o son engreídos, o si intentan dispararnos en lugar de alcanzarnos, entonces se quedarán atrapados en la Gran Barrera del Terror —dijo Dev—. Pero si no, los guiaremos hacia una persecución divertida y, con suerte, todo el mundo volverá a casa sano y salvo.

—Precipitarnos por la maldita Gran Barrera del Terror con la maldita Armada en nuestros malditos talones mientras cerramos la maldita abertura más grande de todo el maldito océano a nuestro maldito paso no es lo que yo llamaría precisamente «divertido», Dev —se quejó, y se pasó una mano por la frente—. ¿Qué pasa si nosotros también quedamos atrapados en la Gran Barrera del Terror?

—Morimos —sentenció Dev—. De forma espectacular.

—Ay —dijo Humo—. Ay, mi...

Qué maxia, haber silenciado esa lengua tan elegantemente profana.

—Definitivamente necesitaré más ron para esto. —Se dio la vuelta y marchó hacia la cubierta principal, gritando órdenes mientras avanzaba.

Las lonas se agitaron azotadas por el viento, y el Marelethan se deslizó fuera de la bahía tan veloz como un pez vela. Teníamos el viento detrás e íbamos viento en popa a toda vela. Así se decía cuando navegabas con el viento. Vas rápido y llegas lejos, y aumentas nudos aprovechando la corriente de aire.

Sonreí para mis adentros ante la ironía. A veces peleaba. A veces corría. Los últimos meses había peleado. Ahora tocaba correr.

El viento soplaba fuerte, casi como un vendaval, conforme nos acercábamos al Canal situado entre las paredes de la Gran Barrera. Las olas estaban agitadas, las corrientes eran fuertes. De repente, hubo un destello blanco y Kier apareció en la cubierta. Se acercó a mí sin decir nada, con la mirada fija en la isla, inmóvil.

—Reuniré a los hiladores e informaré del rumbo a Humo —dijo Dev, en voz lo suficientemente alta como para que se le escuchara por encima del viento y de la Gran Barrera del Terror. Se giró hacia los mástiles, pero se paró y nos miró por encima del hombro—. No sé si esto funcionará, pero...

Asintió fugazmente, primero a Kier, después a mí.

—De parte de su futuro rey: «Buen trabajo».

Y con eso, se fue a reunir a la tripulación.

Miré a Kier. Tenía la mirada ensombrecida, la boca tensa y el pelo del color del mar oscurecido le azotaba la frente.

—No sé si tienen la fuerza necesaria, Aro'el —dudó—. Los hechizos que conjuran son Arcaicos. Les llevará mucho tiempo lanzar la maxia suficiente para conjurar la Gran Barrera del Terror.

—Solo necesitamos ganar el tiempo que necesitan —dije—. Confía en mí, mi madre es lo suficientemente obstinada como para conseguirlo solo con la fuerza de voluntad.

Me miró de reojo y curvó un poco los labios.

—Como su hija.

—Exactamente igual que su hija. —Le sonreí.

Las velas del Marelethan retumbaron al balancearse la botavara hacia babor, y ambos levantamos la vista justo cuando el barco se inclinaba bruscamente. La Gran Barrera del Terror se alzaba ante nosotros con sus aguas agitadas y brillantes bramando a los cielos, y viramos a babor en el ultimísimo minuto, escorando profundamente en las corrientes y sintiendo la espuma de la Gran Barrera del Terror punzante y afilada.

—Primero peleamos, después corremos —dijo Kier, tan alto como para que se le escuchara por encima del monstruoso rugido.

—Dos rumbos muy acertados, según tengo entendido. —Sonreí.

El viento me revolvía el pelo, me lo metía y sacaba de los ojos. Escondiéndose y buscando, persiguiendo y encontrando.

Nos separamos y sujetamos nuestros pies con fuerza.

—Cadencia y llamada —gritó Fahr desde la mesana—. Ambas tripulaciones, por favor.

Los maremagus ocuparon sus puestos y Kier levantó las manos, marcando la dirección de la brecha con los dedos danzando entre patrones y luz. Posó la mirada en mí, el corazón se me iba a salir del pecho. Todo mi cuerpo estaba cargado de runa, impulsado por el propósito, el deber y la vocación.

Y todo porque el Barco de los Hechizos me había sacado del mar y un hombre con el corazón de un halcón me amaba.

—¿Estás lista para cambiar el mundo, Aro'el? —bramó.

—Por supuesto, capitán —grité.

Jamás olvidaré cómo sonreía ese día. Era tan glorioso como los dos soles.

—*Thryh'siahr tryo'visseth!*

Me lanzó el patrón, lo atrapé, y mis rodillas casi me fallan por la fuerza que tenía. Soles, qué poderoso era. Pero no le fallaría. Era tan testaruda como se imaginaba. Cerré los ojos mientras las runas me abrasaban las palmas y me quemaban los huesos. Me hicieron arder los músculos y devoraron mis pensamientos con asombro y fuerza. Oleada tras oleada, fui enviando quimérico al tejido, aumentando el hechizo hasta que se convirtió en una enorme red de maxia hilada en espiral, crepitando entre mis manos marcadas por las runas.

—¡Ahora! —gritó.

Con un grito, hilé y agité los brazos, lanzando el hechizo hacia la Gran Barrera del Terror que se extendía a nuestro costado de estribor.

Como un cerillo a una mecha, la Gran Barrera del Terror se incendió.

Mures cadara merae, Circulus formidablant, Llúna, Lírika e Lár, Al soli, Weilith cywilimmor, cylithovin, Al soli, lyeud, limmor.

Levántate, levántate, Gran Barrera del Terror del Mar, de Lúna, Lírika y Lár.

Regalo de los Soles, aguanta, sé fuerte. Para bien o para mal, sé fuerte.

Lo escuchaba en los huesos conforme aumentaba y lanzaba. Sin saber por qué, podía entenderlo. Era una canción de creación, cantada en las lenguas de sendas Mareas, y a su son, la Puerta de las Nubes hizo música ese día. Los patrones bailaban y se mecían con la música. Las aguas latían con vida y poder. Y el quimérico respondía, arremolinándose por las corrientes, elevándose para rodar hacia las lunas de arriba.

Vi las cuerdas del Mundo de las Runas, pulsadas al ritmo arcaico. Vi los océanos como líneas en la arena, dibujadas, borradas y redibujadas por las mareas. La terre llamaba y el mar respondía, y la Gran Barrera del Terror empezó a sanar.

Lo estaban consiguiendo. Lo sabía como si lo sintiera en la piel. Desde el pequeño pedazo de tierra llamado *Lindurithain*, sabía que los ferromagus lanzaban, fluyendo y fluctuando hacia los selvajes y arcaicos hechizos que tejían.

Y nosotros también lo estábamos consiguiendo. Esta pared interior de la Gran Barrera brillaba como una noche de invierno en la que las estrellas y los copos de nieve bailan por los cielos. El Marelethan mantuvo el rumbo fijo hacia el sur, siguiendo la curva de la Gran Barrera del Terror y rodeando la Puerta de las Nubes, y nosotros acribillábamos sus puntos rúnicos con quimérico. Apuntalaríamos este anillo interior. Teníamos que hacerlo. Teníamos que cumplir cuando los ferromagus lanzaran el conjurio para cerrar la abertura, haciendo que la Gran Barrera del Terror envolviera la isla como una cortina y se cortara todo acceso de forma efectiva y definitiva. Era un plan atrevido, grandioso y audaz.

Y Forja, recé para que saliera bien.

El Templomar iba a nuestra popa, junto con su flota de guerra. No había disparado ni había soltado las armas, y creo que

Bracebridge sabía que estábamos fuera de su alcance, con terromagus, ferromagus y rastrearunas en la refriega.

O a lo mejor sentía que estábamos intentando reparar la Gran Barrera del Terror y marcando el comienzo de una época dorada para su carrera. Sin embargo, agradecí que no hiciera el esfuerzo de atacar mientras navegábamos por aguas turbulentas a lo largo del borde. Lo último que necesitábamos eran cañonazos a nuestra cola. Recordaba el terror que sentí la última vez que estábamos escapando de una abertura.

Perdí la noción del tiempo mientras nos balanceábamos por el sur del Canal, pero los hechizos de Kier eran cada vez más intensos, y los brazos me temblaban cuando los atrapaba uno por uno. Cada uno crepitaba a lo largo del tendón y el hueso, y me costaba concentrarme en cualquier cosa que no fuera el dolor cegador de la captura, junto al agotamiento que dejaba a su paso. Una y otra vez. Atrapar. Aumentar. Lanzar.

Prácticamente volamos sobre la abertura sur, tan amplia como lo era en el norte, y palidecí al ver siete cruceros *rhi'ahr* cerniéndose sobre nosotros. Teníamos que cerrarlo antes de que lo atravesaran, o quedarían atrapados en las aguas de seguridad de la Puerta de las Nubes. Con nosotros.

No se me ocurría nada peor.

—¡Ciérrenlo, hiladores! —Escuché gritar a Dev, y casi se me doblan las rodillas cuando Kier me envió otro hechizo. Por el rabillo del ojo, vi cómo los muros se derrumbaban hacia adentro y las aguas brotaban con fuerza, y perdí de vista los barcos entre la furia y la espuma. Apreté los párpados con fuerza, desesperada por respirar, deseando que mi cuerpo no se rindiera.

—Aro'el. —Escuché gritar a Kier.

—¡Estoy bien! —respondí gritando, con una sonrisa temblorosa—. ¡Todo bien!

Mentí como la mejor, gracias al Barco de los Hechizos.

Pero de repente, había una caja de quimérico a mis pies, y miré hacia arriba. Neale y Dick me la habían traído, y casi me explota el pecho al verlo. Hicieron un saludo y volvieron a irse, sabiendo que no era buena idea quedarse demasiado cerca de una mecha encendida y su combustible.

—¡Última parte, Aro'el! —gritó Kier, y saqué fuerza del sonido de su voz. Yo era su ancla, pero maldito sea Forja si él no era el viento que soplaba mis velas.

Nos acercábamos de nuevo a la abertura norte, preparándonos para entrar en el Canal. Esta parte era la más peligrosa, ya lo sabía. Cerraríamos esta abertura a nuestro paso y seguiríamos cerrándola mientras navegábamos. Una abertura normal consistía en cerrar y correr (cadencia, llamada y sujeción), pero en esta teníamos que cerrar y seguir cerrando mientras corríamos. Ni siquiera conocía el *Auctorus* para hacer eso. Daba igual. Confiaba en que él sí.

Volteé la mirada cansada para verlo, brillante, arrogante y orgulloso. Me sonreía a través de su maraña de cabello oscuro como el mar.

Sus ojos. Mi corazón.

«Te odio», articulé con los labios, dibujando una sonrisa burlona mientras bromeaba.

—Bien —dijo.

Lo quería muchísimo.

Respiré profundamente y metí las manos en la caja de quimérico. Grité cuando me subió por los brazos y me llegó hasta el estómago, me quemó los huesos, pero avivó mi cuerpo con poder. Me desarmó y me rearmó. Me vació y me completó. Empujando y jalando al mismo tiempo.

Era doloroso y placentero. Dos bordes de la misma cuchilla.

Hilé y envié otra oleada hacia la Gran Barrera del Terror mientras el Marelethan escoraba a estribor y nos llevaba hacia el Canal. El Templomar estaba a nuestra popa, y vi a Bracebridge sujetándose a la barandilla del castillo de proa, con su cabello gris peinado hacia atrás. Sabía que ansiaba sacarnos de las aguas, pero era un hombre pragmático, y prefería la vida antes que la venganza o el deber. Miré a Kier. Puede que no fuera tan pragmático, pero quizá también estaba trazando un nuevo rumbo, dejando atrás la venganza para elegir la vida. Para elegir a su ancla. Para elegirme a mí.

Soles, no podía ni imaginar cómo sería eso.

Bueno, igual sí podía.

Estábamos en el Canal, atravesándolo a toda velocidad, y no era para nada como el Paso de la Calma o de las Trombas. Estábamos literalmente atravesando la Gran Barrera del Terror, y las aguas se agitaban enfurecidas a ambos lados. El aullido ensordecía, el agua escocía y la maxia reflejaba todas las cosas como una casa de cristal.

—¡Hilanderos, a mi señal! —gritó con fuerza Dev, íbamos a cerrarla detrás de nosotros mientras navegábamos con el viento. El Templomar iba rápido, a toda vela y con las amarras tensas. Pudo mantenerse a nuestra popa y navegar hacia el norte junto a nosotros, manteniéndose a salvo en nuestra estela. Pero los cinco barcos restantes se quedaron atrás en la abertura, y corrieron el riesgo de quedar hechos añicos como el Meradah Thenn cuando las aguas se cernieran sobre ellos.

No. No podía pensar en eso.

—¡Aro'el! —gritó Kier—. ¡Vamos a hacerlo ahora!

Y me lanzó otro patrón, el *Thryh'siahr tryo'visseth*, hacia mis expectantes manos. Lo atrapé deslizándome un poco hacia atrás por la fuerza con la que venía, el hechizo casi me hace caer del

castillo de popa. Me agaché todo lo que pude, alineé mi quimérico y me puse de pie de un salto, lanzándolo alto, por encima del
Templomar, por encima de la flota, directamente hacia la abertura que teníamos detrás.

—¡Otra vez!

Y de nuevo, lo atrapé, lo aumenté y lo lancé por encima
del mar.

Otra vez, y otra y otra, hasta que pensaba que iba a deshacerme en cenizas, cuando, detrás de mí, escuché algo. Un relámpago,
un trueno, y las jambas de la Gran Barrera del Terror estallaron
en una lluvia de colores y luces como si fueran fuegos artificiales
o una granizada de estrellas fugaces. El mar borboteó con el patrón. Las aguas rugieron con fervor. Las columnas de humo se
elevaban hacia el cielo, una tras otra, mientras la Gran Barrera
del Terror empezó a moverse.

Como quien desliza las dos cortinas de una ventana para ta-
parla, el Canal se cerró de golpe. Un muro brillante de furia y
fuerza elemental se cerró detrás de nosotros y, a nuestro alrededor, el océano retumbó. Rugió y retumbó, y Kier aumentó la velocidad de sus lanzamientos. Yo los atrapaba y los lanzaba. Atrapaba y lanzaba. Tenía las manos entumecidas y el cuerpo
gastado, y mis pensamientos empezaron a desconectar, a evadir-
se en el Mundo de las Runas en el que toda mi vida estaba marcada con runa. Era obstinada. Era terca. Era testaruda. Era orgullosa. Había servido al maravilloso y máxico Barco de los
Hechizos.

En algún lugar a lo lejos, escuché una explosión. Sacudió la
cubierta bajo mis botas.

Tenía un deber para con este barco.

Escuché gritos de la tripulación. El barco se inclinó hacia
adelante.

Tenía un deber para con mi familia, la que era entonces la maravillosa y máxica tripulación del Marelethan.

Su voz, ladrando órdenes por encima del ensordecedor lamento de la Gran Barrera del Terror.

Tenía un deber para con mi amor. Kier Gavriel. Tejedor lunar. Lo amaba hasta las lunas y más allá.

De pronto, sus manos estaban sobre mis hombros, y me di cuenta de que no estaban lanzando nada. No había patrones. No había hechizos. Agotada, miré hacia arriba. Me atrajo hacia él con un brazo, ayudándome a mantenerme de pie con todo su cuerpo.

—Aro'el —dijo—. No es suficiente, Aro'el.

No sabía de qué estaba hablando. Apenas podía escucharlo.

Me giró. Vi el Canal a nuestra espalda, el Templomar con solo tres barcos a su popa, y supe que solo habíamos perdido dos al cerrar esta abertura. Pero había algo más, una onda, una penumbra, una leve lágrima en la Gran Barrera del Terror que amenazaba con crecer.

Forja, estaba creciendo de verdad.

La constatación se apoderó de mí desde la cabeza hasta las botas. No era suficiente. No éramos suficientes. No podríamos cerrar esta abertura. Era enorme, elemental y Arcaica, y estábamos completamente sobrepasados. Me sentí mareada, débil, aturdida al darme cuenta de que todo había sido en vano.

—No. Tengo más quimérico —avisé con la voz débil—. Puedo hacer más.

—No es eso —respondió, y me levantó la barbilla, obligándome a mirarlo a las profundidades doradas de sus ojos—. El problema está al otro lado.

Me faltaba el aire, como una vela despojada del viento.

—El otro lado —dije, asintiendo con rigidez, sabiendo que era cierto.

Los ferromagus no podían hacerlo. No tenían las habilidades necesarias. Puede que algún día las tengan, pero ese día no.

—Hay que cerrarlo por los dos lados —indicó—. Y los ferromagus no pueden cerrarlo.

—Tengo quimérico —dije con un jadeo—. Estamos bien. Podemos hacerlo.

—Podremos —dijo—. Cuando yo esté en la isla.

Soles míos, no. Las fuerzas abandonaron mis huesos, sentí un nudo en el estómago y se me cortó la respiración. Quería gritar. Quería enfurecerme. Quería golpearle el pecho con los puños. Quería esconderme en sus brazos, en sus sombras, bajo su ala. Quería sostenerle la cara entre las manos, pasar los dedos por los hilos dorados que le recorrían la piel. Lo profundo llamaba a lo profundo. La maxia a la maxia. Rastrearunas los dos.

—No —jadeé—. Hay otra forma. Siempre hay otra forma.

—Aro'el.

—¡Te quedarás atrapado en la Puerta de las Nubes! —Las palabras se me escaparon de la boca—. ¡Oh, Forja! ¡No! ¡No puedes!

—Debo hacerlo —dijo, y vi cómo las lágrimas se amontonaban detrás de sus pestañas—. Aro'el, hace diez años, empecé esta guerra. Y hoy, tengo que ponerle fin.

Se me hundieron los hombros y bajé la cabeza. Tenía razón. Él había empezado esto, o al menos le había dado un segundo impulso. Y yo sabía que él podría cerrarla desde la isla. El quimérico que me ardía bajo la piel hacía lo propio bajo la suya. Tenía sentido. Funcionaría. No era justo, pero era la única manera.

Quería odiarlo. Por elegir sacrificarse. Por elegir las cadenas. Por elegir el aislamiento como precio por su venganza y su orgullo. Quería odiarlo, pero no podía. Era su elección. Tenía todo el derecho a trazar su propio rumbo.

—Lo sé —afirmé. Me escocían los ojos y se me hizo un nudo en la garganta que me impidió añadir nada más. Mi corazón era una piedra hundiéndose en las profundidades.

—Elijo la vida —dijo, tan cerca que podía sentir su aliento en mi mejilla—. De verdad. Elijo el sendero de la vida, y sé que me llevará de vuelta a ti. Cerraré esta abertura y repararé el muro, y después… encontraré la forma de llegar de nuevo hasta ti.

No dije nada. ¿Qué decía un cangrejo cuando se quedaba sin caparazón?

—Recuerda que yo también soy muy obstinado —dijo, apartándome el pelo de la frente—. Encontraré una forma de salir de la isla. Encontraré una forma de volver contigo. No me quedaré atrapado con tu madre hasta el fin de mis días.

Hizo una mueca y alcé la vista hacia él. Por fin, después de todo este tiempo, un chiste. Sacudí la cabeza y sonreí, con las lágrimas cayéndome por la cara. No intenté retenerlas.

—Te he amado desde el día en que te sacamos del mar —dijo—. Fiera. Testaruda. Poderosa. Fuerte. Y ahora: gloriosa. Mi Aro'el.

Me atrajo hacia sus brazos. Soles míos, no quería soltarlo. Me estremecí entera cuando me dio un beso en la frente y respiré su aroma una última vez. Sal y petróleo. El fondo marino en persona.

Respiré profundamente otra vez mientras una idea empezaba a tomar forma, llenándome como el viento llena las velas.

Él tenía derecho a elegir su propio rumbo.

Pero yo también. Además, yo llevaba la rebeldía en la sangre.

—Tengo que marcar mi propio rumbo —dije. El corazón me latía con fuerza, pero a un ritmo constante—. Y me lleva directo hacia ti.

—Esperaré ansioso, entonces —contestó—. Ya que no soy un hombre fácil de atrapar. Mi amor.

Mi amor.

Encontraría otra forma. Sangraría, me rompería, negociaría con cada gramo de quimérico que me corre por las venas si fuera necesario. Lo encontraría. Lo salvaría. Lo liberaría de su vida de deber y remordimiento.

Además, lo profundo llama a lo profundo. Los dos éramos rastrearunas. Nos encontraríamos el uno al otro porque llevábamos el quimérico en la sangre. Rastrearíamos y atraparíamos y seríamos libres al fin.

—¿Capitán?

Era Humo. Lanzó una mirada hacia la cortina de agua, la rasgadura crecía, se abría. Caía.

«A veces peleo. A veces corro».

—Sé lo que tengo que hacer —dije.

—Correr —respondió.

—Correr —le confirmé—. Vete.

Dio un paso atrás, pero se detuvo un momento, como memorizando mi cara por última vez.

—¡Te quiero! —grité—. ¡Vete!

Y se lanzó por la borda.

«Por la borda, donde van los azumagus descarriados».

Contuve el aliento, estaba segura de que no me latió el corazón hasta que vi un destello de blanco elevándose por la popa. Lo vi elevarse muy alto, hasta que se perdió entre las turbulentas nubes blancas de la Gran Barrera del Terror, llevándose con él lo que me quedaba de corazón.

Me giré hacia Humo.

—¡Otro baúl de quimérico! —ordené—. ¡Vamos a cerrar esta maldita abertura!

—A la orden, rastrearunas —ladró, y me henchí de orgullo. Rastrearunas. Había perseguido y había encontrado. Había peleado y había ganado. Cerraría esta abertura y correría con el viento. Era obstinada, y era amada, y no era demasiado orgullosa para el Barco de los Hechizos.

No podría estar más orgullosa.

Y volví a sumergir la mano en el quimérico una vez más.

43

Aro'el

Navegamos durante un día por la Gran Barrera del Terror y sus Pasos. El verde enfermizo de la Calma y las furiosas tormentas de las Trombas. Quemé tres cajas de quimérico, no comí, bebí o dormí. Por eso, cuando por fin salimos del canal y nos adentramos en mar abierto, caí de rodillas, tan débil como un corderito, agotada.

Entonces Humo izó las velas y el barco se balanceó suavemente en aguas tranquilas. Era agradable estar en aguas serenas. Sin muro ni corrientes, sin cizalladuras de tormenta ni olas tan altas como una montaña. Sin Trombas, sin Calma, sin Ciudades del Terror flotantes. Tan solo aguas mansas, cielos azules y cambios en el viento.

Cuatro de los seis buques de la Armada habían sobrevivido al cierre del Canal, y flotaban en el agua al lado del Marelethan. El Templomar estaba a babor, los otros dos barcos delante y detrás, una escolta imperial esperando para llevar al príncipe a casa. No, a casa no. A Alto Templo. Su casa se había quedado varada en la orilla de la Puerta de las Nubes, justo donde yo había perdido mi corazón.

Lo habíamos hecho. Habíamos cerrado el Canal y sellado la isla fuera del alcance de saqueadores, guerreros, asesinos y reyes. Kier había reforzado los hechizos desde la Puerta de las Nubes mientras los hiladores y yo lo cerrábamos mientras navegábamos. Había sido como un sueño, ver la abertura volver a cerrarse, la línea ondulándose en el agua y desapareciendo. Lo habíamos conseguido, pero algunos habíamos perdido.

Esa noche lloré hasta quedarme dormida en el gran camarote del Marelethan, y lloré al despertar. Las lágrimas no eran por mí, ya que yo era obstinada y rebelde, pero sobre todo libre. Lloré por él, por el hombre que había vuelto al lugar que lo había forjado, un lugar de un poder inconmensurable y de pérdida insondable. Había sido traicionado por nuestro rey y por su gente y, a cambio, nos había salvado a todos de la locura de la guerra. Se me rompió el corazón por nuestro mundo, por el ansia de poder que llevó a los hombres a la ira y la sed de venganza que hacía que todo lo demás se desvaneciera.

Y lo peor de todo era que él estaba con los ferromagus y mi madre. Forja mío, no podía ni imaginarme un destino peor.

Su primerísimo chiste.

Solo de pensarlo empecé a reírme, y no paré de hacerlo hasta que me derrumbé y me puse a llorar de nuevo.

Un cangrejo sin caparazón. Tan tan suave.

Y por eso, me encontraba de pie en la proa del Marelethan, esperando a que me llevaran con una propuesta para el rey. Ya me había despedido de Neale y de Dik, y aunque no fuera una grumete demasiado sentimental, extrañaría el humor sarcástico del querido Buck y las máxicas dotes culinarias de Nan. No, solo me quedaba decir adiós a Eco y Humo, que me despedirían de este nuevo barco y me subirían a otro, si bien no sería una falúa con agujeros sin calafatear.

Bracebridge se paseaba por la cubierta de popa del Templomar como un gallo, e incluso de un barco a otro, vi que tenía una cicatriz de tres garras. Estaba esperando a que su premio se subiera a bordo, y aunque sabía que estaba deseando dejarnos fuera de combate, sopesó sus prioridades. Dev era la recompensa, la atracción, el regalo para un rey indulgente. Comprado y vendido como un toro preciado. Me pregunté si le dejarían quedarse el arete. Lo dudaba, pero había descubierto el poder de un corazón obstinado y una voluntad de hierro. Ambos teníamos a raudales.

Me giré cuando Dev salió de la escotilla a la cubierta superior. Llevaba un pequeño hato encima del hombro, como una cobija y una túnica *rhi'ahr*, quizá un segundo par de botas. Toda su vida adulta había transcurrido en la Piedra Angular, así que cualquier cosa que agarrara en ese momento sería de los almacenes del Marelethan. Por supuesto, no necesitaba ningún tipo de monedero o moneda. Al poner un pie en la cubierta del Templomar, Devanhan Fahr se convertía en Devhanus Bonavanczek, el hombre más rico de Supramar.

Le dio un apretón de manos a Ben y a Neale, y una palmada en la espalda a Tripp, Nan y Buck. Se me hizo un nudo en la garganta cuando se giró hacia Eco, y vi que las lágrimas brotaban a la vez que intentaba encontrar las palabras. Se abrazaron durante mucho rato sin que ninguno de los dos se apartara.

Después fue el turno de Humo, la persona a la que conocía desde hacía más tiempo.

—¿Seguro que no quieres venir? —preguntó Dev.

—¿Seguro que no te quieres quedar? —dijo Humo.

—Tu padre estará encantado de saber que sigues vivo —aseguró Dev.

—Para empezar, mi padre nunca ha estado encantado de que yo estuviera vivo —dijo Humo—. Además, ahora soy el capitán de mi propio barco. Ya no necesito que me paguen por jugar contigo.

—Puede que yo te pagara con ron.

—Puede que yo robe el mío propio. O quizá te robe el tuyo algún día también.

—Dejaré las puertas abiertas —prometió Fahr.

—Forja, dame un abrazo y ya.

Fui incapaz de contener la inundación en los ojos cuando lo hizo.

—Capitán —dijo Dev, haciendo un saludo.

—Alteza —respondió Humo.

—Vete a la mierda.

—Hoy no.

Dev sonrió, se giró y se dirigió a la pasarela. Pero miró por encima del hombro y asintió fugazmente en mi dirección. Era una especie de llamada, supongo, como cuando llamas a un perro para que se acerque. Con todo, fue una buena forma de actuar y una estrategia acertada. Me daba independencia y tiempo a la vez que se aseguraba de que toda la tripulación del Templomar supiera que yo era más que un mayordomo o un grumete. Agarré mi hato y crucé la cubierta para seguirlo, pero Humo y Eco estaban esperándome, así que me detuve.

Soles míos, las lágrimas amenazaban de nuevo.

—Buenos mares, subteniente Renn —dijo Eco—. Sé fuerte.

Me lancé a sus brazos, sollozando como una niña.

—Gracias —gemí, con la respiración entrecortada—. Por todo.

—Ha sido un auténtico placer —afirmó—. Estoy muy orgulloso de ti.

Lloré y sollocé y me aferré a él como a un salvavidas, pero al final me recompuse y me aparté de sus brazos. Me sujetó un momento y dio un paso atrás con una sonrisa.

Forja, qué buen hombre.

Me limpié los ojos con la manga, respiré hondo y me giré.

—Se te ven los mocos —replicó Humo—. No pienso abrazarte.

Esta vez balbuceé y me limpié la nariz.

—Si tuviera un bote, me tiraría por la borda —confesé.

—Donde van todos los Azules…

«Por todos los soles, mi corazón».

—De vuelta a la Armada. Caramba. De verdad que no has aprendido nada. —Y me miró desde debajo de unas cejas pobladas—. Bueno, espero que no te disparen.

—No me importa si lo hacen —dije.

—Blub, blub, blub.

Casi sonreí.

—¿Vas a ponerle nombre?

—¿Nombre?

—Al barco. No puedes navegar con un nombre *rhi'ahr* —aclaré—. Ahora es tu barco.

—Ah —dijo Humo—. Había pensado Cuervo de Madera.

Hubo un tiempo en el que el corazón no se me rompía…

—Bueno, es eso o el Fauno Quisquilloso.

—Bobadas —objetó Eco.

Sonreí de oreja a oreja, sin necesidad de esconder el temblor de la barbilla.

—No sé. Cuervo de madera, fauno o ¿algo completamente nuevo? —Sopló un anillo de humo que flotó por la proa—. Quizá pinte todo el casco con estrellas o alguna tontería del estilo. Seguro que se me ocurrirá algo…

Metió la mano en el bolsillo.

—¡Ajá!

Sacó una solapa de cuero con un cordón y se la colocó sobre la cabeza.

Un parche. Eco le había hecho un parche. Me miró.

—Puede que los mares se agiten, pero trazarás tu propio rumbo —dijo—. Tú eres el mapa.

—Lo era —respondí—. Cuando tenía el quimérico.

—El mapa no está en tus manos, subteniente —aclaró Eco—. Está aquí.

Alargó la mano para tocarme la frente con su largo y precioso dedo.

—Y aquí.

Y a continuación me tocó el esternón, justo encima del corazón.

Qué lejos había llegado a bordo de este barco. Me giré hacia Humo.

—Pido permiso para desembarcar, señor —solicité.

—Permiso concedido —contestó—. ¡Ahora saca tu flaco y quimérico trasero lleno de verrugas de mi cubierta desgastada!

Eco puso los ojos en blanco y movió una oreja.

—A la orden, capitán —dije, y luego hice un saludo.

Me sonrió antes de girarse para echar un vistazo a la tripulación de la nave sin nombre.

—¡A trabajar, pandilla de mocosos cobardes y desastrosos! ¡Echaré a cualquier grumete que se relaje en mi balandro!

Y se paseó por toda la cubierta principal, un capitán al mando de su barco, de su vida, de su destino. ¿Qué más podía pedir alguien? En cuanto a mí, me encontraba donde había estado cuando todo esto empezó. Sin barco, sin maxia, sin futuro. Pero cómo había disfrutado en ese viaje. Cielos, cómo había vivido.

Todo porque el Barco de los Hechizos me recogió del mar.

Metí la mano en el bolsillo y saqué el colgante con el cuervo tallado.

No era reglamentario, pero de nuevo, yo tampoco. Me lo pasé por la cabeza y crucé la pasarela. Bracebridge estaba esperándome.

—Pido permiso para subir a bordo, señor —dije.

—Permiso concedido, subteniente… Renn, ¿no? ¿Azumagus?

—A la orden, capitán. Subteniente azumagus Honor Renn, señor.

Posó la mirada en mi uniforme andrajoso y en el cinto deshilachado. Frunció el ceño.

—Tu abrigo no es reglamentario.

—Me lo hizo un emisario de Braithe, encargado por Devhanus Bonavanczek, el príncipe heredero de Supramar.

Me habían entrenado los mejores mentirosos de todos los mares.

—Y tendrás que quitarte ese arete.

—Solo hay una forma de quitarlo, señor —dije citando a Humo—. Y no es agradable.

Se inclinó hacia mí.

—Sé lo que eres, rastrearunas —siseó con una voz grave y hostil—. Y no toleraré la sedición en mi barco. Si no fuera por el príncipe Bonavanczek, ya estarías en el calabozo. De hecho, estarías colgada de las vergas y los pájaros se estarían dando un festín con tus ojos.

—Hablando de pájaros —dije—. ¿Eso son vencejos?

Por encima de la escotilla, había una jaula colgando del poste.

—Conocí a dos hombres que tenían vencejos —dije—. Uno era un mayordomo del capitán. El otro era *rhi'ahr*. Los dos están muertos, por cierto. Los mató Gavriel Thanavar.

Se puso rígido, frunció los labios como si estuviera chupando un lemón y se cruzó las manos a la espalda.

—El príncipe te ofreció un catre en el camarote real, pero yo te sugiero la cocina con el resto de la tripulación. No veo la necesidad de hacer enojar a los marineros sin motivo. Los favoritismos no son manera de ganarse el lugar en un barco.

«Sé veloz y sé fuerte».

—Gracias, señor, pero me quedo con el camarote.

Su cicatriz de tres garras ardía con un color rojo brillante.

—El oficial del timonel, Theon, te mostrará el camino.

Un fauno hizo un saludo con el puño.

—Quiero conocerte mejor mientras vamos a casa, subteniente Renn —dijo Bracebridge—. Pareces ser una compañía muy agradable. Estoy seguro de que seremos buenos amigos.

Dicho eso, se giró sobre sus talones y se fue de la cubierta. El oficial del timonel me miró.

—Dame un momento, Theon —dije, y di un paso hacia la borda.

Habían retirado la pasarela, y me quedé ahí parada incapaz de moverme mientras las velas del Marelethan rugían en sus mástiles. Entre silbidos, pitidos y gritos de la tripulación, el barco tomó el viento y zarpó, deslizándose por las aguas como un pájaro marino. No era más que un destello reluciente en el horizonte y, aun así, observé cómo se iba.

Escudriñé ese horizonte, rezando por que apareciera un destello blanco. Pero no había nada más que cielo azul, mar azul y una azumagus entre ambos.

Me observé las cicatrices rúnicas. Brillaban y ardían, pero me alegraba de que estuvieran allí. Eran la historia de mi vida, grabada en maxia en los lienzos de mi piel. Desde el Guardia del Amanecer hasta la Piedra Angular, Eco y Humo, Buck y Kit. Incluso Bracebridge e Ilvalour. Todos ellos formaban parte de mi historia. Mi madre, el Tribunal de la Arena y el Príncipe Robado de Supramar.

Y todo por culpa de Kier Gavriel Thanavar, tejedor lunar y capitán de mi alma. Atrapado en la Puerta de las Nubes, demasiada distancia de vuelo para un halcón de invierno.

Pero incluso si consiguiera arreglárselas para cruzar los océanos y encontrarme, le dispararían en el momento en que pusiera un pie en tierra.

No. Lo más seguro era que se quedara lejos. Al menos hasta que yo hiciera un pacto con el rey. Al menos hasta que yo consiguiera una patente de corso. Yo también podía jugar a este gran juego. Tenía lo que hacía falta. Sin duda alguna, llevaba la rebelión por dentro. Además, yo creaba mis propias reglas, justo igual que él.

Exhalé profundamente, necesitaba un caparazón nuevo que me creciera en torno a mi reblandecido corazón. Iba a necesitar ser fuerte, testaruda y obstinada durante un poco más de tiempo si mi plan tenía la más mínima esperanza de funcionar.

Me giré, dispuesta a pedirle al fauno que me mostrara el camarote real, cuando una brisa se levantó desde la lona de arriba, susurrando y trinando como los pájaros en los árboles y provocándome un escalofrío que me recorrió la piel.

ARO'EL.

No es el final…

Agradecimientos

Perdónenme si me extiendo un poco, pero un barco como la Piedra Angular jamás podría navegar sin la aportación de mucha gente, tanto en el puerto como en el mar. Y estas son algunas de esas personas.

Los Zorros Risueños: *los escritores* Jean E. Pendziwol, Donna White, Susan Rogers y Graham Strong. Empecé este libro en las orillas del Lago Superior durante una fría tarde de invierno. Teníamos un fuego crepitante, una bolsa de runas y muchas botellas de vino. Terminé este libro en esas mismas orillas durante otro retiro de los Zorros. Esa vez éramos catorce zorras literarias y un zorro pícaro.

Las Spice Girls: Megan Dickson, Brynn Dickson, Meagan Stockwell y Krista Young. Me dijeron lo que querían, lo que de verdad, de verdad querían. Créanme, ayudó, y les estoy eternamente agradecida. La esencia debe fluir.

La familia Ashore: Alan, Brynn, Grey, Meg, Bas, Leo y Luna. Me permitieron desaparecer en los mares durante días, semanas, meses seguidos, y ni una sola vez me sentí perdida. Los quiero con mi terrible corazón.

Los patrones: Craig McDonald, del Solsticio de Verano y el Guardia del Amanecer; Rick Clace, del MirMaDe; y Gregory Heroux, del Frodo (con Vela Superior Bahía del Trueno). ¡Muchas gracias a todos por dedicarle su tiempo a lo largo de los años a una marinera novata como yo!

El magistrado de maldiciones: El profesor Robert S. Dilley, por su artículo «Rogues, Raskells and Turkie Faced Jades: Maledictions in the Cumbrian Manorial Courts» (Pícaros, granujas y mujeres de mala fama: maldiciones en los tribunales señoriales de Cumbria), sobre palabrotas propias de la época, porque, bueno…, Humo.

La contramaestre de quimérico y caos: Desiree Wilson. Has navegado conmigo en la Piedra Angular durante cinco años, ajustando las velas y fregando la cubierta. Mantuviste la mano firme en el timón y nunca perdiste de vista el horizonte, incluso cuando yo sí lo hice. Por eso, el título de capitán es tuyo.

Los vigilantes: Natalie Lakosil y Grace Milusich, de Looking Glass Literary, por crear una agencia que entreteje todos los colores en su cinto. Me encanta ser una runa en sus vibrantes patrones.

La hábil tripulación de Red Tower: Los artesanos Bree Archer, Elizabeth Turner Stokes y LJ Anderson, por reflejar la maxia en el papel; Katie Clapsadl, la sobrecargo con la paciencia de las Lunas; Heather Riccio, como maestre de cubierta, sujetando con firmeza las cuerdas; Hannah Lindsey, Mary Lindsey y Rae Swain, por tejer las runas con espíritu y habilidad; Curtis Svehlak y Britt Marczak, ambos escritores de libros del más alto nivel; Melanie Smith, Meredith Johnson, Hannah Li-Paz y Cai Cramer, que pueden crear deseos a partir de simples palabras. Y a sus socios de Kaye Publicity: ¡su equipo es máxico!

La almirante experta: Liz Pelletier, capitana y comandante de su propia flota. Me propusiste una misión imposible de rechazar y, al hacerlo, le diste al barco sus velas, a la insignia su voz y al capitán una segunda oportunidad al timón. Tomaste decisiones difíciles y navegaste conmigo a través de tormentas. Ahora, el ron.

A mi Marea: Oh, Canadá, tierra de lagos y ríos, montañas y árboles. Soy quien soy gracias a tus inviernos salvajes, tus auroras boreales y tu corazón lleno de maravillas y esperanza. Estoy en guardia por ti.

Glosario de términos

OFICIO DE LA MAGIA

Colormagus:

Blancomagus: Cadete, recién salido de la formación.

Azumagus: Magus con habilidades básicas.

Verdemagus: Magus con habilidades básicas + habilidades sanadoras.

Rojomagus: Magus con habilidades básicas + habilidades de ataque, fuego.

Nigromagus: Magus que domina la combinación de todas las habilidades anteriores.

Mentemagus:

Grismagus: Magus capaz de controlar las runas de pensamiento para hablar a los animales.

Clarividente: Magus capaz de controlar las runas de pensamiento para escuchar a otros.

Metallimagus:

Speculumagus: Magus que posee todas las habilidades + capacidad de cambiar de forma.

Ferromagus: Magus que posee todas las habilidades + capacidad de convertir los pensamientos en realidad.

Argentumagus: Magus que posee todas las habilidades + capacidad de alterar la forma de las cosas (ropa, elementos, etc.).

Aurumagus: Magus que posee todas las habilidades + capacidad de modificar armas o dispositivos térmicos.

Terromagus/Hechicero del Terror: *Magus que posee todas las habilidades + capacidad de alterar el mundo metafísico a través del Mundo de las Runas.*

Hilador *(una especialidad)***:**

Hilador de aguas: Magus con capacidad limitada para controlar el agua.

Hilador de luz: Magus con capacidad limitada para controlar la luz.

Hilador de pensamientos: Magus con capacidad limitada para controlar las runas de pensamiento y hablar en la mente de la gente.

Selvaje: *Magus sin formación, magus por instinto.*

Arcano/Arcana: *Magus con formación, mediante un sistema de hechizos memorizados y predecibles.*

Arcaico: *Magus antiguo que utiliza maxia antigua o capaz de acceder al Mundo de la Runa.*

Rastrearunas: *Insulto para los magus que son adictos a la maxia.*

OTROS TÉRMINOS

Supramar/Mareas del Norte: *Hemisferio norte, compuesto por los continentes Norrestán, Terrestán, Piedra y Braithe, también conocido como Supralandia.*

Inframar/Mareas del Sur: *Hemisferio sur, aguas* rhi'ahr, *no se sabe nada de ellas.*

Ecuatorus: *Parte central y más ancha de la terre, donde impera la Gran Barrera del Terror.*

La Gran Barrera del Terror: *Pared de agua de media legua que se eleva hacia el cielo, creada por la maxia.*

Las latitudes de la Calma: *Mar inmóvil y sin viento situado a ambos lados de la Gran Barrera del Terror, atestado de quimérico.*

Las latitudes de las Trombas: *Zona que bordea la Calma, caracterizada por un huracán interminable.*

Lindurithain/la Puerta de las Nubes/la Isla de Enmedio: *Isla que flota en la Gran Barrera del Terror.*

Forja y Ascua: *Soles gemelos en un sistema solar binario.*

Lúna, Lírika y Lár: *Tres lunas que orbitan la terre.*

Terre: *El mundo, el suelo.*

Forjainvierno: *Estación invernal, cuando Forja está más cerca y Ascua más lejos de la terre; conocida coloquialmente como invierno luminoso.*

Ascuainvierno: *Estación invernal, cuando Ascua está más cerca y Forja más lejos de la terre; conocida coloquialmente como invierno oscuro.*

Esta obra se terminó de imprimir
en el mes de febrero de 2026,
en los talleres de Impresora Tauro, S.A. de C.V.
Ciudad de México.